WENN DER LÖWE BRÜLLT

WENN DER LÖWE BRÜLLT

DIE GESCHICHTE VON AMOS
DEM MANN DER KEIN PROPHET
SEIN WOLLTE

EINE DRAMATISCHE ERZÄHLUNG
VON HERMANN KOCH

VERLAG JUNGE GEMEINDE STUTTGART

CIP-Titelaufnahme der Deutschen Bibliothek

Koch, Hermann:
Wenn der Löwe brüllt : die Geschichte von Amos,
dem Mann, der kein Prophet sein wollte; eine
dramatische Erzählung / von Hermann Koch. —
8. Aufl. (39.— 46. Tsd.). — Stuttgart :
Verl. Junge Gemeinde, 1989
    ISBN 3-7797-0261-4

© 1966   Verlag Junge Gemeinde, Stuttgart
8. Auflage 1989 (39.—46. Tausend)
Umschlag: Dieter Kani, Stuttgart
Druck: Omnitypie, Stuttgart
Buchbindearbeiten: Wilhelm Röck, Weinsberg

ISBN 3-7797-0261-4

Die Bibel hat in unserem Jahrhundert ein merkwürdiges Schicksal: Noch nie ist sie wissenschaftlich so intensiv durchforscht worden; noch nie ist ihre Entstehung, ihre Geschichte, ihr einzigartiger Inhalt so deutlich den Menschen vor Augen gestanden. Noch nie aber ist die Distanz der Menschen von diesem Buch so groß, die Kenntnis und das Verständnis seines Inhalts so gering, der Zugang zu ihm für die Menschen so schwierig gewesen wie im 20. Jahrhundert.

Dabei kann man eigentlich nicht sagen, daß unsere Zeit keinen Respekt, kein Interesse an ihr hätte. Sie ist durchaus ein Thema, das unsere Zeit bewegt, ein Thema, das immer wieder in unseren Zeitungen, Illustrierten und Magazinen diskutiert wird. Auch die zahlreichen Versuche, die Bibel dem Menschen von heute durch neue Übersetzungen zugänglicher zu machen — und der Absatz, den solche Bücher finden — weisen in die gleiche Richtung.

Aber es scheint, daß es mit der bloßen Übersetzung in die Sprache der Gegenwart nicht mehr getan ist. Zu groß ist der Abstand der biblischen Welt, die ja eingebunden ist in die vergangene patriarchalisch-agrarische Weltzeit, von unserer technisierten „Welt der sekundären Systeme" (Freyer). Dieser Welten-Abstand kann durch die theologische Wissenschaft samt ihren Hilfswissenschaften, der Geschichte, der Archäologie, der Philologie u. a. wohl überbrückt werden. Aber der Nicht-Theologe?

Da scheint es ein verheißungsvoller Weg zu sein, die Welt der Bibel den Menschen unserer Zeit nahezubringen durch ein Lebens- und Geschichtsbild des historischen Romans, in dem die gründliche geschichtliche Kenntnis und der theologische Gehalt verantwortlich verarbeitet sind.

Koch hat mit seinem Amos-Roman diesen Weg in einer glänzenden Weise beschritten. Er hat sich an Amos gewagt: Dessen Buch ist eins von denen, die dem Menschen unserer Zeit ganz unzugänglich geworden sind. Der schlichte Christenmensch kann den Amos, wie er in der Bibel steht, auch in der besten Übersetzung nicht verstehen. Aber wer Kochs „Amos" liest, dem wird nicht nur die geschichtliche Gestalt des Propheten und seine Sendung deutlich, — der vernimmt auch im Historischen, im Einmaligen, im Vergangenen die Stimme des Ewigen, das gültige Wort auch für die Gegenwart. Denn die spannend erzählte Geschichte von dem Mann, der kein Prophet sein wollte, verschafft dem Leser nicht bloß eine zutreffende historische Kenntnis von Vergangenem — sie weist ihn zugleich unaufdringlich aber auch unüberhörbar in die Gegenwart und auf sein eigenes Leben.

Darum kann ich diesem Werk nur die an den hl. Augustinus ergangene Aufforderung mitgeben: Nimm und lies!

Heilsbronn,
Neue Abtei, im Sommer 1966   R. Eckstein, Kirchenrat

INHALT

ZATTAI

Der Hauptmann Matthai wetterte mit beiden Fäusten gegen die Tür der kleinen Getreidehandlung. „Aufmachen! Aufmachen! — Verflucht! Willst du endlich öffnen, Zattai?" In der Hand hielt er den Haftbefehl. Der Richter Iskai hatte ihn kurz vor Einbruch der Dämmerung im Tor zu Samaria ausgefertigt. — „Der Kornhändler Zattai schuldet dem Großkaufmann Josef Ben Benjamin 1500 Silberschekel. Er hat weder Geld noch anderen Besitz, um die Schuld zu bezahlen. Darum haben die Ältesten beschlossen: Zattai gehört dem Großkaufmann ab sofort als Schuldsklave und leistet acht Jahre Zwangsarbeit für ihn. Befehl an Hauptmann Matthai, den Kerkermeister des Königs: Der Schuldsklave Zattai ist sofort zu verhaften und in den Steinbruch südlich Samaria einzuliefern! Unterschrift: Iskai, Richter." — So stand es geschrieben, und Hauptmann Matthai führte diesen Befehl mitten in der Nacht aus, weil er aus langer Erfahrung wußte, daß das für Verhaftungen die beste Zeit war.

Als der Hauptmann so lange gewettert und geschrien hatte, daß nicht nur die Bewohner der Königsstraße, sondern auch die der halben Stadt erwacht waren, wandte er sich zornrot zu seiner Mannschaft um, die aus 10 Soldaten und etlichen Knechten Josefs bestand. Er fuchtelte mit dem Haftbefehl herum und schrie: „Aufbrechen!" — Einer der Soldaten trat mit dem Stiefel gegen das Holz. Mit scharfem Knall lösten sich die Riegel. Die Tür sprang auf. Sekundenlang starrte der Hauptmann mit vorgestrecktem Kopf in den dunklen Raum. Dann rief er: „Licht!" Ehe noch die Fakkeln aufleuchteten, stürmte er in Zattais Getreidehandlung. Säcke standen herum, Tische, zwei Waagen. Matthai stieß alles zornig beiseite, was sich ihm in den Weg stellte. „Zattai!" Keine Antwort. Kein Mensch ist im Verkaufsraum. Auch in der angrenzenden Schlafkammer ist Zattai nicht. — Endlich hören die Häscher schlurfende Schritte. Im unruhigen Licht der Fackeln starren sie in das Gesicht einer alten Frau. Totenblaß und am ganzen Leib zitternd steht sie da. Die dünnen Strähnen ihres von silbernen Streifen durchzogenen Haares hängen ihr wirr ins Gesicht. Die Augen schweifen seltsam umher. „Bist du seine Mutter?" schreit Matthai. Die Alte öffnet den Mund, kann aber kein Wort sagen. „Es ist seine Mutter", sagt einer der Soldaten mitleidig. Jetzt fängt sie zu stammeln an: „Der Lärm an der Haustür ... Was wollt ihr?" — „Deinen Sohn!" erwidert Matthai grob. „Meinen Sohn?" — „Da, lies!" Er hält ihr den Haftbefehl vor die Augen. „Sie ist blind!" Betroffen zieht der Hauptmann seine Hand zurück. — „Wo ist dein Sohn?" fragt er noch einmal. „Mein Zattai? Er ist schlafen gegangen. — Was wollt ihr von ihm?" Entsetzen klingt aus der gebrochenen Stimme. Der Hauptmann antwortet nicht. Er eilt in die Schlafkammer. „Das Bett ist leer!" Er faucht die Alte an: „So sag mir endlich, wo dieser Hund ist!" — „Ihr wollt ihn verhaften? Hat man im Tor gegen ihn beschlossen?" Als sie keine Antwort bekommt, fängt sie zu weinen an. — „Zattai muß eben erst geflohen sein!" ruft ein Soldat. „Das Bett ist noch ganz warm." Laut klagt die Mutter. Matthai befiehlt: „Du zum Omritor! — Du zum Ahabtor! — Die Wachen an den Toren und auf den Mauern verstärken! — Fackeln anzünden! — Niemand hinauslassen — Befehl von Hauptmann Matthai!" — Die Soldaten bleiben stehen, als warteten sie auf weitere Befehle. Der Hauptmann herrscht sie an: „Soll ich euch in den Kerker sperren, ihr Hundesöhne?" Fluchtartig verlassen sie den Raum. —„Ihr überwacht die Königsstraße! Ihr die Münzgasse! Ihr die Eisengasse! — Muß man euch denn alles sagen, ihr Esel? Wenn ihr nur einmal etwas denken würdet! Selbständig soll der Soldat handeln! Das schärft man schon den Rekruten ein! — Macht endlich, daß ihr auf eure Posten kommt!"

Alarm! Alarm! — Signalhörner zerreißen die nächtliche Stille. Soldatenstiefel knallen durch die engen Gassen der schlaftrunkenen Königsstadt Samaria. Auf ihren mächtigen Mauern und hohen Türmen wird es lebendig. Fackeln flammen ringsum auf und umschließen die Stadt wie ein feuriger Kranz. — Aber kein Zattai ist zu sehen. „Er kann die Stadt noch nicht verlassen haben. Sein Bett ist noch warm gewesen!" knirscht Hauptmann Matthai. Er brüllt die herumstehenden Soldaten an: „In den tiefsten Kerker sperre ich euch, wenn ihr ihn entwischen laßt, so wahr ich Matthai heiße und Hauptmann bin!"

Die Häscher standen ratlos in den Straßen herum. Von den Mauern und Türmen herab schauten die Soldaten vergebens in die Nacht hinaus. Aber die aufgeschreckten Bewohner in den armseligen Hütten nördlich der Königsstraße hörten seltsame Geräusche. Der Kleintierhändler Igal, der wenige Schritte von Zattai entfernt wohnt, wurde zuerst darauf aufmerksam. Er hörte, daß etwas auf das flache Dach seines Hauses plumpste und dann eilig weglief. Igal fuhr entsetzt hoch. Ein Mensch? Er floh über die Dächer! Als Igal kurz darauf das Geschrei Matthais hörte, wußte er, daß der Flüchtige Zattai war. Igal bebte. — Was er gehört hatte, hörten viele. Was er wußte, wußten viele. Aber keiner verriet den Flüchtenden an Matthai. Sie standen auf Zattais Seite und wußten, warum. Tod dem Großkaufmann Josef Ben Benjamin und seinen Helfershelfern!

Zattai hetzte über die flachen Dächer. Er sprang über die engen Gassen, die wie Schluchten unter ihm gähnten. Zuerst floh er planlos. Nur weg von dem Haus in der Königsstraße! Weg von Matthai! Er wußte, was geschah, wenn man ihn fing. — Erst als er die Fackeln aufleuchten sah, gab er seiner Flucht ein Ziel. Durch die Hauptore oder über die Mauer konnte er jetzt nicht mehr fliehen. Also zu der kleinen Pforte in der Ostmauer! Sie war in Friedenszeiten nur verriegelt, nicht besetzt. — Jetzt stürzt Zattai! Er hat einen Sprung zu gering bemessen und liegt mit schmerzenden Gliedern in einer Gasse. Er rafft sich auf, hetzt die Außentreppe eines Hauses hinauf und setzt die Flucht fort.

„Da ist er!" gellt es plötzlich durch die Gassen. „Da, auf den Dächern bei der Webergasse!" Die Schreie fahren Zattai in die Glieder. Die Fackelträger auf den Mauern in der Nähe beugen sich tief hinab. Feuerschein fällt auf den Flüchtling. Die Horde der Verfolger prescht die Königsstraße herauf. Zattai rennt um sein Leben. Seine Pulse fliegen. Nur noch wenige Meter sind es bis zur rettenden Pforte! Zattai springt vom letzten Dach herab und läuft auf die Tür zu, die ihn in die Freiheit führen soll. — „Halt!" donnert es ihm plötzlich entgegen. Zehn Speere starren ihm von der Pforte her entgegen. Zattai prallt vor Entsetzen zurück. Sein Blut stockt. „Es ist aus!" Aber er gibt sich nicht geschlagen. Er rennt zurück — den Verfolgern, die die Königsstraße heraufstürmen, entgegen. Wenige Meter vor ihnen wendet er sich jäh nach links und stürmt die Töpfergasse hinab, die zum Ahabtor führt. Die Soldaten jagen hinter ihm her, Hauptmann Matthai an der Spitze. „Wir haben ihn!" Aber plötzlich ist Zattai verschwunden.

Die Verfolger hemmen ihren Lauf und bleiben ratlos stehen. Stille. Man hört nur den keuchenden Atem der Männer und die knisternden Fackeln. „Wo ist der Hund? Ich habe ihn eben noch gesehen!" Schweigen. Matthai befiehlt: „Töpfergasse abriegeln! Dann die Häuser gründlich durchsuchen! Zisternen nicht vergessen!" Sie finden Zattai in der Zisterne des Ölhändlers Ared. Matthai und seine Begleiter umringen den Schlund der 6 Meter tiefen Grube, die sich nach unten flaschenförmig erweitert. „Laßt ihm einen Strick hinunter!" Die Soldaten tun es. „Komm heraus!" Keine Antwort. Zattai drückt sich an die Wand der Grube. „Du willst nicht?" Der Kommandant flüstert leise mit seinen Soldaten. Der Strick wird heraufgezogen, in einen Eimer Wasser geworfen und erneut in die Zisterne hinuntergelassen. Dann werfen die Soldaten brennende Fackeln in die Grube. Feuer auf dem Boden der Zisterne! „Werg und Wolle darauf!" Stinkender Qualm kommt aus der engen Öffnung. — Zattai starrt auf das qualmende Feuer, starrt auf den nassen Strick vor seinen Augen. Beizender Rauch. Seine Augen tränen. Er hustet, ringt nach Luft. „Mein Gott, muß ich hier elendiglich ersticken? Oder . . ." Der nasse Strick baumelt vor seinen Augen. Zattai fühlt seine Sinne schwinden. Das Feuer qualmt. „Rahab, Rahab!" Rahab ist Zattais Braut. — In hektischer Angst ergreift er den schon angekohlten Strick und klettert hinauf.

Sonnenaufgang. Die stolze Stadt Samaria liegt bereits im Licht. Hochauf recken sich mächtige Mauern und wehrhafte Türme. Auch die Täler rings herum sind schon vom Sonnenlicht erfüllt. Aber in dem Steinbruch, der 1500 Meter südlich der Stadt in einen steil aufragenden Hügel getrieben wurde, ist es noch dunkel. ‚Scheoltor' nennen ihn die Sklaven Josefs, die hier arbeiten müssen, ‚Tor zur Totenwelt' oder ‚Scheol', ‚Totenwelt'. Die Arbeit hat heute noch nicht begonnen. Die Sklaven sitzen zusammengesunken auf Steinblöcken am Fuß der hochragenden Felswand. Jetzt kommen die Fronvögte und stoßen einen neuen Sklaven zu den anderen in die ‚Scheol'. Es ist Zattai.

Jeder im Steinbruch und jeder droben in der Stadt kennt ihn und seine Geschichte: Zattai übernahm nach dem plötzlichen Tod seines Vaters dessen kleine Getreidehandlung in der Königsstraße. Die Weizengewölbe Josef Ben Benjamins, des größten und reichsten Kaufmanns in der Stadt, lagen nebenan. Kaum ein Kaufmann in Samaria, der bei Josef oder bei seinem Schwiegervater, dem Bankier Amram, keine Schulden hatte. Darum konnte Josef in geschäftlichen und öffentlichen Angelegenheiten den Ton angeben. Recht und Unrecht bei Gerichtsverhandlungen im Tor bestimmte er. Den Weizenpreis legte er fest. Auch Zattai richtete sich zuerst darnach. Der Weizenpreis stand damals bei zehn Schekeln für das Epha (36 Liter). Soviel hatte der Weizen während der letzten Belagerung der Stadt gekostet.

Zattai stand in seinem Laden. Täglich kamen verhärmte Frauen und abgemagerte Kinder mit hungrigen Augen zu ihm. Er sah, daß sie jeden Viertelsschekel zweimal umdrehen mußten, ehe sie ihn ausgeben durften. Das schnitt ihm ins Herz. War es nicht eine Schande, daß er, ein junger, freier Israelit, die Diktatur Josefs einfach hinnahm? War er denn sein Sklave? Und war er nicht mitschuldig an dem vielfältigen Elend, das der hohe Weizenpreis unter den Armen verursachte? — Zattai überschlug seine Kosten und kam auf 5 Silberschekel für das Epha. Waren nicht 2 Silberschekel Gewinn genug? Zattai beschloß, den Weizenpreis um 3 Silberschekel für das Epha zu senken. Er sprach mit seiner Mutter. Sie stimmte seinem Plan zu. Die Nachricht verbreitete sich wie ein Lauffeuer in der Stadt. Abigail, die Frau des Töpfers, rief es in der Töpfergasse aus: „Der Weizenpreis fällt! Der junge Zattai verkauft morgen früh um 7 Schekel! Dann muß auch Josef mit dem Preis herunter!"

Als Zattai am anderen Morgen sein Gewölbe öffnete und den neuen Preis anschreiben wollte, drängten sich die Kunden schon vor der Tür. „Gepriesen sei Zattai!" — „Gott segne dich!" — Plötzlich schob sich der Großkaufmann Josef Ben Benjamin durch die wartende Menschenmenge. Scheu wichen die Frauen und Kinder beiseite und maßen ihn mit feindseligen Blicken. Zattai sah auf. Haß füllte die Augen des Großkaufmanns. Er schrieb weiter. Aber Josef packte seine Hand, daß ihr der Griffel entfiel, und zog Zattai in den Laden. „Auf einen Augenblick!" Zattai wollte sich losreißen. Zornbebend herrschte er den Mächtigen an: „Sofort verläßt du..." Die Worte blieben dem jungen Kaufmann im Mund stecken, als Josef ihm eine von Zattais Vater unterschriebene Schuldverschreibung vor die Augen hielt, kündbar an einem beliebigen Tag dieses Jahres und zu zahlen von Zattais Vater oder dessen Rechtsnachfolger. Zattai spürte den Boden unter sich wanken. Das war eine Schuld, die den Wert seines gesamten Vermögens um das Doppelte überstieg. Dem Großkaufmann entging die Erschütterung Zattais nicht. Sein harter Blick bohrte sich in den des jungen Zattai. „Du wirst für zehn Schekel verkaufen! Oder für 12 oder 14! Genauso, wie ich will!" Zattai spürte eine würgende Faust an seiner Kehle. Seine Knie zitterten. Nachgeben? Josefs Lakai sein? Aber dann sah er die Augen der Frauen und die hohlwangigen Kinder vor sich. Einer mußte den Bann brechen, den Josef auf die Stadt legte. Zattais Gestalt straffte sich. Das Blut schoß ihm ins Gesicht. „Nein!" stieß er hervor. „Nein!" — „Wie du willst. Zahle!" — Jäh erkannte Zattai, daß Josef entschlossen war, ihn zu vernichten. „Laß mir doch Zeit!" bat er. „Drei Wochen! Ich will bei Geschäftsfreunden in Bethel Geld aufnehmen." — „Sofort zahlst du!" Josef wies auf das Papier. Zattai sah sein Ende kommen. Seine blinde Mutter fiel ihm ein. Noch einmal fing er an zu flehen: „Laß mir drei Wochen ..." Josef schnitt ihm das Wort ab: „Zahle!" — Schweigen. „Ich bringe die Sache vor Gericht!" sagte Josef kalt und verließ das kleine Verkaufsgewölbe. Vor der Tür riß er mit einem Ruck die Tafel herunter, auf der der neue Weizenpreis stand, und warf sie zu Boden, daß sie in Fetzen zersprang.

Am selben Tag noch schätzten die Ältesten im Tor Zattais Besitz weit unter seinem wirklichen Wert auf 500 Silberschekel. Zur Einbringung der restlichen 1500 wurde er dem Großkaufmann für 8 Jahre als Schuldsklave zugesprochen. — Da lag er auf dem kalten Fels der ‚Scheol'.

„Ihr habt gestern euer Soll nicht erfüllt. Heute müssen darum 20 Quader mehr geliefert werden! Macht 120 Quader! Der Großkaufmann will in wenigen Wochen mit dem Bau seines Palastes beginnen. Bis dahin müssen alle Steine fertig sein. Los, an die Arbeit!" Eine Peitsche pfiff durch die Luft. Der Steinbrecher Enak blickte die Fronvögte an: „Jede Woche muß hier einer von uns Sklaven sterben. Schaut die Gräber vor der ‚Scheol' an! Und warum? Weil ihr uns hetzt und treibt! Und jetzt sollen wir noch schneller arbeiten? Wir ..." Er kam nicht weiter. Klatschend trafen ihn Peitschenhiebe. Die Sklaven ballten die Fäuste. „An die Arbeit!"

Die Fronvögte trieben sie tief in die ‚Scheol' hinein, bis vor die 20 Meter hoch aufragende hinterste Felswand. Der Sklave Mesach flüsterte Zattai zu: „Wenn sie dich zu den Steinbrechern pressen, so nimm dich in acht, sonst überlebst du den Tag nicht!" — „Es ist verboten, in der ‚Scheol' zu sprechen, Hund du!" Mesach schwieg. — Zattai blickte an der drohend aufragenden Felswand hinauf. 20 Sklaven brachen dort oben große Felsblöcke los. „Du bist Steinmetz!" hörte er hart zu sich sagen. „Ich ..." — „Hol dich der Teufel! Steinmetz bist du!" Wieder schaute Zattai hinauf. Er sah zu seinem Entsetzen, daß sich ein mächtiger Block knirschend und krachend zu lösen begann. „Mein Gott, er erschlägt uns alle!" Entsetzen packte ihn. Er wandte sich um und stürzte davon. „Zurück!" Die Fronvögte versperrten ihm den Weg. „Hast wohl keine Nerven? Ein Steinmetz in der ‚Scheol' braucht sie!" Zattai wankte zurück. Mit Donnergepolter kam der Steinblock herunter. Dort, wo er hinfiel, mußte er bearbeitet werden. „Ihr habt keine Zeit, ihn wegzuwälzen. Der Großkaufmann hat es eilig." Zattai machte sich mit Hammer und Meißel an die ungewohnte Arbeit. Finster blickte er zur Felswand hinauf. Seine Lippen bewegten sich leise: „Verflucht sei . . .!"

JELEK

Mitternacht. Schwere Erntearbeit hat die Bewohner des Dörfleins Jelek, das am Südrand der Ebene Megiddo liegt, müde gemacht. Alle schlafen. Da gellen plötzlich Schreie durch den Ort: „Hilfe! Es brennt!" Vieh brüllt. Das Dorf erwacht. Polternd werden Türriegel zurückgestoßen. Das letzte Haus an der Straße nach Megiddo steht in Flammen. Datans Haus. — Der Ortsvorsteher Jonadab rennt mit zwei Wasserkrügen zum Brandplatz. Jede Minute ist kostbar. — Jonadab steht mit keuchendem Atem vor Datans Haus. Es brennt wie eine Fackel. Lehmmauern zerknallen in der Gluthitze. Krachend bricht das Dach zusammen. Knatternd und prasselnd steigt die Lohe noch höher. Gierig will sie nach Jonadab greifen. Der schwerhörige Jenob, Datans Nachbar, eilt herzu. „Wo ist Datan?" Jenob zeigt zur Hofmauer. Da liegt Datan im Feuerschein — betrunken! Jenob kümmert sich nicht darum. „Mein Hof! Er wird gleich brennen!" Jehuda springt herzu. Die ganze Dorfstraße füllt sich mit Menschen. Nabal schreit: „Kein Wasser in der Zisterne, Jonadab! Wir müssen Datans Haus zusammenstoßen, sonst packen die Flammen Jenobs Hof!" — „Los", schreit Jonadab, „Balken her!" Er selbst eilt zu Datans Stall. Aber hier ist nichts mehr zu retten. Die Tiere hängen erstickt an den Ketten. Auch Datans Zugtiere sind tot. — Unter den Rammstößen brechen die Mauern zusammen. Noch einmal erhebt sich die Lohe und übergießt das Dorf mit glutrotem Schein.

Vier Wochen später war Datans Haus wieder aufgebaut. Alle Bauern halfen ihm, sparten dabei aber nicht mit bissigen Bemerkungen über den Säufer. Jonadab nahm Datan beiseite: „Laß jetzt das übermäßige Trinken! Du bist gewarnt." — „Ich verspreche es dir." — „Und wegen der Zugtiere mach dir keine Sorgen! Ich helfe dir im Herbst mit meinen Ochsen beim Pflügen." Datan dankte stammelnd. „Und in zwei Jahren kannst du von mir einen Ochsen kaufen. Du bekommst ihn so billig wie möglich."

Herbst. Heulender Sturm. Regen, der vor Sonnenaufgang aufhört. — Der Ortsvorsteher stand heute früher als sonst auf. Er mußte mit seinen Zugtieren auch Datans Acker pflügen. Er hatte schon eine Stunde gepflügt, da erschien Datan mit zwei Ochsen. Jonadab traute seinen Augen nicht. Dieses Gespann hatte er noch nie gesehen. — Jonadab zog die Furche bis zum Ende des Ackers aus, band die Leine an den Pflug und ging zu Datan hinüber. „Gott mit dir, Datan!" — „Er segne dich, Jonadab!" — „Wie kommst du denn zu diesem Gespann?" — „Sage ich nicht." — „Man wird es dir nicht geschenkt haben." — „Jonadab, ich habe die Tiere von Josef Ben Benjamin, dem Sohn Isaaks des Gerechten!" Jonadab verschlug es die Sprache. „Vorgestern kam er zu mir. Zuerst meinte ich, Isaak, der Gerechte, sei wiedererstanden. So sah er ihm ähnlich. Aber es war Josef, sein Sohn. Er sagte: ‚Ich habe von deinem Unglück gehört, Datan. Du kannst von mir zwei Ochsen haben. Weil du es bist, soll die Schuld erst in einem Jahr nach der Ernte fällig sein.' — Und weil ich dir nicht zur Last fallen wollte, Jonadab, habe ich zugegriffen." Datan verschwieg, daß er leicht betrunken war, als er diesen Handel machte. — Zwei Aasgeier flogen krächzend über die Köpfe der beiden Bauern hinweg und ließen sich schwer auf Datans Acker nieder. Er warf mit Steinen nach ihnen. Vergeblich. — Das Gesicht des Ortsvorstehers verfinsterte sich. Merkte Datan nicht, daß Josef nicht Isaak, der Gerechte, war? Das war ein guter Kaufmann gewesen, ein wirklich Gerechter, wie das sein Beiname sagte. Aber Josef? — „Sieh nur zu, daß du deine Schulden zahlen kannst. Mit Geld kann ich dir nicht helfen."

„Datan ist betrunken!" hieß es nach dem Ochsenkauf im Dorf wieder jede Woche mehrmals. Das Versprechen, das er Jonadab gegeben hatte, schien er vergessen zu haben. Daran, daß er seine Schuld bei Josef bald zahlen mußte, dachte er offenbar nicht mehr.

Der Großkaufmann ließ sich nicht mehr in Jelek blicken. Die Ernte, von der Datans Schicksal abhing, kam. — Eine Mißernte! Keiner in Jelek brachte mehr ein, als er für sich und die Seinen brauchte, auch Nabal nicht, der die besten Äcker hatte und als der tüchtigste Bauer galt.

An einem Herbsttag hielten zwei samaritische Wagen unter der Eiche vor Datans Hof. Der Großkaufmann Josef Ben Benjamin stieg aus. Sein Freund, der Richter Iskai, begleitete ihn. Datans Frau drückte sich mit ihren Kindern scheu in einen Winkel, als sie die feinen Herren sah. „Datan!" — Der Bauer kam. „Wir sind gekommen, um mit dir abzurechnen." Datan schaute den Großkaufmann ängstlich an. „Weißt du, wieviel du schuldig bist?" — Keine Antwort. — „1300 Silberschekel!" Datan schluckte. Er brachte kein Wort hervor. Der Richter Iskai fragte: „Kannst du zahlen?" — „Nein, Herr. — Aber einen meiner Äcker...!" Josef lachte höhnisch: „Einen Acker? Alle deine Äcker zusammen reichen nicht, um diese Schuld zu bezahlen!" Datan wurde totenbleich. Iskai rechnete ihm vor: „Wir schätzen deine Felder auf 400 Silberschekel, sie sind nicht viel wert. — Für diese kümmerliche Hütte da geben wir dir 200; macht zusammen 600 Silberschekel. — Du schuldest dem Großkaufmann also noch 700!" Datan weinte wie ein kleines Kind. Seine Frau warf sich mit ihren Kindern zu Josefs Füßen. Er hörte ihr Flehen nicht. Wie ein Raubvogel starrte er Datan an. „Du hast zwei Möglichkeiten. Entweder lasse ich dich für die restlichen 700 als Schuldsklaven verkaufen. — Du kennst die ‚Scheol' doch! Wie?" Datan wimmerte. — „Oder du bleibst als Pächter auf dem Hof, der ab sofort mir gehört." Datan sank in die Knie: „Gnade, Herr! Nimm mir nicht das Erbe meiner Väter!" — „Ich trage keine Schuld an deinem Unglück. Such sie bei dir selber!" — Fortan arbeitete Datan als Pächter Josefs auf dem Erbe seiner Väter. Die Hälfte aller Erträge mußte er abliefern.

Sofort, nachdem Datans Besitz an Josef übergegangen war, ließ er um jedes Feld eine Mauer errichten. ‚Josefs Gefängnisse' nannten die Bauern diese Schandflecke in ihrer Gemarkung.

Der Dorfvorsteher wußte, daß Josefs Habgier mit diesem Raub nicht befriedigt war. Was er in Megiddo und Samaria über Josef hörte, das war deutlich genug. Er rief die Bauern zusammen: „Ihr habt gesehen, was Josef mit Datan gemacht hat! Laßt euch mit diesem Mann in keine Geschäfte ein, und wenn eure Not auch noch so groß ist! Josef ist nicht Isaak, der Gerechte!" — Diese Worte leuchteten allen ein — nur Juchal nicht. Er warf Jonadab einen haßerfüllten Blick zu: „Der Kerl regiert das Dorf und ist jünger als ich. Mir hat der nichts zu befehlen. Ich treibe Handel, mit wem es mir paßt!"

Josef, der nun oft in Jelek zu sehen war, schürte Juchals Haß. Er machte Jonadab lächerlich und strich Juchal als den besseren Bauern heraus. Die Geschäfte zwischen den beiden waren zunächst nur kleinerer Art. Bald holte der Bauer eine Gabel, bald eine Hacke aus dem Lager, das der Großkaufmann in seinem Pachthofe unterhielt. — Als Juchal wenig später ein junges Zugtier brauchte, schloß er das große Geschäft mit Josef ab. Für 500 Silberschekel stellte ihm dieser einen mächtigen Ochsen in den Stall, den er aus dem Gebirge Basan im Ostjordanland bezogen hatte.

Nabal sah ihn am anderen Tag auf dem Acker: „Das Tier ist krank!" sagte er kurz. „Gib es sofort zurück!" Juchal lachte ihn aus: „Ein Basansochse ist das!" sagte er stolz und schlug mit der Hand auf den mächtigen Rücken des Tieres. „Und solch ein Rassevieh soll krank sein? Das glaubst du ja selber nicht!" — Vier Wochen später lag der Ochse hochaufgedunsen im Stall.

Gerade ein Jahr, nachdem Datan Josefs Pächter geworden war, hielten zwei Wagen vor Juchals Hof. Josef und der Richter Iskai stiegen aus. Die Kinder von Jelek nannten Iskai den ,Totenvogel', weil er immer einen schwarzen Mantel trug und eine raubvogelartige Nase hatte. Diesmal hatte Josef kein so leichtes Spiel. „Du hast mir absichtlich ein krankes Tier geliefert!" schrie Juchal. „Du hast ihn falsch gefüttert!" erwiderte Josef. „Daß der Ochse eingegangen ist, ist deine Schuld!" Der Bauer schrie, tobte, drohte. — Als die Wagen eine Stunde später Jelek verließen, war auch Juchal Josefs Pächter. Wieder wurden Felder ummauert. Josefs Besitz wuchs. — Nach Datan und Juchal geriet Bauer um Bauer in die Fänge des samaritischen Kaufmanns. Bald gab es nur noch vier freie Bauern in Jelek: Jonadab, Nabal, Jehuda und Jenob.

DER PALAST

„Sieh nur, Akim, da!" — „Was ist?" Der Hirte unter der Tamariske öffnete die Augen und blinzelte seinen Gefährten an. „Ein Wagen kommt!" — „Ein Wagen? Und deshalb weckst du mich auf? Kann ich nicht jeden Tag Wagen sehen? Bauernwagen, Kaufmannswagen, Kriegswagen? Hol's der Teufel! Was kümmere ich mich um Wagen!" Er gähnte und schloß wieder die Augen. „Ja, ja doch. Deine Leier kennt man. Aber das hier ist ein besonderer Wagen! — Du!" — „Was?" — „Das ist der Wagen des Königs!" — „Jetzt aber laß mich in Ruh'! Du hast einen Sonnenstich, du phantasierst ja! Trink ein wenig Ziegenmilch! Der Wagen des Königs! — Leg dich nieder und schlafe!" — „Sieh doch nur die Pferde — edelste ägyptische Zucht! Und die Silberbeschläge am Geschirr!" — „Ich pfeife darauf!" — „Und gar der Wagen! Er ist gefedert! Seine Wände sind kunstvoll verziert!" — „Ich speie darauf!" — „Das ist der König! Steh auf! Wir müssen uns verneigen!" — „Himmel Herr, jetzt habe ich genug! Laß mich selber sehen! — Ich hab's ja gesagt, daß du einen Sonnenstich hast. Das ist doch niemand anders als der Kaufmann Josef aus Samaria!" — „Der Großkaufmann? Isaaks, des Gerechten, Sohn? Dann müssen wir erst recht aufstehen und uns verneigen!" Der Wagen rollte vorüber. —
„Wer ist der Mann neben ihm?" — „Ein Hirte ist das auf keinen Fall, Akim!" — „Das begreift man, wenn man den Fremden mit dir vergleicht. Sein Gesicht ist glatt und klug — deines runzlig und dumm. Er ist schlank wie eine Weidenrute — du bist krumm wie ein hundertjähriger Feigenbaum." — „Laß mich endlich in Ruhe, Akim! — Es ist wahrscheinlich der ägyptische Architekt, der Josefs Palast bauen soll. Er wird ihn in Sichem abgeholt haben."
Der Großkaufmann wandte sich zu seinem Begleiter: „Sie haben in Theben studiert, Herr Ammose?" — „Ja, ich habe dort mein Studium begonnen. Der große Thachpanes war mein erster Lehrer. Er führte uns in die Geheimnisse der Baumeister der Pyramiden und der Tempel von Luxor und Karnak ein." — „Das war der Anfang Ihres Studiums, sagen Sie?" — „Sie haben recht gehört, Herr Benjamin. Es trieb mich hinaus in die weite Welt. Ich setzte meine Studien in Babylon fort. Welch eine Architektur! Die hängenden Gärten — ein Weltwunder! Dann hielt ich mich ein Jahr in Ninive auf und kehrte wieder nach Ägypten zurück."

„Sie sind noch sehr jung, Herr Ammose. Fünfunddreißig Jahre?" — „Fast haben Sie es erraten, Herr Benjamin. Ein Jahr mehr." — „Wie kommt es, daß Sie trotz Ihrer Jugend schon so zu Weltruhm gelangt sind? So etwas ist sonst doch nur Königen und Generälen beschieden." — „Warum soll nicht auch einmal ein junger Architekt berühmt werden? Er ist jedenfalls weniger gefährlich." — „Ganz Ihrer Meinung. — Aber, was ist das Geheimnis Ihres Erfolges?" — „Sie werden erstaunt sein, wie einfach das ist." — „Ich bin gespannt." — „Fleiß, neue Ideen, Glück." — „Wollen Sie nicht lieber die Idee vorne anstellen? — Was ist Ihre neue Idee?"

„Ich habe zwei neue Ideen. Beide werde ich an Ihrem Palast verwirklichen. — Meine erste Idee: Der Innenhof war bisher nur den sakralen Bauten vorbehalten. Ich verwende ihn auch für die Häuser meiner Auftraggeber. — Die zweite: Auch den Turm beanspruchten die Götter bisher für sich allein. Ich kröne damit die Paläste der Mächtigen dieser Erde." — „Gut, sehr gut! — Aber viele Ideen finden keinen Anklang. Wie erklären Sie sich, daß sich Ihre so spielend leicht in der ganzen Welt durchsetzen?" — „Darüber habe ich schon viel nachgedacht." — „Und das Ergebnis?" — „Wenn eine Idee Anklang finden soll, muß sie einem tiefen Bedürfnis des menschlichen Herzens entsprechen." — „Innenhof und Turm? Was haben sie mit dem Sehnen des menschlichen Herzens zu tun?" — „Der Mensch will sicher und geborgen sein. Er ist es im Innenhof seines Palastes. — Der Mensch will mächtig sein. Auf seinem Turm genießt der Mächtige seine Macht." — „Ausgezeichnet, Herr Ammose! Sie sind mein Mann! Ich brauche Sie!"

Endlich neigte sich die Hochebene. Der Blick ins Tal war frei. Ammose sah — und war überwältigt. Vor seinen Augen lag ein Talkessel mit einem Durchmesser von fünf bis acht Kilometern. Und in seiner Mitte wölbte sich sanft und doch kraftvoll ein Hügel empor, der eine Stadt trug. Josef hielt den Wagen an. „Samaria?" — „Samaria!" — „Jetzt verstehe ich, warum Ihr sie die ‚Krone Ephraims' nennt. Wie eine Krone liegt Eure Hauptstadt auf dem Berg!" — „Und wir beide fügen ihr die köstlichste Perle ein — meinen Palast." — Ammose stand wie gebannt vor dieser Stadtanlage. — „So baut nur ein Soldat!" — „Woran wollen Sie das erkennen?" — „An der strategisch außerordentlich klugen Wahl des Ortes, Herr Benjamin. Von diesem beherrschenden Hü-

gel aus kann man jeden Feind schon frühzeitig erkennen, von welcher Seite er auch immer angreifen mag. Und außerdem erleichtert er die Verteidigung der Stadt ungemein. Samaria dürfte uneinnehmbar sein." — „Ich bewundere Ihren Scharfsinn, Herr Ammose. Omri, der Erbauer dieser Stadt, war tatsächlich Soldat."
„Mir scheint aber, daß die Bauten nicht einheitlich sind. Ich erkenne mindestens zwei verschiedene Baustile." — „Auch damit haben Sie recht. Es liegen in der Tat verschiedene Baustile vor — und das, obwohl die Stadt erst über hundert Jahre alt ist. — Ich erwähnte eben schon ihren Gründer, den König Omri. Er kaufte den Berg und erbaute auf ihm seine Hauptstadt. Vorher war der Hügel nicht bewohnt." — „So konnte er nach seinen eigenen Ideen schalten und walten und mußte sich nicht an Vorhandenem, dem Ärgernis der Architekten, orientieren?" — „Ja, so war es, und das gehört gewiß auch zu den Vorteilen dieser Neugründung. — Im westlichen Teil der Stadt, sehen Sie, da!" Josef wies mit dem silberbeschlagenen Peitschenstiel in diese Richtung, „auf dem Burgberg, steht noch sein Palast. Und diesen Turm da, den ‚Omriturm' mit der dazugehörigen Toranlage, hat er ebenfalls erbaut. Sehen Sie das Tor? — Der Tempel, den Sie dahinter sehen, stammt allerdings nicht von Omri. Den hat Ahab, sein Sohn, erbaut. Dort, am östlichen Ende der Stadtmauer, steht der Ahabturm." — „Ist das der berühmte Ahab, dessen politische Weitsicht man uns auf der Universität rühmte?" — „Ganz recht, das ist er. Auch die wesentlichsten Teile der Mauer stammen von ihm. Sie müssen sich einmal die Kasematten der Nordmauer ansehen. Von seinem Elfenbeinpalast werden Sie wohl schon gehört haben." — „Selbstverständlich. Schon vor meinem Studium. Ich bin begierig, die weltberühmten Elfenbeinschnitzereien zu sehen. Ägyptische Arbeit?" — „Ja. — So ist die Stadt immer weiter gewachsen. Der große Palast östlich der Omriburg und die davorliegende Mauer stammen von Jerobeam II., unsrem jetzigen König." — Trompetensignale klangen von der Burg her. — „Und dort, in der Mitte der Stadt, zwischen Burg und Wohnstadt, nicht weit von der Trennmauer entfernt, steht mein Haus. Der Bauplatz liegt gerade gegenüber." — Josef war froh, daß er endlich bei seinen eigenen Angelegenheiten angekommen war. Er lenkte den Wagen über die steil abfallende Steige ins Tal.
Die Talstraße bog scharf nach rechts ab und führte an der Südseite des Burgberges in sanftem Anstieg den Hügel hinauf.

Die Fahrt ging durch Weinberge und Feigenbaumgärten, die den Berg rings umkränzten. Wieder eine scharfe Kehre. Der Wagen fuhr jetzt unmittelbar unter der mächtigen Stadtmauer. Schwärzlich, düster und drohend blickte sie mit ihren Türmen und Zinnen herab. Aber sie bildete keine gerade Linie. Auf 30 Meter hatte sie der Festungsbaumeister zurückgezogen und eine Einbuchtung geschaffen. „Das ist unser Festplatz. Auch Paraden finden hier statt. Hier an der Mauer pflegt der König bei solchen Anlässen zu sitzen." — „Auch für die Verteidigung eignet sich solch eine Anlage vorzüglich. Ich möchte bei einem Angriff auf die Mauer nicht in diese Falle geraten. Man kann von drei Seiten her zugleich unter Beschuß genommen werden."

Das Gefährt war kaum über den Aufmarschplatz gefahren, als sich die Straße jäh verengte und ganz nahe an die Mauer heranführte. Links zeigte sich eine steil abfallende Böschung. „Raffiniert! Wenn der Feind euer Tor stürmen will, gerät er hier in des Teufels Küche!" — Gleich darauf bog die Straße scharf nach rechts ab. Josef fuhr auf den Torplatz. „Darf ich Sie bitten, einen Augenblick anzuhalten?" — „Aber selbstverständlich, Herr Ammose. Sie sind offensichtlich nicht nur an Türmen und Innenhöfen, sondern auch an Toren interessiert." — „Erraten. Tore sind meine Leidenschaft! — Mich wundert, daß noch kein Weisheitslehrer eine Philosophie des Tores entwickelt hat. — Das primitive Tor diente zum Schutz gegen Feinde und Witterung. Aber es hatte auch einladende Funktion. Tor ist Übergang, es lädt ein zum Verweilen. Und dieser einfache Grundgedanke — wie vollkommen ist er in dieser Toranlage entfaltet! Sagten Sie nicht, daß sie von Omri stammt?" — „Von Omri. — Er mußte vor allem eine wehrhafte Anlage schaffen, um sich vor seinen Feinden zu schützen." — „Und das ist ihm hervorragend gelungen, Herr Benjamin. Befindet sich sein Grab in der Stadt?" — „Ja, in der Nähe der Burg." — „Ich werde nicht versäumen, ihm eine Rose auf das Grab zu legen."

Ammose sah sich in dem 8 Meter breiten und 12 Meter tiefen äußeren Tor um. „Dem Feind, der hier hereinkommt, mögen die Götter gnädig sein! Schießscharte an Schießscharte! Und auf den Mauern Steinblock neben Steinblock — fertig zum Wurf! Und das dort sind Pechpfannen und Wassertöpfe?" — „Ja, sie sind immer gefüllt und brauchen nur angeheizt zu werden." — „Dieses Tor ist uneinnehmbar." Josef wies stadteinwärts auf eine schmale

Pforte. „Dort ist der eigentliche Eingang zur Stadt. Diese schmale Tür führt auf den inneren Torplatz. Auch er ist acht Meter breit, aber nur zwei Meter tief. Er wird von einer zweiten Tür abgeschlossen. Diese führt direkt in die Stadt." — „Omri hat die Idee des Schutzes vollkommen in seiner Toranlage ausgebildet." — „Und dabei aber das Gespräch nicht vergessen. Sehen Sie die steinernen Bänke zu beiden Seiten? Hier versammeln sich die Ältesten zum Gericht. Da", Josef wies auf zwei steinerne Tafeln, die am Omriturm hingen, „unsre Rechtsgrundsätze." — „Ach, die weltberühmten Zehn Gebote?" — „Ja." — „Und hier versammelt man sich doch auch nach Feierabend?" — „Richtig! Zum ‚Sod', sagen wir, zum ‚Gesprächskreis'."

Josef fuhr mit seinem Gast die Torstraße hinauf. Rechts ragten die Mauern und Türme der Königsburg empor. Links war nur eine Mauer zu sehen. „Dahinter liegen die Magazine, die Ahab anlegen ließ, und das Reichsgefängnis." — Nach knapp 100 Metern bog Josef nach rechts in die Königsstraße ein. Jetzt war er mit dem Baumeister im Kern der Burg. Er hielt an und wies nach rechts: „Diese Treppen führen zur Königsburg hinauf. Der Palast rechts davon ist das Elfenbeinhaus Ahabs. Der König wird Sie gewiß einmal zur Audienz bitten. Dann können Sie sich den Prachtbau ansehen." Josef wies auf die linke Seite: „Das ist der Tempel." Er fuhr langsam die Königsstraße entlang. „Das sind die Priester- und Prophetenhäuser." Der Großkaufmann zeigte auf die Bauten, die sich an den Tempel anschlossen. Dann folgten auf der linken Seite mehrere kleine, aber sehr prunkvolle Häuser. „Das Haus des Oberpriesters Cohen. Gleich daneben wohnt der Feldhauptmann Kain. Dahinter können Sie das Haus des Richters Iskai sehen. Sie werden die Herren bald kennenlernen." Hinter der Mauer, auf der rechten Straßenseite, drang Stampfen und Wiehern von Pferden hervor. „Das ist die Garnison eines Streitwagenregiments. Die Festungssoldaten haben ihre Kasernen hinter dem Tempel und in den nördlichen Kasematten."

Eine Mauer trennte die Königsburg und die dazugehörigen Anlagen von der ostwärts davon gelegenen Wohnstadt. Josef lenkte jetzt seinen Wagen durch das Tor, das in diesen Teil der Stadt führte. Vor den Augen des Ägypters lag die sich sanft nach Osten neigende Stadt der Bürger und Handwerker, der Armen und der wenigen Reichen. Welch anderer Anblick! Links und rechts neben der entsetzlich schmalen Königsstraße, durch die

Josefs Wagen eben noch fahren konnte, reihte sich Lehmhaus an Lehmhaus. Die Dächer waren alle flach. Zuerst meinte der Architekt, hier seien alle Häuser gleich. Aber bald sah er, daß dem nicht so war. Auch hier standen Häuser, die auf einen wohlhabenden Besitzer hinwiesen. Und daneben verschämt die Hütten der Armen. Dumpfer Geruch stieg auf.

Der Wagen hielt vor einer kunstvoll verzierten Lehmmauer. Josef führte seinen Gast in den dahinterliegenden Hof. „Das ist mein Haus, Herr Ammose. Erbaut hat es mein Vater, Isaak, der Gerechte." — „Ihr Vater hat praktisch und dabei doch auch schön gebaut, Herr Benjamin." — „Aber Sie verstehen, daß das meinen Ansprüchen nicht mehr genügt!" — „Selbstverständlich. — Es ist kein Repräsentationsbau, wie Sie ihn als Kaufmann, den die ganze Welt kennt, Ihrem Namen schuldig sind."

Der Großkaufmann führte den Baumeister auf das Dach des Hauses. „Dort wird der Palast stehen — sehen Sie?" Er zeigte auf die Häuser, die auf der anderen Seite der Königsstraße lagen. „Direkt gegenüber sehen Sie mein bisheriges Verkaufsgewölbe. Das wird ein Teil des Bauplatzes sein. Links daneben liegt das Haus und der Garten eines Mannes namens Zattai. Sein Besitz gehört seit einiger Zeit mir. — Das Grundstück rechts von meinem Gewölbe gehörte bisher einem Junggesellen namens Igal — jetzt mir. Er hat sich vor kurzem erhängt." Ammose zuckte zusammen. „Nicht hier in der Stadt. — Die Häuser, die noch dort drüben stehen, werden abgerissen. Auf diesem Areal sollen Sie meinen Palast errichten!" Ammose überblickte den Platz prüfend. Vor seinem Geiste formte sich schon der prunkvolle Bau, der sich anstelle dieser ärmlichen Hütten erheben sollte. Doch dann gewahrte er hinter dem Gewölbe Josefs noch eine baufällige Kate. Sie störte ihn. Gerade an dieser Stelle mußte sich nach seiner Vorstellung seine zweite Idee verwirklichen: Der Turm, der das Bauwerk krönen sollte! „Und jene Hütte dort in der Ecke?" — „Auch sie gehört bereits mir." — „Ist sie nicht noch bewohnt?" — „Macht nichts. Die Leute müssen heraus! Ich brauche Platz..." Josef zertrat einen Käfer mit dem Absatz seiner Sandalen.

Schon drei Tage nach seiner Ankunft konnte der Architekt dem Kaufmann melden, daß er sowohl den Bauplan als auch ein Modell des Palastes angefertigt habe. Josef bat seine Frau und seinen Schwiegervater Amram zu einer Besichtigung am Abend. — Ammose beugte sich über den Bauplan. — „Das ist Herr Am-

mose, der Architekt. — Und das ist Michal, meine Frau." Ammose
war verwirrt. Er sah in zwei feurige Augen, die das interessante
blasse Gesicht überstrahlten. Das lange schwarze Haar war von
einer roten Schleife zusammengehalten, der zierliche Körper mit
einem kostbaren gelben Tuch bekleidet. Ein perlenbesetzter Gürtel umgab die schmalen Hüften. Michal war entzückt, als sie das
Modell sah. „Einen Bauplan kann ich nicht lesen. Aber hier am
Modell komme ich zurecht."
Der Baumeister erläuterte das Bauwerk. — „Der ganze Palast ist
um einen großen Innenhof mit den Ausmaßen 10 x 10 Meter
angelegt..." — Josef unterbrach den Architekten lachend: „Dieser Innenhof ist Ammoses Idee, müßt ihr wissen! Er entspricht
dem menschlichen Streben nach Sicherheit und ... was sagten Sie
noch, Herr Ammose?" — „Nach Sicherheit und Besitzwillen." —
„Nicht schlecht, diese Idee!" warf Amram ein.
„Erlauben Sie nun, daß ich mit meinen Erklärungen fortfahre? —
An der Westseite dieses Hofes befinden sich drei Räume. Sehen
Sie, hier, an der linken Ecke wird Ihr Arbeitszimmer sein, Herr
Benjamin. Rechts schließt sich Ihr Zimmer an, gnädige Frau. Und
in der Ecke ist das Schlafzimmer mit den Schlafnischen. Diese
Gemächer blicken auf einen kleinen Garten hinaus, der durch
die Mauer der Königsburg abgeschlossen wird."
Michal strahlte über das ganze Gesicht. „Haben Sie von Ihrem
Freund schon eine Zusage wegen der Elfenbeinschnitzereien für
das Schlafzimmer?" Josef zog die Augenbrauen hoch: „Habe ich
recht gehört, Michal? Elfenbeinschnitzereien?" — „Ach bitte,
Josef, sei mir nicht böse! Diese Schnitzereien sollen der einzige
Schmuck des Hauses sein!" Josef wurde bleich: „Ich sehe nicht
ein, inwiefern uns diese kostspieligen Dinge irgendwie von Nut-
zen sein könnten. Sie mögen einem König angemessen sein, der
ja auch andere nutzlose Dinge treibt. Ich als Kaufmann muß nach
der Rentabilität fragen. Aus diesem Plan wird nichts!" — „Ich
stimme Ihnen zu, Herr Benjamin. Als Kaufmann müssen Sie
nach der Rentabilität fragen. Aber Sie sind doch auch Bürger
dieser Stadt." Der Ägypter unterbrach sich. „Was sage ich da —
,ein Bürger dieser Stadt'? — Sie sind der erste Bürger Samarias!
Sie haben die Pflicht, zu repräsentieren! Sie geben nicht nur im
finanziellen, sondern auch im kulturellen Leben den Ton an.
Vom Geld spricht der Kaufmann nicht, er hat es. Aber seine
Kultur muß er zeigen! — Erinnern Sie sich noch daran, daß Sie

mir vor vier Tagen sagten, als wir nach Samaria hinüberschauten: ‚Die kostbarste Perle wollen wir dieser Krone einfügen'? — Gestatten Sie, daß mein Freund die Elfenbeinschnitzereien gestaltet!" — „Reden Sie mir nicht von kulturellen Verpflichtungen! Für mich gibt es nur einen Maßstab für falsch und richtig, gut und böse: Rentabilität!! Und damit basta!"

Amram hatte bisher geschwiegen und sich am Gespräch belustigt. Jetzt sagte er: „Ich kenne dich und weiß, daß du nicht gegen deinen Grundsatz handeln wirst. Du bist der nach dem Gesetz der Rentabilität handelnde Kaufmann, dort sind der Baumeister und deine Frau, die dem Gesetz der Schönheit huldigen. Das ist eine fast unerträgliche Spannung. Aber ich will sie lösen. — Herr Baumeister, lassen Sie den Elfenbeinschnitzer kommen, den berühmtesten, den Ägypten hat! Die Rechnungen schicken Sie mir!" — „Vater!" jauchzte Michal und fiel dem alten Amram um den Hals. „Laß nur sein, Kind, wir müssen doch auch etwas für die Kultur tun. Vor allem wir Bankiers. Der Ägypter hat recht."

— „Aber bitte, Herr Ammose, keine Muster, die schon im Königspalast verwandt wurden!" — „Das kann ich Ihnen versichern, Frau Benjamin. Die weibliche Seele dürstet nach Individualität. Wir Ägypter tragen dem Rechnung."

Erfreut sprach der Baumeister weiter: „An der Nordseite ist das Bad, der Vorratsraum und die Küche. — Sind Sie damit einverstanden, gnädige Frau?" — „Das wichtigste ist, daß das Bad groß genug ist!" — „Die Küche als Wirkungsmöglichkeit weiblicher Individualität hast du immer noch nicht entdeckt!" sagte Amram lachend. „Der Großkaufmann hat Sklaven genug!"

„An der Südseite ist das Schlafzimmer für die Kinder. — Nun schauen wir nach Osten. Hier ist der Ausgang. Links und rechts davon liegen je zwei Büroräume. Der Ausgang führt zur Auffahrt — hier. Ihr gegenüber liegen sechs Boxen für Reisewagen." Der Baumeister schwieg und sah seine Zuhörer an.

Plötzlich wies Josef auf den Turm, der den Palast an seiner Nordostecke überragte. „Muß das sein? Ich sehe nicht ein, für was er gut sein soll. Lassen Sie den Turm weg!" Der Baumeister verstand zuerst gar nicht, was der Großkaufmann wollte. Hatte er nicht eben den Innenhof als Ammoses Idee bezeichnet? Und da sollte er nicht mehr wissen, daß der Turm die zweite Idee war? Wenn Josef das Elfenbeinzimmer gestrichen hätte, das hätte er mit seinem baumeisterlichen Gewissen vereinbaren können. Aber ein

Palast ohne Turm? Das war unmöglich! Der Innenhof allein stellt das menschliche Herz nicht zufrieden. Erst der Turm! Der Turm! — Ammose fand es unschicklich, den Großkaufmann auf seinen Machtwillen anzusprechen. Er wollte eine andere Seite in Josefs Wesen anrühren, um den Turm zu retten. — „Erlauben Sie mir, daß ich Ihr Wort über die Rentabilität aufgreife! Dieser Turm wird sich rentieren!" Josef machte große Augen. „Dieser Turm wird der ganzen Stadt und allen, die an dieser Stadt vorbeifahren oder sie besuchen, die Macht des Kaufmanns Josef Ben Benjamin verkündigen. — Lassen Sie den Turm!" Der Ägypter fügte emphatisch hinzu: „Der Gesichtspunkt der Rentabilität erfordert es!!" — Josef lächelte ironisch. „Kein Wunder, daß sich Salomo Weisheitslehrer aus Ägypten kommen ließ! Trotzdem, der Turm bleibt weg!"

„Wie willst du diesen Wunderbau finanzieren?" fragte Amram, als der Ägypter weggegangen war. „Du brauchst dir keine Sorgen zu machen, Amram. Das Haus wird ausschließlich mit vorhandenen Rücklagen und den Gewinnen der nächsten zwei Jahre finanziert. — Wert meiner Besitzungen hier in Samaria, in Jelek und Damaskus: 200 000 Silberschekel. Rücklagen: 80 000. Sie befinden sich auf deiner Bank. Jährlicher Nettogewinn: 20 000. Die Bausumme für den Palast beträgt nach dem Kostenvoranschlag 120 000. — Nun kannst du dir selbst ausrechnen, daß ich den Verpflichtungen, die mir durch diesen Bau entstehen, ohne weiteres nachkommen kann." — „Wenn die Bausumme in zwei Jahren fällig ist, bleibt aber nach meiner Rechnung immer noch die erkleckliche Summe von 60 000 Silberschekeln, von denen ich nicht erfahren habe, wo sie herkommen sollen." — „Ich habe dir auch noch nicht gesagt, wie ich noch Geld machen will." — „Ich bin gespannt." — „Bei nächster Gelegenheit muß der Getreidepreis erhöht werden. Außerdem sind die Abgaben meiner Pächter in Jelek zu niedrig. Und schließlich habe ich in Jelek noch mit einem Hof etwas vor." — —

Vier Wochen später. Jonathan, Priester und jugendlicher Freund des Oberpriesters Cohen am Reichstempel zu Samaria, trat in dessen Amtszimmer. „Herr, die Ausgrabungen für Josefs Palast sind fertig. Der Großkaufmann bittet dich, die Weihehandlungen vorzunehmen." Abwehrend streckte Cohen beide Hände aus: „Ich verstehe zwar, daß Josef die Weihehandlung vornehmen lassen will. Seit Menschengedenken wird vor einem Hausbau die Gottheit angerufen, und es werden Opfer dargebracht. Und ich wäre auch gerne bereit, es zu tun. — Aber unter den gegenwärtigen Umständen ist es ganz und gar unmöglich." Jonathan sah den Oberpriester fragend an. Cohen: „Du hast auch gehört, was man in der Stadt über Josefs Vorgehen gegen Zattai und Igal spricht. Was mir über die Bauern von Jelek zugetragen worden ist, darüber will ich lieber schweigen. — Freilich muß die Weihehandlung durchgeführt werden. Schließlich ist Josef der wichtigste Kaufmann im Reich — und unser Weizenlieferant. Aber nicht ich — — — du wirst das tun, lieber Jonathan!" — „Ich sehe keinen Grund, der dich daran hindern könnte, die heilige Handlung zu zelebrieren. Gott decket auch der Sünden Menge." — „Aber doch nur, wenn der, der gefehlt hat, auch Buße tut!" — „Zeigen die großen Opfer Josefs nicht, daß er wohl weiß, wie es um ihn steht?" — „Ich habe bei Benjamin den Eindruck, daß es sich eben bloß um Opfer handelt! Und Opfer allein, ohne die Barmherzigkeit, bewirken nicht das Heil!" — Jetzt spielte Jonathan seinen letzten Trumpf aus: „So bedenke doch, daß Josef mit dem Oberpriester Amazja am Reichsheiligtum zu Bethel verwandt ist! Amazja ist Josefs Vetter!" Der Oberpriester zuckte zusammen. Amazja war zwar mit ihm ranggleich. Aber er stand gegenwärtig beim König in höherer Gunst als Cohen. Weigerte sich Cohen, die Weihehandlung zu vollziehen, so konnte Josef über Amazja seinen Einfluß gegen den Oberpriester von Samaria geltend machen.

Der Oberpriester erschien in vollem Ornat. Mit der freundlichsten Miene begrüßte er den Großkaufmann. Neben Cohen saß der Prophetenvater Zedekia in seiner Amtstracht, einem schmucklosen Kamelfell, das mit einem Riemen um die Hüfte festgemacht war. Die eindrucksvollste Gestalt unter den Ehrengästen war zweifellos die des Feldhauptmanns Kain. Er überragte alle anderen um Haupteslänge. Seine langen Beine konnte er kaum unterbringen. Die rechte Wange zeigte eine schlechtverheilte Narbe. Kain trug sie wie einen Orden. Er hatte sie bei den Kämpfen um Karnaim erhalten. Das Merkwürdigste an ihm war, daß sich seine Kiefer ständig bewegten. Kam man in seine Nähe, so roch man den strengen, süßlichen Geruch von Johannisbrotschoten. Das Johannisbrotkauen hatte er sich als junger Soldat angewöhnt. Er hatte bei sich und seinen Kameraden beobachtet,

daß sich Angst vor den mancherlei Schrecken des Krieges im Zucken der Mundwinkel verriet. „Als Offizier darfst du das auf keinen Fall zeigen!" sagte er sich. Und diese Idee war gut. Aus diesem Grund hatte er nach mehreren Versuchen mit anderen Mitteln das Johannisbrotkauen angefangen. Das Kriegsglück mochte sich hinwenden, wohin es wollte — Kain kaute. Bald hieß es: Kain hat keine Angst! Seht nur, wie er kaut!" Und der König braucht furchtlose Offiziere — wenigstens in Kriegszeiten. So kaute sich Kain während der wechselvollen Aramäerkriege die lange Leiter der militärischen Dienstgrade hinauf. Und schließlich wurde er Feldhauptmann. Der Johannisbrotbaum sei gepriesen! Kain verdankte ihm seine Karriere. Die Soldaten schauten zu ihm auf wie zu einem Gott. Mögen Hunderte von Aramäern anstürmen, mögen sie mit Kriegswagen angreifen! — Kaut Kain? Er kaut! Also brauchen wir keine Angst zu haben! Wehe aber, wenn er aufhörte zu kauen!! — Da der Feldhauptmann geizig war, hatte er so lange trainiert, bis er trotz ständigem Kauen mit einer Schote am Tag auskam. Er kaute und mahlte mit seinen Kiefern selbst in Anwesenheit des Königs. Und so kaute er selbstverständlich auch bei der Einweihung von Josefs Palast.
Das Opferfeuer brannte. Die Volksmenge verstummte. Der Oberpriester schlachtete ein einjähriges Lamm. Er sprengte das Blut in die vier Ecken des Innenhofes und sprach feierlich: „Ich weihe dich, Haus Josefs, im Namen des Gottes Abrahams, Isaaks und Jakobs, des Gottes unsrer Väter. Er segne alle, die dich bewohnen, ihren Ausgang und Eingang. Er segne dich, Josef Ben Benjamin und deine ganze Familie. —

Der Herr behüte dich vor allem Übel,
er behüte deine Seele.
Der Herr behüte deinen Ausgang und Eingang
von nun an bis in Ewigkeit!"

Der Oberpriester legte das Opferfleisch auf den Altar. Als er zurückgetreten war, erhob sich der Kanzler Benaja. „Ich habe die Ehre, ehrenwerter und hochgeachteter Herr Benjamin, Ihnen die Grüße des Königs überbringen zu dürfen. Der König, und mit ihm sein ganzer Staatsrat, freut sich außerordentlich über das große Werk, das Sie mit diesem Haus in Angriff genommen haben. Sie schaffen mit diesem Palast ein Denkmal des Wagemuts der Kaufleute dieser Stadt, unsres Reichs, und ein Symbol unsres Wohlstandes. Wir sind Ihnen für Ihren Einsatz in dieser feierlichen Stunde Dank schuldig. Der Herrgott, der Sie bisher so sichtbar gesegnet hat, bleibe bei Ihnen und bei diesem Hause!" — Kaum hatte der Kanzler geendigt, als der Feldhauptmann ein lautes Jubelgeschrei anstimmte. Die Gäste und das Volk jubelten mit. Darauf erhob sich der Feldhauptmann und sprach — kauend: „Habe wenig zu sagen. Wenn wir Soldaten kämpfen, fragen wir: Wofür? — Dieser Festtag mit der Anrufung Gottes und das Haus meines Freundes Benjamin, das hier entsteht, gibt Antwort. Wir kämpfen für die Religion, die sich heute in so schöner Weise zeigt. — Wir kämpfen für die Kultur, die hier geschaffen wird. — Wir kämpfen für den Wohlstand. — Der Herr der Heerscharen, der unsre siegreichen Truppen im Kampf gegen die Aramäer begleitet hat, sei mit dir, mein Freund Josef! — Hurra!" — — Jubelnder Beifall.

Die dünne Stimme des Prophetenvaters konnte sich zuerst fast keine Ruhe verschaffen. „Wir Propheten sind seit dem Auftreten der ersten Prophetenschwärme zu Samuels Zeiten immer wieder als fortschrittsfeindlich verschrien worden. Dieser Vorwurf entsetzt mich nicht. — Ja, wir sind gegen eine Kultur, die auf dem Rücken der Armen aufgebaut und durch Ausbeutung gewonnen wird. Wie könnten wir aber unsre Stimme gegen einen Mann wie den berühmten Kaufmann Benjamin erheben? Nein! Seine Taten entspringen seiner Liebe zu Gott und dem Nächsten. Wir Propheten geben ihm darum die volle Zustimmung. Wir bitten für ihn den Allerhöchsten, er möge sein Werk segnen!"

FEUER

„Ach, der Dorfvorsteher Jonadab!" sprach Josef zu dem Bauern, der gerade vom Feld heimkehrte. „Was verschafft mir die Ehre?" fragte Jonadab kalt. „Ich habe eine geschäftliche Sache mit dir zu besprechen." — „Das ist überflüssig. Ich habe mit dir noch nie Handel getrieben." — „Ich weiß. Ich weiß. Du machst deine Geschäfte mit dem alten Basan in Megiddo." Jonadab zitterte: „Mein Gott! Sollte der alte Basan...?" Inzwischen hatten sich vor seinem Hof schon einige Bauern eingefunden. „Können wir nicht

in dein Haus hineingehen?" — „Was du mit mir zu reden hast, das kann jederzeit hier im Hof geschehen."
Immer mehr Bauern liefen zusammen. „Vor allen diesen Menschen hier?" — „Vor allen." — „Also gut. Wie du willst!" sagte der Kaufmann höhnisch. Er griff unter seinen mantelartigen Sommerüberwurf und brachte drei Schriftstücke hervor. Jonadab wurde bleich vor Entsetzen. „Das sind doch die Schuldverschreibungen, die ich bei dem alten Basan für zwei Ochsen . . . !" Josef weidete sich an seiner Angst. „Ja, das sind sie, mein Lieber. — Das hättest du und ich nie gedacht, daß wir miteinander in Geschäftsverbindung treten müßten!" Ein heißer Zorn stieg in Jonadab auf. „Geben Sie die Scheine her! Sie gehören dem Kaufmann Basan!" Josef befürchtete, daß der zornige Bauer ihm die Schuldscheine entreißen könnte, und verbarg sie hinter seinem Rücken. Im Bewußtsein seiner Macht sagte er: „Sie haben einmal Basan gehört!" Der Ortsvorsteher wurde von rasender Wut hingerissen: „Und Sie haben sie bei ihm gestohlen — oder rauben lassen!" Benjamin verlor seine Haltung. Er wurde rot. „Nimm dich zusammen, Bauer! Du könntest deine Worte bitter bereuen! — Diebstahl? Siehst du die Schrift Basans auf der Rückseite der Schuldverschreibung? — Basan ist bankrott! — und bei mir hoch verschuldet! Das Gericht sprach mir darum diese Schuldverschreibungen zur Eintreibung des Geldes zu." — — Jonadab taumelte wie von einem tödlichen Schlag getroffen. Er mußte sich an der Hofmauer festhalten. — Basan bankrott! Die Schuldbriefe in Josefs Hand! Allmächtiger! Und der räuberische Kaufmann wollte die Schuld sofort bezahlt haben, wohl wissend, daß Jonadab keinen Schekel bares Geld hatte.
Rasende Wut übermannte Jonadab. „Räuber!" schrie er dem Kaufmann ins Gesicht. „Überlege, was du sagst, Bauer! Das Gericht bringt dich sonst im Kerker zur Vernunft!" — „Rede du nicht von Gericht und Recht, Josef!" Jetzt brach aus Jonadab alles heraus, was sich in ihm während der letzten Jahre an Haß gegen den Kaufmann angesammelt hatte. „Du hast das Recht mit Füßen getreten, als du Datans Hof um einen Spottpreis an dich brachtest! Du hast Juchal ins Verderben gestürzt! Und so, wie du in diesen beiden Fällen gehandelt hast, so hast du es bei allen Bauern gemacht, die hier deine Pächter sind! Gewissenloser Räuber! Rechtsbrecher!" — „Schreie nicht vom Recht, Bauer!" sagte Josef scharf. „Du kannst mir in keinem Fall nachweisen, daß ich

mir etwas nahm, auf das ich keinen Anspruch gehabt hätte." —
„Ja, du hast den Schein des Rechts für dich, Kaufmann! Aber
um die Not der Bauern hast du dich nicht gekümmert. Statt
Milde zu üben, hast du ihr Unglück ausgenützt!" — „Komm mir
nicht mit Gefühlen, Bauer! — Verstand! Rentabilität! Das allein
gilt beim Kaufmann." — — Inzwischen war das ganze Dorf vor
Jonadabs Hof zusammengelaufen. Schreie ertönten: „Räuber!" —
„Jonadab hat recht!" — „Halsabschneider!" Geballte Fäuste.
Der Kaufmann bekam Angst und ging mit dem Richter zu den
Wagen. Ehe er den Hof verließ, sagte er: „Morgen sind zwei
Drittel deiner Felder und dieses Haus mein. So steht es in den
Schuldscheinen. Finde dich mit diesen Tatsachen ab!" — Ein entsetzlicher Gedanke stieg in Jonadab auf. Er schrie dem Kaufmann
ins Gesicht: „Du wirst alles bekommen, was du rauben willst
— — — aber schwarz wirst du es bekommen!"
Josef hörte diese Worte Jonadabs wohl, er konnte sich aber nicht
vorstellen, was der aufgebrachte Dorfvorsteher damit meinte.
Der Kaufmann und der Richter hatten inzwischen ihre Wagen
bestiegen. Die Volksmenge wurde immer erregter: „Schlagt sie
tot!" — Der Kaufmann und der Richter peitschten auf die Pferde
ein.
Als Nabal nachts um zwei Uhr aufwachte, füllte beizender Rauch
seine dumpfe Schlafkammer. Das einzige Fenster schaute ihn wie
das wuterfüllte Auge eines Riesen an. Ein heißer Schock durchfuhr den Bauern: „Feuer! — In meinem Haus?" Er riß die Tür
auf. „Gott im Himmel! — Bei Jonadab brennt es! — Ho! Es
brennt! Feuer! Feuer! Feuer!" Hastig riß er Frau und Kinder aus
dem Schlaf. Dann sprang er auf die Straße hinaus. — Jonadabs
Wohnhaus brannte wie eine Fackel. Wie das rasselte und prasselte! Im Hui riß der Feuersturm Schindeln, Holz und Stroh in
die Höhe. Nabal traf auf der Straße ein paar aufgeschreckte
Bauern. „Wo ist Jonadab? — Was steht ihr hier herum? — Los!
Sorgt dafür, daß das Feuer nicht auf die Scheune und den
Schafstall übergreift!" — Nabal rannte auf das brennende Wohnhaus zu. „Gott im Himmel! Jonadab!" Nabal riß an der Haustür. Sie war nicht verschlossen. In der Hitze des Feuers zer-
knallten bereits die Lehmmauern. Der Raum war leer. Krachend
stürzte ein Teil der Decke ein. „Nabal!" Ein Schrei des Entsetzens. Der kühne Mann konnte sich gerade noch ins Freie
retten, und schon stürzte der übrige Teil der Decke und das

Obergeschoß mit furchtbarem Getöse ein. „Wo ist Jonadab?"
schrie Nabal. Sein Gesicht war vom Ruß geschwärzt. „Jonadab?"
— „Hat keiner ihn gesehen?" Es hatte ihn keiner gesehen. Nabal
gab die Suche auf. Auf keinen Fall war er durch das Feuer ge-
fährdet.

„Was steht ihr herum?" schrie der Bauer. „Wir müssen löschen!
— Hab' ich nicht gesagt, daß ihr auf die Scheuer aufpassen
sollt? Verdammt! Jetzt fängt sie schon zu brennen an!" Nabal
gab in rasender Eile Befehle: „Ihr da! Du! Du! Mit Balken das
Wohnhaus einstoßen, wenn ihr nicht wollt, daß das ganze Dorf
abbrennt! — Die Frauen! Wasser herbei! Aus der Zisterne! Eine
Eimerkette bis zu Jonadabs Scheune!" Der Bauer eilte selbst an
den gefährlichsten Platz, bereit, das Wasser auf den Brand zu
schleudern.

Aber zu seinem Entsetzen merkte er, daß ihm keiner der Bauern
gehorchte und keiner den befohlenen Platz einnahm. Jenob trat
zu ihm heran, legte ihm die Hand auf die Schulter und sagte:
„Laß brennen, Nabal!" Nabal keuchte vor Erregung: „Seid ihr
wahnsinnig? Jonadabs Besitz?" Mit erhobener Faust sprang er zu
den Bauern zurück, die sich in immer größerer Zahl vor Jonadabs
brennendem Hof zusammenrotteten. „Ihr wollt Jonadabs Besitz
verbrennen lassen? Seid ihr verrückt geworden — alle miteinander?" Datan, der an diesem Tag noch nicht betrunken sein
konnte, schrie: „Jonadabs Besitz? Gewiß, den würden wir löschen! Wie oft hat er mir geholfen! Aber das ist ja nicht mehr
Jonadabs Besitz! Das gehört alles Josef! Und..." Datan geriet
auf einmal ins Rasen. „Diesem Hund soll alles verrecken! Diesem Schinder! Ich schlag den tot, der mir auch nur einen einzigen
Tropfen Wasser auf dieses Feuer schüttet!" Datans Reden fanden sonst selten Zustimmung. Aber heute fielen sie wie Funken
in dürres Stroh. „Datan hat recht! Laßt brennen!" Die Menge
wurde immer lauter. Der Haß der Unterdrückten flammte auf
wie das Feuer über Jonadabs Scheuer und Schafstall. Wie der
Feuersturm alles erfaßte mit seiner Glut und alles mit sich riß,
so wurden die friedlichen Bauern vom Haß gegen Josef gepackt.
Eine Explosion der Gefühle stand bevor.

Doch plötzlich verstummte die ganze Rotte auf einen Schlag.
Mit weitaufgerissenen Augen starrte Nabal hinaus auf die
Ebene — ihre Ebene Jesreel! Alle starrten, und das fürchterliche
Erstaunen war so groß, daß es sich zuerst nicht in Worte fassen

ließ. Dort draußen geschah, was noch nie geschehen war. Darum hatte die bäuerliche Sprache bisher keine Worte dafür gefunden. Draußen auf dem Felde brannte es an drei verschiedenen Stellen. An zwei anderen flammte der Brand eben auf! — — Noch schwieg die Menge der erstarrten Bauern, der erschreckten Frauen und der totenblassen Kinder. Dann aber schrie Nabal gellend auf: „Er zündet seine Felder an! O Gott! Jonadab — zündet — seine Felder — an!" Datan sagte dumpf: „Jetzt versteh' ich, was er gestern abend dem Schinder gesagt hat." Alle durchschauerte die Erkenntnis, daß Jonadab sich in fürchterlicher Zerstörungswut an dem Räuber seines Hofes rächen wollte. — Wer es zuerst schrie, das konnte später niemand mehr genau sagen. „Los! — Zündet alle Felder Josefs an! Los!" Wie Feuersturm in dürres Holz, so fuhren diese Worte in die Menge. — „Um Gottes willen, tut doch das nicht!" schrie Nabal in höchster Erregung. Aber der Haufen war nicht mehr zu halten. Die Explosion war da. Der Tag der Rache war gekommen. — Bauern, Frauen und selbst Kinder sprangen auf die brennenden Häuser Jonadabs zu und rissen Feuerscheite heraus. Dann rasten sie wie Furien hinaus in die Flur um Jelek und warfen den Brand in die vollreifen Gerstenfelder und in frühreifen Weizen. Bald brannte es an zwanzig verschiedenen Stellen. Und immer neue Flammen züngelten empor. — Andere Bauern jagten zu Datans Haus, wo sich die Fronvögte aufhielten, die Josef im Dorf bestellt hatte. „Schlagt sie tot! Hängt sie auf!" Aber die Vögte hatten schon die Flucht ergriffen. Sie retteten sich in panischer Angst nach Megiddo. — Inzwischen trieb der Westwind die Feuer aufeinander zu, so daß sich die kleinen Brände zu einem einzigen großen Brand vereinigten.

Jetzt erst kamen die von Zerstörungswut besessenen Bauern zur Besinnung. Aber schon war es zu spät. Die Feuersbrunst hatte Jelek ergriffen. Vieh brüllte vor Todesangst in den Ställen. Es gab nicht mehr viel zu retten. Die Gewalt des Brandes vereinigte sich zu einem einzigen ungeheuren Feuersturm. Fassungslos standen die Bauern auf der Tenne außerhalb des Dorfes und sahen entsetzt ihr Werk. Es war niemand da, der sich an die Spitze der Aufrührer gesetzt und der Empörung ein neues Ziel gegeben hätte. Die feurige Lohe, die Ernte und Dorf zugleich verzehrte, stieg mit der glutroten Fahne des Untergangs bis zum Himmel hinauf. Das Firmament über der Ebene Jesreel färbte sich rot. Zuerst wurden die Wachen von Megiddo und wenig später die von Jesreel auf den gewaltigen Brand aufmerksam. Aber dann flammten nacheinander auch in den Dörfern und Städten der Ebene und auf den Bergen ringsum die Lichter auf. Mit verschlafenen Gesichtern sahen die Bauern, Handwerker und Soldaten das noch nie Gesehene. Die Flur um Jelek — ein Flammenmeer! Und mit der Flur verbrannte das Dorf. — Zuerst dachte man an eine Feuersbrunst. Auch in Megiddo. Doch ehe noch die Jungmannschaft aufbrechen konnte, um den Bedrängten zu helfen, schlugen die geflohenen Fronvögte gegen die Tore. „Aufruhr! Aufruhr!" Der Stadtkommandant ließ sich Bericht erstatten. In den Garnisonen der Streitwagenregimenter von Megiddo erschallten die Alarmhörner. „Zu den Pferden! Auf die Kriegswagen!" Auf dem höchsten Wachtturm der Festung flammten hintereinander zwei Signalfeuer auf: „Megiddo bittet Jesreel um militärische Hilfe! Gebt Nachricht weiter an Samaria!" — Das Morgenrot vereinigte sich mit dem schaurigen Rot der Feuersbrunst. In Megiddo fuhren krachend die Stadttore auf. Zwei Streitwagenabteilungen mit je 50 Gespannen rasselten hindurch. Befehl: „Jelek umzingeln! Niemand darf entkommen! Jonadab und Datan verhaften!"

Zur selben Zeit verließ eine Streitwagenabteilung Jesreel. Befehl: „Nach Megiddo zur Verstärkung der dortigen Garnison. Unterwegs Nachricht über die Brandursache einholen!" — Wenig später wurde das Feuersignal, das man auf Bitten Megiddos in Jesreel weitergeleitet hatte, in Samaria von einem Wachtposten auf dem Omriturm beobachtet. Dieser Posten hatte schon um drei Uhr Alarm gegeben. Feuerschein am Himmel! Kauend kam Feldhauptmann Kain selbst, um sich die rätselhafte Erscheinung anzusehen. „Rührt von einer großen Feuersbrunst her, Jungens!" Er hatte solche Dinge in den Aramäerkriegen schon oft gesehen. Er kaute weiter, ging und legte sich wieder schlafen. Feuer ist kein Fall für einen Feldhauptmann. — Jetzt aber das Feuerzeichen von Jesreel! Alarm! Alarm! Kain setzte sich sofort an die Spitze einer Streitwagenabteilung und hielt in rasender Fahrt auf Megiddo zu.

Inzwischen waren die Gerstenfelder abgebrannt. Schwarz wie ein Bahrtuch lag die Flur im Morgenlicht. Jelek hatte Trauer angelegt. Recht und Freiheit — tot und begraben! Die Streitwagen fuhren in Rotten von je zwei und drei über die rauchenden Felder von allen Seiten auf das Dorf zu. Die Soldaten waren von dem ungewohnten Anblick betroffen. Schweigend fuhren sie heran, als handle es sich um ein Totengeleit. Sie rechneten nicht mit Widerstand. Bauern mit rußgeschwärzten Gesichtern und angesengten Kleidern standen auf der Tenne. Frauen weinten. Erloschene Augen blickten auf die schwarze Flur.

Der Stadtkommandant von Megiddo, der die zwei Fronvögte bei sich hatte, fuhr als erster an die Bauern heran. Der Streitwagen hielt. Die Bauern wichen scheu zurück. „Seid ihr toll geworden? Die Fronvögte wollt ihr totschlagen? Wißt ihr, was auf Widerstand gegen die Staatsgewalt steht? Und was ist mit dem Dorf und den Feldern? Hunde!" — Der Stadtkommandant wandte sich an die Fronvögte: „Ihr müßt doch wissen, wer diesen Aufruhr entfesselt hat!" — „Jonadab!" sagte einer von ihnen. Dem Offizier war der Ortsvorsteher nicht unbekannt. „Jonadab?" — „Ja!" beteuerten die Fronvögte. „Er hetzt im geheimen schon lange gegen den Kaufmann Josef. Und weil er gestern seinen Hof an den Großkaufmann verloren hat, zettelte er diesen Aufstand an." — „Wo ist Jonadab?" schrie der Offizier. Doch aus den furchtsamen Bauern war nichts weiter herauszubringen, als daß Jonadab seit gestern abend nicht mehr gesehen worden war und daß er wahrscheinlich selbst die ersten Brände gelegt habe. — Der Stadtkommandant rief sofort den Führer der ersten Streitwagenabteilung zu sich heran: „Sie nehmen sofort die Verfolgung des Flüchtigen auf. Vor allem ist die Gegend zur philistäischen Grenze hin sorgfältig abzusuchen! Philistäa ist seit jeher der Zufluchtsort für Verbrecher!" Wenige Minuten später jagte die Streitwagenabteilung davon.

„Wo ist Datan?" schrie der Stadtkommandant sodann. Datan, der Trinker, zitterte am ganzen Leib, als er seinen Namen rufen hörte. Der Stadtkommandant fuhr den furchtsamen Bauern an: „Du hast den Brand gelegt!" — „Nein, Herr, ich habe das nicht getan!" Aber sein Leugnen half ihm nichts. Die Fronvögte bezeugten, daß Datan vor dem brennenden Haus Jonadabs die Bauern am Löschen gehindert habe. Sofort wurde Datan von den Soldaten gefesselt. Die Bauern nahmen auch das ergeben hin.

„Josef kommt! Der Schinder kommt!" Bewegung kam in die Menge. Tatsächlich! Auf der Straße von Jesreel sah man den Kaufmann heranfahren. Fürchterlich sieht Josef aus. Die dunklen Augen in dem bleichen Gesicht sprühen vor rasendem Zorn. — Gestern, nach dem Zusammenstoß mit Jonadab, war er nach Jesreel gefahren. Von dort aus hatte er in der Nacht den Brand beobachtet. Ihm war sofort klar, daß es sich nicht um irgendein Schadenfeuer handelte. Diese fürchterlich aufsteigende Rauchsäule! Der glutrot gefärbte Himmel! Das war Jonadabs Handschrift! „Du bekommst meinen Besitz nur schwarz!" Als Josef das Feuer sah, wußte er, was Jonadab mit diesen Worten gemeint hatte. Die Bürger von Jesreel beklagten das menschliche Elend, das dieses Großfeuer mit sich brachte. Josef berechnete seinen Schaden. „Den Erlös einer ganzen Ernte verliere ich — ungerechnet den Schaden, der durch das Abbrennen der Häuser angerichtet wurde! — Aber er soll mir Ersatz leisten — nach der Vorschrift des Bundesbuches: Fünf Rinder für ein Rind, vier Schafe für ein Schaf, fünf Höfe für einen Hof!" Der Großkaufmann schäumte vor Wut. „Bei Gott! Ich werde dieses Gesindel zertreten! Ich will ihre trotzigen Schädel zerspalten!"— Josef sprang von seinem Reisewagen. Wäre der Stadtkommandant nicht gewesen, der Kaufmann wäre mit der Peitsche unter die Bauern gestürzt.

Schnell hatte er erfahren, daß Jonadab geflohen war. Aber man würde ihn finden und dann — gnade ihm Gott! Der Großkaufmann schüttelte die Fäuste. Der Stadtkommandant hatte Datan inhaftiert? Wie unwirtschaftlich doch die Militärs dachten! An einem Datan konnte sich Josef nicht schadlos halten. Sein armseliger Besitz gehörte ihm sowieso. Josef wußte, wer ihm seinen Schaden ersetzen sollte: Nabal! Aber auch Jenob und Juchal sollten nicht ungeschoren davonkommen. Nur Jehuda ließ er aus dem Spiel. Die Bauern murrten, als Josef Nabal beschuldigte. „Er war doch der einzige, der löschen wollte!" — „Halt dein Bauernmaul!" Nabal wurde gefesselt und zusammen mit den anderen Bauern nach Samaria abgeführt. — „Jelek wird sofort — und zwar schöner — wieder aufgebaut!"

Jonadab war geflohen. Der Stadtkommandant hatte richtig vermutet. Der Bauer suchte so schnell wie nur möglich die philistäische Grenze zu erreichen. Wäre er doch allein gewesen! Aber mit ihm flohen seine Frau und sein Sohn Rekab. In südwestlicher Richtung jagten sie keuchend die Berghänge hinauf, die von der Ebene Jesreel auf das Gebirge Ephraim hinaufführten. 50 Kilometer war die rettende Grenze entfernt! — Wie sollten die Flüchtlinge das schaffen? Lange schauten sie nicht zurück. Als sie sich doch umwandten, bot sich ihnen ein erschütternder Anblick wie einst Lots Frau, als sie nach Sodom zurückschaute. — Die Flur von Jelek —

ein Flammenmeer! Das Dorf selbst mittendrin wie eine ungeheuere Fackel. Nur fort! Nur fort! Noch war es Nacht. Noch konnten keine Verfolger unterwegs sein. — Jonadab floh nicht aus Feigheit. Das wußte jedermann in Jelek. Hastig sagte er zu seiner Frau: „Wir müssen hetzen, Debora! Es geht nicht nur darum, daß ich nicht verhaftet werde. Ich muß es jemand sagen, was bei uns in Jelek und in Samaria vorgeht!" — „Wo willst du denn solch einen Menschen finden, Jonadab? In Philistäa?" — „Ich weiß es nicht."

Das Gebirge senkte sich jetzt langsam zur Philisterebene hinab. Gegen Mittag erreichten sie die Straße bei Dschett. Sie führte auf halber Höhe an einem Berg entlang. Die Flüchtlinge überquerten sie und strebten dann den Berg hinauf. Dreißig Meter über der Straße brach Debora zusammen. „Allmächtiger! — Komm, Rekab, hilf mir tragen!" Zehn Meter weiter aufwärts schob sich eine Felsplatte wie ein Dach aus dem Berg hervor. Dorthin schleppten sie die ohnmächtige Frau. Als ihr Jonadab etwas Wasser einflößte, kam sie wieder zu sich. Der Bauer war in großer Sorge. Was nun? Auf jeden Fall mußten sie eine Rast einlegen. Sie krochen unter den Felsvorsprung. Wenn die Verfolger nur nicht die Straße absuchten! Dem Fußpfad, der unmittelbar an ihrem Rastplatz vorbei von der Straße her auf den Berg hinaufführte, schenkte Jonadab gar keine Aufmerksamkeit.

Debora hatte sich noch nicht erholt, als Rekab erregt rief: „Da! — Streitwagen!!" Tatsächlich! Auf der Straße von Megiddo her nahte ein Streitwagen. Den Flüchtigen stockte der Atem. Er mußte in wenigen Minuten 40 Meter unter ihnen vorbeifahren. „Dort hinten — — weitere Streitwagen! Vier — fünf — sechs — acht — zehn!" Jonadab behielt trotz der großen Gefahr kühles Blut. Wenn sie sich still verhielten, konnten sie nicht gesehen werden. Der vorderste Streitwagen kam immer näher. Jetzt sahen die Flüchtlinge die Gesichtszüge der Soldaten. Sie spähten überall umher. Da! — Der Lenker hielt den Wagen an. Hatten die Verfolger die drei Menschen gesehen? — Die beiden Wagenlenker stiegen ab, banden die Pferde an den nächsten Baum und liefen etwa 15 Meter zurück, um vom Wasser eines schon fast ausgetrockneten Baches zu trinken. — Jonadab atmete auf.

Aber da!! Die beiden Männer hörten auf zu trinken und riefen den Berg hinauf! Zu ihnen? Nein. Also mußte noch jemand am Berg sein! Eiskaltes Entsetzen. — Etwa 50 Meter weiter rechts erschienen auf dem Bergpfad zehn Bewaffnete! Und der Pfad führte an ihrem Unterschlupf vorbei. — „Wir sind verloren!" murmelte Jonadab tonlos. Doch während er das sagte, raffte er alle seine Sinne zusammen, um der tödlichen Gefahr zu entgehen. — „Du rennst mit mir auf den Streitwagen zu, Rekab, bindest die Pferde los, springst auf!" Jonadab nahm seine Frau auf beide Arme und rannte los. Neben ihm eilte Rekab mit langen Sätzen den Berg hinunter. Steine polterten. Die Pferde scheuten. Die immer noch trinkenden Soldaten stutzten. Jäh erkannten sie, was der Bauer vorhatte und jagten zu ihrem Wagen zurück. Auch der Spähtrupp begriff die Absicht der Flüchtigen und raste mit Geschrei den Berg herab. Schon war Rekab bei den Pferden. Er riß den Riemen auf, mit dem sie festgebunden waren. Da brach Jonadab mit seiner Last wenige Meter vor dem Ziel zusammen. Aber er konnte sich aufraffen und Debora auf den Wagen heben. Dann schwang er sich selbst mit letzter Kraft hinauf. Die Streitwagenkämpfer waren keine 10 Meter mehr entfernt. Jonadab hieb auf die Pferde ein und fuhr mit einem Ruck an. Rekab sprang auf das Gefährt. In rasender Eile fuhren sie den Berg hinunter. Schon waren die Verfolger außer Sichtweite. Aber Jonadab gab den Pferden keine Ruhe. Bald würden die anderen Streitwagen Dschett erreichen und hinter den Fliehenden herjagen. Und die Streitwagenlenker waren gewiß die besseren Fahrer.

In rasender Eile durchfuhr Jonadab Kakum und Tul Karm. Dann bog er nach Westen ab. Noch 5 Kilometer bis zur Grenze! — „Sie kommen!" schrie Rekab. Zwei Streitwagen in rasender Fahrt, keine 200 Meter hinter Jonadab! Der Abstand verringerte sich von Minute zu Minute. Nur noch 50 Meter! Und immer noch 4 Kilometer bis zur Grenze! O Gott!! Schnauben der Pferde! Heiseres Geschrei der Lenker! Jonadab gab nicht auf. Aber er wußte, daß er und die Seinen verloren waren! — Da, auf einmal! Krachen und Bersten hinter ihnen! Pfeifen! Schleifen! Staub! — — Einer der Streitwagen lag mit zerbrochenem Rad quer über der Straße. — Ein Schrei des Entsetzens! — Der zweite Streitwagen fuhr in höchster Geschwindigkeit in das Unglücksgefährt hinein. Die Pferdeleiber vermischten sich zu einem tobenden, schlagenden, zuckenden Knäuel. Jonadab hielt an. Er wandte sich um. Er starrte und starrte.

AMOS

Die Nacht brach herein. In dem judäischen Städtchen Thekoa zog ein Soldat die Tore zu und legte den schweren Riegel vor. Er gähnte. — „Halt! Ich bitte dich, laß mich noch hinaus!" — „Natürlich, du Josef! Woher so spät? Hast du mir heute morgen nicht erzählt, daß du nur schnell einen Topf und etwas Gerste kaufen willst und dann gleich wieder zurückkommen wolltest? Wo hast du dich so lange herumgetrieben?" — „Das wollte ich schon! Aber dann, weißt du, habe ich den alten Ibrahim aus Sichem getroffen. Er hatte in Jerusalem geschäftlich zu tun, und dann kam er auch noch ein bißchen zu uns herüber. Es ist ja nicht weit. — Neuigkeiten habe ich von ihm gehört! Neuigkeiten, sage ich dir!" — „Ibrahim ist ein ebenso altes Waschweib wie du." — „Man muß sich doch auch für das interessieren, was in der Welt vorgeht." — „Nun gut. Paß nur auf, daß dich unterwegs keine Hyäne packt!" — „Das möge Gott verhüten!" — „Und schneide dir einen Prügel! Du wirst dich gegen deine drei Kameraden wehren müssen, die den ganzen Tag auf dich gewartet haben." — „Die sollen nur ganz hübsch den Mund halten. Geht es ihnen mit den paar Schafen unter der alten Terbinthe nicht gut?" — „Recht hast du, Alter. Aber Samma ist ein Hitzkopf." — „Ich werde ihn mit meinen Neuigkeiten schon zähmen!"

Josef verließ das Städtchen. Die Straße, die er benutzte, war kaum wert, so genannt zu werden. Sie glich einem ausgetretenen Pfad, der vom Ostabhang des Gebirges Juda, wo Thekoa lag, hinaus in die Wüste führte. Er schlängelte sich in einem kleinen Tal dahin. Josef schnupperte. Was für eine Luft hier in der Wüste! Der Duft des nun langsam verdorrenden Wüstengrases verband sich mit dem des Kalkgesteins und der Weißdornbüsche. Josef atmete tief ein. Wüste! Das war sein Element. Die flachen Kuppen der Berge lagen wie schlafende Elefanten da. Darüber wölbte sich der Sternenhimmel wie ein Königsmantel. Nur manchmal waren einzelne Hecken zu sehen. Sonst war alles kahl. Schnell strebte Josef auf dem holperigen Pfad voran.

Asarja saß in einer Hütte und spielte auf seiner Flöte. Schwermütig klangen die Töne über die einsame und schweigende Wüste. Zwei andere Hirten standen und spähten in die Nacht hinaus. In der Ferne heulte eine Hyäne auf. Das Flötenspiel verstummte. — Vor vier Wochen hütete Asarja seine Schafe im

Wacholdertal. Seine Kameraden sahen in Thekoa auf den Feldern nach dem Rechten. Es war eine sternenklare Nacht wie heute. Asarja umkreiste ruhelos seine Herde. Auf einmal bemerkte er, daß die Tiere unruhig wurden. Dort! Im nahen Gebüsch regt sich etwas! Das weitere spielte sich blitzschnell ab. — Eine Hyäne hetzte auf die Herde zu. Schafe und Ziegen stoben auseinander. Ein Zicklein schrie auf. Der Todesschrei! — Der Hirte eilte auf die Hyäne zu. Unheimliches Knurren. Grelles Funkeln der Lichter. Asarja zwang seine Angst nieder. Mit einem Satz sprang er herzu und faßte die Hinterfüße des Zickleins, die dem Raubtier aus dem Maul heraushingen. Er brauchte einen Teil des Tieres, um Aman, seinem Herrn, gegenüber einen Beweis dafür zu haben, daß nicht er es verzehrt oder verschachert hatte! Der Hirte riß und riß. Endlich gab das Untier nach. Aber dieser ,Sieg' sollte Asarja teuer zu stehen kommen. Die Hyäne sprang ihn mit wütendem Gebrüll an. Heute noch brannte ihm der tiefe Biß des Raubtiers im linken Oberschenkel.

Asarja griff wieder zu seiner Flöte und spielte einige Töne. „Wo nur Josef heute so lange bleibt? Ich habe Hunger und möchte nun endlich essen!" sagte Samma unwirsch. Asarja legte die Flöte weg. „Du kennst doch den Alten. Er kommt erst wieder, wenn er sich mit Neuigkeiten vollgesogen hat." — „Ich pfeife auf seine ,Neuigkeiten'! — Essen möchte ich!"

Endlich hörte man tappende Schritte. „Wird höchste Zeit, daß du kommst, altes Waschweib! Nächstes Mal gehe ich in die Stadt und laß dich mal hungern. — Gib die Sachen endlich her!" — „Nun, nun!" erwiderte Josef und gab Samma den Schultersack. Bald flackerte vor der Hütte ein Feuer. Samma kochte Gerstenbrei. Die vier Männer setzten sich und aßen schweigend.

Asarja: „Was Neues in Thekoa?" — „Nichts. Das alte Gewäsch." Josef war nicht zum Reden aufgelegt. Der unfreundliche Empfang durch Samma hatte ihn beleidigt. Aber Asarja und Samma ließen dem Alten keine Ruhe. Wochen-, ja monatelang hielten sie sich in der weltabgeschiedenen Gegend auf. Jetzt brannten sie darauf, zu erfahren, was sich draußen in der Welt ereignete. Josef hatte inzwischen seine Verärgerung überwunden. „Ja, es gibt schon eine große Neuigkeit in Thekoa." Er aß schmatzend weiter. Asarja und Samma legten ihre Löffel hin: „Rede schon! Pack deine Neuigkeiten aus!" Der Alte ließ sich nicht aus der Ruhe bringen. Er kaute weiter. „In der Ebene Jesreel soll es gebrannt haben. —

Großfeuer . . ." Die drei Hirten schauten Josef sprachlos an. „Ein Hof?" — „Ein Hof! Wenn ich von einem Großfeuer rede!" — „Mehrere Häuser?" Josef aß weiter. „Nun, so rede doch!" Das war Amos, der so fragte. „Deinetwegen, Amos, will ich erzählen, was ich weiß. Diese Grünschnäbel hätten mich heute nicht zum Reden gebracht." Josef wischte seinen Löffel ab. „Im Tor zu Thekoa, müßt ihr wissen, traf ich den alten Ibrahim aus Sichem. Er handelt mit Schnüren und anderem Kleinkram. Ihr kennt den Mann. Viele standen um ihn herum, um den alten Ibrahim. Immer wieder mußte er seine Geschichte erzählen. ‚Leute', sagte er, ‚ich selbst sah vor vier Wochen nachts die unheimliche Brandröte am Himmel. Hab' so etwas noch nie gesehen. Die Wolken waren glutrot gefärbt. Als ob der Himmel selbst Feuer gefangen hätte, so sah das aus. ‚Es brennt! Ibrahim!' schrie meine Frau. Am anderen Morgen meinte man sogar den Brandgeruch zu riechen. Es muß ein sehr, sehr großer Brand gewesen sein. Alle in Sichem befürchteten, Jesreel selbst habe gebrannt. Ich aber sagte: Jesreel kann das nicht sein. Das Feuer ist weiter westlich. Die Königsstadt liegt von uns aus gesehen aber doch im Norden. Ich kenne mich in der Gegend aus. Am anderen Tag kam Sagmar bei mir vorbei, mein Vetter aus Samaria, wißt ihr. Der brachte dann die ganze Wahrheit. Nicht Jesreel hat gebrannt und auch nicht Megiddo. Die Gerstenfelder sind abgebrannt und dazu das Dorf Jelek!'" — Josefs Zuhörer lauschten atemlos. Aber nun riefen Asarja und Samma gleichzeitig: „Die Gerstenfelder?" — „Ja, die Gerstenfelder! Was meint ihr, wie Stroh so kurz vor der Ernte brennt! Lichterloh, sage ich euch. Und da gibt es nichts mehr zu retten." Josef weidete sich am Erstaunen seiner Zuhörer. „Und das Furchtbarste kommt erst. Ibrahim hat nämlich gesagt: ‚Die Bauern haben die Felder selbst angezündet!'" — „Das ist nicht möglich!" rief Amos erregt. Josef wiederholte: „Sie haben das Getreide selbst angezündet!" — „Wie kommen sie dazu! Bauern, die ihr Getreide selbst anzünden, das ist doch wider die Natur!" — „Ibrahim hat gesagt, daß sie sich mit dieser Tat für die Unterdrückung durch die Kaufleute von Samaria rächen wollten. Es gibt in der Ebene Jesreel nicht mehr viele freie Bauern. Sie haben das Land und die Höfe an die reichen Kaufherren verloren und müssen nun auf ihrem früheren Eigentum als Pächter oder Sklaven arbeiten. — ‚Es hat einen richtigen Aufstand gegeben', sagte Ibrahim. ‚Auch bei den Steinbrucharbeitern von Samaria hat es gegärt.'"

44

„Mein Gott!" Amos stöhnte. „Tut doch nicht so, als ob wir das erstemal davon hörten, was in Israel passiert!" höhnte Samma. „Man braucht Josef nur ins Dorf zu schicken, und schon kommt er und versorgt uns mit neuen Greuelnachrichten. — Kaum setze ich mich im Tor, so höre ich schon die Klagelieder über die ‚Brüder' in Israel. Es ekelt mich an — mit Verlaub gesagt." — „Aber jetzt muß ihre Not doch zum äußersten gestiegen sein. Bedenke doch: Bauern haben ihr eigenes Getreide angezündet! — Ich kann nicht verstehen, daß du nicht darunter leidest, was in Israel geschieht. Diese Menschen sind doch unsre Brüder!" Das war Asarja. Samma schwieg abweisend. „Müßten wir ihnen nicht helfen?" Samma lachte kalt. „Sieh nur einer den Flötenspieler! Ja, die Herzen der Musikanten sind leicht zu erregen! — Was geht uns das an, was dort geschieht? Laß sie doch allein machen!" Asarja rief erregt: „Aber du siehst doch auch, daß nicht recht ist, was in Samaria und in Israel geschieht! Ist es dir einerlei, wenn deine Verwandten versklavt werden?" — „Ach, laß mich in Ruhe, Asarja! Die sollen in ihrem Reich selbst für Ordnung sorgen!" — „Wenn sie es aber selbst nicht können! Begreifst du denn nicht, Samma?" — „Und ob sie es können! Wenn schon die Reichen nicht mehr wissen, was im Gesetz Gottes steht, so wissen's doch ihre Priester und Propheten! Vor allem die Propheten. In Samaria sollen allein vierhundert von dieser Sorte sitzen. Ich möchte wissen, wozu man denen den Zehnten gibt! Laß die nur reden von Gottes Gesetz, von seinem Zorn und meinetwegen auch von seinem Gericht, uns geht das nichts an!" — „Was sagst du, Amos?" fragte der Flötenspieler. Amos wandte sich mit tiefem Ernst an Samma: „Ich bin nicht deiner Ansicht. Sage selbst: Hat man dir die Geschichte von Kain und Abel nicht erzählt? ‚Was geht's mich an? Sollte ich meines Bruders Hüter sein?' Wer hat so gesagt? — — Denkst du nicht wie — Kain? Aber darin hast du recht, Samma: Propheten sind wir keine." — „Es müßte ein neuer Elia kommen!" — „Ja, Josef!"

„Vater!" Der jüngste Sohn des Hirten Amos eilte auf ihn zu und umschlang ihn. „Mein Micha! Wo sind die anderen? Wo ist Mutter?" — „Mutter ist im Haus. Hanna, Ruth und Joel spielen im Garten vor der Mauer. — Hast du uns etwas mitgebracht? Hast du auch Lämmer bekommen? Du hast doch gesagt, daß zehn Schafmütter lammen müssen. Vier Lämmlein hast du uns

versprochen..." — „Denk' dir: Zwölf Lämmlein bringe ich mit!"
— „Zwölf? — Von zehn Schafen?" — „Jawohl, zwölf, Micha!" —
„Dann haben zwei Schafmütter Zwillinge!" — „Hier ist, was ich
mitgebracht habe." — „Vier Pfeifen aus Wacholderholz!" — „Eine
gehört dir. Und die anderen Hanna, Ruth und Joel." — „Ich gehe
und bringe sie ihnen." — Die Frau des Hirten hatte das Gespräch
gehört. „Wie schön, daß du wieder da bist! Komm ins Haus!" —
„Ich freue mich sehr, daß ich wieder da bin. — Ist etwas passiert
in den letzten Wochen?" — „Ja. Gut, daß du gerade heute gekommen bist. Zwei Männer aus Bethel haben gestern nach dir
gefragt. Sie kommen im Laufe des Tages wieder."
Wenig später traten sie in den Hof. „Bist du Amos?" — „Der bin
ich. Und ihr?" — „Ich bin Etam. — Das ist Jahal. Wir sind Hirten
wie du; aus Bethel. Wir haben gehört, daß du Schafe züchtest.
Du sollst es fertiggebracht haben, eine Rasse mit längerer und
feinerer Wolle zu züchten, als es in ganz Israel und Juda gibt.
Und Ziegen sollst du haben mit weit höherer Milchleistung als
anderswo." — „Kommt! Ich will sie euch zeigen."
Amos verließ mit den beiden Hirten die Stadt. In einer Hürde
unweit des Tores lagerte seine Herde. Amos drängte sich durch
die Tiere. „Da! Greift einmal zu!" — „Was für eine Wolle! Etam,
diese Länge! Und seidenweich!" — „Wie steht's mit dem Nach-
wuchs?" — „Zwölf Lämmer von zehn Müttern!" — „Die Zucht ist
also geglückt?" — „Das kann man wohl sagen. — — Und da, die
Ziegen! Laßt mich schnell den Melkkübel holen!" Stoßweise
zischte der Milchstrahl in das Gefäß. „Habt ihr eine solche Menge
schon bei anderen Ziegen erlebt?" — „Nein, das müssen wir zugeben." — „Versucht sie einmal!" — — „Was verlangst du für die
Lämmer und Ziegen aus deiner Zucht?" — „50 für die Lämmer,
40 für das Zicklein." — „Einigen wir uns auf 45 und 35!" — „Ver-
wechselt mich nicht mit den gewöhnlichen Händlern! Sie fordern
mehr als die Ware wert ist, um dann den Preis zu senken. Was
ich euch angebe, das ist mein Preis. Ich kann ihn nicht senken."
— „Verständlich. Kostet doch das übliche Lamm oft 48, und für
das Zicklein muß man 38 zahlen." — „Na also!" — „Gut! Gib uns
zu deinen Preisen zwölf Lämmer und sechs Zicklein!" — „Sechs
Zicklein könnt ihr haben. Lämmer nur acht." — „Du hast doch
zwölf." — „Die beiden Zwillinge habe ich meinen Kindern versprochen." — — „Du bist selten zu Hause?" — „Hirtenschicksal.
Ihr habt Glück gehabt. Gerade komme ich aus der Wüste Juda.

Und morgen geht's schon hinunter an die philistäische Grenze. Ich habe dort eine Maulbeerfeigenpflanzung." — „Du hast es gut. Die Wüste und das Bergland sind bald ausgebrannt. Aber drunten in der Ebene gibt es immer frisches Gras."

Amos arbeitete in seiner Feigenpflanzung. Er prüfte jede einzelne Frucht sorgfältig. Um ihre Reife zu beschleunigen, ritzte er sie mit dem Messer an. Er wußte, daß ihn hier höchst selten jemand störte. In diesem Grenzgebiet hielten sich kaum Menschen auf. Noch war die Feindschaft zwischen Philistern und Israeliten nicht vergessen. Der Hirte liebte die Einsamkeit. — Erschreckt fuhr er zusammen. Dort, auf dem Hügel an der Grenze stand ein Mann und blickte den Hirten unverwandt an. Was will der Unbekannte? Feindselige Absichten? Amos erschrak, als er ihn jetzt auf sich zukommen sah. Er faßte sein Messer fester. — Aber wie kam der Fremde den Berg herunter? Er wankte! Wenige Schritte vor den ersten Feigenbäumen brach er lautlos zusammen! — Amos ließ sein Messer fallen und eilte zu dem Gefallenen. „Was hast du?" Keine Antwort. „Wie du aussiehst! Haut und Knochen! Und der Bart! — Halb verhungert wirst du sein. — Komm!" Er bückte sich, um ihn anzufassen. „Und deine Kleider, Mann! Angebrannt! Wo...?" Da traf es Amos wie ein Schlag. „Josefs Erzählung! — Jelek! — O Gott!" — Er trug den Fremden in den Schatten eines Feigenbaumes. „Hier, Wein... trink! — Du kannst nicht? — Komm! — Und da ist Brot. Da, nimm die Feigen!" Wortlos aß und trank der Fremde. — Amos stand zitternd vor Erregung neben ihm. Er brannte darauf, diesen Mann zu fragen, wartete aber, bis er sich gesättigt hatte. — — „Wo kommst du her?" Schweigen. Der Blick des Fremden geht in trostlose Leere. „Hab keine Angst! Ich bin Amos, ein judäischer Hirte aus Thekoa." — „Jelek!" — Es klang wie der Ton eines Leichenliedes. Amos fuhr entsetzt zusammen. Dieser Mann war Augenzeuge dessen, was Josef gehört hatte. Darum der verbrannte Mantel. — „Bist du geflohen?" Keine Antwort. „Ist die Empörung mißglückt?" Schweigen. Endlich fing der Fremde an zu erzählen: „Ich bin Jonadab..."

VISION I

Ein strahlender Maitag. Amos hütete seine Herde bei der Terebinthe, wenige Kilometer südlich von Thekoa. Sein fünfjähriger Micha war bei ihm. Die beiden saßen auf einer alten Steinbank im Schatten des mächtigen Baumes und schauten nach Süden. Vor ihnen, auf der sanft ansteigenden Höhe, lag das Städtchen Koseba. Dahinter stieg der Berg steiler an. Auf seiner Rückseite waren die Ortschaften Kalkul und Beth Anoth. — Vor wenigen Tagen erst waren die Soldaten des Königs in Thekoa erschienen, um das Heu des ersten Grasschnittes zu holen. Das gehörte seit alters ihm. Jetzt fing das Gras auf den Wiesen gerade neu zu sprießen an. Den zweiten Schnitt durften die Bauern selbst behalten. — Micha saß auf der Bank neben seinem Vater und baumelte unentwegt mit seinen braunen Füßen. „Du, Vater?" — „Ja, Micha." — „Siehst du die Gärten mit den Feigenbäumen vor Koseba auch? Kann man die Feigen schon essen?" — „Noch nicht. Aber in wenigen Wochen." Der Kleine schmatzte. Verliebt betrachtete er den dunkelgrünen Blätterwald und das schwärzliche Holz der knorrigen Äste und Stämme, das durch das satte Grün hindurchschimmerte. Neben den Feigenbäumen schimmerten gelbliche Weizenfelder. Und dort! — Hellgrüne Flächen! Michas Augen wurden groß. „Sind das Weinberge, Vater?" — „Ja, Micha. Ich bin vorgestern dort gewesen und habe die Reben gesehen. Sie tragen in diesem Jahr schon sehr viele kleine Trauben." — „Kann man sie schon essen?" — „Noch nicht. Da muß zuerst das Gras verdorren, und der Weizen muß geschnitten sein. Erst dann werden die Trauben reif." — So redete der Knabe mit seinem Vater. Die Seele des Hirten war ruhig wie ein stiller See.
Da auf einmal! Wie gräßliche, raubgierige Schlangen stiegen fürchterliche Bilder, die Jonadabs Schilderungen hervorgerufen hatten, in der Seele des Hirten auf. Weg war die grünende Flur. Die verbrannten Felder von Jelek und das verkohlte Dorf standen vor den Augen des entsetzten Mannes. Vergessen war der Knabe. Amos sah die versklavten Bauern vor sich. Er hörte das herzbewegende Stöhnen der ‚Scheolleute'. Angst und Abscheu wühlten den Geist des Hirten auf. — Der Knabe merkte noch nichts von der Veränderung, die mit seinem Vater vorgegangen war. Er hatte eine Heuschrecke gefunden. „Siehst du, wie die beißt und schäumt! Wie ein Pferd! Oder nicht? Und die langen

Beine! Die grünen Flügel! Soll ich sie fliegen lassen? Schwupps!"
Micha erhielt keine Antwort. „Soll ich sie fliegen lassen?" — „Ja,
tu es!" — „Oh!" Scheu schaute Micha auf. Das veränderte Wesen
seines Vaters machte auch ihn traurig. Er ließ die Heuschrecke
fortfliegen und blickte hilflos nach Thekoa hinüber.
„Vater! Da kommt Jonadab!" Der wohnte bei Amos mit seiner
Frau und Rekab, seit Amos überraschend von der Philistergrenze
zurückgekommen war. Der Hirte fuhr zusammen. „Du bist's,
Jonadab!" Das Gesicht des Bauern war bleich, die Augen blickten
verstört. „Was ist mit dir?" Jonadab sank neben Amos auf den
Stein. „Sie machen ihnen den Prozeß!" sagte er. Lautloses
Schluchzen. Der Knabe schmiegte sich ängstlich an die Knie des
Vaters. „Wem machen sie den Prozeß?" — „Meinen Freunden!
Ich hab' dir von ihnen erzählt." Amos bebte wie unter einem
Hammerschlag. Er faßte Jonadab mit beiden Händen an den
Schultern, schüttelte ihn: „Woher weißt du das? — Sag, daß es
nicht wahr ist! Es darf nicht wahr sein! Sie können das Unrecht
doch nicht bis auf die Spitze treiben!" — „Es ist wahr! Ich habe es
eben im Tor von durchziehenden Bauern gehört. Der Stadthaupt-
mann von Megiddo hat zuerst nur Datan festgenommen. Doch
dann kam Josef Ben Benjamin ... Aber sie sind unschuldig! Ich
weiß es. Und jetzt wird ihnen der Prozeß gemacht! Ein gnaden-
loser Prozeß ..." — „Sei ruhig! Geh in mein Haus!"
„Was hat Jonadab, Vater?" — „Sie machen ihnen den Prozeß!"
murmelte Amos vor sich hin. Auf einmal ging ein Zucken durch
die Gestalt des sitzenden Hirten. Hastig hob er die Hand und legte
sie, zur Muschel geformt, ans Ohr. Die weit aufgerissenen Augen
richteten sich auf den Höhenzug hinter Koseba. Seine Lippen öffneten sich. — Micha verfolgte voll Schrecken die Veränderungen,
die mit seinem Vater vorgingen. Angst packte ihn. „Vater!" —
„Hörst du nichts?" — „Nein." — Hinter den Höhen über Koseba,
von Kalkul und Beth Anoth her, drang eigenartiger Lärm. Streitwagengerassel? Das unheimliche Dröhnen wurde immer stärker.
Keuchend ging der Atem des Hirten. Plötzlich sprang er auf. Der
Knabe wich bestürzt zurück und fing an zu weinen. Amos hörte
es nicht. Er ließ die rechte Hand fallen und riß die linke zur Stirn
hoch. Seine Nerven waren zum Zerreißen gespannt. Das Dröhnen
und Sirren schwoll unheimlich an. Da! Da! Amos wurde bleich
vor Entsetzen. Was war das? Über dem Gebirge hing eine glei-
ßende Wolke. Die Sonne ließ sie unheilverkündend aufleuchten.

Diese in breiter Front heranstürmende Walze — was war das? Jetzt hatte die fürchterliche Armee den Gebirgskamm überschritten und ergoß sich in die Weinberge über der Stadt. Rasseln! Prasseln! Wie ein mächtiges Feuer! — Das Herz des Amos stockte. Sonnenfinsternis! Die Wolke verursachte sie. Gespenstisch fahles Licht über dem tödlich bedrohten Land. Da schrie Amos in Todesnot auf: „Heuschrecken! Heuschrecken!" Zu seinen Füßen kauerte Micha. Grauen schüttelte ihn.

Der Schwarm kam mit der Geschwindigkeit einer Streitwagenarmee daher. Er überrollte den Weinberg. Gefräßig wie hungrige Löwen fallen die Insekten über Blätter, Fruchtansätze und sogar über die Rinde her. Immer näher rückt die unheimliche Kampftruppe. Keine Armee der Welt — so schien es — ist so wohlgeordnet und diszipliniert wie dieser Schwarm. Keiner der Nager verdrängt den anderen. Jeder stürmt gerade vor sich hin. Kein Aufenthalt. Kein Pferdewechsel. — „Heuschrecken!" Alarm in Koseba. Die Bürger lähmt Entsetzen. Doch dann eilen sie zur Verteidigung der Flur herbei. Weinstöcke und Feigenbäume werden in hektischer Eile mit Tüchern zugedeckt! Männer schlagen verzweifelt mit Stöcken und Brettern auf die Nager ein. Geschrei. Töpfegeklapper. Vergeblich! — Der Feind durchbricht die Verteidigungslinie. — Die ersten Nager hüpfen auf die Mauern der Stadt. Unheimliche Todesnacht über den Straßen! Heuschrecken füllen die engen Gassen und dringen in die Häuser ein. Vorwärts! Vorwärts! — Jetzt bricht die fürchterliche Armee in die Feigenbaumgärten ein. Krachend brechen die Bäume unter der Zentnerlast der Nager zusammen. — Vorwärts! Vorwärts!

Zurück bleibt Entsetzen, Verderben. Das üppige Land, das gerade noch aussah wie der Garten Eden, es liegt wie ein Totenfeld da. Gleich Totengebeinen starren abgebrochene, abgeschälte Äste in den kaltblauen Himmel. Das Land ist zur Wüste geworden. Gersten- und Weizenfelder sind grauenhaft verwüstet. — Hunger. — Tod.

„O Gott!" stöhnte Amos. „Das trifft Israel. Sie haben es verdient! Aber wenn sie der Tod dahinrafft — Josef Ben Benjamin, Iskai, Amram, Cohen — dann ist eine Umkehr ausgeschlossen! Die Möglichkeit dazu, sollten sie die nicht doch noch haben? Plötzlich mußte der Hirte an Abraham denken, der einst für Sodom gebetet hatte. Und Mose fiel ihm ein, der für Israel betend eintrat. — Amos, der eben noch hochgereckt da stand, fiel auf die

Knie. Er hob seine Hände: „O Gott, mein Herr, verzeihe doch! Wie kann Jakob bestehen? Er ist ja schon gering!" — Amos lauschte. Er lauschte auf die Regung im Herzen Gottes. — — „Es soll nicht geschehen!" — — Amos verneigte sich so tief, daß seine Stirn den harten Fels berührte.

Micha konnte nicht begreifen, was da geschah. In äußerster Bestürzung warf er sich neben seinem Vater auf den Boden und umschlang ihn in wilder Verzweiflung. „Vater! — Vater! — Vater!" Endlich löste sich die Starrheit des Hirten. „Micha!" Wind flüstert im Terebinthenbaum. Land leuchtet im Sonnenschein. Die Tränen des Knaben versiegten. Er legte seinen Kopf an die Wange des Vaters. „Was ist geschehen, Vater? Ich hatte solche Angst!" — „Micha, du verstehst es nicht." — „Doch, ich verstehe es schon." — „Es hat jemand mit mir geredet und mir etwas gezeigt." — „Es ist aber doch kein Mensch dagewesen außer mir." — „Aber trotzdem habe ich gesehen und gehört." Langes Schweigen. „Ist es Gott gewesen, Vater?" Stille. „Ja, Micha."

VISION II

Sommerstille. Vier Hirten hockten schweigend am Brunnen im Tal. „Jetzt wird es interessant!" rief Josef. Sechs beladene Kamele schwankten auf der Straße von Thekoa daher. Sie gehörten dem reichen Kaufmann, der auf dem ersten Kamel saß. Beim Brunnen hielt er an, stieg ab, verneigte sich höflich: „Friede sei mit euch! — Erlaubt mir, daß ich hier eine kleine Rast mache und meine Tiere tränke!" — „Gott segne dich, Herr! — Wir tränken deine Kamele." Die Hirten ließen an langen Stricken Eimer in die kühle Tiefe und holten Wasser herauf. Die durstigen Tiere reckten die langen Hälse an die Tröge, schnupperten gierig und blähten die Nüstern. Wasser platschte in die langen Tröge. Die Kamele begannen mit langen Zügen zu saufen.

„Und jetzt kommt her zu mir! Ihr seid meine Gäste!" Die Hirten setzten sich zu dem Kaufmann. Auf einem Tuch lagen Käse, Fleisch und Brot. „Greift zu! Hier ist auch Wein." — „Ihr seid aus Thekoa?" — „Ja, Herr! — Und wo kommst du her?" — „Ich hatte in Samaria geschäftlich zu tun. Jetzt reise ich nach Hebron." — Amos zitterte vor Erregung. Hatte der Fremde neue, fürchterliche

Nachricht? — „Wie steht es in Samaria?" — „Samaria?" sagte der Handelsherr schmatzend. „Samaria war einmal eine gute Stadt. Wenn ich früher dorthin kam, als Isaak, der Gerechte, noch lebte, so freute ich mich, diesen Mann zu sehen und die anderen Ältesten." Amos hörte auf zu essen. „Aber die Zeiten Isaaks, des Gerechten, sind vorbei. Schade, daß ich's sagen muß. Sein Sohn ist nicht nach ihm geartet. Sie nennen ihn den ‚Schinder'." Der Kaufmann spuckte aus. „Als ich vor drei Tagen in Samaria im Tor saß, war ich Zeuge, wie vier Männer ausgepeitscht wurden. Bauern waren es. Man sah ihnen an, daß sie aus dem Gefängnis kamen. Einer hieß Nabal." Amos zuckte zusammen. Asarja sah ihn scheu von der Seite her an. „Die Ältesten nahmen die Auspeitschung eigenhändig an den armen Kerlen vor. Eine harte Strafe. Ihr wißt es selbst. Vierzig Schläge weniger einen — daran kann ein Mann zugrundegehen. — Rein aus Mitleid frage ich: ‚Was haben die vier verbrochen?' — ‚Das sind die Anführer des Aufstandes von Jelek!' — Habt ihr davon gehört?" — „Im Tor zu Thekoa, Herr!" — „Aber sie gaben ihre Schuld nicht zu. ‚Wir sind unschuldig!' Auch unter der Marter blieben sie bei ihrer Aussage. Durch die Hiebe wollte man sie zu einer belastenden Aussage pressen." Der Kaufmann spuckte abermals auf den Boden. Die Hirten waren empört: „Eine solche Strafe ohne Urteil! Unerhört!" — „Wahrhaftig", sagte der Kaufmann, „es ist kein Unterschied mehr zwischen Israel und den Heiden. — Gott lohne euch eure Gastfreundschaft! Ich muß weiter."

Bald nach ihm brachen auch die Hirten mit ihren Herden auf. Amos blieb allein am Brunnen. „Ich muß noch meinen Wasserschlauch füllen!" — Er setzte sich auf den Brunnenrand. Seine Seele empfand die Schmerzen, die den Bauern zugefügt worden waren. Keine Besserung in Israel! — Plötzlich spürte der Hirte, wie sich eine ungeheure Gewalt seiner Sinne bemächtigte. Der Brunnen war auf einmal weggewischt, weg Thekoa, weg die Berge ringsum. Amos stand auf dem Omriturm in Samaria hoch über der Stadt. Er sah unter sich die mächtigen Mauern, die die Krone Ephraims, das heilige Samaria, einschlossen. Er sah die fruchtbare Ebene, die den rebenbekränzten Hügel umgab und darüber den Kranz der Berge. — Ein neues Bild: Weit im Nordwesten die reiche Ebene Jesreel, Kornkammer des Landes! Liebliche Dörfer, festummauerte Städte. Der Karmel! Wie ein Wächter, der weit ins Land hineinschaut. Und dann: Das Meer! Bäche rauschten dem ungeheuren Wasser entgegen, das auf geheimnisvolle Weise dem Lande das Grundwasser gab. Geruch frischen Wassers. Tändelnder Gesang der Mädchen, die in der Abendkühle mit schlanken Krügen auf der Schulter zum Brunnen gehen. Fruchtbares, gesegnetes Land! Weizen, Trauben, Feigen! Schlanke Mädchen, stämmige Söhne! Und darüber ein lachender, glückverheißender Himmel!

Aber da! Was war das? Vom fernsten westlichen Horizont, vom äußersten Rand der schwärzlichen Fläche des Meeres her, ein donnernder Schlag! — Erdbeben? Amos starrte entsetzt hinüber. Er sah einen Glutball ins Ungeheure wachsen. Grellrot sein Kern! Amos mußte die Augen abschirmen. Die Ränder — schwefelgelb! Amos prallte zurück. Der Glutball raste über das Meer. Fürchterliche Hitze ließ das gewaltige Wasser im Nu verdampfen. Ein Grab, das auf die Toten der ganzen Welt wartete, so lag das ausgebrannte Meer da. Der Feuersturm raste darüber hinweg, in Richtung Israel. Der vorauspreschende Gluthauch rührte das Land nur an — schon welkten Wiesen und Weiden dahin. Die Spitze des Karmel verdorrt. Die Weizenfelder versengt. Feigenbaumhaine, Weinberge ausgebrannt. An leeren Zisternen lagen aufgedunsene Leiber verdursteter Schafe. — Fürchterliche Stummheit des ausgebrannten und verdorrten Landes! — Wüste überall. Samaria — Schindanger der Kadaver. Kinder schreien aus engen Gemächern vor Hunger und Durst. Offene Tore leerer Scheunen und Vorratshäuser klapperten gespenstisch im Wind. Zisternen und Brunnen leer. Wie verdorrtes Gras lagen überall ausgemergelte Leichen.

Amos stöhnte: „Der heilige Gott hat sein Urteil über das ungehorsame Volk gefällt: Tod! Verderben! Es wird vollstreckt durch eine Hitzewelle." Außer sich flüsterte der Hirte: „Du mußt dich diesem Urteil beugen, Amos. Du hast gehört, was in Israel geschieht, wie Arme bedrückt und das Recht mit Füßen getreten wird!" Amos senkte ergeben sein Haupt und schwieg lange. Dann erhob er es mit ekstatischem Ruck. Kniend wandte er sein Antlitz zum Himmel und rang die Hände. Er stammelte hastig, als müsse er das schon niedersausende Richtschwert noch im letzten Augenblick aufhalten: „Wenn ich Israel ansehe und seine Sünden, o Herr, dann muß ich dein Urteil anerkennen und seiner Vollstreckung den Lauf lassen." Amos machte eine Pause und schien sich zu sammeln. Dann fuhr er schnell fort: „Wenn ich aber an dich denke, an dich, du gnädiger und barmherziger Gott, dann wage ich, für die Schuldigen um Gnade zu bitten. Gib ihnen noch einmal Zeit zur Umkehr!" Die Worte des Beters überschlugen sich jetzt in drängender Hast: „Ich rufe zu dir, o Gott, mein Herr, verzeihe doch! Wie kann Jakob bestehen? Er ist ja schon gering!" — Amos schwieg und lauschte so gierig, wie ein zum Tod Verurteilter lauscht, der um Gnade bat und auf das Urteil des Richters wartet. — Da sah er auf einmal, wie sich der Glutball langsam auflöste und verschwand. Der Todesbann wich vom Land. Grünende Wiesen, Weiden! Wogende Felder! Wind im Feigenhain! Lächelnder Weinberg! Plätschernder Bach! — „Auch dieses soll nicht geschehen!" — „Dank! Dank!" stammelte der Hirte unter Tränen.

Als die Nacht hereinbrach, war Amos immer noch nicht zu den anderen Hirten gekommen, die jetzt wieder bei der alten Terebinthe hüteten. Asarja war in Sorge. Samma: „Er wird heimgegangen sein." Josef: „Ich denke mir, daß er zur philistäischen Grenze hinuntergezogen ist, um nach seinen Feigenbäumen zu schauen. Ich kann mir nicht erklären, warum er dieses Jahr nicht dort geblieben ist." — „Amos gehört nicht zu denen, die anders handeln, als sie sagen. Er hat gesagt: ‚Ich komme.' Er ist nicht gekommen, also muß ihm etwas zugestoßen sein. Ich gehe, um ihn zu suchen."

Asarja suchte zuerst die ganze Gegend links der Straße nach Thekoa ab. Kein Amos! Keine Herde! Immer hastiger setzte Asarja seine Suche fort. Er glaubte jetzt fest daran, daß seinem Freund ein Unglück zugestoßen sei. Raubüberfälle waren nicht selten. Auch ein Unfall durch ein Raubtier war nicht ausgeschlossen. Endlich hörte er blökende Schafe. „Von der Zisterne? — Amos ist noch bei der Zisterne?" Mit langen Sätzen eilte Asarja ins Tal. Die Herde drängte sich unter einer Terebinthe zusammen. Aber Amos? „Amos!" Keine Antwort. Wehen des Nachtwindes in den Bäumen. — „Amos!" Da sah Asarja den Hirten am Brunnenrand liegen. „Amos! — Allmächtiger! — — Was ist mit dir? Rede doch!" Schweigen. Asarja tastete den Hirten ab und stellte fest, daß er keine Wunde hatte. Eilig holte er Wasser aus dem Brunnen und besprengte das Haupt des Erschöpften. Endlich kam Amos zu sich. Er schlug die Augen auf und sah über sich den Himmel mit den flimmernden Sternen und das bleiche Gesicht seines Freundes. „Asarja!" sagte er und griff nach seiner Hand.

„Was ist?" sagte dieser. „Ein Hitzschlag? Eine Ohnmacht?"
Amos schüttelte den Kopf. „Nein. Wie soll ich's dir erklären, was
geschehen ist? — Ich habe etwas gesehen." — „Was? Räuber? Ein
Gespenst?" — „Nichts von Menschen", erwiderte Amos mühsam.
„Du sprichst in Rätseln. Du hast etwas gesehen — aber nicht von
Menschen?" — „Wie soll ich's dir erklären? — Kennst du die Ge-
schichte von Micha, dem Sohn Jimlas, der zu Ahabs Zeiten den
Herrn und seinen Hofstaat sah? Wie er, so habe auch ich sehen müs-
sen." Asarja erschrak. „Du? Aber wer so sieht wie Micha — der
ist doch Prophet!" Er sprang auf und wich entsetzt zurück. Aber
Amos reckte abwehrend die Hände gegen Asarja aus und rief
leidenschaftlich: „Nein! Nein! Das bin ich nicht! Will ich nicht
sein! Laß das die Berufspropheten tun! Ein Spiegel bin ich, in den
Gott seine Bilder wirft; mehr nicht." Dann fuhr er bittend fort:
„Ach Asarja! Laß mich nicht allein! Bin ich mit meiner Last nicht
schon allein genug?" Asarja trat wieder zu dem Hirten heran.
„Was hast du gesehen?" Stockend und mit einer Stimme, in der
das grauenhafte Geschehen noch nachzitterte, erzählte Amos, was
er heute und vor zwei Wochen erlebt hatte. — Langes Schweigen.
„So hat dich Gott zum Propheten erwählt. Wir anderen sind alle
blind, wenn man uns mit dir vergleicht. Wir tappen im Dunkeln.
Allein du bist ein Sehender. Dir hat Gott gezeigt, wie es in
Wirklichkeit um Israel steht. Gepriesen sei Gott, daß er immer
wieder Männer erweckt, die wahrhaft sehen!"

VISION III

„Der Herr sei mit dir, Amos! — Wo gehst du hin?" Der Maurermeister Isaak stand auf der Stadtmauer, die Schnur in der Hand,
an der das Bleilot hing, und grüßte herunter. „Der Herr segne
dich, Isaak! Ich gehe ins Tor. Samma klagt gegen Endor, den
Sohn des Ibram wegen Schafdiebstahl. Kommst du nicht?" —
„Nein. Kann leider nicht kommen. Du weißt doch, daß ich den
Auftrag habe, die Stadtmauer zu reparieren." — „Ja, das ist nötig.
An vielen Stellen sieht sie aus, als ob sie jeden Augenblick einstürzen wollte. Ich lasse meine Kinder nicht mehr im Garten
unter der Mauer spielen." — „Kein Wunder, König Rehabeam
ließ sie einst bauen, als er Thekoa zur Garnison machte. Das ist

jetzt fast 200 Jahre her. Nun, ich werde sie mit meinen Gesellen schon wieder ins Lot bringen. Verlaß dich drauf. Dein Jonadab hilft mir auch. — Sieh du zu, daß im Tor alles ins Lot kommt!" — Amos ging weiter. „Sieh zu, daß im Tor alles ins Lot kommt!" Diese Worte gingen Amos nicht aus dem Sinn. Er wußte, was Isaak damit gemeint hatte. Wie Isaak das Lot an die Mauer legte, um sie in Ordnung zu bringen, so sollte im Tor das unverfälschte Gesetz Gottes angelegt werden, um das Recht herzustellen, Unrecht zu verbannen und Frieden zu schaffen.

Kurz vor Beginn der Verhandlung betrat Amos das von der Morgensonne erhellte Tor. Die Anwesenden grüßten ihn ehrerbietig. Als der Hirte sich gesetzt hatte, sah er, daß auch eine Gruppe Israeliten anwesend war. Sie waren auf einer Pilgerfahrt nach Beerseba und hatten in der Karawanserei von Thekoa Rast gemacht. Jetzt verfolgten sie neugierig die Verhandlung.

Der Hirte Samma trat auf und erhob die Anklage. Amos kannte als Weidegenosse Sammas den Fall, ebenso Asarja und Josef, die ebenfalls anwesend waren. — „Ich erhebe Anklage gegen Endor, den Sohn Ibrams, weil er ein Schaf meiner Herde gestohlen hat. Er hat es in der Nacht vom vergangenen Montag zum Dienstag getan. Ich hütete damals zusammen mit Josef, Asarja und Amos bei der alten Terebinthe."

Alle blickten auf den jungen Endor, einen Mann von etwa 23 Jahren. Er saß neben Asarja. Trotz der gegen ihn erhobenen Beschuldigung veränderte sich seine Gesichtsfarbe nicht im geringsten. „Samma lügt!" sagte er. „In jener Nacht bin ich erst spät ins Bett gegangen und habe darum bis in den Morgen hinein geschlafen." — „Kommt das bei dir öfter vor?" warf ein gleichaltriger Bursche ein. Schallendes Gelächter.

Ein Alter mit grauweißem Bart fragte Samma: „Hast du Zeugen?" — „Ja, meine Zeugen sind Josef und Asarja." Josef brachte seine Zeugenaussage vor: „Ich bin alt und habe einen leichten Schlaf. Ich erwachte am Dienstagmorgen, weil die Schafe unruhig wurden. Und da sah ich dich, Endor, mit einem zweijährigen Schaf aus dem Pferch steigen. Es wäre gewiß eines der besten Mutterschafe in Sammas Herde geworden. Es stammt nämlich aus der Zucht des Amos." Der weißbärtige Alte wandte sich an den Flötenspieler: „Und was bezeugst du, Asarja?" — „Was Josef gesagt hat, deckt sich genau mit dem, was auch ich beobachtet habe." Endor lachte höhnisch: „Das sind mir saubere Zeugen! Auf ihre

Aussagen gebe ich keinen Pfifferling!" Gemurmel gegen Endor. Aber er brachte alle zum Verstummen, als er scharf sagte: „Josef, du sagst doch immer, daß deine Augen schlecht sind. Nicht einmal eine Mücke siehst du in deinem Weinkrug, obgleich du deine Nase hineinsteckst." Gelächter. „Ich habe dafür Zeugen." Er sah sich in der Runde um: „Abol, Rama, stimmt's?" Die Gefragten nickten stumm. Triumphierend fuhr Endor fort: „Und derselbe Josef will auf einmal bei Nacht einen Mann aus größerer Entfernung erkennen! — Bürger von Thekoa! Ich kann das einfach nicht glauben!" Endor legte sich im Bewußtsein seines Sieges zurück.

Da schnellte auf einmal Samma von seinem Platz auf und hob einen kleinen, dreieckigen Tuchfleck hoch. „Sieh dir das genau an, Endor!" rief er. „Paßt dieser Fleck zu deinem Mantel?" Endor wurde auf einmal rot. „Laß diesen Firlefanz, Samma!" — „Firlefanz? Her mit deinem Mantel!" — „Er paßt genau in diesen Riß auf dem Rücken!" stellten alle fest. „Du mußt heiraten, Endor, daß dir deine Frau die Löcher zunäht!" spottete Josef. „Diesen Fleck habe ich am Zaun meines Pferchs gefunden!" rief Samma. Endor sagte nichts mehr. Mit hochrotem Kopf setzte er sich.

Der Alte fragte die Rechtsversammlung ruhig und leidenschaftslos: „Wer ist für ‚schuldig'?" Alle erhoben die Hand. „Keine Gegenstimmen?" — „Keine." — Samma fragte: „Wie wird die Strafe festgesetzt?" Ein Töpfer sagte: „Gewohnheitsrecht ist: ‚Wer ein Schaf stiehlt, der soll es vierfach ersetzen'!" Der weißbärtige Alte fügte hinzu: „Und dieses Recht leitet sich ab von dem Gebot: ‚Du sollst nicht stehlen!' — Endor, du wirst die Sache innerhalb eines Monats mit Samma in Ordnung bringen!" Der Fall war ins Lot gebracht.

Die meisten Bürger Thekoas verließen das Tor sofort. Aber eine kleine Gruppe scharte sich um die Festpilger aus Israel — allen voran Josef. Amos stellte sich mit klopfendem Herzen neben Asarja und hörte zu. Der sah ihn mit ernstem Blick an. — „Wie steht der Prozeß gegen die vier Bauern aus Jelek?" — „Die kommen alle vier wegen Aufruhrs an den Galgen — vielleicht Nabal ausgenommen. Das ist freilich der fetteste Fisch, und Josef Ben Benjamin wird ihn nicht gern durch das Netz schlüpfen lassen!" sagte einer der Festpilger, ein Geschirrhändler. Ein Schmied widersprach: „Die Schuld ist aber bisher nur bei einem erwiesen, bei Datan. Die Fronvögte und sogar der Angeklagte

Juchal sagten gegen ihn aus. Aber den anderen konnte keine Schuld nachgewiesen werden. Auch unter der Auspeitschung haben sie nichts gestanden." — „Die Schuld gestanden!" höhnte der Geschirrhändler. „Darauf kommt es doch in Samaria nicht an! Hier in Thekoa geht es im Tor rechtlich zu. Da gibt es wirklich noch freie Bürger mit festem Besitz, eigener Meinung und — was das wichtigste ist — ohne Angst voreinander. — Habt ihr denn noch nicht bemerkt, daß das in Samaria alles anders ist? Da gibt es einen Haufen Sklaven wie lange schon in der ‚Scheol' und wie neuerdings auch in der Ebene Jesreel. — Und wir? Was sind wir denn? Pächter sind wir, alle dem Josef oder anderen Kaufleuten verschuldet. Und die Masse derer, die sich ‚Freie' nennen? Tanze einmal nicht nach der Pfeife Josefs! Stimme einmal im Tor gegen ihn, lieber Schmiedmeister, dann macht ein anderer die Beschläge für die Türen an seinem neuen Palast, und du kannst betteln gehen!" Düster fuhr er fort: „Josef Ben Benjamin regiert bei uns. Wenn er den Besitz Nabals und Jenobs will, dann werden sie schuldig gesprochen. Unschuld hin oder her. Sie müssen verrecken! — Selig sind die Mächtigen, denn sie können tun, was sie wollen!" — Amos stieg die Röte ins Gesicht. Die Menge schwieg bestürzt. Aber der Schmied sagte: „Wie will er denn die Stimmen im Tor für den Schuldspruch gewinnen?" Der Geschirrhändler lachte dröhnend und schlug sich knallend auf die Schenkel: „Schuldspruch? Hast du denn noch nie von ‚Bestechung' gehört?" — Amos fuhr zusammen. Asarja sah seinen Freund erschrocken an. Der Geschirrhändler äffte die Stimme eines Priesters nach: „‚Bestechung sollst du nicht annehmen; denn die Bestechung macht Sehende blind und verdreht die Sache derer, die im Rechte sind!' — So steht es für die Dummen im Bundesbuch. Was fragt aber ein Richter Iskai, was fragt der Kanzler Benaja, ja, was fragt selbst der Oberpriester Cohen danach? — Komme ich als Geschirrhändler nicht in alle Häuser? Sehe ich nicht die kostbaren Teppiche, die die Leute Josefs vor Gerichtsverhandlungen in die Häuser schleppen? — In Samaria regiert Josef! Und der braucht Geld für seinen Palast!"

Amos drehte sich wortlos um und ging. Asarja folgte ihm. Tonlos sagte Amos: „Es ist nichts, nichts mehr im Lot in Israel. Alles ist außer Rand und Band!" — „Bitte für sie dennoch beim Herrn! Bitte um Zeit zur Buße!" — „Ich will's tun. — Wenn aber die Geduld Gottes ein Ende hat?" — „Seine Geduld ist unerschöpflich." — Die beiden Männer bogen in die Mauergasse ein. Jetzt kamen sie zu der Baustelle an der Stadtmauer. Der Maurermeister stand auf der Mauer und ließ das Senkblei herunterfallen. Jonadab und die übrigen Gesellen standen an der anderen Seite der Gasse und schauten der Prüfung zu. Jonadab meinte zuerst, Amos wolle achtlos vorübergehen. Plötzlich blieb er zwei Meter vor dem Senkblei wie versteinert stehen. Asarja ging wenige Schritte hinter ihm. Jonadab sah, wie das gerötete Gesicht des Hirten jählings erbleichte. Die schreckhaft geweiteten Augen richteten sich auf den hoch oben stehenden Meister und auf das regungslos an der Mauer hängende Senkblei. Für Sekunden herrschte auf dem Platz beklemmende Totenstille. Sie ging von dem erstarrt dastehenden Mann aus und ergriff alle, die ihn bestürzt oder verwundert umstanden. Plötzlich stürzte Jonadab auf Amos zu. Er kam gerade noch zur rechten Zeit, um den niederstürzenden Hirten mit seinen Armen aufzufangen. Asarja und die Gesellen sprangen erschreckt herbei. Der Meister Isaak zog sein Senkblei ein und stieg eilends die Leiter herab. „Was ist los mit dir, Amos?" Keine Antwort. Er lag bewußtlos auf dem mit Kalkstaub bedeckten Boden der Gasse. Nur zwei Worte hatte man kurz vor seinem Sturz aus seinem Munde vernommen: „Ein Senkblei...!" — „Tragt ihn in sein Haus!" gebot der Meister. „Ich beobachte ihn schon die ganze Zeit. Seit Mai dieses Jahres muß in dem Manne etwas vorgehen. Aber was es ist — wer will das wissen!"

Jonadab und Asarja trugen Amos heim. Welche Bestürzung bei seiner Frau und den Kindern! Nur mit Mühe konnte Asarja sie beruhigen. Unterdessen hatte Meister Isaak an der Mauer schon wieder die Arbeit aufgenommen. „Los! Dieses Stück ist reif zum Abbruch!" Gleich darauf hörte man den dumpfen Schlag der Brecheisen und das Herabpoltern der Steinbrocken. — Asarja und Jonadab blieben bei Amos. „Ist er krank?" — „War Abraham krank, als er von Sodoms Untergang hörte und für die Stadt betete?" — „Du sprichst in Rätseln. Ich kann dich nicht verstehen." — „Amos hat seit Mai Visionen." — „Visionen? Wer schickte sie? Was sah Amos?" Asarja erzählte dem erstaunten Jonadab, was er davon wußte. „Ich hätte nicht für Israel gebetet!" schrie der Bauer verhalten auf. „Bei aller schuldigen Hochachtung vor meinem gütigen Gastgeber — es war falsch, was er tat!" — „Wie kannst du das sagen? — Rede leise!" — „Mann, das Gericht kann nicht schnell genug kommen! Jeder Tag, den es verzieht, mehrt unsre Leiden." — „Aber jeder Tag, an dem Gott noch Gnade gewährt, gibt doch die Möglichkeit zur Umkehr. Deshalb hat Amos für Israel gebetet." — „Umkehr? Josef Ben Benjamin . . . !" „Sei still! Er wacht auf." — Amos begann zu sprechen:

„Das ließ der Herr mich schauen:
Siehe, der Herr stand auf der Mauer
mit einem Senkblei in der Hand.
Und der Herr sprach zu mir: ‚Was siehst du, Amos?'
Ich antwortete: ‚Ein Senkblei!'
Da sprach der Herr: ‚Siehe, ich lege das Senkblei an
inmitten meines Volkes Israel;
ich will ihm nicht länger vergeben!'"

Amos seufzte tief auf und sah Asarja lange an.

„Ich will ihm nicht länger vergeben!
Die Höhen Isaaks sollen verwüstet
und die Heiligtümer Israels zerstört werden,
und gegen das Haus Jerobeam erhebe ich mich
mit dem Schwert!"

Bedrückende Stille. „‚Ich will ihm nicht länger vergeben!' — Es ist aus mit Israel!" — „Der barmherzige Gott, Asarja! Ich appellierte an ihn unter der Terebinthe und am Brunnen. Und er erhörte mich. — Aber diesmal — mir war die Kehle wie zugeschnürt." — „So müssen wir lernen, daß die Barmherzigkeit Gottes auch ein Ende haben kann!" — „Gut, daß das so ist! Weg mit den Tempeln und Heiligtümern, an denen die Bedrücker der Armen heucheln! Weg mit dem König, der das duldet! Freiheit für meine Brüder!"

VISION IV

Nacht über Samaria. Nach Mitternacht tappte ein Soldat mit einer Öllampe die ausgetretenen Stufen zu den tiefen Verließen hinab, die sich unter den Magazinen aus der Ahabszeit befanden. Es fröstelte ihn in den engen Gängen mit den nassen Wänden, an

denen sich das Licht seiner Lampe gespenstisch spiegelte. Er zog seinen Umhang fester um die Schultern. Modergeruch nahm ihm fast den Atem. Endlich hatte er den Gang erreicht, in dem sich die untersten Verließe befanden. Wer einmal hier war, der sah in den meisten Fällen nur noch einmal das Tageslicht: wenn er hingerichtet wurde! — Der Wächter stand vor der ersten Zelle. Er warf den Riegel des kleinen Kontrollfensters zurück und öffnete es. Der Strahl seiner Lampe beleuchtete den schlafenden Nabal. Der Wächter grinste: „Da schläft der Bauernlümmel! Es wär' ihm lieber, er könnte woanders schlafen! Hihihi!" Dann bückte er sich nach dem Kübel, der neben der Zelle stand, füllte die Handschale mit stinkendem Wasser und goß es dem Gefangenen auf das totengraue Gesicht. „He, steh auf, Kerl, stinkender! Soll ich noch einmal . . .? Bete dein Sprüchlein her, bei unsrer Göttin Astarte!" Nabal richtete sich auf und rieb die Augen aus. Er sah das teuflisch grinsende Gesicht des Soldaten. „Du Schinder!" — „Ich will dir den ‚Schinder' geben! Wenn du drei Tage nichts zu fressen bekommst, wirst du mich auf den Knien um Verzeihung bitten. Auf den Knien! — Das sage ich dir!"
Als der Soldat in die nächste Zelle leuchtete, sah er Juchal an der Wand stehen. „Warum schläfst du nicht, Juchal? Denkst du an dein Weibchen? Du wirst sie nicht mehr sehen!" Er machte die Geste des Aufhängens. Aber Juchal dachte nicht an seine Frau. Hätte er nur nicht gegen die anderen Angeklagten ausgesagt! Was trieb ihn, zu behaupten, Jenob habe mit Nabal zusammen die Leute von Jelek vom Löschen abgehalten, und sie hätten zum Aufruhr aufgerufen? Der unschuldige, taube Jenob! Nabal, der ihm oft geholfen hatte! Durch seine Schuld wurden sie nun gar zum Tode verurteilt.
Schlurfenden Schritts ging der Wächter weiter. Aus der nächsten Zelle hörte er Gebetsworte: „Errette meine Seele, Herr; errette sie um deiner Gerechtigkeit willen, ich bin elend!" Das war der taube Jenob. Er war so in sein Gebet vertieft, daß er den hereinfallenden Schein der Lampe nicht bemerkte. Der Soldat öffnete die Zellentür und stieß den Beter an. „Schweig! Ich kann dein Geplärr nicht hören!" Der Bauer sah demütig und ergeben zu dem Soldaten auf. „Es hat keinen Sinn, mit ihm zu reden!"
Datan schlief fest. Er sah im Traum einen schlanken, runden und sehr hohen Turm inmitten einer großen Stadt. Der Bauer stand mit seiner Frau auf einer der engen Gassen und schaute staunend

zu ihm hinauf. Wie sich das graue Weiß des Riesen vom lichten Blau des Himmels abhob! Vom Fuße des imponierenden Bauwerks her waren viele Stimmen zu hören. Dort wurde wohl ein Fest gefeiert. Datan wunderte sich über die großen Schwankungen, die der Turm machte. Fast wie eine Gerte im Winde bog er sich hin und her. Oben an seiner Spitze mußten die Ausschläge gut einen oder gar zwei Meter ausmachen. Plötzlich sah Datan, daß der ganze Turm zitterte. Und — o Entsetzen! Der Turm neigte sich krachend und fiel. Und im Fallen drehte er sich schrecklich knirschend 90 Grad um seine Achse. Die Spitze brach ab und stürzte wie eine reife Ähre dem Turm voraus auf die Stadt. Markerschütterndes Geschrei erhob sich, als der Riese mit furchtbarem, schmetterndem Knall aufschlug. — Der Soldat stieß den Träumenden grob in die Seite. „Los! Sag dein Sprüchlein her!" Noch in der Traumwelt gefangen, stand Datan auf: „Datan bin ich, aus Jelek. Ich bin gefangen..." Datan stockte. „Der Turm! Der stolze Turm!" — „Und?" schrie der Soldat. „Ich bin gefangen wegen Aufruhrs." Krachend fiel die Zellentür ins Schloß. Es klang wie das Krachen beim Aufschlag des Turms.

Die Gefangenen waren über ihr Schicksal im ungewissen. Nicht so der Gefängnishauptmann Matthai. — Am Abend zuvor war im Tor folgendes Urteil ergangen: „Erstens: Der Bauer Nabal ist freizulassen! Es konnte ihm keine Schuld nachgewiesen werden. Im Gegenteil stimmten die Zeugenaussagen darin überein, daß er vergeblich zum Löschen aufgerufen hat. — Zweitens: Der Pächter Juchal ist ebenfalls freizulassen. Ihm ist keine Schuld nachzuweisen. Außerdem hat er dem Gericht durch seine Zeugenaussagen gute Dienste geleistet. — Drittens: Der Pächter Datan und der Bauer Jenob werden in vollem Umfang des Aufruhrs für schuldig befunden. Urteil: Tod durch den Strang und Einziehung ihrer Güter!" — — — Ein Aufschrei der Menge: „Unrecht! Gewalttat! — Der taube Jenob und schuldig! Die Richter sind bestochen! Die Richter an den Galgen!" Josef Ben Benjamins Gesicht gefror zu einem haßerfüllten Lachen, obwohl ihm Nabal entschlüpft war. — „Viertens: Jonadab, der eigentliche Anstifter des Aufruhrs, wird in Abwesenheit zum Tode durch den Strang und zur öffentlichen, schändlichen Aufhängung seines Leichnams am Omriturm...!" Iskai kam nicht weiter. „Die Richter an den Galgen! Die Richter an den Galgen!" — „Ich lasse das Tor sofort räumen und jeden, der die öffentliche Ordnung stört, verhaften! . . . Aufhängung seines Leichnams am Omriturm verurteilt. Seine Güter werden eingezogen und wie die der beiden anderen Verurteilten Josef Ben Benjamin zugesprochen!"

Am Tag nach der Urteilsverkündigung erschien Pucha abends im Wachlokal des Gefängnisses. Der wachhabende Soldat tat zuerst sehr mürrisch: „Was willst du, Pucha? Die Vorschriften besagen, daß außer dem wachhabenden Soldaten niemand in der Wachstube sein darf. Du weißt das genau!" — „Ich weiß das. Aber ich bin in Geldnot, und darum wollte ich dich fragen, ob du mir dieses da abkaufen willst." Er zog aus seinem schmutzigen Oberkleid eine Flasche hervor, entkorkte sie und hielt sie dem Soldaten verführerisch unter die Nase. „Da, riech mal! Das ist die wahre Milch der Männer, Soldaten nicht ausgenommen! — Aber freilich, wenn deine Vorschriften so sind, daß du auf Wache nicht einmal mit mir reden darfst, dann geh ich wieder. Ich will der letzte sein, der dich wegen Wachvergehen ins Zuchthaus bringt." Er schob die Flasche umständlich ein, stand auf und wollte gehen. „Es war nicht so gemeint, Pucha. Komm, setz dich! Laß uns ein Stündchen plaudern! Die strengen Vorschriften gelten doch wohl mehr für den Krieg. Sogar die Generäle machen sich's im Frieden gemütlich. — Warum nicht wir einfachen Soldaten? Außerdem hat der wachhabende Unterhauptmann bei mir mit der Kontrolle angefangen. Er kommt sicherlich nicht mehr. Laß uns miteinander schwatzen!" — Pucha setzte sich. Bald waren die beiden in einen wortreichen Handel um die Flasche Rauschtrank vertieft. Endlich — die Nacht war schon hereingebrochen — wechselte sie ihren Besitzer. „Aber daß du ihr jetzt nicht den Hals abschlägst! Es wäre zu schade dafür. Ich habe andere, schon angebrochene Flaschen bei mir. Hier, versuch einmal! Das ist ein Getränk, was? Wie Feuer rinnt es die Kehle hinab. Schnaps in solcher Stärke ist in keiner Heeresvorschrift vorgesehen. In Samaria kaufst du so etwas nie. Heb ruhig noch einen!" — So begann die Zecherei, zu der Pucha aus seinem weiten Mantel immer neuen Stoff lieferte. Der Soldat war bald berauscht und merkte nicht, daß Pucha nur am Anfang mitgehalten hatte. Endlich war er so betrunken, daß er sich zur Seite legte und schnarchend einschlief.

Pucha stand auf. Er schloß die Tür der Wachstube, die zugleich den Zugang zum Gefängnis bildete, fest, und schlich dann wie ein Raubtier die Stufen zu den Verließen hinunter. Keiner der Gefangenen, mit Ausnahme Nabals, bemerkte sein Kommen.

Und als der ahnungslose Bauer merkte, was gespielt wurde, war es für ihn schon zu spät. Er hatte nicht einmal mehr Zeit zum Schreien. Pucha hatte dem Gefangenen die tödliche Wunde so teuflisch geschickt versetzt, daß sie nicht zu sehen war. Und selbst wenn man sie entdecken sollte, wer wollte den Mörder finden? Erst am Vormittag fand ein Wächter den Toten. Welch ein tragisches Geschick, so kurz vor der Freilassung! Der Gefängnishauptmann Matthai vermutete einen Schlaganfall und ließ den Toten noch am selben Tag begraben. — Die Witwe Nabals bewirtschaftete ihren Hof zunächst allein. Aber sie hatte kein Glück. Sie mußte Schulden machen. Im günstigsten Augenblick griff Josef zu und kaufte das vorletzte freie Anwesen von Jelek auf. Pucha wurde Pächter auf Nabals Hof.

Amos arbeitete in seinem Garten unterhalb der südlichen Stadtmauer Thekoas. Micha war bei ihm. Vater und Sohn ernteten einen Granatapfelbaum ab. Der Knabe jauchzte jedesmal auf, wenn er einen besonders großen Apfel in dem vielverzweigten Baum entdeckte. Mit beiden Händen trug er ihn zu seinem Vater. „Ist er reif?" Das Auge des Hirten streifte über den Apfel mit der lederartigen, rötlichen Fruchthaut. „Ja, der ist reif. Du kannst ihn essen." — „Der schmeckt aber süß! Und sieh nur! Rote Kerne hat er — und viele, viele!" — Sanfter, stiller Spätsommertag. Herrliche Früchte. Kinderjubel. — Amos muß seine grauenvollen Gesichte vergessen! — Aber nein, nein! Immer wieder hörte er die unheimlichen Worte: „Ich will ihnen nicht länger vergeben!" Und noch etwas bedrängte ihn. Eigentlich nicht erst seit heute, sondern von jenem Augenblick an, als Asarja in nächtlicher Stunde am Brunnen zu ihm gesagt hatte: „Wer so sieht wie Micha, der ist Prophet!" — „Ein toter Spiegel bin ich, in den Gott seine Bilder wirft, kein Prophet!" — Aber wollte Gott ihn wirklich nur als Spiegel? Bei Männern wie Mose und Samuel war es jedenfalls anders gewesen. Ihre Visionen waren zugleich Berufungen zum Dienst. Waren etwa die Gesichte, die er gehabt hatte, einer Berufung gleichzusetzen? Amos wehrte sich gegen diesen Gedanken. Nein! Nein! Solchen Dienst mochten die Berufspropheten übernehmen, und zwar die in Israel. Dort gab es genug.
Eilige Schritte näherten sich dem Garten. „Jonadab?" Der Hirte las auf dem Gesicht des Flüchtlings und erbleichte. Diese Augen!

Dieses Gesicht! Plötzlich sträubte sich in Amos alles gegen eine neue Schreckensnachricht. „Muß ich das hören? Was geht's mich an? Sag's dem König! Oder den Priestern und Propheten! Sollen die sich darum kümmern! Es ist doch alles geordnet in dieser Welt!" Gotteslästerliche Gedanken wälzten sich in seinem Gehirn dahin. „Auch Gott soll sich an die Ordnung halten!" — Aber dann ging diese Empörung seines Herzens in Gebet über: „Ach Gott! Warum stürzst du mich in solche Unruhe? Wie ruhig lebte ich, als ich noch nicht Mitwisser deiner Pläne sein mußte! Und nun verfolgst du mich mit Visionen, die das Ende deiner Geduld, die Zerstörung deiner Heiligtümer und den Untergang des Königshauses bedeuten. — Ach Herr! Ich bin zu schwach, um dieses Wissen zu tragen!" — Der Hirte schaute in die Augen Jonadabs. Da stand geschrieben: „Du mußt es wissen! Du wirst Sprecher Gottes. Hör also auch auf die Menschen!" — „Nabal ist tot!" — „Nabal?" — „Ja, Nabal. Im Tor hat man gegen Josefs Stimme seine Unschuld festgestellt. In der Nacht nach dem Urteilsspruch war er tot!" — „Josef ist der Mörder! — Geh, nimm den Knaben mit!"

Amos setzte sich auf einen Stein. Er stützte den Kopf mit beiden Händen. Nicht weit von ihm stand der Korb mit den geernteten Früchten. Der Hirte sah sie nicht. Eine Stimme ließ ihn aus seinem Brüten aufschrecken. „Was siehst du, Amos?" War Jonadab zurückgekommen? Amos stand auf und schaute sich um. Aber er sah niemand. Da hörte er die Stimme zum zweitenmal. „Was siehst du, Amos?" Nun wußte er: Gott rief ihn. Er sank auf die Knie. Er schaute. Gott sei Dank! Keine Heuschrecken! Keine Glutwelle! „Einen Korb mit reifem Obst!" — Kaum hatte der Hirte das gesagt, als ihm jählings bewußt wurde, daß seine Worte plötzlich einen anderen schrecklichen Sinn bekommen konnten. So war es auch mit dem Bleilot gewesen. Reifes Obst: ‚kajis' —. Eine kleine Lautänderung nur: ‚kes': ENDE! — O Gott!

„Reif zum Ende (kes) ist mein Volk Israel,
ich will ihm nicht länger vergeben.
An jenem Tage wehklagen die Sängerinnen in den Palästen,
viele Leichen liegen an allen Orten."

Amos öffnete die Augen und sah den Obstkorb vor sich. Noch benommen von der Wucht des göttlichen Gerichtswortes nahm er

eine der Früchte in die Hand. — „Was würde ich tun, wenn mir auf diesem Baum schlechte Früchte herangereift wären? Dann wäre für ihn das Ende gekommen." — Amos seufzte: „Und so ist es dir, Gott, mit Israel ergangen. Rechtsbruch! Bestechung! Mord! — ‚Reif zum Ende ist mein Volk Israel!'"
Er murmelte vor sich hin:

„An jenem Tage wehklagen die Sängerinnen in den Palästen, viele Leichen liegen an allen Orten."

Ein schreckliches Bild drängte sich ihm vor die Seele. — Der Herrscher ist mit seinen Großen und den Reichen der Stadt Samaria im Königssaal versammelt. Sängerinnen tanzen zur Musik der Harfen und Zimbeln. — Ein Aufschrei! Dann Totenstille. Eine Tänzerin ist zusammengesunken. Ein paar Mädchen bemühen sich um die scheinbar Ohnmächtige. Da kreischen sie in Todesangst auf und prallen zurück. „Pest!" Die Liegende trägt das Todesmal. — Wie eine Furie fährt dieses Wort in den Saal. Die Vornehmen samt dem König werden von panischer Angst erfaßt. Sie stürzen fort. Wie eine achtlos weggeworfene Blume liegt die Pestkranke in der Mitte des Saales.

VISION V

Wenige Tage nach Nabals rätselhaftem Tod wurde Juchal freigelassen. Aber an Datan und dem tauben Jenob wurde das Bluturteil vollstreckt. Über der Stadt und der Ebene ringsum lag ein bleigrauer, verschlossener Himmel, als sie zum Galgenberg auf dem unbewohnten Ostteil des Samariahügels hinausgeführt wurden. Die Stadt lag wie ausgestorben da. Auch auf den Feldern war kein Mensch zu sehen. Die beiden Verurteilten gingen ihren Weg in ohnmächtiger Verzweiflung. Als sie an die Stelle kamen, an der man freie Sicht nach Westen hatte, blieben sie einen Augenblick stehen und richteten ihre sehnsüchtigen Blicke dorthin, wo über den Bergen, die heute wie Totensteine aussahen, die Ebene Jesreel sein mußte. — Dann schritten sie den Galgenberg hinauf.

Zur selben Stunde stieg in Jerusalem der Hirte Amos zum Tempel hinauf, um sein geängstetes Herz vor dem Herrn auszuschütten. Der Hirte hatte heute keine Augen für die Pracht der Bauten des Königs Usia. Er sah nicht die Königsburg, nicht die eindrucksvollen Befestigungswerke. Seine Gedanken waren ganz bei Gott und seinem zukünftigen Gericht über Israel. Amos war an der Mauer angelangt, die das Heiligtum umgab. Er durchschritt sie und ging zur Stirnseite des Tempels. Auf der rechten Seite der fast vier Meter hohe Brandopferaltar. Gerade erst mußte das Frühopfer dargebracht worden sein. Der Opferrauch stieg noch auf. Ein Priester stieg feierlich die Stufen des Altars herab. Dahinter sah Amos das Heiligtum aufragen. Stufen führten zu dem fast drei Meter hohen Sockel aus Steinblöcken, auf dem der ganze Bau ruhte. Die Morgensonne spiegelte sich in den beiden mächtigen Kupfersäulen, die den Eingang der Vorhalle majestätisch flankierten. Dahinter erhob sich die Stirnseite des Tempels in feierlicher Pracht.

Auf dem Galgenberg zu Samaria wurden die letzten Vorbereitungen zur Vollstreckung der Todesurteile getroffen. Ein Priester kniete mit den beiden Todeskandidaten zum letzten Gebet nieder.

Im Tempel zu Jerusalem beugte der Hirte Amos seine Knie zum Gebet. Als er seine Augen wieder erhob, erschrak er heftig. Eine riesige Gestalt auf dem Brandopferaltar! Amos durchfuhr es wie ein tödlicher Blitzstrahl: Es ist der Herr! Er entweiht sein Heiligtum! Der Hirte senkte in tödlichem Schrecken sein Haupt bis auf die kalten Fliesen des Tempels. Ihm geschah, was einst Mose und Samuel geschehen war. Aber welche Botschaft würde der Herr seinem Knecht mitteilen? Das Ende Israels war bei Gott fest beschlossene Sache. Aber gab es vielleicht nicht doch die Möglichkeit des Entrinnens? Wenigstens für einen Rest? Als Amos sein Haupt wieder zu erheben wagte, sah er, daß sich die Rechte des Herrn emporreckte, in der Hand einen mächtigen Hammer.

Auf dem Galgenberg zu Samaria bestiegen Datan und Jenob die Galgenleiter. — Der Henker stieß sie in den Tod.

Im gleichen Augenblick schmetterte der Herr den Hammer mit furchtbarem Zorn auf den Knauf nieder, der das Dach des Tempels krönte. Unter der Gewalt des Schlages stürzten die Säulen des Heiligtums um und die Deckenbalken brachen krachend nieder. Zugleich hob und senkte sich die Erde wie das Meer im Sturm. Erdbeben! — Amos stürzte auf die Steine des Tempels

nieder. „In deinem Zorn wirst du das Heiligtum zu Bethel in Israel zerstören. Das Reichsheiligtum ist kein Ort mehr, an dem dein Recht verkündigt wird. Darum muß es fallen."
Deutlich vernahm der am Boden Ausgestreckte die Worte des Herrn:

„Ich will sie im Erdbeben alle vernichten!"

Amos sah: Israel versammelt sich während eines Festes im Heiligtum zu Bethel. Plötzlich verstummen die Lieder. Donner in der Erde. Krachend beginnt sie sich zu heben und zu senken. Einen Augenblick lang herrscht furchtbare Stille unter der entsetzten Gemeinde. Dann gellt aus ungezählten Kehlen ein Entsetzensschrei. Wie Spreu im Sturm stiebt das Volk auseinander. Panik! Nur fort von hier, ehe man von Mauern erschlagen und begraben wird. Noch einmal grollt es unheimlich in der Erde. Die Stirnseite des Tempels reckt sich zum letztenmal hoch. Dann werden die mächtigen Säulen von einer Riesenfaust gepackt und auf die fliehende Menge geworfen. Nach wenigen Sekunden ist das Erdbeben vorüber. Unheimliche Stille. Erschlagene liegen wie dunkle Schatten zwischen hellem, geborstenem Gemäuer.
Viele sind der Katastrophe entronnen und preisen sich glücklich. — Aber da hört Amos schon den nervenaufpeitschenden Ton der Kriegsposaune:

„Ich will sie im Erdbeben alle vernichten
und, was von ihnen übrigbleibt, mit dem Schwert töten!"

Fremde Heere stürmen Samaria. Der Widerstand auf den Mauern ist zusammengebrochen. Die Feinde geben keine Gnade. Todesschreie! Blutgeruch! — Aber da: ein kleines Häuflein sammelt sich an einem Seitentor zur Flucht in letzter Minute. Rußgeschwärzte Soldaten, Frauen mit todesbleichen Gesichtern, hohlwangige Kinder.

„Nicht soll von ihnen ein Flüchtling fliehen,
nicht soll von ihnen ein Entronnener entrinnen!"

Dämmerung. Flucht. Durch den Olivenhain am Fuße des Berges! Über die Straße, die zur Stadt hinaufführt! — Da stürzt ein Soldatenhaufen den Fliehenden nach. Umsonst versuchen sich die Unglücklichen zu verstecken. Die Soldaten töten die Männer auf der Stelle. Die Frauen führen sie unter Hohngelächter in die Stadt hinauf.

Nur einer kann nach Westen entrinnen. Bei Nacht durchquert er die Ebene Jesreel und erreicht im Morgengrauen den Fuß des Karmel. Der Flüchtling hetzt einen schmalen Fußsteig hinauf, eilt weiter mit letzter Kraft, bis er den Wald auf dem Gipfel des Karmel erreicht hat. Dort verkriecht er sich aufatmend in einer Höhle. — Er hat noch keine zehn Atemzüge getan, da fährt schon der Spieß eines Kriegsknechts in die Höhle und zwingt den zu Tode Erschrockenen, sich zu zeigen.

> „Und wenn sie sich verstecken auf dem Gipfel des Karmel,
> werde ich sie von dort greifen und holen.
> Wenn sie durchbrächen in die Totenwelt,
> würde meine Hand sie von dort holen.
> Wenn sie hinaufstiegen in den Himmel,
> würde ich sie von dort herabstürzen.
> Und wenn sie sich versteckten vor meinen Augen
> auf dem Grunde des Meeres,
> würde ich von dort die Schlange entbieten,
> daß sie sie beiße!"

Wieder sieht Amos die Stadt Samaria. Vor den Toren werden Gefangene zusammengetrieben. Die Königsstadt brennt lichterloh. Pioniereinheiten schleifen mit Pickeln und anderen Brechwerkzeugen die Festungsmauern. Die Soldaten schlagen auf die Gefangenen ein. Aber wenigstens tragen sie das Leben als Beute davon. Dann verwandelt sich das Bild: Die Gefangenen auf dem Weg in die Verbannung. Er ist von Toten gesäumt. Und auch wer ans Ziel kam, hat damit sein Leben noch nicht gerettet. Er wird von den Feinden zu Zwangsarbeiten gepreßt und dann getötet.

> „Und wenn sie wanderten in die Gefangenschaft
> vor ihren Feinden her,
> würde ich dort dem Schwert befehlen,
> daß es sie erwürgte.
> Ich richte meine Augen auf sie zum Bösen
> — nicht zum Guten."

Amos lag bis zum späten Abend im Heiligtum. Das Abendopfer wurde dargebracht. Der Tempel leerte sich. Da bemerkte ihn einer der Priester. „Ein Toter!" Erschreckt wich er zurück, weil er sich an dem Toten nicht verunreinigen wollte. Er würde dadurch eine Zeitlang vom Gottesdienst ausgeschlossen. „Es ist doch noch Leben in ihm!" Der Priester rührte ihn an und sprach: „Steh auf, Fremder! Der Gottesdienst ist aus!" Langsam kam Amos zu sich und richtete sich auf. Als der Priester das verstörte Antlitz des Hirten sah, nahm er ihn beim Arm: „Ich will dich zur Tempeltür führen." So gingen die beiden miteinander bis zur Tempeltür. Besorgt blickte der Priester zum Himmel empor. Eine schwarze Wolkenwand im Nordwesten. Drohend schiebt sie sich über das Land. Letztes Licht des Tages weicht erschreckt zurück. Grelle, unheilverkündende Blitze. Dumpfer Donner. „Bleib hier! Ich will dir für die Nacht Platz in einer Zelle des Heiligtums schaffen." Amos sah die drohende Veränderung des Himmels. Aber er wollte nicht hier bleiben. Er eilte den Tempelberg hinunter.

Nach einer Stunde hastete Amos an Bethlehem vorbei und schlug den Weg nach Thekoa ein. Rabenschwarze Nacht. Ein Windstoß fegt über das Land. Wolkenfetzen stürmten in niedriger Höhe über den Hirten hinweg. Ein Blitzstrahl tauchte das nächtliche Land für Sekunden in Tageshelle. Donnergebrüll. Schrecklicher Widerhall in den Bergen Judäas. Dann Blitz auf Blitz. Donner auf Donner! „Das ist deine Stimme, Herr", flüsterte Amos entsetzt. Sein Gesicht war leichenfahl. Er hastete weiter, verfolgt von Blitz und Donner. „Du hast lange lieblich geredet mit Israel — wie ein Bräutigam mit seiner Braut. Aber jetzt..." Ein Blitzstrahl fuhr einen Steinwurf weit von Amos entfernt in einen Felsen und warf den einsamen Mann fast zu Boden. „Was du liebreich gebaut hast, das zerstörst du jetzt. Oh, die Auen der Hirten in Israel — dein Wort versengt sie. Ach, der Karmel, Zier Israels, unter deinem Zorn verbrennt er." — Das Gewitter steigerte seine Gewalt. Noch war kein Tropfen Regen gefallen. Der nächste Blitzschlag warf Amos zu Boden. „Willst du mehr von mir, Herr, als daß ich Spiegel bin für deinen Zorn?" Donnergebrüll. Amos erzittert. „Geh hin und predige meinem Volk Israel!" In Amos sträubt sich alles gegen diesen Auftrag. Ein neuer Blitzschlag. Schwefelgelbes Feuer um Amos. Donnergebrüll: „Geh hin und predige meinem Volk Israel!" — Amos rafft sich auf und hetzt weiter, als wolle er sich dem Zugriff Gottes entziehen. Ein letzter Blitzstrahl. Amos steht in vernichtendem Feuer. Donnergebrüll! — Da kniet Amos auf der Straße nieder und beugt sein Haupt. „Ja Herr!" — — — Der Regen prasselte herab.

Der Wächter am Tor von Thekoa erwachte nach Mitternacht. Heftiges Klopfen an der Tür. „Wer ist draußen?" — „Amos. Laß mich hinein!" — „Ich kann dich nicht verstehen. Wer ist draußen?" — „Amos." — „Laß dich mal durch die kleine Luke sehen! Ich kann bei Nacht nicht jeden hereinlassen. Ja, da stell dich mal hin! — Nein, du bist der Amos nicht! Ein Schurke bist du! Amos hat braune Haare, du aber weiße! Betrüger! Scher dich fort!" — „Ich? Weiße Haare? — Bitte, laß mich hinein. Ich bin Amos. Sag doch nicht, daß du meine Stimme nicht erkennst." Endlich öffnete der Wächter. „Aber du hast weiße Haare, Mann!" — „Wahrhaftig—weiße—Haare." — „Du kannst von Glück sagen, daß du überhaupt noch am Leben bist. Ich hab' ein solches Unwetter noch nie erlebt." — „Ja, ein unvergleichliches Gewitter. Und das ist erst der Anfang. —

,Donner des Gerichts brüllt vom Zion her.
Von Jerusalem läßt der Herr seine Stimme erschallen.
Da verwelken die Auen der Hirten —
Die Spitze des Karmel verdorrt.'"

„Was redest du da? Ich kann dich nicht verstehen." —

Mai. Am Brunnen zu Thekoa. — „Rahel!" — „Ja, Asarja!" — „Gehst du dieses Jahr wieder mit zur Schafschur?" — „Mein Vater hat es gesagt. Er braucht mich. Hundert Schafe waschen und scheren, das ist ein schönes Stück Arbeit. Wir ziehen morgen. Wann ziehst du mit Amos, Josef und Samma?" — „Übermorgen. Vier Tage sind wir unterwegs bis zum Jordan." — „O Asarja, ich könnte einen Luftsprung machen vor Freude!" — „Wegen der Schafwäsche?" — „Ja, darum." — „Du mußt aber doch tüchtig arbeiten." — „Hast du schon müde Schafwäscherinnen gesehen? Oder Mädchen, die nicht singen, wenn sie Schafe scheren?" — „Nein." — „Also! — Ich freue mich schon, bis ich im Wasser stehe und den Schafen in die verfilzte Wolle greifen darf! Und dann das Scheren! Ritsch! Ratsch! Ritsch! Ratsch!" — „Freust du dich nur auf die Arbeit?" — „Asarja! Wie kommst du zu dieser Frage?" — „Am schönsten sind die Abende am Jordan. Wenn gar der Vollmond über den Bergen steht! Und wir uns nach getaner Arbeit zusammensetzen können." — „Sitzen? Wer sitzt? Die Alten! Nicht wir Mädchen. Nicht die jungen Burschen. — Tanzen in einer Vollmondnacht! Ach Asarja, die Welt ist schön! — ‚Spiel auf, Asarja!' rufen wir. Und du spielst." — „Und dann sind wir müde und setzen uns." — „Ein Weilchen. Aber nur zu Josef. Der weiß die schönsten Geschichten." — „Er fängt an zu erzählen, wie Jakob einst seine Schafe scherte, und wie seine Tochter Rahel den Götzen versteckte." — „Das hör' ich sehr gern. — Zu Samma setz' ich mich nicht. Der hat seinen Kopf nur beim Wollhandel. ‚Wem verkauf' ich nun?' spricht er. ‚Lös' ich bei dem alten Ibrahim nicht mehr?' Ach, ich könnt' ihm in die Wolle fahren wie einem Bock! Pfui! Wie kann man vom Geld sprechen an solch einem Abend!"

Amos stand vor dem fröhlichen Musikanten. — „Ich möchte dich fragen, Asarja, ob du eine Zeitlang meine Herde übernimmst und für sie sorgst." — „Wie, Amos, Freund? Jetzt vor der Schafwäsche und der Schafschur willst du fort?" — „Ich will nicht. Ich muß!"

— — „Ich wußte es von dem Tage an, an dem ich mit dir beim Brunnen sprach, daß es so mit dir kommen würde. Nicht zum Spiegel braucht dich Gott. Er braucht dich als Rufer, als Propheten." — „Schwer ist's mir ums Herz, Asarja. Ich wollte, ich dürfte die Menschen erfreuen mit meinem Wort, wie du das tust mit deiner Flöte. Aber mich hat der Herr mit einem Leichenlied gefüllt." — „Ein Amt hast du, Amos, so schwer, wie es vor dir kein Prophet gehabt hat. Du mußt den Untergang Israels ansagen. Meinst du nicht, daß sie umkehren werden, wenn sie diese Botschaft hören?" — „Der Herr hat mir nichts darüber gesagt. Ich weiß nur von Verderben und Untergang." Samma: „Du denkst zuviel nach über Gott, seine Gebote und die dort droben in Israel. Und dieser Flüchtling da, Jonadab, dieser Herumtreiber, hat dir den Kopf vollends verdreht. Wer weiß, warum der fliehen mußte! — Und nun bildest du dir ein, du müßtest dort droben predigen, zur Besinnung rufen! Du, ein Hirte aus Thekoa! Die werden sich einen Dreck um dich kümmern! — Mensch, Amos, werde nüchtern! Geh' mit zur Schafschur!" — „Ich bin nüchtern." Josef: „Wir können ihn nicht aufhalten." — Jäh wandte sich Amos von ihnen ab.

Skandal in Samaria

II

DAS SIEGESFEST

Feldhauptmann Kain betrat sporenklirrend die Schreib- und Buch-
kammer des königlichen Palastes. Der buckelige Schreiber Arpach
verneigte sich tief. „Sie wünschen, mein Herr?" — „Die Jero-
beamrolle aus der ‚Chronik der Könige Israels'!" Der Schreiber
wandte sich eilig dem Regal an der Südwand zu und suchte mit
fliegenden Händen in der Fülle der Tonkrüge, die dort standen.
Das ist der Krug. Er entnahm ihm eine Schriftrolle, legte sie auf
einen langen, schmalen Tisch und öffnete sie mit sorgsamen Bewegungen. „Die ersten 20 Spalten enthalten die Berichte über den
Aramäerfeldzug mit der denkwürdigen Einnahme von Damaskus,
derer man morgen gedenkt. Die Spalten 20 bis 25 schildern die
Einnahme Ramoths in Gilead. Auf den Spalten 26 bis 35 steht der
Krieg gegen die Ammoniter verzeichnet. Die Spalten 36 bis 45
handeln von dem Krieg des Königs — Gott schütze ihn! — gegen
die Moabiter." Der Feldhauptmann lachte: „Ich danke dir, Arpach. Ohne deine gelehrte Hilfe würde ich mich in diesem verwir-
renden Schriftzeug nie auskennen. Dafür weiß ich besser an
unsrer Nordostgrenze und im Aramäerland Bescheid. Um Damaskus herum gibt es kaum einen Strauch oder einen Felsblock, den
ich dir nicht beschreiben kann."
Der Schreiber Arpach verbeugte sich vor dem Feldhauptmann:
„Es gibt keinen Offizier im Heer des Königs, der so hoch ausgezeichnet worden ist wie Sie. — In den Eintragungen über den
Aramäerkrieg ist das in Spalte 7 auf ausdrücklichen Befehl des
Königs von meiner Hand vermerkt." Der Schreiber trat neben
den Feldhauptmann. „Sehen Sie, da: ‚Bei der Erstürmung von
Damaskus hat sich der Oberst Kain durch höchste Tapferkeit
ausgezeichnet. Der König verlieh ihm deshalb den Ehrentitel
‚Held der Nation'. Er erhob ihn außerdem zum Feldhauptmann
und setzte ihn über das Heer.'" Kain schmeichelte es sehr, daß
ihm der Schreiber gerade unmittelbar vor der 20. Wiederkehr dieses Tages jene Stelle vorgelesen hatte. Er kannte sie zwar auswendig. Aber Ruhm ist nur süß, wenn man ihn aus dem Munde
anderer hört. —
„Laß es gut sein, Arpach! Ich bin nicht deswegen gekommen. Ich
muß morgen beim Siegesfest die Gedenkrede halten. Die ausländischen Gesandten werden auch da sein. Du weißt, historische
Reminiszenzen schaden wenig und machen immer einen guten

Eindruck. ‚Der Mann hat Bildung!' sagen die Leute. Ich hätte darum gern, daß du mich mit ein paar eindrücklichen Szenen aus der Geschichte jener Zeit versorgst."

„Da würde es sich gut schicken, wenn der Herr Feldhauptmann im Laufe seiner Rede zuerst auf den Zustand des Reiches vor den glorreichen Siegen unsres Königs hinweisen würde." — „Das ist eine gute Idee. Aber nur keine langatmigen Beschreibungen. Kurz wie ein guter Feldzug muß das Zitat sein! Die Herren Offiziere denken bei meinem Vortrag schon ans Essen und an den Wein! Vom Fußvolk will ich schweigen! Beides kann dann allerdings nicht lang und reichlich genug ausfallen." — „Ich dachte etwa an diese Stelle hier." Arpach wies auf eine der Spalten am Anfang der Rolle und las: „Es entbrannte der Zorn des Herrn über Israel, und er gab sie in die Hand Hasaels, des Königs von Aram. Dieser Krieg war für Israel sehr verlustreich. Dem König blieben nicht mehr als 50 Reiter, 10 Streitwagen und 10 000 Mann zu Fuß. Der König von Aram hatte sie vertilgt und in den Staub getreten."

„Das ist gut, Arpach. Diese Sätze kann ich ausgezeichnet brauchen. Wenn ich mich recht entsinne, handeln sie von dem Großvater des jetzigen Königs, von Joahas." — „So ist es, Herr Feldhauptmann." — „Das war der Tiefstand des Reichs: Zehn Streitwagen!" sagte er ironisch. „Und die Aramäer? — 800! Dann: 50 Reiter! Und Benhadad? — 5000! 10 000 Mann Fußvolk! Und in welchem Zustand mögen diese Fußlappengeschwader gewesen sein? — Da hätte es nicht mehr viel bedurft, Arpach, und wir wären für alle Zeiten ruhmlos von der Bildfläche verschwunden."

„Doch laß hören, was du über Jerobeam II. aufgeschrieben hast!"

„Joas, dem Vater des jetzigen Königs — Gott schütze ihn — gelang es zwar endlich, die aramäischen Feinde vom Reich fernzuhalten. Diese wurden in jener Zeit durch die Assyrer sehr geschwächt. Aber erst sein sieggewohnter Sohn, Ihre Majestät Jerobeam II., konnte die Aramäer in drei vernichtenden Feldzügen schlagen. Den ersten Schlag führte er gegen das Herz der Feinde, gegen ihre Hauptstadt Damaskus. Er eroberte sie und zwang den aramäischen König, ihn um Gnade anzuflehen. Den zweiten Schlag führte er gegen Ramoth, das sich die Aramäer gewaltsam angeeignet hatten, und nahm es ein. Der dritte Schlag richtete sich gegen Partisanen im Gebiet nordöstlich Ramoth."

„Großartig, Arpach, großartig! Das würzt meinen Vortrag. Gerade in dieser annalenhaften Prägnanz. — ‚Den ersten Schlag führte er gegen das Herz der Feinde, gegen Damaskus. Er eroberte die Stadt und zwang den aramäischen König, ihn um Gnade anzuflehen.' — Ich habe es selbst gesehen. — Mit diesen beiden Sätzen ist die Schicksalswende im Leben der Nation markiert. — Ich war damals Kommandeur der ‚Schnellen Division'. — Mein Gott! Was für Kerle! Der Kanzler Benaja befehligte als Oberst die ‚Löwen'! — Mit diesem Sieg begann der Wiederaufstieg Israels. — Doch genug davon. Was halte ich dir die Rede, die ich morgen beim Siegesfest halten soll? Schreibe mir diese drei Zitate ab! Nur den Satz von der Schwächung der Aramäer durch Assur läßt du weg! Er mindert den Ruhm unsres Königs. — Sende sie mir dann in mein Haus!"

Auf dem Arbeitstisch des Propheten Ela lagen eine Anzahl kleiner Wachstäfelchen, die mit Schriftzeichen bedeckt waren. Ela setzte sich. Er mußte noch an diesem Tag eine ehrenvolle Sonderaufgabe lösen. Heute morgen hatte ihn der Prophetenvater Zedekia zu sich rufen lassen. „Friede sei mit dir, Vater!" — „Der Herr segne dich, Ela! — Du weißt, daß morgen das Siegesfest ist und daß verschiedene Truppenteile zu neuen Partisanenkämpfen ausziehen sollen. Eben habe ich nun durch einen Boten des Kanzlers erfahren, daß bei dem feierlichen Staatsakt vor dem Tor die Feinde des Gottesvolkes verflucht werden sollen. Das gehört zu unsren Aufgaben, Ela. An sich paßt das gut zum 20. Jahrestag unsres Sieges. Hier —" der Prophetenvater gab Ela jene Wachstafeln, die nun auf seinem Tisch lagen — „lies das! Es handelt sich um Niederschriften von Greueltaten, die Heiden verübten. Glätte sie im Satzbau! Fasse sie vielleicht sogar in Gedichtform! Du kannst das. Ich weiß es. Beim Festakt nimmst du dann die Fluchzeremonie vor!" Der Prophetenvater nahm eine Pergamentrolle vom Tisch, öffnete sie und sagte: „Und sieh: hier ist das Programm, das Benaja und Ahia aufgestellt haben — natürlich auch diesmal, ohne uns Propheten zu fragen." Ela las:

1. Aufmarsch der Truppen vor dem Omritor. Spitze bildet je eine Brigade der „Schnellen Division" und der „Löwendivision", die zu Partisanenkämpfen abgestellt sind.
2. Ankunft des Königs.
3. Opfer und Gebet des Oberpriesters Cohen.
4. Preislieder zu Ehren des Königs. Verfluchung der Feinde.

5. Festrede des Feldhauptmanns und ‚Helden der Nation', Kain.
6. Vorbeimarsch der Truppen vor Seiner Majestät, dem König.
„Bist du im Bilde? Nach der Opferhandlung des Oberpriesters bist du an der Reihe. Siehst du, da: Punkt 4. Warte, bis die Preislieder gesungen sind! Du hast schon oft gehört, was für Erzeugnisse da von Männern geboten werden, die weder etwas von der Dichtkunst, geschweige denn von Theologie verstehen. Schon mindestens dreimal habe ich den König gebeten, diesen Unfug abzuschaffen. Ich weiß nicht, warum er sich dagegen sträubt. Ich fürchte, daß es einmal einen ganz großen Skandal geben wird. Ich sage dir, Ela, mir schlägt jedesmal das Herz bis zum Hals hinauf, wenn da irgendeiner aus dem Haufen des Volks meint, seinen losen Mund zum Lobe Gottes und des Königs auftun zu müssen. Nun gut, wir können nichts ändern! Sei du klug und warte, bis jeder seinen Kropf geleert hat, und dann schaffe mit der Fluchzeremonie einen Höhepunkt! Die Taten, auf die du anspielst, sind ja ohnehin schon im ganzen Volk bekannt und erregen die Leute. Gott segne dich, mein Sohn!" — Das war heute gewesen.

Ela nahm die erste Wachstafel zur Hand. „Dokumentation Nummer I: — Aufgenommen durch den königlichen Schreiber Arpach. — Bericht eines Bauern aus Gedor in Gilead nahe der aramäischen Grenze: ‚Wir von Gedor waren gerade bei der Gerstenernte, als sich von Ibdar her eine Schar von ungefähr 200 Reitern näherte. ‚Krieg! Die Aramäer kommen!' Nicht mehr alle unsrer Bürger erreichten die schützenden Mauern. Die Tore wurden geschlossen. Die Aramäer standen vor der Stadt. ‚Da beißt ihr auf einen harten Stein! Unsre Mauern sind gut, und wir haben 100 königliche Schützen in der Stadt!' — Wir standen auf der Mauer — zwei Tage lang. Es geschah nichts.

Aber in der dritten Nacht war viel Lärm vor den Toren. ‚Die fahren gewiß Sturmböcke heran!' Am anderen Tag begannen sie tatsächlich, mit fünf Sturmböcken zugleich die Mauern zu berennen. ‚Pech auf sie hinunter!' Pfeilhagel. Nachts machten wir am Tor einen Scheinausfall, um unsre Stärke zu zeigen. Die Wut der Aramäer wuchs, weil sie die Stadt nicht so schnell bekamen, wie sie dachten. In einer Kampfpause schrie einer ihrer Hauptleute zu uns herauf und zeigte dabei auf einen Dreschschlitten, der neben ihm lag: ‚Seht ihr den? Mit dem fahren wir über euch, wenn ihr die Stadt nicht sofort übergebt!' Keiner glaubte ihm.

Am anderen Tag beobachteten wir an der Westmauer seltsame Vorbereitungen. Ein Teil der Aramäer führte Holz herbei. Andere begannen in fieberhafter Eile, ungefähr 30 Meter vor dem Tor einen Brunnen zu graben — meinten wir wenigstens! ‚Das wird kein Brunnen!' sagte ich bald zu unsrem Hauptmann. ‚Siehst du's? Die schaffen Holz in das Loch. Und jetzt zünden sie es an!' Zwei Stunden lang schlug Feuer und Rauch aus der verfluchten Höhle heraus. Wir standen auf der Mauer und sahen zu. — Auf einmal Bersten, Krachen! — ‚Die Mauer!' — Das Feuer hatte die Stützen der Höhle verbrannt. Sie brach zusammen. Die Mauer hatte jetzt kein Fundament mehr. Mit großem Krachen stürzte sie ein. 20 Soldaten wurden mit in die Tiefe gerissen. Panik. ‚Wollt ihr stehenbleiben, ihr Hunde!' Unser Hauptmann trieb uns mit blankem Schwert in die Stellungen zurück. ‚Die Aramäer greifen an!' Sie drückten mit aller Gewalt in die Bresche. Wir kämpften zwar. Aber wir waren verloren. Um die Mittagszeit war die Stadt fest in den Händen der Feinde.
Wir standen gefesselt vor dem Tor. — ‚Seht ihr diesen Schlitten? Mit dem fahren wir über euch weg!'" Bemerkung durch den königlichen Schreiber: „Der Bauer weint. Er bringt es nicht über sich, zu erzählen, wie zehn angesehene Bürger aus Gedor mit dem Dreschschlitten zu Tode gemartert wurden". Fortsetzung der Dokumentation: „Wer nicht unter den Schlitten kam, dem ging es nicht besser. Wir wurden als Sklaven nach Damaskus gebracht. Als uns die aramäischen Soldaten wegführten, sahen wir, daß sie ganz Gilead verwüstet hatten. Dörfer und Städte, Olivenhaine und Feigenbaumgärten, wie sahen sie aus? Wie wenn die Aramäer einen riesigen Dreschschlitten darüber hinweggezogen hätten. Oh, lebt kein Gott mehr, der diese höllische Grausamkeit rächt? — Lebt — kein — Gott?"
Ela war tief bewegt. „Unser Gott wird zur Rache aufstehen gegen Aram. Zweifle nicht daran."
„Dokumentation Nummer II. — Aufgenommen durch den königlichen... Bericht einer Frau aus Gimso an der philistäischen Grenze: ‚Die Philister kamen vor Sonnenaufgang. Sie rissen mich und meinen Mann aus dem Haus. Mit uns wurden 80 Männer und Frauen gefangengenommen und die übrigen Einwohner totgeschlagen. Wir Frauen wurden sofort von den Männern getrennt. Vor unserem Haus sah ich meinen Mann zum letztenmal."

Bemerkung durch den königlichen Schreiber: „Die Zeugin setzt ihren Bericht weinend fort." Fortsetzung der Dokumentation: „Am ersten Tag trieben sie uns bis Saphir. Die Nächte — eine Hölle für uns Frauen! Zwei starben unter den Mißhandlungen der Philister. Gegen Morgen belauschten wir ein Gespräch dieser Teufel: ‚Die ‚Ware' kommt nach Gaza! Dort wird sie stückweise an die Edomiter verschachert!' — Als wir bei Sumsum Halt machten, mußte ich mit drei anderen Frauen Wasser für die Philister holen. Ich ging nicht mehr mit ihnen zurück und versteckte mich in einer Höhle. Aber die Philister fanden mich." — Bemerkung durch den königlichen Schreiber: „Die Zeugin bittet, nicht erzählen zu müssen, was dann geschah." — Fortsetzung der Dokumentation: „Nur meiner Schwester habe ich es zu verdanken, daß ich unterwegs nicht liegen blieb und bis nach Gaza kam. Dort blieben wir eine Nacht. Am anderen Morgen kamen die Edomiter und kauften uns. Ich kam zu einem älteren Kaufmann nach Bozra. Aber ich konnte ihm entfliehen. Nun bin ich hier in Samaria. Mein Mann ist tot. Wo soll ich hin? — Ach, du Gott Israels, du Gott der Schwachen und Unterdrückten! Räche mich an den Philistern, die mir soviel Böses angetan haben!"

Der Prophet kannte die Frau persönlich. Die Qual der vergangenen Jahre war ihr tief ins Gesicht gegraben. — „Der Gott, der Israel erwählt und seinen heiligen Bund mit ihm geschlossen hat, sieht jedes Unrecht. Er wird dich rächen, meine Tochter."

„Dokumentation Nummer III. — Aufgenommen durch ... Meldung des Soldaten Jedaja, der sich bei dem Gegenstoß auf Gilead ausgezeichnet hat: „Wir lagen auf dem Gebirge in Ruhestellung. Da kam am Abend die Meldung, daß die Ammoniter Gilead im Handstreich genommen hatten und sich in der Stadt festsetzten. Der Bote, der uns diese Nachricht brachte, erzählte von furchtbaren Greueltaten, die bei der Besetzung der Stadt geschehen sein sollten. ‚Das glaubt kein Mensch!' sagten selbst die härtesten Burschen unter uns. Wir machten uns zum Gegenstoß fertig. Um Mitternacht überschritten wir die Höhe 1096 und kamen im Morgengrauen vor Gilead an. Überrumpelung der schläfrigen Wachen. Nahkampf. Der Tag brach an. Welch entsetzlicher Anblick!" Bemerkung des königlichen Schreibers: „Der Soldat ist lange Zeit keines Wortes mehr fähig." Fortsetzung der Dokumentation: „Nicht nur Leben haben diese Scheusale getötet. Auch werdendes Leben!"

Die Tafel zitterte in der Hand Elas. Er knirschte: „Fluch! Fluch über dich, Ammon! Du hast es gewagt, dich am keimenden Leben zu vergreifen, das der Herr seinem Volk wachsen lassen wollte." Der letzte Bericht. „Dokumentation Nummer IV. — Aufgenommen ... Bericht eines ehemaligen moabitischen Sklaven, jetzt unter den Burgsoldaten Seiner Majestät, dem König: „Ich war dabei, als die Moabiter Bozra einnahmen, die Hauptstadt der Edomiter. Zuerst glaubte ich nicht, daß sie dieses Felsennest stürmen könnten, in dem die Edomiterkönige wie Adler in ihrem Horst hausten. — Sie haben es doch geschafft.

Aber was ich tun mußte nach der Einnahme der Stadt! Mir sträuben sich die Haare, wenn ich nur daran denke. Möchte ich doch, wenn ich einmal gestorben bin, begraben werden und eingehen in die Totenwelt und dort ruhen! Aber was die Moabiter nach der Einnahme von Bozra taten?! Fürchterlich! Fürchterlich! — Nach der Plünderung der Stadt sagte mir mein Herr, der Hauptmann Zoar: ‚Schaff' Brandkalk her, Uman! Ich weiß, daß du dich auf Brandkalk und Kalkherstellung verstehst. Nimm drei Soldaten mit und fülle diesen Trog bis obenan mit Brandkalk!' Dabei grinste er — bei Gott, ich habe noch nie einen Menschen so furchtbar grinsen sehen wie diesen Räuberhauptmann — und zeigte auf einen großen, mannslangen und drei Ellen hohen Trog. Ich verstehe mich auf Kalkherstellung. Das habe ich bei meinem Vater gelernt. Er brauchte abgelöschten Kalk für den Mörtel und um die Häuser zu tünchen. Was aber wollte der verfluchte Moabiterhauptmann mit dem Kalk? Wollten die Moabiter die ganze Stadt weiß tünchen? Ich denk' mir: Befehl ist Befehl. Ich tu', was er sagt. Er wird's wohl wissen, zu was er abgelöschten Kalk braucht. — Wir suchten also Brandkalksteine und füllten den Trog. Auch Wasser stellte ich bereit.

Als der Trog mit Steinen gefüllt ist, was seh' ich da? Ach, laß mich zuerst einen Schluck trinken, Herr! — Also, was seh' ich da? Ich meinte zuerst, die Leute meines Räuberhauptmanns schleppten mannsgroße Puppen daher und trieben ihren Scherz damit. Vielleicht haben die Edomiterprinzessinnen solche Puppen, denk' ich mir. Was weiß ich? Aber diese Puppen sind dann doch zu köstlich gekleidet. Und was noch köstlicher an ihnen war, Silber und Gold, das hat mein Räuberhauptmann und seine Räuberbande den Puppen schon abgenommen. — Du erlaubst mir doch, Herr, daß ich noch einen Schluck nehme. Nachher kann ich nicht mehr trinken. — Also, das Silber und Gold hatten sie den Puppen schon abgenommen. Und da erfahre ich, was diese Puppen in Wirklichkeit sind, und mein Blut stockt. Es sind — es sind die Mumien der edomitischen Könige! — Ich muß mich setzen. Sie haben die Sarkophage der Könige von Edom aufgerissen und die Mumien herausgezerrt und beraubt. Sie haben die Totenruhe gestört! — Ach, ist meinem Räuberhauptmann nichts mehr heilig? Fürchtet er nichts? — Und nun? Nun will er die Mumien im Kalk verbrennen. Jetzt versteh' ich, warum dieses teuflische Grinsen auf dem Gesicht des Räuberhauptmanns stand und noch steht. Er will die Mumien der Könige Edoms nicht nur auf einem Holzstoß verbrennen, um die Asche dann in alle Winde zu zerstreuen. Nein. Das ist ihm nicht genug. ‚Die Häuser, Uman, die Häuser der Königsstadt Bozra will ich mit den Gebeinen der edomitischen Könige weißen!' Und er lachte so teuflisch, daß ich es bis zu meiner letzten Stunde nicht vergessen kann. Er selber, mein Räuber- und Schinderhauptmann, wirft die Steine wieder aus dem Trog heraus. Er selbst legt die vier Mumien hinein und sagt: ‚Nun leg' die Steine wieder darauf!' — Ich wollte nicht bei dem zuschauen, was jetzt kam. Aber er schrie: ‚Du bleibst da, Uman! Du verstehst dich doch auf Kalkherstellung. Nicht? Ich könnte einen Fehler machen.' Er warf Eimer um Eimer mit Wasser in den Trog. — Was war das bei meinem Vater für ein lustiges Schauspiel! Wie da die Steine dampften, zischten und unter Geknatter zerfielen! Wie das Wasser siedete und schäumte! Ich mußte dabei immer an ein Erdbeben denken. Und der eigentümliche Geruch, der aufstieg! Und im Dampf stand mein Vater. — Bei Gott, ich kann keinen Kalk mehr ablöschen seit dem Tag, an dem ich meinen Schinderhauptmann Tote zu Kalk verbrennen sah. Kann nie mehr Kalk ablöschen seit dem Tag — an dem ich meinen Schinderhauptmann — Tote — zu Kalk — zu Kalk — verbrennen — sah!"

Ela sprang auf. Polternd fiel der Stuhl um. Sein Herz war tief aufgewühlt. „Gott rächt, was Israel durch seine Feinde Schreckliches zugefügt wurde. Er ist aber Herr aller Völker. Darum rächt er auch Untaten, die Heiden aneinander verüben. — Wehe dir, Moab! Du hast mit dieser Leichenschändung gegen Gottes heilige Ordnung verstoßen!"

Nachdenklich schaut Ela zum Fenster hinaus. „Wie formuliere ich den ersten Fluchspruch?" Plötzlich kam ihm eine Erleuchtung.

Er eilt zum Tisch und schreibt. — Die Nacht senkt sich über die Stadt, die das Fest erwartet. Ela schließt die Fenster. Die Nächte in Samaria sind kühl.

Der Feldhauptmann Kain geht unruhig auf dem Dach seines Hauses auf und ab, kauend, versteht sich, und brütet über seiner Rede. Er brummt: „Verflucht! Die Schlacht um Damaskus hat mich nicht soviel Nervenkraft gekostet wie diese verdammte Rede." —

Jussuf, nur mit seinem schäbigen Unterkleid und einem Schurz bekleidet, steht fröstelnd vor dem Haus des Bankiers Amram in der Münzgasse und klopft und schreit. — Als Amram heute morgen vor seinem Haus saß, kam Jussuf angelaufen. Mein Gott! Wie sah Jussuf aus? Jahrelanger Hunger und Entbehrung aller Art standen ihm im Gesicht geschrieben. „Barmherzigkeit, Herr! Bitte, leihe mir 20 Silberschekel! Meine Kinder schreien vor Hunger!" — „Hast du nichts mehr zum Tauschen?" — „Nein, Herr! Ich habe nichts mehr." — „Und jetzt, wo der Esel nichts mehr hat, außer seinem ungewaschenen Leib — jetzt kommt der Esel zu mir." Amram steckte seine Hand in den weißen Stoff seines Oberkleides. „Kannst du ein Pfand stellen?" — „Ich habe nichts mehr, Herr." Verlegenes Schweigen. „Außer meinem Mantel." Der Bankier musterte das rotblau gestreifte Kleidungsstück scharf. Bot es ihm Deckung für 20 Silberschekel? Er prüfte das Tuch mit Daumen und Zeigefinger seiner fleischigen Hand.

O dieser Mantel! Nur sehr ungern trennte sich Jussuf von ihm und sei es auch nur für wenige Stunden. Denn dieser Mantel hat eine lange Geschichte. So wie einst Delila die Haare Simsons in ein Tuch wob, so wob seine Sara, als sie noch ein Mädchen war, ihre Liebe zu ihm in diesen Mantel. Von der kleinen Herde, die Jussuff damals noch hatte, brachte er seiner Geliebten die Wolle. Sie spann das Garn, während er neben ihr saß und mit ihr redete. Dann färbte sie es mit blauem und rotem Farbstoff aus Debir und wob daraus das Tuch für seinen Mantel. Am Hochzeitstag gab ihm Sara das wertvolle Kleidungsstück. Welche Hoffnungen hegte damals das junge Paar! Und jetzt? Jetzt mußte Jussuf den Mantel zum Pfand lassen, um Brot für seine Kinder kaufen zu können. „Gib her!" Amram griff gierig nach dem Mantel. Jussuf sah, wie er ihn ins Haus trug und damit in der Pfandkammer verschwand. „Da sind die 20 Silberschekel."

Traurig ging Jussuf mit dem Geld. Aber er ist ohne Mantel. Er hat nur noch das verschlissene Unterkleid an und darüber den Schurz. Jussuf schämt sich. Er fühlt sich nackt. Er sucht den Schatten, den die niedrigen Häuser werfen, und drückt sich dabei so eng an den Straßenrand, wie das nur möglich ist. Jedermann kann ihm ja ansehen, wie tief er gesunken ist. Jetzt betritt Jussuf furchtsam die Königsstraße und will sich gleich ungesehen nach rechts davonmachen. Aber die Handwerker auf dem Neubau von Josefs Palast haben ihn schon gesehen. „Seht nur", schreien sie höhnisch, „ein Mantelloser!" — „Das ist ja Jussuf. Jussuf hat Geld geliehen und mußte sein Kleid zum Pfand lassen! Wieder ein gerupfter Vogel!" Wie ein Geschlagener hetzt der Arme die Königsstraße hinab, um außer Sichtweite der Spötter zu kommen. Aber die Mauern von Josefs Palast sind schon so hoch, daß sie alle anderen Häuser der Wohnstadt überragen, und so können ihn die Bauleute noch lange mit ihren Augen und ihren spöttischen Rufen verfolgen. — „Jetzt gehörst du auch zu den vielen Mantellosen Samarias, mein Jussuf", sagte Sara. „Das ist noch nicht das Schlimmste, Sara. Ich konnte wenigstens noch ein Pfand stellen. Du weißt, was mit dem passiert, der das nicht kann." — „Gott bewahre uns davor! Der wird Sklave. — Jetzt hast du aber für die Nacht keine Decke mehr, Jussuf." — „Was denkst du! Ich bekomme den Mantel für die Nacht zurück. Nur tagsüber liegt er bei Amram. Im Bundesbuch heißt es: ‚Wenn du den Mantel eines anderen zum Pfand nimmst, so sollst du ihm denselben zurückgeben, ehe die Sonne untergeht; ist es doch seine einzige Decke, die Hülle seines Leibes. Worauf soll er sonst schlafen? Wenn er zu mir schreit, so werde ich ihn erhören, denn ich bin der Herr!'"

Und jetzt stand also Jussuf in der Nacht, die dem Siegesfest vorausging, fröstelnd in seinem Unterkleid vor dem Haus des Bankiers und schrie und klopfte. Endlich wurde die Tür geöffnet. Aber nicht Amram erschien, sondern seine Frau. Sie sah den Mantellosen: „Was schreist du so, du Tölpel?" Jussuf war ganz verwettert. „Ich möchte den Herrn Amram um meinen Mantel bitten — für die Nacht. Ich habe ihn heute morgen als Pfand gegeben." — „Mein Mann ist nicht da. Er ist bei einem Gottesdienst im Tempel. Mach, daß du fortkommst!" Mit diesen Worten warf sie dem verdutzten Jussuf die Tür vor der Nase zu. Jussuf wußte zuerst nicht, was er tun sollte. „Er ist bei einem Gottesdienst im

Tempel — wo er doch weiß, daß ich meinen Mantel haben muß. Er hätte doch auch seiner Frau sagen können, daß sie ihn mir geben soll. Ich brauche ihn doch!"

Amram erinnerte sich vor dem Einbruch der Nacht daran, daß er heute abend zusammen mit dem Oberpriester Cohen, dem Prophetenvater Zedekia und seinem Schwiegersohn Josef ein Gemeinschaftsopfer im Tempel feiern wollte. Er sagte zu seiner Frau: „Gib mir schnell mein Feierkleid!" — „Paß auf, daß du bei der Huldigung nicht zu lange auf den kalten Fliesen vor dem Altar liegst. Du erkältest dich sonst. Zudem wird dein Feierkleid schmutzig." — „Gut, daß du mich daran erinnerst. Ich nehme mir eine Unterlage mit." Amram eilte in die Pfandkammer und holte Jussufs Mantel. — Als Jussuf an der Tempeltür ankam, lag Amram anbetend auf dem Mantel des Frierenden. Dann richteten sich die vier Männer auf und verzehrten das Opferfleisch. Ein Priester brachte einen Krug mit herrlich kühlem Rotwein. Amram trank, setzte ab, roch an dem feinen Getränk und sagte: „Wo hast du denn diesen herrlichen Tropfen her, Cohen?" Der Oberpriester wies lachend auf Josef: „Der ist von dem Wein, den die Familien der beiden Hingerichteten — wie hießen sie doch? Ach ja, Jenob und Datan — als Bußleistung Gott opfern mußten. Köstlicher Tropfen, was?" Dann fügte er feierlich hinzu: „Das paßt gut zur Feier der heiligen Kommunion."

Jussuf pochte zaghaft an das verschlossene Tempeltor. Ein Priester öffnete und sagte ernst: „Es findet eine heilige Handlung statt. Du darfst sie nicht stören!" Schnell sagte Jussuf: „Laß mich geschwind mit dem Bankier Amram reden. Ich brauche meinen Mantel. Er hängt in seiner Pfandstube." — „Ich kann Herrn Amram nicht stören. Er betet gerade vor dem Altar des Herrn an. Das siehst du doch ein." — Jussuf schlug frierend die Hände vor der Brust zusammen und entfernte sich mit gesenktem Kopf. — „O Gott!" seufzte er. „O Gott!" Kalt standen die Sterne über den engen Gassen der Stadt.

Im Hause seines Nachbarn, des Bauern Ared, brannte noch Licht. „Ein Leidensgenosse", dachte Jussuf, „ich will bei ihm eintreten." Ared saß vor seinem Haus. „Komm, setz dich zu mir! — Aber du hast ja keinen Mantel? Frierst du nicht?" Jussuf erzählte erregt, was sich zugetragen hatte. Haßerfüllt erhob der alte Bauer seine Faust: „Verfluchte Bande! Sie stecken alle unter einer Decke!" — Jussuf wußte, warum Ared so wütete.

Obwohl Ared nur ein sehr kleiner Bauer war, lieferte er noch vor einem Jahr Öl an den Hof des Königs. Damit war natürlich der Ölbedarf der königlichen Küche noch lange nicht gedeckt. Große Mengen Öl kamen von den Besitzungen des Königs. Außerdem war jeder Gau Israels zu Lieferungen verpflichtet. Und dazu kamen die kleinen Lieferungen Areds. Josef Ben Benjamin lieferte zwar auch alle möglichen Lebensmittel an den Königshof, aber bis vor einem Jahr kein Öl. Ared hatte Jussuf schon oft erzählt, wie es dazu kam, daß ein kleiner Bauer Öllieferant des Königs wurde. „Also, das war so: Joas, der Vater des jetzigen Königs, zog in den Krieg gegen Amazja, den König von Juda. Bei einem Angriff wagte sich unser König zu weit vor und erhielt einen Pfeilschuß in den rechten Oberarm. Siehst du, hier in der Mitte des Oberarms, da saß der feindliche Pfeil. — Die Offiziere des Königs bangten schon um die Dynastie Jehu. Aber es war halb so schlimm. Das Geschoß wurde beseitigt. Aber die Wunde schmerzte sehr. Der König seufzte. ‚Bitte, schmerzstillendes Olivenöl!' Aber es hatte viele Verwundete gegeben. Die mitgeführten Vorräte waren ausgegangen. Da sprang ein einfacher Soldat herzu", sagte der Bauer verschmitzt, „und reichte dem stöhnenden König eine kleine Amphore mit Olivenöl. Und dieser Soldat", fügte Ared nicht weniger verschmitzt hinzu, „war ich. Meine Mutter hatte mir das Öl zugesteckt, als ich in den Krieg ziehen mußte. Ich öffnete die Flasche und träufelte Öl in die Wunde des Königs. Der Schmerz verzog sich. Das Gesicht des Herrschers strahlte auf. ‚Wie heißt du? Was bist du von Beruf?' — ‚Soldat Ared, Olivenbauer, Eure Majestät.' — ‚Weil du mir mit deinem Öl aus der Not geholfen hast, setze ich dich, deine Kinder und Kindeskinder für ewige Zeiten zum Öllieferanten für den königlichen Hof ein.'"

So wurde der einfache Bauer königlicher Hoflieferant — bis zum vergangenen Jahr. Josef hatte in Damaskus eine große Menge Tafelöl billig eingekauft und bot es dem Beamten, der für die Lieferungen an den Hof zuständig war, an. Ein Federzug! Ared war von der Liste der Hoflieferanten gestrichen. Außerdem drückte Josef fortan so stark auf den Ölpreis, daß sich der Olivenbau nicht mehr rentierte. — Jussuf fror bis auf die Knochen.

„Morgen, Freunde, seid ihr alle zum Siegesfest vor dem Tor eingeladen." Jussai sagte das mit Spott in der Stimme. Die Sklaven saßen erschöpft auf ihren Steinblöcken. Den ganzen Tag wütendes Geschrei: „Arbeitet schneller, ihr Hunde. Josefs Palast muß in vier Wochen fertig sein!" — Mesach hielt Jussai entgegen: „Ob wir nun Sklaven sind oder nicht. Auch wir gehören zum Gottesvolk, und das Siegesfest erinnert uns daran, daß Gott ihm gnädig war." Höhnisch erwiderte Zattai: „Gottes Volk? Woran merkst du denn, daß du unter Gottes Volk lebst? Wo spürst du etwas von Gottes Gnade? Ich merke nichts davon. Ich sehe nur eins: Dieser Tag vor 20 Jahren hat den Grund gelegt für alles Unrecht, das seither verübt worden ist. Damals hat Amram angefangen, sein Geld zu machen mit den Zinsen, die er für seine Darlehen an die besiegten Aramäer verlangte. Und die brauchten ja Geld, um aufzubauen, was zerdroschen war. Und genau so hat er es hier in Samaria gemacht. Nenne mir die, die seither bauten und kein Geld bei ihm aufgenommen haben! Was hatte er, als er anfing? Und heute? Schau dir sein Haus in der Münzgasse an! Kein Mensch fragte damals nach ihm. Heute muß ihm jedermann aus der Hand fressen. Bei seinem Schwiegersohn ist die Sache freilich etwas anders gelaufen. Da hat der Vater das Fundament gelegt. Mit Recht nennt man ihn den ‚Gerechten'. — Aber was ist seit seinem Tod passiert? Denk an Palti, Jenob, Datan und Jonadab! Denk an Nabal! Die hat er auf dem Gewissen. Josef nutzte die Notlage nach dem Krieg skrupellos für seine Zwecke aus. Er hat Weizen und andere Waren zu Kriegspreisen in die ausgehungerte Stadt gebracht und damit sein Geld gemacht. Ist der Weizenpreis seither etwa gesunken? Wage es, Josef zu unterbieten! Wie weit er es gebracht hat, das seht ihr ja. Wir bauen an seinem Palast." — „Und im Tor geben diese Kerle den Ton an" rief Jussai. Gibor sagte hastig: „Da hat man doch vor ein paar Tagen den Levi in die Schuldsklaverei verkauft, weil er ein Paar Sandalen nicht bezahlen konnte."

„Seid still!" zischte Jussai plötzlich. „Seht doch, dort, am Eingang! Ein Mann!" — „Das ist ein Spitzel!" — „Verflucht! Er hat gehört, was wir gesagt haben. Es ist um uns geschehen." — Zattai löste die Spannung: „Wenn er ein Spitzel ist, warum steht er dann so offen da? Ich ruf ihn herein zu uns. Was meint ihr? — Friede sei mit dir, Fremder! Komm, setz dich zu uns!" Ein Mann, der das Kleid eines Hirten trug, trat in die ‚Scheol'. „Gott segne euch!" — „Wer bist du?" „Amos, Hirte aus Thekoa in Juda." Alle verwunderten sich. „Und was tust du bei uns — zu dieser

Stunde? Du hast dich wohl verirrt. Dort ist die Stadt." — „Wie soll ich euch das sagen?" — Der Prophet setzte sich neben Zattai. „Kennt ihr Jonadab, den Bauern aus Jelek?" — „Du kennst Jonadab? Der nach dem großen Brand geflohen ist? Man hat ihn in Abwesenheit zum Tod verurteilt. Nach dem großen Brand verschwand er. Ist er tot? Lebt er noch?" — „Jonadab lebt seit seiner Flucht bei mir." — Zattai durchzuckte in diesem Augenblick der Gedanke: „Schickt der flüchtige Bauer den Hirten, um einen Aufstand vorzubereiten?" — „Aber das ist nicht der Anlaß, daß ich hier in Israel bin. Ich komme nicht in seinem Auftrag. Durch Jonadab weiß ich aber von den Leiden der Bauern in der Ebene Jesreel. Durch ihn weiß ich von euch. Aber was ich von der Not in Israel weiß, das wissen viele Menschen bei uns. Trotzdem sind sie nicht hier bei euch." — „Wer schickt dich?" — „Gott schickt mich." — „Gott?" Amos erzählte — — —.

Die Sklaven waren erschüttert. Sie schauten hinauf zur Stadt. Mesach: „Wie friedlich sieht alles aus. Und als ob es für die Ewigkeit gebaut wäre." Zattai: „Das Ende ist gekommen." Der Prophet war nicht weniger erschüttert. „Warum mußte Gott dieses furchtbare Urteil fällen? Ich kenne nur den göttlichen Gerichtsspruch. Die Begründung dafür muß ich selber suchen. Helft mir dabei!" Zattai: „Diese Männer, die du hier als Sklaven siehst, sie sind Grund genug für das Ende Israels. Gibor: ein Paar Sandalen für die Richter. Wegen einer Schuld von 100 Schekeln wird er Josefs Sklave. — Mesach: zu hohe Pacht. Er kann nicht zahlen. Sklave! — Levi: muß ein Paar Sandalen haben. Kann nicht zahlen. Sklave! — Und so geht das weiter."

„Hat Gott dieses Land nicht warnen lassen? Durch Propheten, durch Geweihte?" Jussai: „Propheten? Propheten gibt es bei uns mehr als genug. Sie beten, singen Psalmen und denken über Gottes Taten nach. Aber daß einmal einer aufgestanden wäre, um Josef Ben Benjamin wegen Betrugs anzuklagen, ich weiß nichts davon." Mesach entgegnete: „Du vergißt Abai und Issaschar!" — „Der vor 15 Jahren Amram vorwarf, daß er gegen die Bestimmung des Bundesbuches verstoße, wenn er von den Armen Wucherzinsen verlangt?" — „Ja, den meine ich." — „Und was ist mit ihm geschehen?" fragte Amos. Zattai antwortete: „Der Prophetenvater verbot ihm im Auftrag des Königs bei Todesstrafe, noch einmal öffentlich aufzutreten. Er sagte zu ihm: ‚Du darfst nicht weissagen! Dafür sind die Propheten zuständig, die im Prophetenhaus wohnen.'" — „Und was ist mit diesem Issaschar gewesen?" — „Das muß so ein Geweihter gewesen sein. Er hat geschworen, keinen Wein mehr zu trinken, bis durch seine Predigt alles kananäische Unwesen aus Samaria verschwunden ist. Besonders auf die Tempeldirnen hatte er es abgesehen." — „Was ist aus ihm geworden?" — „Josef verführte ihn zum Weingenuß."

Die Sonne hatte den Tau noch nicht aufgesogen, als sich vor dem Omritor schon eine große Volksmenge einfand. Heute war Samarias großer Tag. Heute war das Siegesfest. „Seht, da kommt Josef Ben Benjamin — mit Familie! Das Kleid seiner Tochter Judith — ein Gedicht! — Aber Immer, seinen Ältesten, sehe ich nicht." — „Ja, weißt du, der feiert andere ‚Feste‘." — „Und das ist Herr Amram, sein Schwiegervater. Man geleitet sie an Ehrenplätze!"
Trompetensignale. Marschtritte. Immer stärkere Signale. Die erste Heeresabteilung kommt zum Omritor heraus. „Oh! Oh!" Ein Jubelschrei. „Das sind die ‚Schnellen‘!" — In Sechserkolonnen marschieren sie zum Appellplatz. „Die haben den Aramäern das Laufen gelehrt!" — „Und eine ganze Armee, samt dem König Benhadad, haben sie in Damaskus eingeschlossen, wie in einem Käfig!" — „Auf! Klatscht in die Hände zum Ruhm der ‚Schnellen‘!" Wieder hallende Marschtritte. „Die ‚Starken‘!" — „Die haben den ‚Riegel‘, die Hauptfestung von Damaskus, zerbrochen!" — „Was für Kerle! Seht ihre Muskeln!" — Dann kamen die Bogenschützen. Und jetzt hörte man Pferdegetrappel. Reiterabteilungen trabten heran.
Und dann bewundernde Ausrufe: „Der König! Der König!" — „Und der Kronprinz!" Zwei Knechte führten die Pferde, die den königlichen Wagen zogen. Der König stand hochaufgerichtet neben dem Wagenlenker. Er trug einen gelben Umhang mit einer breiten, roten Borte. Auf dem Haupte des Königs saß eine konische, in zwei Stufen nach oben zulaufende Krone. Unter ihr erschien das schmale Gesicht Jerobeams II. Backenbart und Kinnbart schlossen es ein. Antlitz und Gestalt des Herrschers strahlten Selbstbewußtsein aus. Er war der Enkel Jehus, der als Feldhauptmann vor Ramoth in Gilead von einem Gesandten des Propheten Elisa zum König über Israel gesalbt worden war. Somit war seine Herrschaft und auch die seines Enkels im Willen Gottes begründet. Jerobeam II. war stolz auf den Begründer der Dynastie. Er

brauchte sich vor ihm nicht zu schämen — im Gegenteil! Kein Herrscher der Dynastie Jehu, ja kein König Israels vor ihm, konnte solche Erfolge aufweisen wie er. Darum jubelte ihm das Volk zu: „Es lebe der König! Es lebe der Gesalbte des Herrn!" Daß er das war, das gab auch den einfältigen Menschen in der unsteten und unsicheren Zeit Sicherheit. Und die Dynastie hört mit ihm nicht auf. Hinter dem König fuhr Sacharja, der Kronprinz. — Der Wagen hielt.

Rasch stieg der König aus und eilte die Stufen der Tribüne hinauf zum Thron. Er setzte sich. Der Jubel des Volkes ging in die feierlichen Klänge eines Psalms über, den der Priesterchor anstimmte:

> „Der Herr erhöre dich!
> Der Name des Gottes Jakobs beschütze dich!
> Er sende dir Hilfe vom Heiligtum.
> Er gedenke all deiner Speisopfer,
> er gebe dir, was dein Herz begehrt,
> und lasse alle deine Pläne gelingen.
> Wir jauchzen über deinen Sieg."

Der Oberpriester Cohen verließ seinen Platz auf der Tribüne und stieg herab. Er zelebrierte vor dem Altar in der Mitte des Festplatzes das Dankopfer. Feierliches Schweigen. Der Opferrauch stieg auf. Der Chor stimmte den Dankpsalm an:

> „Danket dem Herrn, denn er ist freundlich
> und seine Güte währet ewiglich!"

Der Oberpriester fuhr allein fort:

> „Es sage nun Israel:
> ‚Seine Güte währet ewiglich!'"

Das Volk sang:

> „Seine Güte währet ewiglich!"

Amos schwieg. Er hörte:

> „Reif zum Ende ist mein Volk Israel.
> Ich will ihm nicht länger vergeben."

Der Oberpriester sang weiter:

„Es sage nun das Haus Aaron:
‚Seine Güte währet ewiglich!‘"

Die Priesterschaft bekannte inbrünstig:

„Seine Güte währet ewiglich!"

In den Ohren des Amos aber gellte das Wort Gottes:

„Die Höhen Isaaks werden verwüstet
und die Heiligtümer Israels zerstört!"

Dann rief der Oberpriester die Heiden auf, die den Glauben an
den Gott Israels angenommen hatten:

„Es sagen nun die, die den Herrn fürchten:
‚Seine Güte währet ewiglich!‘"

Auch die gottesfürchtigen Heiden priesen den Herrn:

„Seine Güte währet ewiglich!"

Pause. — Der Oberpriester schaute zum König hinauf. Dieser
erhob sich majestätisch und psalmodierte:

„In der Angst rief ich den Herrn an,
und der Herr erhörte mich und tröstete mich.
Der Herr ist mit mir, darum fürchte ich mich nicht;
was können mir Menschen tun?"

Ergriffen lauschte das Volk auf das fromme Gebet des geliebten
Königs. — In den Ohren des Amos aber hallte wie Donnergebrüll
das Wort des Herrn:

„Gegen das Haus Jerobeam
erhebe ich mich mit dem Schwert!"

Der Oberpriester stand immer noch vor dem Altar. Nur ungern
löste er sich von der erhabenen Stimmung, in die ihn das Psal-

modieren versetzt hatte. Er tat es um so widerwilliger, als jetzt jener Programmpunkt abrollen sollte, den er ebenso wie der Prophetenvater am meisten haßte: Das Singen der Preislieder. — Aber es schien heute gut zu gehen. Um jegliche Störung durch Laien zu verhindern, hatte der Prophetenvater vorsorglich einen seiner Schüler beauftragt, ein Preislied auf den König anzustimmen.

> „Ein Lied der Liebe!
> Mein Herz wallt auf von anmutiger Rede;
> singen will ich mein Lied dem König.
> Meine Zunge ist der Griffel
> eines gewandten Schreibers."

Das düstere Gesicht des Oberpriesters hellte sich auf. „Nicht schlecht, dieses Lied", dachte er. „Der Kerl kann etwas. Und vor allem — keine gefährlichen theologischen Eskapaden."

> „Du bist der Schönste unter den Menschenkindern.
> Anmut ist ausgegossen über deine Lippen.
> Darum hat Gott dich auf immer gesegnet."

Der König kräuselte spöttisch die Lippen. Ihn langweilte der Süßrahm des Ruhms, der bei solchen Anlässen verschwenderisch ausgegossen wurde. Gab es nichts Neues? Pfeffer hätte er gern einmal gekostet anstatt süßen Breis.

> „Gürte dein Schwert an die Hüfte, du Held!
> In Pracht und Prunk fahr hin mit Glück
> für die Sache der Wahrheit und das Recht!
> Und furchtbare Taten lehre dich dein Arm!
> Dein Thron, o Göttlicher, bleibe immer und ewig!"

Der Prophetenschüler trat zurück. Rauschender Beifall. Der Oberpriester rieb sich zufrieden die Hände. Er schaute anerkennend zu Zedekia, dem Prophetenvater hinauf. „Die Propheten", dachte er, „was waren das doch früher für ungebärdige Gesellen! Tanzten zur Ehre Gottes! Gerieten in heilige Ekstase! — Nichts gegen einen so allgemein anerkannten Mann wie den ehrwürdigen Elia! Aber diese Schwärmer? Störenfriede waren das, in keine Ordnung zu bringen! — Ganz anders die Leute Zedekias, dieser Bursche heute zum Beispiel. Feine Leute. Wie einfühlsam! — Ja, ja. Die Zeit bringt die rauh'sten Menschen zur Räson, schleift sie ein bißchen ab und macht sie zu passablen Kerlen. Und auch mit den großen Bewegungen im Leben der Völker ist das so. Da kommt der Prophetismus hoch, eine große Bewegung! Jawohl, das muß man zugeben. Er schäumt über wie junger Most, stößt die Treber ab — und nun? Feine Gesellen, die Propheten! Sie verstehen, den nationalen Festen stimmungsvolle Akzente zu geben. Cohen nahm sich vor, dem Prophetenvater, mit dem er nicht gerade gut stand, nachher ein paar anerkennende Worte zu sagen.

„Wenn nun gleich Ela mit der Fluchzeremonie kommt, erhält das Fest seinen Höhepunkt", dachte der Prophetenvater Zedekia. Er winkte ihm mit den Augen. Ela erhob sich von seinem Platz und schritt mit den vier Wachstafeln in der Hand auf den Hohepriester zu. Er war noch nicht bei ihm, als plötzlich ein Mann zu dem Oberpriester trat und auf ihn einredete: „Herr, erlaube mir, daß ich im Namen des Herrn zum Volk rede!" Totenstille. Alle Augen richteten sich auf den Unbekannten und auf den Oberpriester. Dieser wurde rot vor Zorn. War es jemals seit Aarons Zeiten, ja, solange es überhaupt Priester gab, vorgekommen, daß ein hergelaufener Mensch einen Oberpriester in seinen Amtshandlungen gestört hatte? Er fauchte den Fremden an: „Scher dich weg!" Aber der ganze Vorgang hatte sich unter den Augen des Königs zugetragen. Und wie einst sein Vater Joas, so hatte auch Jerobeam II. Sinn für plötzliche Ereignisse, seltene Menschen und komische Situationen. Auf den ersten Blick erkannte er, daß der Fremde ein seltener Vogel war. Er gab dem Oberpriester einen Wink: „Laß ihn!"

Die Spannung im Volk nahm immer mehr zu. Getuschel: „Wer ist das? — Kennt ihn jemand? — Was hat er wohl Wichtiges zu sagen? — Daß du so blöd fragst! Ein noch schöneres Preislied will er natürlich singen!"

Der Oberpriester kochte vor Wut auf den König. „Mich so vor dem Adel und allem Volk herabzusetzen! Das geht zu weit. Ich fordere heute noch Genugtuung!"

Die Prophetenschüler stießen sich gegenseitig an: „Mann, das wird ein Heidengelächter geben! Dieser Tölpel da unten hat doch keine Ahnung davon, wie schwer es ist, öffentlich zu reden. Nur

Gestotter wird er hervorbringen."

„So spricht der Herr!"

Ruhig und klar klang die Stimme des Amos über den Platz. „Was hat er gesagt? So fängt doch kein Preislied an." — „Zuletzt hat Jona so gesprochen, wißt ihr, der, der am Anfang der Regierung unsres jetzigen Königs auftrat." — Priester und Propheten spitzten die Ohren.

„Wegen der drei Freveltaten von Damaskus,
wegen der vier nehme ich es nicht zurück:
weil sie Gilead mit eisernen Schlitten gedroschen haben."

Der Prophet Ela zitterte vor Erregung: „Der Kerl nimmt mir die Verfluchung der Feinde Israels weg!"

„Ich lasse Feuer los gegen das Haus Hasaels,
daß es Benhadads Paläste verzehre.
Ich zerbreche den ‚Riegel' von Damaskus
und rotte aus die Bewohner aus Bikath Awen
und den Zepterträger aus Beth-Eden,
und nach Kir in die Verbannung muß das Volk Arams,
spricht der Herr."

Das Volk traute seinen Ohren nicht. „Du, der drischt ja auf unsre Feinde ein!" — Einzelne, noch beklommene Rufe: „So ist's recht! — Bravo! — Gib's ihnen!"

„So spricht der Herr:
Wegen der drei Freveltaten von Gaza,
wegen der vier nehme ich es nicht zurück:
weil sie ganze Dörfer in die Sklaverei verschleppten,
um sie an Edom auszuliefern!"

Leidenschaftliche Schreie aus dem Volk: „Gib's den Philistern, diesen unbeschnittenen Heiden! Sklavenhändler! — Sklavenhändler! — Laß sie durch Gott zusammenhauen!"

„Ich lasse Feuer los gegen die Mauern von Gaza,
daß es seine Paläste verzehre.

Und ich rotte aus die Bewohner von Asdod
und den Zepterträger aus Askalon
und kehre meine Hand gegen Ekron,
daß auch der letzte Philister umkommt — — —."

Amos kam mit seinen Worten nicht mehr zum Schluß. Das Volk
tobte vor Begeisterung. „Du bist unser Mann! Sprichst uns aus
dem Herzen!" Der tobende Haufen wiederholte die letzten Worte
des Propheten im Chor:

„daß auch der letzte Philister umkommt!"

Nur die Vornehmen hielten sich noch zurück. Sie stimmten dem
Sprecher zwar zu. Wie aber verhielt sich der König? Benaja und
Josef sahen zu ihm hinauf. Der König strahlte über das ganze
Gesicht. Da rührten auch sie ihre Hände.

„— — — spricht der Herr!" —
„So spricht der Herr!"

Alle Anwesenden schrien mit. Die Sklaven, die Pächter, Kaufleute, Priester und Propheten. Alle, bis hinauf zu den höchsten
Würdenträgern des Reiches, schrien im Chor:

„Wegen der drei Freveltaten . . ."

Amos allein rief:

„. . . der Ammoniter!"

„Mach sie fertig! Diese Unmenschen! Weg mit ihnen vom Erdboden!" Und alle, vom Sklaven bis hinauf zum König, ja bis zum
König, fielen ein:

„Wegen der vier nehme ich es nicht zurück!"

Amos sprach allein weiter:

„Weil sie die Schwangeren von Gilead zerrissen haben,
um ihr Reich zu erweitern!"

Der Haufen brüllte auf: „Bestien! — Bestien! — Feuer! — Feuer!
— Laß sie verbrennen, die Unmenschen! — Laß sie verbrennen,
die Unmenschen!"

> „Ich lege Feuer an die Mauern von Rabba,
> daß es seine Paläste verzehre,
> beim Kriegslärm am Tage des Sturmangriffs.
> Ihr König zieht mit den Verbannten dahin.
> Er, mitsamt seinen Fürsten,
> spricht der Herr."

Der Jubel kannte keine Grenzen. Selbst der Oberpriester Cohen,
der bisher eisige Zurückhaltung geübt hatte, schwer beleidigt, wie
er war, er konnte dem Fremden seine Zustimmung nicht mehr
versagen. Es war theologisch alles in Ordnung, was da gesagt
wurde, beste samaritische Theologie. Was wollte man mehr? Wo
der Bursche das nur her hatte?
Der Feldhauptmann Kain lachte dröhnend. Dieser Mensch verstand es, die nationale Leidenschaft zu schüren. Er stieß den
Kanzler Benaja an: „Der taugt zum Feldprediger. Was?" — „Feldprediger? — „Feldbischof!"
Der König schaute mit strahlendem Gesicht zu seinen Soldaten
hinab: „Der Herr wird durch mich und meine Soldaten dieses
heilige Gericht vollstrecken!" — Die Obersten und Hauptleute
reckten sich. Sie waren bereit, gegen die Feinde loszuschlagen,
sobald der König es befahl. Der Jubel wollte kein Ende nehmen.
Erst nachdem Amos drei-, viermal in die tobende Menge hineingerufen hatte:

> „So spricht der Herr . . .",

konnte er weiter sprechen. Jedermann war mit dem Hirten einig.
Nur Zattai war tief enttäuscht: „Pfui! Was hat er gestern in der
‚Scheol' gesagt? Hat der ‚Prophet' so schnell den Mut verloren?"
Aber alles Volk schrie bei allen Wendungen, die sich wieder-
holten, jubelnd im Chor mit:

> „Wegen der drei Freveltaten Moabs,
> wegen der vier nehme ich es nicht zurück:
> weil sie die Gebeine des Königs von Edom
> zu Kalk verbrannt haben . . ."

„Verbrenne diese Hunde! Diese Leichenschänder! — Leichenschänder! Verbrenne sie! Verbrenne sie!"

„Ich lasse Feuer los gegen Moab,
daß es die Paläste von Kerijoth verzehre.
Moab kommt um im Schlachtgetümmel,
beim Schall der Sturmposaune.
Und ich vertilge den Herrscher aus seiner Mitte,
und mit ihm töte ich alle seine Fürsten,
spricht der Herr."

Der Haufen geriet in Ekstase. Niemand war entgangen, daß diesmal nicht von einem Vergehen eines Feindes gegen das Gottesvolk die Rede war. Aber wer wußte nicht, daß der Herr auch das Unrecht richtet, das Heiden sich gegenseitig zufügten?
Der König schaute sich nach seinem obersten Schreiber um. Er wollte ihm den Auftrag geben, diesen eigenartigen Mann ins Schloß zu bitten.
Das Geschrei war zum Orkan angestiegen: „Der Herr ist der Richter! Der Herr ist der Richter! Der Herr ist der Richter! Nieder mit allen Feinden Israels! Nieder mit allen Feinden Israels! Nieder mit allen Feinden Israels!"
Amos konnte nicht weiterreden. Sein heiser hervorgestoßenes:

„So spricht der Herr . . ."

ging unter. Ein ungeheures Selbstgefühl beseelte die vor Begeisterung rasenden Massen. Der Lärm legte sich. „Mach weiter! Weiter! Mach so weiter!" Und tatsächlich, er machte weiter. Kaum war Amos das

„So spricht . . ."

aus dem Munde, da brüllte schon die Menge im Chor mit. Und während die Zungen die Worte formten:

„Wegen der . . .",

eilten die Gedanken schon voraus: „Wen nimmt er jetzt dran? Wen läßt er jetzt zusammenhauen?"

„So spricht der Herr:
Wegen der drei Freveltaten Israels,
wegen der vier nehme ich es nicht zurück . . .!"

Ein ungläubiger Schrei: „Freveltaten Israels? Ja, das ist doch . . .!"

„Weil sie den Unschuldigen um Geld verkaufen
und den Armen wegen einem Paar Schuh'.
Sie treten in den Staub das Haupt der Geringen
und drängen den Elenden beiseite."

Totenstille. Das Volk stand mit offenem Mund. Die Vornehmen
erbleichten. Der König wurde weiß wie die Wand und richtete
seine Augen starr auf den Sprecher.

„Sie treten in den Staub das Haupt der Geringen
und drängen den Elenden beiseite."

Josef schlug das Gewissen. Jenob! Datan! — Ach, was da geschehen war, das war sein Aussatz. Und jetzt wurde er in aller
Öffentlichkeit aufgedeckt. Merkten es die Menschen um ihn
nicht? Rückten Cohen und Zedekia nicht von ihm ab? Und wenn
sie es jetzt nicht taten — morgen steht Josef einsam da. Diese
Rede bedeutet den Ruin seines Geschäfts. Das Ende des ruhmreichen Hauses. Ein Brand seiner Niederlassung in Damaskus
wäre nicht so furchtbar gewesen wie das hier. Was half ihm jetzt
sein Palast? — Doch dann gewann Josef seine alte Ruhe wieder:
„Will erst sehen, wie die Leute reagieren."
Zattai schämte sich seiner Gedanken. Er preßte sich vor Erregung
die Nägel tief ins Fleisch. „Endlich tritt wieder das Wort des
göttlichen Richters auf den Plan! Endlich wieder ein Prophet!"

„Sohn und Vater gehen zur Dirne,
meinen heiligen Namen zu entweihen."

Josef wurde rot.

„Sie strecken sich aus auf gepfändeten Kleidern
vor meinem Altar
und trinken den Bußwein
im Hause ihres Gottes."

Der Bankier Amram wurde unruhig. „Jussuf!" Cohen zuckte zusammen. Aber dann setzte er ein arrogantes Lächeln auf. „Ihres Gottes! — Mein Gott, was entwickelt dieser Schwätzer für eine Theologie? Kommt er nicht endlich zum Schluß?"

„Und ich habe doch vor euch her den Amoriter vertilgt.
Ich bin's, der euch aus Ägypten heraufgeführt
und in der Wüste geleitet hat, vierzig Jahre,
das Amoriterland zu erobern."

Zattai dachte: „Diesem Gott sind wir untreu geworden, dem Gott, der rettet, leitet, hilft, schenkt. Und unsrer Bestimmung wurden wir untreu, das erwählte, das heilige Volk zu sein."

„Und ich habe aus euren Söhnen Propheten erweckt
und Geweihte aus euren Jünglingen.
Ist dem nicht so, ihr Israeliten?
spricht der Herr."

Keine Antwort.

„Siehe, so mache ich denn den Boden unter euch schwanken,
wie der Wagen schwankt, der voller Garben ist.
Da hilft kein Fliehen dem ‚Schnellen'.
Dem ‚Starken' versagt die Kraft.
Der ‚Held' rettet sein Leben nicht.
Der Bogenschütze hält nicht stand,
der Reiter kann sein Leben nicht retten.
Selbst wer unter den ‚Helden' ein tapferes Herz hat,
flieht nackt an jenem Tag."

Hörte man nicht schon das Grollen eines Erdbebens? Und es gibt keine Rettung? Nicht die ‚Schnellen', nicht die ‚Starken', nicht die ‚Helden' werden ihr Leben retten können. Einst fiel der Gottesschrecken auf die heidnischen Regimenter. Jetzt packt er die Heerscharen Israels. In panischer Angst laufen sie davon.
Fürchterliche Stille. „Schluß!" Ein donnernder Schrei und das schmetternde Fallen eines Stuhls. — Alles starrt hinauf auf die Tribüne. Der Feldhauptmann Kain war aufgesprungen. Und jedermann sah: er kaute nicht mehr. Die ‚Schnellen' wurden unruhig. Die ‚Starken' bebten. —

Solange der Unbekannte auf die Pfeffer- und Geldsäcke ein-
drosch, hörte der hohe Offizier behaglich kauend mit verstecktem
Vergnügen zu. Auch was er dem Prophetenvater sagte, vernahm
er nicht ohne Genugtuung. Aber was dann kam — nein, das
konnte er sich als Feldhauptmann und ‚Held der Nation' nicht
bieten lassen. Der hergelaufene Mensch wagte es, die Armee zu
beleidigen. „Schluß!" schrie er noch einmal über den Kopf des
Königs und der Festregisseure hinweg.
Und dieser zweite Schrei löste endlich die Erstarrung der Menge.
Ungeheurer Tumult. „Schlagt ihn tot! Hängt ihn auf! Wie heißt
dieser Kerl! Er hat es gewagt, das Volk Gottes zu beleidigen!
Wo ist er?!" Brodelnder Hexenkessel.
Aber auch zustimmende Rufe — und nicht nur von den Sklaven:
„Er hat recht! Endlich hat einer die Wahrheit gesagt! Bravo!"
Aber, daß Amos es gewagt hatte, dem erwählten Volk den Untergang anzusagen, das schlug dem Faß den Boden aus. Der Mann,
dem das Volk noch vor fünf Minuten frenetisch zugejubelt hatte,
sollte jetzt getötet werden. Der Feldhauptmann winkte einem
seiner Adjutanten. Benaja und der oberste Schreiber Ahia waren
ebenfalls aufgesprungen und redeten auf Kain ein. „Verhaften!"
schrie der Feldhauptmann, „und zwar durch Soldaten der ge-
schmähten Divisionen!" Der Offizier sprang, so schnell er es nur
vermochte, die Tribüne hinunter und eilte auf die Offiziere der
angegebenen Einheiten zu. Aber er kam kaum vorwärts. Volk,
Priester und Propheten wogten wie ein vom Orkan aufgepeitsch-
tes Meer durcheinander.
Zattai sah, daß die Prophetenschüler ungestüm auf Amos ein-
drangen. „Auf", schrie er, „Sklaven! Kommt dem Propheten zu
Hilfe!" Zusammen mit dem hünenhaften Gibor bahnte er sich
durch die ineinander verkeilte Volksmenge Bahn und drang bis
zu Amos vor. — „Schlagt ihn tot! Zu Boden mit ihm! Zertrampelt ihn!" —
„Feldhauptmann Kain!" Eine scharfe Stimme hallte über das tobende Volk. „Das ist die Stimme des Königs. Ruhe, der König
spricht!" — „Ich wünsche nicht, daß dem Propheten irgend etwas
geschieht!" Dieser Befehl war unmißverständlich.
Der Feldhauptmann stampfte in schäumender Wut mit den Stiefeln auf den Bretterboden der Tribüne. Er fühlte sich in Anwesenheit des Volkes, seiner Soldaten und des ganzen Adels vom
König bloßgestellt. Aber er mußte dennoch auf Wunsch seines Herrn

die entsprechenden Gegenbefehle geben. Das Volk hörte in größter Spannung die kurze Auseinandersetzung zwischen König und Feldhauptmann mit an. Dann strebte alles auseinander. Der König bestieg wortlos seinen Wagen und fuhr mit finsterer Miene in die Stadt zurück. Die Bürger Samarias eilten davon. Die Vornehmen verließen die Tribüne. Die Soldaten rückten ab. Benaja und Ahia sahen einander ratlos an.

Michal sprach unterwegs kein Wort. Dem mächtig aufragenden Palast, in den Josef morgen mit ihr und den Kindern einziehen wollte, schenkte sie keinen einzigen Blick. Auch den Hof durcheilte sie, ohne ihren Mann nur eines Blickes oder Wortes zu würdigen. Josef folgte mit bitteren Gefühlen. Könnte er doch . . . ! Aber er ahnte, daß sich dieses Gewitter über seinem Haupt entladen mußte, je früher, desto besser. Erst als Michal im Wohnzimmer stand, drehte sie sich mit einem jähen Ruck nach dem bleich dastehenden Benjamin um. Sie griff in die Tasche, kramte hastig und hielt ihm in der geöffneten rechten Hand ein Siegel unter die Augen. Ihre Augen funkelten vor Wut. Josef wurde bleich, dann rot, dann wieder bleich. Er stotterte: „Woher hast du — das Siegel — der . . . ?" —

Vor vier Wochen kam der Handelsherr erst um Mitternacht nach Hause. Er hatte zuviel getrunken. „Ich mußte mich etwas — mit Geschäftsfreunden zusammensetzen! Es ließ sich nicht umgehen! Die Rentabilität . . . !" — „Schon gut! Leg dich ins Bett! Aber werde mir nicht zu oft Opfer deines Berufs!"

Als Michal am anderen Morgen die Kleidungsstücke ihres Mannes aufräumte, fiel aus einer Tasche plötzlich ein kleiner, runder Gegenstand, der an einer Schnur hing, zu Boden. Es war ein hohler, tönerner Siegelzylinder. „Leichtsinniger! Du trägst dein Siegel mit in der Tasche herum?" Josef hatte darauf seinen Namen eingravieren lassen und das Zeichen, das schon Isaak, der Gerechte, in seinem Siegel hatte: Drei Ephagefäße und darüber eine Weizenähre. Der hohle Zylinder wurde über weiches Wachs gerollt. Danach konnte man Josefs Zeichen darin geprägt sehen. — Michal bückte sich nach dem wichtigen Gegenstand, um ihn ihrem Mann zu geben. — „Das ist ja gar nicht Josefs Siegel! Hat er das Siegel eines anderen Mannes eingesteckt?" Sie suchte nach dem Namen. „Da ist er: ‚Ohaleel'!" Michal schrie auf. „Pfui! Er betrügt mich mit dieser Dirne, die sich früher im Tempel Baals preisgegeben hat." Sie warf das Siegel samt der blitzenden und gleißenden

Perlenschnur, an der die Dirne es am Arm getragen hatte, von sich.

Michal war so tief in ihrer Frauenwürde gekränkt, daß sie auf der Stelle das Siegel packen und zu Benjamin eilen wollte, um ihn zur Rede zu stellen. „Er wagt es, mich, die Tochter des Bankiers Amram, mit einer Tempelhure zu betrügen!" Aber dann kam die kühle Ruhe ihres Vaters über sie. „Warte, bis ich weitere Beweise habe!" Das Siegel trug sie fortan in einen bunten Lederfetzen eingewickelt bei sich. Aber sie konnte bei Josef nicht das geringste Anzeichen von Untreue entdecken. Auch gab er sich völlig unschuldig. Er schien das Siegel nicht zu vermissen. Manchmal schämte sich Michal sogar, daß sie einen solchen Verdacht gegen ihren Mann hegte. Und jetzt war das geschehen!

Als Michal am Gesichtsausdruck des immer noch wie versteinert dastehenden Mannes sah, daß er wohl erkannt hatte, um was es ging, schleuderte sie das Siegel in flammendem Zorn auf den Diwan, brach in einen Strom von Tränen aus und schrie: „Das ist also deine Treue, Josef Ben Benjamin! Du hintergehst mich mit einer Tempelhure! Pfui! Und die ganze Stadt weiß es. Auch dieser hergelaufene Prophet. — Welch eine Schande für mich!" — Josef war von diesem plötzlichen hysterischen Ausbruch ganz benommen. Er suchte nach Worten, um seiner Frau alles zu erklären. Aber sie war schon in seinen Schreibraum geeilt und hatte die Tür hinter sich zugeschmettert. Der Großkaufmann folgte ihr mit schlechtem Gewissen. — Verflucht jener Tag, an dem er zum erstenmal mit Ohaleel zusammenkam!

Ein glutheißer Tag in Damaskus stieg blitzartig in seiner Erinnerung auf. Er hatte mit Phöka, einem Geschäftsfreund, über Transporte phönizischen Weizens nach Samaria verhandelt. „Gehst du nicht mit zum Tempel des Baal? Ich habe dort eine Kedesche." Der Tag war schwül. Obwohl ihm alle Ermahnungen seines Vaters in das erhitzte Gehirn schossen und er seine Mutter die auf die fremde Frau bezüglichen Sprüche rezitieren hörte, es zog ihn trotzdem mit süßer, betäubender, lockender Gewalt in den Baalstempel.

Er war bestürzt, als er die Dirne Ohaleel zu Gesicht bekam. Phöka, der sich hier gut auszukennen schien, lockte sie an den Tisch. Und dann sank der Tag hinab in einen glutroten Rausch. Als Benjamin aus seinem Sinnestaumel zu sich kam, tauchte fern in seinem Bewußtsein das Bild Michals wieder auf. Aber es war nicht stark genug, um den betäubenden Jasminduft zu verdrängen, der von dem blauschwarzen Haar und der weißen Haut der Tempeldirne ausging. Benjamin bat die Dirne, nach Samaria zu kommen. Er richtete ihr eine Wohnung beim Ahabturm ein. Während Michal ihn auf Geschäftsreisen wähnte, lebte er dort mit ihr zusammen.

Josef fand Michal weder im Schreibraum noch im angrenzenden Bad. Endlich traf er sie im Schlafzimmer. Sie saß zusammengesunken auf dem Bett. Fast kläglich bittend sagte Josef: „Aber Michal, nimm doch Vernunft an. Hast du nicht trotz allem die Zeichen meiner Liebe?" Bei diesen Worten fuhr die Frau wie von einer Tarantel gestochen auf und schrie: „Zeichen deiner Liebe? Du Liebhaber einer Dirne!" Sie stürzte zu dem kleinen Wandschrank, in dem sie zierliche Fläschchen mit wertvollen Salben und Gesichtswassern aufbewahrte, riß sie ungestüm heraus und schmetterte sie dem bestürzten Mann mit fünf, sechs Würfen vor die Füße. „Da! Da! Da!"

Das Klirren der letzten Scherben war noch nicht verhallt, als ungestüm an die Tür des Wohnzimmers geschlagen wurde. Josef ging sofort, um nachzusehen, wer Einlaß begehrte. Michal ließ sich in ekstatischem Schmerz auf einen Stuhl fallen. Aber plötzlich hörte sie Stöhnen aus dem Wohnzimmer. War das nicht das Stöhnen ihres Sohnes Immer? Ihr mütterlicher Sinn scheuchte den beleidigten Stolz des Weibes hinweg. Sie mußte gehen, um ihrem Sohn zu helfen.

Als sie das Wohnzimmer betrat, sah sie Immer auf dem Diwan liegen. Der Vater bemühte sich um den wie tot Daliegenden. Jähes Entsetzen überfiel Michal. Mußte heute alles auf einmal über sie kommen? Aber dann roch sie Alkoholdunst und merkte, daß Immer schwer betrunken war. Er hatte das Siegesfest offenbar auf seine Weise gefeiert. Ekel stieg in Michal gegen diesen Sohn auf. Da schweifte er in den Straßen herum, der Sohn des reichen Kaufmanns, und führte ein liederliches Leben. Sie dachte nicht daran, sich um den Betrunkenen zu kümmern.

Doch — was glitzerte da am rechten Handgelenk des Jungen? Sie trat hinzu. Josefs Blicke folgten ihr. Michals Herz drohte stillzustehen, als sie erkannte, was ihr Sohn am Handgelenk trug: Ein Siegel der Dirne Ohaleel! Der Schmerz des betrogenen Weibes schmolz mit dem der beleidigten Mutter zu einem einzigen zusammen. Noch auf dem Boden kniend, schlug sie sich mit beiden

Händen gegen die Brust, und ihrem Munde entrang sich ein fürchterliches „Oooooh!" Es klang wie der Todesschrei eines verwundeten Tieres. Wie grauenvoll, wie schamlos war das alles! Jetzt erst erfaßte Michal die Worte des Hirten ganz. Ihre Klagerufe gingen in haltloses Weinen über.

Der Großkaufmann konnte sich den neuen Schmerzensausbruch seiner Gattin zunächst nicht erklären. Aber welche Gefühle durchzogen sein Herz, als auch er erkannte, was die Ursache war! Sein Sohn Immer! Unausdenkbar! Josef schlug sich mit den Fäusten gegen die Stirn. Sein Sohn ging zur selben ... Pfui! Der Gedanke war unausdenkbar. Und sie, seine Jasminblüte, öffnete ihre Arme ...! Unaussprechlich! — Der Betrunkene lallte: „Jasminbraut, Geliebte, Süße ..."

Und in dieses Lallen, Weinen und schamvolle Ächzen hinein erklang vom Tempel her ein feierlicher Hornruf, der den Beginn des Abendopfers ankündigte.

Wenige Augenblicke später verließ Josef sein Haus. Er schenkte seinem Palast keinen Blick und eilte die Münzgasse hinauf zum Haus seines Schwiegervaters Amram. Als Josef sich dem Haus näherte, scholl ihm das dröhnende Lachen des Bankiers entgegen. Der junge Priester Aaron war bei ihm. Während sich das Ehegewitter im Haus Josefs entlud, disputierten die beiden ungleichen Männer über die Predigt des Amos.

Amram unterbrach sein Lachen gerade so lange, wie er brauchte, um seinen Schwiegersohn zu begrüßen. Dann wiederholte er ihm unter fortwährendem, dröhnendem Gelächter die Worte, die er gerade dem Priester zum besten gegeben hatte: „Du warst doch auch beim Fest, Josef? Du wirst mir beipflichten, Sohn Isaaks, des Gerechten, denn du hast einen Sinn für große Kunst, dein Palastbau zeigt das. Was dieser Viehhirte draußen vor dem Tor sprach, das gehört, rhetorisch gesehen, zum Besten, was ich je gehört habe. Ich werde morgen den königlichen Schreiber Ahia bitten, diese Rede wortwörtlich als Lehrstück für unsre königlichen Räte, Propheten und Priester in die königlichen Sammlungen aufzunehmen. Wieviele Reden sind nicht einmal das Papier wert, auf das sie geschrieben sind! Auch solche unsrer Priester und Propheten. Aber diese! Wie sagte doch der alte Zadok, zu dem ich in die Gelehrtenschule ging? ‚Gegensätze müssen sein! Überraschungen!' Und da kommt nun ein einfacher Mann aus dem Volk und hält eine Rede, wie sie in Samaria meines Wissens noch nie gehalten wurde. Aaron, du bist doch nicht weit von mir gesessen. Du hast gehört, wie ich jubelte, als dieser Mann, der zunächst aussah, als ob er nicht bis auf fünf zählen könnte, über die Aramäer herfiel. Und als es dann auf die Philister los ging, diese Hundesöhne, da hatte ich schon begriffen, daß die Form der Verse blieb und nur ihr Inhalt sich änderte. Da schrie ich mit. Ich führte den Chor: ‚... wegen der vier nehme ich es nicht zurück. Ich lege Feuer an.‘ — Dann die Strophen gegen die Ammoniter und Moabiter. — ‚Ich lege Feuer an.‘ Als sie vorbei waren, dachte ich, der ich doch die Gelehrtenschule des alten Zadok besuchte: So geht's weiter. — Weit gefehlt! — Da hat doch dieser schlaue Fuchs uns zuerst auf unsre Feinde scharf gemacht, und dann läßt er das Schwert auf uns selbst herabsausen. — Großartig gemacht, Josef! — Nimm's mir nicht übel, Aaron. Da sind unsre Priester Stümper dagegen — von den Propheten ganz zu schweigen. — Und Mut hat dieser Mann!" — Erneut brach Amram in schallendes Gelächter aus.

Josef war als ein aufs äußerste erregter Mann ins Haus seines Schwiegervaters gekommen. Er wollte ihn für seine Absichten gegen Amos gewinnen. Jetzt sah er den, den er sich insgeheim als Mitverschwörer erhoffte, damit beschäftigt, seine witzigen Glossen über das rhetorische Meisterstück des Hirten zu machen. Und eben dieses Glanzstück hatte seine Ehe ruiniert. Aber Josef gedachte, seinen Schwiegervater schnell zur Vernunft zu bringen. „Du vergißt, daß dieser ‚Prophet‘ mit seiner Rede, in der du nur die rednerische Meisterschaft zu sehen scheinst, auch dich empfindlich treffen wollte. — Und das vor ganz Samaria! Du weißt doch, was auf dich gemünzt war?" Josef beobachtete scharf, welche Wirkung diese Worte auf den Bankier hatten.

Amram wurde plötzlich ernst. Er schaute Josef nachdenklich an und sagte: „Er hat mich mit Recht kritisiert." Das verschlug Josef die Sprache. Amram fuhr fort: „Du gibst doch zu, Josef, und du, Aaron, auch, es gibt manches bei uns, das dringend einer Reform bedarf. Nimm nur einmal das Pfandrecht, über das ich gestolpert bin. Das war doch die Anspielung, die mich nach deiner Meinung treffen sollte, Josef. Dieser — Jussuf — konnte nicht zahlen, und so mußte ich ihm nach dem geltenden Recht den Mantel als Pfand abnehmen. In einer momentanen Verlegenheit nahm ich ihn mit in den Tempel — mit gutem Gewissen —, denn die Priester sagen, daß der Gebrauch eines Pfandes im Tempel rechtfertigt, daß man es eine Nacht zurückbehält. Da ist manches reformbedürftig, Josef. Das Pfandrecht sollte man zum Beispiel reformieren. Wir brauchen eine Kommission, die das tut!" — Bei diesen Worten setzte der Bankier ein Gesicht auf, an dem man sehen konnte, daß er sich über seine Einsicht kindlich freute.

Der junge Priester unterbrach das selbstgefällige Schweigen: „Ich glaube kaum, Herr Amram, daß der Hirte mit der Reform irgend eines Sektors zufrieden ist. Er hat ja mit keinem Wort zu einer Reform aufgerufen. Er hat den Untergang unsres Volkes angekündigt, nicht eine Reform. — Ich habe von einem Schnellschreiber den Text der Rede:

,Ich lasse es schwanken unter euch,
    wie ein Wagen schwankt.'

— Ein Erdbeben ist das, dem keiner . . .“

Der Bankier unterbrach den Priester: „Schon gut, Aaron, du brauchst nicht zu zitieren! Die Suppe wird nicht so heiß gegessen, wie man sie kocht. Solche Heißsporne wie diesen — wie hast du doch gesagt, daß er heißt? — wie diesen Amos muß es geben! Sie sind die Hechte, die in den Teich der dicken, trägen Karpfen Leben bringen.“

Josef geriet in Zorn: „Ich für meine Person bin der Auffassung, daß Amos ein gefährlicher Staatsfeind ist und schnellstens mundtot gemacht werden muß! Was gehen diesem hergelaufenen Menschen unsre Sachen an? Er schilt unsre Richter, gießt seinen Spott über die fleißigen Leute dieser Stadt aus. Und — was gehen ihn unsre Ehen an?“ — Amram warf seinem Schwiegersohn einen langen Blick zu. Josef zuckte zusammen. Sollte sein Schwiegervater von seinen Ausschweifungen wissen? — „Was will er? Er hetzt den Pöbel gegen uns auf. Revolution will er! Und um das zu verhüten, gehe ich mit meinen Freunden heute noch zum König. Der Bankier Amram wird es uns eines Tages danken, daß wir gehandelt haben, während er humorvolle Glossen machte.“

Der Richter Iskai kam ungefähr zur selben Zeit heim, wie das Ehepaar Benjamin. Ohne nach seiner Frau und seinen Kindern zu fragen, schloß sich Iskai in seiner Stube ein. Da saß er in sich zusammengesunken, und seine niedergedrückte Haltung machte sichtbar, was in ihm vorging.

Mit welch guten Vorsätzen hatte er einst das Richteramt übernommen, das Jerobeam II. in Samaria einrichtete! Iskai hatte als ,Richter' keine Urteile zu sprechen. Die Urteilsfindung unterlag auch in Samaria der Rechtsgemeinde im Tor. Er wirkte als Rechtskenner und Rechtsberater. Diese Stellung war einflußreich genug, um Iskai zu einem der führenden Männer der Stadt zu machen. Daß er sich jemals bestechen ließe, das schien ihm unmöglich zu sein. Hatte er doch als warnendes Beispiel die Söhne Samuels vor Augen, die einst in Beerseba ‚Recht' sprachen! Und da war das Vorbild seines Vaters, der zu den engsten Freunden Isaaks, des Gerechten, gehörte.

Verflucht der Tag, an dem es zum erstenmal heimlich an seiner Tür klopfte und einer seiner Klienten zu ihm kam, der den Richterspruch zu seinen Gunsten beeinflussen wollte! Gewiß, man muß zur Ehre Iskais sagen, daß er nicht sofort auf die Sache einging. Aber dann hatte er sich in jener Zeit einen Weinberg am Südhang des Samariaberges gekauft, obwohl er ihn nicht sofort bezahlen konnte. Er war in Zahlungsschwierigkeiten gekommen. Der Gläubiger hatte gedrängt. Und dann kam wieder solch eine verfängliche Bitte. Kaum hatte er das verhängnisvolle Versprechen gegeben, da trat ein Bote in sein Haus und brachte 100 Silberschekel in einem versiegelten Paket. Mit dieser ersten Bestechungsaffäre setzte Iskai seinen Fuß auf den Innenrand eines glitschigen Trichters. Es gab kein Zurück mehr. Mit Windeseile breitete sich das Gerücht aus, daß der ‚Richter' bestechlich sei. Immer mehr ‚Kunden' stellten sich zu verschwiegener Stunde ein. Und was war das eigentliche Motiv? Er brauchte Geld, um nicht hinter dem aufwendigen Lebensstil seines Freundes Josef zurückstehen zu müssen. —

Was war jetzt zu tun? Das Wort des Fremden im Tor hatte Iskai so erschüttert, daß er jetzt nur einen Wunsch hatte: Heraus aus dem Abgrund! Er stand auf. „Ich gehe zum König, bekenne meine Schuld und bitte um Entlassung aus dem Richteramt."

Da klopfte es an der Tür. Der Richter löste die Verriegelung. „Du, Josef?" Ohne zu grüßen fing der Kaufmann in rasendem Zorn an: „Auch dich hat er beschimpft, dieser judäische Hundskopf. Sollen doch zuerst den Dreck vor ihrer eigenen Tür kehren, diese Brüder! Er muß weg, dieser Kerl! — Du gehst doch mit zum König, um meine Bitte zu unterstützen?"

Diese Worte widerstrebten Iskai zunächst so, daß er sie kaum fassen konnte. Er setzte sich. „Wie nun", dachte er bei sich, „Josef ist zu Recht beschuldigt, und er wagt es, zum König zu gehen, um die Beseitigung dieses Menschen zu fordern? — Das ist freilich schlau." — In Iskai stieg ein teuflischer Gedanke hoch: „Wenn ich mich Josef anschließe, dann muß der König denken, auch in meinem Fall bestünde die Anklage zu Unrecht! Es ist Verleumdung eines ehrenwerten Mannes! — Der König braucht von meinen Vergehen doch noch gar nichts zu wissen!" Umsonst tauchte in Iskai das warnende Bild seines Vaters auf. — „Ich gehe mit. Diesem Verleumder muß das Maul gestopft werden!"

Die Tür, die zu den Privatgemächern des Königs führte, wurde aufgerissen. Feldhauptmann Kain stürzte heraus. Er überrannte Josef und Iskai fast. Das Gesicht des Offiziers glühte vor Zorn. Im Gespräch mit dem König hatte er sich noch beherrscht. Als er aber seine Freunde sah und sofort erriet, weswegen sie sich zu nächtlicher Stunde im königlichen Palast einfanden, ließ er seinem angestauten Groll freien Lauf: „Bin soeben beim König gewesen und habe im Namen der Armee gegen die Beleidigungen dieses Hirten protestiert. Bedenkt nur einmal die Ausdrücke, die dieser Schuft gegen die unbesiegbaren Truppen Seiner Majestät im Munde führte! Er wagt es zu behaupten, die ‚Schnelle Division', die nur Vorwärtsstrategie kennt, würde fliehen!" Der Feldhauptmann erhob die Faust und schrie: „Hat dieser Mensch jemals einen Angriff mitgemacht? Dieser Hundesohn! Ich wollte vorstürzen und ihm mit meiner Faust den Mund stopfen." — Bei diesen Worten führte er seine furchteinflößende Faust mit schnellem Schlag gegen Benjamins Unterkiefer, so daß dieser entsetzt zurückwich. „Und er schämte sich nicht zu sagen, daß unsren ‚Löwen' die Kraft versagen wird. Hätte dieser Zivilist sie nur einmal im Kampf gesehen! Einer von ihnen genügt, um zehn solcher Maulhelden zu überwältigen. — Und meine persönliche Ehre hat er in den Schmutz gezerrt, mich, den ‚Helden der Nation'! — ‚Nackt werde ich fliehen?' Ich, Teilnehmer sämtlicher Feldzüge! — ‚Majestät', habe ich gesagt, ‚ich verlange Genugtuung im Namen der Armee und meiner eigenen Ehre — oder . . .'" Bei diesen Worten griff der Feldhauptmann zum Verschluß des Leibgurtes, an dem das Schwert hing, und tat so, als ob er Waffe und Amt an den König zurückgeben wollte.

Josef und Iskai waren vom Schmerz des Feldhauptmanns bewegt. „Sie sind beleidigt, Herr Feldhauptmann, und mit Ihnen die ganze Armee. Dieser Schuft hat die Soldatenehre in den Schmutz getreten. — Kommen Sie! Begleiten sie uns zum König, daß wir gemeinsam die notwendigen Maßnahmen gegen diesen unverschämten Menschen durchsetzen!" — Der Feldhauptmann überlegte einen Augenblick. Dann schnallte er seinen Leibgurt energisch wieder um und schritt mit Benjamin und Iskai klirrend auf die Tür zu.

Der König saß inzwischen dem Oberpriester Cohen und dem Prophetenvater Zedekia gegenüber.

Der hagere Prophetenvater stand den zweihundert Propheten vor, die im Prophetenhaus beim Tempel wohnten. Er war bleich vor Zorn. Wie kämpfte er seit seinem Amtsantritt um die Gleichberechtigung des Prophetenstandes mit den Priestern! Wie oft hatte er den König immer wieder ersucht, nur beamtete Propheten öffentlich sprechen zu lassen! Und nun diese Katastrophe! Er hatte sie vorausgesehen. Der Schimpf, den dieser angebliche ‚Prophet' den Mächtigen Israels angetan hatte, konnte nicht ohne Rückwirkungen auf die beamteten Propheten bleiben. — Und wie mochte sich der verdammte Cohen insgeheim über diese Niederlage der Propheten freuen!

Der Oberpriester war ein sehr beleibter Mann, und das stand der Würde seines Amtes gut an. Er wußte, daß ‚Herrlichkeit' mit ‚Schwere' zusammenhing. Er trug das purpurfarbene Ehrenkleid, das ihm knapp über die Knie ging. Darunter sah man das Weiß der ägyptischen Leinwand, aus dem das übliche Priesterkleid gefertigt war. Cohen legte größten Wert darauf, daß seine Kleidung wie sein Amt ganz und gar auf der Stiftung Moses und damit Gottes beruhte. Er tat das, weil es immer wieder Leute gab, die nur die Priester in Jerusalem gelten ließen. Gewiß, Priester und Propheten wurden in Israel vom König ernannt. Aber der König selbst? War der nicht von Gott? Im Auftrag des Sprechers Gottes, des Propheten Elisa, war einst sein Vorfahr gesalbt worden. Die Überzeugung des Oberpriesters stand so fest wie der Felsen, auf dem sich diese Stadt erhob: Sein Priestertum rührte über den König in unmittelbarer Aufeinanderfolge von Gott her. Das gab ihm sein Selbstbewußtsein und ein nicht minder großes Machtgefühl. Die Priester, die in dieser nächtlichen Stunde im Heiligtum Dienst taten, handelten nach seinen Weisungen. Der einfache Bauer, der sein Opfer darbrachte, gehorchte ihm ebenso. So war das, solange er im Amt war — so war das schon bei seinen Vorgängern gewesen. Wir sind die wahren Diener Gottes. Cohen warf dem mageren Zedekia einen verächtlichen Blick zu. — Es durfte keine Störung dieser göttlichen Ordnung geben.

Und jetzt war es zu diesem unerhörten Skandal gekommen, der auf dem Siegesfest für alle Zeiten wie Kot auf weißem Linnen liegen wird: Es war ein Mann aufgestanden — mitten in einer offiziellen Kulthandlung — und hatte im Namen des Herrn zu allem Volk gesprochen ohne seine, des Oberpriesters Genehmigung. Und was der größte Skandal war: Dieser Mensch hatte mit stillschweigender Genehmigung des Königs den Oberpriester beiseitegedrängt — an den Propheten Ela dachte Cohen nicht mehr — und die gewährte Redefreiheit in einer schamlosen Weise zu nichts anderem ausgenützt, als um Schmutz und Unrat auf Israel zu häufen.

Der Oberpriester war viel zu gebildet und vor allem zu klug, um seinem Unmut gegen die Handlungsweise des Königs freien Lauf zu lassen. Er wußte, daß auch seine Stellung von den Launen des gottgesalbten Herrschers abhing. Deshalb redete er mit dem König, der ihn so tief beleidigt hatte, so zart, als ob er es mit einem Schwerkranken zu tun hätte, von dem noch ein Testament zu seinen Gunsten zu erwarten war.

„Eure Majestät! Ich bitte Sie untertänigst, etwas gegen den judäischen Hirten zu unternehmen. Seine Verhaftung wäre sehr angebracht. Er hat die gottesdienstliche Handlung in einer skandalösen Weise gestört, wie Eure Majestät gewiß zugeben werden. Wo soll es hinführen, wenn jeder hergelaufene Hirte, der vorgibt, er sei ‚Prophet'" — Cohen sprach das Wort verächtlich aus, um den Prophetenvater zu treffen — „einen Oberpriester in der Ausübung seines Amtes stören darf?" Der König lachte: „Dieser Unbekannte hat dich doch freundlich darum gebeten, zum Volk sprechen zu dürfen. — Was ist dabei?" Der Oberpriester wollte aufbrausen, bezähmte sich aber sofort. „Ich finde es skandalös, daß ein hergelaufener Mensch sich in die Amtshandlungen eines Oberpriesters einmischen darf." — „Oberpriester Cohen!" sagte der König scharf, „du redest um die Sache herum! Im Grunde ärgert es dich, daß ich dem Hirten erlaubt habe, zum Volk zu sprechen. Ich hoffe, daß ich einen Oberpriester nicht erst darüber belehren muß, welche Befugnisse der König im Kult hat — seit alters! Damit ist die Sache erledigt."

Der Prophetenvater hatte mit großer Befriedigung vernommen, wie der König mit dem Oberpriester umging. Jetzt gedachte er, die Sache der Propheten zu führen.

„Eure Majestät mögen doch bedenken, welche Verwirrung es im

Volk geben muß, wenn irgend ein Mann ohne Amt im Rahmen einer offiziellen Kulthandlung auftritt und vorgibt, im Namen des Herrn zu sprechen." Der König, noch erregt von der Auseinandersetzung mit dem Oberpriester, sprach: „Und Elia und Elisa? Sie redeten doch auch im Namen des Herrn! Aber ich habe nie gehört, daß sie ein festes, von einem König eingerichtetes Amt bekleidet hätten gleich deinem." — „Eure Majestät wird doch nicht diesen ungebildeten Menschen, dem noch der Schmutz an den Fußsohlen klebt, mit dem großen Elia vergleichen wollen? Und zudem, mir scheint, daß wir über die Zeiten des Auftretens von Propheten, die nicht vom König und vom Prophetenvater legitimiert wurden, hinaus sind. Gott benützt nur noch die Kanäle, die von seinen Stellvertretern reguliert und kontrolliert werden. Was sollen die beamteten Propheten noch beim Volk, wenn jeder Bauernknecht als Rufer Gottes auftreten darf?" — Der König hörte schweigend zu. Zedekia nützte das offene Ohr des Herrschers aus: „Darf ich Eure Majestät noch darauf aufmerksam machen, daß dieser Mann eine höchst gefährliche Theologie hat? Dasselbe Gericht" — der Prophetenvater erhob seine Stimme — „dasselbe Gericht, das die Heiden trifft, das soll auch uns treffen. Majestät, das ist unerhört! Wir sind doch Gottes auserwähltes Volk. Der Fremde aber erniedrigt uns zu Heiden, wenn er sagt, daß wir wie sie vernichtet werden." Stille. Dann sagte der König aus tiefem Nachdenken heraus: „Hat nicht Elia ähnliches gesagt?" Der Prophetenvater war klug genug, um die Schwere und Stichhaltigkeit dieses Arguments ermessen zu können. Zum erstenmal während dieses Gesprächs wurde er nervös: „Aber Eure Majestät! Sie sind doch nicht Ahab!" Der König schwieg.

Ein Diener meldete: „Eure Majestät! Herr Feldhauptmann Kain, Herr Richter Iskai, Herr Josef Ben Benjamin!"

Nachdem sich die Besucher auf Sesseln und Diwanen niedergelassen hatten, sprach Josef: „Eure Majestät sind heute selbst Zeuge der ungeheuren Beleidigung der Kaufmannschaft dieser Stadt gewesen. Ein Fremder hat es gewagt, geringfügige Unregelmäßigkeiten, die im Wirtschaftskampf immer wieder vorkommen, vor aller Öffentlichkeit aufzubauschen und als schauerliche Vergehen anzuprangern. — Auch unsere Ehen nahm er von seiner boshaften Kritik nicht aus." Ironisches Lächeln umspielte die Lippen des Königs: „Die Dirne Ohaleel soll sehr schön sein, Josef!" Der Schuß saß. Der Kaufmann wurde puterrot. Seine Augen funkelten haßerfüllt. Nur mühsam konnte er sich beherrschen: „Ich kam zu Eurer Majestät wegen der Angriffe, die der Judäer gegen die Kaufleute richtete." — „Und er sprach auch über die Ehen." — „Ja, aber — die Schädigung der Wirtschaft steht obenan. Sie ist unser Schicksal. Der Richter Iskai und ich sind der Meinung, daß der Fremde ein Aufrührer ist und beseitigt werden muß, wenn nicht die Fundamente des Staates ins Wanken geraten sollen. — Was glauben Sie, wie seine Worte auf die Sklaven wirken muß-ten, die zu Hunderten auf dem Festplatz standen? Amos hat be-wußt so gesprochen, um sie zum Aufruhr gegen Eure Majestät aufzuhetzen." Noch immer saß der König mit ironischem Lächeln da.

„Ich bitte den König, die Richter Israels gegen die zügellosen Angriffe dieses Menschen zu schützen! Wie soll das Volk noch Vertrauen in die Rechtssprechung haben, wenn die Richter dieser Stadt öffentlich in Bausch und Bogen der Bestechlichkeit bezichtigt werden?" — „Ihr meint wohl, Richter Iskai, daß ich jedem auf die Finger klopfen soll, der über euch die Wahrheit sagt? Nein, das könnt ihr nicht von mir verlangen!" — Der Richter wollte auf-brausen. Aber der König hob beschwichtigend die Hand: „Ihr sollt mein Urteil hören! Ich gebe es sofort zu Protokoll!"

Ein Schreiber eilte herbei. Der König sammelte seine Gedanken für das Diktat. Atemlose Stille. Trotz der ironischen Einwände des Herrschers war zu hoffen, daß jetzt mindestens der Ausweis-ungsbefehl gegen Amos protokolliert werden würde, wenn nicht Schlimmeres! — Josef rieb sich vor Erregung die Hände. Er wünschte Amos das Schlimmste. Ähnlich dachten alle Anwesen-den. Endlich unterbrach der König die Stille. Er wandte sich dem Schreiber zu: „In Sachen des Amos, der sich als Prophet gebär-det, gebiete ich . . ." Totenstille. Nur der Griffel des Schreibers kratzte über das Papier. Jetzt mußte die Ausweisung kommen! Oder gar das Todesurteil! — Der König fuhr fort: „ . . . gebiete ich: Es soll ihm nichts geschehen!" — Der König hatte sich im stillen nur einen Vorbehalt gemacht: „Solange er nicht die Krone angreift!"

Der Oberpriester wurde weiß wie die Wand. Sein Atem ging keuchend. „Aber Eure Majestät, bei allem schuldigen Respekt als Staatsdiener — das ist unerhört!" — Der Prophetenvater stöhnte: „Herr, bedenken Sie, was Sie tun?" — Der Feldhauptmann sprang auf. Knackend öffnete er den Leibgurt, packte sein Schwert mit beiden Fäusten und streckte es dem König hin. „Wenn es so steht, wenn die Armee und ich als ‚Held der Nation' unter den Augen des Königs solche Beleidigungen einstecken müssen, dann bitte ich Eure Majestät untertänigst um meine Demission!" Die Atmosphäre war spannungsgeladen wie vor einem Hagelwetter. Da streckte der Herrscher abwehrend seine linke Hand gegen den erregten Offizier aus: „Warte doch, verdienter Feldhauptmann!" Der König wandte sich wieder dem Schreiber zu: „Weiter gebiete ich unsrem Feldhauptmann Kain, daß er durch den Geheimdienst der Armee sofort Nachforschungen anstellt, wo dieser Hirte herkommt! — Genügt das, Feldhauptmann?" Der Offizier legte, noch grollend, sein Wehrgehenk wieder um. „Es genügt nicht, Majestät. Aber wenigstens zeigt dieser letzte Befehl, daß Sie die Gefährlichkeit dieses Menschen einsehen. — Ich nehme meinen Abschied zurück." Der König lachte befreit: „Es hätte uns sehr weh getan, wenn wir wegen der Predigt eines Viehhirten den Sieger von Damaskus verloren hätten!"

Dann wandte er sich dem Oberpriester und dem Prophetenvater zu: „Euch gebiete ich: Überwindet diesen Mann theologisch! — Oberpriester, ich weiß doch, was du für ein Theologe bist. Streite mit ihm! — Und was haben wir in dir, Prophetenvater, für einen Dialektiker! Treibt ihn in die Enge! — — Ihr beide seid jetzt unsre stärksten Waffen: Überführt ihn der Ketzerei! Dann kommt zu mir, und ihr sollt hören, was darauf steht!" — Der König verließ seinen Thron. Er schlug dem Feldhauptmann lachend auf die Schulter: „Wir Krieger werden in den nächsten Tagen Zeugen eines Geisteskampfes sein, der der Schlacht um Damaskus in nichts nachsteht."

Die Sklaven im ‚Scheoltor' feierten diesen Tag als ihren Sieg. Zattai rief: „Der König weiß jetzt, wie es in seinem Reich aussieht. Er wird Abhilfe schaffen!" — Der Sklave jubelte: „Brüder! Diese Rede war eine Tat! Wir werden frei durch sie! Ich sehe schon das Morgenrot der Freiheit! — Ein besseres Israel wird auferstehn!"

„Ist Arpach noch da?" — „Jawohl, Eure Majestät!" — „Sage ihm, er soll mir die ‚Chronik der Könige Israels' heraufbringen!" — „Hier ist die Rolle, Eure Majestät!" — „Arpach, du hast doch auch die Eintragungen über Jona gemacht!" — „Den Propheten?" — „Ja." — „Hier steht von ihm geschrieben, gleich auf Spalte 1. — Soll ich

lesen?" — „Lies!" — „Im ersten Jahr der Regierung Jerobeams II.
trat ein Prophet auf, Jona, Amitthais Sohn aus Gath-Haepher. Er
sprach: ‚Im Namen des Herrn! Ich habe das Elend meines Volkes gesehen und wie die Aramäer sie bedrängen. So gehe du nun
hin, König Jerobeam, und errette mein Volk aus ihrer Hand. Du
sollst Glück haben auf allen deinen Wegen und das Reich wieder
herstellen in dem Umfang, den es einst unter Salomo gehabt
hat!'" — „Dieses Wort hat sich erfüllt, Arpach, nicht?" — „Ja,
Herr, wunderbar!" — „Ich danke dir, Arpach. Laß mich jetzt
allein."
Der Herrscher stand lange sinnend im nächtlichen Saal. „Hinter
diesem Jona stand Gott — das ist offenbar! — Und hinter diesem . . .?"

ERWÄHLUNG I

Der Großkaufmann erwachte. Jäh standen die Ereignisse des vergangenen Tages vor seinen Augen, als er Michals Bett leer sah. Er
stand auf und verließ das Haus. Josef wußte, daß er in dieser
Nacht das letztemal hier geschlafen hatte. Heute fand der Umzug
in den Palast statt. Das Haus Isaaks, des Gerechten, war seinem
Sohn, dem Großkaufmann, zu klein. Heute noch sollte es unter
den Spitzhacken der Sklaven zusammenbrechen, damit man an
seiner Stelle Verkaufsgewölbe, Lager- und Büroräume errichten
konnte. Josef war nicht gefühlskalt. Er hatte sich den Abschied
von diesen Räumen, der Stätte seiner Kindheit und seiner ersten
Ehejahre, anders vorgestellt. Er wäre gerne mit Michal noch einmal durch alle Räume gegangen. Dann wollte er sie in den Palast
hinüberführen. — Josef wußte nicht, wie er die tiefe Beleidigung
Michals besänftigen sollte. — Dieser verdammte Hirte! Wahrscheinlich war er schon nicht mehr in der Stadt. Solche Kerle
sind feig!
Die der Königsstraße zugewandte Südmauer seines Palastes ragte
steil vor ihm auf. Josef bog in die Getreidegasse ein und ging
dann nach links, um über die Auffahrtsrampe zur Tür seines
Palastes hinaufzuschreiten. Von den Handwerkern war noch niemand zu sehen. Der Großkaufmann trat durch die Eingangshalle
in den Innenhof. Noch waren keine Möbel und andere Einrichtungsgegenstände da. So zeigte sich ihm der Palast in seiner ein-

fachen Schönheit. Josef stieg die Treppe hinauf, um auf das Dach zu gelangen. Langsam legte sich sein Mißmut. Josef stand auf seinem Palast. Er überragte auch die höchsten Häuser der Wohnstadt um mehr als zehn Meter. Josef sah die Wohnungen seiner Mitbürger zu seinen Füßen. Im grauen Licht des anbrechenden Tages kamen sie ihm dürftig und schmutzig vor, selbst das Haus seines Vaters, Isaaks, des Gerechten! Ein Gefühl des Triumphes stellte sich in seinem Herzen ein. — Er schritt hinauf, so unaufhaltsam wie die Sonne, die gerade aufging! — Ein Schreier wie dieser Amos sollte ihn auf seinem Weg nicht aufhalten!
Josef schrak aus seinen Gedanken auf. Er hörte die Stimme des Architekten und das Geschrei der Handwerker und Sklaven. Sie kamen, um den Umzug vorzunehmen und das Haus Isaaks, des Gerechten, abzureißen. — Vorher gab es allerdings noch etwas zu tun, was Josef peinlich war. Er hatte vor, seine alte Mutter für die Dauer des Umzugs in das Haus in der Töpfergasse zu bringen, das ihm gehörte. Er gab zwei Sklaven den Auftrag dazu. — Kaum war Rebekka aus dem Haus, da trugen die Arbeiter schon die Möbelstücke in den Palast hinüber. Auch Michal zeigte sich wieder — gottlob! Nach außen gab sie sich in ihrer gewohnten Art freundlich. Mit Josef aber redete sie nur, was unbedingt nötig war.
Schon wenige Stunden später fuhren die Spitzhacken in das Haus, das Isaak, der Gerechte, einst errichtet hatte.

Inzwischen setzte Feldhauptmann Kain die Maschinerie seines Geheimdienstes in Bewegung. Als er noch in seinem Haus in der Königsstraße im Bett lag, ließ er schon den Hauptmann Husai rufen. „Husai, du bist Zeuge des gestrigen Skandals gewesen. Ich gebe dir in dieser Sache drei dringende und geheime Aufträge. — Erstens: Stelle sofort — noch vor Sonnenaufgang — fest, wo sich dieser Mann aufhält! Hat er die Stadt verlassen — was das beste wäre — so kann er nicht weit gekommen sein. — Zweitens: Fertige eine genaue Personalbeschreibung an — soweit du genaue Angaben dafür bekommen kannst — für einen eventuell notwendigen Steckbrief! — Drittens: Wenn du das getan hast, so verlasse mit einem Soldaten deiner eigenen Wahl geheim und in Zivil die Stadt! Reise nach Judäa, wo dieser Hirte her sein soll! Stelle dort vor allem fest, ob irgendwelche politischen Absichten hinter seinem Auftreten stecken! — Selbstverständlich laufen alle Nachrichten, die du mir sofort übermittelst, als geheime Reichssache!" Der Offizier grüßte und trat ab.

Der Feldhauptmann stand auf. „Ich werde diesem Burschen das Handwerk legen. Das Siegesfest hat er mir verdorben, meine Rede und — was das schlimmste ist — den Umtrunk in der Burg nach der Parade!"

Die Soldaten am Eingang zur Streitwagenkaserne salutierten, als Kain kurz danach vorbeifuhr, um in sein Büro zu kommen. Es befand sich unterhalb der Südmauer.

Schon nach einer Stunde meldete sich Hauptmann Husai beim Feldhauptmann. „Nun?" — „Ich habe Ihre ersten beiden Befehle ausgeführt, Herr Feldhauptmann. — Amos wohnt in der Münzgasse Nr. 2 bei dem Getreidekaufmann Dan. Ich habe ihn dort selbst gesehen, wie er auf dem Dache stand. — Und hier ist die Personalbeschreibung." Husai legte dem Feldhauptmann ein Papyrusblatt vor. — „Das Haus Josefs wird eben abgebrochen, und da konnte ich Amos unbemerkt beobachten und diese kleine Skizze anfertigen." Der Hauptmann vertiefte sich in das Bild und die Personalangaben. Dann sah er auf. „Du bist ein Teufelskerl, Husai! Ich danke dir. Und nun Glück für deine Aufgabe in Juda! Denn das steht nun fest, daß er von dort herkommt." Kain zeigte auf das Schriftstück.

Nachdem der Hauptmann gegangen war, betrachtete Kain das Gesicht des Hirten. „Nichts Besonderes!" murmelte er vor sich hin. „Hab ich mir schon gestern bei der Feier gedacht. — Breite Stirn, schmale, leicht gebogene Nase — Wangen eingefallen. Backenknochen hervorstehend — bei dem harten Leben, das ein Hirte zu führen hat, nicht weiter verwunderlich — weiße Haare!" — Auf einmal spürte der hohe Offizier so etwas wie Mitgefühl mit dem Hirten. „Was dich nur bewogen hat, deine Herde im Stich zu lassen und solche Sachen zu machen? — Wenn da nicht der jüdische Geheimdienst dahintersteckt! — Wollen die bei uns zum Aufstand hetzen? — Die Mund- und Kinnpartie läßt auf Sensibilität und Willensstärke schließen. — Kein besonderes Gesicht!" Der Feldhauptmann vertiefte sich in die Skizze. „Aber seltsame Augen hat der Mann. Mir fiel das gestern schon auf. — Ich weiß gar nicht, wie ich den Ausdruck dieser Augen beschreiben soll. — Sah ich ähnliches nicht schon bei Soldaten, ehe der Feind anstürmte? — Doch. Das ist der richtige Vergleich. — Es sind die Augen eines Mannes, der etwas Furchtbares vor sich sah —

nein sieht, jetzt sieht!" — Dann las er die Notizen zur Person: „Amos — Hirte und Maulbeerfeigenpflanzer aus Thekoa, Juda, 50 Jahre alt, 4 Kinder. Der Feldhauptmann stand auf: „Den Oberpriester wird interessieren, daß der Prediger noch da ist!"

Der Oberpriester Cohen nahm am Morgenopfer teil. Dann ging er zu seinen Amtsräumen gleich neben dem Tempeleingang. Heute war der Tag, an dem er die Jungpriester und jeden, der daran interessiert war, zusammenhängend in das Gesetz Gottes einzuführen pflegte. „Weisung" (Tora) nannte man das. Der Unterricht fand wöchentlich einmal auf dem Platz vor den Amtsräumen des Oberpriesters statt. Cohen genoß weit über Samaria hinaus den Ruf, ein einzigartiger Theologe zu sein.

Als Cohen an seine Aufgabe dachte, kam ihm das Wort des Königs in den Sinn: „Überwindet ihn theologisch!" Er war fest entschlossen, das heute zu tun. Er rechnete zwar fest damit, daß Amos fluchtartig die Stadt verlassen hatte, nachdem er sah, wie viele aus dem Volk auf seine Rede reagierten. Gleichwohl: heute wollte er seinen Schülern an dieser Predigt zeigen, was Irrlehre ist und sie wappnen gegen eventuelle Auftritte weiterer solcher ‚Propheten'. Er mußte lachen, als er an die Worte des Königs dachte: „Überführt ihn der Ketzerei! Dann kommt zu mir, und ihr sollt sehen, was ich mit Ketzern tue!" Der Oberpriester rieb sich die Hände. Ja, das wollte er tun! Er würde diese Lehre als Ketzerei brandmarken und diesen Amos in der Luft zerreißen! Er sah schon seinen Triumph voraus und seinen dadurch noch größer werdenden Ruhm.

Stimmengewirr zwang ihn, seine zuversichtlichen Betrachtungen abzubrechen. Er sah zum Fenster hinaus und staunte. Sonst stellten sich nur das Dutzend Jungpriester und drei oder fünf junge Männer aus der Stadt zur „Weisung" ein. Aber heute! Draußen standen mindestens 100 Menschen jeglichen Alters. Auch Frauen!! Der Oberpriester traute seinen Augen nicht. Und immer noch strömten weitere Menschen herzu! Sie standen in Gruppen herum und sprachen eifrig miteinander. „Amos! — Amos!" hörte Cohen immer wieder. — Es war natürlich kein Wunder, daß sich heute so viele Menschen zu seinem Unterricht versammelten. Sie waren durch die Rede des Amos verwirrt, beunruhigt und verlangten nach klarer Weisung — aus seinem Munde. Die Brust Cohens schwoll vor Stolz. Er fühlte, wie wichtig er war. Er schritt hinaus zur Menge.

„Der Oberpriester! — Seid still! — Der Oberpriester!" Cohen grüßte stumm und trat vor den steinernen Stuhl, der vor der Außenwand in den Stein gehauen war. Seine Schüler setzten sich vor ihm auf Tücher und Mäntel. Stille. „Ich sehe, daß euch alle der Skandal beunruhigt, dessen Zeugen ihr gestern beim Siegesfest gewesen seid!" Die Menge war erfreut, daß der große Lehrer sofort auf ihre Herzensgedanken einging. Zustimmendes Gemurmel. „Nun, so wollen wir uns heute mit der Rede dieses Mannes beschäftigen! — Aaron! Was ist falsch an dieser Theologie?" Der junge Priester besann sich kurz, dann fing er an: „Amos, so heißt der Prophet — — !"

Hier fiel der Oberpriester seinem Schüler ins Wort. Seine Augen schweiften über die Menge: „Ihr seid doch alle mit mir darin einig, daß wir diesem Mann den Titel ‚Prophet' nicht geben — nicht einmal apostrophiert! Ihr werdet später sehen, warum!" Jonathan stimmte seinem Meister laut zu.

Aaron sah sich verlegen um, dann fing er erneut an: „Amos hat Gott als Richter dargestellt, und zwar in dreifacher Hinsicht. Erstens: Gott ist Richter über das Unrecht, das Heiden Israel angetan haben. Zweitens: Gott straft auch das Unrecht, das sich Heiden untereinander zufügen — und drittens: Gott ist Richter des Unrechts innerhalb Israels!" Der junge Priester wartete ein wenig, dann fügte er hinzu: „Außerdem gehört es zur Theologie des Amos, daß sie öffentlich und gezielt vorgetragen wird. Ich meine damit: Sie ist nicht ans Heiligtum gebunden und trifft einen bestimmten Kreis von Menschen. Schließlich ist die Predigt geistvoll vorgetragen worden!"

„Aaron, es ging mir darum, daß du uns sagst, was an dieser Predigt falsch ist!" — „Ich kann nichts finden, was an der Predigt des Amos falsch ist", erwiderte Aaron treuherzig und fuhr fort: „Gott als Richter der Heiden und Israels darzustellen, ist legitim." Cohen wurde rot: „Hast du das bei mir gelernt?" Die Menge der weisungsbedürftigen Menschen horchte atemlos zu. „Nein!" — „Wo dann?" Totenstille. Alle Gesichter wandten sich dem jungen Priester zu. — „In den Überlieferungen, die wir von Mose haben", sagte er trocken.

Der Oberpriester umklammerte die Lehnen seines Sessels, daß die Knöchel weiß hervortraten. Fast verlor er die Fassung. Er schnaubte Aaron an: „Beziehungen zu Mose soll dieser hergelaufene Mann da haben . . .? Das mußt du mir erst beweisen!"

Erregte Stimmen schlugen über dem freimütigen Aaron zusammen. „Unglaublich, was dieser Schnösel redet! — Beziehungen zu Mose? — Das ist also die moderne Theologie! — Eine saubere Theologengeneration wächst da heran! Ausverkauf des Glaubens ist das! — Ein Priester will der sein und redet solch einen Unsinn!"

Aber Aaron hörte auch, wie Jussa ihm zuflüsterte: „Bleib fest!"

„Rede!" herrschte der Oberpriester ihn an. „Ich behaupte, daß jeder Teil der Predigt des Amos sich auf Mose zurückführen läßt. Er steht eindeutig in der Mosetradition!" Jonathan rief: „Das sollst du nicht behaupten, beweisen sollst du es!" — „Ich tu' es ja schon. Amos hat gesagt: Gott richtet die Heiden, die Israel bedrängen. Mose sagt: Gott richtet die heidnischen Ägypter, die Israel bedrängten. — Amos sagt: Gott richtet das Unrecht der Heiden untereinander. Mose sagt: Der Herr sucht die Schuld der Väter heim an den Kindern und Kindeskindern bis ins dritte und vierte Glied — unter allen Völkern. — Amos sagt: Gott straft Israel mit besonderer Schärfe, weil es die Bundesordnung übertreten hat. Mose sagt: Wenn du auf das Wort des Herrn deines Gottes nicht hörst und alle Gebote und Satzungen, die ich dir heute gegeben habe, nicht getreulich hältst, so werden alle meine Flüche über dich kommen. Es ergibt sich also: Es ist kein Unterschied zwischen Mose und Amos! Er steht auf Moses Schultern, und da steht er sicher. Amos hat keine neue Theologie!"

Als Aaron das gesagt hatte, erhob sich großer Tumult. „Unglaublich! Das ist Ketzerei! Der glaubt nichts mehr! Dann können wir doch gleich Heiden werden! Wer da eine Verwandtschaft sieht, der schändet Mose! Pfui! Pfui! Pfui!" — Jonathan rückte von Aaron ab, als sei dieser auf einmal aussätzig geworden. Die schrien am lautesten, die sich durch die Worte des Amos getroffen fühlten. War Amos ein Irrlehrer, dann konnten sie ihr Gewissen beruhigen. Stand er aber in der Nachfolge Moses, so galt sein Wort.

Aber zu seinem Leidwesen mußte der Oberpriester auch zustimmende Rufe hören. Jussa, der Getreidekaufmann Dan und der Älteste Simon pflichteten dem jungen Priester bei.

Obwohl der Oberpriester sehr erregt war, prägte er sich doch genau ein, wie die verschiedenen Personen — vor allem unter den Jungpriestern — sich verhielten. Das war für spätere Stellenbesetzungen sehr wichtig!

Er wartete, bis sich das Geschrei gelegt hatte. Dann sagte er: „Jonathan, ich fürchte, daß Aaron mit seinen Worten viele verwirrt hat. Sage uns du als positiver Theologe, was an der Lehre des Mannes von gestern falsch ist." Jonathan redete, ohne sich vorher zu besinnen: „Die Lehre des Amos ist falsch, weil er den Unterschied zwischen Israel und den Heiden einebnet und damit die Erwählung praktisch leugnet."

Aaron fuhr hoch: „Amos leugnet die Erwählung nicht. Er hat gesagt: ‚Ich bin's, spricht der Herr, der euch aus dem Lande Ägypten heraufgeführt hat!' — Was willst du mehr? Das ist doch die Erwählung!" — „Aber sie hat bei ihm keine praktischen Folgen!" — „Doch!" — „Welche? Sage mir das!" Aaron sagte betont: „Die praktische Folge der Erwählung ist bei Amos, daß Gott mit seinem erwählten Volk besonders scharf ins Gericht geht!"

Als Aaron das gesagt hatte, geriet die Menge außer sich. In ganz Samaria war das Geschrei zu hören. Immer mehr Menschen strömten ins Heiligtum. Auch Josef ließ seine Arbeit liegen und ging zum Tempel.

Der Oberpriester hielt den Zeitpunkt für gekommen, um klare, von Gott herkommende Weisung zu erteilen. Mit der vollen Autorität seines oberpriesterlichen Amtes sprach er: „Aaron, du verwirrst das Volk. Geh in deine Zelle und tue Buße! — Wir sind das erwählte Volk!" Als der Oberpriester das sagte, jubelten ihm Hunderte begeistert zu. „Das ist der erste Satz einer rechten, einer gesunden Theologie, der Theologie Moses. — Der Satz, der sich daraus ergibt, lautet: Seinem erwählten Volk vergibt der Herr!

> Euch allein schenkt ich meine Huld!
> Drum vergeb ich all eure Schuld!"

Wieder jubelte das Volk. „Das ist die reine Lehre! Da ist nichts verwässert und verkürzt!" Begeistert wiederholte die Menge den Vers, in den der große Lehrer seine Theologie so einfach gefaßt hatte:

> „Euch allein schenkt ich meine Huld!
> Drum vergeb ich all eure Schuld!"

Alle Angst, die Amos gestern mit seiner Gerichtsankündigung erzeugt hatte, schwand unter diesen autoritativen Worten dahin.

Jussa zitterte vor Erregung: „Ich wollte, Amos wäre hier und könnte sich selbst verteidigen!" Jonathan rief höhnisch: „Der wird schon längst über alle Berge sein — nach der Abfuhr von gestern!" — „Er ist bei mir!" sagte der Kaufmann Dan ruhig. — Diese Nachricht verblüffte das Volk. Damit hatte niemand gerechnet, am wenigsten der Oberpriester. Amos' nochmaliges Auftreten, das mußte verhindert werden. Er wußte, daß sein einfaches Wesen und seine volkstümliche Rednergabe die Menschen leicht für ihn einnehmen konnten. Aber schon riefen Hunderte: „Herholen! Er soll selbst reden!" Der Oberpriester mußte den Willen der Rufenden erfüllen, ob er wollte oder nicht. Dan ging, um den Propheten zu holen.
Die Menge schrie ohne Pause Cohens Lied:

„Euch allein schenkt ich meine Huld!
Drum vergeb ich all eure Schuld!"

Das Geschrei wurde nur noch lauter, als Amos in Begleitung Dans den Tempel betrat:

„Euch allein schenkt ich meine Huld!
Drum vergeb ich all eure Schuld!"

Der Prophet trat fast zaghaft vor den Oberpriester. Dieser wandte sich ab. Jonathan sollte die Auseinandersetzung führen. Endlich wurde die Menge still.
Jonathan: „Amos, das Volk ist erregt durch das gnadenlose Gottesgericht, das du gestern ‚Im Namen des Herrn' angekündigt hast. Du hast sogar gesagt, daß das Gericht Gottes Israel noch schärfer treffen werde als die Heiden. Wir aber sind doch das erwählte Volk!" Zornig schleuderte Jonathan dem Propheten diesen letzten Satz entgegen. Der Oberpriester begleitete ihn mit haßerfülltem Blick. Die Volksmenge, die jetzt den ganzen Tempel füllte, schrie ekstatisch:

„Euch allein schenkt ich meine Huld!
Drum vergeb ich all eure Schuld!"

Auch Josef schrie mit. Mit dieser Theologie konnte er weiter sündigen und stets der Vergebung Gottes sicher sein. Das war eine Gotteslehre, geschaffen für einen Mann seiner Art! — Als das Geschrei verebbt war, sagte Jonathan: „Aus der Erwählung folgt, daß Gott uns vergibt. Die Heiden, die nicht erwählt sind, trifft das Gericht."

Amos schwieg kurze Zeit still. Dann erhob er furchtlos seine helle Stimme und rief den Tausenden zu:

„Hört das Wort, das der Herr gegen euch geredet hat,
ihr Israeliten, über das ganze Geschlecht,
das ich aus Ägypten herausgeführt habe:
Euch allein schenkt ich meine Huld!
Drum such ich heim an euch all eure Schuld!"

Der Haufen stutzte einen Augenblick. Der Prophet hatte ihr Lied um eine Kleinigkeit verändert:

„Drum such ich heim an euch all eure Schuld!"

Bedrückende Stille. Doch dann fing der Chor wieder an, hektisch zu singen:

„Euch allein schenkt ich meine Huld!
Drum vergeb ich all eure Schuld!"

Der Oberpriester erhob sich und rief: „Ich danke euch, daß ihr die alte und gesunde Lehre, die Botschaft Moses von der Erwählung und ihrer Konsequenz, der Vergebung, in euch aufgenommen habt. Traut weiter auf den vergebenden Gott! Hier", dabei wies er auf Amos, „ist eine falsche Lehre. Hört nicht auf sie!"

Amos erhob beschwörend seine Arme: „Israel muß hören, wenn es nicht untergehen will! Du, Oberpriester, verfälschst Mose, wenn du sagst, daß aus der Erwählung automatisch die Vergebung folgt. Diese Lehre ist die Ursache aller Mißstände in Israel. — Nein! Aus der Erwählung folgt, daß wir Gott gehorchen müssen!"

„Gott ist der gnädige Gott, der Schuld, Missetat und Übertretung vergibt bis ins tausendste Glied — das ist Moses Lehre!" rief der Oberpriester scharf.

„Der Herr erbarmt sich über die, die ihn fürchten! Wer vom Richter begnadigt wurde und dann rückfällig wird, den wird er

härter bestrafen als jenen, dem keine Gnade zuteil wurde. Die Erwählung ist die Begnadigung. Mißachten wir sie, so straft uns der Herr härter als die Heiden!"
Die Tausende hörten Amos schweigend zu. Sie verstanden, was diese Worte von ihnen verlangten. Jussa, Simon und viele andere wurden nachdenklich. Aber die große Menge schrie wieder Cohens Lied:

„Euch allein schenk ich meine Huld!
Drum vergeb ich all eure Schuld!"

PROPHETEN I

Der Prophetenvater Zedekia schritt unterdessen in seinem Amtszimmer im Prophetenhaus wie ein Löwe in seinem Käfig auf und ab. Der rasche Gang, die starr zum Rücken gewandten Arme und die wirren Haare waren deutliche Anzeichen dafür, daß sich Zedekia in höchstem Zorn befand.
Er beachtete den unglücklichen Ela, der mit hängendem Kopf am Tisch saß, nicht. — „Du hättest ihn einfach nicht zu Wort kommen lassen sollen!" schrie der Prophetenvater. Er blieb vor seinem zerknirschten Schüler stehen: „Ach, wenn ihr doch endlich einmal bei mir lernen würdet, daß Prophetsein und Ekstase zusammengehören. Es kommt der Geist des Herrn über dich. Du gerätst in Ekstase. Du stößt den Hirten einfach beiseite. — Er fängt an zu sprechen. Du aber schreist! — Er schreit, daß man ihn höre. Du aber rufst, daß man nur noch durch dich die Stimme des Herrn vernimmt!"
Der Prophetenvater seufzte und ließ sich auf einen Stuhl fallen. „Und dieser verdammte Cohen! Dieser verruchte Oberpriester! Wär ich am Altar gestanden, weiß Gott! — mir wäre dieser Hirte nicht zu Wort gekommen!" — Der Prophetenvater knirschte mit den Zähnen. „Aber dieser gemästete Wanst schaut hilfesuchend zum König hinauf — und läßt den Dingen ihren Lauf! Ich weiß wohl, warum er das getan hat. Welche Freude muß es ihm bereiten, die Propheten, diese lästigen Nebenbuhler der Priesterschaft, herabgesetzt zu sehen!"
Ela stöhnte: „Ich bin für alle Zeiten erledigt!" Der Propheten-

vater sprang auf und nahm seinen hektischen Gang wieder auf:
„Du denkst nur an dich. Der gesamte Prophetenorden ist beleidigt!"

Grimmig fuhr er fort: „Dabei habe ich seit meinem Amtsantritt"
— er wiederholte mit Betonung — „seit meinem Amtsantritt alles
getan, um diesen Skandal zu vermeiden, wie wenn ich geahnt
hätte, daß so etwas einmal kommen würde! — ‚Ich bitte Eure
Majestät' — habe ich gesagt — ‚bei Gottesdiensten und allen anderen Festen nur noch legitimierte Propheten zu Worte kommen
zu lassen, die unsrem Prophetenorden angehören oder dem von
Bethel. Die ehrwürdige Formel: ‚So spricht der Herr!' soll nur
von solchen Männern gebraucht werden dürfen, die im Pro-
phetenhause wohnen. Der Orden kontrolliert vorher jede Aussage, die unter diesem majestätischen Vorzeichen gemacht werden
soll. Der Orden gibt den Auftrag zu solchen Aussprüchen, nur
er! — Warum habe ich denn das alles getan, Ela? Bin ich macht-
hungrig wie dieser Cohen? Nein. — Ich wollte damit erreichen,
daß das Wort Gottes lauter und rein gepredigt wird. Es soll
nicht jeder Bauer, Hirte, Handwerker kommen können, um diesen
kostbaren Schatz zu verfälschen, der uns von Mose anvertraut
ist, der uns abgeschlossen vorliegt und keiner Zutat mehr bedarf!
— Ich bin fest davon überzeugt, daß die Zeit der Auslegung dieser Worte angebrochen ist. Und sie geschieht durch die dazu
legitimierten Priester und Propheten! — Doch das nur nebenbei.
— Außerdem wollte ich dieses Gesetz durchsetzen, um den Propheten gegenüber den Priestern einen sicheren Stand zu verschaffen. Sie sind die ältere Institution und zudem von Mose eingesetzt. Wir sind die jüngere, die sich nicht wie sie auf Mose
berufen kann. Es hatte schon den Anschein, als festige sich unser
Ansehen. Und jetzt dieser Skandal! Wir predigen seit Jahrzehn-
ten in Übereinstimmung mit den Priestern ‚Heil' und ‚Frieden'.
Alle Anzeichen deuten darauf hin, daß mit diesen beiden Worten
Gottes Pläne mit seinem Volk zutreffend umschrieben sind. —
Und da kommt dieser Hirte und predigt im Namen desselben
Herrn, in dessen Auftrag wir reden" — Zedekia griff sich in einem
Ausbruch von Verzweiflung mit beiden Händen an den Kopf —
„im Namen desselben Herrn predigt er dem Volk Israel den
unabänderlichen Untergang!" — Der Prophetenvater stöhnte. „Da
kann es natürlich nicht ausbleiben, daß nicht allein die Priester
und der König, sondern auch das Volk sagt: ‚Die Propheten sind

Wirrköpfe. Im tiefsten Frieden reden sie vom Krieg. Auf sie ist kein Verlaß!' — Und der Schreiber Ahia wird zum König sagen: ,Warum werfen wir eigentlich für die Propheten jährlich Tausende zum Fenster hinaus? Sagen sie nicht: ,Das Reich geht unter!' Beleidigen sie nicht die Armee, die Säule des Staates? — Wir schmieren nur ihre Giftgurgeln! Streichen wir doch ihre Subventionen und kaufen uns dafür Streitwagen!'"

Ela wagte zu fragen: „Bist du gestern nacht beim König gewesen, Vater?" Zedekia sah seinen Schüler entgeistert an: „Ja, warum meinst du denn wohl, daß ich so zornig bin? Eben wegen meines Besuchs beim König! — Der Oberpriester bringt seine Klage vor. Ich bringe meine Klage vor. Zusammen mit dem Feldhauptmann, dem Richter Iskai und Josef fordern wir schärfste Bestrafung des Mannes, der das Fest in so unglaublicher Weise gestört hat. — Und der König? Anstatt ihn sofort verhaften zu lassen, sagt er: ,Es soll ihm nichts geschehen! Überwindet ihn theologisch!' — Wie wenn man je mit Irrlehrern auf solche Weise fertig geworden wäre! Da hilft nur Gewalt! Merk dir das, Ela! Lies nach, was Elia mit den Baalspriestern tat! — Ich bin empört! Der König läßt uns im Stich! — Wer stärkte in den Aramäerkriegen das verzagte Heer und den König mit Siegesprophetie? Wir! — Wer schleuderte den Fluch auf die Feinde des Königs? Wir! — Das Heer räumt nur ab, was wir mit machtvollem Wort schon geschnitten haben! — Wer salbt die Könige? Durch uns steht die Jehudynastie!"

Da brandete vom nahen Tempel das frenetische Geschrei des Volkes in die Prophetenklause. So etwas hatte man in Samaria noch nicht gehört! Psalmen und andere heilige Gesänge gehörten zu den vertrauten Klängen. Aber dieses hektische Geschrei? Der erregte Prophetenvater und sein Schüler traten ans Fenster. „Komm", sagte er hastig, „wir müssen nachsehen, was da draußen los ist!" Mit fliegendem Mantel durcheilte Zedekia das Prophetenhaus. Als er die Tempelgasse überquerte, sah er Menschen eilig zum Heiligtum hinaufgehen. Und immer neue Scharen kamen die Tempelgasse herauf.

Hektischer Lärm schlug dem Prophetenvater entgegen, als er den Tempel betrat. Aufruhr! Der Innenhof des Heiligtums brodelte. Viel mehr Menschen waren versammelt als bei den größten Festen. Der Prophetenvater ging hastig durch die schreienden und gestikulierenden Menschen. Ela konnte ihm kaum folgen.

Plötzlich standen sie vor dem Kaufmann Josef. Erregt fragte der Prophetenvater: „Was ist los, Josef? Warum strömt das Volk am hellichten Tag ins Heiligtum?" Der Großkaufmann erzählte kurz, was sich zugetragen hatte. „Da haben wir's! Dieser Amos erregt das Volk!" rief der Prophetenvater. In der Tiefe seines Herzens freute er sich über den Zwiespalt, der sich zwischen dem jungen Priester und dem Oberpriester zeigte.

Und jetzt erschien Amos! Haßerfüllt blickte der Prophetenvater den Propheten an. Gierig verfolgte er die Auseinandersetzung zwischen dem Priester und Amos. Dessen theologische Ansicht war zwar auch die seine, dennoch freute es ihn, daß der Priester den Hirten nicht überwinden konnte.

Jetzt mußte der Prophetenvater eingreifen! Fiebernd wartete er, bis sich der ekstatische Chor:

„Euch allein schenkt ich meine Huld!
Drum vergeb ich alle eure Schuld!"

gelegt hatte. Dann schob er sich durch die Volksmenge bis zu Amos vor. Den Oberpriester würdigte er nur eines kurzen, gehässigen Blickes. Den jungen Priester beachtete er überhaupt nicht. Mit der vollen Autorität seines Amtes trat er dem Hirten gegenüber. Das Volk schwieg, drängte sich näher herzu und wartete gespannt auf die Auseinandersetzung. Würde es dem Prophetenvater gelingen, nachzuweisen, daß die Unheilsprophetie des Amos falsch war? Gelang es ihm, die drohende Faust Gottes, die er an den Himmel über Samaria gemalt hatte, als pessimistische Phantasterei abzutun?

Als Zedekia den einfachen Mann vor sich sah, wurde er sehr zuversichtlich. — „Du bist kein Israelit?" fragte der Prophetenvater kalt. „Mein Herr, ich bin Judäer, aus Thekoa in Juda." Drohendes Gemurmel: „Was tut denn der bei uns?" Das stärkte den Prophetenvater.

„Was bist du von Beruf?" — „Hirte und Maulbeerfeigenpflanzer." — „Gehörst du einem Prophetenorden an?" — „Nein, Herr, ich bin noch nie Angehöriger einer Prophetengemeinschaft gewesen." Zedekia schien auf diese Antwort gewartet zu haben. Er schwieg lange. Dann sagte er: „Würdest du diese Antwort noch einmal laut und deutlich wiederholen?" Demütig wiederholte Amos: „Ich bin noch nie Angehöriger eines Prophetenordens gewesen."

Kaum hatte er nichtsahnend das letzte Wort gesagt, als der Prophetenvater einen Satz herausstieß, der wie ein todbringendes Geschoß Amos ein für allemal erledigen und seine Unheilsprophetie vor allem Volk als Lüge erweisen sollte: „Folglich hast du auch kein Recht, im Namen des Herrn zu reden! — Folglich ist deine ganze ‚Prophetie‘ Lüge!"

Zedekia wandte sich im Vollgefühl seines Triumphes dem Volke zu: „Volk des Herrn! Dieser Mann ist vor euren Ohren als Lügenprophet ausgewiesen! Er gehört keinem Prophetenorden an. Das hat er selbst gesagt. Also spricht der Herr nicht durch ihn. Also ist seine Prophezeiung null und nichtig!"

Kalt sah er den Hirten an. Der schien innerlich vernichtet zu sein. Mit einem einzigen Prankenhieb hatte ihn der Prophetenvater innerlich zu Boden geschlagen.

Ebenso kalt sah Zedekia zu Cohen hinüber. „Siehst du, so geht man mit dieser Sorte Menschen um. Die wichtigste Frage, die nach der Legitimation, hast du und auch Jonathan vergessen. Wir Propheten sind die Männer des Geistes. Hier hast du den Beweis."

Das Volk schaute dankbar zu Zedekia auf. Er hatte das aufziehende Unheil mit einer Handbewegung weggewischt und zugleich auch die Scharte ausgewetzt, die gestern dem Prophetenorden zugefügt worden war.

Der Prophet stand stumm da. Das kraftvolle Rot des Hirtengesichts wich fahler Blässe. Amos senkte sein Antlitz. Kam jetzt der schmachvolle Zusammenbruch? Folgte jetzt das Geständnis, daß er ein Lügenprophet sei?

Nein! Es war nicht Furcht, was diese Blässe hervorrief. Entsetzen war's. Der Hirte griff sich an die Stirn. Hatte er recht gehört? Ein Prophetenvorsteher wollte Gott das Reden verbieten? Denn darum handelte es sich doch! „Du hast kein Recht, im Namen des Herrn zu reden!"

Wie konnte er diesem Mann und dem Volk klarmachen, daß er im Namen des Herrn reden mußte, obwohl er kein Angehöriger einer Prophetenzunft war, und daß deshalb seine Unheilsprophetie echt ist und eintreffen wird? Sollte er erzählen, was der Herr ihm in den Visionen gezeigt hatte? Er spürte eine innere Hemmung. „Herr, was soll ich jetzt sagen?" Männer und Frauen hingen an seinen Lippen, hofften sehnsüchtig, daß er als ein Geschlagener vom Felde ginge.

Aber Amos hob sein Haupt wieder:

„Gehen zwei miteinander,
außer wenn sie sich verabredet haben?
Brüllt ein Löwe im Walde,
ohne daß Beute da ist?"

Der Prophetenvater, der Oberpriester und das Volk blickten den Hirten verständnislos an. Gemurmel: „Haben wir es mit einem Irren zu tun?" — „Redet er nicht von einem Liebespaar — und im selben Atemzug vom Löwen im Wald?"
Aber der scharfsinnige Jussa flüsterte Dan zu: „Amos will sagen: ‚Es gibt nichts ohne Ursache.'"

„Erhebt der Junglöwe seine Stimme,
außer daß er gefangen hat?
Fällt der Vogel nieder auf die Erde,
ohne daß ein Wurfholz ihn getroffen hat?
Geschieht ein Unheil in der Stadt,
das der Herr nicht tut?"

Zedekia brach in schallendes Gelächter aus: „Jetzt verstehe ich. Du willst sagen: Keine Wirkung ohne Ursache! Halt uns nicht für dumm! Hättest nicht so viele Beispiele aneinanderreihen müssen! Und jetzt willst du weitermachen:

‚Ich rede,
weil der Herr mich beauftragt hat!'"

Spöttisch fuhr er fort: „Aber Amos, hast du deine fünf Sinne nicht mehr beieinander? Da könnte ja jeder daherkommen und sagen: ‚Durch mich redet der Herr!' — Du kennst doch die Geschichte von den Vierhundert, die zu Ahabs Zeiten vorgaben, im Namen des Herrn zu reden. Nein, Hirte, so geht das nicht. Wir brauchen eine feste Prophetenzunft! Nur wer ihr angehört, darf im Namen des Herrn reden."
Das Gesicht des Amos wurde noch bleicher. Seine Augen bekamen eine unnatürliche Helligkeit. Voll Entsetzen spürte er: Diese Männer kennen Gott nicht! Sie wissen nicht, daß der Herr den wirklichen Propheten zum Reden zwingt. Er spürte wieder jenes Grauen, das ihn damals packte, als der Herr aus dem Ge-

witter zu ihm sprach. Er konnte nicht anders. Er mußte reden. Das war seine Legitimation.

> „Schnellt die Falle vom Boden
> und sollte nichts fangen?
> Stößt man ins Horn in der Stadt
> und die Leute erschrecken nicht?
> Der Löwe brüllt!
> Wer fürchtet sich nicht?
> Der Herr redet!
> Wer prophezeit nicht?"

Jussa, Simon und Dan schwiegen betroffen. Ein vom Herrn Bezwungener stand vor ihnen. Amos hatte sie mit geistigen Waffen überwunden.
Zedekia spürte das. Aber er gab sich nicht geschlagen. In höchster Wut schrie er: „Hirte, kümmere dich um dein Vieh und laß sich die Propheten um Gottes Sache kümmern!" — „Ich muß mich um Gottes Sache kümmern!" — „Führt ihn hinweg, oder...!" Zedekia schäumte.
Amos blickte dem tobenden Prophetenvater ohne Furcht ins Gesicht. Dann wandte er sich ruhig um und verließ mit Dan den Tempel.
Das Volk aber fing wieder an zu schreien:

> „Euch allein schenkt ich meine Huld!
> Drum vergeb ich all eure Schuld!"

Der Prophetenvater blieb in grimmigem Zorn stehen. „Dieses verfluchte Cohenlied!" Als das Geschrei verstummte, erhob er seine Hand: „Laßt uns nun die Verfluchung der Feinde vollziehen, die dieser falsche Prophet gestern gestört hat! Kommt mit zum Altar des Herrn! Hört das Wort des wahren Propheten!"
Während Ela, der Prophetenvater, der Oberpriester und der ganze Haufen des Volks sich dem Altar zuwandten, verließen Jussa und der Älteste Simon den Tempel. Sie hörten noch, wie Ela mit lauter Stimme von der ersten Schiefertafel den Fluchspruch las:

> „So spricht der Herr!
> Verflucht ist Damaskus,

weil es Gilead mit eisernen Schlitten drosch.
Ich lasse Feuer fallen auf Hasaels Haus,
das Benhadads Palast im Nu verzehrt.
Ich zerbreche den Damaskusriegel
und rotte aus die Einwohner von Bikath-Awen.
Der König von Beth-Eden stirbt
und nach Kir in die Verbannung geht Aram,
spricht der Herr!"

Klirrend zerschellte die erste Tafel auf dem Boden. — Ebenso
wird auch Aram vernichtet werden.

"Verflucht ist Gaza!"

Die zweite Tafel zerbarst.

"Verflucht ist Ammon!"

Die dritte Tafel zersprang.

"Verflucht ist Moab!"

Die vierte Tafel brach auseinander.
Jäh stieg in jedermanns Erinnerung auf, wie Amos gestern weiter-
gemacht hatte. Aber Ela sprach:

"So spricht der Herr!
Gesegnet ist Israel,
weil ich es erwählt habe.
Ich gieße Segen herab auf Samaria und seine Flur.
Ich bin der Schutz seiner Mauern,
und Israels König bleibt
samt der ganzen Einwohnerschaft,
spricht der Herr!"

Frenetischer Jubel. Der wahre Prophet hatte gesprochen.

PALASTWEIHE

„He, Zattai, das wird morgen ein Fest werden!" — „Du, Jussai, alter Esel, wirst Steine schleppen, wenn Josef seinen Palast einweiht, wie jeden Tag. Und wir werden uns weiter in die ,Scheol' hineinwühlen!" — „Ich stelle mir vor, wie Josef, der Schinder, über das Pflaster geht, an dessen Steinen unser Schweiß und Blut kleben. Und wie seine feine Gemahlin jauchzt, wenn sie die herrlichen Gemächer sieht. Und die Gäste, Amram, das Priestergesindel, der Prophetenschwarm, alle werden des Lobes voll sein. Und später beim Wein, da wird keiner an die Toten denken, die dieser Bau gekostet hat." Erregt rief Zattai: „Die Priester und Propheten werden nicht wagen, in den Palast eines Mannes zu gehen, der öffentlich des Bruchs der Zehn Gebote angeklagt ist!" — „Und ob sie kommen werden! Der ägyptische Architekt wird eine Rede halten!" — Jetzt wurden auch die anderen Sklaven aufmerksam. Kalik rückte näher. Gibor spitzte die Ohren. Mesach wurde wach. „Könntest du nicht die Rede halten, Jussai?" fragte Kalik.

Plötzlich Schritte. Alle wandten die Köpfe zum ,Scheoltor'. Dort erschien ein Mann. Zattai und Jussai sprangen auf. Alle anderen folgten ihnen. „Amos! Amos!" jubelten sie. „Hoch, Amos!" Das Geschrei wurde so laut, daß auch die letzten Schläfer erwachten. Zattai sprang auf einen Felsblock und rief: „Hier ist der Mann, der beim Siegesfest vor allem Volk für uns gesprochen hat! Hier ist der Anwalt der Armen!" Amos schaute zu dem begeisterten Sprecher auf: „Der Anwalt Gottes, Zattai!" Aber Zattai rief weiter: „Der Tag der Freiheit naht, Brüder!" Zattai sprang herunter. Amos sagte: „Laßt euch nicht stören! Ich will nur wieder unter euch sein!"

Kalik fing wieder an: „Jussai, willst du nicht die Rede des ägyptischen Architekten halten?" Zattai wandte sich zu Amos: „Du hast gehört, daß morgen Benjamins Palast eingeweiht wird. Wir haben Jussai gebeten, er möge die Einweihungsrede des Architekten halten. Los, Jussai!"

Jussai stand auf. — „Ihr seid jetzt Josef, Amram, der Oberpriester und die Gäste. — — ,Ihr Herren vom Adel unsrer Stadt, Herr Oberpriester, Herr Richter, Herr Prophetenvorsteher und vor allem — hochverehrter Bauherr, ehrenwertester Josef Ben Benjamin! Dieser Tag ist nicht nur ein denkwürdiger Tag in der

Geschichte Ihres Lebens. Dieser Tag wird sich tief in die Geschichte dieser Stadt eingraben. Mit diesem Palast, entstanden durch Ihre Initiative und Ihren kühnen Kaufmannsgeist, ehrenwerter Herr Benjamin, erhält unsre Stadt ein Bauwerk...'"
Mesach sprang auf. „Halt Jussai, du machst das nicht richtig!" — „Laß ihn weiterreden! Was hast du denn? Das ist doch ganz gut. So ungefähr wird der Ägypter reden." — Kalik sagte: „Wenn es dir nicht recht ist, Mesach, so rede doch selbst!" — „Mir soll's recht sein!" Jussai setzte sich.
Mesach stand verlegen da. Alle wußten, daß er kein großer Redner war, und er selbst wußte es auch. „Los, du hast Jussai gestört! Jetzt mußt du für unsre Unterhaltung sorgen!" — — „Ihr seid jetzt Josef und seine Gesellschaft! Ich bin..." — „Das wissen wir schon. Fang schon an!" Mesach faßte Mut. Er schloß einen Augenblick die Augen. Sein bleiches Gesicht unter dem struppigen Haar sah wie das eines Toten aus. — „Werte Festversammlung! Der Palast, den wir heute einweihen, ist zwar dem Ahabpalast in der Königsburg in manchem ähnlich. Dennoch unterscheidet er sich von ihm."
Jetzt hatte Mesach den rechten Ton gefunden. „Wodurch unterscheidet sich denn der Palast Josefs von dem der Könige? — Seht ihr die schwarzen, rot unterlaufenen Streifen im Gestein des Schlafzimmers? Das sind die Striemen, die die Fronvögte den Sklaven schlugen!" — Die Zuhörer folgten den Worten Mesachs atemlos. — „Weiter! Weiter!" — „Und die hellen Tropfen auf den Steinplättchen im Bad? Das sind die Tränen der Frauen! — Und die roten Flecken im Gestein des Pflasters der Auffahrt?" — Fast flüsternd wiederholte sich Mesach: „Und die roten Flecken im Pflaster der Auffahrt? Das ist das Blut Igals, den du ermordet hast, um seinen Grund und Boden zu bekommen! An deinem Palast klebt Schweiß, kleben Tränen, klebt Blut!! — Jetzt wißt ihr, was den Palast Josefs von anderen Palästen unterscheidet!" Mesach setzte sich und senkte seinen Kopf tief. Die ganze Gestalt wurde von lautlosem Weinen erschüttert. Seine Zuhörer merkten es nicht. „Bravo, Mesach! Das ist die rechte..." Als sie sahen, daß Mesach weinte, schwiegen sie betroffen. Die Sterne leuchteten mitleidlos auf die ‚Scheol' herab.

Amram blieb vor dem Eingangsportal stehen. Er musterte die mit Ebenholz verkleideten Säulen, die es flankierten, klopfte mit dem Stock prüfend gegen die Steine, die so eng gefügt waren, daß man kein Papierblättchen hätte dazwischenschieben können. Dann schaute er an der mächtigen Mauer hinauf. Sein breites Gesicht strahlte. Seine Augen funkelten. „Prächtig!" sagte er, „einfach prächtig!" Und was ihm, dem Finanzmann, den Bau erst recht schön machte: „Bezahlt! Alles bezahlt! Keine Schulden!" Dieser Palast ruhte nicht auf dem zweifelhaften Grund von Hypotheken, sondern auf solidem Eigenkapital. Amram kannte die finanzielle Lage seines Schwiegersohns genau, sie war trotz der großen Summe, die dieser Bau gekostet hatte, besser denn je. — Zwar war er darüber bekümmert, daß zwischen Michal und Josef in der letzten Zeit ernste Spannungen bestanden. Aber — das wird auch wieder vorübergehen, dachte Amram. — Der Bankier war stolz auf seinen Schwiegersohn. Die ganze Stadt blickte heute auf ihn. Und der Triumph Josefs war auch der seine.

Da kam ihm Josef schon entgegen. „Das hast du gut gemacht, mein Junge! Ich gratuliere dir zu diesem stolzen Tag der Firma Josef Ben Benjamin und Co.!"

Als sie in dem von strahlendem Licht erfüllten Innenhof standen, wandte sich Amram vertraulich zu Josef und flüsterte ihm ins Ohr: „Ich muß dir schon gestehen — nach dieser Rede des Hirten im Tor hatte ich Angst davor, wie es bei deiner Palasteinweihung mit den Gästen aussehen würde! Aber jetzt brauchst du dir keine Sorgen mehr zu machen! — Wir haben alle einen gemeinsamen Feind. Darum versammeln wir uns auch zum gemeinsamen Fest." Er lachte laut.

„Aber da ist ja Michal! — Und da kommen die zukünftigen Herren — und die Herrin dieses ruhmreichen Geschäfts!" Michal trat mit ihren Söhnen Immer und Jussa und ihrer Tochter Judith ein. Amram begrüßte alle aufs herzlichste. Michal trug heute ein kostbares Kleid aus glutroter ägyptischer Leinwand. Es stand in herrlichem Kontrast zu ihrem blassen Teint und ihrem blauschwarzen Haar.

Und genau wie Amram es gesagt hatte, erschien ein Gast nach dem anderen. Man begrüßte sie gemeinsam. Zuerst erschien der Richter Iskai mit seiner Frau Rahel. Sie sah sich in dem lichtdurchfluteten Innenhof um: „Das ist also euer Winterhaus, Michal?" — „Ja, du weißt doch, daß wir unser Sommerhaus in der Ebene Jesreel bei dem Dorfe Jelek haben." — „Es ist auch im Sommer zu heiß hier in Samaria. Da ist es schon gut, wenn man die Ebene aufsuchen kann, mit ihren kühlen Winden vom Meer her."

Von der Auffahrt her hörte man das Geklapper von Pferdehufen und Wagengerassel. Das mußte der Feldhauptmann sein. Schon stand er hünenhaft in der Tür — und kaute! „Hier gefällt es einem alten Soldaten! — Hier muß ich mein Quartier öfter aufschlagen!"

Dann kam der Oberpriester Cohen mit seiner Frau. „Josef, ich gratuliere dir! Der Herr hat dein Haus sichtbar gesegnet! Ich habe die große Ehre, dir die Grüße des Königs überbringen zu dürfen!"

Der Raum füllte sich immer mehr mit Gästen. Der Prophetenvater kam und sagte zu Josef: „Wegen dem judäischen Hirten mache dir keine Sorgen! Ich habe ihm den Mund gestopft. Er wird jetzt wohl fort sein. Ein Glück für uns!"

Jona, Benjamins Teilhaber, erschien. Dieser einstige Sklave hatte Isaak, dem Gerechten, jahrzehntelang mit großer Treue gedient. Zum Dank dafür ließ Isaak ihn frei und nahm ihn mit geringem Kapital als Teilhaber in seine Firma auf. Er wurde von der Gesellschaft kaum beachtet. — Ammose fehlte noch, der ägyptische Architekt.

Als Josef den ganzen Innenhof mit Gästen gefüllt sah, atmete er befreit auf. Niemand hatte sich von ihm zurückgezogen. Auch der Oberpriester war gekommen. Einen Augenblick lang war Josef Amos sogar dankbar: „Dieser tollwütige Hund, dieser Amos, hat durch seinen Angriff auf mich erst offenbar gemacht, welche Macht ich in Samaria habe!" Dann wurde Josef bitter: Nur Michal stand in gehässiger Feindschaft gegen ihn. Sie schlief nicht im gemeinsamen Schlafgemach, sondern in ihrem eigenen Zimmer auf dem Diwan.

Diener liefen eilfertig umher und reichten erfrischende Getränke. Einzelne Türen wurden geöffnet, damit man die Zimmer sehen konnte. Als die Frau des Oberpriesters ins Schlafzimmer schaute, sagte sie bewundernd: „Alles von erlesenem Geschmack!" Sie wandte sich zu Rahel, der Frau des Richters: „Welch herrliche Elfenbeinintarsien!" In eineinhalb Meter Höhe war über der Holztäfelung ringsum eine zehn Zentimeter breite Leiste aus schwarzem Ebenholz angebracht, in die Elfenbeintäfelchen eingelegt waren. „Sieh nur", sagte die Frau des Richters, „ein Knabe in einer Lotusblüte! — Allerliebst!" Die Frau des Oberpriesters erwiderte: „Das ist eine Darstellung des Horuskindes, des ägyptischen Sonnengottes. Eine große künstlerische Leistung!" Sie wandte sich an Michal: „Darf man nach dem Künstler fragen?" — „Das ist ein Ägypter gewesen, den Ammose mitgebracht hat. Seinen Namen konnte ich nicht behalten. Ich werde aber nicht vergessen, wie er mich mit seinen dunklen Augen anschwärmte, so oft er mich nur sah!" — „Kein Täfelchen gleicht dem anderen!" sagte Rahel laut, und dann leise: „Wieviel mag das gekostet haben? Solch einen Schmuck gibt es nur noch im Königspalast!"

Der Feldhauptmann Kain entdeckte inzwischen die Bettnische. Sie war in die fast vier Meter dicke Wand eingelassen. Kain bewunderte das Bettgestell aus Ebenholz und prüfte die Damastbezüge. Er flüsterte dem Richter Iskai ins Ohr: „Welch ein Liebesnest! Hat Benjamin die Ohaleel schon vergessen?" — „In der Stadt ist sie nicht mehr!"

Aber nicht nur im Innenhof versammelten sich Gäste. Auf der Auffahrt zwischen den Boxen und selbst im Eingangsportal standen die Armen Samarias Kopf an Kopf. Sie wollten etwas vom Glanz des Festes erhaschen und hofften außerdem, daß aus der Küche etwas für sie abfiel. Manch einer dieser Zaungäste wagte sich sogar bis an den Rand des Innenhofs vor. Josef duldete das heute stillschweigend.

„Oh!" Erwartungsvolle Ausrufe. Der Architekt betrat den Palast. Alles versammelte sich jetzt an der Ostseite des Innenhofes. Der Ägypter trat mit Josef und dem Oberpriester an die Nordseite. Als alle Gespräche verstummt waren, begann Josef: „Verehrte Gäste! Ich habe Sie zur Einweihung meines Palastes durch den Oberpriester eingeladen. Ich danke Ihnen, daß Sie alle gekommen sind. Aber nun möchte ich meinem Architekten, Herrn Ammose, das Wort geben." Gemurmel, Händeklatschen. Stille. —

„Ich kann Ihnen versichern, daß dieser Palast im modernsten Stil errichtet ist. Weder in Ägypten noch in Assyrien dürfte sich ein Bauwerk von solcher Pracht finden lassen!" Die Gäste sahen sich zustimmend an. — „Ich danke Herrn Benjamin, daß er mir erlaubte, hier eine meiner persönlichen Ideen, die des Innenhofs, zu verwirklichen. Er bildet eine schützende, bergende Halle mit den Ausmaßen von zehn mal zehn Metern. Wenn Sie Ihre Augen erheben, so bemerken Sie, daß ihr Dach höher ist als das aller anderen Gemächer. Das ermöglichte die Anbringung von Oberlichtfenstern, so daß die Halle durch Tageslicht beleuchtet ist. Sie ist als Zugang zu den ringsum liegenden Räumen gedacht und kann außerdem als Festhalle verwendet werden." — Bei diesen Worten warf Ammose Michal einen Blick zu. „Etwa bei der Hochzeit Ihrer Söhne oder Ihrer Tochter!

Die Zimmer der Inhaber dieses Hauses haben wir an der Westseite angebracht. Ihre Fenster gehen auf einen kleinen Garten hinaus. Diese Räume sind fern von jeglichem Lärm. Hier, in der Ecke, ist das Zimmer meines Bauherrn. Rechts daneben schließt sich eine Treppe an, die auf das Dach des Palastes führt. Daneben befindet sich das Zimmer der Dame des Hauses. In der Ecke das Schlafzimmer mit den Bettnischen. Es ist besonders reizend gestaltet. Betrachten Sie bitte nachher die in afrikanisches Ebenholz eingelegten Elfenbeinschnitzereien. Sie stammen von dem weltberühmten Elfenbeinschnitzer Amenophis, meinem Landsmann. Da Herr Benjamin ein Kaufmann ist, der Welthandel betreibt, wird auch ein strenggläubiger Israelit verstehen, daß Herr Amenophis sich verschiedener Motive der ägyptischen Religion bedient hat. Hier zum Beispiel haben Sie Abbildungen der Göttinnen Isis und Nephthis. Das ist der Gott Ra, wie er gerade ein Opfer entgegennimmt. Das ist der Gott Ha! Daneben sehen Sie eine geflügelte Sphinx. Die Bettgestelle sind modernste assyrische Arbeit!

An das Schlafzimmer schließen sich das Bad und der Vorratsraum an. Letzterer ist vor allem als Weinkeller gedacht." — Iskai schnalzte mit der Zunge: „Schon gefüllt?" — „30 Amphoren! Kannst sie zählen!" — „Zählen? Trinken will ich!" erwiderte der Richter unter dem Gelächter der Menge.

„Hier sehen Sie die Küche." — Cohen rief: „Das hätten Sie nicht zu sagen brauchen. Wir riechen es!" Genießerisch zog der beleibte Mann die Düfte ein, die der Küche entströmten. Schmatzend sagte er zu Michal: „Hast du auch Anweisung gegeben, die Soßen dick zu machen?" — „Selbstverständlich!"

„Hier an der Südseite sehen Sie drei Räume, die von den Kindern bewohnt werden.

Sicher haben Sie schon beim Hereinkommen bemerkt, daß das erste Portal noch nicht in den Innenhof führt. Es ist zu einer kleinen Halle ausgebaut. Die Räume links und rechts davon dienen als Geschäftsräume.

Wenn Sie nun einen Augenblick auf die Auffahrt heraustreten wollen! Sie ist so breit, daß bequem drei Reisewagen nebeneinander auffahren können. Dem Palast gegenüber befinden sich sechs Boxen für Fahrzeuge. — Jetzt darf ich Sie bitten, wieder in den Innenhof zu gehen.

Ich will dem Bauherrn nicht schmeicheln, wenn ich noch einmal wiederhole, was ich schon anfangs gesagt habe: Mit diesem Palast wurde ein Bauwerk geschaffen, das seinesgleichen in der Welt sucht!"

Der Redner wurde mit Beifall überschüttet. Iskai sagte zu Cohen: „Endlich sind wir heraus aus der provinziellen Enge und haben den Anschluß an die Weltkultur gefunden. Und wir verdanken das dem Großkaufmann. Noch mehr solche Bauten und Sie werden sehen, daß wir kulturell an der Spitze des Jahrhunderts liegen, mein Bester!" Iskai klopfte an sein Glas. Stille. — „Hochverehrte Frau Benjamin! Mein lieber Josef! Kinder! Werte Gäste! — Nach dieser Rede des weltberühmten Architekten, unsres lieben Herrn Ammose, drängt es mich, einige Worte zu sagen. — Meine Freunde! Die Einweihung dieses prächtigen Palastes stellt die vorläufige Krönung einer langen Entwicklung der Firma Josef Ben Benjamin und Co. dar. Ich darf das als Rechtsberater dieses Hauses so beurteilen. — Als vor nunmehr zwanzig Jahren dein Vater, Freund Josef, der hochverehrte Isaak, der Gerechte, in der Königsgasse Nr. 80 eine Getreidefirma gründete, wurde der Grundstein für diese Entwicklung gelegt. Aber dieser ungeheure Aufstieg war nicht vorauszusehen. Die Jahre nach dem Krieg waren sehr schwer für die Stadt und ihre Kaufleute. Isaak hat sich in jenen schweren Jahren in Wahrheit um die Stadt verdient gemacht. — Seit zehn Jahren bist nun du, Josef, Chef dieses weltbekannten Hauses. Und zu welch beispiellosem Siegeszug hast du die anfangs so unscheinbare Firma geführt! Nicht allein, daß du in dieser Stadt der erste Kaufmann bist — und der geachtetste! Nicht allein, daß das ganze Dorf Jelek und weite Teile der Ebene Jesreel kraft deiner Umsicht dir gehören! Nicht allein, daß du die Niederlassung in Damaskus groß ausgebaut hast! — — Alles das hast du nun mit der Errichtung dieses Palastes gekrönt. Er wird mit seinen mächtigen Mauern die Zeiten überdauern. Wenn wir alle längst zu Staub zerfallen sind, wird er noch künden von der Größe und dem Glanz unseres Jahrhunderts. Du hast der Krone Ephraims, unserer lieben Stadt Samaria, eine unvergleichliche Perle eingefügt." — Iskai hob sein Glas: „Der Großkaufmann und sein Haus, sie leben hoch, hoch, hoch!"

Der Oberpriester schritt zum Weiheakt. Auf einem Altar an der Südseite des Innenhofs wurde unter dem andächtigen Schweigen der Menge ein Lamm geopfert. Als das Feuer aufflammte und das Fleisch verzehrte, sprach der Oberpriester feierlich:

„Barmherzig und gnädig ist der Herr,
geduldig und von großer Güte.
Er handelt nicht mit uns nach unsren Sünden
und vergilt uns nicht nach unsrer Missetat!

Und so weihe ich dich, Haus! Ich salbe deine Türen mit heiligem Öl. Ich bestreiche deine Schwellen mit Opferblut. Der Herr möge seine Augen offenhalten über dir und dich behüten vor Brand, Blitz, Sturm, Erdbeben, Unfrieden und Krieg!" — Cohen breitete seine Arme über Josef, seine Familie und die Gäste aus:

„Der Herr behüte dich vor allem Übel!
Er behüte deine Seele!
Der Herr behüte deinen Ausgang und Eingang
von nun an bis in Ewigkeit!"

Die Gäste umringten den Bauherrn und Michal. Glückwünsche. Strahlende Gesichter. Klingende Gläser. Glückliche Menschen. Plötzlich schrie die Frau des Oberpriesters schrill auf: „Amos!" Ein Glas zerschellte am Boden. Jäh verstummten die Reden. Jedermann wandte sich dem Portal zu. Da stand er. Sein Gesicht war blaß. Auf der Stirn über den zornigen Augen stand eine steile Falte. Schweigend schaute er auf die festliche Menge und den Prunk des Innenhofs. Er mußte an Mesachs Worte denken: „Und diese roten Flecken im Pflaster der Auffahrt...?" Dem Hirten wurde fast übel, als er an dieser Stätte den süßlichen Opfergeruch wahrnahm. Stille vor dem Sturm.
Alle waren bestürzt. Daß er öffentlich auftrat, vor dem Tor, im Tempel, das war zu verstehen und damit rechnete man nach dem Skandal während des Siegesfestes. Aber daß er jetzt auch in die Privathäuser eindrang?
Einen Augenblick lang meinte Josef, es wiche jedermann vor ihm zurück. Es war dasselbe Gefühl wie damals auf der Tribüne beim Siegesfest. „Jeder weiß, daß mir der tödliche Schuß gilt. Alles weicht zurück." Jäh blickte sich Josef um. Nein! Man ließ ihn

nicht allein. Amram und Iskai standen zu seiner Rechten. Kain zu seiner Linken — kauend! Cohen stand da und Zedekia, Ahia und Benaja. Alle Frauen. Jona war für Josef so unbedeutend, daß er ihn gar nicht beachtete. Mit allen fühlte sich Josef auf einmal vereint. Nur nicht mit Michal! Aber daran war dieser Tölpel schuld!

Amos stand immer noch regungslos da. Er schätzte die Gefahr, in die er sich begeben hatte, richtig ein. Denselben Haß, den er in Josefs Augen funkeln sah, erblickte er auch in allen andern. Er loderte unter den buschigen Wimpern des Feldhauptmanns hervor und aus den geschminkten Augen der Frau des Richters. Und schon brach jäh aus ihm heraus, was der Herr ihm zu sagen aufgetragen hatte:

„So spricht der Herr:
Ruft es aus über den Palästen Assyriens
und über den Palästen in Ägypten und sprecht . . .“

Ammose war der einzige unter den Menschen im Innenhof, dessen Gefühle nicht vom Haß gegen Amos bestimmt waren. Er hörte schon seine Predigt beim Siegesfest mit Interesse an und mußte ihm recht geben. Nach den Beobachtungen, die der Heide in Israel gemacht hatte, stand es hier mit der sozialen Ordnung nicht gerade zum besten. Und dabei pochten sie doch auf den Anspruch, Gottes erwähltes Volk zu sein. — Aber was der Prophet damit wollte, daß man über den Palästen Assyriens und Ägyptens einen Aufruf erschallen lassen sollte? Er kannte viele Bauten beider Länder aus eigener Anschauung und hatte einige dieser monumentalen Bauwerke selbst geplant und ausgeführt.

„. . . und sprecht:
Versammelt euch auf den Bergen Samarias
und schaut . . .!“

„. . . und schaut das Bauwerk, das hier errichtet wurde. Diesen Palast? Der war freilich anschauenswert, ein Meisterwerk der Architektur. Aber konnte der Prophet das im Ernst meinen?“

„. . . und schaut das Unrecht
und die Unterdrückung in seiner Mitte!“

Der Ägypter konnte ein ironisches Lächeln fast nicht verkneifen. Dieser Hieb saß! Ammose staunte. Dieser bäuerliche Mensch war ein Meister der Rede, obwohl er offenbar nie Rhetorik studiert hatte. Die Architekten Assyriens und Ägyptens konnten an seinem Palast nicht sonderlich viel lernen. Aber die Sklavenhalter! Ja, sie konnten bei dem „erwählten" Volk lernen, wie man Menschen versklavt und ausbeutet! Und dabei bildeten sich Leute wie der Oberpriester und der Prophetenvater ein, die Heiden sollten kommen, um den wahren Gott und die wahre Ordnung des Zusammenlebens in Israel kennen zu lernen! Ammose blickte verstohlen auf Josef und seine Gäste. Sie standen starr mit offenem Mund und hatten das Schlucken vergessen.

„Sie verstehen nicht das Rechte zu tun,
spricht der Herr!
Sie häufen Gewalttat auf und Unrecht in ihren Palästen.
Darum spricht der Herr:
Der Feind wird rings das Land durchziehen,
niedergerissen wird die Mauer,
geplündert die Paläste!"

Amos horchte. Vernahm niemand die Stimme des Gottes vom Sinai? — Ein tierischer Schrei. Mit gesenktem Kopf stürzte der Großkaufmann wie ein Stier auf Amos zu und schlug mit seinen Fäusten blindlings auf ihn ein. Die Frauen erbleichten. — „Du Hund, du! Was hast du hier zu suchen? Warum läßt du uns keine Ruhe? Du! Du! Nieder mit dir! Ich schlag' dich tot! Da! Da!" Amos stürzte zu Boden. Da sprang der Prophetenvater herzu und zerrte den wie rasend schlagenden und tretenden Kaufmann zurück. — „Laß mich! Ich schlag' ihn tot!" — „Nimm doch Vernunft an!" — Endlich konnte er den Kaufmann etwas beruhigen. — „Hinaus!" schrie Josef.
Zedekia beschwichtigte ihn: „Laß mich einen Augenblick mit diesem unverschämten Menschen da reden! — Du wagst es, unsre Frauen zu ängstigen mit deinen düsteren Prophezeiungen von Krieg und Plünderung. Du Ketzer! — Weißt du nicht, daß der Herr sein Volk rettet, wenn es in Not gerät? Das lernt bei uns schon jedes Kind. Bist du hinter deiner Herde so verblödet, daß du nichts davon weißt?"
Amos wischte sich das Blut ab, das aus einer Stirnwunde rann,

und lächelte gequält. Er mußte daran denken, daß Asarja ihm einmal erzählte, wie er ein Zicklein rettete: ‚Ich hütete meine Schafe im Wacholdertal. Auf einmal bemerkte ich, daß die Tiere unruhig wurden. Eine Hyäne hetzte auf die Herde zu. Ein Zicklein schrie auf! Der Todes...' — „Du sprichst von Rettung, Prophetenvater? — Höre:

> So spricht der Herr!
> Wie der Hirte aus dem Rachen des Löwen
> zwei Schenkel oder ein Ohrläppchen ‚rettet',
> so werden die Israeliten ‚gerettet',
> die zu Samaria in der Ecke des Lagers sitzen
> und auf dem Damast des Ruhebettes."

Michal hörte dieses Wort, und jählings wurde sie von rasender Furcht überfallen. Der Prophetenvater wich bestürzt vor dem Propheten zurück.

Als der Oberpriester sah, wie sehr dieses Wort alle ängstigte, schrie er: „Hört auf mich! Zuflucht ist bei den Altären Gottes! Seht ihr die Hörner des Altars?" Er wies auf die Südseite des Innenhofes, wo das Opferfeuer immer noch brannte. „Sie symbolisieren die Gnade. Wer sie anfaßt, der ist dem Zugriff des göttlichen Richters entzogen und erfährt seine Gnade! — Ihr braucht also nur nach Bethel zu gehen — oder zu einem anderen Heiligtum und die Hörner des Altars zu fassen, so habt ihr eine Freistatt und seid sicher!" Er wandte sich an Iskai: „Es ist doch so?" Der Richter nickte.

Amos aber rief laut:

> „Hört es und zeugt gegen das Haus Jakobs,
> spricht der Herr, der Herr der Heerscharen!
> An dem Tag, an dem ich an Israel seine Freveltaten
> heimsuche,
> da suche ich sie heim an den Altären von Bethel.
> Da werden die Hörner des Altars abgehauen
> und fallen zu Boden!"

Jona stöhnte: „Dann gibt es also keine Gnade mehr?" Der Oberpriester maß ihn kalt von oben bis unten: „Schweig! Was verstehst du davon — mit deinem Sklavensinn!"

Dann trat er in höchstem Zorn vor den Propheten: „Du wagst zu sagen, daß Gott selbst Heiligtümer zerstören wird, die er eingesetzt hat?" Er schüttelte beide Fäuste und schrie: „Das ist Gotteslästerung!" — Der Feldhauptmann kaute. Ironisch lächelnd sagte er zu Benjamin: „Wenn's soweit kommt, daß hier alles zerdroschen wird, wie dieser Verrückte sagt, dann gehst du eben in dein Sommerhaus nach Jelek oder nach Damaskus, da bist du sicher wie in Abrahams Schoß!"

Amos hörte scharf zu. „Du hoffst auf ein Sommerhaus? Meinst, es könne sich jemand im Ausland vor dem Verderben retten?

So spricht der Herr!
Ich zerschlage das Winterhaus samt dem Sommerhaus!
Aus ist's mit den Elfenbeinhäusern!
Die Ebenholzhäuser verschwinden!"

„Jetzt aber hinaus!" Josef stürzte erneut auf Amos zu und stieß ihn vor die Brust, daß der Hirte taumelte. Zwei Männer, die auf der Auffahrt standen, fingen den stürzenden Propheten gerade noch auf. Josef eilte ihm nach. Als er die drohenden Gesichter der Armen sah, blieb er stehen. In ohnmächtiger Wut schrie er: „Betritt mein Haus nicht mehr!" Die Menge vor dem Haus zog sich lärmend und johlend zurück. Josef kehrte in den Innenhof zurück. Die Gäste diskutierten aufgeregt den Vorfall. Der Großkaufmann schrie: „Wein! Laßt uns jetzt feiern und fröhlich sein!" Aber die Feststimmung war verschwunden. Ein Gast nach dem anderen empfahl sich eilig.

Michal schlief auch in dieser Nacht allein auf dem Diwan ihres Zimmers. Und sie träumte. Sie befand sich allein in ihrem Zimmer. Welch eigenartiges Dunkel erfüllte den Raum! Und — es mußte doch schon gegen Mittag sein. Sie stand auf, verließ das Zimmer und eilte auf das Dach des Palastes. Wie beklemmend! Alles wie mit einem schwarzen Schleier bedeckt. Lastende Stille! Und die Sonne? Mein Gott! Die Sonne? Als tiefschwarze Scheibe stand sie am Firmament! — Nur schnell wieder hinunter! Aber wie gelähmt blieb sie stehen. Rings um Samaria auflodernde Flammen. Rauchsäulen. Und was durchschnitt da die grauenhafte Grabesstille? Mein Gott! — Kriegslärm! Streitwagengerassel! Rammbockschläge! Pfeifende Speere! Surrende Pfeile! Hektisches Geschrei der Stürmenden! Todesschreie! Blutgeruch! Aber — es ist doch kein Feind zu sehen! — Plötzlich zuckte Michal zusammen. Ihr Herz verkrampfte sich. Sie wollte schreien vor Angst und konnte nicht. — An der Westmauer — eine Hand. Was für eine Hand? Das Armgelenk so dick wie der Omriturm! Die Handfläche so groß, daß sie das Tempelgebiet mit Leichtigkeit bedeckte! Und diese Hand griff über die Mauer. Sie riß die Kasemattenmauer Ahabs, die man für unüberwindlich hielt, mit einem Griff auseinander und schleuderte sie auf die Königsburg, daß sie zerbrach wie ein Ei unter dem Tritt eines Menschen. Und jetzt erhob sich auf einmal der Krieger, der zu dieser Hand gehörte. Wie ein fürchterliches Gewitter sich aufreckt vom Horizont bis hinauf zum Zenit des Himmels, so stand er da. Er hatte nur ein Auge und dieses Auge deckte sich mit der bahrtuchschwarzen Sonnenscheibe. Der unheimliche Riese beugte sich über die Stadt wie über Spielzeug, riß aus den Palästen Menschen, Möbel, Betten heraus und schleuderte sie von sich. — Jetzt wandte er sich Michal zu. Sie starrte zu ihm hinauf. Panische Angst wollte sich in gellendem Schrei entladen. Aber, o Qual! Die Kehle war wie zugeschnürt. In dem Krieger erkannte sie die Gestalt des Amos! In wahnsinnigem Schrecken stürzte sie die Treppe hinunter, eilte in ihr Zimmer, warf die Tür ins Schloß, stürzte sich auf den damastüberzogenen Diwan und verbarg sich in der hintersten Ecke. Fürchterliche Stille. Dann das Knirschen berstender Häuser unter Riesenfüßen! Der Palast Josefs wankte und zitterte unter donnernden Schlägen. Die Tür splitterte. Michal warf die Hände vor die weitaufgerissenen Augen. Zwei riesige Finger geistern durch das Zimmer und suchen nach ihr. — — „Josef! — Jooosef!"

REBEKKA

Am Ende der Töpfergasse stand ein kleines Lehmhaus. Es machte einen sehr heruntergekommenen Eindruck. Von den Wänden waren große Stücke des Verputzes herabgefallen, so daß man das Gebälk sehen konnte. Das Häuschen hatte einen winzigen Hof. Fast hätte man meinen können, diese Hütte wäre unbewohnt. Oft vernahm man tagelang kein Lebenszeichen. Die Haustür blieb verschlossen, der Herd ohne Feuer.

In diese heruntergekommene Kate brachten zwei Diener Rebekka, die Frau Isaaks, des Gerechten, als der Abbruch des Hauses in der Königsstraße begann. Michal war sehr befriedigt darüber, daß die „Alte" nun endlich aus ihren Augen kam. Gerade in der letzten Zeit fielen immer wieder harte Worte, die Rebekka meist widerspruchslos über sich ergehen ließ. „Alte Leute sollte man umbringen!" schrie Josef. Dennoch dachte er zuerst nicht daran, seine Mutter immer in diesem Haus zu lassen. „Das ist nur für die Zeit des Umzugs. Dann hol' ich dich in den Palast."

Der Palast war schon seit vier Wochen fertig. Aber niemand kam, um die Frau Isaaks des Gerechten zu holen. Als Josef darauf anspielte, erwiderte Michal: „Sitzt sie in dem Haus in der Töpfergasse denn nicht gut? Es dient dem Frieden, wenn fünfhundert Meter zwischen uns sind."

Die Tür knarrte. Rebekka kam vorsichtig tastend heraus. Sie suchte den Stein, den sie vor den Herd gerückt hatte, um im Sitzen hantieren zu können. Ihre Gestalt und ihr Gesicht waren zerfallen. Nur ihre Augen leuchteten noch mit demselben Glanz und verrieten die Klugheit und Güte, die diese Frau einst verkörperte. Sie setzte sich vor den Herd und stocherte im Aschenhaufen. In den zehn Jahren des Alleinseins hatte sie die Gewohnheit angenommen, sich mit dem toten Isaak laut zu unterhalten. „Soll ich nicht zu dir in die Totenwelt kommen, Isaak? — Ach, warum läßt mich der Herr so lange unter den Lebenden? Bin ich doch schon lange weggeworfen wie unbrauchbares Geschirr!"

Die Hoftür öffnete sich geräuschvoll. „Bist du es, Abigail?" Das war die Frau des gegenüber wohnenden Töpfers. Sie besuchte Rebekka öfters und brachte ihr auch Essen mit. „Komm, ich will dir Feuer machen!" Das Feuer flackerte auf. „Was möchtest du essen, Rebekka? Mein Mann ist heute nach Jesreel gegangen. Er kommt erst am Abend zurück. Ich habe Zeit für dich." — „So mache mir doch ein Gerstenbrot und gib mir dazu ein Glas Milch! — Wie gern aß das mein Isaak und mein Josef!" — „Dein Josef? Er wird dich wohl bald in seinen Palast holen!" — „Spotte nicht über mich, Abigail! Du weißt es: Mein Josef hat mich vergessen. Er wird mich hier sterben lassen. Aber das ist nicht nur seine eigene Schlechtigkeit. Michal ist auch ein gerüttelt Maß daran schuld. Ach! Eine Mutter kann wohl zehn Kinder ernähren. Aber zehn Kinder können nicht eine Mutter erhalten."

Am anderen Tag sah Abigail die alte Frau nicht. „Sie wird im Haus ruhen!" — Aber auch am folgenden Tag zeigte sich Rebekka nicht. Abigail wurde unruhig. Der Töpfer sagte: „Lauf zu Josef! Er soll nach seiner Mutter schauen! Es ist eine Schande, daß er sich nie blicken läßt."

Abigail lief rasch zum Palast des Großkaufmanns. Sie wagte nicht, ihn zu betreten. Am äußeren Portal teilte sie einem Diener ihre Beobachtungen mit. Der lief zu seiner Herrin und kam mit dem Bescheid: „Fremde gehen die Familienverhältnisse der Benjamins nichts an! Scher dich nach Hause!" Abigail ging. — „Gut", sagte sie, „du wirst sehen, ich kümmere mich um Rebekka nicht mehr."

Sie ging die Töpfergasse hinab. — „Soll ich sie die Unverschämtheit Michals büßen lassen? Vielleicht liegt sie krank im Haus und kann sich nicht regen. Und ich, die einzige, die davon weiß, entziehe mich meiner Pflicht!" — Mit ihrem Mann zusammen betrat sie den kleinen Hof. Aber wie sie auch riefen und pochten, Rebekka regte sich nicht. Der Töpfer rief seinem fünfjährigen Jungen. „Ich heb' dich hoch. Du kriechst durch dieses kleine Fenster, springst hinab und riegelst auf! Verstanden?" Der Riegel fiel. Die Tür öffnete sich. Licht fiel in den Raum. Abigail stieß einen Schrei aus. Rebekka war tot.

Die Nachricht verbreitete sich mit Windeseile in der Töpfergasse, in der Stadt und im ganzen Land. Auf Gassen und Straßen, im Tempel und im Königspalast, im Tor und in der ‚Scheol' standen die Menschen zusammen und sprachen von der stillen Frau, die man schon fast vergessen hatte, und von ihrem Mann, Isaak, dem Gerechten. Die Bilder beider Menschen wurden wieder lebendig. — „Weißt du noch, wie er nach der letzten Belagerung den ersten Weizen in die Stadt brachte und ihn kostenlos unter Arme und Kinder verteilte? Oder wie er nachher auf seinen Fahrten nach Brotgetreide zugleich das Räuberunwesen bekämpfte? Einmal hat er einen ganzen Wagen gefangener Banditen zur Aburteilung nach Samaria gebracht. Oder wie er im Tor mit den anderen Ältesten zusammen für das Recht sorgte? Wißt ihr noch, wie er dem Geldfälscher Naphthali das Handwerk gelegt hat? Und während er auf seinen Handelsfahrten war, führte Rebekka für ihn das Geschäft. Ja, das war Isaak, der Gerechte, und Rebekka, seine Frau! — Merkwürdig, man kann sie nicht mehr auseinanderhalten. Sie verschwimmen zu einem einzigen Bild."

In ihrer Hütte lag die Frau. Vor Einbruch der Nacht erschienen Tausende an ihrem Totenbett. Haus und Hof füllten sich mit Blumen. Sie deckten die kümmerliche Umgebung zu. Nur Josef und Michal erschienen nicht. Nacht. Die Klagefrauen. Totenklage. Sie hockten um die Tote im Staub. Aus leblosem Steppenstaub bist du gebildet, Mensch! Zu leblosem Staub wirst du wieder durch den Tod. Und dazwischen ist eine Spanne, in der der Herr aus Staub dich schafft, Mensch! Löst auf die Haare! Bedeckt mit Staub den Scheitel.

Totenklage. Sie konnte sehr mechanisch sein, nur die Lippen regen sich. Das Herz schwieg. Aber die Totenklage um Rebekka war anders. Wie oft hatte ihr Herz gesprochen? Arme, Leidtragende, Ratsuchende und Verlorene spürten das.

So laßt nun auch die Herzen der Zurückgebliebenen sprechen.

Kurz ist der Weg zum Lager in der Totenkammer an Isaaks Seite. — Abigail begann:

> „O unsre Schwester,
> o Rebekka, Isaaks Frau,
> daß auch du dahin mußt,
> Staub zu Staub!
> Du warst wie die Lilie,
> wie die schönste unter den Lilien des Feldes.
> Die Lilie blüht still
> und erfreut die Menschen!
> So lebtest du still
> an der Seite deines Mannes
> und hast doch unzählige erquickt!
> O unsre Schwester,
> o Rebekka, Isaaks Frau,
> daß auch du dahin mußt,
> Staub zu Staub!"

Der Mond zog am Himmel dahin. Die Sterne leuchteten. Die Soldaten auf der Mauer hielten in ihrem Rundgang inne und lauschten auf das eintönige, traurige Lied. Jeder Tod ist etwas tief Ergreifendes.

Aber fast jeder fühlte, daß der Tod dieser Frau noch mehr war. Er zeigte an, daß eine Epoche der Stadt, ja des ganzen Landes unwiederbringlich dahin war.

Unter dem Singen des Totenliedes gruben sich die Frauen immer tiefer in ihr eigenes Leben und in das der toten Frau ein. Abigail sagte: „Ach, was sind wir Frauen für erbarmungswürdige Wesen! Von Kind auf leben wir unter der Vormundschaft des Mannes. Gut, wenn er ein gütiger Vater ist und später ein liebender Gatte oder ein verständiger Bruder. Wehe aber, wenn der Gatte ein Tyrann oder der Bruder ein Schinder ist. Dann wird das Leben zur Hölle, und man sehnt sich, hinunterzukommen zu den Schatten in der Totenwelt. — Schon die Mutter raunt einem ins Ohr, daß das Los der Frau nicht leicht ist. Aber das Mädchen tändelt noch leichtfertig in den Tag hinein und denkt sich das Leben wie einen mit zartem Gras bewachsenen Weg, der durch eine blühende Wiese führt. Und wie freut es sich auf den Tag, an dem das eigentliche Leben beginnt mit der Liebe und mit dem Gatten. Aber die eigentliche Not, ach, sie beginnt mit dem Denken! Glücklich das Vieh, denk ich mir oft! Das nimmt stumm sein Los hin und fragt nicht, ob es auch anders sein könnte. Aber wehe uns Menschen! Wir sind Fleisch, bestimmt zum Denken. Das ist der Stachel, der uns umwühlt und uns Schmerzen bereitet, ärger als ein Tier sie je fühlen muß. Wehe uns Frauen!" — Dann wandte sie sich der Toten zu. „Sie mußte das alles erst im Alter leiden. Vorher war ihr Leben wie ein einziger heller Tag."

Abigail lenkte die Gedanken der Frauen auf Isaak: „Was er als Kaufmann war und als Ratsherr im Tor, das hätte er nicht sein können ohne sie. Und was sie als Frau war, als Mutter und Wohltäterin, das hätte sie nicht sein können ohne ihn. Wie wohltätig war ihm ihre Nähe, und welche tiefe Geborgenheit fand sie bei ihm. Obwohl nur eine zarte Frau, war sie doch die warme Mitte seines Lebens, zu der er von allen Fahrten, den äußeren und den inneren, wie zu einem stillen Hafen zurückkehrte. Selig der Mann, der sich auf seine Frau verlassen kann! Isaak konnte es, wenn er wochenlang unterwegs war auf gefährlichen Fahrten. Sein Besitz mochte wanken, seine Geschäftsfreunde und seine Blutsverwandten ihn verlassen — aber Rebekkas Treue wankte nie. Du kannst in deinem Leben keine schönere Erfahrung machen als die menschlicher Treue. Je länger er mit ihr zusammenlebte, desto tiefer geriet er ins Staunen. Denn er erkannte, daß sie ihrem innersten Wesen nach Gold war. Was sie ihm schenkte und von ihrem inneren Wesen ausstrahlte, das machte ihn kühn. Er wäre ohne sie, seine Verlobte, nicht über die Mauer gesprungen, damals, als er in die belagerte und halbverhungerte Stadt auf geheimen Wegen Getreide hereinholte. Denn eine richtige Frau, die erst macht ihren Mann kühn und besonnen in seinen Taten. Durch sie erfährt er Gottes Güte am unmittelbarsten."

Dann begann Lea, Abigails Nachbarin: „In welcher Kammer brannte in Samaria schon vor Sonnenaufgang das erste Licht? In der der Königin? Bei einer ihrer Mägde? — In Rebekkas Kammer brannte vor Sonnenaufgang das erste Licht. Sie pries den Tag als von Gott geschenkte neue Frist zum Wirken. Sie gab Brot und Gebäck ihrem Mann, dem Sohn und dem ganzen Gesinde. Dann bestimmte sie den Mägden ihr Tagwerk, und sich selbst maß sie das reichlichste zu. Oft mußte man darüber staunen, was die feingliedrige Frau zu leisten imstande war. Ich glaube, daß das Vertrauen ihres Gatten ihr die Kraft dazu gab. Denn durch ihn blickte Gott sie freundlich an. Zuerst holte sie aus den verschiedensten Gassen Speise für das ganze Haus. Dann trug sie Wolle und Flachs herbei. Sie verstand nämlich wie keine andere Frau in Samaria mit Rocken und Spindel umzugehen. Seht, noch die Tote trägt ein selbstgewirktes Gewand. Und was trugen ihr Mann und der Sohn für eine Wäsche und was für Kleider! Und fast ebenso das ganze Gesinde. Auch zum Verkauf stellte sie Tücher, Hemden und Gürtel her. Händler kamen und kauften bei ihr. Noch vor etlichen Jahren sah ich in der Tuchgasse Kleider, die mir der Händler als von Rebekka hergestellt anpries. Von dem Erlös kaufte sie sich einen Acker und einen Weinberg. Beides ist noch im Besitz ihres . . ." Lea stockte.

In dieser mitternächtlichen Stunde klopfte es an der Tür. Die Frauen fuhren erschreckt zusammen. War es ein Totengeist, der sich hier meldete? Isaaks Geist vielleicht?

Die Töpfersfrau faßte sich zuerst ein Herz. Sie nahm die Totenlampe und ging zur Tür. Als sie das Licht erhob, gerieten der Schatten der Toten und die der Frauen in gespenstische Bewegung, wurden größer und verschwammen ineinander. In der Tür stand Josef, Rebekkas Sohn. Die Klagefrauen wichen zurück und ließen ihn ans Totenlager treten. Allen bot sich ein ergreifender Anblick. Die Totenstarre hatte sich schon gelöst. Aller Schmerz, der vorher noch Rebekkas Gesicht gezeichnet hatte, war gewichen. Es hatte wieder etwas Mädchenhaftes. Ja, ein Lächeln lag um die Lippen der Toten, und es schien, als träume sie nur und würde bald beglückt aufstehen. Abigail, Lea und die anderen blickten von der Toten zu Josef und von Josef zur Toten. Würde diese nächtliche Erscheinung nicht ... Rauh wandte sich Josef zu Abigail: „Die Beerdigung ist morgen früh, neun Uhr. Vier Prophetenschüler werden die Tote tragen. Ihr werdet für die Totenklage nach den üblichen ..." Grußlos verließ er die Totenkammer.

Die Frauen saßen minutenlang wie erstarrt. Lea: „Daß eine solche Frau einen solchen Sohn haben konnte!" Schweigen. Abigail: „Er hat viel von ihr." — Lea: „Wir widersprechen dir alle." Abigail: „Er hat ihren Fleiß geerbt, ihren Willen, den praktischen Sinn." — „Aber ..." — „Aber er hat nicht ihre Liebe geerbt. Man nennt ihn ... Ich weiß, dieses Wort schändet die Totenkammer. Aber ich muß es sagen: ... den Schinder! Warum hat der Herr das so gefügt?" Ratloses Schweigen.

Lea: „Laßt mich noch erzählen, wie Isaak seine Frau einst öffentlich im Tor lobte. Mein Mann hat es mir erzählt. So sagte Isaak: ,Viele tüchtige Frauen gibt es. Doch Rebekka übertrifft sie alle.'" — Abigail: „Bald kommt der Tag. Rebekka wird fortgetragen aus unsrer Mitte. Laßt mich noch sagen, warum sie so war: Es war die Gottesfurcht, die sie so sein ließ. Auch sie hatte schädliche Triebe. Aber durch die Furcht Gottes hielt sie diese in Schranken und lenkte ihre Kraft auf die Bahn des Guten. Auch sie hatte Begierden. Aber durch die Gottesfurcht dämmte sie diese ein und ließ sie nicht über sich herrschen."

Die ganze Stadt gab der Toten das Geleit hinaus zur Grabstätte auf der Ostseite des Samariaberges. Josef ließ am Abend des Todestages seiner Mutter die Grabkammer öffnen und herrichten. Isaaks Leib war ganz verwest. Nur die Knochen lagen noch auf dem Brett, auf das man einst seinen Leib gelegt hatte. Noch standen die Krüge und Schüsseln da, in die man die Totenspeise getan hatte. Die Knechte Josefs hatten solche Ehrfurcht vor dem Toten, daß sie es nicht wagten, an seine Gebeine zu rühren. Unmittelbar neben dem Skelett bereiteten sie die letzte Ruhestätte für Rebekka.

An der Beisetzung nahm auch Michal teil. Noch lange blieb allen Teilnehmern in Erinnerung, wie aufdringlich sie an diesem Tag parfümiert war und wie unaufhörlich sie das Riechfläschchen benützte.

BASANSKÜHE

Jussuf beugte sich über seine schwerkranke Frau. Da merkte er, daß der Raum, den eben noch die Morgensonne hell erleuchtete, auf einmal dunkel wurde. Es wurde tatsächlich so dunkel wie es in der wirklichen ‚Scheol' dunkel sein mußte. — Schritte. Jussuf fuhr herum. In der Tür stand die massige Gestalt Josefs. Der Herr hatte keine Lust, die Hütte des Armen zu betreten. Schon zuviel für ihn, daß er überhaupt einen Blick in diese Höhle geworfen hatte und diese Luft atmen mußte — Armenluft! „Komm heraus, Jussuf, ich muß mit dir reden!"
Jussuf löste seine Hand aus der der Schwerkranken. Er trat hinaus auf den sonnenüberfluteten Hof. Kalten Schweiß spürte er auf seiner Stirn. „Du weißt, warum ich gekommen bin? Ich will das Geld für den Weizen. Ich kann nicht länger warten." Jussuf stotterte vor Angst: „Ich weiß, ich weiß . . .!" — „Was weißt du? Nichts weißt du. Du weißt nicht, daß ich mein Geld brauche. Zahle sofort! Du weißt nur, was geschieht, wenn du nicht bezahlst! Wie ich höre, bist du der einzige Freie unter denen, die in der ‚Scheol' arbeiten." — Der Schuldner spürte die Drohung mit der Schuldsklaverei wie eine würgende Faust an seiner Kehle. „Herr, ich würde ja zahlen. Aber sieh doch meine Frau! Sie liegt schon seit sechs Wochen krank! Ich muß alles Geld für Arznei aufwenden! Dazu mußte ich mir auch noch Geld leihen. Ach, Herr, sei gnädig! Gib mir noch Frist bis zum Herbstfest!"
Jussuf waren in seiner Not die Tränen gekommen. Der Großkaufmann stand mit höhnischem Lächeln vor ihm. „Ich habe dir schon gesagt, daß du nichts weißt. Du weißt nicht, daß auch wir Kaufleute das Geld brauchen. Ich geh' zum Richter Iskai. Was dann geschieht, das kannst du dir denken. Du hast im Tor keinen, der für dich spricht." — Der Steinmetz fiel vor dem Handelsherrn auf die Knie. Er rang die Hände: „Ach, gib mir nur noch einmal Frist bis zum Herbstfest. Vielleicht ist meine Frau bis dahin gesund. Dann kann ich bezahlen!" — „Spar dir deine Tränen! Ich geh' zu Iskai."
Die fünf Kinder Jussufs hatten sich beim Eintreten des Kaufmanns im Gebüsch an der Hauswand verborgen. Als sie aber ihren Vater so inbrünstig bitten sahen, sprangen sie herzu, fielen neben ihm auf die Knie und hoben ihre Hände bittend zu dem

mächtigen Mann auf. Das höhnische Lachen verschwand auf Josefs Gesicht. Konnte er den Kindern den Vater und der Schwerkranken den Mann wegnehmen? — „Gut, ich stunde deine Schuld noch einmal — auf unbestimmte Zeit!"

Josef klopfte an Michals Zimmer. Er trat ein und stieß fast einen Ruf der Verwunderung aus. Michal schmückte sich zu einem Fest, von dem er nichts wußte. Sie trug ein enganliegendes Kleid aus durchsichtiger Seide, das bis zu ihren zierlichen Knöcheln reichte. Er war bestürzt über den starken Reiz, den der mehr enthüllte als verhüllte Körper seiner Frau auf ihn ausstrahlte. Michal bemerkte das. Trotzdem gab sie ihren seit Wochen bestehenden Widerstand gegen Josef nicht auf. Ungerührt schminkte sie weiter ihre Augen. Widerwillig mußte sie daran denken, daß Josef selbst zu sagen pflegte: Je größer und glänzender sie sind, desto schöner bist du! Ergeben fragte der Mann: „Du gehst zu einem Fest?" Kurz und barsch antwortete Michal: „Morgen kommen meine Freundinnen!" Josef seufzte innerlich: „Hätte sie sich doch zum Fest der Versöhnung mit mir geschmückt! — Wie schön sie ist!" dachte er. Er sah nicht die herrlichen Ohrringe, die Michal angelegt hatte, nicht den Stirnreif aus Gold, der in ihrem Haar funkelte. Nur flüchtig streiften seine Augen die goldene Kette, an der ein zierlicher Halbmond hing. Er roch den Duft ihrer Haare und stand wie betäubt. Am liebsten wäre er auf sie zugegangen und . . .

„Gib mir Geld!" Michal zerstörte alle Illusionen, in denen sich Josef wiegte. „Ich brauche Wein für das Fest!" — Hätte er ihr diesen Wunsch nur auf der Stelle erfüllen können. Er setzte ihr auseinander, warum trotz der besten Vermögenslage der Firma kein Silberschekel bares Geld in der Kasse war: Heute vormittag bezahlte Josef den Architekten. 150 000 Silberschekel in bar! So etwas konnte sich die Firma Josef Ben Benjamin und Co. leisten, ohne auch nur mit der Wimper zu zucken. Den Rest von 50 000 Schekeln sandte er durch Eilboten nach Damaskus, damit die dortige Niederlassung eine große Menge billigen Weizen kaufen konnte, der ihr gerade angeboten worden war. Josefs Kasse war leer. Und leihen? Das kam nicht in Frage. Hätte er nur von den Absichten seiner Frau gewußt! 10 000 Silberschekel wären ihm für sie nicht zuviel gewesen. Aber der ständige Streit! Er bat sie um Verständnis für seine Lage und meinte: „Feiere eben ohne

Wein, Liebste! Wir haben doch süße Getränke in Fülle!" —
„Ohne Wein? Das ist ganz ausgeschlossen!" antwortete sie aufgebracht.
„Wo kommst du her?" Für Josef kam diese Frage ganz unerwar-
tet. „Von Jussuf." — „So!" erwiderte Michal. „Hat er dir die
100 Silberschekel nicht gegeben?" Josef war überrascht: „Woher
weißt du das?" — „Jona hat mir gesagt, daß du weggegangen
bist, um alte Schulden einzutreiben. Gib mir dieses Geld! Ich
brauche Wein für mein Fest!" — Josef wußte, daß es jetzt nur
noch weniger unbedachter Worte bedurfte, um eine neue, dramatische Auseinandersetzung herbeizuführen. Dann war an ein
baldiges Ende des Zerwürfnisses nicht mehr zu denken. Dieser
Katastrophe wollte er aus dem Weg gehen. Beschwichtigend sagte
er: „Du kannst diesmal wirklich auch ohne Wein feiern. Wie
knausrig benimmt sich etwa der Prophetenvater bei solchen Ge-
legenheiten! — Ich war bei Jussuf, ja! Aber ich konnte das Geld
nicht bekommen. Seine Frau liegt sterbenskrank im Bett. Keinen
einzigen Schekel hat er im Haus. Er sagt, er habe schon bei
deinem Vater geliehen. Wo nichts ist, hat selbst der König sein
Recht verloren. Bitte, Michal, habe doch Verständnis für meine
Lage!" — „Dann verkauf ihn in die Schuldsklaverei! Für diesen
Jussuf bekommst du 150 Silberschekel! " — „Aber Michal, ich
kann doch nicht der kranken Frau den Mann und den Kindern
den Vater wegnehmen, bloß damit du . . ." Er wagte nicht weiter-
zusprechen. Michal schrie: „Für die Dirne Ohaleel hattest du
stets eine offene Hand! Für sie hättest du ganz Samaria in die
Sklaverei gebracht! Für mich aber tust du nichts! — Du wirst
Jussuf verkaufen und wirst Wein herschaffen, damit wir zu
trinken haben!" — Jetzt wußte Josef, daß Michal sein Verhalten zu Jussuf als Prüfstein seiner Liebe zu ihr ansah.
Am Abend wurden fünfzig Liter erlesenen Weines in den Keller
Josefs gebracht.

„Der Mond hängt wie ein Krummschwert über uns!" sagte Zattai.
Er wies auf den Steinblock, auf dem sonst Jussuf zu sitzen
pflegte: „Ihn hat es getroffen. Kindern, Verliebten und Glück-
lichen ist der Mond vielerlei: Schmuckstück, Silberhorn, Schiff,
warmes, verhüllendes Licht. Uns Armen ist er ein Krummschwert,
kaltes Eisen, tödliche Schneide. Und die Reichen haben die Schnur
in der Hand, an der das Krummschwert hängt. — Das Krumm-

schwert hat Jussuf getroffen!" Bedrückende Stille. Die Sklaven brüteten vor sich hin.

Plötzlich wandte sich Zattai an den Mann, der rechts neben ihm saß. Er schrie fast: „Hast du das gehört, Amos, Mann Gottes? Josef, der Schinder, hat Jussuf in die Schuldsklaverei verkauft! Die Frau Jussufs liegt todkrank im Bett! Seine Kinder verderben auf der Straße!" — Amos erhob seinen Kopf nicht. Er sprach mit dumpfer Stimme vor sich hin: „Ich weiß, Zattai! Ich weiß auch, daß diesmal die treibende Kraft nicht Josef ist! Michal ist's!" — Gibor: „Dieses eitle Weib! Sie ist mitschuldig am Verderben der Armen Samarias, sie und die Frauen des Richters, des Oberpriesters und des Prophetenvaters. Ich sah Michal vorgestern, als ich unter meinem Steinblock ächzte und mir der Schweiß herabrann. Wie sie daherkam! Ich mußte an die Kühe vom Gebirge Basan denken." Jussai fiel mit hartem Gelächter ein: „Eine Basanskuh! Ein guter Vergleich! Basanskühe sind das, Rassevieh!" Gibor: „Aber wir sind es nicht, die sie melken. Sie melken uns!" Gelächter. Amos saß schweigend dabei.

Abigail und Lea gingen am frühen Nachmittag des anderen Tages durch die Getreidegasse, als Mirjam, die Frau des Oberpriesters, vor Josefs Palast eintraf. Schnell drückten sie sich in eine Hausnische. „Sieh nur, Lea, was für ein herrliches Kleid sie anhat!" — „Es ist gewiß aus Seide. Der Oberpriester kann sich das leisten." — „Und sieh nur das herrliche grüne Kopftuch, das ihr bis tief auf den Rücken reicht! Es wird von einem goldenen Stirnreif gehalten." Lea höhnte: „Und die Ohrringe, die Armbänder, die Fußringe — du Närrin! Die Frau des Oberpriesters muß nicht jeden Viertelsschekel dreimal umdrehen, bis sie ihn ausgibt."

„Pst!" mahnte jetzt Abigail. „Die Frau des Prophetenvaters!" Sie hatte wenig Schmuck angelegt. Dafür trug sie ein Wickelkleid aus kostbarstem rotem Stoff. Mit kurzen, zierlichen Schritten trippelte sie die Auffahrt zu Josefs Palast hinauf. „Wie sie's nur anziehen?" seufzte Abigail. Wieder spottete Lea: „Für den Fall, daß dir dein Herr Gemahl einmal eines stiftet: Du wirfst einen beträchtlich langen Teil des Stoffes über den Rücken und läßt ihn bis zu den Knöcheln hinabhängen. Den vorderen, viel längeren Teil führst du von unten nach oben in Spiralen um deinen schlanken Körper herum. Den dir zuletzt verbleibenden Zipfel wirfst du als koketten Umhang über deine schöne Schulter!"

Lea hatte ihre Anweisung kaum beendigt, da hörte man eiliges Getrappel die Gasse herunterkommen. „Eine Sänfte!" sagte Abigail voll Staunen. Zwei Sklaven trugen den kostbar verzierten Kasten. „Es muß die Frau des Richters Iskai sein!" sagte Abigail. Die Sklaven setzten die Sänfte sorgfältig nieder. Einer öffnete die zierliche Tür. Den Frauen verschlug es den Atem, als sie die Frau des Richters sahen. „Schamlos!" bemerkte Lea zu dem, was sie sah. „Unverschämt!" zischte Abigail. Die Frau des Richters trug ein tief ausgeschnittenes Kleid, das die noch jugendlich straffen und schneeweißen Brüste freiließ. In der rechten Hand hielt sie eine zierliche Tasche mit einem Riechfläschchen. Eilig trippelte sie mit sehr kleinen, koketten Schrittchen die Auffahrt hinauf. „Sie hat ein Schrittkettchen an den Füßen, Lea", sagte Abigail. Tatsächlich funkelten an den zierlichen Fußgelenken goldene Ringe und zwischen ihnen glänzte und klirrte ein Kettchen aus demselben Metall, das die Schrittspanne mäßigte.

Schon als diese drei Gäste eintrafen, fanden sich immer mehr Neugierige neben Abigail und Lea ein. Es war aber nicht Neugier allein, die die Frauen und Kinder zum Palaste Josefs lockte. Gleich vor den beiden Frauen stand ein etwa zehnjähriger Junge. Einziges Kleidungsstück: ein um die Lenden geschlungener Fetzen. Man konnte die Knochen an seinem Leib zählen. Gierig sog der Knabe die Düfte ein, die verführerisch aus den weit geöffneten Türen strömten. Seine Augen glänzten, wenn er den Koch Speisen vorbeitragen sah. Abigail und Lea standen in der vordersten Reihe der Zaungäste und konnten darum gut in den Innenhof hineinsehen, in dem das Gastmahl stattfand. Dreifüßige Tische mit graziös geschweiften Beinen! Immer vier Damen an einem Tisch. Herrliches Geschirr. Duftende Speisen. Zuerst mit Honig zubereitete Waffeln. Dazu in Libanonschneewasser gekühlten Wein, gekauft von dem Geld, das Josef für Jussuf bekommen hatte! Dann der Nachtisch: Trauben aus Hebron, frische Feigen vom Gebirge Gilboa und Granatäpfel aus dem galiläischen Bergland.

„Haltet ihn!" Drei Waffeln hat er gestohlen!" Erregte Stimmen. So schnell er nur vermochte, rannte der Koch dem Bürschchen nach, das kurze Zeit vorher noch vor Abigail und Lea gestanden hatte. Der Koch kam zurück. Mit kräftiger Faust schob er den ausgehungerten Knaben vor sich her. „Du hast Waffeln gestohlen. Das wirst du büßen!" Der Kleine heulte: „Ich habe nichts genommen. Ich wollte nur sehen, ob der Innenhof in Josefs Palast so schön ist, wie die Leute sagen. Ich habe nichts gestohlen. Laß mich los! Ich muß heim zu meiner Mutter." — „Dann hättest du nicht stehlen sollen", schrie der Koch. — Auf einmal erkannten die beiden Nachbarinnen den Jungen. „Das ist Jussufs Sohn. Dem Steinmetzen gehört er, der gestern zum Sklaven gemacht wurde." Abigail sagte: „Laß ihn in Ruhe! Er ist unschuldig. Ich kann es beweisen. Die ganze Zeit stand er bei mir. Nur vorgebeugt hat er sich, um ein wenig in den Innenhof zu schauen." Der Koch stampfte mit dem Fuß auf den Boden: „Er hat gestohlen — und darum bringe ich ihn auf der Stelle zu meiner Herrin. So leicht kommt er mir nicht davon. 40 Schläge sind ihm sicher!" Abigail geriet in Zorn. „Schlagen wollt ihr diesen ausgehungerten Knaben? Blutmenschen seid ihr! Ist's nicht genug, daß seine Mutter todkrank ist? Das ist der Lohn der ewigen Plackerei. Nun habt ihr auch noch den Vater zum Sklaven gemacht. Und jetzt wollt ihr den Knaben schlagen? Das geht zu weit!" Der Koch stand mit hochrotem Kopf vor Abigail und hielt den Knaben mit kräftiger Faust. „Dich nehm ich auch gleich mit, Hure, du!" Kaum hatte er dieses furchtbare Wort gesprochen, als sich aus der Menge ein Wutschrei erhob: „Was hat der gesagt? Gebt es ihm! Nieder mit dem Knecht Josefs, des Schinders!"

Plötzlich stand Michal in der Tür. Mit der einen Hand packte sie den Knaben beim Schopf und stieß ihn in den Innenhof hinein, daß er dort laut aufschreiend an einen Tisch stieß. Mit der anderen fuhr sie Abigail gegen die Brust: „Zurück, Geschmeiß!" schrie sie. „Was stört ihr mein Fest? Zertreten werde ich euch, Geschmeiß!" — „Geschmeiß hat sie gesagt? — Wir ‚Geschmeiß'? — Sieht sie in ihrem Kleid nicht selber aus wie eine Fleischfliege?" Michal hatte dieses spöttische Wort gehört. Mit überschnappender Stimme schrie sie in den Hausflur hinein: „Knechte! Sklaven! Her zu mir! Zertretet mir dieses Geschmeiß! Zertretet mir dieses Geschmeiß!"

„Laßt den Mann Gottes durch!" Laute Stimmen aus dem Hintergrund. Amos stand vor der wutschnaubenden Michal. Er musterte Michal kurz. Noch kürzer streiften seine Blicke die aufreizende Gestalt der Frau des Richters. Dann brachen seine Worte wie ein Hagelsturm hernieder:

„Hört dieses Wort, ihr Basanskühe
auf den Bergen Samarias!
Die ihr die Geringen bedrückt
und die Armen zertretet!
Die ihren Männer befehlen:
Bringt Wein her, daß wir saufen!
Geschworen hat der Herr bei seiner Heiligkeit:
Siehe, Tage kommen über euch,
da wird man euch fortschaffen mit Haken
und was von euch übrigbleibt mit Stacheln,
und aus den Ställen werdet ihr herausgeschafft
und werdet in Richtung Hermon weggeführt!"

Ein schriller Aufschrei. Mirjam, die Frau des Oberpriesters, fiel in Ohnmacht. Erst in der Bettnische kam sie wieder zu sich. Etliche Frauen bemühten sich um sie. Die anderen flohen vor diesem ‚Hagelsturm' bestürzt in die Räume um den Innenhof. Michal aber hielt dem Gewitter zuerst mit vor Schrecken weit geöffnetem Munde stand. Dann kam rasende Wut über sie. „Bauernlümmel!" schrie sie — und noch einmal: „Bauernlümmel! Das wirst du mir büßen müssen! Vor dem Richter wirst du meinem Mann Rede und Antwort stehen wegen dieser Beleidigung!"
Amos ging noch näher an die kreischende Frau heran. Er senkte seine Augen in die ihren: „Beleidigung?" sagte er, sich mit äußerster Kraft beherrschend. „Ihr beleidigt fortgesetzt Gott! Ich kenne alle eure Taten. — Ich kenne den Vater dieses Knaben, den du schlagen willst." Die Lippen des Amos wurden weiß: „Du, Michal, trittst Gott ins Gesicht, wenn du die Armen zertreten willst. — Wenn ich vor Gericht muß, so werde ich zu finden sein. In der ‚Scheol'!"
Wie aufgeschreckte Hühner verließen Michals Gäste den Palast. Selbst Mirjam, noch halb ohnmächtig, ließ sich in einer Sänfte nach Hause bringen.
Auf dem Heimweg spotteten Abigail und Lea: „Basanskühe!" Die beiden Frauen schüttelten sich vor Lachen. — „Aber was hat Amos noch gesagt? ‚Man wird euch fortschaffen mit Haken!'" — „Du, Lea, das bedeutet Krieg und Gefangenschaft!"
Michal stand verlassen im Innenhof des Palastes. Halbgegessene Speisen, Weingläser, aus denen kaum getrunken worden war. — Da fuhr draußen ein Wagen die Auffahrt herauf. Ein Mann

sprang ab und betrat den Palast. Josef kam. Als er die offenbar eilends verlassenen Tische sah und dazu die schreckensbleiche Michal, blieb er verwundert stehen und sah sie fragend an. Sie aber fing an zu beben wie eine Birke im Sturm. Stürmisch lief sie auf Josef zu und fiel ihm mit einem Aufschrei um den Hals. „Josef!" schrie sie, und als sie schon den Kopf an seiner Brust barg: „Schütze mich!" Der Großkaufmann legte seine Arme um seine Frau.

In dieser Nacht schliefen die Ehegatten zum erstenmal seit dem Siegesfest wieder im gemeinsamen Schlafzimmer. Und in derselben Nacht beschloß Josef, seinem Palast einen Turm hinzuzufügen.

„Wir müssen diesen unverschämten Menschen sofort beim König verklagen. Wegen Beleidigung unsrer Frauen", schrie Cohen, der Josef eben aus der Schlafnische herausgeklopft hatte. „Das verlangt unsre Ehre!" Dann schoß es aus ihm heraus: „,Gottes Heiligkeit! Gottes Heiligkeit!' — Dieser Flegel, der solche Worte im Mund führt gegen Frauen der obersten Stände, der spricht von Gottes Heiligkeit. Dafür bin ich zuständig, ich, der Oberpriester, und nicht jeder Bauernrüpel. Habe ich nicht den König nach dem Siegesfest inbrünstig gebeten, diesen unflätigen Schwätzer auszuweisen? Das sind jetzt die Folgen! Ohnmachten! Nervenzusammenbrüche! Überhaupt: Die Propheten!" — Das war Cohens Lieblingsthema. — „Unter dem Deckmantel der Prophetie schleichen sich solche Subjekte ein. Die Prophetenscharen Zedekias konnten wir bisher in Schach halten. Wenn es auf mich ankäme, ich würde auf die ganze Prophetie verzichten. Wir Priester, wir üben das alte, ursprüngliche Amt aus. Was brauchen wir Propheten? Weg mit ihnen!"

Kaum hatte der Oberpriester seine gehässige Rede beendet, als der Prophetenvater zusammen mit dem Richter Iskai hereinstürmte: „Seht ihr, so ist es, wenn jeder Viehhirt als Prophet auftritt!" schrie Zedekia. Er ahmte Amos nach: „,So spricht der Herr! So spricht der Herr!' So kann jeder sagen. — Wäre das Gesetz da, nach dem ich seit Jahr und Tag rufe, wie ein Hirsch nach frischem Wasser, so könnte man diesen Halbverrückten leicht hinter Schloß und Riegel bringen. Aber so —!" Der Prophetenvater atmete schwer und schnappte nach Luft. „Wir müssen beim König gegen Amos klagen!"

Iskai sagte bedächtig: „Wenn wir das tun, besteht dann nicht die Gefahr, daß der König mehr untersuchen läßt als uns lieb ist? Wenn er zum Beispiel diesen Ältesten Simon mit der Untersuchung beauftragt? Ihr wißt, daß der König es in solchen Fällen liebt, den Untersuchungsbeamten sehr eigenmächtig zu ernennen. Außerdem: Wenn es zu einer öffentlichen Verhandlung im Tor käme, so würde die ganze Stadt erfahren, wie dieser Rüpel unsre Frauen gescholten hat. Dann wird sie jeder ‚Basanskühe‘ nennen!" — „Und uns Basansochsen!" fügte der Prophetenvater bissig hinzu. Schallendes Gelächter. — Cohen: „Aber wir müssen doch etwas tun! Was soll ich denn meiner Frau sagen?" Josef: „Braucht ihr Puchas Dienste?" Iskai: „Nein! Daran denke ich noch nicht!"

TURMBAU

Mesach fuhr aus dem Schlaf auf. Seine Backenknochen traten unnatürlich stark hervor. Die Augen lagen tief in den Höhlen. Entsetzt, wie ein todwundes Wild, blickte er die düstere Umgebung an. Er schaute hinauf nach Samaria und stöhnte: „Der Turm! Der Turm!" Das als mächtiges Viereck angelegte Bauwerk erhob sich schon vier bis fünf Meter über das Palastdach. — Jetzt wollte er aufspringen, um zur Arbeit zu eilen. Zattai hielt Mesach fest: „Du willst zur Arbeit, Mesach?" fragte er ironisch. „Ja", keuchte Mesach und wollte erneut aufspringen. Wieder hielt ihn Zattai mit kräftiger Faust zurück. „Die Fronvögte werden gleich kommen. Wir müssen Steine für Josefs Turm brechen." — „Dummkopf!" sagte Zattai gutmütig. „Haben sie dir dein bißchen Verstand schon herausgeprügelt? Leg dich hin, Sklave! Turm hin, Turm her! Heute ist Sabbat." — „Sabbat!" seufzte Mesach. „Es ruhen die Oberschinder und die Schinder", höhnte Zattai, „und darum ruhen die Geschundenen auch! — Sie ließen uns freilich keine Ruhe, wenn es der Sinaigott nicht befohlen hätte. Aber wer weiß, wie lange sie sein Gesetz noch respektieren werden!"
Plötzlich sprang Zattai auf: „Amos, du?" Amos fand sich in der Frühe des Sabbatmorgens mit einem prall gefüllten Sack auf der Schulter in der ‚Scheol‘ ein. „Komm", sagte Zattai, „setz dich zu

uns und feiere mit uns den Sabbat!" Der Prophet blieb stehen und ließ den Sack zur Erde fallen. „So will ich mit euch Sabbat feiern", sagte er, griff in den Sack und holte für jeden der Sklaven einen Brotfladen heraus und eine Handvoll getrockneter Feigen. — „Er", Zattai, wies zum Himmel, der ganz mit silbernem Morgenlicht erfüllt war, „und sein Prophet sind unsre einzigen Wohltäter!" — „Er ist der Herr aller! Er will, daß auch der Sklave am Sabbat ruht!" — „Ja, sie lassen uns wenigstens noch am Sabbat in Ruhe. Aber schau dir diese Jammergestalten an! Was hilft ihnen der Sabbat, wenn sie den Tag des Herrn als Erschöpfte feiern müssen? Fluch den Schindern!" — „Du hast recht, Zattai. Fluch den Schindern!"

„Was hat deine Predigt bewirkt, Amos? Ist einer der führenden Männer auf deine Seite getreten?" — Wortlos reichte Amos Zattai ein Papyrusblatt, nicht größer als die Hand eines Mannes. „Was soll das?" fragte er, nachdem er einen kurzen Blick auf das Schriftstück geworfen hatte. „Ein Drohbrief?" — „Ja, ein Drohbrief. Er lag gestern morgen vor Dans Tür." — Zattai las halblaut: „Amos, Hirte aus Thekoa in Judäa! Wenn du bis zum nächsten Sabbat die Stadt nicht verlassen hast, ist dir der Tod gewiß!" — Zattai schaute Amos an, schaute das Papyrusblatt an. Angst griff ihm ans Herz, als halte er eine Giftschlange in der Hand. „Wer hat das geschrieben?" — „In Samaria können nur sehr wenige Menschen schreiben und lesen." — „So muß man den Schreiber unter den Kaufleuten oder Hofbeamten suchen! — Und nun? Was willst du tun? Fliehen? Du hast eine Frau und vier Kinder!" — „Das hat Dan gesagt! — Aber ich werde es nicht tun. Ich darf es nicht tun! Ich höre noch das löwenähnliche Brüllen, mit dem der Herr mich hierher trieb. Ginge ich, er würde mich wieder zurückjagen. Ich muß weiterpredigen." — Amos schaute bitter nach Samaria hinauf: „Vielleicht kann ich doch noch ein paar Menschen retten."

Zattai hörte stumm zu. Er hatte den Papyrusfetzen noch in der Hand. Zum erstenmal kamen ihm Zweifel, ob Amos mit seinem Tun auf dem rechten Weg sei. — Predigen! Predigen! Auf Gottes Gericht warten! Auf Gottes Gericht warten! — Und über dem Warten gehen die Sklaven und Armen zugrunde! Er knüllte den Papyrusfetzen zusammen und warf ihn zornig weg. Vom Tempel her hörte man einen langgezogenen, feierlichen Hornruf. Das Sabbatfrühopfer wurde dargebracht.

Nach dem Mittagsmahl sagte Amram zu Josef: „Jetzt laß mich einmal deinen Turm sehen!" — „Das darfst du." — Die Männer gingen auf das Dach des Palastes. Josefs ältester Sohn begleitete sie. Welch ein herrlicher Anblick! Die Stadt lag zu ihren Füßen. Nur die Türme der Königsburg und der Omriturm waren jetzt noch höher als Josefs Palast. Tief unter ihnen lag das Tal, das den Samariaberg umgab. Weit schweifte der Blick in das Bergland von Samaria hinein. Wie klein von hier oben die Menschen waren! Amram konnte auf einmal verstehen, warum die Reichen und Mächtigen zu allen Zeiten hohe Paläste und noch höhere Türme bauten. Wer auf diesen hohen Mauern stand, dem Werk seines Hirns und seiner Tatkraft, dem mußte ein ungeheures Gefühl das Herz erfüllen. Das Gefühl seiner Größe und Macht über die winzigen Menschen unter ihm. Hatte nicht Ammose einmal ähnliches ausgesprochen? — Amram blickte seinen Schwiegersohn an und fand seine Gedanken bestätigt. Wie ein Triumphator schaute Josef über Stadt und Land. Ein verächtliches Lächeln umspielte seine Lippen, als er von der Königsstraße Menschen zu sich heraufgrüßen sah.

Der Turm erhob sich unmittelbar an der Stadtmauer, genau über dem Schlafzimmer der Ehegatten. Josef ging mit Amram und Immer nahe an das Bauwerk heran. „Ammose hatte schon damals, als wir diesen Palast planten, an dieser Stelle einen Turm von viermal vier Metern vorgesehen. Die Fundamente sind dementsprechend gelegt worden. Er soll zwanzig Meter hoch werden. Wenn der Turm fertig ist, wird er der höchste in der Königsstadt sein." — „Auch höher als die Türme der Königsburg und der Omriturm?" — „Höher." — „Man wird ihn gewiß den ‚Josefsturm' nennen." Die drei Männer lachten schallend. — „Daß der König das überhaupt genehmigt hat?" — „Das hätte er gewiß nicht getan. Aber ich habe ein wenig nachgeholfen. Ich habe mich an Ahia und Benaja gewandt. — Wenn der Turm fertig ist, wird er drei herrliche Wohnräume übereinander enthalten, die schönsten ganz Samarias! Judith hat sich schon den obersten auserbeten. Und eine Turmzinne wird das Ganze krönen."

Amram lauschte glückstrahlend den Worten seines Schwiegersohns: „Wie du das finanzierst, das weißt du natürlich schon", sagte er lachend. „Noch nicht! Noch nicht!"

Sie stiegen hinunter und traten in Josefs Arbeitszimmer. Josef war heute so hochgestimmt, daß er beschloß, seinem Schwiegervater einen Blick in sein Heiligtum zu gewähren, in das Hauptbuch der Firma Josef Ben Benjamin und Co. Er holte eine mächtige Papyrusrolle aus einem Geheimfach an der Ostwand des Zimmers, rollte sie feierlich auf und wies auf Zahlenkolonnen. „Wert der Gebäude und Geschäftseinrichtungen in Samaria: 150 000 Silberschekel. Niederlassung in Damaskus: 100 000. Besitz in Jelek: 150 000. Wert des Lagerweizens: 50 000. Verfügbares Eigenkapital: 160 000 Silberschekel." Er schloß die Papyrusrolle weg. „Schulden: keine. Jährlich zu erwartender Gewinn: 70 000."

Amram klopfte seinem Schwiegersohn voll strahlender Laune auf die Schulter: „Ausgezeichnet! So glänzend stand die Firma noch nie! Die 150 000 für den Turm kannst du aus dem Kapital sofort bar auf den Tisch legen." Josef schüttelte den Kopf: „Vom Kapital kommt mir nichts weg! Durch Handel muß das herein! Durch Gewinn!" — Ungläubig sagte Amram: „Du hast eben gesagt, daß er 70 000 beträgt. Aber der Turm kostet doch mindestens 150 000!" Eigensinnig wiederholte Josef: „Dieser Turm muß durch Handel finanziert werden! Ich greife das Kapital nicht an!" „Handel! Handel!" sagte Amram gutmütig, „kann einer noch mehr umtreiben als du? Noch länger seine Gewölbe offenhalten? Noch schärfer kalkulieren?" Er sah seinen Schwiegersohn fragend an: „Einmal wirst auch du genug kriegen!" — Jetzt brach es aus Josef heraus: „Diese verdammten Sabbate und Neumondfeiern! Wenn sie nicht wären, könnte man jede Woche 20 Stunden länger Handel treiben." Er schaute nach dem Stand der Sonne und stöhnte: „Wann geht der Neumond vorüber, daß wir Getreide verkaufen? Wann der Sabbat, daß wir Korn feilbieten können?" — Amram schaute seinen Schwiegersohn an, als verstünde er ihn nicht mehr. „Ich will gehen und noch ein bißchen mit Michal plaudern!"

Drei Tage später. Jona betrat zum erstenmal seit der Einweihung wieder Josefs Palast. Die beiden Männer begegneten sich in der letzten Zeit immer seltener. Dahin waren die Zeiten, in denen Isaak, der Gerechte, noch täglich mit seinem Teilhaber gespeist hatte! Josef brach nach seiner Heirat endgültig mit dieser Tradition. Vielleicht hing das mit dem Stolz des Mannes zusammen, der 99 Prozent der Geschäftsanteile besaß. Jona war zuerst über Josefs Vorgehen betroffen, in dem er — wie einst in Isaak — seinen Herrn sah, obwohl er doch kein Sklave mehr war. Dann aber erfuhr Jona immer mehr von Josefs nicht immer durchsichtigen Geschäften. Jetzt war er mit dieser Lösung zufrieden. Er gedachte, rechtlich zu handeln wie einst sein Herr Isaak. Oft überlegte er sich, ob er unter diesen Umständen nicht aus der Firma ausscheiden sollte. Aber dann trat ihm das Bild Isaaks, des Gerechten, vor Augen, dem er auf dem Totenbett versprochen hatte, seinem Sohn Josef die Treue zu halten.

Jonas Gesicht war heute aschfahl. Die roten Flecken auf Backenknochen und Nase deuteten auf höchste Erregung. Er ließ sich durch den Diener bei Josef melden. Kurze Zeit später trat er in Josefs Privatgemach. „Sei willkommen, Jona! Nimm Platz!" Aber Jona war zu aufgeregt, als daß er sich jetzt hätte setzen können. „Abigail, die Frau des Töpfers, hat sich eben bei mir beschwert. Sie sagt, sie habe ein Epha Weizen bei uns gekauft und die Menge daheim nachgewogen, weil sie ihr so gering erschien." Jona hielt inne, um Luft zu schöpfen. Josef zog die Augenbrauen hoch und fragte kalt: „Und?" — „Sechs Liter fehlten, Herr. Sechs Liter! — Abigail sagte: ‚Ich habe zuerst nicht geglaubt, daß ein absichtliches Vergehen der Firma Josef Ben Benjamin und Co. vorliegen könnte. Aber während ich noch wiege', sagt sie, ‚kommt meine Freundin Lea und erzählt mir, auch sie hätte man betrogen!'" Josef fuhr hoch: „Betrogen? Rede dieses Geschwätz gefälligst nicht nach! Diese dummen Weibsbilder werden mit falschen Maßen gemessen haben. Ich werde eine gerichtliche Untersuchung wegen Verleumdung anordnen." — „Tu das nicht, Herr!" Jona rang die Hände. „Es muß etwas Entsetzliches geschehen sein." — „Entsetzliches? Komm endlich zur Sache, Jona!" Jona fingerte unter seinem Gewand nervös drei Getreidemaßbecher hervor und hielt sie Josef hin. Dann fuhr er mit einem Messer auf den Grund der Becher und zog aus jedem eine etwa fingerdicke Bleischicht heraus. Josef sah den Operationen Jonas fast belustigt zu. „Und?" fragte er höhnisch. „Herr, unsre Maßbecher sind gefälscht! Nicht nur diese drei. Alle! Und nicht nur das. Die Geldgewichte, Herr, alle Geldgewichte sind angebohrt und mit Blei gefüllt. Und, wie schrecklich, auch die Waagen zeigen falsch an!" — „Und was hast du getan?" — „Sofort ließ ich das Gewölbe schließen — mit deinem Einverständnis rechnend —, um die Fälscher festzustellen." Jona erhob beschwörend die Hände: „Herr, die Ehre unsrer Firma steht auf dem Spiel. Dein Vater, Isaak, der Ge…" Josef schlug mit der flachen Hand so heftig auf den Tisch, daß Jona erschreckt zusammenfuhr: „Geh und öffne sofort den Laden!" — Auf Jonas Gesicht spiegelte sich deutlich der Kampf, den er in seinem Herzen austragen mußte. Sklavengeist stand gegen rechtliches Denken. Schließlich hätte der Sklavengeist gesiegt, wäre nicht plötzlich das Gesicht des Amos vor die Seele des Alten getreten. In derselben dienstbereiten Stellung, in der Jona immer zu stehen pflegte, blieb er stehen. Aber über seine Lippen kamen Worte, die der unterwürfigen Sklavenhaltung widersprachen. „Nein, ich werde nicht gehen, Herr, ehe nicht der Fälscher festgestellt ist." — „Schweig! Geh sofort und öffne den Laden!" — „Ich kann es nicht, Herr! Ich bin dein Diener, du weißt es. Seit zwanzig Jahren diene ich dir treu, von meiner finanziellen Beteiligung am Geschäft ganz zu schweigen. Gerechtigkeit war der oberste Maßstab deines Vaters. Ich habe mir diesen Maßstab zu eigen gemacht." — „Du willst also das Gewölbe nicht öffnen lassen?" — „Nein. Eher verlasse ich das Geschäft für immer." Josef geriet in rasenden Zorn: „Bist du auch von diesem hergelaufenen Bauern angesteckt? Pack dich und geh zu ihm!" — Jona hatte seine alte Ruhe wiedergewonnen: „So will ich gehen, Herr. Ich will an deinem Gewinn keinen Anteil mehr haben. An ihm klebt Blut!" Und mit Tränen in den Augen: „Gott möge die Firma und dich schützen!" — „Hinaus!" Jona verließ das Zimmer so leise, daß Josef es gar nicht bemerkte. Der Großkaufmann stand auf, warf seinen Stuhl zurück und holte das Hauptbuch. Er schlug die erste Spalte auf. Da stand der Firmenname: Josef Ben Benjamin und Co. Er nahm die Feder und strich mit ungestümem Zug das „und Co." durch. „JOSEF BEN BENJAMIN" lautete von jetzt ab die Firma. Kurze Zeit darauf gab der Handelsherr die Weisung, das Gewölbe zu öffnen und den Verkauf fortzusetzen.

„Ich will euch sagen, was ich durch meine Braut von Josefs Haussklaven erfahren habe", rief Zattai. „Er hatte am letzten Sabbat in Michals Zimmer zu tun. Laute Stimmen nebenan. Josef, Amram und Immer verhandelten miteinander. Als diese beiden Herren weggegangen waren, entfernte sich auch der Kaufherr Josef und schlich zu seinem Gewölbe in der Königsstraße. Was tat der Kaufmann zu so später Nachtstunde in den Büroräumen? — Zwei Tage später kündigte Jona. Warum denn so urplötzlich? — Er hatte den Betrug Josefs entdeckt und will nicht mehr mitmachen. Josef hat Maßbecher, Gewichte und Geldwaage selbst gefälscht, um noch mehr aus den Armen herauszuschinden. — Brüder, ich ertrage diese Schinderei nicht länger! Ehe sie uns zugrunde richten, müssen wir uns zur Wehr setzen!" Zattai sprang auf: „Der Jonadabaufstand muß wiederholt werden!" rief er entschlossen. Amos streckte beschwörend seine Hände gegen ihn aus: „Nein, Zattai, nein! Der Herr wird es tun!" Auch Amos stand auf:

„Der Herr hat geschworen beim Stolz Jakobs:
Nie werde ich ihre Taten vergessen!"

Mesach blickte den Propheten mit fast erloschenen Augen an: „Und wie denkst du, wird der Herr das zeigen?" Der Prophet schwieg eine Weile still. Alle Augen richteten sich auf ihn:

„Durch ein Erdbeben wird Gott sie strafen.
Soll deswegen nicht die Erde erbeben und alle ihr Bewohner trauern?
Soll sie sich nicht heben wie der Nil,
sich senken wie der Strom Ägyptens?"

Schweigen.
Dann wandte sich Zattai zornig an Amos: „Rede du nur weiter, Prophet, und träume dir künftige Strafen Gottes aus! Ich kann nicht mehr warten! — Einen Aufstand mache ich und suche mir Genossen dazu! Wir selbst sind die Richter! Wir selbst müssen auch die Henker sein!" „Zattai", sagte Amos, „ich meinte bisher immer, du gehörtest zu den wenigen, die ihr Herz der Stimme Gottes auftun. Und nun? Seit wann denkst du so?" Zattai erwiderte fest: „Seit dem Tag, an dem du das erstemal zu uns kamst. Ich dachte, du würdest wenige Wochen nach deinem ersten Auftreten zum Aufstand rufen. Dich selbst an seine Spitze stellen! Aber du hast mich bitter enttäuscht. Du bist nur ein Mann der Worte, aber nicht der Taten." Amos trat mit beschwörender Geste vor Zattai hin: „Du siehst doch auch, daß hier Gottes Gebot mit Füßen getreten wird. Sollte Gott da nicht strafend eingreifen? — Du schiltst mich verächtlich einen ‚Wortmann'. Aber die Worte Gottes, die ich zu reden habe, sind Taten."
— „Laß mich! Ich gehe hinfort meine eigenen Wege." — „So wird dies das letztemal gewesen sein, daß ich in der ‚Scheol' war. Ich

habe nicht zum Aufstand zu rufen oder ihn zu organisieren, sondern Gottes Gericht anzukündigen!" — — Amos stand auf und verließ die ‚Scheol'. — — Zattai wollte ihn zurückrufen: „Amos! Amos!"

„Lea komm, laß alles liegen, komm schnell!" Abigail schrie am hellen Vormittag diese Worte ins Haus ihrer Nachbarin. „Wo brennt's denn, Abigail?" — „Eile! Vor dem Gewölbe Josefs laufen die Menschen zusammen. Es muß etwas mit Amos sein!" Lea eilte zusammen mit Abigail die Töpfergasse hinauf, um in die Königsstraße zu kommen. Sie sahen auch Gibors und Mesachs Frau und viele andere Sklaven dem Gewölbe Josefs zustreben. Die Nachricht, daß Amos redete, setzte zu dieser Zeit noch ganz Samaria in Bewegung. Unterwegs erzählte Abigail ihrer Freundin, daß sie eben in Josefs Gewölbe gewesen war, um Getreide zu kaufen. „Es fand wohl eine Versammlung der Kornhändler des ganzen Reichs dort statt. Sogar Ausländer aus Damaskus waren da. — Auf einmal stand Amos neben mir. Du hast ihn damals bei der Einweihung von Josefs Palast gesehen. Aber so nahe sah ich ihn noch nie. Ein richtiges Bauerngesicht! Aber was der für Augen hat! — ‚Gib mir einen Maßbecher!' sagte er zu einem Sklaven, der gerade Getreide verkaufte. Er hielt ihn prüfend so gegen das Licht, daß er in den Becher hineinschauen konnte. Dann stach er mit einem spitzigen Gegenstand hinein, als wolle er etwas herausholen. Josef wurde auf ihn aufmerksam. Er wollte ihm den Becher aus der Hand reißen. ‚Laß das!' sagte er barsch. Ich sehe, wie Amos dem Kaufmann ins Gesicht schaut und zu ihm sagt: ‚Dieser Becher ist gefälscht!' — ‚Du wirst schweigen und sofort mein Geschäft verlassen! Wer gibt dir das Recht, in meinen Laden einzudringen, um Unfrieden zu stiften?' — ‚Ich muß reden, der Herr hat es mir geboten!' — ‚Halt deinen Mund! Dein Gerede könnte dir teuer zu stehen kommen!' Immer mehr Menschen versammelten sich um die Streitenden. Amram trat neben seinen Schwiegersohn: ‚Wirf ihn hinaus, den Halunken!' Da fing Amos zu schreien an. Ich weiß nicht mehr alles, was er gesagt hat. Aber das habe ich mir gemerkt, daß er rief: ‚Ihr zertretet die Geringen und bedrückt die Armen! Ihr könnt es nicht erwarten, bis der Neumond vorbei ist und der Sabbat! Immer möchtet ihr Getreide verkaufen und die Kunden betrügen.' Da bin ich losgerannt, um dich zu holen. Sogar meinen Getreidesack habe ich liegen lassen!"

Die beiden Frauen sahen gerade noch, wie Amos gewaltsam von zwei Knechten aus dem Gewölbe Josefs herausgeführt wurde. Die Menge umdrängte den Propheten von allen Seiten und bestürmte ihn mit Zurufen: „Bravo! Du hast es ihm endlich gesagt. Sie machen das Kornmaß kleiner, diese Betrüger! Sie steigern den Preis, diese Blutsauger, und fälschen die Geldwaage." Mesachs Frau schrie: „Und auch damit hat er recht, daß sie sogar noch den Abfall des Getreides verhandeln, Spreu statt Weizen! Mein Kind liegt daheim und krümmt sich vor Schmerzen!" — Plötzlich blieb Amos stehen. Er wandte sich gegen Josef und die Kaufleute hinter ihm:

„Der Herr hat geschworen beim Stolz Jakobs:
Nie werde ich ihre Taten vergessen!
Soll deswegen nicht die Erde erbeben
und alle ihre Bewohner trauern?
Soll sie sich nicht heben wie der Nil,
sich senken wie der Strom Ägyptens?"

Abigail ahnte, wie furchtbar das Unheil sein mußte, das der Stadt durch das angekündigte Erdbeben drohte.

Die beiden Sklaven Josefs zerrten Amos rücksichtslos hinter sich her und führten ihn in Richtung auf das Omritor durch die Königsstraße.

Am späten Nachmittag dieses Tages kam der Hauptmann Husai mit seinem Begleiter wieder in Samaria an. Der junge Offizier ließ sich sofort beim Feldhauptmann melden. Er sah Husai erwartungsvoll an: „Setz dich und erzähle!" Husai begann: „Wir besorgten uns in Jerusalem bei einem Trödler Hirtenkleider und machten uns sofort nach Thekoa auf, wo wir am Abend ankamen. Dort gaben wir uns im Tor als Hirten von Bethel aus, die gekommen waren, um Zuchtschafe zu erwerben." Kain lachte: „Kerle seid ihr! Nicht mit Gold zu bezahlen! Offiziere Seiner Majestät im Hirtenkleid!" — „Man nannte uns Hirten, bei denen wir Zuchtschafe kaufen könnten, einen Samma und einen Josef. Da sagten wir, daß wir gerne mit Amos ein Geschäft gemacht hätten. Darauf pries uns ein Maurermeister namens Isaak Amos als ausgezeichneten Schafzüchter und Maulbeerfeigenpflanzer. Aber er sei jetzt nicht da. ‚Wo ist er denn?' — ‚In Israel.' — Wir taten, als wüßten wir nichts. ‚Er wird wohl in Hirtenangelegenheiten dort sein?' Da wurden die Männer einsilbig. ‚Na, ihr werdet doch wissen, was er dort tut und wann er wieder zurückkommt?' — ‚Wenn ihr mehr wissen wollt, dann fragt Asarja, seinen Freund, und Jonadab, der in seinem Hause wohnt!' — Bevor wir gingen, fragten wir noch: ‚Hat Amos auch Freunde unter den Offizieren der Garnison?' — ‚Was sagt ihr da? Ein Hirte Freunde unter den Offizieren?' Sie taten, als verstünden sie uns nicht.

Aus Asarja war nichts herauszubringen. Er blies auf einer Flöte, als wir ihn am Rande der Wüste Juda trafen. Bei ihm war ein fünfjähriger Knabe, der jüngste Sohn des Amos. Nur das war neu, daß er sagte, Amos habe Erscheinungen gehabt, und die hätten ihn nach Israel gewiesen. Wir mußten heimlich lachen, als wir das hörten.

Wesentlich interessanter war unsere Unterhaltung mit Jonadab."

Der Feldhauptmann spitzte die Ohren. Ihm kam es so vor, als habe er diesen Namen schon einmal gehört. „Auch bei ihm traten wir als Hirten auf. Er wohnt im Hause des Amos in Thekoa. An seinem Dialekt merkten wir, daß er nicht aus Juda stammte. ‚Wo bist du her?' Ahnungslos sagte er: ‚Aus Jelek in Israel!'" — Da fiel es dem Feldhauptmann wie Schuppen von den Augen. Er pfiff durch die Zähne. „Husai, das ist doch der flüchtige Aufrührer von Jelek, der Brandstifter, der in Abwesenheit zum Tode verurteilt wurde, und den habt ihr aufgespürt?" — „So ist es, Herr! — Wir fragten ihn: ‚Wollt ihr den Aufstand wiederholen, und ist Amos deshalb in Israel?' Aber das leugnete der Bursche natürlich. Auch er tischte uns das Märchen von den Erscheinungen auf."

Der Feldhauptmann stand auf und drückte Husai die Hand: „Ich gratuliere dir zu diesem Erfolg, mein Junge. Der König wird davon hören. Jetzt ist mir klar, warum dieser Hirte bei uns ist. Seine Reden dienen zu nichts anderem als zur Vorbereitung eines Aufstandes. Hochverrat! — Nun laß hören, was ihr in Jerusalem ausgekundschaftet habt!"

„Dort gaben wir uns im Tor als reiche Kaufleute aus Sichem aus und zechten nächtelang mit Offizieren und Mannschaften der Garnison. Sogar der Geheimdienst war dem Alkohol nicht abgeneigt! Aber niemand wußte auch nur ein Sterbenswörtchen von dem Hirten. ‚Was sagst du da, Bruder? Amos? Gibt's den Namen überhaupt bei uns? Hab' noch nie davon gehört.' Einer der Offiziere sagte uns: ‚Wir haben gegenwärtig gute Beziehungen zu euch. Und wenn wir schon einen Aufstand vorbereiten, dann tun wir das nicht gerade durch einen Hirten. Weiß Gott, wir haben dazu klügere Leute.'" — „Diese Burschen halten natürlich dicht", sagte der Feldhauptmann. „Jeder von ihnen kennt diesen Amos. Jeder weiß seine Auftrag. Aber keiner verrät auch nur ein Sterbenswörtchen. Husai, wie beurteilst du den Fall?" — „Es bestehen zwei Möglichkeiten, Herr Feldhauptmann." — „Und die wären?" — „Der judäische Geheimdienst hat von dem mißglückten Aufstand in Jelek gehört. Er schickt Amos, um die Unzufriedenen aufzuhetzen und neue Unruhe zu verbreiten mit dem Ziel, einen großen Aufstand gegen Seine Majestät, den König anzuzetteln." — „Das ist deiner Ansicht nach die erste Möglichkeit. Und die zweite?" „Nun, es könnte sein, daß keine staatlichen Stellen hinter Amos stehen, sondern nur dieser Jonadab. Dieser will einen Umsturz in Israel. Er selbst kann als ein zum Tod Verurteilter nicht hierher kommen. Also schickt er den leichtgläubigen Hirten, dem er irgendwelche Erscheinungen einredete!" — „Ich danke dir, Husai. Deine Arbeit wird belohnt werden!" Kain rieb sich die Hände. „Ich habe dich, Bürschchen, Beleidiger der Armee, meiner Freunde und ihrer Frauen. Die Armee wird dich zur Strecke bringen. Binnen zweier Monate hängst du als Hochverräter am Galgen!"

Der Feldhauptmann eilte zum König. Er trug ihm die Untersuchungsergebnisse des Geheimdienstes vor, unterbreitete ihm aber nicht beide Beurteilungen Husais, sondern nur die erste, ernstere. Kain schien es, als nähme der König den Fall auch jetzt noch nicht ernst genug. Er hielt ihm darum vor: „Bedenken Sie doch die ständigen Drohungen, die er gegen das Reich ausstößt!" Kain zitierte:

„‚Ich mache den Boden unter euch schwanken! —
Der Feind wird rings das Land durchziehen! —
Niedergerissen wird die Mauer!
Geplündert werden die Paläste!' —

Das muß doch die Unzufriedenen zum Aufstand reizen!" — „Du verschweigst die sozialen Mißstände im Reich, die der Hirte anprangert." — „Die sozialen Mißstände!" brauste Kain auf. „‚Arme wird es immer bei euch geben!' hat Mose gesagt." — Endlich gab der König Kain folgenden Befehl: „Laß ihn durch deinen Geheimdienst beschatten! Überwache besonders sorgfältig, ob er Be-

ziehungen zur ‚Scheol' und nach Jelek hat." Ernst fügte er hinzu:
„Aber keine Eigenmächtigkeiten! Du haftest mir mit deinem Kopf
für die Sicherheit dieses Mannes! Bringst du mir triftige Beweise,
so will ich durch meine Leibwache selbst eingreifen!" Der Feldhauptmann rief Husai zu sich.

Josef traf den Feldhauptmann am Abend bei einem Trinkgelage
im Hause Amrams: „Da, lies!" schrie der Großkaufmann und
schmetterte dem kauenden Offizier ein Blatt auf den Tisch. „Ein
Schreiber hat die neueste Predigt des Amos niedergeschrieben, die
er in meinem Gewölbe hielt — ach, was sag ich — schrie! Geschrien
hat er sie!" — Kain las:

> „Höret dies, die ihr die Armen zertretet
> und die Elenden im Lande bedrückt!
> Die ihr denkt: ‚Wann geht der Neumond vorüber,
> daß wir Getreide verkaufen,
> wann der Sabbat, daß wir Korn feilhalten?
> Daß wir das Maß kleiner und den Preis größer machen
> und betrügerisch die Waage fälschen?
> Daß wir um Geld die Mittellosen kaufen
> und den Armen um ein Paar Schuhe
> und auch noch den Abfall vom Getreide verschachern?'
> Der Herr hat geschworen beim..."

Kain sah auf. Josef schlug gegen das Papier und rief: „Diese
Drohungen nehme ich nicht ernst. Damit mag er Kinder schrek-
ken. Aber er soll mich nicht länger in aller Öffentlichkeit an-
prangern! Der Schaden für mein Geschäft wäre nicht auszuden-
ken. — — Ich lasse ihn durch meine Knechte beseitigen! Hätte
mich Zedekia nicht zurückgehalten, dann hätte ich das kürzlich
selbst getan!" — „Hüte dich! Ich habe folgenden Befehl des
Königs...!"

UMSTURZPLÄNE

Die Sklaven schliefen. Zattai lag immer noch wach. Während er
aus der Finsternis der ‚Scheol' zum sternenübersäten Himmel
hinaufschaute, beschäftigte ihn die Frage: „Warum scheiterte der

Aufstand Jonadabs?" Zattai wußte: Jonadab war zwar ein aufrechter, aber impulsiv handelnder Mensch. So konnte der Sklave sich vorstellen, wie es im Hof des Bauern zum Streit zwischen Josef und Jonadab kam, wie der Zorn in dem Bauern aufloderte, und wie er dann zur Fackel griff und das Feuer in seinen Hof und die Gerstenfelder schleuderte. — „Nein! Ich werde die Sache anders anpacken. Ich habe kaltes Blut. Zum Entsetzen meiner Kameraden kann ich einen Steinblock auf mich zurollen sehen und stehenbleiben. Erst in der letzten Sekunde springe ich zur Seite. Kein Zugriff der Peiniger wird den Aufstand auslösen. Ich selbst werde den Zeitpunkt bestimmen." — Und an was war Jonadabs Empörung noch gescheitert? Daran, daß nichts organisiert war. Als den größten Fehler sah Zattai an, daß die Bauern nichts gegen Samaria unternommen hatten. Diese Stadt! Zattai stand auf. Er stieg über die Körper seiner schlafenden Kameraden hinweg und begab sich zum Ausgang der ‚Scheol'. Über ihm lag Samaria, die furchtbare Stadt, die Stadt, die Zattai haßte wie keine andere. Wenn man diesen Riesen bezwingen wollte, mußte man ihn von innen zu Fall bringen. Die aufständischen Haufen, die von Jelek und von der ‚Scheol' auf Samaria zubranden würden, konnten nur die Aufgabe haben, die Soldaten an die Mauer zu locken. Dann aber mußte der Aufstand in der Stadt selbst losbrechen. Dieser innere Feuersturm mußte sich mit dem von außen vereinigen und die Unterdrücker verderben. — Wieder schaute Zattai zur Stadt hinauf. Da lag sie, mehr eine Zwingburg als eine Stadt. Drohend und stolz blickte sie auf den zerlumpten Sklaven herab. „Ich werde dich in die Knie zwingen! Ich werde das Feuer auf deinen stolzen Scheitel werfen, daß deine Haare stinkend im Rauch zerflattern!" Aber wie konnte man in Samaria Aufständische sammeln? Wer war der Mann, der tollkühn genug war, um die Rebellen innerhalb der Stadt zu befehligen? Scheiterte der Aufstand, so könnten sich die Rebellenhaufen außerhalb Samarias durch Flucht retten. Rebellen in der Stadt aber wären verloren. Zattai war kühn genug, um sich die Rolle des Befehlshabers sofort selbst zuzuschreiben. Aber er mußte den Haufen, der von der ‚Scheol' nach Samaria hinaufzog, befehligen. — Mesach mußte sich mit der schweren Aufgabe befassen! Er hatte in der Stadt die besten Verbindungen zu den Armen.

Die Sterne zogen ihre Bahn. Zattai lag immer noch wach auf seinem Lager. Die Scheolleute schliefen den schweren Schlaf der

Gequälten. Zattai berechnete Wegstrecken und Zeiten. Er sah, wie sich die Kolonnen der Rebellen heranwälzten. Er hörte ihr heiseres Rufen. Er sah, wie durch die engen Gassen Samarias Soldaten waffenklirrend zu ihren Alarmplätzen eilten. Jetzt mußte Mesach den Befehl zum Hervorbrechen seines Haufens geben. — Zattai schlief erst ein, als sich schon die erste Ahnung des Morgenrots hinter dem Gebirge Gilboa zeigte. Er träumte: Er eilte auf einem schmalen Pfad dahin. Vor ihm ging eine andere ihm unbekannte männliche Gestalt. Plötzlich war beiden der Weg durch einen Strom abgeschnitten. Aber seltsam! Das Wasser floß nicht in einem Flußbett. Es floß auf ebener Erde dahin, ohne sich zu verlaufen oder zu verbreitern. Auf die Mitte zu wurde der grau dahinstürzende Wasserlauf sogar immer höher. Der Unbekannte vor Zattai stürzte sich mutig in das tödliche Element. Er konnte es offenbar auf der Erde gehend durchschreiten. Das Wasser reichte ihm nur bis zum Hals. Als er den Fluß durchquert hatte, wandte sich der Fremde jäh um. Zattai sah in ein sehr blasses Gesicht. „Jonadab!" Zattai wollte ihm nachstürzen. Nein, er mußte es tun! Da stiegen die Wasser auf einmal wie zu einem felsgrauen Berg an. Jonadab war verschwunden. Zattai stürzte sich in den Strom . . .

Da wurde er heftig geschüttelt und erwachte. Mesach beugte sich über ihn: „Was schreist du nach Jonadab, Zattai, und ächzt und stöhnst? Steh auf, die Fronvögte kommen!" — Der Traum lähmte Zattai den ganzen Vormittag. Als die Nacht hereinbrach, rief Zattai Gibor, Kalik, Mesach und Jussai in den hintersten Teil der ‚Scheol'.
Er ging ohne Umschweife auf sein Ziel los und schilderte sein Vorhaben. Dabei beobachtete er scharf die Mienen seiner Zuhörer. Mesach wurde totenblaß. Jussai machte leichtsinnig die Geste des Aufhängens. Gibor hieb fortwährend mit einem faustgroßen Keil gegen die Felswand. Nur Kalik blieb ruhig. Zattai kam zum Ende. Schweigen. Die Männer schauten vor sich hin. Gibor schlug immer noch gegen die Felswand: „So sinnlos sind deine Pläne wie diese Schläge gegen den Fels." — Mesach: „Du wirst nur erreichen, daß der Fels losbricht und uns alle erschlägt und begräbt." — Kalik: „Jonadab konnte sich noch retten. Du und wir alle werden verloren sein." Schweigen. Gibor schleuderte seinen Faustkeil zornig auf den Boden.

„So wollt ihr also Sklaven bleiben? Ihr wollt weiter dulden, daß ihr wie angekettete Tiere — wie Ochsen — täglich den Karren der Reichen ziehen müßt? Ihr wollt zusehen, wie eure Frauen dahinsiechen, eure Kinder aufwachsen, um Sklaven zu sein? Sklavenseelen! Das wollt ihr sein? — Und da gibt es Priester, die behaupten, der Mensch sei gottähnlich geschaffen! Gott ist frei, darum nennen wir ihn den ‚Herrn'. Und dieser Freie will eure Freiheit! Er ist auf der Seite derer, die nach Freiheit dürsten. Aber ihr dürft dabei nicht die Hände in den Schoß legen!"

Mesach: „Deine Worte beleidigen uns. Sklavenseelen? Wir alle waren bei Jonadabs Aufstand mit dem Herzen dabei. Was ist das Ergebnis gewesen? Abgehauene Glieder, geschändete Leichen, Sklaverei! Das schreckt uns. Wir ergeben uns in die Sklaverei, weil die Sklavenhalter übermächtig sind. Und weißt du, Zattai, ich denke mir, daß der Mensch auch in Ketten seine innere Freiheit bewahren kann!"

Zattai ließ nicht locker: „Brüder, bedenkt euer Los! Wurden in Israel Menschen jemals ärger geschunden? Durch Menschen eigenen Bluts? Mesach! Willst du im Ernst behaupten, daß wir noch den Anspruch erheben dürfen, ‚Menschen' genannt zu werden, wenn wir jedes Unrecht widerspruchslos hinnehmen? Wo das geschieht, da wird der Mensch zum Tier. Da zerreißt er den Majestätsbrief seiner Freiheit, den ihm Gott verliehen hat. Nur ein Gott kann solche Leiden hinnehmen, ohne zum Tier zu werden. — Hört meine Worte, Brüder. Uns geht es nicht so, wie es Jonadab ging. Glaubt mir! Es soll alles so sorgfältig geplant werden, daß unser Plan gelingen muß!"

Endlich willigten die Sklaven in Zattais Pläne ein. „Brüder, wir sind schon jetzt nicht mehr in der ‚Scheol'. ‚Scheol', das ist die Hoffnungslosigkeit — und sie hat in dieser Nacht für uns aufgehört!"

Zattai kam am Abend vor dem Sabbat in Jelek an. Im Abendlicht sah er noch die von Steinmauern umgebenen Äcker der Ebene Jesreel. Juchal hatte sein Haus schon abgeschlossen. Zattai mußte lange klopfen, bis der Bauer aufmachte. Er überredete ihn, mit ihm aufs Feld hinauszugehen. Dort wies er Juchal auf die erschütternde Not Jeleks hin. Zattai sah, daß Juchal auf Josef wütend war. „Diese Mauern kann man leicht umstoßen!" Zattai stieß an die Ummauerung eines Ackers. Polternd fiel sie ein. „Ja", sagte Juchal, „aber es ist kein Jonadab mehr da!"

Jetzt eröffnete Zattai dem Lauschenden seinen Plan. „Und du wirst den Bauernhaufen führen!" Der ehrgeizige Juchal sagte sofort zu. Was Zattai in der ‚Scheol' noch verschwiegen hatte, das sagte er dem Bauern: „Der Aufstand erreicht seinen Höhepunkt mit der Ermordung des Königs!" Juchal schwieg lange. „Ich bin mit deinen Plänen einverstanden, Zattai. Nur eins ist da noch. Der König Jehu, Jerobeam II. Vorfahre, ist von einem Schüler des Propheten Elisa gesalbt. Er ist also von Gott eingesetzt. Dürfen wir die Hand an den Gesalbten des Herrn legen? Denk an Davids Verhalten gegenüber Saul!" Zattai hatte mit diesem Einwand gerechnet. Er wußte, daß die Bauern den Gesalbten des Herrn trotz aller Königsmorde, die es in Israel gegeben hatte, für unantastbar hielten. „Jehu ist von Gott gesalbt, Jerobeam II. nicht!" — „Aber diese Salbung galt doch der ganzen Dynastie." — „Und wenn Jerobeam II. gestern erst gesalbt worden wäre, so hätten wir doch das Recht, ihn zu töten. Er ist der Verderber des Gottesvolks. Wir, Juchal, sind berufen, an ihm das Gericht zu vollstrecken!"

Zattai war von seiner gefährlichen Reise eben zurückgekehrt, als die Fronvögte einen neuen Sklaven in die ‚Scheol' stießen. Er hieß Judi und stammte aus Beth-Sean in der Jordanebene. Das stimmte zwar. Aber es handelte sich bei diesem Sklaven um niemand anders als um den Freund des Hauptmanns Husai, Offizier beim königlichen Regiment in Beth-Sean.

IM TOR

Nebelschwaden bedeckten die Ebene Jesreel. Als Josef mit seinen Begleitern in Jelek ankam, waren die Bauern noch nicht aufs Feld gegangen. Er rief sie alle auf den Dorfplatz zusammen. Einer nach dem anderen kam mißmutig dahergetrottet. Juchal erschien mit eingefallenem Gesicht, der einzige Pächter, den es im Dorf noch gab. Wirr hing sein Bart herunter. Er setzte sich auf einen Steinblock und fing an, Heuhalme aus seinem verfilzten Haar herauszuziehen. Josef erkannte Datan, Jenob und Nabal in den Gesichtern ihrer Kinder wieder, die nun alle Sklaven waren. Ihn fröstelte. Aber er fürchtete sich nur vor einem Mann im Dorf, vor dem letzten freien Bauern, vor Jehuda. Der stand abseits, stützte sich auf eine Gabel und blickte Josef unverwandt an. Der Kaufmann warf ihm einen finsteren Blick zu. Hätte er ihn nur auch gleich nach dem Jonadabaufstand verhaften lassen! Tobte in seinem Schädel nicht auch der Trotz jenes verdammten Aufrührers, der einst den Brand in die Ebene geworfen hatte? Steckten diese Sklaven nicht alle mit Amos und Jonadab unter einer Decke? Aber genug! Der letzte der Sklavenbauern traf ein. Insgesamt 47 hockten vor dem Kaufherrn. Wenn er diese verstockten, ungepflegten und verschlagenen Bauernschädel sah, geriet er in Zorn.

Er fing mit trockener Stimme an zu reden: „Eure Abgaben haben bis jetzt die Hälfte der Erträge ausgemacht." Juchal hatte sich inzwischen den letzten Heuhalm aus dem Bart gezupft und brummte die Worte des Großkaufmanns nach: „... die Hälfte der Erträge ausgemacht." Josef tat, als höre er es nicht. „Ich habe in letzter Zeit große Verluste gehabt." — „... große Verluste gehabt." Josef wurde rot. Er fing an zu schreien: „Ich habe in letzter Zeit selbst große Verluste gehabt!" — „... selbst große Verluste gehabt." Jetzt verlor der Handelsherr seine Selbstbeherrschung. Er stürzte auf den ersten besten vor ihm sitzenden Sklaven zu, packte ihn am Brusttuch und rief: „Du bist's, der mich ständig stört. Ich werde dich auspeitschen lassen!" Der Sklave sprang hoch: „Du bist im Unrecht, Herr, hier ...", er wies auf die neben im Sitzenden, „sie sind alle Zeugen, daß ich still hier hocke und auf dich höre." Josef wich mit hochrotem Kopf zurück und setzte seine Rede fort: „Weil ich große Verluste gehabt habe, muß ich die Pacht erhöhen. Fortan werdet ihr zwei Drittel eurer Erträge abliefern!" Er schrie, daß sich seine Stimme überschlug: „Wer seiner Ablieferungspflicht nicht nachkommt: In die ‚Scheol'!"

Die Bauern saßen noch wie vorher da. Juchal aber starrte Josef mit großen, ungläubigen Augen an: „Das kannst du nicht wollen, das kannst du nicht wollen, Herr!" Josef schrie: „Und ob ich das kann!" — „Aber Herr, es gibt doch noch das Recht!" wagte Juchal zu entgegnen. Josef ging auf seinen Pächter zu, zog ihn von seinem Steinsitz hoch und warf ihn mit solcher Wucht zurück, daß er krachend gegen einen Gartenzaun flog. „Recht?" höhnte der Kaufmann. „In mir ist das Recht! Was ich sage, das ist das Recht! — Ich werde euch alle zertreten, wie diesen Wurm." Er stampfte wie rasend auf den Boden. „Gesindel, ihr, die ihr mit gemeinen Mordbrennern wie diesem Jonadab und diesem Aufrührer Amos unter einer Decke steckt!" Der Großkaufmann schäumte vor Wut. Aber jetzt waren die Bauern alle aufgestanden. Josef wich zu seinen Begleitern zurück.

Auf einmal stand Jehuda vor ihm. Der stille Bauer hielt die Zeit des Redens für gekommen. Er sagte bedächtig: „Herr, es steht im Gesetz geschrieben: ‚Du sollst den Armen in deinem Volk nicht bedrängen, ich bin der Herr, dein Gott!' Bedenke dieses Wort, Herr, und laß die Abgaben wie bisher! Ich bin noch der einzige freie Bauer hier in Jelek und weiß, daß diese hohe Pacht nicht bezahlt werden kann!" Amram mischte sich ein: „Du bist nichts gefragt, Jehuda!" sagte er mit kühler Stimme. „Dies hier sind Sklaven meines Schwiegersohns. Wenn du nicht sofort den Gerichtsplatz verläßt, wird dich dieser königliche Beamte hier", er wies auf Iskai, „festnehmen und nach Samaria abführen!" Jehuda lachte: „Ha, der König! Der König würde anders reden als ihr, meine Herren!" Da sprang Iskai vor und legte seine Hand auf Jehudas Schulter: „Du bist verhaftet, Jehuda, im Namen des Königs! Du hast einen freien Israeliten in der Ausübung seines Rechtes behindert und den König gelästert. Du hast gesagt: ‚Der König, ha, der hat bei uns nichts zu suchen!'" Ehe der Bauer den Mund auftun konnte, stürzten Soldaten herbei, nahmen ihn in ihre Mitte und stießen den Widerstrebenden vor sich her auf den Streitwagen. Die Bauern blieben erst wie benommen stehen. Dann riefen sie: „Wir gehen ins Tor nach Samaria und klagen gegen dich, Josef!"

Der Lärm legte sich. Der Richter Iskai eröffnete die Gerichtsverhandlung. Die Ältesten beschlossen, das Verfahren gegen Jehuda abzutrennen und am anderen Tag gesondert zu behandeln. Dann traten die Bauern aus Jelek vor die Ältesten. Der Sohn Datans führte das Wort: „Älteste in Israel! Wir klagen gegen den Kaufmann Benjamin, dessen Sklaven wir sind, weil er uns vorgestern eine zu hohe Pacht auferlegt hat. Wir mußten bisher die Hälfte der Weizenernte abliefern. Jetzt verlangt Josef zwei Drittel!" Die vielen Sklaven, die im Tor anwesend waren, fingen an zu murren. Der Richter Iskai befahl: „Ruhe!" Datans Sohn sprach weiter: „Ihr Ältesten! Schenkt uns Armen Gehör! Denkt an die Not unsrer Frauen und Kinder! Schlichtet zwischen uns und unsrem Herrn Josef!" — Die Ältesten steckten die Köpfe zusammen. Nach kurzer Beratung sprach Iskai: „Die Anklage richtet sich gegen einen angesehenen Bürger unserer Stadt. Er soll selbst hier erscheinen und seine Sache führen!"

Schon eilte ein Bote weg, um Josef zu holen. Inzwischen redete Amram kräftig auf die Ältesten ein. Endlich betrat der reiche Kaufmann selbst das Tor. Er würdigte die Bauern keines Blicks und trat zu Iskai. „Du hast die Pacht deiner Bauern erhöht?" — „Das habe ich allerdings getan." — „Nun, wir Ältesten hätten uns in die Angelegenheit eines so angesehenen Bürgers unsrer Stadt gar nicht eingemischt. Aber da" — Iskai wies auf die sechs Elendsgestalten —, „diese da führen Klage gegen dich." Kalt erwiderte Josef: „Jedermann weiß, wie fruchtbar die Ebene Jesreel ist. Die Erträge sind so hoch, daß sich meine Bauern noch von dem Drittel, das ihnen bleibt, mästen können. Außerdem erhalten sie das Arbeitsgerät, also Pflüge, Gabeln, Eggen, von mir kostenlos." Datans Sohn trat vor: „Ihr Herren! Erlaubt mir, daß ich rede! — Ich habe bisher mein Ackergerät immer zu hohen Preisen bei Josef kaufen müssen!" Josef fuhr ihn an: „Du lügst!" Fast wie aus einem Munde erwiderten die Bauern: „Er lügt nicht. Wir müssen das Werkzeug zu hohen Preisen kaufen!" Josef wartete den Schluß dieser Rede nicht ab: „Ich bin hergekommen, um meine Pachtforderungen zu begründen. Sollten meine Bauern von dem ihnen verbleibenden Drittel nicht leben können, so liegt das an ihrer Faulheit." — Jetzt stieg dem Sohn Datans das Blut in den Kopf: „Ich protestiere, ihr Ältesten! Der Kaufmann beschuldigt die Bauern Israels der Faulheit!" Josef: „Ein freier Bauer war einst dein Vater, Sohn Datans! Du bist mein Sklave und wirst tun, was ich dir sage!" schrie Josef.

Der Älteste Simon stand auf: „Josef, Josef! Ist die Sprache, die du sprichst, nicht die des Pharao gewesen zu jener Zeit, als unsre Väter in Ägypten unterdrückt wurden? Im Gesetz steht geschrieben: ‚Du sollst ein Glied deines Volkes nicht bedrücken, denn ich bin der Herr!' — Ihr Ältesten, erlaubt mir ein offenes Wort. Erlaubt mir, daß ich meine Stimme für die Wahrheit erhebe! Wer von einem Bauern verlangt, daß er zwei Drittel seiner Erträge kostenlos abliefert, der gehört wegen Unterdrückung seiner Brüder bestraft. Wer das tut, ist schuld am Hungertod kleiner Kinder unsres Volkes, an der Not der Bauersfrauen und an der Mühsal der Männer. Gebt den Bauern recht, Älteste!" Simon schwieg. Vielstimmige Rufe: „Hoch Simon! Isaak, der Gerechte, lebt noch!"

Die Ältesten saßen stumm und steif da und maßen Simon mit feindlichen Blicken. Der Richter Iskai rief überlaut: „Augenblicklich herrscht Ruhe oder ich lasse das Tor von der Wache räumen!" Die Richter berieten über das Urteil. Atemlose Stille. Iskai stand auf: „Rechtsspruch: Die Klage der sechs Bauern aus Jelek wegen überhöhter Pachtforderung wird abgewiesen . . . !" Er konnte nicht weitersprechen. Ein Sturm der Entrüstung. Die Bauern fielen vor ihren Richtern auf die Knie. Iskai rief: „Ich lasse das Tor sofort räumen!" Stille. „Weil diese Bauern es wagten, über den Kopf ihres Rechtsvertreters hinweg zu klagen, werden sie zu je zehn Stockschlägen verurteilt. Das Urteil wird sofort vollstreckt." Toben. Schreien. Ungeheurer Tumult. „Wache!" — Die Soldaten eilten mit langen Knüppeln heran und schlugen auf die Umherstehenden ein. Im Nu war der Platz leer. Nur noch die sechs Bauern standen ergeben wie Schlachtschafe vor den Ältesten. Würdevoll erhoben sich diese, rafften ihre Gewänder und schritten auf das Innentor zu. Das Tor aber hallte wider von den Schreien der Gequälten.

Der Älteste Simon zog in der Frühe des anderen Tages mit seiner ganzen Familie frohgemut ins Heiligtum zum Opferfest, das er anläßlich der Geburt eines Sohnes feiern wollte. Zwei Knechte führten ein gemästetes Kalb. Vier Mägde schleppten einen mächtigen Weinkrug. Simon rechnete mit vielen Gästen. Wenige Stunden vor der gestrigen Gerichtsverhandlung hatte er die Ältesten eingeladen. Alle, bis auf Amram, sagten zu. Die fröhliche Gesellschaft war sehr verwundert, daß sich noch keiner der Geladenen am Altar eingefunden hatte. Noch mehr erstaunt war Simon, als er nach längerem Warten von einem unbekannten Priester begrüßt wurde anstatt vom Oberpriester persönlich, der sonst bei Opfern von Ältesten selbst die heilige Handlung vollzog. Unverdrossen wartete der Älteste auf seine Gäste. Er wartete eine Viertelstunde, eine halbe Stunde, eine Stunde. Niemand erschien. Da wußte Simon, wie es um ihn stand. Jäh stieg in seinem Herzen das trostlose Gefühl des Verlassenseins auf. Aber er bezwang sich. Um seiner Familie und um seines Gesindes — nein, um Gottes willen! Als das Tier geschlachtet und das Fleisch bereitet war, lud Simon den Priester zum Opfermahl ein. Aber auch der lehnte ab und ließ Simon stehen. Simon setzte sich an den Tisch und würgte ein paar Brocken hinunter. Dann verließ er das Heiligtum eilig.

Als der Älteste spät in der Nacht zu seinem Haus zurückkehren wollte, stürzte er über einen Draht, der in Knöchelhöhe über die dunkle Gasse gespannt war. Noch während er fiel, lösten sich aus nachtschwarzen Nischen zwei Gestalten und hieben auf ihn ein. Simon verlor die Besinnung. Nachdem die beiden Totschläger ihr Werk getan hatten, beseitigten sie den Draht. Ein dritter, der aus dem Schatten der Häuserreihe hervortrat, warf einen unförmigen, schwarzen Gegenstand auf den Bewußtlosen. Die drei unheimlichen Gesellen verschwanden lautlos.

Der Abend kam. Die Ältesten versammelten sich wieder zum Gericht im Tor. Der Prophetenvater trat zu Josef und bedankte sich leise für ein Geschenk, das ihm gestern abend durch einen Boten ins Haus gebracht worden war. „Du hast den Prozeß so gut wie gewonnen." sagte Zedekia. Die Volksmenge wurde erregt. Soldaten brachten Jehuda aus dem Gefängnis und führten ihn vor die Ältesten. Der Bauer machte einen ungebrochenen Eindruck. Die Sklaven ermunterten ihn durch Zurufe. Jehudas Augen schweiften suchend in der Volksmenge umher. Aber Simon, den er suchte, fand er nicht.

Josef war gesonnen, die Sache schnell zu beenden. Nach dem Brauch des israelitischen Gerichtsverfahrens, das keine Ermittlungsbehörde und keinen öffentlichen Ankläger kennt, erhob er selbst die Anklage: „Älteste in Israel! Ich erhebe Anklage gegen den Bauern Jehuda aus Jelek. Er hat vor drei Tagen in Jelek in meiner Anwesenheit den König gelästert mit den Worten: ‚Der König hat in Jelek nichts zu sagen. Verflucht sei er!'" Cohen sprang auf: „Das ist unerhört! Erlaubt mir, Älteste, daß ich das feststelle! Statt sich ehrerbietig gegen unsren ruhmreichen Herrscher zu erzeigen, wagt es der Pöbel, den Gottgesalbten anzugreifen!" Die Sklaven murrten. Iskai gebot Ruhe. Dann sprach er: „Welchen Beweis kannst du für deine Anklage führen, Josef?" Josef trat einen Schritt vor: „Ich habe zwei Zeugen: Meinen Schwiegervater Amram und meinen Sohn Immer. Ihr könnt sie hören, wenn ihr wollt." Beide erhoben sich gleichzeitig und stellten sich neben Josef: „Wir bezeugen das und können unsre Aussage auf Verlangen beschwören. Jehuda hat den König gelästert!" Der Richter Iskai erhob beschwörend seine Stimme: „Ihr Ältesten in Israel! Prüft diesen Fall genau! Auf Lästerung des Königs steht Steinigung!" — Dann fragte er Jehuda: „Was hast du zu deiner Entlastung zu sagen?" — „Nur das: Zeugen sind alle Bauern von

Jelek, daß ich weder in Anwesenheit Josefs noch sonst jemals den König gelästert habe. Man möge sie herholen und sie hören!" Erregt warf Josef ein: „Die Bauern von Jelek sind Sklaven und haben im Tor unter Freien nichts zu bezeugen!" Jehuda fuhr zornig auf: „Da magst du recht haben. Aber Juchal ist kein Sklave. Er ist bis auf diesen Tag dein Pächter. Ich verlange, daß er hier vor dieser ganzen Gemeinde gehört wird! Er ist immer noch freier Israelit, und sein Wort gilt soviel wie deins, Josef." — „Recht so!" schrien die Zuschauer und klatschten in die Hände. Der Richter: „Das Tor wird geräumt, wenn nicht sofort Ruhe einkehrt!" Dann rief er in die aufgebrachte Menge: „Ist der Bauer Juchal hier?" — „Ja!" schrie es aus dem Volk, „hier ist er schon — aber betrunken!" Josef lachte höhnisch. Der betrunkene Bauer trat schwankend vor die Ältesten. „Kannst du bezeugen, daß Jehuda den König nicht gelästert hat?" Juchal blickte den Richter mit glasigen Augen an und lallte: „Bezeugen? Bezeu — zeugen?" Iskai lachte schallend. „Jehuda, du bist ein kluger Mann und nennst uns einen Säufer als Zeugen?" Dann schrie er den Betrunkenen an: „Geh!" — „Ja, ich geh — ja — schon!"
Kalter Schweiß sammelte sich auf Jehudas Stirn. Der Richter wandte sich an die Ältesten: „Wie urteilt ihr, Älteste in Israel?"

Da! Erregte Stimmen vom Tor her. „Simon kommt! Der totgeglaubte Simon kommt!" Tatsächlich! Sich auf zwei Stöcken stützend, humpelte der Älteste herbei. Sein Kopf war so verbunden, daß man nur seine Augen sah. Der rechte Fuß trug einen dicken Verband und schien steif zu sein. Josef wurde kreidebleich. Noch ehe Simon vor den Ältesten angelangt war, rief er: „Ältester bin ich in Israel und will meinen Platz im Tor!" Dann sprach er zu Jehuda: „Du bist unschuldig, Bauer aus Jelek! — Ich weiß, du bist der letzte freie Bauer in deinem Dorf und du sollst auch frei bleiben!" Er schlug mit seiner Krücke auf den Boden: „Frei sollst du bleiben, wie Abraham, Isaak und Jakob es waren, nur einem untertan, dem freien Gott!" Dann trat er vor die Ältesten, zeigte mit der Krücke auf Josef und rief: „Dieser da, dieser ist der eigentlich Schuldige! Er hat in Jelek einen Hof nach dem andern an sich gebracht. Zuletzt durch diesen mörderischen Prozeß gegen Datan, Nabal und Jenob. Den Besitz dieser Gehenkten hast du bekommen. Nabal hast du durch deine Leute ermorden lassen, um dir auch sein Gut anzueignen!" Simon erhob seine Stimme: „Und jetzt hast du Jehuda vor das Gericht geschleift, Josef. Ich will es euch allen sagen, die ihr hier im Tor zu Samaria sitzt: Dieser Bauer hier ist zu Unrecht der Königslästerung angeklagt. Die Bauern aus Jelek haben mir alles erzählt, und ich weiß nicht, warum ich ihnen nicht ebensoviel glauben soll wie Josef. Er will auf diese Weise den einzigen, noch freien Hof in Jelek beseitigen und ihn an sich bringen!"

Josef sprang auf: „Amram, Iskai, Älteste, er lügt! Muß ich diese Verleumdungen noch länger anhören?" Der Oberpriester sprang auf: „Du mußt das nicht, Josef. Der Älteste Simon hat nämlich allen Grund, das Tor sofort zu verlassen! Kam er nicht gestern zu Fall und fiel auf das Aas eines toten Hundes? Ich, als Oberpriester und oberster Kultbeamter, erkläre aufgrund des heiligen Gesetzes unsres Gottes: Der Älteste Simon ist in höchstem Grade unrein, ist folglich eine Gefahr für das heilige Volk Gottes, das hier im Tor versammelt ist, und muß darum den Platz sofort verlassen!"

Jetzt schrie Simon auf: „Ich gefallen? Niedergeschlagen wurde ich, von gedungenen Knechten, und dieser tote Hund wurde auf mich geworfen, damit ich nicht im Tor erscheinen sollte! Aber diese Rechnung geht nicht auf. Hier bin ich und klage hiermit Josef an: des Mordes an Datan, Jenob und Nabal, der Mordabsicht auf Jehuda, des Überfalls auf mich und meiner Verunreinigung!" Iskai: „Simon, du wirst jetzt schweigen und das Tor sofort verlassen! — Soldaten!" Sie sprangen herbei, packten den Ältesten und schleppten ihn fort. Simon schrie, bis man seine Stimme nicht mehr hören konnte: „Ich klage an! Ich klage an! Ich klage an!"

Das Geschrei des Ältesten war noch nicht verhallt, als die aufgewühlte Menge rief: „Amos! Amos!" Auch Jehuda schrie. Er schrie wie ein gefangenes Tier. — Der Prophet hatte, unter der Volksmenge stehend, alles verfolgt. Jetzt trat er hervor:

„Verflucht seien die, die das Recht in Unrecht verkehren
und die Gerechtigkeit zur Erde niederwerfen!
Sie hassen den im Tor, der gerechte Entscheidungen fällt
und den, der die Wahrheit redet, verabscheuen . . ."

Der Lärm der Sklaven wurde so laut, daß Amos nicht mehr weiterreden konnte: „Ja, der wird gehaßt, der die Wahrheit sagte: Simon! — Simon! — Simon! — Simon!"

„Darum, weil ihr den Geringen niedertretet
und Getreideabgaben von ihm nehmt,
sollt ihr wohl Häuser aus Quadern bauen —
aber nicht darin wohnen!
Weinberge zu eurer Lust pflanzen —
aber ihren Wein nicht trinken!"

Jehuda zitterte, als er das hörte. Hier sprach Amos vom Schicksal
der unterdrückten Bauern in Jelek.

„Ja, ich kenne eure vielen Sünden
und eure zahlreichen Missetaten,
die den Gerechten bedrücken...,
Bestechungsgeld nehmen
und die Armen im Tor beugen — — —!"

Josef: „Sollte dieser Unruhestifter Kenntnis von meinen Teppich-
geschenken bekommen haben?"

„Darum spricht der Herr der Heerscharen:
Auf allen Marktplätzen — Totenklage!
Und auf allen Straßen rufen sie ‚Weh! Weh!'
Dann ruft man den Bauern zur Trauer
und den Winzer zu den Klagekundigen —
wenn ich durch dich hindurchschreite, Haus Josefs!
Der Herr hat's gesagt!"

Amram: „Redet der Unsinnige nicht von einem Massensterben?
Welche Ironie! Dann wird man die unterdrückten Bauern brauchen, zur Totenklage!"
Iskai sprang auf: „Sofort das Tor räumen!" Als hätte sie schon
auf diesen Befehl gewartet, stürmte eine Abteilung Soldaten herbei und hieb auf die Menge ein. Diese wich zuerst nur langsam
gegen das innere Tor zurück. Als die Soldaten aber mit Spießen
zu stoßen begannen, wurde daraus eine panische Flucht. Wehe
dem, der zu Fall kam! Die Fliehenden nahmen keine Rücksicht auf
ihn, und von den Soldaten hatte er keine Gnade zu erwarten. Drei
Tote mußten vom Platz getragen werden. Jehuda wurde in das
Gefängnis zurückgebracht.
Nacht. Wo die Webergasse in die Königsstraße mündete, drückte
sich Husai in einen dunklen Winkel. Kurz vor Sonnenuntergang

war Amos zu Simon gegangen. Der junge Hauptmann mußte lange warten, bis der Prophet das Haus des Ältesten verließ. Die beiden Männer hatten offenbar viel miteinander zu reden. Husai mußte sich eingestehen, daß er langsam Sympathie für Amos hegte. Seit er ihn bespitzelte, konnte er dem Propheten keine Beziehungen zu den Bauern von Jelek nachweisen. Was die ‚Scheol' betraf, so hatte ihm dies sein Freund Judi ausdrücklich bestätigt. Amos verkehrt nur mit den angesehenen Männern der Stadt. — Der Geheimdienstoffizier bekam langsam Zweifel an seiner Beurteilung des Falles Amos.

Endlich kam der Prophet. Husai sah ihn aus nächster Nähe, als er die Königsstraße betrat. Was für ein ehrliches Bauerngesicht! Nein! Ihm sollte nichts geschehen, solange es auf den Hauptmann Husai ankam. Er blieb ihm auf den Fersen und hielt sich dabei tief im Mondschatten der linken Häuserreihe. Als Amos in die Münzgasse einbog, war der Geheimdienstoffizier keine 10 Schritte hinter ihm. Plötzlich sah der Hauptmann eine Gestalt aus dem Gewölbe Josefs hervorschnellen. Husai erkannte sie, und sein Herzschlag stockte. Pucha, von dem man sagte, daß er Nabals Mörder sei! Der Hauptmann hetzte wie ein Löwe hinter Pucha her. Er sah im Springen, daß dieser nur noch wenige Meter von dem nichts ahnenden Amos entfernt war und schon die Faust mit dem Spitzdolch zum Todesstoß erhob. Da war Husai bei ihm und riß ihn von hinten mit großer Kraft zu Boden. Amos blieb bestürzt stehen und bemerkte mit schreckensbleichem Gesicht die Gefahr, in der er eben noch geschwebt hatte. „Mein Gott!" stieß er hervor. Der Hauptmann erhob sich. „Hauptmann Husai", sagte er. „Gehen Sie!" befahl er dann barsch. „Dieser Fall ist meine Sache!" — Pucha war tot!

KARNAIM

In der Werkstatt des Holzschnitzers Nahus und bei dem Webermeister Dindam wurde fieberhaft gearbeitet. Der Holzschnitzer fertigte aus hartem, schwärzlichem Zedernholz das Throngestühl, das der Kanzler Benaja persönlich bei ihm in Auftrag gegeben hatte. Mächtig und sicher ruhten bald die vier Füße des Thrones auf dem Boden. Sodann reckte sich die Rückenlehne majestätisch und zugleich elegant empor. Jetzt brachte der Künstler die vornehm nach unten ausschwingende Sitzfläche an. Den beiden Vorderfüßen baute er einen niedrigen Fußschemel vor. Wohlgefällig betrachtete der Meister sein Werk. Aber der schwierigste Teil der Arbeit kam noch. Für die beiden Armlehnen hatte der Kanzler je einen sitzenden, kampfbereiten Löwen in Auftrag gegeben. Nahus zerriß verschiedene Entwürfe, bis er die richtige Form gefunden hatte. Endlich war er fertig. „Der Thron soll die unbesiegbare, stolze und sichere Macht des Königs zum Ausdruck bringen!" hatte der Kanzler gesagt.

Inzwischen war der Weber Dindam nicht weniger fleißig. In wochenlanger Arbeit wob er aus hellblauen Wollfäden die Bespannung für Rückenlehne, Sitzfläche und den Fußschemel. Dann führte er die Ornamente aus. Alles Goldstickerei! Und gar der Fußschemel! Seine Oberfläche war in zwei Bilder eingeteilt. Links, vom Sitzenden aus gesehen, waren in je drei männlichen Personen das besiegte Aram, Philistäa und Ammon dargestellt, rechts das ebenfalls unterworfene Moab, Edom und Amalek. Das war eine Arbeit! Hier wurden Fäden verschiedener Farbe benützt.

Es war für Nahus und Dindam ein erhabener Augenblick, als der Thron fertig bespannt in Meister Dindams Werkstatt stand.

> „Er kauert nieder,
> legt sich hin wie der Löwe,
> wie die Löwin!
> Wer will ihn stören?"

flüsterte der Holzschnitzer leise, der in den Liedern beschlagen war, die man am Thronbesteigungsfest zu singen pflegte.

Am Morgen des hohen Festes weckte die Einwohnerschaft feierliches Blasen der Widderhörner von allen Türmen der Stadt. Im Thronsaal des Königs versammelten sich die Großen des Reichs und die Gesandten der fremden Länder. Alle bewunderten den neuen Thron. Wahrhaftig, so mußte der Thron des mächtigen Königs von Israel aussehen! — Posaunen ertönten. Die Palasttüren öffneten sich. Der König erschien. Als er den neuen Thron sah, rief er aus: „Welch ein Kunstwerk!" Benaja sprach: „Das Kunstwerk ist dein Reich, das du in der Zeit deiner Herrschaft geschaffen hast. Deine Knechte schufen nur das Symbol dafür!" —

Auf ein Zeichen des Kanzlers intonierte der Priesterchor das ‚Israellied':

„Kein Unheil ist in Israel!
Der Herr, sein Gott, ist mit ihm
und Königsjubel in seiner Mitte.
Gott, der es aus Ägypten geführt, ist ihm Waffe
wie die Hörner dem Wildstier.
Darum hat kein Feind Macht über Jakob.
Welch ein Volk!
Wie der Löwe erhebt es sich!
Es legt sich nicht, bis es den Raub gefressen
und das Blut der Erschlagenen getrunken!"

Der Kanzler trat vor. Er entrollte eine Schriftrolle und begann mit dem Bericht über die Lage der Nation: „Mein König! Große des Reichs! Herren Gesandte! Bürger dieser Stadt! — Mit diesem Festtag der Erinnerung an die Thronbesteigung Eurer Majestät ist seit jeher der Bericht über die Lage der Nation verbunden. Mein König! Der Staatsrat hat nicht ohne tieferen Grund beschlossen, Ihnen zu diesem Thronbesteigungsfest den neuen Thron zu verehren. Er ist ein Symbol für Ihr Reich. — Mein König! Wie chaotisch war der Zustand des Reichs, als Sie einst mit seinem Aufbau begannen! Wie Holz und Wolle ohne den großen Künstler nicht viel wert sind, so auch ein Land nicht ohne den großen Herrscher. Ein kleines, geschlagenes Land übernahmen Sie einst von Ihrem Vater. Sie haben das Erbe gemehrt und gesichert. Ihre Feinde liegen zu Ihren Füßen, wie das auf dem Fußschemel des Thrones dargestellt ist. Mit Stolz können wir heute sagen, daß Israel das erste unter den Völkern ist! Ich kann das beweisen." — Der Kanzler trat ein paar Schritte nach rechts und nestelte an einer Schnur. Eine breite Stoffbahn löste sich an der Wand und gab darunter eine große Karte frei. Auf ihr zeigte der Kanzler die Ausdehnung des Reichs. — „Israel ist tatsächlich das größte der Reiche in diesem Raum und beansprucht darum die Führung. Aber wir sind nicht nur geographisch die Ersten, wir sind es auch wehrtechnisch. Ich will nur auf Samaria hinweisen: Schon die Ahabskasematten genügen, um die Stadt zu einem uneinnehmbaren Bollwerk zu machen. Durch die Befestigungen, die unter der Regentschaft Ihrer Majestät ausgeführt wurden, ist die Stadt zu einer unvergleichlichen Festung geworden. Jeder Bürger Samarias, sei er nun einfacher Bauer, Soldat, Handwerker, reicher Handelsherr oder Fürst, kann sich in dieser Stadt sicher fühlen. Sie wird jeden Sturm aushalten."

Der assyrische Gesandte flüsterte leise dem Ägyptens zu: „Eure Eminenz, der Löwe von Juda beliebt sich zu blähen." Der Ägypter antwortete: „Wenn es ihn nur nicht zerreißt!"

Benaja fuhr fort: „Zwar gibt es etliche Schwarzseher unter uns, aufgestachelt durch einen Landesfremden, die meinen, daß uns ein Unheilstag bevorstünde. Aber ihnen kann man nur sagen: ‚Geht einmal nach Kalne am Orontes und nach Hamath! Geht nach Gath ins Philisterland! Geht es ihnen besser als diesem Königreich, oder ist ihr Gebiet größer als euer Gebiet?'" Der Kanzler erhob seine Stimme: „Wenn sich also diese Staaten halten konnten und halten können in den politischen Veränderungen unsrer Zeit, wieviel mehr dann wir, die wir auch kraft der Erwählung durch Gott das erste unter den Völkern sind!"

Der Beifall kannte keine Grenzen. Der König sprang auf und ging mit schnellen Schritten auf den Kanzler zu. Er drückte mit beiden Händen Benajas Rechte. Dann rief er seinen Beamten und den Gästen zu: „Und nun zur Parade!"

Schon Stunden vorher war ganz Samaria vor das Tor hinausgeströmt, um das militärische Schauspiel zu sehen. Auch aus Megiddo und anderen Städten waren Menschen in großen Scharen erschienen. Festtagsstimmung. Junge Männer tanzten einen altisraelitischen Tanz. Die Soldaten ließen alles schweigend geschehen.

Plötzlich verstummte das fröhliche Treiben. Joel, der Gaukler, trat mitten unter die Tanzenden und Schwatzenden. Neben ihm stand eine sehr seltsam aussehende Gestalt. Sie hatte sich ein schwarzes Tuch übergeworfen, das den ganzen Körper bedeckte. Nur für die Augen waren kleine Schlitze freigelassen. In der Hüftgegend war das Tuch mit einem Gürtel zusammengehalten. Mit den Händen hielt die groß und drohend dastehende Person zwei schmale Tafeln vor sich, die fast halb so lang waren wie sie selbst.

„Sehet da! Sehet da!
Das ist der Gott vom Sinai!
Sehet da! Sehet da!
Das ist der Gott vom Sinai!"

schrie der Gaukler so laut er es nur vermochte und zeigte auf den Vermummten. Abigail stieß Lea an: „Der wagt es, Gott darzustellen!" Lea: „Es ist ein Gaukler. Man muß ihn machen lassen!"

Joel stieß seinen weißen Stab auf den Boden, und schon sprang aus der Volksmenge eine nicht minder merkwürdige Figur hervor. „Ein Stier! — Das goldene Stierbild, das sich Israel einst am Sinai machte!" Tatsächlich! Zwei Gehilfen des Gauklers hatten sich die Haut eines Stiers übergeworfen. Der erste trug eine Stierkopfmaske mit vergoldeten Hörnern. Sein Geselle ging mit nach vorn gebeugtem Oberkörper hinter ihm und bildete den Rumpf und die Hinterfüße des Stiers. Die Zuschauer jubelten hell auf, als sie den Stier sahen. Das ungebärdige Tier stellte sich links neben den Gaukler. Dieser wies auf den Sinaigott und verkündigte:

„Ihm dienten unsre Väter einst.
Sie hielten sein Gebot.
Und wir? Und wir?
Tun wir das noch?
Schau um dich in der Stadt!
Such den, der ihn noch ehrt!
Ist im Tor lebendig sein Gebot?
Regieren seine Worte im Palast?"

Bei diesen Worten floh der Sinaigott die Tribüne hinauf bis zu den obersten Rängen. Bedrückende Stille.

Joel zeigte auf den Stier:

„Ist der Gott, der da regiert
nicht der Stier vom Sinai?
Der Gott, der da regiert
ist der Stier vom Sinai!
Er kennt nur ein Gesetz.
Es lautet stets: Gewalt!
Mit seinen Hörnern setzt er's durch
und fragt nach niemand..."

Der Stier senkte seinen Kopf zum Angriff und rannte gegen die Volksmenge an, so daß die zuvorderst Stehenden kreischend zurückwichen. Er schlug mit den Hinterfüßen aus. Jetzt stand er allein in der Mitte des Platzes. Der Gaukler war zur Volksmenge zurückgetreten. Der Sinaigott thronte auf den höchsten Rängen der Tribüne. Joel zeigte auf den Stier und sprach:

„Im Herzen fängt die Stierzeit an,
da regiert der Geist des Stiers zuerst.
Im Herzen wird zum Stier der Mann
und tierisch werden seine Taten dann.
Schau um dich in der Stadt!
Wer betet nicht den Stiergott an?
Manch einer geht im Kleide aus Brokat,
der einem Stier gleich wüten kann.
Denn der wird selbst zum Stier,
der sich diesem Gott ergibt.
Und ich glaube schier,
daß ihn mancher bei uns liebt."

Auf den Gaukler sprang jetzt ein prächtig gekleideter Mensch mit einem Stierkopf zu. „Da seht! Unsre Kaufherren!" Ein einziger heiserer Schrei. — Eine weitere Maske: „Unsere Ältesten und Richter!" Wieder lautes, zustimmendes Geschrei. — Eine dritte Maske: „Unsre Priester!" — Eine vierte: „Unsre Geldverleiher!" — Eine fünfte: „Ihre Frauen!" Da schrie die Menge auf: „Basanskühe! Basanskühe! Basanskühe!" — Die fünf Masken hatten sich inzwischen an den Händen gefaßt und tanzten wild und ungebärdig um das Stierbild. Dann stellten sich acht Männer um die Tanzenden. Die Masken hielten im Tanz inne.
Plötzlich ging die maskierte Gestalt, die die Kaufmannschaft darstellte, auf die umherstehenden Personen zu und stieß vier brutal zu Boden:

„So ging es Jonadab, dem Bauern!
So Datan und Jenob!
Auch Nabal traf das scharfe Horn des Stiers!"

Die Niedergestoßenen blieben leblos am Boden liegen.
Der Lärm des Volkes wurde immer stärker. Aber der Beifall war jetzt tiefem Ernst gewichen.

„Doch er ist noch da!
Er ist noch da, der Gott vom Sinai!"

schrie Joel und wies hinauf auf die Tribüne. Jetzt rief es von dort:

„Zum Hirten sprach der Gott:
Geh hin und stürze du
den Gott, den sie sich ausgedacht!"

Daraufhin löste sich aus der Volksmenge eine Gestalt im Hirtenkleid. Sie schritt auf die Gruppe mitten im Platz zu. Ein Stoß!
Das Stierbild fiel um.

„Gelten soll bei uns allein
das Gesetz, das Gott uns gab!"

Der Sinaigott stieg majestätisch Stufe um Stufe herab. Der Gaukler sprach:

„Doch, Prophet des Herrn,
was wird geschehn?"

Da! Widderhörner! „Der König kommt!" Sofort besannen sich die
Offiziere auf ihre Pflicht. „Jagt die Hunde weg!" schrie der Anführer der Kamelreiterbrigade. Die Soldaten trieben ihre Kamele
gegen Joel und seine Leute. So schnell, wie sich die Truppe des
Gauklers eingefunden hatte, verschwand sie auch wieder. Nur die
Stierhaut blieb auf dem Platz liegen. — Das Volk war von dem
kurzen Schaustück und dem unerwarteten Eingreifen der Soldaten
so benommen, daß der Beifall für den König nur sehr spärlich
ausfiel. Er verstummte ganz, als hinter ihm seine Beamten und die
Reichen Samarias sichtbar wurden. „Sie tragen alle Stiermasken!"
Der König nahm auf seinem erhöhten Thron Platz, seine Gäste
zu seinen beiden Seiten. Die königlichen Sänger stimmten das
‚Jakobslied' an:

„Wie schön sind deine Zelte, Jakob,
wie Täler, die sich ausbreiten,
wie Eichen, die der Herr gepflanzt!
Reichlich Wasser hat seine Saat!

Höher als Agag steht sein König!
Gott, der ihn aus Ägypten geführt,
ist ihm Waffe, wie die Hörner dem Wildstier.
Er frißt die Völker, seine Feinde,
er zerschmettert seine Bedrücker!
Gesegnet ist, wer dich segnet,
verflucht, wer dir flucht!"

Kaum waren die letzten Worte des Liedes verhallt, da schritt eine halbe Tausendschaft Bogenschützen aus dem Tor. — Der assyrische Gesandte notierte: „Bogen! Köchertasche! Sichelschwert!" — Die Begeisterung für das kriegerische Schauspiel nahm überhand. Aus dem allgemeinen Jubel hörte man einzelne Stimmen heraus: „Karnaim!" — „Karnaimkämpfer!" Karnaim war eine Grenzstadt Israels im Ostjordanland, die sich die Aramäer widerrechtlich angeeignet hatten und die ihnen Jerobeam II., vor allem mit Hilfe der Bogenschützen, wieder entriß.
Der König saß mit strahlender Miene auf seinem Thron und genoß den Vorbeimarsch. Immer wieder wechselte er einige Worte mit dem Feldhauptmann Kain und dem Kanzler Benaja, die neben dem Herrscher saßen. Der stampfende Marschtritt der Soldaten, der Anblick der kampfgewohnten Leiber und der entschlossenen Gesichter ließen das Herz des Königs erbeben. Nein, die Worte seines Kanzlers waren nicht die übliche Lobhudelei. Er hatte recht, wenn er die Sicherheit Israels rühmte.
Jetzt rückte eine Tausendschaft Lanzenwerfer an der Tribüne vorbei. Jeder der Männer erhob beim Vorbeimarsch den rechten Arm mit der Lanze wie zum Wurf. — Der Assyrer schrieb: „Kettenhemden! — Beinschienen! — Mannshoher Schild!" —
Rumpeln schwerer Fahrzeuge. Von je acht Ochsen gezogen, wurden fast 10 Meter hohe, auf Rollen fahrbar gemachte Belagerungstürme herangeführt. Wie Riesen der Vorzeit schwankten sie knarrend am König vorbei. Nach ihnen kamen 10 Sturmböcke, ebenfalls von Ochsen gezogen. — Der König stand auf und mit ihm alle seine Gäste. Er blickte triumphierend zu seinen ausländischen Gästen hinüber. Mochten sie nur schauen! Mochte der Assyrer nur schreiben! Israel war auch für die Belagerung der größten und besten Festungen des Auslandes gerüstet!
Mit Ochsen bespannte zweirädrige Karren! Manche hoch mit Säcken beladen, andere führten Sturmleitern und Belagerungs-

gerät. — Noch hatte sich der aufgewirbelte Staub nicht gelegt, als eine Reiterbrigade mit Rundschilden heransprengte. Das Volk schrie: „Lo-dabar!" — „Lo-dabar!" Mit Hilfe dieser Reitertruppen war es dem König gelungen, die von den Aramäern besetzte Stadt Lo-dabar im Ostjordanland an sich zu bringen.

Für den Schluß der Parade hatte Feldhauptmann Kain die stärkste Entfaltung der königlichen Macht vorgesehen: Pferdegespanne mit Streitwagen! In Zweierreihen zogen sie im Trab am König vorbei. Stolz aufgereckt stand auf der einen Seite der Wagenlenker, daneben der Kampfwagenschütze mit gespanntem Bogen. Die Streitwagenkolonne schien nicht enden zu wollen. Das Volk war in höchste Erregung geraten. Das Spiel des Gauklers war ganz und gar vergessen. Selbst die Sklaven blendete diese Machtentfaltung. Der König stand hochaufgerichtet vor seinem Thron. Er war ganz von dem Bewußtsein erfüllt, daß Israel das erste der Völker sei und er dessen mächtigster Führer.

An den Wänden der großen Halle in der Omriburg waren Polster gelegt, deren Einfassungen mit Elfenbein verziert waren. Vor ihnen standen sehr niedere Tische, die die Polster kaum überragten. Sie boten in herrlichstem Geschirr die köstlichsten Speisen. Das zarte Fleisch von Lämmern dampfte aus breiten Schüsseln. Rot blinkte der Wein in flachen Kelchen. Wohlriechende Öle waren in wertvollen Fläschchen bereitgestellt. Zum königlichen Fest ein königliches Mahl!

Der König nahm Platz. Seine Gäste legten sich auf die Polster nieder. So hatten die Väter dieser Männer und Frauen noch nicht zu Tisch gelegen. Man hatte sich zum Essen auf den Boden gesetzt und breitete vor sich ein Tuch oder Lederstück als „Tisch" aus. Aber jetzt galt es als vornehm, bei Tisch zu liegen.

Die Musikanten spielten. Die Leier ließ ihre zarten Töne erschallen. Flöten mischten sich darein. Die munteren Schläge einer Trommel waren zu hören. Der König ergriff die Weinschale. Er hob sie seinen Gästen entgegen. Der Herrscher trank und alle seine Gäste mit ihm. Üppiges Schmausen und Trinken.

Als sich das Mahl seinem Ende näherte, erhob sich der König und sagte: „Laßt uns trinken auf die Sieger von Lo-dabar!" Kaum waren die Schalen geleert, da brachte der König einen zweiten Trinkspruch aus: „Laßt uns trinken auf die Sieger von Karnaim! Haben wir es nicht durch unsere eigene Kraft genommen?" Wieder wurden die Schalen geleert.

Der unmäßig genossene Wein erhitzte die Gemüter und lockerte die Sitten. Der Feldhauptmann war schon stark betrunken. Er rief eine Lautenspielerin zu sich, zog sie neben sich auf das Polster nieder und lallte: „Du hast gehört, daß der König gerade den Siegern von Lo-dabar gehuldigt hat! — Laß uns ein Lied machen wie einst David — auf den Sieg bei Lo-dabar! — Gib den Ton an!"

Der jüdische Gesandte verließ um Mitternacht den Festsaal mit einem vor Zorn hochroten Kopf. Ohne die Wachen eines Grußes zu würdigen, eilte er durch den Hof und verließ den Königspalast.

Kurze Zeit später saß er beim dürftigen Schein einer Lampe in seinem Zimmer, das sich in der Nähe der Ahabsmagazine befand, und diktierte seinem Schreiber einen Brief. Der Gesandte mußte dem Schreiber schon den Grund seines Zornes mitgeteilt haben, denn auch dieser sonst ruhige Mann sah sehr ernst und aufgebracht aus. „Schreib also!" sagte der Gesandte: „Geheim! An den König Usia, Jerusalem. Durch den Schreiber Misael überbracht. — Ich bitte den König inständig, etwas gegen den Hirten Amos aus Thekoa zu unternehmen!"

Der Gesandte unterbrach sich: „Es wird wohl kaum einen Wert haben, überhaupt zu schreiben." Er lachte bitter: „Der König legt meine Meldung einfach beiseite! — Trotzdem, ich muß die Meldung machen!"

Er wandte sich wieder dem Schreiber zu: „Also, machen wir weiter: Das Thronbesteigungsfest des Königs war eine gewaltige Demonstration der Macht Israels. Geheimbericht folgt später. Wir haben allen Grund, uns zu unsrem mächtigen Nachbarn freundlich zu stellen. — Um so erregter bin ich darüber, daß der Hirte Amos aus Thekoa, der meinen früheren Meldungen zufolge schon vorher in der Stadt mit seinen pessimistischen und defätistischen Reden Unruhe stiftete, es wagte, durch eine Rede im Königssaal vor dem König und allen seinen Gästen, die ausländischen Gesandten inbegriffen, einen Skandal zu verursachen. Als das Fest auf seinem Höhepunkt angelangt war und die ganze Gesellschaft einen Psalm auf die Sicherheit Israels und seine unbestrittene Führerstellung sang, stürzte dieser ungebildete Mensch herein und hielt eine Predigt! Der Text wurde von Ahia, dem obersten Schreiber des Königs festgehalten, so daß ich die unverschämten, provozierenden Worte dieses Wüstlings hier wortgetreu — unterstreiche das ‚wortgetreu'! — wiedergeben kann." — Der Gesandte griff in seinen Gewandbausch und holte ein eng beschriebenes Papyrusblatt heraus. Er legte es vor den Schreiber. — „Füge den Text an dieser Stelle in den Brief ein! Ich will dir gleich das Ende diktieren: Dieser Hirte brachte mich mit seinen frechen und anmaßenden Reden in eine sehr unangenehme Lage. Die Blicke des Königs, seines ganzen Hofstaates und aller seiner Gäste richteten sich auf mich. Man hatte mich in Verdacht, Amos wäre von uns aus politischen Gründen mit diesen Hetzreden beauftragt. Ich konnte zwar die gegen uns gerichtete Empörung dämpfen und darauf hinweisen, daß die Rede an ‚die Sorglosen in Zion und die Sicheren auf dem Berge Samaria' adressiert sei. Ich bitte darum inständig, der König möge offizielle Schritte unternehmen und sich von dem angeblichen ‚Propheten' entschieden distanzieren, wenn wir nicht alle Glaubwürdigkeit in Samaria verlieren wollen, an der uns in unsrer Lage doch sehr gelegen sein muß. — Jehuda, jüdischer Gesandter, Diener des Königs in Samaria. — So, schreibe diesen Brief sofort! Füge die Nachschrift der Rede dieses Viehhirten an der betreffenden Stelle ein! Ich will noch einmal zum Fest gehen und versuchen, die Wogen zu glätten. Am Morgen siegle ich den Brief, und du bringst ihn eilends nach Jerusalem!" Die Tür war noch nicht ins Schloß gefallen, als der Schreiber die Predigt des Amos schon las:

„Weh über die Sorglosen in Zion
und die Sicheren auf dem Berg Samariens,
die Führer des ‚Ersten der Völker'!
Sie sagen dem geängstigten Israel:
‚Zieht hinüber nach Kalne und schaut!
Und geht von dort nach Hamath Rabbah!
Und steigt nach Gath ins Philisterland!
Geht es ihnen besser als diesen Königreichen,
oder ist ihr Gebiet größer als euer Gebiet?'
Die ihr den Unheilstag fortstoßt
und darbringt frevelhaftes Gastmahl!
Die da liegen auf Elfenbeinlagern
und hingestreckt sind auf ihren Polstern!
Die Lämmer von der Herde verzehren
und Böcke mitten aus dem Stall!
Die da plärren zum Klang der Harfen,

wie David sich alle möglichen Lieder ersinnen,
die den Wein aus Schalen trinken,
und das beste Öl versalben,
die sich freuen über Lo-dabar,
aber um den Schaden Josefs sich nicht kümmern!
Die da sprechen: ‚Haben wir nicht durch eigene Kraft
uns Karnaim erobert?‘
Darum sollen sie an der Spitze der Verbannten
in die Verbannung ziehen!
Und ein Ende wird haben das Gelage der Liegenden.
Und siehe, ich erwecke gegen euch, Haus Israel, ein Volk,
das euch bedrängt von da, wo es nach Hamath geht
bis zum Steppenbach.
Spruch des Herrn der Heerscharen!"

Den Gesandten empfing schallendes Gelächter. Es war durch
einen Ausspruch des Feldhauptmanns über den judäischen ‚Hundskopf‘ hervorgerufen worden, womit er Amos gemeint hatte. Er
scheute sich, diese Rede in Anwesenheit des Gesandten zu wiederholen. Dagegen scheute er sich nicht, sich zusammen mit Benaja,
Amram und Josef und anderen über die Gerichtsdrohung des
Amos lustig zu machen. „Woher", grölte er, „soll denn der
Feind kommen, der uns bedrängt, wie dieser hergelaufene Hirte
gesagt hat? Gibt es denn zwischen Hamath und dem Steppenbach
eine Macht, die uns gewachsen ist? Das Volk müßte doch erst
noch erschaffen werden, das unsre Armeen besiegen könnte. Komm
Bathseba! Dieser Judäer hat gesagt, wir müßten an der Spitze
der Verbannten in die Verbannung ziehen! Geh mit mir in die
Verbannung!" Er zog das Mädchen mit sich fort.
Amram trat zu dem judäischen Gesandten: „Meinen Sie nicht
auch, Herr Gesandter, daß aus den Worten dieses Amos eine Ver-
achtung jeglicher Kultur spricht, wie man sie leider bei den nie-
deren Schichten auch unsres Volkes trifft?" — „Ach, Sie denken
da wohl an die Worte des Amos wegen der musikalischen Ge-
staltung des Abends und der Elfenbeinlager?" — „Ja, das eben
meine ich!"
Als der König das Fest verließ, graute der Morgen. Die meisten
Gäste waren stark betrunken. Auch Josef hatte schon mehr getrunken, als für ihn gut war. Da kam ihm auf einmal sein Turm
in den Sinn. Er schrie in den Saal: „Auf! Laßt uns zu meinem

Turm gehen und dort das Ende des Festes feiern!" — „Das ist eine gute Idee! Das tun wir!" — „Gehen?" rief der Feldhauptmann. „Das ist gut! Hauptmann Husai! — Laß sechs Offiziersstreitwagen vorfahren für die Herren und Damen —, und nüchterne Wagenlenker hol auch!" — Auf Streitwagen fuhren Amram, Kain, Cohen, Benaja, Ahia, Josef und etliche Frauen zu Josefs Palast. Sie weckten die halbe Stadt und Josefs ganzes Haus.

Endlich erreichte die betrunkene Gesellschaft schreiend und grölend das dritte Stockwerk des Turms. „Wein!" schrie Josef. Diener eilten in den Keller. Dann sagte der Großkaufmann: „Ihr müßt alle mit auf die Zinne steigen!" Benommen fanden sich die Betrunkenen auf der Spitze des Turms ein. — Josef hielt ein gefülltes Glas in der Hand und fing an zu reden. „Da habt ihr nun heute das Thronbesteigungsfest gefeiert und den König gerühmt!" Zornig fuhr er fort: „Aber, wer ist denn der eigentliche Herr hier im Lande?" — Er hielt schwankend inne und sah mit glasigen Augen in die Runde. Dann schrie er: „Ich bin es! Seht!" Er streifte sein Kleid zurück, daß man seine muskulösen Arme sehen konnte. „Mit dieser meiner Kraft habe ich das alles geschaffen — diesen Palast — und diesen Turm — und die ganze Firma — Damaskus — Jelek! Wer ist der Herr? Wer sich rücksichtslos durchsetzt! Ohne sich ein Gewissen zu machen! Gewissen haben nur schwache Naturen! Und ich habe mich rücksichtslos durchgesetzt, und ich werde das auch künftig tun! Und diesen Hirten — ich selbst erschlage ihn, sofort nach dem Herbstfest!" — Josef sah seine Gäste an. „Und ihr? — Wer seid ihr? — Alle müßt ihr mir dienen. Auch du, Kain! — Und auch du, Cohen, Priesterchen! Ihr alle! Alles dreht sich um mich! Auch du, Gott!" — Der Großkaufmann ächzte und starrte nach Osten, wo eben die Sonne wie das zornentbrannte Auge eines Riesen aufging. Plötzlich weiteten sich Josefs Augen unnatürlich. Der Großkaufmann zitterte. Schweiß stand ihm auf der Stirn. Aufstöhnend warf er die Arme vor das Gesicht. Klirrend fiel das Glas zu Boden. Im Vollrausch stürzte der Mann auf die Fliesen.

WALLFAHRTSLIED

Der Herbst dieses Jahres war von unvergleichlicher Schönheit. Tiefblauer Himmel wölbte sich über dem Land. In Weinbergen und Gärten reiften Früchte zu einer Süße wie nie zuvor. Mit ihrer Ernte nahte das Fest, dem das ganze Jahr zustrebte, das „Laubhüttenfest". — Am Abend eines solchen Herbsttages ging Josef in den Garten hinter seinem Palast, um zu sehen, ob die Sklaven alle Vorbereitungen für ein kleines Essen mit Freunden getroffen hatten. Die Nachtluft war lau. Grillen zirpten. Unter einem mächtigen Feigenbaum waren drei Tische gedeckt. Kleine Lampen hingen in den niedrigen Zweigen. Der Mond leuchtete hell.

Der Großkaufmann hörte Stimmen aus dem Lichthof seines Palastes. Amram sprach mit Michal. Wenige Minuten später trat er in den Garten. „Friede sei mit dir, Amram!" — „Gott segne dich, Josef! — Schade, daß Michal zu diesem schönen Abendfest nicht kommen kann! Ja, das Fest, das Laubhüttenfest! Jedes Jahr zeigt es, wie tief die Frömmigkeit in unsrem Volk verwurzelt ist!" — „Wie geht es Mutter?" Amrams Frau kämpfte schon seit Wochen mit einer lebensgefährlichen Krankheit. „Danke!" sagte Amram. Die beiden Männer setzten sich an den mittleren Tisch. Ein Sklave eilte herbei und schenkte Wein ein. Die beiden Männer tranken.

Als sich Josef vergewissert hatte, daß ihm außer Amram niemand zuhörte, flüsterte er dem Bankier zu: „Ehe die anderen Gäste kommen, sollten wir uns noch darüber klar werden, was mit Jehuda geschehen soll!" Amram hob die Schultern: „Du kannst nicht viel tun. Unsre Anklage wegen Lästerung des Königs wurde im Tor verworfen. Wie ich mir sagen ließ, sitzt der Bauer zwar noch im Gefängnis. Aber ich bin überzeugt, daß er unter die Amnestie fällt, die der König jährlich am Laubhüttenfest erläßt. Er wird frei werden!" Amram schwieg. Dann sagte er: „Was ist schon dabei, Josef, wenn du sein Gut nicht hast!" Josef war aber von dem Gedanken besessen, daß auch dieser letzte freie Bauer in seine Gewalt kommen müsse. Seine Macht in Jelek war unvollkommen, solange sich ein Bauer seinem Joch noch nicht gebeugt hatte. Der Großkaufmann ballte seine Faust, daß die Knöchel weiß hervortraten. Er wußte, daß ihm der König Hof und Felder Jehudas für ein Zehntel des eigentlichen Wertes überlassen würde. Aus einer einzigen Ernte konnte Josef den Kaufpreis wieder herausschlagen. Er sah seinen Schwiegervater an: „Ich habe mir hin und her überlegt, was ich tun könnte!" — „Auf eine weitere Verhandlung im Tor darfst du es auf keinen Fall ankommen lassen", sagte Amram beschwörend. „Selbst ich könnte dich nicht mehr unterstützen, ohne mein Ansehen in der Stadt zu verlieren!" Josef lächelte zynisch: „An eine weitere Verhandlung habe ich auch nicht gedacht!" Er kräuselte verächtlich seine Lippen: „Dieses langweilige Gekreisch und Gegacker der alten Hähne im Tor — Amram, es geht mir schon lange auf die Nerven. Käme es auf mich an, so würde ich die Palaverbude überhaupt abschaffen!" Josef tat einen tiefen Zug aus seinem Glas und schenkte sofort wieder ein. Amram sah seinen Schwiegersohn skeptisch an: „Was willst du dann unternehmen, wenn du die Verurteilung Jehudas nicht durchsetzen kannst?" — Josef sah sich nach allen Seiten um, dann griff er in seinen Gewandbausch und hob Amram in der Wölbung seiner Hand ein Fläschchen vor die Augen. Amrams Blicke wurden starr. Er ließ seinen Oberkörper zur Stuhllehne zurücksinken.

Lachend trat der Oberpriester Cohen ein. „Ach, da seh' ich ja die beiden berühmtesten Handelsherren der Stadt. Herzlichen Dank für die Einladung, Josef!" Er schüttelte dem Kaufmann die Hand. „Und daß ich's nicht vergesse, meine Frau läßt sich bei Michal und bei dir herzlich entschuldigen. Sie ist vollauf mit den Vorbereitungen für das Fest beschäftigt!" — „Aus demselben Grund kann auch Michal nicht hier sein!" erwiderte Josef lachend. Amram hatte inzwischen ein Glas Wein eingeschenkt. „Da, setz dich zu uns, Gottesmann!" Der Oberpriester trank. Dann sagte er: „Ich bin ja so froh, daß ich nicht Amazja heiße und nicht Oberpriester am Reichstempel zu Bethel bin!" Josef bemerkte: „Ja, da mag bei meinem Vetter schön was los sein in diesen Tagen vor dem Fest. Und dann beim Fest erst! Strömt doch das ganze Israel zum Laubhüttenfest nach Bethel!" Er wandte sich an den Oberpriester: „Wieviele Besucher zählte man im letzten Jahr?" — „Amazja sagte mir, es seien hunderttausend gewesen." Amram schmatzte: „Ich weiß nicht, Priesterchen, was du für Schlüsse aus dieser Zahl ziehst. Aber ich als Laie würde sagen: Dieser enorme Zudrang zum Laubhüttenfest, der doch auch mit großen Opfern an Zeit, Kraft und Geld verbunden ist, zeigt auf sehr eindrückliche Weise, wie fromm unser Volk ist!"

Den Oberpriester freute diese Bemerkung des Geldmannes sehr. Wenn er an manchem Tag das Leben in der Stadt pulsieren sah, wenn er die Kaufleute ihren Handel treiben, die Bauern ihren Acker bestellen und die Soldaten ihre Übungen machen sah, dann war er oft von dem Gedanken bedrückt, daß sein Beruf überflüssig sei. Der Priester stand am Rande des Lebens. — Aber die Feste, und insbesondere das Laubhüttenfest, überspielten diesen nagenden Zweifel immer wieder.

Er sagte zu den beiden Geldleuten: „Die Losung: ‚Sucht Bethel auf! Kommt zum Laubhüttenfest!' ist eine fast magische Kraft geworden!" Josef warf ein: „Gilgal und Beerseba nicht zu vergessen!" — „Auch diese beiden Heiligtümer haben hohe Besucherzahlen aufzuweisen!" erwiderte Cohen. „Aber Bethel liegt mit seiner Beliebtheit weit an der Spitze!" Amram sagte so versonnen, wie man das von ihm selten hörte: „Das ist kein Wunder bei dem wunderbaren Ereignis, dem Bethel seinen Namen verdankt. — Ich muß sagen, daß mich schon als Kind und auch jetzt als alter Mann keine Geschichte so tief ergriffen hat und immer aufs neue ergreift wie die vom Traum Jakobs." Amrams sonst hartes und verschlagenes Gesicht nahm einen weichen und träumerischen Charakter an.

„Das ist eine wunderbare Geschichte!" bestätigte der Oberpriester. „Mein Vorgänger, der Oberpriester Josua, vielleicht könnt ihr ihn euch noch vorstellen, mit seinem langen Bart, pflegte immer zu sagen: ‚Düsche Geschüchte üscht dü Zusammenfaschung unscherer Relügion!'" Die drei Männer lachten schallend über die gelungene Nachahmung des schon lange verstorbenen Mannes. „Aber, Scherz beiseite", sagte Cohen, „sie ist tatsächlich die Zusammenfassung unsrer Religion!" Er verfiel in den Predigtton, den er für sich als Oberpriester angemessen hielt: „Dem flüchtigen, schuldbeladenen Erzvater widerfährt auf der Flucht die Gnade Gottes. Seinen Nachkommen, uns, darf deshalb Jahr für Jahr versichert werden, daß auch uns Gott unsre Schuld vergibt, wie er das einst Jakob zugesichert hat!"

Amram rezitierte: „Siehe, ich bin mit dir und will dich behüten, wo du hinziehst, und will dich wieder herbringen in dieses Land. Denn ich will dich nicht lassen, bis ich alles tue, was ich zu dir geredet habe!" — „Bravo!" rief der Oberpriester laut und hob Amram und Josef sein Glas entgegen: „Ausgezeichnet gelernt! Nicht einmal ich könnte so gut zitieren! — Einem Volk, dessen Finanzleute sogar das Wort Gottes lieben, dem muß Gott gnädig sein!"

In das kräftige Lachen Cohens mischte sich das Klatschen zweier Hände. Michal trat wider Erwarten zu den Männern. Sie erhoben sich gleichzeitig: „Du, Michal?" rief der Oberpriester. „Willkommen!" — „Es tut mir leid, daß ich an eurer Unterhaltung nicht teilnehmen konnte! — Wovon ist denn die Rede?" — „Da fragst du noch, Michal?" sagte Josef. „In diesen Tagen haben selbst die Männer der Wirtschaft und des Handels nur einen Gedanken: Das Fest!" Der Oberpriester sah Michal an: „Sie gehen doch auch mit, gnädige Frau, mit nach Bethel!" Josef lachte: „Davon läßt sie sich auf keinen Fall abbringen. Sie muß jedes Jahr zum Laubhüttenfest — und ich natürlich ebenfalls!" — „Spotte nicht", sagte Michal. Schwärmerisch wandte sie ihr Gesicht dem Mond zu, erhob leicht die Hände und sagte leise: „Wenn ich so im Heiligtum stehe, mitten unter den festlichen Menschen, es riecht nach Opferfleisch und Weihrauch, und wenn dann der Levitenchor den Psalm anstimmt: ‚Barmherzig und gnädig ist der Herr!', dann kommen mir jedesmal Tränen. So rührend ist das, so schön!" Dieser Gefühlsausbruch der Frau ließ die drei Männer für kurze Zeit verstummen.

Dann wandte sich Cohen dem Finanzier zu: „Du wirst diesmal wohl bei deiner schwerkranken Frau bleiben müssen?" — „Ich habe es nicht vor, Oberpriester. Ich muß nach Bethel. Hab's nötiger als alle anderen. Muß mir wieder mit meinem Opfer die Gunst Gottes erkaufen!" Er stand auf: „Ich will jetzt nach Hause gehen! — Wann sammeln sich die Pilger zum Abmarsch im Heiligtum, Cohen?" — „Das Festopfer für sie findet bei Sonnenaufgang statt!" — „Gut, ich werde dabei sein!" — „Wir auch!" sagte Josef. „Also, dann bis auf morgen!"

Zuerst verabschiedete sich der Oberpriester. Als Amram seinem Schwiegersohn die Hand gab, sagte er zu ihm: „Einverstanden! Gift!"

Nach Einbruch der Dunkelheit reinigten die Sklaven ihre Kleider, um am anderen Morgen rein am Opfer in Samaria teilnehmen zu können. Nur Zattai beteiligte sich an diesen Vorbereitungen nicht. Er saß auf seinem Steinblock und schnitzte an einem Stab herum. „Du willst tatsächlich nicht mitkommen, Zattai?" Zattai sah mit hellen Augen zu dem Freund auf: „Sag einmal, Mesach, was soll denn diese Pilgerreise und dieses Fest in Bethel, Gilgal oder Beerseba für einen Sinn haben?" Mesach lachte gequält:

„Frage mich nicht aus wie einen Schuljungen. Du weißt es genauso gut wie ich. Wir ziehen nach Bethel, um Gott mit unsrem
Opfer um seine Gnade anzuflehen. So hab ich's gelernt. So ist es
in meinem Schädel. Weiter darüber nachgedacht habe ich nicht."
— „So, weiter darüber nachgedacht hast du nicht! — So will ich
dir sagen, was ich über das Laubhüttenfest denke. Komm,
Mesach!"
Die beiden Männer schritten bis zum Ausgang der ‚Scheol',
wandten sich dann nach rechts und stiegen den Berg hinauf, an
dessen Fuß der Steinbruch lag. Oben angekommen, setzten sie
sich auf einen Steinblock. Die ‚Scheol' lag wie ein fürchterlich
gähnendes Maul unter ihnen. Gegenüber lag Samaria mit seiner
Lichterpracht. „Da bin ich gesessen, Mesach", sagte Zattai, „und
habe nachgedacht über das Laubhüttenfest, über seinen Wert und
über den Wert der Frömmigkeit meiner Mitmenschen!" — „„Über
den Wert der Frömmigkeit meiner Mitmenschen?‟" fragte Mesach.
„Du schließt dich aus?" — „Ja, ich schließe mich aus. Ich will
nichts mehr davon wissen! — Aber das ist meine persönliche
Angelegenheit. Ich will dir über den Wert der Frömmigkeit meiner
Mitmenschen etwas sagen. Siehst du dort drüben das heilige Samaria? Sieht von der Ferne ganz schön aus, was? Wie eine ge-
schmückte Braut! Aber bei Licht betrachtet ist es eine fürchterliche
Hure, eine gewalttätige, grausame Hure! — Du siehst doch den
Palast Josefs und das Haus Amrams? Siehst du sie? Siehst du
die Wohnung Cohens, des Oberpriesters, und die des Prophetenvaters? — Diese Menschen pilgern morgen zum Laubhüttenfest
nach Bethel. Das ganze Jahr über haben sie sich am Elend ihrer
Mitmenschen bereichert! Und dieselben Menschen gebärden sich
morgen fromm! Sie ziehen zum Reichstempel. Herz und Haut der
vornehmen Frauen erschauern unter dem weihevollen Gesang der
Leviten. Die Männer greifen tief in ihre Geldkassetten und lassen
sich das Opfer etwas kosten! — Siehst du denn nicht den ungeheuren Selbstbetrug? Sie suchen sich die Gunst desselben Gottes zu erkaufen, nach dem sie sonst nichts fragen. Sie sind die
eigentlichen Herren und haben ihn zu ihrem Diener erniedrigt.
Wie wir Sklaven sind, so haben sie sich Gott zu ihrem Sklaven
gemacht! — Nein, Mesach, diesen Schwindel mache ich nicht mehr
mit!" Mesach sagte: „So habe ich das Laubhüttenfest noch nie
angesehen. — Wenn Mose hier wäre, von dem du doch auch
etwas hältst, Zattai, der würde also sagen, daß diese Pilgerreise

nur unter dem Zorn Gottes stehen kann?" — „Nur unter dem Zorn Gottes, Mesach!" — „Die Gedanken, die du da eben ausgesprochen hast, Zattai, sind doch fast dieselben wie die des Amos. Er sagt auch, daß bei uns Gott zum Götzen gemacht wird und daß unser Volk nicht mehr gehorsam ist, sondern sich seine eigene Frömmigkeit gemacht hat!" — „Genauso ist es, Mesach! — Nur ziehe ich aus dieser Einsicht andere Folgerungen. — Amos will warten, will warten auf Gott! Im Grunde ist er ein konservativer Mensch, der die Hand nicht an die Herren zu legen wagt. Ich aber bin der Überzeugung, daß Gott uns zu seinen Werkzeugen bestimmt hat. Darum organisiere ich den Aufstand!" — „Deine Worte, Zattai, haben mich so überzeugt, daß ich nun fast auch entschlossen bin, nicht zum Herbstfest zu gehen."

Mesach schwieg lange. Dann sagte er: „Aber, Zattai, verlangt nicht die Sache, verlangt nicht der Aufstand, daß wir mitgehen? Da treffen wir alle Sklaven. Vielleicht läßt sich sogar Jonadab sehen!" — „Schweig mir von Jonadab! Was du da sagst, bewegt mich auch. Das ist der einzige Grund, der mich nach Bethel gehen läßt. Gut, ich komme also doch mit."

Sonnenaufgang. Die Pilger strömten zum Tempel, um am Opfer teilzunehmen, das auch in diesem Jahr am Anfang der großen Wallfahrt nach Bethel stand. Die Volksmenge war so groß, daß das Heiligtum sie nicht fassen konnte. Die Pilger standen Kopf an Kopf, bis weit in die Königsstraße hinein. — Um jede Störung zu verhindern, hatte der Oberpriester den Prophetenvater gebeten, zwei Prophetenschüler am Eingang des Tempels aufzustellen. Sie hatten strengen Befehl, den Hirten Amos auf keinen Fall in das Heiligtum zu lassen.

Amos erschien am Eingangstor, als der Zudrang zum Heiligtum schon stark war. Sein Gesicht war ernst. Weisungsgemäß versperrten ihm die Prophetenschüler den Zutritt zum Tempel. Alle seine Bitten nützten nichts. Amos fügte sich und blieb vor dem Heiligtum stehen. Dadurch wurde die große Menge der Festpilger, die an ihm vorüber ins Heiligtum strömte, erst recht auf den Propheten aufmerksam.

Die Liturgie nahm ihren gewohnten Verlauf. Der Oberpriester las feierlich, was Gott einst zu Jakob gesagt hatte und was nun für seine Nachkommen, für Israel galt: „Mache dich auf, ziehe hinauf nach Bethel und opfre dort dem Gott, der dir erschienen ist!" — Aber die heilige Liturgie war heute fast Nebensache. Alles wartete gespannt auf den Augenblick, in welchem die Priester mit dem Oberpriester Cohen an der Spitze den Tempel verließen. An sie würde sich dann die große Schar der Wallfahrer anschließen.

Endlich war es soweit, der Chor der Priester stimmte den alten Ruf an:

> „Sucht Bethel auf!
> Versöhnt euch mit Gott!"

Dieser Ruf wurde nach alter Sitte wiederholt, bis die Schar der Pilger die Stadt verlassen hatte. Mächtig klang er zum Himmel. Die Widderhörner der Priester unterstrichen ihn. Alles bebte unter der Stimmung des Augenblicks. Die Priester mit dem Oberpriester an der Spitze schritten feierlich auf den Ausgang des Tempels zu.

Als der Oberpriester in feierlichem Ornat durch das Tor schritt, sah er Amos stehen. Gehässiger Spott kräuselte Cohens Lippen. Seine Augen blitzten voll von ungezügeltem Haß. Er, der Oberpriester, hatte als einziger bisher in Samaria dem Propheten verwehrt, sein Wort auszurichten. Im Vollgefühl seines Sieges ging er weiter.

Als die Priester vorbeigeschritten waren, folgte Amos dem Zug einige Schritte. Ungeheure Gefühle bewegten seine Brust. Geriet er nicht in größte Gefahr, wenn er in diese fromm bewegte Menge sein Wort hineinrief? Wenn er es aber feige nicht sagte, was dann? Er wußte, daß diese Wallfahrt nach Bethel Götzendienst war und darum mit dem rechten Gottesdienst nichts zu tun hatte. Fürchterlich klangen die Worte des Herrn in seinen Ohren, die er in dieser Nacht empfangen hatte:

> „Bethel, das Gotteshaus,
> wird zum Teufelshaus!"

Wer nach Bethel geht, der geht zum Teufel!

> „Gilgal
> wird zum Galgen!"

Schreckliches Verhängnis droht jedem Festbesucher.

„Oh! Oh!" Dem Herzen des Hirten entrang sich ein schmerz-
volles Seufzen, sodaß die feierlich dahinschreitenden Priester ihn
verwundert ansahen. Durfte er sie zum Teufel, durfte er sie an
den Galgen gehen lassen? Ungewarnt? Dann war er ein schlechter
Hirte, der schlechteste, den es je gegeben hatte! Die Menge, die
den Priestern folgte, drängte Amos die Stufen hinauf, die zum
Königspalast führten. Laut und beschwörend klang der Ruf:

> „Sucht Bethel auf!
> Versöhnt euch mit Gott!"

der jetzt von vielen Pilgern mitgesungen wurde, ins Ohr des
Propheten. „Oh! Oh!" So zogen sie dahin, ungewarnt — zum
Teufel! Ungewarnt — an den Galgen!
Da wandte sich Amos auf einmal mit einem Ruck nach rechts:

> „So spricht der Herr zum Hause Israel . . ."

Unzählige Gesichter blickten den Propheten an — feindlich, staunend, neugierig! Die meisten Pilger blieben stehen. Nur die Priester schritten weiter und sangen:

> „Sucht Bethel auf!
> Versöhnt euch mit Gott!"

Als sie aber sahen, daß die Menge nicht mehr folgte, blieben
auch sie stehen und schauten ebenfalls auf den Propheten.
Cohen erfaßte blitzschnell, was vorging. Er flüsterte dem ihm
zunächststehenden Priester erregt etwas zu. Der entfernte sich,
so schnell er nur vermochte, und rannte an Amos vorbei in den
Königspalast hinein. Noch einmal wiederholte der Priesterchor
mit lauter Stimme die beschwörende Mahnung:

> „Sucht Bethel auf!
> Versöhnt euch mit Gott!"

Aber lauter klang die Stimme des judäischen Hirten:

> „So spricht der Herr zum Hause Israel:
> Suchet mich, auf daß ihr lebet
> und sucht nicht Bethel!

Nach Gilgal sollt ihr nicht gehen
und nicht hinüberziehen nach Beerseba!
Denn Gilgal muß an den Galgen,
und das Gotteshaus wird zum Teufelshaus!"

Obwohl Amos sehr klar sprach, verstanden ihn nur die wenigsten
seiner Hörer. — Der Älteste Simon griff sich an die Stirn, trat zu
Amos und sprach: „Was sagst du da? Sucht mich! Sucht nicht
Bethel! Gott suchen und nach Bethel ziehen, das ist doch ein
und dasselbe, Amos! — Wir sind doch Freunde, Amos, erkläre,
was du gesagt hast!" Amos: „Merkst du denn nicht, daß in Bethel
nicht der Herr angebetet wird, sondern ein von euch erdachter
Götze! Der läßt sich mit Opfern abspeisen und läßt sich seine
Huld erkaufen. Aber das ist nicht der Gott Israels. Der wahre
Gott will den Gehorsam gegen seine Gebote!" — „So meinst du
das, Amos! Das leuchtet mir ein!" — „So meine ich es!" — —
Immer mehr Menschen drängten sich um Amos:

„Suchet den Herrn, auf daß ihr lebet,
daß er nicht ein Feuer sende in das Haus Josefs,
es zu verzehren mit unauslöschlicher Glut!"

Der von Cohen weggeschickte Priester kam an der Spitze von
zehn Soldaten aus der Königsburg. Er sah sich zuerst suchend
nach dem Propheten um. „Da ist er, dieser Störer der heiligen
Handlung! Treibt ihn weg!" — „Platz den Soldaten des Königs!"
Der Prophet tat, als hätte er die Soldaten nicht wahrgenommen.
Immer noch gab er Antwort auf die Fragen der Menge. — Abigails Mann rief ihm zu: „Was soll denn der tun, der den Herrn
sucht?"

„Suchet das Gute und nicht das Böse,
damit ihr lebet!
Und der Herr der Heerscharen
wird mit euch sein, so wie ihr sagt!"

Zustimmende Rufe: „Was Amos sagt, das kommt vom Herrn!
Man muß auf ihn hören!" — Amos ergänzte seine Worte:

„Hasset das Böse und liebet das Gute,
und stellet das Recht her im Tor!

Vielleicht wird dann der Herr, der Gott der Heerscharen,
dem Rest Josefs gnädig sein!"

Jetzt waren die Soldaten bis zu dem Propheten gekommen.
„Schluß mit dir!" schrien sie und packten ihn grob. Sie stießen
ihn vor sich her bis zum Tor und warfen ihn hinaus.
In die Verwirrung hinein klang jetzt wieder selbstsicher der Gesang des Priesterchors:

„Sucht Bethel auf!
Versöhnt euch mit Gott!"

Aber die Sklaven um Zattai sangen:

„Sucht Bethel auf!
Verhöhnt euren Gott!
Sucht Bethel auf!
Verhöhnt euren Gott!"

Der ausgestoßene Prophet rief draußen vor der Stadt:

„Suchet den Herrn!
Suchet nicht Bethel!"

Aber der Priesterchor erstickte seine Stimme.
Der Prophet lag im Staub vor dem Omritor. Endlich erhob er
sich. Er sah das Tal entlang. Dort zog die riesige Schar der Pilger
dahin. Dem Propheten stiegen die Tränen in die Augen. Welch
furchtbare Gottesurteile über sein Volk hatte er verkündigen müssen! Und wie hatte er ihre Vollstreckung vor die Augen seiner
Hörer gemalt!
Er sah erschreckt um sich. Rief nicht jemand? Bestürzung zeich-
nete sich auf dem Gesicht des Propheten ab. Ohne Zweifel, das
war seine eigene Stimme! Er hörte, was er selbst hier am Siegesfest gerufen hatte:

„So spricht der Herr!
Ich mache den Boden unter euch schwanken!"

Der Prophet wandte sich entsetzt um und eilte wie ein Gehetzter
in die Stadt zurück. Sie war fast menschenleer. „Als ob die Pest

hier gewütet hätte, so leer ist sie!" mußte der Prophet denken. Er sah zur Linken die Tempelmauer. Plötzlich blieb er wie angewurzelt stehen. Dröhnte nicht von dort her hohl über den Platz, was er zu den Priestern gesagt hatte?

„So spricht der Herr:
,Euch allein schenkt ich meine Huld!
Drum such ich heim an euch all eure Schuld!'"

Und gleich darauf gellte ihm wie Löwengebrüll in die Ohren, was er am gleichen Tag den Propheten begreiflich gemacht hatte, daß er nämlich in göttlicher Autorität sprach, obwohl er kein Mitglied eines Prophetenordens war:

„Der Löwe brüllt —
wer fürchtet sich nicht?
Gott der Herr redet —
wer weissagt nicht?"

Grauen packte den Propheten. Diese Stadt hallte wider vom Wort Gottes, das er in sie hineingerufen hatte.
Er eilte an der Streitwagenkaserne vorbei, verließ die Königsstadt und kam in die Wohnstadt. Gespenstisch hallten seine Schritte in den leeren Höfen und Häusern wider. Betroffen stand der Hirte vor dem Palast Josefs. Hohl klang es von dort:

„So spricht der Herr:
Der Feind wird ringsum dein Land durchziehen,
niedergerissen wird die Mauer,
geplündert die Paläste!"

Eine schrille Stimme verkündigte ihm, was er den Frauen Samarias angedroht hatte:

„So spricht der Herr:
Ich hole euch heraus mit Haken!"

Diese fürchterlichen Worte brandeten im Kopf des Propheten hin und her.
Wie auf der Flucht eilte er die leere Königsstraße hinauf. Es war ihm, als müßten mit donnerndem Getöse sofort die Häuser im

Erdbeben einstürzen. Als er am Getreidegewölbe Josefs vorbei-
ging, dröhnte es von dort:

> „So spricht der Herr:
> Die Erde wird beben
> und alle Bewohner trauern!"

Der Prophet machte kehrt und stürzte entsetzt zum Tor
zurück. Er fand sich wieder, als er vor der Königsburg stand. Er
starrte an den wehrhaften Mauern hinauf. Gespenstisch hallten
da vom Königspalast her die Worte:

> „Wehe, euch Sicheren!
> Allen voran zieht ihr in die Verbannung!"

— Furchtsam schaute er hinüber zum Omritor. Wie Hammer-
schläge dröhnte es von dort:

> „So spricht der Herr:
> Auf allen Plätzen erschallt die Totenklage!"

Der Prophet hielt sich die Ohren zu. Schrill, dumpf, grollend,
wutentbrannt dröhnte es vom Omritor, vom Tempel, vom Palast
Josefs, aus dem Getreidegewölbe und von der Königsburg her
hundertfältig in sein gemartertes Ohr:

> „So spricht der Herr! — — — — — — —
> So spricht der Herr! — — — — — —
> So spricht der Herr! — — — — —
> So spricht der Herr! — — — —
> So spricht der Herr! — — —
> So spricht der Herr! — —
> So spricht der Herr! —
> So spricht der Herr!"

In immer kürzeren Abständen drangen diese Rufe an sein Ohr.
Der Prophet sank ächzend auf die Stufen, die zum Königspalast
hinaufführten. „Da habe ich nun das Urteil Gottes verkündigt!
Ich habe es begründet, ja, begründet! Ich habe die Vollstreckung

angekündigt! Und das Ergebnis? Ist jemand weich geworden unter diesen Schlägen? Wurde ein Mensch zur Buße geführt?"
Der Prophet stöhnte laut auf: „Wenn sich das einmal hätte zeigen müssen, dann heute! Heute hatte er ja gesagt, was zu tun sei, um dem göttlichen Gericht zu entrinnen:

„So spricht der Herr:
Suchet mich, so werdet ihr leben!
Suchet das Gute!"

Ja, Simon, Jussa, Dan und Aaron — der Hauptmann Husai vielleicht auch! Sie beschreiten diesen Weg. Aber die anderen?
War jetzt die Mission des Propheten nicht erledigt? — Heim zu seiner Frau! Heim zu Micha und seinen anderen Kindern! Zu Asarja, dem Flötenspieler, zur Herde, unter die Maulbeerfeigenbäume, in die Stille, die er liebte, in die süße Einsamkeit der Wüste, in die Gesellschaft des Windes und der Wolken, unter den Sternenhimmel! — Ein übermächtiges Verlangen nach all dem ergriff den Hirten. Er stand auf und sprang die Stufen hinunter. Mit wehendem Mantel eilte er durchs Tor. Heim! Heim! Heim!
Auf einmal hielt er inne. Auf der Steige, die vom Tal südlich von Samaria nach Sichem hinaufführte und von dort nach Bethel ging, sah er den Strom der Pilger! Der Prophet murmelte vor sich hin:

„So spricht der Herr:
Gilgal muß an den Galgen!
Bethel — Gotteshaus — muß zum Teufel!"

Da gingen sie hin, sie, über die es seit Monaten gedröhnt hatte:

„So spricht der Herr!"

Der Hirte knirschte mit den Zähnen: „Geht zum Galgen! — Geht zum Teufel! — Ihr wollt es so!" — Er starrte hinüber zu der sich langsam fortbewegenden Menschenmenge. Dann sank er auf die Knie. Er erhob seine Hände: „Ach, mein Gott! Ich muß nach Bethel, um sie noch einmal zu warnen!"

THEOLOGEN

„Lieber Amazja! Für das, was hier bei uns geschieht, bist Du zuständig. Du bist Oberpriester, ich Kaufmann. — Bei uns trat am Siegesfest erstmals ein Mann namens Amos auf, Hirte aus Juda. Er gibt vor, ein Prophet zu sein. Was der sagte? Ein Skandal ist es! Mit Verlaub: Wir zahlen an Euch Priester den Zehnten, bringen die Opfer, die Ihr größtenteils verzehrt. Könnt Ihr dann als Gegenleistung nicht dafür sorgen, daß nur ordentliche Priester und Propheten öffentlich reden und nicht solche Halbverrückte wie Amos? Ich lasse in meinem Geschäftsbereich jedenfalls so etwas nicht zu. In meinem Getreidegewölbe hat nur der zu reden, der Kaufmann ist und dem ich die Erlaubnis dazu gebe. Ich hoffe, daß Cohen bald etwas tut! Die Einweihung meines Palastes ist nicht mehr fern! — Michal läßt Zippora, Deine Frau, Deine Söhne Delaja und Maasja und Deine Töchter grüßen. Auch ich grüße sie und Dich herzlich! Dein Josef."
Amazja mußte lachen. Josef war offenbar erregt, als er diesen Brief schrieb. Amazja erfuhr nie, daß die Grüße Michals an Zippora erfunden waren. Michal sprach in jener Zeit kein Wort mit Josef.
Dann aber stutzte der Oberpriester. Was war das für ein Mann, dieser Amos? Ein Prophet? Auf jeden Fall mußte er erfahren, was er in Samaria gesagt hatte und noch sagte. Darüber enthielt der Brief des Kaufmanns kein Wort.
Schon am anderen Tag sandte Amazja den Priester Jakim nach Samaria mit dem Auftrag, ihm alles mitzuteilen, was der angebliche Prophet in Samaria sprach.
Zwei Wochen später ließ Amazja den Priester Asaph zu sich kommen. „Weißt du, was in Samaria vorgeht?" — „Ja, ich habe durch Pilger von diesem Amos gehört!" Amazja reichte dem Priester drei Tafeln mit den Predigten, die bisher aus Samaria eingegangen waren. „Es wird dich interessieren", sagte er. „Stelle doch einmal fest, was die Bürger von Samaria an diesem Hirten so aufregt. Cohen und seine Leute sind offenbar noch nicht dahinter gekommen!"
Der Priester Asaph nahm die Tafeln an sich und ging in seine Zelle. Man sah ihr an, daß sie einen Gelehrten beherbergte. Die Regale, die alle Wände bedeckten, waren bis an die Decke hinauf mit Schriftrollen und Schrifttafeln gefüllt. Asaph rollte die Schrif-

ten zusammen, die noch auf seinem Tisch lagen, und fing an, die Predigten zu studieren.

Kaum hatte er die erste gelesen — es war die, die Amos am Siegesfest gehalten hatte — da sprang er wie von einer Viper gestochen auf. „Unerhört!" stöhnte er. Er eilte zu den Regalen mit den Schriftrollen. Seine Augen schweiften über sie. Dann blickte er wieder zu dem Tisch hinüber, auf dem die Predigt des Amos lag. „Das steht in keiner meiner Schriftrollen!" sagte er. „Das läßt sich nie und nimmer aus den heiligen Schriften belegen!"

Die Erregung des frommen Mannes wich dem Eifer des Gelehrten. Mit seinen schmalen Händen zog er eine Schriftrolle aus dem Regal. „Abrahamsüberlieferungen!" sagte er halblaut. Er öffnete die Rolle und las:

„Der Herr sprach zu Abraham:
Ich will dich zum großen Volk machen
und will dich segnen
und will dir einen großen Namen machen,
und du sollst ein Segen sein!
Ich will segnen, die dich segnen,
und verfluchen, die dich verfluchen;
und in dir sollen gesegnet werden
alle Geschlechter auf Erden!"

Asaph griff sich sinnend an die Stirn: „Das bedeutet doch, daß aus Abraham das Volk Gottes werden soll und daß von diesem Volk — wie von einer Quelle aus — der Segen zu den Heiden gehen wird! — Wir sind Gottes Volk. Und dieses Volk kann also nicht untergehen! Es hat an der Ewigkeit Gottes teil! Es kann nicht untergehen!"

Der Priester wollte offenbar diese Schriftstelle noch durch eine andere erhärten, denn er ging mit seinen Augen die Fülle der Schriftrollen entlang. — „Die Jakobstradition!" sagte er. Eilig überlas er, was einst Isaak zu seinem Sohn Jakob sprach:

„Er segnete ihn und sprach:
Gott gebe dir vom Tau des Himmels
und von der Fettigkeit der Erde
und Korn und Wein die Fülle!
Völker sollen dir dienen

und Nationen sich vor dir beugen!
Sei ein Herr über deine Brüder,
und deiner Mutter Söhne sollen sich vor dir neigen!
Verflucht ist, wer dir flucht!
Gesegnet ist, wer dich segnet!"

Asaph ging ein paarmal auf und ab. „Nach der Auslegung aller meiner Lehrer und nach meiner eigenen bedeutet das: Wir sind das Volk des Herrn! Völker sollen uns dienen! Wir sind Gottes Volk und darum unvergänglich!"
Fieberhaft suchte er nach einer dritten Schriftstelle. Ein drittes Mal wollte er die Weissagung von der Ewigkeit Israels erhärten. In den Bileamssprüchen fand er sie:

„Es gibt kein Unheil in Israel!
Der Herr, sein Gott, ist mit ihm
und Königsjubel in seiner Mitte!"

Der Priester blieb in der Mitte seines Zimmers stehen. Es war kein Zweifel. Gott hatte seinem Volk Unvergänglichkeit geweissagt!
Asaph ging zu seinem Tisch und starrte auf die dort liegenden Schriftrollen. Der judäische Hirte hatte in Samaria gesagt:

„So spricht der Herr:
Siehe, so mache ich den Boden unter euch schwanken,
wie der Wagen schwankt, der voller Garben ist.
Da hilft kein Fliehen!
Der Held rettet sein Leben nicht!
Der Schnellfüßige kann nicht entrinnen,
und der Reiter sein Leben nicht retten!"

Der Priester starrte auf diese Worte wie auf Gift, auf Unrat! Ein Hirte weissagte den Untergang des Volkes, dem Gott Ewigkeit zugesichert hatte!
In höchster Erregung raffte er die Schrifttafeln zusammen und eilte zu Amazja. — „Herr", rief er, „hilf mir!" — „Was ist los, Asaph", sagte Amazja verwundert, „ich erkenne dich nicht wieder!" — „Hier, diese Predigten!" rief Asaph, „etwas Bedrohliches!" — „Beruhige dich! Was ist das Neue an den Worten

dieses Mannes?" — „Er sagt im Namen des Herrn das Ende des Gottesvolkes an!" — „Aber das ist doch Ketzerei! — Asaph, was sind die Kennzeichen der Ketzerei?" — „Ich habe es bei dir gelernt, Herr! Ketzerei ist alles, was von Mose abweicht!" — „Und wenn du diesen Maßstab an Amos anlegst, was stellst du dann fest?" — „Seine Worte gegen die soziale Ungerechtigkeit lassen sich mit dem Bundesbuch Moses gut decken. In seinen Worten von Gottes radikalem Gericht an Israel weicht er aber von Mose ab!" — „Also", faßte der Oberpriester zusammen, „Übereinstimmung mit Mose in einzelnen Stücken — in der Hauptsache aber Abweichung. Ergebnis: Ketzerei! Schlimmste Ketzerei! Wer sagt, daß das Gottesvolk untergeht, der beleidigt nicht nur diese große Nation, der beleidigt Gott!" Verächtlich fügte Amazja hinzu: „Und mit so etwas wird Cohen nicht fertig, der Oberpriester am Reichstempel zu Samaria!"

Inzwischen stieg in Asaph ein grauenvoller Gedanke auf. Mit vor Entsetzen geweiteten Augen blickte er den Oberpriester an und sagte: „Wäre es aber nicht möglich, daß an diesen Hirten eine neue Offenbarung . . .?" Der Oberpriester schnitt Asaph das Wort ab und sagte scharf: „Eine neue Offenbarung ergeht nicht mehr. Du weißt: Alle Gelehrten sagen, daß die Moseüberlieferung abgeschlossen ist. Die in Jerusalem beschäftigen sich zwar noch mit der Davidstradition und sagen, sie müsse zur Moseüberlieferung hinzu. Aber wir sind hier am Reichstempel Israels in Bethel! Uns hat nur die Moseüberlieferung zu interessieren! Sie legen wir aus. Durch sie redet Gott. Eine neue Offenbarung gibt es nicht."

Asaph griff nach einer der Schrifttafeln und zeigte dem Oberpriester eine Stelle:

„Gott der Herr redet —
wer weissagt nicht?"

„Dieser Hirte ist der Meinung, daß sich dieses Urwunder bei ihm neu ereignet hat." — „Damit lügt er!" sagte Amazja energisch. „Du hast das Sprechen Gottes gut das ‚Urwunder' genannt. Es ist das Urwunder! Aber Gott hat nur zu einem erwählten Kreis von Menschen gesprochen. Und dieses Reden ist abgeschlossen. Dieser Mann ist ein Ketzer und verwirrt das Volk. Er muß mit allen Mitteln bekämpft werden!"

Asaph verfolgte weiter die Predigten des Amos, und Amazja unterließ es an keinem Tag, in die Klause des Priesters zu schauen, um den Fortgang seiner Studien zu beobachten.

Asaph hatte eine Wand freigemacht. Links schrieb er mit Kreide alle Weissagungen, die das Volk als Gottesvolk bezeichneten und davon handelten, daß es als Heilsvolk bestehen bleiben soll. Auf der rechten Seite notierte er die Gerichtsankündigungen des Hirten Amos. Längst überwogen sie die Heilsweissagungen! Da stand:

> „Der Feind wird rings dein Land durchziehen! —
> Was ‚gerettet' wird, ist Beweis für den Tod des Volkes! —
> Ich suche die Freveltaten Israels heim an den Altären von Bethel.
> Die Hörner des Altars werden abgehauen und
> fallen zu Boden! —
> Man holt euch heraus mit Haken! —
> Auf allen Plätzen erschallt die Totenklage!"

Amazja las diese Aufzeichnungen stumm. Spöttisch sagte er dann: „Uns nimmt er jetzt auch aufs Korn! ‚Ich suche die Freveltaten Israels heim an den Altären von Bethel!' — Ketzerei sage ich, nichts als Ketzerei!"

„Bruder! — Vielleicht wundert es Dich, daß Du von mir einen Brief erhältst. Aber, Lieber, es sind Umstände eingetreten, die erfordern, daß wir unsre persönlichen Zwistigkeiten vergessen!" — Bitter lachte Amazja auf: „... unsre persönlichen Zwistigkeiten vergessen!"

Er las weiter: „... und zum Wohl des Ganzen zusammenarbeiten. — Einem so aufmerksamen Betrachter des öffentlichen und insbesondere des kirchlichen Lebens, wie Du das bist, wird es nicht entgangen sein, was sich im vergangenen halben Jahr bei uns abgespielt hat und sich noch abspielt. In unsre ruhige, friedliche und ausgeglichene Atmosphäre, die zu festigen ich mich ständig bemühte, ist ein tollwütiger Eber eingebrochen. Ich kann das, was sich gegenwärtig bei uns ereignet, nicht anders bezeichnen. — Der Judäer Amos ist ein Ketzer und Staatsfeind! Damit ist alles gesagt! Mir ist es bisher, Gott sei Dank, gelungen, jede größere Störung von meinem Tempel fernzuhalten! — Und nun bitte ich

Dich bei unsrer Gemeinschaft in Gott: Laß Dich von mir warnen und ergreife scharfe Maßnahmen, um diesen Mann am kommenden Laubhüttenfest vom Tempel in Bethel fernzuhalten! So, wie ich ihn kenne, wird er diese Gelegenheit sicher ausnützen, um vor allem Volk zu reden!"

Sodann schilderte Cohen den Charakter des tollwütigen Ebers: „Er ist grobschlächtig und bäurisch. Damit ist alles gesagt. Wenn er es für nötig hält, so stapft er mit seinen groben, geschmierten Stiefeln mitten in ein Teekränzchen der ersten Damen der Stadt genauso, wie er auch an die Tafel der Offiziere und Ältesten, ja selbst des Königs, zu treten wagt! Beim Reden nimmt er kein Blatt vor den Mund. Mit seinen bäurischen Händen zerrt er die intimsten Geheimnisse vor aller Öffentlichkeit ans Tageslicht. Dein Vetter könnte ein Lied davon singen! Selbst vor den gröbsten Ausdrücken scheut er nicht zurück, wenn sie nach seiner Meinung den Gegenstand treffend bezeichnen. Die Frau deines werten Vetters weiß das. Als Mann, der offenbar immer mit Dreck zu tun hat, sieht er auch bei uns nur Unrat. Jeden Ort und jede Zeit nützt er aus, um Unheil zu predigen. Im Palast, auf der Straße, im Getreidegewölbe, im Tor, im Tempel, ja selbst in der Königsburg tritt er auf. Dabei ist er tollkühn und kennt keine Rücksicht."

Dann fuhr Cohen fort: „Ich kann Dir nur den Rat geben: Stelle Wachen am Tempel auf! Du hast doch einen Priester bei uns. Er kennt ihn. Verbiete diesem Hirten den Eintritt! — Bedenke: Er würde am Laubhüttenfest zu Tausenden von Menschen sprechen! Unser fröhliches Fest würde gestört! Es gäbe einen unausdenkbaren Skandal! — Der Herr sei mit dir!"

Amazja setzte sich und legte den Brief weg. Er war mit Cohen einer Meinung. „Der Judäer Amos ist ein Ketzer und Staatsfeind! Dennoch: Persönliche Zwistigkeiten vergessen!" Amazja lachte bitter.

Cohen und er waren beide Priester in Samaria gewesen. Amazja galt bei allen seinen Lehrern und Vorgesetzten als der Begabtere der beiden. Darum hoffte er, und viele mit ihm, daß er Oberpriester am Reichstempel zu Samaria würde. Der Reichstempel zu Bethel hatte zwar die ältere Tradition. Er reichte bis auf den Erzvater Jakob zurück und war der zentrale Wallfahrtsort. Trotzdem war die Stellung des Oberpriesters am Reichstempel zu Samaria mächtiger und einflußreicher. Das brachte die Nähe des Königshofes zwangsläufig mit sich. Der ehrgeizige Amazja strebte nach dieser Stellung. — Die Zeit kam heran, und die Stellung wurde frei. Cohen bekam sie! Er hatte seine Verbindungen zu den führenden Leuten der Stadt ausgenützt, zu Amram, dem Bankier, zu Benaja und anderen. — Amazja verbiß die Zurücksetzung und ging nach Bethel. Aber er verwand die Schmach nie, die ihm Cohen angetan hatte. Sobald er nur den Namen nennen hörte, übermannte ihn immer wieder der blanke Neid!

Und dieser Mann machte ihm jetzt Vorschriften? Zornig schlug Amazja mit der flachen Hand auf das Schriftstück. Wollte Cohen auf diese Art und Weise seine persönliche Herrschaft über Bethel aufrichten? Ließ er ihn mit diesem Brief und diesem ‚Rat‘ nicht fühlen, daß er der erste Oberpriester im Reich, und Amazja der ihm nachgeordnete sei?

Amazja sprang auf. Er neidete seinem Kollegen in dieser Stunde sogar, daß dieser Ketzer zuerst bei diesem und nicht bei ihm in Bethel aufgetreten war. Wutentbrannt schritt der Oberpriester im Zimmer auf und ab. „Nie und nimmer laß ich mir gefallen, daß der über mich herrscht! Der Reichstempel zu Bethel ist dem König unterstellt! Der Oberpriester von Samaria hat dem Oberpriester von Bethel keinen ‚Rat‘ zu geben, der in Wirklichkeit ein Befehl sein soll!" — Und darum war Amazja fest entschlossen, nichts von dem zu tun, was Cohen geschrieben hatte.

Währenddessen arbeitete Asaph unablässig an der Theologie des Amos. Immer wieder kam ihm ihre erschütternde Fremdheit zum Bewußtsein. Er nannte zwar Gott ebenso wie Asaph und die Priester um ihn auch. Standen aber hinter diesem vertrauten Wort nicht ganz andere Vorstellungen über das Wesen Gottes? Wie sah Amos Gott? Ober mußte man nicht besser fragen: Wie hatte er sich ihm geoffenbart? Amos verglich das schreckenerregende, zum Prophezeien zwingende Reden Gottes mit dem unheilverkündigenden Gebrüll des Löwen:

„Der Löwe brüllt —,
wer fürchtet sich nicht!
Der Herr redet —,
wer weissagt nicht!"

Der Gott Israels als Löwe, der jäh aufspringt, alles zerreißt und verschlingt! Und vieles, was Amos sonst von Gott sagte, das paßte zu diesem schreckenerregenden Bild. Er erschüttert die Erde und vernichtet sein Volk! Er zertrümmert Winter- und Sommerhäuser! Er gibt die Stadt dem Verderben preis! So war dem Hirten also Gott ein Gott der Kriege und Katastrophen. Und warum erhob sich Gott zu solchem löwenähnlichen Tun? In seinem erwählten Volk trat man das Recht mit Füßen! Diese Reden des Hirten aus Judäa trieben Asaph um wie Sturmstöße das Meer.

Wie sah er, und wie sahen die Priester von Bethel Gott? Als den gütigen Herrn, der freilich auch zornig wird, aber dessen Zorn doch nie und nimmer mit dem des Löwen verglichen werden kann! Durch Opfer und Kult konnte man ihn jederzeit beschwichtigen. Das war eine behütende, bewahrende, friedliche Theologie. — Aber die Theologie des Amos stellte den Menschen einem reißenden Löwen gegenüber!

In diesen Tagen der Anfechtung schrieb Asaph das ‚Heilslied‘, das wenig später der Priester- und Levitenchor sang und so unter das Volk brachte:

„Wer gab uns die Dynastie,
die ewig bleibt,
die Jehudynastie?

> Das tat der Herr! Das tat der Herr!
> Denn wir sind sein Volk!
> Er hat uns lieb!

Und den König?
Wer gab uns den?
Den König Jerobeam?

> Das tat der Herr!

Wer gab uns Sieg?
Sieg über Aram,
über unsren Erzfeind Aram?
Wer gab uns Sieg?
Sieg über Ammon,
über das furchtbare Ammon?

> Das tat der Herr!

Wer gab uns Sieg?
Sieg über Moab,
über das unbesiegte Moab?

  Das tat der Herr!

Wer gab uns Frieden?
Süßen Frieden,
der ewig bleibt?

  Das tat der Herr!

Und wer ist treu?
Wer ist Israel treu,
immer und ewig?

  Das ist der Herr! Das ist der Herr!
  Denn wir sind sein Volk!
  Er hat uns lieb!"

FREVELLIED

Das ganze Land schien in diesem Herbst in Bewegung zu sein.
Leise und elegant fuhr der Wagen eines Reichen daher. Das Geschirr der Pferde glänzte: Gold! Die Felle der wohlgepflegten Tiere schimmerten in der Morgensonne. Der vornehm gekleidete Kutscher auf dem Bock gab als Spiegel seiner Herrschaft zu erkennen, welch hohen Rang sie einnahm. Gleich dahinter trotteten einfache Bauern und Sklaven. Sie hatten keine Schuhe an den Füßen und waren über und über mit Staub bedeckt. Hinter ihnen knarrte ein zweirädriger, schwerfälliger Bauernkarren einher, von Maultieren langsam gezogen. Das Ziel aller Pilger hieß: Bethel!
In diesem Jahr lag eine große Spannung über allen Wallfahrern. In ganz Israel sprach man von Amos. „Kommt er zum Fest? — Was wird er sagen?"
Josef Ben Benjamin benützte für die Pilgerreise einen zweirädrigen sehr eleganten Wagen. Er lenkte die beiden Pferde selbst. Außer ihm saßen seine Frau, seine Tochter Judith und sein Sohn Jussa im Wagen. Für diesen war die Fahrt deshalb von großer

Bedeutung, weil er sich in Bethel zum Kriegsdienst stellen mußte. Immer, Josefs ältester Sohn, war zu Hause geblieben, um dem Geschäft vorzustehen. Die feinsinnige, zartfühlende Judith machte die Reise zum erstenmal. Sie war gerade 16 Jahre alt geworden. Mit großen, staunenden Augen betrachtete sie die Gegend. Am ersten Tag war man von Samaria bis Lebona gereist. Nach kurzer Nachtruhe ging es am frühen Morgen weiter. Josef wollte gegen Abend in Bethel sein.

Je näher man dem Ziele kam, desto öfter wurde über Bethel gesprochen. Judith wollte wissen, wann man das Heiligtum endlich sehen könne. Jussa antwortete: „Sobald wir die Steige hinter uns haben, die von Gilgal nach Jesana hinaufführt." Das Mädchen bat: „Erzähle mir doch noch einmal, was der Erzvater Jakob in Bethel erlebt hat!" — „Wie wenn ich dir das noch einmal sagen müßte! Du kennst die Geschichte bestimmt schon auswendig!" Als sie immer dringender bat, und weil die Gegend keine andere Abwechslung bot, begann Jussa ihr die Geschichte zu erzählen. Michal tat unterdessen, als ob sie schliefe. Josef, der Vater, mißbilligte diesen ‚Zeitvertreib' seiner Kinder. Ihm wäre es lieber gewesen, wenn sich sein Sohn mit ihm über geschäftliche Dinge unterhalten hätte.

Jussa fing an: „Du mußt dir vorstellen, Judith, daß Jakob auf der Flucht vor Esau ist. Rebekka, seine Mutter, hat ihn schon lange vor Tagesanbruch geweckt. Gleich nach dem Aufwachen muß Jakob daran denken, in welch furchtbarer Gefahr er schwebt. Ach, hätte er doch nicht diesen abscheulichen Betrug an seinem Vater und an seinem Bruder verübt! Dann könnte er jetzt friedlich in seinem Bett liegen bleiben. Und das bleiche Gesicht seiner Mutter und ihre vor Angst zitternde Stimme — all das wäre dann nur ein böser Traum gewesen. Aber das ist kein Traum! Schon jetzt spürt Jakob den stechenden und würgenden Schmerz des Abschieds. Wie ein Verbrecher muß er im Hause seines Vaters umherschleichen, nur damit er seinen Bruder nicht aufweckt!

Ihn fröstelt in der Morgenkühle, als er zu seiner Mutter in die Küche kommt. Er sieht ihr bleiches Gesicht. Sie muß in der Nacht geweint haben. Jakob kann nur wenige Bissen des Frühstücks hinunterwürgen, das ihm seine Mutter bereitet hat. Sie sitzt schweigend bei ihm. Die sonst so Tätige, im Guten wie im Bösen, ist nun wie gelähmt. Sie bringt es nicht fertig, ihrem Lieblingssohn zu sagen: ‚Du mußt jetzt gehen!' Jakob muß sich selbst zu diesem

Entschluß aufraffen. Der Abschied ist schwer. Aufschluchzend umarmt die Mutter ihren Sohn. Sie küßt ihn. Sie flüstert ihm noch einige Worte zu. Dann läßt sie Jakob los. Sie ahnt nicht, daß sie ihren Sohn nie wieder sehen wird. Auch Jakob weint. Aber er muß gehen. Wehe, wenn Esau jetzt käme! Bald ist Jakob in der Nacht verschwunden.

Von Beerseba aus eilt er in nördlicher Richtung davon. Als er auf dem Hügel angekommen ist, von dem aus er das Haus seines Vaters noch einmal sehen kann, bleibt er stehen und schaut ein letztes Mal zurück. ‚Wann werde ich wieder dorthin zurückkehren dürfen?' — Inzwischen wurden im Osten schon die ersten Anzeichen der aufgehenden Sonne sichtbar. Jakob eilt rasch weiter.

Die erste Nacht bringt er auf den Feldern um Hebron zu. Die zweite bei Jerusalem. Es gäbe für einen friedlichen Wanderer überall viel zu sehen und zu staunen. Aber Jakob ist ja auf der Flucht! Er ist so trostlos und so ohne jede Hoffnung, wie einer, der zur Richtstätte geführt wird. Zwar kommt Esau als Richter jetzt nicht mehr in Frage. Aber statt seiner steht das Schreckensbild eines viel furchtbareren Richters vor Jakob auf: Gott!! —

Während Jakob rastlos weitereilt, sobald die Sonne seinen Weg nur notdürftig erhellt, entwirft seine Phantasie die entsetzlichsten Bilder, wie der heilige Gott ihn richten könnte. Er kann direkt eingreifen! Er kann sich aber auch der Tiere und der Menschen bedienen, um Jakob die verdiente Strafe zu geben. Ja, selbst wenn Gott ihn einfach preisgäbe, wäre das härteste Strafe.

Unter solchen Gedanken kam Jakob am dritten Tag auf dem Berge an, auf dem jetzt der Reichstempel steht. Nur muß man sich vorstellen, daß der Hügel damals ganz kahl war. Als Jakob hier eintraf, war die Sonne bereits untergegangen. Wenn er nach Westen schaute, sah er am Fuß des Berges die Stadt Lus. Der Flüchtling beschloß, auf dem Hügel zu übernachten. Hier mußte er am wenigsten damit rechnen, daß ihn jemand beim Schlaf überraschen und berauben oder gar töten würde. Eine der mächtigen Steinplatten, die herumlagen, rückte er so zurecht, daß er sein Haupt auf sie legen konnte. Da lag er auf seinem harten Lager. Er hatte keinen Menschen, dem er sich hätte anbefehlen können. Die Mutter war schon so fern. Und Gott, den allzeit nahen, den mußte er, der Betrüger, als seinen unnachsichtigen Richter fürchten! Unter diesen schweren Gedanken schlief Jakob ein.

Während er lag und schlief, hatte er einen Traum. Gleich neben sich sah er eine gewaltige Treppe, mehr eine Rampe, aufsteigen. Und — o Staunen — die Treppe führte ohne Unterbrechung immer höher und höher, bis ihre Spitze in den Himmel reichte.

Jakob lächelte im Traum erstaunt über das wunderbare Bild. Dann sah er auf einmal ohne jedes Erschrecken, daß diese Treppe belebt war. Die Engel Gottes stiegen auf ihr auf und nieder.

Und plötzlich stand der Herr selbst neben dem Schlafenden. Aber er stand nicht als der strenge Richter da. Er sprach zu Jakob wie ein liebender Vater: ‚Ich bin der Herr, der Gott deines Vaters Abraham und der Gott deines Vaters Isaak; das Land, auf dem du ruhst, will ich dir und deinen Nachkommen geben. Und deine Nachkommen sollen zahlreich werden wie der Staub der Erde; gegen Abend und gegen Morgen, gegen Mitternacht und Mittag sollst du dich ausbreiten und in dir sollen gesegnet sein alle Geschlechter der Erde. — Siehe, ich bin mit dir und will dich behüten überall, wo du hinziehst, und will dich in dieses Land zurückbringen. Denn ich will dich nicht verlassen, bis ich getan, was ich dir verheißen habe.'

Das war freilich eine Botschaft, mit der Jakob nicht gerechnet hatte. Er fühlte sich auf dem Weg zur Richtstätte. Er fürchtete in Gott den zornigen Richter. Und nun stand vor ihm der liebende Vater. Er sprach ihm den Abrahamssegen, den Jakob sich mit List angeeignet hatte, in aller Form zu und verhieß ihm seinen mächtigen Schutz auf der Hinreise und bei der Rückkehr.

Obwohl der Traum so beglückend war, fuhr Jakob am anderen Morgen mit jähem Entsetzen aus seinem Schlaf auf: ‚Wahrhaftig, der Herr ist an diesem Ort, und ich wußte es nicht.' Mit Schrecken erkannte er, daß er dem Richter seiner Schuld in die Arme gelaufen war. ‚Wie furchtbar ist diese Stätte! Hier ist nichts anderes als Gottes Haus. Hier ist die Pforte des Himmels.' Ja, so nahe war Gott Jakob und hat ihn doch nicht gerichtet! Gott hat ihn, den Schuldigen, begnadigt!

Wie atmete Jakob auf, als er bedachte, was Gott ihm verheißen hatte. Er sah das Land an: Unglaublich! Ihm sollte es gehören. Sein Herz wallte vor Dankbarkeit auf. Deshalb bezeichnete er am Morgen diese Stätte als Gottes Eigentum, indem er den Stein, auf dem er sein Haupt gebettet hatte, aufrichtete und mit Öl salbte. Den Ort nannte er ‚Beth-El' = ‚Gottes Haus'.

Dann tat er ein Gelübde und sprach: ‚Wenn Gott mit mir ist und mich behütet auf dem Weg, den ich jetzt ziehe, wenn er mir Brot zu essen gibt und Kleider anzuziehen, und wenn ich wohlbehalten wieder zu meines Vaters Haus zurückkomme, so soll der Herr mein Gott sein, und dieser Stein, den ich als Denkstein aufgerichtet habe, soll ein Gotteshaus werden, und alles, was du mir geben wirst, will ich dir getreulich verzehnten!' — — Das, Judith, ist die alte Geschichte!"

Endlich kamen die Pilger dort an, wo man das Reichsheiligtum sehen konnte. Judith war in großer Aufregung. Jussa stand auf und sagte: „Dort, Judith!" Bald hatte das Mädchen die sanfte Hügelkuppe mit dem Reichstempel entdeckt. Ihr Herz schlug schneller, als sie diesen heiligen Ort sah. Dort also hatte der Erzvater jenes denkwürdige Erlebnis gehabt!

Die Pilger fielen auf die Knie und sangen das Lied der Wallfahrer:

> „Ich hebe meine Augen auf zu den Bergen,
> von welchen mir Hilfe kommt.
> Meine Hilfe kommt von dem Herrn,
> der Himmel und Erde gemacht hat.
> Er wird deinen Fuß nicht gleiten lassen
> und der dich behütet, schläft nicht.
> Siehe, der Hüter Israels schläft und schlummert nicht.
> Der Herr behüte dich vor allem Übel,
> er behüte deine Seele.
> Der Herr behüte deinen Ausgang und Eingang
> von nun an bis in Ewigkeit."

Amos kam einen Tag vor den Pilgern aus Samaria in Bethel an. Während diese aufbrachen, um die letzte Wegstrecke zurückzulegen, schritt der Prophet schon durch die menschenleeren Gassen des Städtchens Bethel. Als Jakob einst seinen denkwürdigen Traum hatte, hieß das Städtchen noch Lus und beherbergte nur kananäische Bewohner.

Amos wollte zum Morgenopfer im Heiligtum sein. Als er die Stadt verlassen hatte, lag die Westseite der festungsähnlichen Ummauerung des Heiligtums vor ihm. Die Straße ging steil den Hügel hinauf bis unter die Mauer. Dann bog sie nach Süden ab und führte an ihr entlang bis vor die Ostseite des Tempels. Dort befand sich das große Eingangsportal. In dieser frühen Morgenstunde war noch kein Beter unterwegs. Amos schritt einsam dahin.

Zu seiner Linken standen gewaltige Mauern. Er mußte an die großen Anstrengungen denken, deren es bedurft hatte, um dieses Heiligtum aufzurichten. Unwillkürlich blieb er stehen und schaute in die Runde, um einen Steinbruch zu suchen, aus dem die gewaltigen Quader stammten, die die Mauer bildeten. Endlich fand er ihn an der Ostseite der Bergkuppe El-bire. Amos mußte an Zattai und seine Leute denken. Was sie jetzt in Samaria taten, das hatten hier einst vor nahezu zweihundert Jahren Sklaven unter der Herrschaft Jerobeams I. getan.

Amos war vor der Ostmauer angekommen. Aber er achtete nicht darauf, wie die Sonnenstrahlen das Mauerwerk in den dunklen Farben des Gesteins aufstrahlen ließen. Alle Sinne des Propheten waren darauf gerichtet, einen Blick in das Heiligtum selbst zu tun. Er kam vor dem mächtigen Hauptportal an. Die Tore waren noch verschlossen. Aber sie mußten sich jeden Augenblick öffnen.

Jetzt ließen sich die Priester im Innern des Heiligtums mit der alten Torliturgie vernehmen:

> „Wer wird auf des Herrn Berg gehen
> und wer wird stehen an seiner heiligen Stätte?
> Der unschuldige Hände hat und reines Herzens ist,
> der nicht Lust hat zu falscher Lehre
> und schwört nicht fälschlich,
> der wird Segen vom Herrn empfangen
> und Gerechtigkeit von dem Gott seines Heils!"

Die Liturgie verstummte. Knarrend öffneten sich die Tempeltore. Die Priester beachteten den unscheinbaren Hirten nicht. Sie verrichteten ihren Dienst heute nachlässig. Morgen war der große Tag, der Beginn des Laubhüttenfestes! Schon waren die Priestergruppen bestimmt, die zu den festgesetzten Zeiten dem Volk die einzelnen Einladungen und Aufforderungen zurufen mußten.

Die erste Gruppe mußte der vor dem Tempeltor wartenden Pilgerschar zurufen:

> „Kommt nach Bethel!
> Versöhnt euch mit Gott!"

Diese Priester freuten sich schon auf den Anblick der großen Scharen, die diesem Ruf folgen würden. Wahrscheinlich war der Zudrang zum Heiligtum in diesem Jahr noch größer als sonst, weil am dritten Tag des Festes eine Musterung der Jungmannschaft Israels im Heiligtum stattfinden sollte.

Andere Priester sollten dann das Volk zum Morgenopfer einladen: „Kommt zum Morgenopfer!" Andere hatten zur Ablieferung des Zehnten aufzufordern: „Liefert den Zehnten ab!" Diese Forderung gründete sich auf das Versprechen, das Jakob hier einst gegeben hatte: „Alles, was ich habe, will ich getreulich verzehnten!" — Wieder andere mußten zum Rauchopfer einladen: „Laßt das Rauchopfer auf dem Altar aufsteigen!" — Schließlich waren die Opfernden aufzurufen, die Armen zur Opfermahlzeit einzuladen: „Ladet die Armen zur Opfermahlzeit ein!"

Als Amos den Tempel betrat, legten sich ihm Weite, Hoheit und Pracht des Heiligtums so auf das Gemüt, daß er zuerst nur beklommen atmen konnte. Die hohen Festungsmauern umschlossen einen gewaltigen Hof, Länge und Breite je 250 Meter. Der Eindruck wurde dadurch verstärkt, daß im Gegensatz zu dem fast schwarzen Mauerwerk der gesamte Boden des Heiligtums mit blendend weißen Steinen belegt war. Betroffen schlug der Hirte seine Augen zu Boden.

Als er sie wieder erhob, sah er zuerst das eigentliche Heiligtum vor sich. 150 Meter vom Eingangstor entfernt stiegen in der Mitte 12 Stufen aus schwarzem Gestein empor. Über ihnen erhob sich der Tempel.

Die Blicke des Propheten wurden mit magischer Gewalt von dem Stierbild angezogen, das einst Jerobeam I. im Innern des Heiligtums aufstellen ließ. Es stand so, daß die Strahlen der aufgehenden Sonne das Bild jeden Morgen in seiner ganzen üppigen Pracht aufstrahlen ließen. Amos erbebte, als er den Stier sah. Freilich wußte er, daß dieser Stier nur als Sockel für die darüber stehende Gottheit gedacht war. Aber in Wirklichkeit wurde er von jung und alt, von arm und reich in Israel als Gott verehrt.

Dennoch, auch im abgöttischen Heiligtum konnte man dem wahren Gott Israels dienen. Weihevoll erhob sich vom Altar der Rauch des Morgenopfers. Amos sank auf die Knie.

Nachdem der Hirte sich wieder vom Gebet erhoben hatte, mußte er zuerst seine Scheu überwinden, ehe er es wagte, als neugieriger Betrachter im heiligen Raum umherzugehen.

Jetzt erst sah er in halber Entfernung zwischen sich und dem Tempelgebäude eine etwa eineinhalb Meter hohe Steinsäule aus dem Fußboden ragen. Amos näherte sich ehrfürchtig dem uralten Stein. Ohne Zweifel — das war der Stein, auf dem einst das Haupt des Erzvaters ruhte. Am Morgen nach der nächtlichen Gottesbegegnung hatte er ihn als Denkstein aufgerichtet und mit heiligem Öl gesalbt. Dieser Stein wurde Jahr für Jahr aufs neue von allen Pilgern als sichtbares Zeichen des barmherzigen Gottes hoch verehrt. Unzählige hatten ihn schon geküßt. Wenn das Fest seinen Höhepunkt erreicht hatte, wiederholte der Oberpriester Jahr für Jahr die feierliche Handlung der Salbung und weihte damit Stein und Heiligtum aufs neue dem Herrn.

Hinter der Massebe erhob sich der mächtige Altar, auf dem gerade die letzten Reste des Morgenopfers verkohlten. Amos ging weiter und stand bald vor den 12 Stufen, die zum eigentlichen Heiligtum hinaufführten. Die Stirnseite des Tempels war ungefähr 12 Meter breit und 8 Meter hoch.

„Die Heiligtümer Israels werden zerstört!" Jählings mußte Amos an dieses Wort denken. Er erschauerte.

Josef Ben Benjamin kam am Abend mit seiner Familie in Bethel an. Bis Sonnenuntergang waren noch zwei wichtige Vorbereitungen zu treffen.

Es mußte auf einem der dafür freigelassenen Plätze rings um das Heiligtum die Laubhütte errichtet werden. Das Gesetz sagte: „Geht hinauf auf die Berge und holt Ölzweige, Balsamzweige, Myrtenzweige, Palmzweige und Zweige von dichten Bäumen, daß man Laubhütten mache!" Josef überließ diese Arbeit seinem Sohn Jussa.

Er selbst ging mit seiner Frau und seiner Tochter Judith, um die Opfertiere zu kaufen. Dafür war vor den Toren Bethels ein Markt eingerichtet. Benjamin erstand sich zuerst ein Schaf, das er für sich und seine ganze Familie um die Morgenzeit als Brandopfer darbringen wollte. Dieses Sühneopfer für seine Sünden ließ er sich viel kosten. Darauf erwarb er sich fünf Fladen ungesäuerten Brotes für ein Dankopfer.

Am meisten gab er für das Gemeinschaftsopfer aus. Bei diesem Opfer wurde nur das Fett dem Herrn verbrannt, das Fleisch aber im Heiligtum zusammen mit eigens dazu geladenen Gästen verzehrt. „Ein Rind! 150 Schekel! Fett genug für den Gott Israels!

Fleisch genug für eine ganze Hundertschaft", schrie ein Händler. Josef musterte das Tier scharf. Er ergrimmte, wenn er daran dachte, daß die Armen Bethels und der Umgebung sich an diesem Fleisch mästeten, das er zu teurem Preis erstehen mußte. Widerwärtig schloß er den Handel ab.

„Verflucht", sagte Benjamin, als er die Ausgaben dieses Tages zusammenrechnete: „Fünfhundert Schekel! — Und dabei ist der Zehnte, der am dritten Tag zu entrichten ist, noch gar nicht mitgerechnet!" Nur ein Gedanke ließ ihn die große Summe verschmerzen: Er hatte damit seine Sünden gesühnt. Der Kaufmann ging mit seiner Frau und seiner Tochter zu der Laubhütte, die Jussa inzwischen errichtet hatte.

An eine baldige Nachtruhe war an einem solchen Tag nicht zu denken. In einer Hütte wurde ein Psalm angestimmt. Der Gesang ergriff das ganze Volk. Der Lobgesang stieg mächtig zum Himmel empor. Es war, als sei er eigens für den Reichstempel und für dieses hohe Fest geschaffen.

> „Lobe den Herrn, meine Seele,
> und was in mir ist, seinen heiligen Namen!
> Lobe den Herrn, meine Seele,
> und vergiß nicht, was er dir Gutes getan hat;
> der dir alle deine Sünden vergibt
> und heilet alle deine Gebrechen,
> der dein Leben vom Verderben erlöst,
> der dich krönet mit Gnade und Barmherzigkeit."

Noch gewaltiger stieg der Choral auf, als diese Stelle kam:

> „Barmherzig und gnädig ist der Herr,
> geduldig und von großer Güte.
> Er wird nicht immer hadern,
> noch ewiglich Zorn halten!"

Hatte Josef bisher geschwiegen, — nun fing auch er an, den Choral mitzusummen:

> „Er handelt nicht mit uns nach unsren Sünden
> und vergilt uns nicht nach unsrer Missetat.
> Denn so hoch der Himmel über der Erde ist,

läßt er seine Gnade walten über die, die ihn fürchten.
So ferne der Morgen ist vom Abend
läßt er unsre Übertretungen von uns sein.
Wie sich ein Vater über Kinder erbarmt,
so erbarmt sich der Herr über die, die ihn fürchten!"

Erst nach Mitternacht wurde es im Lager still.

Amos wohnte im Haus des Schafzüchters Korah in Bethel, mit dem er geschäftlich schon öfters zu tun hatte. Er hatte sich schon zur Ruhe gelegt, als an die Tür gepocht wurde. Amos erhob sich verwundert: Wer wollte jetzt noch etwas von ihm? — Er öffnete die Tür. Im bleichen Mondlicht erkannte er Zattai, Mesach, Jussai, den Sohn Datans und andere ‚Scheolleute' und Bauern. Als Amos die finsteren, entschlossenen Gesichter vor sich sah, durchfuhr es ihn wie ein Blitzstrahl: Die Aufrührer! Was wollte Zattai noch von ihm? Sie hatten doch miteinander gebrochen! Er geleitete die unheimlichen Gesellen ins Haus.

„Was wollt ihr?" Zattai erwiderte: „Ich sehe, daß du dich wunderst, Amos, daß wir zu dir kommen. Gleich vorweg sage ich dir noch einmal: Die Brücken zwischen uns sind abgebrochen. Wir sind getrennte Leute." Amos verzog bei diesen Worten keine Miene. Kurz sagte er: „Warum kommst du dann zu mir?" — „Damit kein Unglück passiert! — Obwohl ich dich als Feind ansehen muß, möchte ich doch, daß du mit dem Leben davonkommst."
Der Prophet wurde unwillig: „Was willst du von mir?" Zattai rasch: „Du bist in Samaria der Mann des Volkes gewesen, wie du selber gesehen hast. Deine Predigten gegen unsre Ausbeuter haben dem Volk gefallen. Was du beim Siegesfest gesagt hast, im Palast Josefs, in seinem Getreidegewölbe, im Tor und im Königspalast, das war in Ordnung. Meine Kameraden und ich werden dir das nach unsrem Sieg nicht vergessen." Zattai fuhr fort: „Ach, wäre ich an deiner Stelle! Hätte ich das Volk so in der Hand wie du! — — Aber nichts davon!
Jeder von uns hat nun deutlich gemerkt, daß du mit deiner Wallfahrtspredigt in Samaria einen neuen, fremdartigen Ton angeschlagen hast. Du wendest dich jetzt auf einmal gegen alle! Es ist doch so: Die ‚Frevler' sind jetzt nicht mehr, wie noch bei deiner Siegesfestpredigt, die wenigen Reichen!" Zattai redete auf einmal hastiger: „Die Frevler sind jetzt alle Israeliten!" — Jussai unterbrach Zattai und zitierte aus der Rede des Amos den Satz:

„Fürwahr, so sagt der Herr zum Hause Israel!"

Erregt fuhr Amos Zattai und seine Genossen an: „Der Herr hat es mich geheißen!"

Zattai erwiderte höhnisch: „,Der Herr hat es mich geheißen!' — Höre auf mich, Amos! Ich warne dich! Sprich nicht weiter in diesem Ton, wenn dir dein Leben lieb ist!" Drohend fügte er hinzu: „Du entgehst uns nicht. Wir sind so mächtig, daß unser Arm überall hinreicht."

Als er sah, wie Amos bei diesen Worten seines früheren Vertrauten eine jähe Röte überflog, fügte er beschwichtigend hinzu: „Wir wollen deine Wallfahrtspredigt als einmalige Entgleisung ansehen und sie vergessen. Noch hast du unsrer revolutionären Bewegung nicht geschadet. Setze den früheren Predigtstil von Samaria fort! Oder wiederhole hier einfach vor dem ganzen Volk, was du in Samaria gesagt hast! Dann jubelt dir alles Volk zu. Als Sieger ziehst du dann von dannen. Wenn wir die Herren sind, werden wir dich dann gern unter die Wegbereiter der Revolution einreihen!"

Zattai trat ganz nahe zu Amos heran: „Tu, was ich dir gesagt habe, wenn dir dein Leben wert ist!" Ohne eine Antwort abzuwarten, verließ Zattai das Haus mit seinen Genossen grußlos.

Amos stand erschüttert in dem düsteren Raum. „Mein Gott! Mein Gott!" flüsterte er vor sich hin. Es beschlich ihn eine Angst wie damals, als er es mit dem Löwen zu tun hatte. Er wußte, warum Zattai wollte, daß er mit seiner Predigt so fortfahren solle, wie er in Samaria angefangen hatte. Das wäre indirekte Unterstützung der Aufrührer. Das wäre Wasser auf Zattais Mühle. Dann könnte er sein Unternehmen als gottgewollt bezeichnen. „Tu, was ich dir gesagt habe, wenn dir dein Leben lieb ist!" Amos hatte sein Leben lieb. Er dachte an seine Frau, an Micha...!

Die Stunde der Anfechtung war gekommen. Aber Amos blieb fest. Durch das kleine Fenster fiel der Mondschein auf sein zerquältes Gesicht. Er mußte predigen, wie es ihm der Herr befohlen hatte. Nicht nur die Reichen in Samaria waren Frevler wegen ihrer sozialen Ungerechtigkeit. Die Armen, die nach Bethel kamen, waren es nicht minder! Sie verehrten nicht den Gott Israels, der ungeteilten Gehorsam verlangte. Sie dienten hier dem selbstgemachten Götzen, um dann ihr bisheriges Leben weiterzuführen. — Amos wußte, daß er seine Predigt nicht in den Dienst der

Sache Zattais stellen durfte. Er stand im Dienste Gottes und wollte darin stehen trotz aller Gefährdung. Er mußte diesen Gottesdienst ganz Israels als Frevel, als Empörung gegen Gott bezeichnen.

Am Morgen des ersten Festtages. Der mächtige Schall der Widderhörner, die 250 Priester auf den Mauern des Heiligtums bliesen, weckte die Gemeinde. Leben kam in das weite Lager. Das Frühstück wurde heute viel schneller eingenommen als gewöhnlich. Schon formierten sich die Festpilger zur Prozession. Nach alter Sitte schritten dabei die Ältesten von ganz Israel an der Spitze. — Mehr als zehntausend Pilger und Pilgerinnen strömten den Hügel hinauf. Feierliche Stille und fromme Erwartung lag über der festlichen Menge. Judith hatte zu diesem Fest ihr schönstes Kleid angezogen. Sie ging mit gebeugtem Haupt und war ganz in sich versunken.

Die Spitze der Prozession war keine 50 Schritte mehr vom Tempeltor entfernt. Die Ältesten hielten an und warteten, bis sich der Strom der Pilger hinter ihnen gesammelt hatte. Darauf würde man geschlossen bis auf wenige Schritte an das Tempeltor heranrücken. Nach der Intonation der alten Einlaßliturgie würden die Priester den altehrwürdigen Ruf anstimmen:

„Kommt nach Bethel!
Versöhnt euch mit Gott!"

Zunächst geschah es auch so. Die Einlaßliturgie erschallte. Die festliche Menge schritt an die Tore heran. Benjamin stand mit seiner ganzen Familie in der ersten Reihe. Die Tempeltore öffneten sich und gaben den Blick ins Heiligtum frei. Das Stierbild, vom Sonnenstrahl getroffen, flammte in seinem goldenen Glanze auf. Die Priesterchöre standen bereit, um ihre Einladungen auszusprechen.

Da stand auf einmal Amos mitten im Tempeltor! Niemand konnte sagen, woher er gekommen war. Die Backenknochen traten aus seinem mageren Gesicht hervor. Über der Nasenwurzel stand eine steile Falte. Seine Augen brannten in unheimlichem Feuer.

Josef wollte sich mit einem Wutschrei auf den Propheten stürzen. Aber Jussa hielt ihn mit kräftigem Griff zurück. Auf Zattais Gesicht zeigte sich äußerste Spannung: „Hält er sich an meine Mahnung oder nicht? Er tut es sicher! Er wiederholt die Palastrede!

Welch ein Gewinn für meine Sache!" — Priester und Festgemeinde waren von dem unerwarteten Auftreten des Amos in Bethel so überrascht, daß zunächst jedermann wie versteinert dastand.

Und in diese Stille hinein schrie der Prophet mit vor Aufregung zitternder Stimme, was sonst die Priester dem Volk zuzurufen hatten:

„Kommt nach Bethel!"

Amos hielt kurz inne.

Jedermann kannte diesen feierlichen Ruf, der Jahr für Jahr aus dem Mund der Priester erklang. Die Leute stießen sich gegenseitig verwundert an: Wie konnte der Mann, der vor drei Tagen beim Aufbruch zum Fest noch gesagt hatte, daß man Bethel nicht besuchen solle, nun mit diesem Ruf zum Besuch des Heiligtums einladen? Sollten die doch recht haben, die sagten, daß er geistesgestört sei?

Aber in diese Gedanken fuhr das Wort des Amos wie ein Schwert:

„Kommt nach Bethel — — und sündigt!
Nach Gilgal — — und frevelt noch mehr!
Bringt am Morgen — — eure Schlachtopfer
und — — eure Zehnten am dritten Tag!
Verbrennt als Dankopfer — gesäuerte Brote
und kündigt laut freiwillige Gaben an!
So liebt ihr es ja, ihr Israeliten!"

Noch ehe ein Priester oder sonst jemand hätte eingreifen können, war Amos schon unter dem Volk verschwunden.

Der Oberpriester Amazja stand nach alter Sitte beim Einzug der Festpilger wie immer an seinem Platz auf der sechsten Stufe der Treppe, die zum Tempel hinaufführte. Er liebte es zu hören, daß durch diesen seinen Standort, das Stierbild genau über seinem Haupt aufleuchtete. Er war ein großer Mann, Bauernsohn aus Gilgal, an Körpergröße am ehesten dem Feldhauptmann Kain zu vergleichen, nur etwas kräftiger.

Während des Zwischenfalls überflammte eine pupurne Röte das Gesicht des Gewaltigen. Aber im Gegensatz zu den verwirrten und darum handlungsunfähigen Priestern hatte er sich nach kurzem Schock sofort wieder in der Gewalt. Er war nicht gewillt, sich durch einen noch nicht domestizierten Propheten aus dem Konzept bringen zu lassen.

Blitzschnell handelte er. Nur zwei Worte waren es, die das sichtbar stockende Räderwerk des hohen Festtages wieder in Bewegung setzten: „Sofort singen!" Läufer schossen wie Pfeile zu den Priesterchören — und schon stimmten diese ihre althergebrachten Einladungen an:

> „Kommt nach Bethel!
> Versöhnt euch mit Gott!
> Bringt das Morgenopfer dar!
> Liefert den Zehnten ab!
> Lasset das Rauchopfer auf dem Altar aufsteigen!
> Ladet die Armen zum Opfermahl ein!"

Sofort nach dem Eröffnungsgottesdienst stürmte der Oberpriester Cohen zu Amazja in dessen Amtszimmer. Kaum hatte Cohen seinen Kollegen begrüßt, da brach es auch schon aus ihm heraus: „Da haben wir jetzt also die Seuche auch hier! Pest, Tod und Teufel, Amazja! Und das am Laubhüttenfest!"

Er trat ans Fenster, von dem aus man den ganzen Tempelplatz überblicken konnte: „Schau nur hinaus! Sieh, wie es wegen diesem Mann jetzt im Heiligtum zugeht!"

Cohen schäumte vor Wut. „Ein ungelehrter Hirte wagt es, vor zwei Oberpriestern, den Ältesten ganz Israels, vor hunderten von Priestern und Propheten und der ganzen Festgemeinde, die seit Erzvater Jakobs Zeiten übliche Wallfahrt öffentlich anzuprangern und als Gottesfrevel zu bezeichnen! Nimmt einer noch größere Mühsal auf sich und pilgert auch noch nach Gilgal, so frevelt er noch mehr! Von ‚euren' Schlachtopfern sprach er, dieser ...! Von den Schlachtopfern, die wir darbringen, um uns mit Gott zu versöhnen. — Von ‚euren' Zehnten! — ‚So liebt ihr es ja, ihr Israeliten!' — Alles ist bei ihm Menschenwerk, was doch Mose im Auftrag Gottes eingesetzt hat! — So lästert Amos Gott! — Und das sagt dieser Mensch ausgerechnet jetzt, wo sowieso fast ein Drittel der Zehnten nicht abgeliefert wird und die Opfer spärlicher sind denn je! — Und dazu noch beim Laubhüttenfest, daß es möglichst viele Menschen hören! — Ein Riesenskandal!!"

Langsam legte sich seine Erregung. Fast milde sagt er dann: „Ich sehe, du hast meinen Rat nicht befolgt!" Er sah Amazja bittend an und fragte ihn: „Warum denn nicht?" — „Du hast mir nichts zu befehlen." — „Ich dir befehlen?" fragte Cohen verwundert. „Einen freundschaftlichen Rat wollte ich dir geben!" — „Das kannst du dir ersparen. Ich bin Oberpriester am Reichstempel zu Bethel, du in Samaria."

Cohen reckte sich auf: „So steht es also! Du konntest unsren Zwist zur Abwendung dieser Katastrophe, die ich vorausgesehen habe, nicht begraben? Dann sieh nur zu, wie du mit diesem Mann jetzt fertig wirst! Sieh zu, wie du vor dem Volk, dem König, vor Gott — ja vor Gott — verantworten kannst, was in diesen Tagen hier passiert!"

Amazja geriet in Wut: „Ich habe dir schon gesagt, daß ich deinen Rat nicht brauche!" — Grußlos entfernte sich Cohen und schmetterte die Tür hinter sich ins Schloß.

Inzwischen war Amos im Tempelhof von Tausenden umringt. Aber der Prophet sah nicht in zustimmende Gesichter, wie das in Samaria oft der Fall gewesen war. Viele schauten ihn an, als hätten sie nicht richtig verstanden, was er vor wenigen Stunden am Tempeltor gesagt hatte. In anderen Augen aber blitzte blanker Haß. Nur flüchtig erkannte Amos Zattais wutentbranntes Gesicht. Der Prophet sah es selbst: Jäh hatte sich die Stimmung des Volkes gegen ihn gekehrt. Nein, er war nicht mehr der Mann des Volkes. Er hatte es vor den Kopf gestoßen. Bei seiner Wallfahrtspredigt in Samaria begriff noch nicht jeder den neuen Kurs, den Amos jetzt steuerte. Aber an diesem Festtagsmorgen im Tempeltor war er auch dem Einfältigsten klar geworden.

Von allen Seiten und in allen Tonarten wurde Amos mit Fragen bestürmt. Verwundert, gehässig, mitleidig, wutentbrannt, haßerfüllt! Dem Propheten schwankte bei diesem Ansturm der Boden unter den Füßen. „Wir Armen unter den Pilgern sollen Frevler sein?" — „Ich habe wohl nicht richtig gehört? — Du meinst sicher, daß nur die reichen Wallfahrer Frevler sind!" — „Bei ihm sind wir alle Empörer gegen Gott!" — „Die Opfer, die wir uns am Mund absparen, um uns Versöhnung zu erwirken, sie sollen Empörung gegen Gott sein?" — „Von mir selbst will ich nicht reden, aber ich kann nicht einmal meinen Kindern genug zum Essen geben, weil ich den Zehnten richtig abliefern will! Und das soll Frevel sein?" — „Frevler? — Empörer? — Wir, die Armen?" — „Wir, die Geschundenen und Geplagten sind Frevler vor Gott?"

Amos sah in Hunderten von Augen, daß seine Predigt auf Ablehnung und Unverständnis stieß. Leise und fast traurig fing er an zu reden: „Ja, ihr seid alle Frevler!" — „Warum?" schrie ein Mann. „Kannst du nicht so weiterpredigen, wie in Samaria?" Die Gärung, die das Volk erfaßt hatte, ballte sich auf einmal zu einem wütenden Schrei zusammen, einem Befehl: „Sprich weiter wie in Samaria! — Sprich weiter wie in Samaria!"

Das Geschrei schlug über Amos zusammen. „Ich kann nicht", seufzte der Prophet. „Ich kann nicht! Ihr seid alle Frevler!"

Dann mußte er an seinen Micha denken. — „Seht ihr", sagte Amos zu der aufgebrachten Volksmenge, „wenn mein Sohn Micha mir ein Geschenk macht, einen schönen Stein oder sonst etwas, was ihm wertvoll ist, und er tut das nur aus Dank gegen mich, und weil er mich lieb hat, ganz ohne jede Nebenabsicht, dann freue ich mich an meinem Sohn!"

„Was soll das? Was gehen uns deine Privatsachen an? Wir wollen wissen, warum du uns ‚Frevler' schiltst! Ich bin beleidigt!" — „Warte doch", beschwichtigte ein anderer den Schreier, „der Prophet erklärt es uns gerade!"

„Wenn mein Micha aber gestohlen hat, stiehlt und die Absicht hat, auch weiterhin zu stehlen und mir dann etwas schenkt, nur um seine Taten zu verdecken, dann freue ich mich an meinem Micha nicht! Und genau so ist es auch zwischen Gott und euch." Amos erhob seine Stimme: „Ihr kommt doch nicht hierher, um ihn zu ehren. Ihr habt gesündigt, sündigt und habt die Absicht, auch weiterhin zu sündigen. Und dann kommt ihr, um euch mit Wallfahrten, Opfern, Zehnten, Dankopfern und Gesäuertem einen Freibrief dafür zu kaufen!"

Amos konnte nicht weiterreden. Ein einziger Wutschrei aus Tausenden von Kehlen: „Schweig! Schweig! Schweig! Wir sind keine Frevler! Gott hat uns lieb! Wären wir Sünder, so würde Gott uns strafen! — Aber er liebt uns! — Asaphs Lied! Singt Asaphs Heilslied."

Die Priester stimmten an und alles Volk wurde hineingerissen in die Ekstase des Gesangs:

„Wer gab uns die Dynastie . . ."

Amos wollte weiterreden. Er wurde überschrien. Betäubt verließ er das Heiligtum.

Josef und seine Freunde hatten diesen Ausbruch des Volkes mit dem Gefühl größter Befreiung erlebt. „Das Volk wird ihn in Stücke reißen!" sagte Josef.

KATASTROPHENLIED

Amos eilte den Tempelberg hinunter. Er fühlte sich einsam und verlassen. Er gestand sich ein, daß er sich in Samaria oft daran aufgerichtet hatte, daß ihm weite Kreise des Volkes zugetan waren. Und jetzt hatte er durch eine einzige Predigt die Gunst des Volkes verloren und die Gefahr heraufbeschworen, daß ihn Zattais Leute töten würden. Er durcheilte das Laubhüttenquartier und strebte auf „El-bire" zu, einen Hügel 10 Kilometer südwestlich von Bethel.

Auf einmal hörte er Schritte hinter sich. Er wandte sich um. Der Älteste Simon, der Kaufmann Dan und der junge Priester Aaron folgten ihm. Da wich das bittere Gefühl der Verlassenheit. Hatte er in diesen Männern nicht Freunde? Sie begrüßten Amos. Dann setzten sie den Weg zu viert fort. Es war ein gespenstisches Bild, wie die vier Männer mit ernsten Gesichtern durch das festlich aufgemachte Laubhüttenquartier schritten. Im Tempel wurde immer noch das Heilslied gesungen. Es verfolgte sie bis weit über das Laubhüttenlager hinaus.

Endlich brach Amos das düstere Schweigen und rief: „Dieses Lied ist eine Lüge!" Simon sagte: „Wie soll ich das verstehen?" — „In diesem Lied besingt das Volk den Gott seiner Wünsche, der sein Volk mit Gaben überschüttet und ihm trotz allem bösen Tun Sicherheit verleiht in Ewigkeit." Der Priester Aaron fragte beklommen: „So wäre das nicht Gott, nicht der Herr Israels, den sie da besingen, sondern ein Götze?" — „Es ist nicht anders, Aaron! Hier wird der lebendige Gott vergötzt!" Bitter fügte er hinzu: „Israel schafft sich seinen Gott selbst! Hier gilt: ‚Der Mensch schuf Gott nach seinem Bilde!'" Simon sprach: „Du willst damit sagen, daß dieser Gott der Art Israels entspricht?" — „Ja", sagte Amos, „das will ich sagen. Buße ist schwer. Sie fordert einen Entschluß, Wille, Entsagung. Aber dieses Volk will nicht Buße tun. Es will immer weiter und weiter sündigen. Also braucht es einen Gott, der das erlaubt, bei dem man sich die Vergebung ohne Herzensänderung billig erkaufen kann!" — Zornig sprach er weiter: „Und die Priester und Propheten Israels sind schuldig an diesem Götzendienst. Dieses Heilslied überzeugt die Israeliten davon, daß sie auf dem richtigen Wege sind."

Betroffen fragte Aaron: „Und der wahre Gott? Amos, wie ist der wahre Gott?" — „Aaron, der Gott, der in Bethel angebetet und besungen wird, das ist der Diener, der Sklave Israels, der Knecht seiner Wünsche! — Aber der wahre Gott ist der ‚Herr'! Und in diesem Wort ‚Herr' ist alles beschlossen, die ganze Theologie. Das Kennzeichen des Herrn ist Freiheit. Wir sind seine Knechte, ihm zu gehorsamem Dienst verpflichtet. Tun wir Böses, so müssen wir uns vor ihm bereuend beugen und seine Gnade erflehen. Bringen wir ein Opfer, so tun wir das nicht, um uns irgend etwas von ihm zu erkaufen, sondern um ihn als Herrn zu ehren."

Nach langem Schweigen fragte Simon: „Ist Gott nicht selbst schuld daran, daß sein Volk auf diesen Irrweg verfiel? Hat er es vielleicht zu oft mit seiner Güte überschüttet? Er schenkte Frieden, verlieh Wohlstand; bestätigt das das Volk nicht auf seinem gefährlichen Weg?"

Zornig blickte der Prophet den Ältesten an und sagte: „Wir dürfen doch nicht vergessen, Simon, daß dieses Heilslied nur eine Seite des göttlichen Handelns hervorkehrt! Wieviel Schläge hat er seinem Volk gegeben, wieviel Schläge, um es zur Umkehr zu führen! Schaut nur zurück in die Geschichte!" —

Die Männer ließen sich auf einer Felsplatte nieder und blickten nach Bethel hinüber. Sie schwiegen lange. Dann sagte Simon: „Du hast recht, Amos! Von den Schlägen sprachst du, die Gott seinem Volk gegeben hat, um es zur Umkehr zu bringen." — Er fing an zu erzählen: „Ich sehe unser Dorf Jokneam vor mir. Es liegt am Fuße des Karmel. Ach, unser Haus in Jokneam, in dem ich geboren bin! Es war freilich nur eine Lehmhütte mit rissigen Mauern. Heute noch rieche ich das Gerstenbrot, das meine Mutter buk. Kein Brot schmeckt so gut, wie das, das die eigene Mutter bäckt. Meine Mutter buk auf drei Backplatten. Sie waren aus Steingut gefertigt und sahen aus wie große, flache Schüsseln, aber von vielen Löchern durchbohrt, um die Hitze durchzulassen. Meine Mutter setzte sie aufs Feuer. Sobald sie heiß waren, legte sie den Gerstenbrotteig darauf. Ich rieche noch den köstlichen Duft. So aßen wir das wohlschmeckende Brot, bis die Hungersnot kam! Eine giftgelbe Wolke kam drohend über den Karmel herüber. Ehe

der Hagelsturm losbrach, wurde es so still, daß ich mich fürchtete und vor der unheimlichen Stille ins Haus flüchtete. Dann brach das Unwetter los. Es zerschlug in einer halben Stunde die ganze Ernte der Ebene Jesreel. Meine Mutter drückte mich fest an sich, damit ich die Blitze nicht sehen, den Donner nicht poltern und den Hagel nicht rauschen hören sollte. Statt dessen fühlte ich ihre Tränen in meinem Haar. Mein Vater stand ganz stumm da. Nach dem Gewitter war die ganze Ebene weiß! So habe ich sie nie mehr gesehen. Und dann kam der Hunger. Wir hatten nur noch eine kleine Menge Gerste im Haus. Meine beiden kleinen Schwestern sind damals Hungers gestorben!" — Simon schwieg.
Er schaute hinüber zum Tempel und sagte: „Es dürften nicht wenige Menschen drüben im Heiligtum sein, die diesen Schlag genauso gespürt haben wie ich!"
Amos durchbrach nach einer Weile das Schweigen und sagte:

„Ich war's, der euch nichts zu beißen gab in all euren Städten
und Mangel an Brot in all euren Ortschaften.
Dennoch habt ihr euch nicht zu mir bekehrt,
spricht der Herr."

Ergriffen schwiegen die Zuhörer. Sie waren Zeugen, wie sich in Amos das „Katastrophenlied" formte.
Nach einer Weile sprach Aaron: „Ich bin aus Megiddo. Den Brunnen meiner Geburtsstadt könnt ihr selbst sehen, wenn ihr wollt. Er ist, wie ich meine, eine der größten Sehenswürdigkeiten der Ebene Jesreel. Wenn du zum Nordtor hereinkommst, mußt du fast durch die ganze Stadt bis zur Südwestecke der Mauer gehen. Dort gruben einst die Kanaanäer in die Tiefe: 25 Meter! Dann bohrten sie sich wie Maulwürfe unter dem Boden weiter, in südwestlicher Richtung. Die Quelle liegt nämlich außerhalb der Stadt. Diese wollten sie erreichen und durch die Höhle in die Stadt hineinleiten.
Eine andere Gruppe war in die Höhle hinabgestiegen, die außerhalb der Stadt zu der tief gelegenen Quelle hinabführt. Ich bin selbst schon dort gewesen. Mich schaudert's, wenn ich nur daran denke! Naßkalt ist's da! Jene Männer bohrten sich von der Quelle in nordöstlicher Richtung durch den Felsen. Es konnte immer nur ein Mann mit dem Pickel gegen den Felsen schlagen. Man sagt, die Männer hätten 5 Jahre gebraucht, bis sie endlich zusammentrafen.

Dann leiteten sie das Wasser durch diese mannshohe Höhle in die Stadt.

Und dieser Brunnen gab während der großen Dürre vor 15 Jahren auch kein Wasser mehr! Damals war in allen anderen Städten der Ebene das Wasser schon längst versiegt. Zuerst natürlich die Zisternen, später auch die Brunnen. Ich sah, wie die von Sunem schwankend vor Durst zu uns kamen und im Tor händeringend um Wasser baten. Aber die Ältesten mußten ihre Bitte abschlagen. Selbst für die Bürger der Stadt konnte täglich nur ein halber Becher Wasser ausgegeben werden. Wir mußten die Quelle bei Tag und Nacht scharf bewachen, um Wasserdiebstähle zu verhindern. Aber die Quelle versiegte! Was dann kam — es war schauderhaft!"

Amos sagte:

> „Ich war's, der von euch ferngehalten den Regen,
> daß zwei, drei Städte wankten zur anderen,
> um Wasser zu trinken.
> Dennoch habt ihr euch nicht zu mir bekehrt,
> spricht der Herr."

Darauf sagte Simon: „Ich war vor zwanzig Jahren Knecht in Jesreel. Herrliche Getreidefelder standen einen Monat vor der Ernte da. Mein Herr, der Großbauer Ezron, sagte zu mir: ‚Gibt eine gute Ernte dieses Jahr. Kannst dich dick und voll fressen, und es bleibt noch etwas für deine Mutter in Jokneam übrig!' Ich freute mich ordentlich darauf, meiner Mutter etwas Gutes tun zu können und wollte meinen Herrn zur gegebenen Zeit schon an sein Versprechen erinnern.

Ich brauche euch nicht zu erzählen, wie erfrischend es ist, wenn bei uns der Wind mittags oder am frühen Nachmittag vom Meer her zu blasen beginnt! Und wie schön, wenn dann die grünen Saaten im Winde wogen! Der Westwind ist bei uns ein segensreicher Wind!

Anders ist es mit dem Ostwind, dem Schirokko! Es ist noch nicht schlimm, wenn er im Winter, im Herbst oder im Frühling auftritt. Da ist seine Zeit. Er kann mit seinem Gluthauch die ganze Blütenpracht des Frühlings zum Verdorren bringen. Wehe aber, wenn er unvermutet auftritt und dann gar noch anhält! Und geradeso war es in jenem Jahr.

Zwei Wochen, nachdem mein Herr mit mir gesprochen hatte, setzte zur Unzeit der Schirokko ein. Glutheiß kam er vom Osten heran. Ich sehe noch das Gesicht meines Bauern vor mir. Wie seine Gerstenfelder unter dem Gluthauch des Schirokko verdorrten, so schien auch sein Gesicht zu verdorren. — In diesem Jahr starb dann auch meine Mutter am Hunger.

Im einen Jahr leiden wir unter dem Schirokko und im anderen unter der Gilbe! Der Frühregen, den wir immer für Ende Oktober erwarten, kam, auch der Hauptregen — Mitte Januar. Und dann Ende März der Spätregen. Aber es hörte nicht mehr auf zu regnen! — Das Getreide verschimmelte auf dem Halm. Und im anderen Jahr ist's dann wieder ein Heuschreckenschwarm, der die Saaten vernichtet."

In die Stille fielen die Worte des Amos. Sie gaben dem scheinbar sinnlosen Geschehen Sinn, fügten es zusammen zu einer Kette von Schlägen, die Gott seinem Volk versetzte, um es zu bekehren. Aber die Bekehrung der „Frommen" — das ist Gottes schwerstes Werk:

> „Geschlagen habe ich euch mit Kornbrand und Gilbe,
> ließ austrocknen eure Gärten und Weinberge;
> eure Feigen- und Ölbäume fraß die Heuschrecke.
> Dennoch habt ihr euch nicht zu mir bekehrt,
> spricht der Herr."

Dan hatte bisher geschwiegen. Jetzt sagte er: „In den Aramäerkriegen, unter dem unglücklichen Joas, lagen wir vor Knath im Basangebirge. Ihr denkt wohl: ‚Da gibt es das berühmte Vieh. Da hatten die Soldaten wenigstens Fleisch genug zu essen!' Aber da täuscht ihr euch. Die Aramäer hatten alles Vieh weggetrieben, und abgebrannt, was es nur zum Abbrennen gab. Um die Stadt waren die Belagerungswälle aufgeworfen und wir warteten.

In dem Zelt, in dem ich mit sechs anderen Soldaten lag, hat es den ersten gepackt. Es war ein noch ziemlich junger Kerl aus Edrei. Eines morgens klagte er über rasendes Kopfweh und sagte, er könne nicht aufstehen. Ich will ihm zu essen geben. Aber er nahm nichts zu sich. Ich will ihn besser betten und sehe zufällig seine Brust. Ich denke: ‚Was sind das für blauschwarze Flecken, die dieser Mensch auf der Brust hat?' Ich werde stutzig und rufe den Hauptmann. Kaum hat der den Kranken gesehen,

als er schon aschfahl wird und fluchtartig das Zelt verläßt. — —
Es dauerte keine zehn Minuten, da wußte es das ganze Lager:
‚Der Junge aus Edrei hat die Pest!'
Auf Befehl des Hauptmanns wurde um unser Zelt ein hoher
Bretterverschlag errichtet und so sperrte man uns und die Krank-
heit ein! ‚Sind wir denn für euch Hunde?' schrie ich. ‚Sollen wir
hier alle miteinander krepieren?' Aber es war zu spät. Schon
am anderen Tag waren im Lager trotz aller Vorsichtsmaßnahmen
mehr als 100 Pestkranke!! Zu Hunderten liefen die Soldaten
davon.
Zu allem Unglück hin bekamen die Aramäer Wind von der
Sache. Sie machten keinen Ausbruch. Bewahre! Sie hatten kein
Interesse daran, bei uns die Pest zu erben. Aber diese Hunde
schossen auf unser Lager, was sie nur aus der halbverhungerten
Stadt herausschießen konnten. Steine! Feuer! Wer nicht starb,
der verbrannte oder wurde von den Schleudersteinen erschlagen.
Das war die fürchterlichste Zeit, die ich je in meinem Leben
mitgemacht habe. Es gab zu jener Zeit nicht viele Dörfer und
Städte in Israel, die keinen Toten zu beklagen hatten. — Das ist
meine Geschichte." — Der Kaufmann schwieg.
Dieser Schlag erinnerte an die Pest, die Gott einst über das ver-
stockte Ägypten hatte kommen lassen.

> „Ich sandte unter euch Ägyptens Pest,
> tötete mit dem Schwert eure junge Mannschaft
> und ließ euer Lager in Flammen aufgehen.
> Aber ihr habt euch nicht zu mir bekehrt,
> spricht der Herr."

Aaron sagte: „Ich bin in Beth-Eked aufgewachsen, einer Stadt
am Westabhang des Gebirges Gilboa. Von Megiddo zogen wir
dorthin. Wie ihr wißt, wurde diese Stadt vor fünf Jahren durch
ein Erdbeben vollkommen zerstört. Ich kann euch sagen: Die
Erde hob und senkte sich wie das Meer im Sturm. Ich eilte zum
Haus hinaus. Krachend und polternd stürzte es hinter mir zusammen! Männer, Frauen, kleine Kinder — ohne Unterschied sind
sie damals ums Leben gekommen. Es waren ungefähr sechs Erd-
stöße. Als sie aufhörten, raste alles, was noch laufen konnte, über
die Trümmer — die Straßen waren fast völlig verschüttet — und
suchte sich ins Freie zu retten. Hinter uns lag die Stadt. Eine

riesige, gelbliche Staubwolke überlagerte sie. Bis wir nur die Toten geborgen hatten! Oh! Das war furchtbar!"

Was Aaron gesagt hatte, stellte alles Vorhergehende in den Schatten. Amos schauderte zusammen. Das war ein Schlag, gleich dem, der einst Sodom und Gomorra traf.

> „Und ich habe über eure Häuser einen Einsturz gebracht
> wie das Gottesbeben von Sodom und Gomorra,
> daß ihr wurdet wie ein aus dem Brand gerettetes Holzscheit.
> Dennoch habt ihr euch nicht zu mir bekehrt,
> spricht der Herr."

Als Amos aufhörte, sagte Aaron entsetzt: „Du willst dieses Lied im Tempel singen?" Aaron, Simon und Dan traten vor den Propheten und sprachen: „Tu es nicht. Es kostet dein Leben. Du hast heute die Wut des Volkes gesehen. Sie werden es nicht ertragen, daß man ihnen ihre Unbußfertigkeit, ja Verstockung vor Augen hält!" — „Ich muß es tun!" sagte Amos kurz. „Das Volk darf nicht auf dem falschen Glauben gelassen werden, es sei auf dem rechten Weg. Es muß den wahren Gott und das wahre Israel kennenlernen!"

Später sagte er: „Und ich muß diesem Lied noch einen Vers hinzufügen!" Simon sagte: „Daß Gott dich gesandt hat, zu predigen, und daß Israel sich doch nicht bekehrt?" Amos sah Simon an: „Du täuschst dich. Was ich getan habe, ist nicht so wichtig, daß ich es in eine Reihe mit den Gottestaten dieses Liedes stellen dürfte. Du wirst diesen letzten Vers morgen hören."

Kaum erschien Amos am anderen Tag im Tempel, da brauste ihm schon das „Heilslied" entgegen:

> „Wer gab uns die Dynastie . . ."

„Wie kannst du uns Frevler nennen, wo Gott uns Gutes tut?" rief man dem Propheten wutentbrannt entgegen. Als endlich Stille eintrat, schrie er in die immer größer werdende Volksmenge hinein:

> „Ich war's, der euch nichts zu beißen gab in all euren Städten
> und Mangel an Brot in all euren Ortschaften.

Dennoch habt ihr euch nicht zu mir bekehrt,
spricht der Herr.

Ich war's, der von euch ferngehalten den Regen,
daß zwei, drei Städte wankten zur anderen, um Wasser
zu trinken.

Dennoch habt ihr euch nicht zu mir bekehrt,
spricht der Herr.

Geschlagen habe ich euch mit Kornbrand und Gilbe,
ließ austrocknen eure Gärten und Weinberge;
eure Feigen- und Ölbäume fraß die Heuschrecke.

Dennoch habt ihr euch nicht zu mir bekehrt,
spricht der Herr.

Ich sandte unter euch Ägyptens Pest,
tötete mit dem Schwert eure junge Mannschaft
und ließ euer Lager in Flammen aufgehen.

Dennoch habt ihr euch nicht zu mir bekehrt,
spricht der Herr.

Und ich habe über eure Häuser einen Einsturz gebracht
wie das Gottesbeben von Sodom und Gomorra,
daß ihr wurdet wie ein aus dem Brand gerettetes Holzscheit.

Dennoch habt ihr euch nicht zu mir bekehrt,
spricht der Herr."

Amos schwieg kurze Zeit. Dann sagte er:

„Darum will ich dich richten,
wie ich durch meine Propheten gesagt habe.
Und weil ich dir das ankündige:

Mache dich bereit, Israel,
vor deinen Richter zu treten!"

Nach dieser Predigt stand die Volksmenge zuerst betäubt da. Blitzartig hatte ihr Amos die Katastrophen der Vergangenheit erhellt und sie als Strafen Gottes gedeutet, die zur Buße führen sollten. — Das also war das Handeln des wahren Gottes Israels! Sie, die bisher allen seinen Schlägen zum Trotz nicht auf ihn gehört hatten, sollten nun seinem letzten, furchtbaren Gericht entgegengehen! Minutenlang lag der Bann der Predigt auf dem Volk. Doch dann brach mit einem Brüllen, das dem Gebrüll des Sturmes auf dem Meer glich, das „Heilslied" los:

„Wer gab uns die Dynastie ...?"

Als es endlich still wurde und Amos den Mund auftun wollte, fing das Geschrei von neuem an:

„Wer gab uns die Dynastie ...?"

Entsetzt sah der Prophet, daß die Leute Zattais in seiner Nähe standen. Amos dachte an die nächtliche Unterredung im Haus des Schafzüchters Korah und hielt seine letzte Stunde für gekommen. Gibor und Enak packten ihn, zogen ihn fort und stießen ihn zum Tempel hinaus. „Pack dich und laß dich hier nie mehr sehen!"

LEICHENLIED

Die Liturgie für den dritten Tag des Laubhüttenfestes lag schon seit langem fest. Für gewöhnlich galten der erste und der letzte, der achte Tag, als die Schwerpunkte des Festes. Aber der dritte Tag war nach altem Herkommen der Höhepunkt des ganz von Jubel und Freude bestimmten Festes.
Am zweiten Tag, kurz nachdem Amos zum Verlassen des Heiligtums gezwungen worden war, trafen sich der Oberpriester Amazja und der Priester Asaph in dessen Amtszimmer, um die Liturgie noch einmal durchzusprechen. Aber die beiden Männer waren über diesen zweiten Zwischenfall noch so erregt, daß sie jetzt noch nicht an die Festfeier denken konnten. „In unsrem Heiligtum ist es üblich, die Heilstaten Gottes aufzuzählen, so wie du, Asaph, das in deinem Heilslied in so schöner Weise getan

hast. Und da wagt es dieser Hirte, die Katastrophen aneinander-
zureihen, die Gott über uns brachte!" sagte Amazja empört.
„Und dieser aufreizende Refrain!" stieß Asaph hervor. „‚... dennoch habt ihr euch nicht zu mir bekehrt!' — Sieht dieser Mensch
nicht, wie inbrünstig Israel seinem Gott dient? Und da wagt es
dieser Viehhirte, uns als verstockt hinzustellen!" — „Er hat gesagt, daß Israel zu einem letzten, furchtbaren Gericht vor seinen
Gott hintreten muß!" fügte der Oberpriester hinzu.
Aufgeregt fuhr Asaph fort: „Wir, vom Heiligtum zu Bethel, sind
für ihn Gottlose!" — „Wie kommst du zu dieser Ansicht, Asaph?"
— „Da, lies!" sagte der Priester und reichte dem Oberpriester
ein Pergamentblatt. „Das ist die Predigt, die Amos an die auf-
brechenden Pilger in Samaria gehalten hat!" Der Oberpriester las:

> „So spricht der Herr:
> Suchet mich — und lebet!
> Aber suchet nicht Bethel, und nach Gilgal geht nicht!
> Denn Gilgal muß gewiß an den Galgen,
> und das Gotteshaus wird des Teufels Haus!"

Amazja lief rot an und stampfte mit dem Fuß auf den Boden:
„Das ist Schändung des Heiligtums! Lästerung Gottes!" Asaph
sagte: „Seit dieser Predigt schlägt Amos nur noch in diese eine
Kerbe: Israel dient nicht dem wahren Gott! Der Gottesdienst an
den Heiligtümern ist Götzendienst! Darum muß das ganze Volk
untergehen! Am deutlichsten hat er das heute in diesem Katastrophenlied ausgesprochen."
Der Oberpriester trat an das Fenster und blickte auf den Tempelplatz hinaus. Er mußte an die Warnung denken, die ihm Cohen
zukommen ließ. Hätte er sie doch befolgt! Doch dann wandte er
sich mit einem befreienden Aufatmen um: „Ich glaube, daß wir
jetzt alle Befürchtungen wegen einer weiteren Störung des Festes
durch diesen Mann abschütteln können. Nach dem, was er heute
erlebt hat, wird er es nicht noch einmal wagen, vor das wut-
entbrannte Volk zu treten." Asaph wiegte zweifelnd den Kopf:
„Er ist tollkühn und kennt keine Rücksicht." — „Das sind die
Worte, die Cohen in seinem Brief gebraucht, um Amos zu charak-
terisieren", dachte der Oberpriester. Aber Amazja setzte dem
Zweifel Asaphs seine feste Überzeugung entgegen, daß es zu
keiner weiteren Störung mehr kommen werde.

Geschäftig sagte er sodann: „Laß uns noch einmal die Liturgie für den morgigen Tag bedenken! Wir fangen mit dem Einzug der Pilger und der Begrüßung der Scharen durch den Priesterchor an." — „Was singst du da?" Amazja mußte diese Frage zweimal an den Priester richten. Dieser kam einfach nicht von der dumpfen Ahnung los, daß es morgen zu einer neuen, vielleicht noch fürchterlicheren Störung des Gottesdienstes kommen könnte. Als ihn der Oberpriester endlich aus seinen Gedanken aufgeschreckt hatte, sagte er: „Ich denke, daß wir singen:

,Kommt herzu und laßt uns dem Herrn frohlocken
und jauchzen dem Gott unsres Heils!'"

„Ja, das ist gut so. Das paßt ausgezeichnet zu unsrem Freudenfest.
Dann rücken die zwei Hundertschaften ein, die zu den Grenzkämpfen ins Ostjordanland gehen. Wie ist diese Abteilung zusammengesetzt?" — „Wie ich höre, sollen während des Festaktes zehn Tausendschaften bei Bethel lagern. Jede von ihnen stellt für den Gottesdienst zwanzig Mann." — „Diese zweihundert stellen also eine Auslese der kriegerischen Mannschaft Israels dar." — „Es ist so." — „Ich freue mich schon, unsre sieggewohnte junge Mannschaft zu sehen!
Dann folgt der Höhepunkt des Festes: Das goldene Stierbild wird auf einem Gestell aus dem Heiligtum gefahren! Hast du die Priester bestimmt, die den blauen Baldachin über dem Bild halten?" — „Ja, es ist alles in Ordnung. Der Priester Omer leitet die Gruppe."
Der Oberpriester fuhr fort: „Die Prozession, der sich alle Priester und Propheten anschließen, bewegt sich an der Nordseite des Brandopferaltars vorbei. Sie geht bis zum Tempeltor und dann an der Südseite des Altars wieder zurück in das Heiligtum. Das wird sicher sehr schön", sagte Amazja. „Da wird Amos endgültig vergessen sein!" Asaph wünschte sich innig, daß es so sein möge. „Dann stimmst du, Asaph, mit deinem Chor das ,Heilslied' an — ich weiß bestimmt, daß das Volk mitsingt. Da wird zweifellos die Freude ihren Gipfelpunkt erreichen. Ich weiß das aus eigener Erfahrung.
Es folgt meine Predigt, der ich nach altem Brauch die Gründungsgeschichte des Heiligtums zugrunde legen werde. — Was kommt darnach?" — „Dann nimmst du die Salbung der Massebe vor, die

Jakob einst errichtete. Es werden die Opfer dargebracht, und schließlich sprichst du den Segen über das Volk!" — „Ja, so ist es", sagte Amazja, „und ich glaube, daß wir der guten Zuversicht sein dürfen, daß es zu keiner Störung des Festes kommen wird."

Amos schritt auf dem Sträßchen, das von Bethel nach dem 5 Kilometer entfernten Rimmon führte, eilig dahin. Er befand sich hier auf der Höhe des Gebirges Ephraim. Der Prophet erhob seine Augen nicht, um die Gegend zu betrachten. Tödliche Einsamkeit umfing ihn. Das war für ihn, den Hirten, ein ganz neues Gefühl. Stets hatte er die Herde um sich. Durch seine Berufung war er Menschenhirte geworden. In Samaria war er nie einsam gewesen. Immer waren Menschen um ihn gewesen. Und selbst wenn er allein war, so fühlte er doch, daß es in der Stadt Menschen gab, die ihm innerlich nahe standen. Aber jetzt umkrallte ihn das Gefühl tödlicher Einsamkeit. „Ein Hirte, der seine Herde verloren hat, bin ich", stöhnte Amos laut. „Mit diesen Predigten — angefangen mit meiner Wallfahrtspredigt in Samaria — habe ich sie verloren! Habe ich nicht richtig gehandelt, als ich ganz Israel des Frevels anklagte und dem Volk darum das Gericht ankündigte?"
Vor dem inneren Auge des Propheten standen die Visionen auf, die Gott ihm in Thekoa und Jerusalem gesandt hatte. Er dachte an die Vision mit dem Senkblei. Er erinnerte sich an die Worte des Herrn:

> „Ich will Israel nicht länger vergeben!
> Die Höhen Isaaks werden verwüstet,
> und die Heiligtümer Israels werden zerstört!"

Die Vision mit dem reifen Obst kam ihm in den Sinn:

> „Reif zum Ende ist mein Volk Israel.
> Ich will ihm nicht länger vergeben!"

Der Prophet erbebte, als er an die letzte furchtbare Vision im Heiligtum zu Jerusalem dachte.
Auch die Gottesworte, die er in Samaria zu sagen hatte, erwog er:

> „Ich mache den Boden unter euch schwanken.
> Ich suche an euch heim all eure Schuld.
> Es gibt keine Rettung!"

Nein, was er jetzt in seinen Predigten androhte, das hatte ihm Gott in den Visionen gezeigt, und es schwang auch schon in seiner bisherigen Predigt mit.

Soldatengesang! Marschtritt! Amos wurde aus seinen Gedanken aufgeschreckt.

> „Wach auf, wach auf, Debora!
> Wach auf, wach auf, singe dein Lied!
> Erheb dich, Barak,
> und führe gefangen,
> die dich gefangen führten!"

So sangen die Soldaten und zogen an Amos vorbei. Sie waren mit Wurfspießen, Schilden und Kurzschwertern bewaffnet.

Der Prophet blickte in junge, frische Gesichter und in blanke Augen, die vor Kampfeslust leuchteten und sich schon auf den Sieg freuten. „Woher seid ihr?" fragte er. „Wir sind die Tausendschaft aus Ephron!" riefen ihm die Soldaten zu. „Wir sammeln uns in Bethel und ziehen dann ins Ostjordanland!"

Noch einmal blickte Amos in die jungen Gesichter. „Wieviele von diesen Männern werden aus dem Krieg heimkommen?" fragte er sich. Es drängten sich ihm seine eigenen Weissagungen auf:

> „Da hilft kein Fliehen dem Schnellen
> und dem Starken versagt die Kraft;
> der Held rettet sein Leben nicht!"

So hörte er sich beim Siegesfest sagen.

> „Auf allen Plätzen erschallt die Totenklage.
> Auf allen Gassen schreit man ‚Weh! Weh!'"

Das hatte er im Tor gesagt. — Der Prophet schaute den Soldaten nach. Diese Weissagungen standen über dem Krieg, in den sie zogen. Oh! Wenn es doch nicht so wäre!

Aber auf einmal drängte sich ihm ein Wort mit unwiderstehlicher Gewalt in sein Bewußtsein. Er empfand es so fremd wie Eisen im Fleisch. Es brannte ihn. Der Prophet ächzte. Von Schmerz betäubt sank er auf einen Stein am Wegesrand. Er hatte eben die Soldaten gesehen, jung, stark, strotzend vor Kraft, siegessicher.

Und neun von zehn sollten fallen? — Dem Propheten stiegen die Tränen in die Augen. Er barg sein Gesicht in den Händen. Er schaute die Entscheidungsschlacht, in der die Blüte Israels dahingerafft wird. Da liegen die Toten mit fahlem Gesicht und starren mit gebrochenen Augen in den Himmel. Auf dem Boden des verheißenen Landes hat sie der Tod ereilt! Der Prophet schluchzte, und sein ganzer Körper wurde geschüttelt. So also wird die Begegnung des wahren Gottes mit Israel ausgehen!

Unaufhörlich brannte das schreckliche Gotteswort in ihm. Amos wußte, was das bedeutete. Er mußte es in aller Öffentlichkeit sagen! Er mußte es im Tempel zu Bethel verkündigen! Wie einst während der Visionen, so sträubte er sich auch jetzt wieder gegen diesen Auftrag. Er gehörte doch selbst zu diesem Volk! Sollte er ihm den Untergang ansagen? Aber wie er sich auch sträubte und wand — das Gotteswort brannte in ihm! Er mußte es predigen!

Aber wie? Nach dem, was er vor wenigen Stunden im Tempel erlebt hatte, konnte er das Wort nicht einfach sagen. Wenn er nur den Mund aufmachte, so würde man ihn überschreien. Er konnte auch nicht so vorgehen wie einst beim Siegesfest. Jetzt war er in Israel bekannt. Man wird ihn deshalb von vornherein gar nicht zum Reden kommen lassen. Wie sollte er diesen Auftrag nur ausführen?

Amos stand auf und ging weiter, Rimmon zu. Kurz vor dem Tor der Stadt hielt er betroffen inne. Eine Totenklage erschallte, wie sie der Prophet noch nie gehört hatte. Erschrocken hörte er das mit tiefer Anteilnahme gesungene Leichenlied. Dann kamen Frauen zum Tor heraus, die dem Toten das letzte Geleit gaben und ihn zugleich so erschütternd beklagten. Hinter ihnen folgten die Träger mit der Bahre. Ihr folgte die ganze Gemeinde, schluchzend und klagend. Jetzt wurde die Bahre niedergesetzt, auf der der Tote, nur mit einem Tuch bedeckt, lag. Die Frauen setzten sich in den Staub, schlugen sich an die Brust und sangen erneut das Leichenlied. „Was ist das für ein Toter, der so ergreifend beklagt wird?" fragte sich der Prophet. Jetzt erhoben sich die Frauen wieder, die Bahre wurde aufgenommen und die trauernde Menschenmenge setzte ihren Weg fort. Amos ließ die vom Schmerz aufgewühlten Menschen an sich vorbeiziehen. Er warf einen scheuen Blick auf die Bahre, konnte aber nicht erkennen, um was für einen Toten es sich handelte. Stumm schloß er sich dem Trauergefolge an.

Nach einer Weile fragte er eine alte Frau, die mit dem Trauergefolge kaum Schritt halten konnte: „Wer wird denn zu Grabe getragen? Über wen weint ihr?" Die Frau blieb stehen und schaute den Fremden an: „Ach, Herr", sagte sie weinend, „die Mirjam — ein Mädchen, eine Jungfrau. Kaum sechzehn ist sie. Sie war schon verlobt. Sieh dort, den Bräutigam!" — Die Alte zeigte auf einen jungen Mann, der tiefgebeugt unmittelbar hinter der Bahre einherschritt. Inzwischen wurde diese erneut niedergesetzt. Wieder setzten sich die Frauen in den Staub und stimmten die Totenklage an. Die Alte schluchzte und sagte: „Ach, allzufrüh mußtest du dahin! Allzufrüh mußtest du hinuntersteigen in die ,Scheol'! In der Blüte deiner Jahre mußtest du sterben! Ach, so kurz vor der Hochzeit!"

Der Prophet starrte auf die Bahre. Da fiel ihm die Trauer ein, die ihn kurze Zeit vorher um die gefallenen Soldaten erfaßt hatte. Das Bild der toten Jungfrau und die Klage um sie vermischten sich im Geist des Propheten mit den Bildern der Soldaten und der Totenklage für sie. — Die Frauen hatten die Totenklage beendigt. Das Trauergefolge brach wieder auf. Aber der Prophet blieb wie geistesabwesend stehen. Die alte Frau schaute beklommen zu ihm auf. „Was ist mit dir? Hast du die Tote gekannt, weil du so traurig bist?" — „Es ist nichts", sagte der Prophet hastig und wandte sich um.

Simon und Aaron trafen den Propheten am Abend im Hause des Korah. „Er sitzt da, wie wenn seine Frau und seine Kinder tot im Hause lägen!" schoß es Simon durch den Sinn. Die beiden Männer waren erschüttert. Sie dachten, der Prophet traure, weil man ihn heute zum Tempel hinausgejagt hatte. Sie waren fest davon überzeugt, daß Amos nun nicht mehr öffentlich auftreten konnte.

Als sie eine Weile stumm bei ihm gesessen waren, sagte Simon behutsam: „Amos, Freund, du hast wie kein anderer vor dir den Auftrag, den Gott dir gegeben hat, treu erfüllt. Dein Ruhm überstrahlt jetzt schon den des Elia. — Laß nun genug sein! Verlasse dieses Land!" Nach einer Weile sagte er: „Wann gehst du?" Aaron meinte: „Wir möchten dich bis zur Grenze begleiten!" Amos erhob jäh sein Gesicht und blickte die beiden Männer mit furchterregenden Augen an: „Ich muß morgen im Tempel predigen!" Simon sprang in hellem Entsetzen auf und rang die Hände: „Tu das nicht! Um deiner Familie und um deiner Freunde willen, wenn du schon auf dich selbst keine Rücksicht nehmen willst!" Der Prophet stellte sich vor Simon. Scharf sagte er zu ihm: „Ich muß es tun — um Gottes willen!" Dann setzte er sich wieder und versank erneut in brütendes Schweigen. „Aber das ist doch ganz unmöglich, Amos! Du weißt doch wohl auch noch, wie es dir heute im Tempel ergangen ist. Du hast doch gesehen, wie die Massen gegen dich aufgebracht waren. Wenn du noch einmal im Tempel erscheinst, so ist das dein Tod!" — „Ich muß morgen im Tempel reden!" sagte der Prophet hartnäckig. „Gott will es!" Simon schüttelte den Kopf: „Ist nicht schon alles gesagt, Amos, in Samaria und auch hier in Bethel? Ist's wirklich Gott, der dich immer noch zum Reden zwingt? Ist's jetzt nicht dein Eigensinn?" — Jählings wich der Prophet von Simon zurück: „Das sagst du zu mir? Du, Simon? Ach, das Wort des Herrn brennt in mir wie Feuer. Ich habe keine Ruhe mehr. Es wäre mein Tod, wenn ich's nicht sagte!" Er ächzte und stöhnte: „Ich muß es tun! — Meint ihr, ich hätte keine Angst vor dem wütenden Volk? Ich habe Angst! — Aber ich muß predigen!" Amos preßte beide Fäuste gegen die Stirn. Simon und Aaron schwiegen betroffen. Sie sahen sich in ratloser Bestürzung an. Lange Zeit hörte man nur den stoßweisen Atem des Propheten.

Dann legte Simon seinen Arm um die Schultern des Hirten. „Wir sehen es ein, du mußt es tun. Aber bitte, tu es nicht am dritten Tag! Da ist die Prozession mit dem Stierbild und die Segnung des Heeres. Es werden deshalb noch mehr Menschen im Tempel sein als am ersten Tag. Verschiebe deine Predigt bis auf den vierten!" Der Prophet lächelte bitter: „Was wäre das für ein Hirte, der, wenn der Wolf käme, von hundert Schafen nur zehn warnte und die übrigen neunzig ungewarnt dem Verderben preisgäbe! Ich muß zu allen reden! Gott will, daß alle hören!"

Dem Ältesten Simon griff kaltes Entsetzen ans Herz. Alle, das ganze Volk, mußte Amos warnen. Und ‚warnen' war wohl ein milder Ausdruck für das, was er vorhatte. Er wollte morgen tatsächlich vor der ganzen Gemeinde und dem Heer noch schärfer reden als heute mit dem „Katastrophenlied"? „Was willst du sagen?" fragte der Älteste beklommen. „Ich will nichts sagen. Ich muß sagen, daß eine verheerende Katastrophe über Israel kommt: Neunzigprozentige Kriegsverluste muß ich ansagen!"

Diese Antwort erregte Simon so, daß er stotterte: „Was, was sagst du da?" — „Ich muß ansagen, daß von den Soldaten, die morgen zum Kampf auszuziehen, von tausend neunhundert und von hundert neunzig fallen werden!"

Simon hatte sich bisher unter alle Worte des Propheten gebeugt. Diese Worte betrafen die führende Schicht Israels, die Stadt Samaria, das ganze Israel! Auch daß alle Israeliten — und Simon schloß sich da ein — vor Gott Frevler seien, auch diesem Wort hatte er sich gebeugt. Aber was Amos morgen sagen ‚mußte‘, das traf ihn härter als je ein Wort zuvor. Unter dem Heer, gegen das sich dieses fürchterliche Wort richtete, befanden sich seine beiden Söhne! Simon stöhnte. Wenn so viele im Kampf fielen, dann konnte er nicht damit rechnen, daß gerade sie zurückkehren würden! Hastig fragte er: „Wie kommst du dazu, so etwas zu sagen?" — „Der Herr hat es mir gesagt!"

Simon erwiderte: „Aber Amos, es ist doch vollkommen ausgeschlossen, was du da sagst! — Sieh, wir beugen uns unter deine Gerichtsworte, die ein Erdbeben ankündigen. Das kann uns heimsuchen. Auch deine Worte von künftigen Niederlagen im Krieg — wir beugen uns darunter. Aber daß die Grenzplänkeleien im Ostjordanland so heftig sein sollen, daß neunzig Prozent von den Ausziehenden fallen — das ist ausgeschlossen. Es gibt ja gegenwärtig keinen Feind, der uns solche Verluste zufügen könnte!"

Simon atmete auf. Aaron sagte: „Es sind deine überreizten Nerven, die dir diese unheimliche Drohung eingeben." Als Amos seine letzten Freunde, die ihm geblieben waren, so reden hörte, sah er sich wieder auf der Straße von Bethel nach Rimmon gehen — allein — allein — in schrecklicher Einsamkeit. Er war ein Hirte ohne Schafe! Die Predigt, die er morgen halten mußte, beraubte ihn schon vorher seiner letzten Freunde. — „Wir sehen diesen Feind noch nicht!" sagte Amos dumpf. „Gott aber wird ihn schaffen!"

Simon und Aaron wandten sich zur Tür. Der Älteste sagte: „Sag, was du willst! Bis hierher bin ich dir gefolgt. Du selbst weißt, wie ich in Samaria an deiner Seite stand. Aber jetzt kann ich es nicht mehr." Simon trat noch einmal vor den Propheten: „Amos, bei unserer Freundschaft! Vergiß diese Prophezeiung! Sag, es sei ein böser Traum, geboren — ja, aus deinem Haß, deinem verständlichen Haß auf jene Leute, die dir heute diesen Schimpf angetan haben. Es ist doch so? Sag, daß es so ist!" — Der Prophet sah den Ältesten so starr an, daß dieser zurückwich. „Des Herrn Wort, Simon!" schrie er. „Traum? Ein böser Traum, aus Haß geboren? Wie konntest du das sagen?" — Simon schlug die Augen nieder: „Dann sind wir geschiedene Leute!" — — — Der Älteste und der Priester verließen den Propheten. Der Prophet erhob bittend die Hände, als wolle er die beiden Männer zurückrufen.

Judith, Josefs Tochter, stand in einem zitronengelben Kleid neben ihrem Vater unter dem Volk im Heiligtum. Strahlenden Gesichts winkte sie mit einem Tuch ihrem Bruder Jussa zu, der jetzt unter den Soldaten stand. Die Freude des erhabenen Festes ergriff und rührte alles Volk. — „Du sollst an deinem Feste fröhlich sein!" murmelte der Prophetenvater Zedekia glücklich vor sich hin. Und als nun gar das fromme Schauspiel anhob und unter feierlichem Gesang das Stierbild den Tempel verließ, von dem blauen Baldachin beschirmt, und als alle Priester in weißen Gewändern und die Propheten mit ihren dunkelbraunen Mänteln ihm gemessenen Schritts nachfolgten, da war alles vergessen. Da gab es keinen Amos, keine Scheltworte, keine Gerichtsdrohungen mehr. Ach, der blaue Himmel! Mein Gott! Du bist so nahe! Welches Glück! Welche Freude! Siegestrunken standen die Soldaten da. Inzwischen hatte der Oberpriester Amazja seinen Platz auf der sechsten Stufe der Treppe, die zum Heiligtum hinaufführte, eingenommen. Breitbeinig stand er da und sammelte seine Gedanken für die Predigt. Auch er war tief ergriffen. Die Herrlichkeit dieses Festes hatte seine beiden Feinde zerschmettert: Den Oberpriester Cohen, der ihm Anweisungen erteilen wollte, ihm, dem Oberpriester am Reichstempel zu Bethel, und diesen Hirten da... Amazja mußte sich besinnen, bis ihm der seltsame Name wieder einfiel — diesen Amos! Dieses von Gottesfreude trunkene Volk schlug seinen Behauptungen ins Gesicht! Die von Kraft strotzenden Soldaten gaben seine Untergangsdrohungen der Lächerlichkeit preis! Dieser Tag vernichtete den „Propheten"! Später würde man sagen: Amazjas Fest hat den Propheten vernichtet. — Nur mühsam brachte der Oberpriester seine Predigtgedanken wieder zusammen.

Der Priester Asaph erhob die Hände, um dem Priesterchor den Einsatz für den Gesang des „Heilsliedes" zu geben. Großartig schallten gleich darauf die jubelnden Männerstimmen über den Platz. Und wie Amazja und Asaph es vorausgesehen hatten, so geschah es: Das ganze Volk fiel in das Lied ein. Der Gesang wurde zu einem überwältigenden Ausbruch der Freude. Der Jubel steigerte sich in einem mächtigen Orkan bis zu der Grenze, an der er in sich selbst zusammensinkt. — Amazja trat feierlich hervor. Er sah in Tausende von Gesichtern, die vor überirdischer Freude strahlten, in Augen, in denen sich das Glück der Herzen widerspiegelte. Der Oberpriester tat den Mund auf ...

Und da geschah es! Inmitten der vor Freude strahlenden Festgemeinde stimmte jemand ein Leichenlied an. Die Totenklage wurde so ergreifend gesungen, daß jedermann zuerst erstaunt war und dann ergriffen erschauerte. Es war, als ob eine Mutter ihr einziges Kind, ein Vater seinen einzigen Sohn, ein Bräutigam seine Braut beklagte. Der Gegensatz zu der Festesfreude war so groß, daß er jedes Gemüt erschütterte. Der bleiche Tod trat unter die Festgemeinde und zertrat die zarte Blume ihrer Freude mit einem einzigen Tritt. Wie Schnee auf Blumenflor, so senkte sich diese aus Urtiefen menschlichen Leidens aufsteigende Totenklage auf alles Volk herab. — Der Oberpriester sah, wie Gesichter, die eben noch der Jubel erstrahlen ließ, erbleichten. Unter dem Würgegriff des Todes brach die Festesfreude in sich zusammen und wich schmerzlicher Anteilnahme. Die fahle Fahne des Klageliedes erhob sich über dem Volk, den Soldaten, den Priestern, Propheten und Führern Israels:

„Ach, höret doch,
ihr vom Haus Israel,
dieses mein Klagelied!
Gefallen ist die Jungfrau Israel
und keiner hilft ihr auf.
Sie traf das Schwert.
Jetzt liegt sie sterbend da,
und niemand steht ihr bei."

Judith erbleichte. Schaudernd stand sie neben ihrem Vater. Als die Totenklage die ‚Jungfrau Israel' erwähnte, schaute sie unwillkürlich an ihrem Festkleid hinunter. „Ach, wie schmerzlich wäre es, wenn man die Totenklage über mir anstimmen müßte!" Sie schaute hinüber zu den Soldaten, dort suchte sie das Gesicht ihres Verlobten, das Gesicht Joabs, des ältesten Sohnes des Oberpriesters Cohen. „Wie schrecklich, wenn man so kurz vor der Hochzeit sterben müßte!" Sie horchte auf. Aber dieses Lied galt ja keiner Einzelperson. Es galt ganz Israel. Es war ein Volksklagelied.

Josef Ben Benjamin, der Großkaufmann, erkannte Amos schon nach den ersten Tönen an der Stimme. Er kam in so große Erregung, daß er sich seine Fingernägel tief in die Innenfläche seiner Hände grub. Er wollte losschreien, losstürzen! Aber die allgemeine Ergriffenheit hielt ihn zurück.

Der Oberpriester Amazja geriet in höchste Verwirrung. Seine Hände machten fahrige Bewegungen. Er bemerkte, daß er die Beherrschung über seine Glieder verlor. Seine Lippen zitterten. Er fühlte ein ungeheures Verhängnis auf sich zukommen. Aber noch war alles totenstill.

Amos hatte sich diese Stille mit seinem Leichenlied verschafft. Und in sie hinein senkte er den furchtbaren Stachel der Predigt, die ihm aufgetragen war:

> „Denn so spricht der Herr zum Hause Israel:
> Die Stadt, die tausend Mann ins Feld schickt,
> sieht nur hundert zurückkehren!
> Und die hundert hinausschickt,
> sieht zehn!"

Judith sah voll Todesangst zu ihrem Bruder und ihrem Verlobten hinüber. „Mein Gott! Sollten sie mit dem Tode gezeichnet sein? Mit dem Tode in der Schlacht? Mein Gott!" — Der Älteste Simon starrte seine Söhne an. Diesmal ging Amos entschieden zu weit! — Der Oberpriester Amazja stand totenfahl da. Er tat seine Lippen auf — zu einem ungeheuren Schrei. Seine Stimmbänder versagten ihm den Dienst. Das war sein Ende! Dieses Lied, diese ungeheuerliche Störung des Festes, an der er mitschuldig war, vernichtete ihn. Plötzlich fing alles an, sich vor ihm in jähem Wirbel zu drehen, immer schneller — immer schneller! Er brach ohnmächtig zusammen und lag wie ein gefällter Baum auf den Stufen, die zum Heiligtum hinaufführten. Priester eilten herzu, um ihm zu helfen. Sie legten den schweren Mann auf eine Bahre und trugen ihn weg. Die hart über die Steine dröhnenden Schritte ließen die Fesseln, die Leichenlied und Predigt des Amos um das Volk geschlagen hatten, abfallen. Die Beklommenheit wich fürchterlicher Gärung. Gellende Schreie: „Das ist Amos! — Wo ist der Hund? — Dieser Staatsfeind! — Hochverräter! — Schlagt ihn tot! — Er verrät das Gottesvolk! — Er beleidigt Gott!" — — In Sekundenschnelle ballte sich die Volkswut zu einer ungeheuren Explosion zusammen.

„Steinigt ihn!" Das war der Funke, der in das Pulverfaß fiel. Die Menge, die bisher noch wie festgenagelt auf ihren Plätzen verharrte, geriet auf einmal in Bewegung. Sie stürmte wütend auf Amos ein. Steine wurden aus dem Boden des Tempels gerissen. Kein Unterschied war mehr zwischen den Vornehmen und dem Pöbel, zwischen arm und reich, Knechten und Freien. Um diesen Räuber ihrer Sicherheit und ihres Friedens zu töten, schlossen sie sich alle zusammen. Der Oberpriester Cohen stand neben dem Sklaven Zattai, der Bankier Amram neben Jussuf, der Kanzler Benaja ging neben Gibor gegen Amos vor, die Frau des königlichen Schreibers Ahia riß zusammen mit Abigail und Lea Steine heraus. Amos hatte keinen Freund mehr. — „Schlagt ihn tot! — Steinigt ihn! — Hängt ihn auf!"
Da spürte sich Amos von starker Faust gepackt und in einen Raum hineingestoßen. Eine Tür fiel ins Schloß. Ein Riegel krachte.

PROPHETEN II

Amos stand, schweratmend, mit dem Schweiß ausgestandener Todesangst auf der Stirn, in einem kleinen Gemach, das außer einem Bett an der Wand, einer Bank und einem Tisch mit zwei Stühlen keine weiteren Einrichtungsgegenstände aufwies. Es war eine Prophetenzelle. Im Dämmerlicht erkannte der Prophet den Hauptmann Husai als seinen Lebensretter. Amos dachte an die Nacht in der Münzgasse zu Samaria, wo ihm derselbe Offizier schon einmal das Leben gerettet hatte. Der Prophet drückte ihm die Hand und sagte schweratmend: „Dank! — Dank! — Dank!" Seine Brust hob sich unter dem Atem unnatürlich. Lautlos brach Amos zusammen. Die fürchterliche Zusammenraffung aller Kräfte, die ausgestandene Todesangst waren selbst für einen so widerstandsfähigen Mann wie Amos zuviel gewesen. Der Offizier konnte den schweren Mann mit knapper Not auf das Bett legen.
Husai fühlte sich in seiner Doppelrolle als Beschatter und Beschützer des Propheten sehr unwohl. Er hatte sich vorgenommen, den Propheten über das Fest hier in Gewahrsam zu halten. Dem Feldhauptmann Kain, der das Fest schon verlassen hatte, wollte er einen Boten nachsenden, um sich von ihm Weisung in dieser heiklen Angelegenheit zu erbitten.

Der Abend sank hernieder. Husai machte kein Licht. Endlich kam Amos wieder zu sich. Er wollte hinaus. Husai hielt ihn zurück. Die Menge tobte noch immer auf dem Tempelhof. Endlich verliefen sich die Massen. Die Priester säuberten den übel zugerichteten Tempel und fügten die ausgerissenen Steine wieder ein.

Da wurden vor der Zelle Schritte hörbar. Die Tür öffnete sich. Ein noch junger Mensch, der Prophet, dem diese Zelle gehörte, trat ein. Er war nicht wenig entsetzt, als er die beiden Fremden in seiner Zelle sah. Husai erklärte, warum er sich hier mit Amos aufhielt. Als der Prophetenschüler diesen Namen nennen hörte, verließ er die Zelle so schnell, als habe er einen Pestkranken in ihr entdeckt. Er eilte in höchster Aufregung zum Prophetenvater Akub, dem Vorsteher der Propheten Bethels. Auch er und die bei ihm versammelten Propheten waren über diese Meldung nicht wenig bestürzt.

Wenige Minuten später kam Akub mit dem Prophetenvater Zedekia von Samaria und den Propheten Sabai und Ela. Akub riß die Tür der Zelle auf und schrie in rasender Wut: „Hinaus! Schänder des Heiligtums! — Und gerade du solltest hier Asyl finden? Du hast unsre Prophetenehre für immer geschändet, zuerst in Samaria und jetzt hier in Bethel!" Der Prophetenvater Akub atmete schwer. Dann schrie er weiter: „Die Ehre des Gottesvolkes hast du mit deinen Gerichtspredigten beleidigt! Gott hast du gelästert!" Amos wollte sich mehrmals zur Wehr setzen. Aber der Prophetenvater überschrie ihn. „Hinaus! Hinaus!" — „Erlauben Sie, mein Herr! Hauptmann Husai vom königlichen Geheimdienst! — Dieser Mann wird nicht hinausgehen! Er findet hier Asyl, bis ich nähere Weisung von dem Herrn Feldhauptmann Kain habe. Hoffe, daß Sie als Beamter wissen, wie Sie sich in solchem Fall zu verhalten haben!"

Die Propheten wollten schon wutschnaubend davonstürmen, um sich beim Oberpriester Amazja darüber zu beschweren, daß einem Schänder des Heiligtums im Heiligtum Zuflucht gewährt wurde. Amos saß immer noch zusammengesunken da. Der bleiche Mondschein, der in die Zelle fiel, ließ sein Gesicht so fahl wie das eines Toten erscheinen. Bei jedem der Schreie des Prophetenvaters zuckte er zusammen. Noch war die Todesangst nicht von ihm gewichen. Er sagte leise vor sich hin: „Der Herr hat mir gesagt, daß ich Israel das Gericht predigen soll!" Da blieben die Propheten zuerst wie angewurzelt auf der Türschwelle stehen. Dann kamen sie in die Zelle zurück.

Akub sagte höhnisch: „„Der Herr hat mir gesagt! Der Herr hat mir gesagt!' — Deshalb predigst du also Gericht und Untergang? Aber Israels Hoffnung, die leugnest du! — Von der Hoffnung auf den Tag des Herrn weißt du nichts! Daran scheitert deine ganze Unheilsweissagung. — Der Tag des Herrn! Ach", stöhnte der Prophetenvater inbrünstig, „wenn er doch anbräche, dieser Tag! — Hast du die enthusiastischen Schreie des Volkes bei der Prozession nicht gehört? ‚Der Herr wird König sein immer und ewig!' — Er richtet die Heiden und rettet uns am Tag des Herrn!" — Akub geriet in Ekstase. Verzückt schrie er:

„So spricht der Herr:
Kommt herzu, ihr Völker, und hört!
Denn zornig ist der Herr über alle Völker.
Er liefert sie zur Schlachtbank.
Denn ein Tag der Vergeltung kommt vom Herrn
für alle Feinde seines Volkes.
Komm, Tag des Herrn! Komm, Tag des Lichts!"

Amos seufzte, während der Prophetenvater in der Ekstase schrie. Der Hirte kannte die Hoffnung auf den Tag des Herrn. Sie erwuchs folgerichtig aus dem Glaubensbekenntnis der Erwählung Israels. Schon mit der Erwählung dieses einen Volkes zeigte Gott, daß ihm alle Völker gehören. Einmal wird sich Gott allen Völkern als der Herr zeigen. Dieser Tag wird für alle Menschen, Israel eingeschlossen, ein Tag des Gerichts sein. Aber die Priester und Propheten hatten aus dem Herrn einen Nationalgötzen gemacht und aus seinem Tag ein Nationalfest, an dem der Israelgötze die unbefriedigten Herrschaftsgelüste der Machthaber Israels stillte.

Kaum schwieg Akub, als sich der Prophetenvater Zedekia ereiferte. Er freute sich, daß der Mann, der ihm im Heiligtum zu Samaria widerstanden hatte, nun so niedergeschlagen und offensichtlich am Ende seiner Kräfte war:

„So spricht der Herr:
An jenem Tag rächt sich der Herr an seinen Feinden.
Ein Schlachtfest hält er am Euphrat und am Nil."

Der Prophet saß immer noch zusammengesunken da. Es tat ihm weh zu hören, wie diese falschen Propheten ihren Nationalgötzen unter den Heiden hausen ließen.

Als die Propheten seine innere Ablehnung spürten, steigerten sie ihre Ausrufe, um gleichsam für immer zu belegen, daß so und nicht anders der Tag des Herrn aussehen würde. Der Prophet Sabai rief: „Ach, wenn er doch jetzt anbräche, der Tag des Herrn! Vor aller Welt würde dann offenbar, daß dieser hier ein falscher Prophet ist.

> So spricht der Herr:
> Nahe ist der Tag des Herrn.
> Ihr Völker leert dann meinen Zornesbecher — zum Tode!
> Du, Israel, trinkst den Gnadenbecher — zum Leben!
> Sie sind, als wären sie nie gewesen.
> Du, Israel, wirst für immer genesen —
> am Tage des Herrn!"

Ela führte die Weissagung sofort mit lautem Geschrei weiter. Er dachte offenbar an die Lektion, die ihm sein Meister an dem Morgen nach dem so unglücklich verlaufenen Siegesfest erteilt hatte: „Ach, wenn ihr doch endlich bei mir lernen würdet . . ."

> „So spricht der Herr:
> Nahe ist der Tag des Herrn!
> Des Herrn Schwert fährt nach Ägypten,
> und Äthiopien wird ein Zittern befallen!"

Amos hörte diese vom Nationalstolz aufgeblähten Worte. Er richtete sich auf, seine alte Kampfeslust kehrte zurück. Mit beißender Ironie fragte er: „Was soll euch denn der Tag des Herrn?"

Der Prophet Akub schnaubte Amos wütend an: „Habe ich es dir nicht deutlich genug gesagt?" Von neuem fing er an zu prophezeien:

> „So spricht der Herr:
> Siehe, es kommt der Tag des Herrn!
> Da versammle ich alle Völker gegen mein Volk.
> Dann ziehe ich aus gegen sie und streite
> und werde siegen!

Dann komme ich zu meinem Volk
und alle meine Engel mit mir.
Und der Herr wird dann König sein über die ganze Erde. — —
Ach, kämest du doch, Tag des Herrn, Tag des Lichts,
für dein erwähltes Volk!"

Der Prophetenvater bat auf einmal um Licht. Sabai entzündete
feierlich eine Kerze. Sie flammte auf und erhellte das ganze
Gemach.
„So", sagte Amos, „Licht soll euch dieser Tag sein, das Heil soll
er euch bringen — das Unheil den Heiden!" Nach kurzen Augen-
blicken des Schweigens sprach er: „Ja, begreift ihr denn nicht,
daß der Tag des Herrn, der die zehn Gebote gegeben hat, für
dieses Volk nicht Licht sein kann? Ja, der Tag des Herrn kommt!
Du selbst, Prophetenvater, hast doch gesagt, daß der Herr sich
an diesem Tag rächt an seinen Feinden. — — Zu diesen Feinden
gehört ihr! Und deshalb sage ich euch:

Was erhofft ihr euch vom Tag des Herrn?
Weh euch, die ihr den Tag des Herrn herbeisehnt!
Was erhofft ihr denn von ihm?
Er ist Finsternis — nicht Licht!
An jenem Tag geschieht folgendes, spricht der Herr:
Da lasse ich die Sonne am Mittag untergehen,
und finster wird es auf der Erde am hellichten Tag.
Da verwandle ich eure Feste in Trauer
und alle eure Lieder in Klagegesänge.
Da lege ich um alle Hüften die Trauerkleider.
Ich schaffe Trauer wie um einen einzigen Sohn
und ein Ende gleich einem Unglückstag!"

Jetzt stand Prophet gegen Prophet, Prophetenwort gegen Prophetenwort! — Akub und Zedekia stürzten auf Amos los: „Du
lügst!" Husai gelang es gerade noch, die Propheten von Tätlich-
keiten zurückzuhalten. Akub ballte die Fäuste. Sein Gesicht war
hochrot. „Der Tag des Herrn ist Licht! Wir werden jedem Unheil
entgehen!"
Amos lächelte bitter. Er mußte an eine grausige Geschichte denken, die Josef, der alte Hirte aus Thekoa, manchmal zu erzählen
pflegte:

„Es ist schon lange her — muß noch zu Davids Zeiten gewesen sein —, da arbeitete ein Bauer von Thekoa auf dem Felde. Plötzlich hört er, daß es im nahen Gebüsch rumort. Er schaut hin, und da faßt ihn tödlicher Schrecken. Ein Löwe setzt zum Sprung auf ihn an! Der Bauer läßt seine Hacke fallen und eilt auf die Stadt zu. Der Löwe hinter ihm her! ‚Ich kann Thekoa nicht mehr erreichen!‘ stöhnte der Bauer. ‚Ach Gott!‘ Da sieht er den schmalen, aber tiefen Hohlweg, der nach Koseba hinüberführt. Er spürt schon den heißen und widerlichen Atem des Raubtiers im Genick, als er mit einem Satz, koste es, was es wolle, in den Hohlweg hineinspringt! Und wie ein gelber Pfeil schießt der gedrungene Leib des Löwen über den Hohlweg hinweg! — Der Bauer sinkt auf einen Stein. Sein Atem geht keuchend. Er wischt sich den Schweiß der ausgestandenen Todesangst von der Stirn. ‚Gerettet! — Gerettet! Noch einmal davongekommen!‘ Er lächelt glücklich, atmet, als beginne jetzt das neue Leben. Seine fliegenden Pulse beruhigen sich langsam nach der ausgestandenen Pein. — —
Da hört er dumpfes Murren zu seiner Linken. Blöde schaut er hinüber. Er wischt sich den Schweiß aus den Augen: Ein Bär trottet auf ihn zu. Jähes Entsetzen überfällt den Mann, der sich eben noch seiner Rettung aus Todesgefahr freute. Eiseskälte fährt ihm den Rücken hinab. Er rafft alle seine Kräfte zusammen und klettert die Böschung des Hohlweges hinauf, der Bär eilt geschwind hinter ihm her. Der Bauer hetzt auf das Tor der Stadt zu. Der Bär hinter ihm her! ‚Ich komme nicht mehr hinein! Ich bin verloren! Ach!‘ Sein Herz pocht, als wolle es zerspringen. Der Bär ist ihm schon auf einen Meter nahe! Da gelingt es dem Bauern, durchs Tor zu springen. Der Bär hinter ihm her! Und jetzt stürzt der Bauer in sein Haus. Er schlägt die Tür hinter sich zu. Krachend wirft er den Riegel vor. — In vollkommener Erschöpfung lehnt er sich mit der Hand an die Wand. Seine Augen sind unnatürlich hervorgetreten. Der Schweiß rinnt herab. ‚Jetzt bin ich wirklich gerettet! Gerettet!‘ Ein glückliches Lächeln geht über sein Gesicht. — —
Ein Aufschrei! Der Bauer starrt die Innenfläche seiner Hand an, mit der er sich an die Wand stützte. Eine Wunde! Und dort in der Ritze? Die Giftschlange! Der Bauer stürzt zu Boden. Er verkrampft sich. Er stirbt!“ — — —
Amos blickte seine Feinde an. Er wandte sich an Akub: „Du sagst: wir werden jedem Unheil entgehen! — —

Es wird sein,
wie wenn einer einem Löwen entflieht
und ein Bär begegnet ihm,
und er kommt in sein Haus
und stützt die Hand an die Wand,
und es beißt ihn die Schlange!"

Den meisten Eindruck machte dieses beklemmende Bild auf Husai. Akub und Zedekia dagegen lächelten höhnisch und überlegen. Amos aber fuhr fort:

„Ist doch der Tag des Herrn Finsternis — nicht Licht,
Dunkel — und ohne Glanz!"

Akub rief: „Ich habe keine Lust, mich mit diesem theologisch Ungebildeten weiter über Fragen der Eschatologie zu streiten!" Er stürmte zur Tür hinaus. Der Prophetenvater Zedekia wandte sich noch einmal an Husai und sagte: „Behalte diesen Menschen hier in Haft! Er darf nicht entkommen!" Husai erwiderte: „Ich werde tun, was mir der Herr Feldhauptmann befiehlt!"

OPFER

Kurz nach Sonnenaufgang erwachte Amos. Entsetzt richtete er sich auf. Wo war er? Er fand sich zunächst nicht zurecht. Endlich erkannte er den Hauptmann Husai. Der schlief auf der Bank an der Wand. Vom Tempelhof her vernahm Amos die Stimme eines liturgisch sprechenden Priesters und frommen Gesang. Er stand auf, trat zum Fenster und schaute auf den Tempelhof hinaus. Er sah, daß der übliche Tempelbetrieb schon im Gang war. Offenbar war eben das tägliche Morgenopfer dargebracht worden.
Jetzt war man gerade dabei, das für den vierten Tag des Festes vorgeschriebene Festopfer darzubringen. Da es ein Staatsopfer war, waren dreißig Älteste aus ganz Israel abgeordnet, die Opfertiere und die dazugehörigen Gaben herbeizubringen und die Schlachtung vorzunehmen. Siebenundzwanzig Älteste führten 12 Stiere, 2 Widder, 14 Lämmer und einen Ziegenbock herbei. Sie brachten die Tiere vor den Altar. Dort stand die Menge der

Priester in feierlichen Kleidern. Feierlich stimmten sie das Opfer-
lied an, das zur Harfenbegleitung gesungen wurde:

„Wir kommen mit Brandopfern in dein Haus
und bezahlen dir unsre Gelübde,
die unser Mund gesprochen in der Not.
Fette Brandopfer bringen wir dir
samt dem Rauch von den Widdern.
Diese Opfer, Herr, rechne sie uns an!
Erzeige uns dein Wohlgefallen!"

Als das Lied verklungen war, trat der Priester Asaph vor. Es kam
nun der wichtigste Akt der Opferhandlung, die Prüfung der
Opfertiere durch den dazu bestellten Priester und die feierliche
Verkündigung des Opferbescheides im Namen des Herrn. Er trat
feierlich auf den ersten Stier zu und prüfte ihn eingehend, ob er so
beschaffen war, daß ihn Gott Israel anrechnen und dafür Gnade
gewähren konnte. Jeder Fehler, etwa der Bruch eines Gliedes,
hätte bedeutet, daß dieses Tier als Opfertier unbrauchbar wäre.
Aber der Priester konnte feierlich verkündigen:

„So spricht der Herr:
Ich rechne dir, o Israel, dieses Opfer gnädig an.
Mein Wohlgefallen ruht auf dir."

Und so hallte der Opferbescheid 27mal über den Platz.
Darnach trat jeder der Ältesten vor sein Tier, faßte es bei den
Hörnern oder den Haupthaaren und stemmte sich darauf. „Ich
übertrage die Sünde Israels auf dich. Die göttliche Strafe treffe
dich an seiner Stelle!" flüsterten sie dabei. Dann nahmen sie mit
wenigen geschickten Griffen die Schlachtung vor. Das Blut wurde
aufgefangen und in Becken dem Priester gebracht. Dieser schüt-
tete es am Altar „vor dem Herrn" aus, um für Israel Sühne seiner
Schuld zu erwirken. Jedermann im Tempel verharrte bei diesem
Akt in feierlichem Schweigen. Dann enthäuteten die Ältesten die
Tiere und zerlegten sie kunstgerecht. Inzwischen hatten die Priester das Feuer des Altars mächtig entfacht. Feierlich boten ihnen
die Ältesten, an den untersten Stufen des Altars stehend, die
Fleischstücke dar. Diese trugen sie hinauf und legten sie auf den
brennenden Holzstoß. Sogleich verbreitete sich der Opferduft im

ganzen Heiligtum und weit darüber hinaus. So wurden alle Tiere als Brandopfer verbrannt. Der Priester Asaph stand bei diesem Opferakt auf der zwölften Stufe des Altars. Stolz und höchste Befriedigung zeigten sich auf seinem Gesicht. So viel ließ sich das Volk die Gnade Gottes kosten — 27 Opfertiere! Und das war nur das Opfer eines Tages in der Laubhüttenfestzeit! Er war fest davon überzeugt, daß der Opferbescheid, der aus seinem Mund erging, mit dem Opferbescheid Gottes übereinstimmte.

Als das Staatsopfer abgeschlossen war und das Feuer des Altars schon in sich zusammensank, kamen noch etliche Israeliten, um ihre privaten Opfer darzubringen. Immer wieder erschallte der Opferbescheid des Priesters. — Amos wandte sich angewidert ab. Wenn Gott selbst seinen heiligen Opferbescheid ergehen ließe? Würde dieser auch so lauten wie der des Priesters?

Auf einmal zuckte Amos zusammen. Der Großkaufmann Josef Ben Benjamin betrat zusammen mit seiner Frau, seiner Tochter Judith, seinem Schwiegervater Amram und anderen das Heiligtum. Er führte einen Stier am Strick hinter sich her. Ihn wollte er vor dem Herrn als „Heilsopfer" darbringen. Nur das Fett des Tieres wurde verbrannt, das Fleisch wurde von den Opfernden in fröhlicher Mahlgemeinschaft verzehrt.

Amos erbleichte. Aufgeregt sah er sich in der Zelle um. Husai schlief immer noch. Hastig blickte Amos zum Fenster hinaus. Josef stemmte dem Opfertier gerade die Hände auf. Gleich würde der Priester seinen gotteslästerlichen Opferbescheid erteilen! Amos verließ seine Zelle eilig. Die wenigen Menschen, die im Tempel standen, waren so in die heilige Handlung vertieft, daß sie sein Kommen nicht bemerkten. Josef schaute auf Asaph und wartete auf den Opferbescheid. Da trat Amos herzu. Er sah den Haß in den Augen Josefs aufblitzen. Er gewahrte das Opfermesser in seiner Hand. Amos fürchtete sich nicht. Gottes wirklichen Opferbescheid sollte man hier hören. Asaph starrte auf den Hirten, den er zum erstenmal aus der Nähe sah, wie auf ein Totengespenst. Amos aber schrie in höchster Erregung:

„Das ist Gottes Opferbescheid:
Ich hasse, verwerfe eure Feste
und kann nicht riechen eure Festversammlungen!
Ja, wenn ihr mir Brandopfer darbringt —
ich rechne sie nicht an,

und an euren Heilsopfern habe ich kein Wohlgefallen!
Entfernt von mir das Geplärr eurer Lieder,
und das Rauschen eurer Harfen mag ich nicht hören!
Habt ihr Opfer und Gaben mir etwa dargebracht
in der Wüste, Haus Israel . . .?"

Weiter kam Amos nicht. Der ganze Chor der Priester stürzte auf
ihn ein und hielt ihn fest. „Wir lassen dich nicht mehr los!"
schrien sie wutentbrannt. Sie schüttelten den Propheten, als wollten sie ihn zerreißen, und schlugen auf ihn ein. „Warum sagst
du das?" schrie Asaph. „Weil ihr Gott zum Knecht erniedrigt.
Ihr ehrt ihn nicht als den Herrn!" — Josef rief: „Tötet ihn!" —
Aber der Prophet sprach:

> „So spricht der Herr:
> Es wird sich einherwälzen wie die Sintflut das Gericht
> und Gottes richtende Gerechtigkeit wie ein gewaltiger Strom!
> Ich bringe euch in die Verbannung über Damaskus hinaus —,
> so hat der Herr gesprochen!"

Josef bahnte sich wütend einen Weg durch die Menge. — „Halt!
Dieser Mann ist in königlicher Schutzhaft!" Der Hauptmann Husai stürzte herbei. Die Priester ließen von Amos ab. Husai führte
den Propheten in die Zelle zurück. Wütend sah er ihn an: „Wäre
ich nur diesen Auftrag los! Verdammt!"

ERWÄHLUNG II

Gleich nach dem Vorfall am Altar eilte Josef mit Amram und
Iskai zu Amazja, dem Oberpriester. Josef war hochrot im Gesicht.
Sein Maß und das seiner Freunde war endgültig voll. Das Opferfleisch kochte umsonst in den Kesseln. Josef und seine Freunde
hatten jetzt Wichtigeres zu tun, als in fröhlicher Mahlgemeinschaft
zu schmausen. Sie traten ohne lange Formalitäten bei Amazja ein.
Dem Oberpriester sah man die Spuren des gestrigen Zusam-
menbruchs noch deutlich an. Dazu hatte ihn der Priester Asaph
vor wenigen Minuten mit der Meldung von dem neuen Zwischen-

fall schwer erregt. Aber Josef nahm auf die seelische und körperliche Verfassung seines Vetters keine Rücksicht. Wütend sagte er: „Trotz deines Zustandes, Vetter, du bist schuld an dieser Katastrophe! Jeder sieht, hat es in Samaria am Siegesfest gesehen, daß dieser Mann für Israel untragbar ist. Das Maß ist voll! Das Land ist am Zerbersten! Gibt es überhaupt noch etwas, was dieser Mensch nicht angreift? Wirtschaft, Recht, Heer, Opfer, Kult, Kunst — ja sogar die Ehen! —, überall mischt er sich ein. Muß man das einfach hinnehmen? Ach, ich hätte ihn schon lange umgebracht, wenn ihm dieser verdammte Husai nicht auf Schritt und Tritt folgen würde — wie sein Schutzengel! — — Verflucht! Derselbe Staat, dessen Fundamente dieser Schuft untergräbt, stellt ihm eine kostenlose Leibwache!!"

So sehr ließ sich der Großkaufmann von seinem Zorn hinreißen, daß Amram ihn auf den Lärm aufmerksam machen mußte, der inzwischen im Tempelhof entstanden war. Dort waren auf die Kunde von dem neuen Auftreten des Amos hin Hunderte von Festpilgern zusammengeströmt und schrien zum Fenster des Oberpriesters hinauf: „Amos an den Galgen! Amos an den Galgen!" Triumphierend schaute Josef den Oberpriester an: „Da siehst du es selbst: Das Land kann die Worte dieses Menschen nicht mehr ertragen! Doch du", sagte er dann, „was hast du gegen ihn getan?"

Amazja blickte seinen Vetter an. Josef konnte nicht ahnen, daß ihm nur seine Gegnerschaft gegen Cohen die Hände gebunden hatte. Wie Josef, so stand auch er, Amazja, gegen den Hirten aus Thekoa. Er sagte: „Welche Maßnahmen ich getroffen habe? Ich habe Asaph und Jakim mit dem Verhör des Amos beauftragt!" Josef lachte höhnisch auf: „Verhör! Ich muß schon sagen, du gehst sehr zimperlich und vornehm mit diesem Viehhirten um. Er auf jeden Fall benimmt sich uns gegenüber nicht so zart! — Ich sage dir: Diesen Burschen muß man hart anfassen!"

Josef wußte, daß er mit dem, was er jetzt sagen wollte, seinen Vetter schwer traf. Aber er mußte es tun. Nur durch diese versteckte Drohung konnte er ihn für seinen Plan gewinnen. — „Cohen hat dir den einzig richtigen Rat gegeben: Tempelverbot! Und du? Was tust du? Du läßt den Dingen ihren Lauf und — fällst in Ohnmacht! — Warum zahle ich denn den größten Zehnten in ganz Israel an diesen Tempel, wenn mir sein Oberpriester nicht einmal am höchsten Festtag hier meinen Seelenfrieden verschaffen kann?" Amazja war bei der Erwähnung Cohens zusammengezuckt. Cohen! Er fühlte, wie sich ein Strick um seinen Hals zusammenzog. Josef riß Amazja aus seinen Gedanken. „Laß den Mann herholen! Wir wollen ihn verhören! Wir wollen jetzt aus diesem Menschen herausbringen, daß er dem König an die Krone, ja ans Leben greift! Ein Hochverräter ist er! Das muß jetzt im Verhör festgestellt werden! — Alles andere, was man sonst beim König auch vorbringen mag, hat ja doch keinen Wert. Ist es nicht so, Iskai?" Iskai nickte. Josef wandte sich wieder an Amazja: „Und was dieses Verhör ergibt, das meldest du dem König! — Tun wir's, so macht es nicht denselben Eindruck. Der König meint, wir wollten irgendwelche Vorteile herausschinden!" — Amazja willigte in Josefs Plan ein. Er wußte, daß er Cohen durch sein bisheriges Verhalten gegenüber Amos die Waffen für seinen eigenen Untergang in die Hände gespielt hatte. Vielleicht konnte er sich durch solch eine Meldung, wie der Großkaufmann sie vorschlug, doch noch irgendwie in die Gunst des Königs setzen.

Ein Priester eilte in die Prophetenzelle, wo Asaph und Jakim mitten im Verhör waren. Husai und die Priester nahmen Amos in ihre Mitte und eilten über menschenleere Flure ins Arbeitszimmer des Oberpriesters. Inzwischen hatte Amazja Josef alle Predigten gegeben, die Amos bisher gehalten hatte. Es fehlte keine, nicht einmal die jüngste, die der Prophet vor kaum einer Stunde am Altar gehalten hatte.

Amos trat mit seinen Wächtern ein. Josef lachte spöttisch, als er den Propheten inmitten der drei Männer sah. Er dachte haßerfüllt: „Bald wirst du vor Gericht stehen, Bürschchen, du, der du uns Tod und Verderben angekündigt hast!" — Amos sah Josef ruhig an. Er wußte, daß er seinen Todfeind vor sich hatte. Er stand hinter jenem Drohbrief und dem Überfall in der Münzgasse.

Josef stand auf. Jetzt fühlte er sich Herr der Lage. Er riß die Pergamentblätter mit einem Griff an sich. Es waren insgesamt dreizehn. Dann hielt er sie dem erstaunten Propheten unter die Nase und sagte: „Wir haben hier alle deine Predigten." — Er nahm das erste Blatt: „Das ist die Predigt, die du am Siegesfest gehalten hast." Dann schlug er sie mit der rechten Hand krachend auf den Tisch. „Und das ist deine Rede vor den Priestern!" Wieder fuhr die Faust mit dem Pergament auf das Holz. So ging es dreizehnmal. Als die Faust zum dreizehntenmal niedergefahren war, hielt der Großkaufmann inne. Amos saß stumm da.

Josef raffte die Blätter grob zusammen. Dann fing er mit leiser Stimme zu reden an, in der jedoch ein sehr bedrohlicher Unterton mitschwang. — „Gegen wen hast du gepredigt? Fangen wir unten an! Nein, du hast niemand ausgelassen. Du hast gegen ganz Israel gepredigt — die Armen eingeschlossen. Alle sind Frevler!" — Josef griff die Wallfahrtspredigt und die Predigt am Tempeltor heraus und schmetterte sie mit noch größerer Wucht auf den Tisch. — „Gegen uns Kaufleute!" Wieder riß er eine Predigt heraus und hieb sie auf den Tisch. Und so ging es fort. Schlag auf Schlag fuhr hernieder, und Josefs Stimme schwoll immer mehr an: „Gegen die Frauen! — Die Priester! — Die Propheten! — Die Richter! — Die Ältesten! — Die Offiziere! — Das Heer! — Die Fürsten!!"

Auf einmal beugte sich Josef weit gegen den Propheten vor und zischte leise mit vor Haß entstellter Stimme auf ihn ein: „Gegen alle hast du gepredigt! Du Hund, du, du... Nur eine Person hast du ausgelassen, du Schurke, du abgefeimter. Da hast du dich gesichert. Du bist nämlich schlau: Den König!" Josef schrie: „Den König hast du ausgelassen!"

Amos blickte den Rasenden ruhig an und sagte ohne jede Erregung: „Ich habe auch gegen den König gepredigt! Das habe ich diesen Priestern hier eben zu Protokoll gegeben!" Alle Anwesenden waren bestürzt. Amram und Iskai sprangen auf: „Und das gibst du ohne weiteres zu? Das ist unerhört! So etwas ist noch nie vorgekommen!" Asaph schob dem Oberpriester das Untersuchungsprotokoll zu. Amazja las mit vor Erregung zitternder Stimme:

„Die Höhen Isaaks werden verwüstet
und die Heiligtümer Israels werden zerstört —"

Amazja rang nach Luft. Er konnte nur mühsam sein Entsetzen verbergen. Seine Gesichtsmuskeln versagten ihm den Dienst, als er das Ungeheure las:

„— und gegen das Haus Jerobeam
erhebe ich mich mit dem Schwert!"

„Das ist Aufruhr!" stöhnte er. „Hochverrat!" Noch mehr schnürte es ihm die Kehle zu.

Auch Josef konnte seine Erregung kaum meistern. Daß er das entscheidende Geständnis so schnell erhalten würde, hatte er nicht gedacht. Überrascht darüber, daß er jetzt schon am Ziel seiner Wünsche war, mußte er sich mühsam auf die weitere Verhandlungsführung besinnen. — „Wo hast du das gesagt? Und zu wem?" — „Zu den Sklaven in der ‚Scheol' am Tage vor dem Siegesfest. Ich mußte ihnen erklären, warum ich nach Israel kam. Deshalb erzählte ich ihnen die Visionen, die mir der Herr noch in Juda gesandt hatte. Und darin hat er mir auch den Untergang des israelitischen Königshauses geoffenbart." — „So!" — Josef pfiff durch die Zähne und warf Husai einen bedeutungsvollen Blick zu. „Das hast du also zu den Sklaven gesagt." Josef neigte sich zu Amazja und flüsterte ihm ins Ohr: „Das erhärtet den Verdacht des Hochverrats!"

Jetzt nahm der Oberpriester das Verhör in die Hand. Er griff nach den Predigten und hielt sie wie ein Kartenspiel in der linken Hand. Er blätterte sie langsam durch: „Gericht! — Gericht! — Gericht! — Gericht über das Volk! — Gericht über die Frauen! — Gericht über das Königshaus!" Der Oberpriester geriet ins Schreien: „Weißt du denn nicht, daß dieses Volk das erwählte Volk ist? ‚Ich habe dich aus Ägypten herausgeführt!' Das ist der Kernsatz aller positiven Theologie." Mit beißendem Spott fügte er hinzu: „Soviel sollte auch ein jüdischer Ziegenhirt wissen!"

Amos erwiderte scharf: „Ich leugne die Erwählung nicht. Hier in diesen Predigten kannst du nachlesen, daß ich in Samaria gesagt habe:

‚So spricht der Herr:
Euch allein habe ich erwählt
aus allen Geschlechtern der Erde.'"

Amram fuhr ihn an: „Warum kündigst du uns dann das Gericht an?" Amos gab mit schneidender Stimme zurück: „Weil die Erwählung das Gericht nicht ausschließt, sondern verstärkt!" Als taste er sich an einen neuen ungeheuren Gedanken heran, als warte er auf einen Spruch des Herrn, sagte er nachdenklich: „Dieses Volk ist erwählt. Aber es ist genauso sündig wie die Heiden! Ja, die Sklaverei in Israel ist weit schlimmer als in Ägypten und Assur! — — Vor dem göttlichen Richter sind alle Menschen gleich!" — Plötzlich drängte sich Amos der Gedanke in den Sinn, daß Gott auch die Erzfeinde Israels, die Philister und Aramäer geführt hatte, genauso wie sein Volk. Wie sollte dann, wenn Gott alle Völker führte, zwischen ihnen vor den Augen des göttlichen Richters noch ein Unterschied sein? Er sprach und wußte, daß das, was er jetzt sagte, ein großes Ärgernis für seine Zuhörer war:

> „Seid ihr mir nicht wie das Volk der Mohren,
> ihr Kinder Israels? spricht der Herr.
> Habe ich nicht Israel heraufgeführt aus dem Land Ägypten
> und die Philister aus Kreta
> und die Aramäer aus Kir?"

Ungeheure Erregung. „Es soll kein Unterschied vor Gott zwischen dem Volk Gottes und den unbeschnittenen Philistern sein? Zwischen uns und den verdammten Aramäern? Zwischen uns und den verachteten Kuschiten?" Die Männer waren in ihrem Nationalstolz derart beleidigt, daß schon dieses Wort genug war, um den Propheten zu zerreißen. „Er leugnet die Erwählung! Er lästert den Gott Israels!"

„Ja", dachte Amos, „den Götzen Israels habe ich umgestoßen." Scharf rief er den Erregten zu: „Ist Gott Schöpfer und Herr der Welt?" — „Das hat noch nie jemand von uns geleugnet." — „Was bestreitet ihr dann, daß Gott auch die Aramäer und Philister geführt hat? Hat er aber auch sie geführt, so ergibt sich doch, daß vor dem göttlichen Richter zwischen euch und den Kuschiten, den Philistern und Aramäern kein Unterschied ist! — Ebenso wie sie, nur noch mit größerer Schärfe, straft er auch euch! — Beim Siegesfest habt ihr mir jubelnd zugestimmt, als ich den Philistern und Aramäern das Gericht ankündigte. Und derselbe Richter richtet auch euch:

> Siehe, die Augen Gottes, des Herrn,
> sind auf das sündige Königreich gerichtet:
> Ich will es vom Erdboden vertilgen!

Wie ein Maurer den Sand im Sieb schüttelt und das unbrauchbare Geröll, das im Sieb bleibt, wegwirft, so siebt auch Gott sein Volk und schleudert es als unbrauchbar weg.

Denn siehe, ich gebe Befehl
und schüttle das Haus Israel unter alle Völker,
wie man schüttelt im Sieb,
und kein Stein zur Erde fällt."

Josef sprang auf: „Schweig jetzt endlich! Ich habe es satt, ständig
deine Gerichtsdrohungen zu hören!" Amram fügte kalt lächelnd
hinzu: „Wir haben Vorsorge getroffen in Samaria und auch in
unsren anderen Städten, daß uns kein Unheil erreichen kann. Hast
du unsre Tore gesehen? Unsre Mauern? Soldaten? Magazine?"
Josef sagte: „Wir fühlen uns trotz deiner Unkenrufe vollkommen
sicher."
Amos blickte die Männer an und sagte:

„Durch das Schwert sollen sterben
alle Sünder meines Volkes!"

Josef schrie: „Hör jetzt endlich auf. ‚So spricht der Herr! So
spricht der Herr! So spricht der Herr!'" schrie er immer lauter.
„‚So spricht der Herr! So spricht der Herr!' Ich bin's satt! Ich
bin's satt! Ich habe mich überfressen an deinem Wort des Herrn!"
— Er hielt sich die Ohren zu. Aber Amos fuhr fort:

„. . . die da sprechen: ‚Nicht wird uns erreichen
oder überholen das Unheil!'"

„Schweigst du jetzt endlich?" Josef überschrie sich. Seine Hals-
muskeln dehnten sich so, daß die Adernstränge unnatürlich hervortraten. Er wandte sich an Amazja: „Laß ihn wegführen — oder
ich vergreife mich noch an ihm!" Amazja gab Husai einen Wink.
Der Hauptmann führte den Propheten in seine Zelle zurück.
Als Amos weggeführt war, stöhnte Josef: „Dieser Mann sprengt
alles mit seinen Worten. Es ist unerträglich, ihn anzuhören. Er
muß weg! Weg! Weg muß er!" Amazja sah Amram, Iskai, Josef
und die anderen an: „Was tun wir nun?" — „Daß du so fragen
kannst!" erwiderte Josef zornig. „Schreibe an den König: ‚Amos
erregt einen Aufstand gegen dich. Das Land kann seine Worte
nicht mehr ertragen!' Dann füge hinzu, was er wörtlich gegen
den König gesagt hat. Du hast es hier im Protokoll deines Priesters stehen. — Auch was er von der Verbannung des Volkes

spricht, muß in die Meldung hinein!" — Josef suchte die entsprechenden Predigten des Amos heraus: „Da, in der Predigt in der Königsburg hat er davon gesprochen — und ebenso, als er gegen die Opfer redete." — Josef schaute seine Freunde und die Priester triumphierend an: „Ich bin sicher, daß diese Meldung beim König ziehen wird." Grimmig fügte er hinzu: „Schließlich ist ja bekannt, wieviele Könige seit Jerobeam I. durch die Hand von Aufrührern gestorben sind. Und nicht selten standen Propheten hinter ihnen."

Josef hielt sein Werk für vollendet. Spätestens in drei Tagen war Amos von den Soldaten des Königs verhaftet und nach kurzem Prozeß wegen Aufwiegelung zum Aufruhr hingerichtet. Vor Josefs Augen erstand sein Palast mit den mächtigen Mauern. Vor ihm erhob sich sein Turm. Jetzt, wo er Amos erledigt hatte, gestand er sich ein, daß er sein Werk unter den Worten dieses Verrückten mehr als einmal in den Grundfesten wanken sah. Sein Werk! — Aber jetzt mußte diese beunruhigende Stimme verstummen. Jetzt waren Josef und sein Werk gesichert! — Der Großkaufmann erhob sich, und seine Freunde mit ihm. Er sagte zu Amazja: „Ich kann mich auf dich verlassen, Vetter?" — „Du kannst dich auf mich verlassen, Josef!"

Als Josef mit seinen Freunden gegangen war, saß der Oberpriester mit Asaph zusammen im Zimmer. „Diese Anzeige beim König — das ist eigentlich die beste Lösung." Und bei sich dachte er: „Mit dieser Meldung, die zeigt, wie ich für den König auf der Hut bin und mich um das Leben des Königs und der Dynastie verdient mache, schlage ich Cohen am Hof weit aus dem Feld. Dann wird niemand mehr darnach fragen, warum ich diesen Menschen hier auftreten ließ. — Schreibe also, Asaph: ‚Majestät! Amos stiftet Aufruhr gegen Euch inmitten des Hauses Israel! Das Land vermag seine Worte nicht zu ertragen!' — Gut. — Und dann fügst du diese Worte als Beleg hinzu!" Amazja griff nach dem Protokoll, das Asaph angefertigt hatte. „Hier! — ‚Denn so spricht Amos:

> Durch das Schwert soll Jerobeam umkommen,
> und Israel muß in die Verbannung,
> hinweg aus seinem Lande!' —

Schreibe das! Laß mich darnach unterschreiben. Dann geht das Schriftstück sofort als Geheime Staatssache an den König ab.

Als Hauptmann Husai mit Amos in die Zelle gekommen war, fragte er ihn: „Weißt du, was dieses Verhör für dich bedeutet?" — „Meinen Tod!" — „Und darüber bist du nicht entsetzt?" — „Nein. Aber etwas anderes flößt mir Entsetzen ein. — Ich höre noch, wie der Großkaufmann schrie: ‚Ich bin's satt! Ich bin's satt! Ich habe mich überfressen am Wort des Herrn!' — Er kann das Wort des Herrn nicht hören. Doch bei ihm nimmt es mich nicht wunder. Aber das ganze Volk will das Wort des Herrn nicht hören!"

Der Prophet trat ans Zellenfenster und blickte hinaus. Es ging jetzt auf den Mittag zu. Die Menschen strömten in den Tempelhof hinein. Starke, junge Männer schritten auf den Brandopferaltar zu. Schöne junge Mädchen gingen mit fast tänzerischer Beschwingtheit einher. „Die Blüte des Volkes!" mußte Amos denken. Alle diese Menschen hatte Gott durch ihn warnen lassen. Vergeblich! — Laut klangen dem Propheten die Worte im Ohr, mit denen man sich den Götzen der Heiligtümer zuzuschwören pflegte: „So wahr dein Gott lebt, Dan! — So wahr dein Schutzgott lebt, Beerseba!" — Amos sah die Zeit kommen, in der eben dieselben Menschen begehrten, das Wort des wirklichen Gottes Israels zu hören. Voll Verlangen nach einem Wort seiner Gnade eilten sie tief nach Süden, nach Beerseba — nach dem Norden, nach Dan — nach Bethel und Gilgal! Sie hungern und dürsten nach dem Gnadenwort des Herrn! „Zu spät!" stöhnte der Prophet.

Husai sah ihn verwundert an: „Zu was ist es zu spät?" — „Für dieses Volk wird es einmal zu spät sein. Gott wird sein gnädiges und tröstliches Wort zurückhalten — und das wird das Ende Israels sein!" Der Prophet stand mitten in der Zelle und sprach:

„Siehe, Tage kommen,
da sende ich Hunger und Durst in das Land.
Nicht einen Hunger nach Brot,
nicht einen Durst nach Wasser,
sondern das Wort des Herrn zu hören.
Und sie werden wanken von einem Meer zum andern
und von Norden bis zur Wüste im Süden umherirren,
um das Wort des Herrn zu suchen.
Aber sie werden es nicht finden.
An jenem Tag werden ohnmächtig die schönen Jungfrauen
und die starken Jünglinge,
daß sie niederfallen und nicht wieder aufstehen,

die jetzt schwören: ‚Beim König von Samaria!'
und sagen: ‚So wahr dein Gott lebt, Dan!'
und: ‚So wahr dein Schutzgott lebt, Beerseba!'
spricht der Herr!"

HOCHVERRAT

Amazja unterzeichnete die Geheimmeldung. Dann erhob er sich
langsam und sagte: „Sieh zu, Asaph, daß das Schreiben sofort
abgeht. Damit ist der Fall für uns erledigt. Und — daß ich's nicht
vergesse — übernimm für mich heute nachmittag die Aufsicht im
Tempel. Du siehst, ich bin immer noch sehr stark angeschlagen!"
Amazja ging zum Mittagessen. Die Wohnung des Oberpriesters
befand sich innerhalb der Westanlage des Tempels. Von den
Wohnräumen aus sah man weit ins ephraimitische Bergland hinein.
Zippora, die Frau des Oberpriesters, merkte schon bei seinem Eintritt, wie geistesabwesend er war. Amos! Amos! Dieser Mann
ging ihm nicht aus dem Sinn. „Damit ist dieser Fall für uns erledigt!" hatte er zu Asaph gesagt. Aber er war für ihn trotzdem
noch nicht abgeschlossen.
Die Familie setzte sich zum Essen. Die Eltern saßen sich am Tisch
gegenüber. Die beiden Söhne, der ältere, achtjährige Delaja und
der jüngere, siebenjährige Maasja, hatten ihren Platz rechts und
links neben dem Vater. Die beiden Töchter, Bitja und Bilha, saßen
neben der Mutter. Sie waren vier und fünf Jahre alt. Amazja
schreckte auf, als Bitja zu ihm sagte: „Du hast das Beten vergessen, Vater!" — „Amos! Amos? Aufrührer!!?? — ‚So spricht der
Herr!'" — Man holte das Tischgebet nach. — Zippora sah ihren
Mann bittend an: „Wo bist du mit deinen Gedanken? — Ach, dieser Amos!" Dann wurde gegessen.
Als Amazja darnach aufstehen wollte, hielt ihn Zippora zurück.
„Überlaß Asaph heute die Leitung des Tempels! Am Nachmittag
des vierten Tages ist nicht viel los. — Du hast es schon getan? —
Komm, wir gehen hinaus auf unsren Acker und setzen uns in
den Schatten der großen Terebinthe. Die Kinder können die letzten Trauben abernten. Und wir? Wir träumen. — Komm, Amazja,
laß uns träumen!" — Sie nahm ihren Mann am Arm: „Du mußt
etwas ausspannen!" —

Kurze Zeit später verließ der Oberpriester mit seiner Frau und den Kindern den Tempel. Die Kinder sprangen und hüpften voraus. Amazja ging hinter seiner Frau. Sie war ungefähr einen Kopf kleiner als er und schön und zierlich gebaut. Amazja ging mit gesenktem Haupt. Er sah die schlanken, braunen Fesseln unter dem blauen Kleid. Wie edel ihr Gang war! Die Augen des Oberpriesters glitten über ihren Leib. Er sah vor sich das Haupt seiner Frau mit der schönen Frisur. „Mein Gott, wie schön! Alle Schönheit der Welt in einer Person! — ‚Laß uns träumen!'" — „Amos! Amos! Aufrührer!!?? — ‚So spricht der Herr!'" — Amazja hielt sich die Faust vor die Stirn.

Man ging unter der Westseite der Tempelmauer dahin und strebte dann auf kleinen, überwachsenen Pfaden in nördlicher Richtung auf Baal-Hazor zu. Das lag gut 150 Meter höher als Bethel. Der Weg führte gemächlich bergan. Über dem Berge hing der Himmel wie ein zartes, hellblaues Zelttuch. Der Acker lag am Südabhang. Er war durch eine mächtige Terebinthe an seinem oberen Ende gekennzeichnet. Zippora hatte ihn in die Ehe mitgebracht. Die Kinder stürmten auf ihn zu. „Laß uns träumen!" — Zippora legte ihren Arm um Amazjas Schultern. „Warum schweigst du heute? Warum bist du so traurig? Ach, wenn du diesen Cohen siehst! Diesen Cohen! — Und diesmal kommt noch Amos dazu! Wärest du nur nie Oberpriester geworden! — — Komm, vergiß das heute alles! Vergiß! Noch vier Tage, dann ist das Fest vorbei. Dann hast du's wieder ruhiger." Zippora lachte mit dunkler Stimme: „Weißt du nicht, daß es in der Festordnung heißt: ‚Du sollst an deinem Feste fröhlich sein!'? Komm, sei fröhlich! Laß dir doch durch Cohen und Amos nicht diesen Tag verderben! Sieh, wie blau der Himmel ist! Und wie sanft der Wind weht! Er streichelt uns fast. Das ist doch so wie damals, als wir noch nicht einmal verlobt waren und miteinander..." — „Amos! Amos! Aufrührer!!?? — ‚So spricht der Herr!'"

Amazja legte im Dahinschreiten seinen Arm um die Hüfte seiner Frau. Schwer sagte er: „Weißt du, Liebste, da ist noch etwas anderes, nicht bloß Cohen und die Predigt des Amos!" — „Was ist da noch?" fragte Zippora bittend. „Sag mir's, dann wird es dir leichter, Liebster!" — „Josef, seine Freunde und ich haben diesen Mann verhört und festgestellt, daß er gegen den König predigt. Deshalb mußte ich ihn beim König wegen Anstiftung zum Aufruhr anklagen." Er verschwieg, welche Rolle bei dieser Maßnahme

Cohen spielte. „Ach!" sagte Zippora aufatmend, „das ist es also? Was ist dabei? Das braucht dich doch nicht zu beunruhigen! Du bist schließlich als Oberpriester für die Ordnung am Heiligtum verantwortlich. Und wenn dieser Amos Aufruhr stiftet, dann mußt du ihn eben anzeigen. Du verdienst Lob! Du solltest dich freuen, daß du dem König einen so wichtigen Dienst leisten konntest. Schluß jetzt mit den trüben Gedanken!" Sie fuhr ihrem Mann mit linder Hand zweimal über die Stirn. „So! Diese Gedanken sind jetzt weggewischt! Du weißt", sagte sie schelmisch, „meine Hand hat Zaubermacht über dich." — Dann nahm sie ihn ungestüm am Arm und stürmte mit Amazja auf den Acker zu.

Als die Ehegatten im Schatten der Terebinthe saßen, schien sich Amazja tatsächlich zu vergessen. Welch einen herrlichen Ausblick man von hier aus hatte! Wie oft waren sie hier schon eng umschlungen gesessen, lange, ehe sie sich verlobten. Jetzt hatten sie vier Kinder. Die Mädchen suchten an den Weinstöcken fleißig nach Weintrauben. Die Knaben kletterten in den Ästen des mächtigen Baumes herum. „Hier bauen wir uns unser Sommerhaus!" sagte Zippora unternehmungslustig. Schon oft hatten sie von diesem Plan gesprochen. Seine Verwirklichung rückte immer näher heran. „Hast du den Bauplan da?" fragte sie schalkhaft und blitzte ihn mit ihren braunen Augen an. „Ach, den habe ich vergessen! Entschuldige, Zippora!" — „Aber ich nicht." Lachend zog sie eine Pergamentrolle unter ihrem Gewand hervor und hielt sie Amazja hin.

Die Ehegatten vertieften sich in die Zeichnung. Sie zeigte sowohl den Grundriß als auch die Seitenansicht. Zippora sagte: „Siehst du, das ist unser Wohnzimmer! Ist die Veranda nicht herrlich? Ich habe sie vorgeschlagen! Und hier, dieses Südzimmer im zweiten Stock — das wird dein Arbeitszimmer!" Sie küßten sich. „Wenn aber doch etwas Wahres daran ist?" — Zippora horchte verwirrt auf: „An was soll etwas Wahres sein? — Träumst du?" — „Was wird sein, wenn an den Weissagungen des Amos doch etwas Wahres ist? Wenn er doch im Auftrag Gottes redet!?" — „Liebster!" sagte Zippora und legte ihre beiden Arme um seine Schultern: „Denk doch nicht mehr an diesen Menschen! Ach, er bringt dich ganz durcheinander. Komm", sagte sie, „wir deuten den Grundriß einmal mit Steinen an." Sie taten es. Die Mädchen brachten Trauben. Der Wind rauschte im Terebinthenbaum. „Amos! Amos! Aufrührer!!?? — ‚So spricht der Herr!'"

Es wurde Abend. Die Familie ging nach Hause. — „Laß mich noch für kurze Zeit in mein Arbeitszimmer gehen!" bat Amazja. „Aber nicht für lange!" sagte sie und drohte schelmisch. „Da, nimm den Bauplan mit!"

Als der Oberpriester in sein Amtszimmer kam, hatte er sein Versprechen schon vergessen. Mit unwiderstehlicher Gewalt trat Amos vor sein inneres Auge. „Amos! Amos! Aufrührer!!?? — ‚So spricht der Herr!'" — Amazja setzte sich müde auf seinen Stuhl. Er barg sein Gesicht in den Händen. „Ich habe diese Meldung gemacht. Ich mußte sie machen!" Cohen fiel ihm ein. „Was kann der gegen mich beim König tun? — Ich könnte meine Königstreue noch unterstreichen, wenn ich Amos durch die Tempelwache inhaftieren und in Ketten an den König ausliefern würde! — Gefesselt!" Das war ein verführerischer Gedanke.
Der Oberpriester stand auf. Die dreizehn Predigten des Amos lagen immer noch auf dem Tisch. Er nahm sie in die Hand und blätterte lesend darin. „So spricht der Herr! — So spricht der Herr!" las er halblaut. „Wie hält es dieser Mann bloß aus, den Großen Samarias zu widerstehen? — Und nach den Worten meines Vetters Josef zu schließen, scheinen sie sich bei ihrem Kampf gegen den Propheten nicht nur auf geistige Waffen beschränkt zu haben! — Wenn doch der Herr hinter ihm steht?"
Der Oberpriester legte die Predigten vor sich hin und strich alle Stellen an, in denen Amos soziale Mißstände anprangerte. Hier mußte er dem Hirten vollkommen recht geben. „Wenn aber Amos auch nur möglicherweise ein Bote Gottes ist, darf ich ihn dann dem König ausliefern?? Der Tod ist ihm sicher, wenn er erst einmal in Samaria ist."
Erregt ging Amazja im Zimmer auf und ab. Plötzlich blieb er stehen. Es war ihm eine Idee gekommen. Er rief den Priester Asaph. „Asaph, geh sofort zu Hauptmann Husai und teile ihm mit, daß Amos mit sofortiger Wirkung von der Tempelwache inhaftiert wird. Verlangt Husai eine Begründung, so sage ihm: Gemäß dem Recht, das der König dem Reichstempel verliehen hat, sind alle Vergehen gegen die Tempelordnung vom Oberpriester und der ihm unterstellten Tempelwache zu ahnden! Bringe du selbst dann den Hirten zu mir und lasse mich mit ihm allein. Und daß ich es nicht vergesse: Husai weist du die Zelle eines Priesters als Quartier zu!" Asaph entfernte sich. Amazja sah auf

seinen ersten gefährlichen Schritt zurück. Er wußte, daß es jetzt kein Zurück mehr gab. Er war fest entschlossen, die Spuren seines Handelns so zu verwischen, daß sie niemand mehr finden konnte. — Es klopfte. Asaph brachte den Propheten. „Du kannst gehen, Asaph. Ich bringe den Mann nachher selbst in Sicherheit."

Amos stand vor dem Oberpriester. Amazja faßte sich sehr kurz. Mit einer Stimme, in der sich Schärfe und Mitleid seltsam vermischten, sprach er: „Seher, geh, fliehe ins Land Juda! Dort iß dein Brot und dort prophezeie! — In Bethel aber darfst du nicht mehr prophezeien; denn das ist ein Königsheiligtum und ein Reichstempel!"

Amazja schaute Amos scharf an, seine Reaktion beobachtend. Jetzt schon könnte das Gespräch beendigt sein. Der Hirte durfte ihm nur für die gewährte Gnade danken und dann sofort — verschwinden.

Amos aber starrte den mächtigen Mann an. Was war das? Ausweisung? Redeverbot und zugleich Fluchtbeihilfe? Aber Redeverbot, Ausweisung, das war doch das Wichtigste und Entscheidende! Und das sagte dieser Mann mit der ganzen Macht und Autorität eines Stellvertreters Gottes auf Erden? — Wie hatte er gesagt? „Dort iß dein Brot und dort prophezeie!" — Amos erkannte blitzschnell, warum der Oberpriester so sprach. Er wollte damit zum Ausdruck bringen, daß Amos nach eigenem Gutdünken nach Israel gegangen sei und hier seine eigenen Gedanken darbot. Er hielt ihn offenbar für einen der vielen Berufspropheten. Dagegen mußte er protestieren! Er stand nicht hier, weil er es so gewollt hatte. Er stand hier als Gesandter Gottes! Und als solcher mußte er auch einem Oberpriester den Willen Gottes sagen. Jetzt gleich mußte er das eben erlassene Redeverbot übertreten. — „Ich bin kein Prophet und kein Prophetenschüler, sondern ein Viehhirte bin ich und ziehe Maulbeerfeigen." Amazja zog erstaunt die Augenbrauen hoch, als er das hörte. Amos fuhr fort: „Aber der Herr hat mich hinter der Herde weggenommen, und der Herr hat zu mir gesprochen: ,Gehe hin und weissage gegen mein Volk Israel!'"

Der Oberpriester nahm das alles zur Kenntnis. Unwirsch erhob er die Schultern, als wolle er sagen: „Jetzt geh! Erkenne die Gnade, die ich dir gewährt habe!" Erstaunt beobachtete der Oberpriester, wie sich das Gesicht des Hirten auf einmal veränderte. Auf was hörte dieser Mensch? Jetzt endlich wich der Zug angestrengten

Lauschens aus seinem Antlitz. Statt dessen wurde es totenblaß. Tiefes Mitleid sprach aus den dunklen Augen:

> „Höre das Wort des Herrn!
> Du verbietest mir, gegen Israel zu weissagen
> und gegen das Haus Israel zu reden.
> Darum spricht der Herr so:
> Dein Weib wird zur Hure in der Stadt!"

„Was sagst du? Was sagst du?" stöhnte der Oberpriester. Wie eine vom Blitz getroffene Eiche sank er auf seinen Stuhl und ließ das Haupt schwer auf den Tisch fallen.

> „Deine Söhne und Töchter fallen durchs Schwert.
> Dein Land wird mit der Meßschnur verteilt.
> Du aber wirst im heidnischen Land sterben,
> und Israel muß in die Verbannung,
> hinweg aus seinem Lande!"

Der Oberpriester regte sich nicht. Fast scheu ging der Prophet an ihm vorbei und verließ den Raum.

Kurze Zeit später betrat Zippora das Zimmer. „Schläfst du?" Sie trat an ihn heran und erschrak. Der Bauplan lag auf dem Tisch — mitten entzweigerissen. Was sollte das? „Amazja! — Amazja!" rief sie ängstlich und schüttelte ihn. „Es ist aus!" sagte Amazja dumpf. „Was ist aus?" — „Der Prophet hat zu mir gesprochen!" — „Was hat er gesagt? Sag es mir!" — „Ich kann nicht. Ich kann nicht!" — „Doch! Du mußt es mir sagen!" Amazja erhob schwer-atmend sein totenbleiches Antlitz: „Er hat mir und dir — uns allen hat er . . ."

STURMZEICHEN

Zehnter Tag nach der Rückkehr der Sklaven vom Herbstfest. Drei Uhr morgens. Der Spitzel Judi verläßt den Steinbruch und steigt den Berg hinauf. Oben angekommen, setzt er sich auf einen Stein und schaut zur Stadt hinüber. „Wie habe ich das Sklavenleben satt!" denkt er. „Mein Freund Husai hat mich in diese verdammte Lage gebracht. Dabei ist inzwischen doch eindeutig festgestellt, daß zwischen Amos und den ‚Scheolleuten' keine Verbindung besteht. — Heute noch werde ich den Feldhauptmann bitten, mich wieder in die Garnison nach Beth-Sean zu schicken."

Da vernahm Judi auf einmal eine leise Stimme im Steinbruch. Er stutzte. War das nicht eine weibliche Stimme? Und da! Was regte sich rechts von seinem Steinblock im Gras? — Er griff mit beiden Händen zu. — — Eine Strickleiter! Etwas weiter oben war sie an einem Baumstumpf festgemacht. Wenige Schritte weiter abwärts hing sie in den gähnenden Abgrund der ‚Scheol' hinunter.

Judi eilte bergaufwärts, verbarg sich hinter einem Felsblock und ließ die Stelle nicht aus den Augen, wo die Strickleiter in die Tiefe führte. Die Stricke strafften sich noch mehr. Judis Sinne waren zum Zerreißen gespannt. Gespenstisch griff jetzt eine Hand aus der Tiefe herauf und suchte nach einem Halt. Und dann zeigte sich ein Kopf, ein Mädchenkopf! Das war doch die Kanaanäerin Rahab, die im Hause Kains diente!! Was tat sie nachts im Steinbruch? Liebte sie einen Sklaven? Oder war es etwas anderes? — „Festnehmen!" dachte Judi zuerst. „Ins Gefängnis mit ihr. Dann wird sie schon sagen, was sie nachts in der ‚Scheol' zu tun hat!" — — Rahab zog die Strickleiter herauf und verbarg sie in einer Felsspalte. Judi aber griff nicht zu. Er hatte seinen Plan inzwischen verworfen. „Ich will warten und selbst herausbringen, warum das Mädchen in den Steinbruch kommt. Erst wenn ich das weiß, will ich mit dem Feldhauptmann reden."

Drei Tage später. Ein wolkenbruchartiger Regen prasselte nieder. Die Wege versanken in Schlamm und Morast. Die Sklaven zogen sich in die Nischen des Steinbruchs zurück. Die Nacht brach herein. Judi legte sich nur wenige Meter neben Zattai zum Schlafen nieder. Der Sklave wachte und schaute unverwandt zur Südwand des Steinbruchs hinauf. „Wartet er auf Rahab?" dachte Judi. Endlich erschien sie über der Felswand. Sie glitt an der Strickleiter herab. Da, der Sklave Zattai sprang auf und schloß das Mädchen stürmisch in seine Arme. Judi dachte: „Das ist eine Liebesgeschichte, nichts weiter."

Doch dann sprachen die beiden miteinander: „Zum letztenmal, Rahab!" — „Heute ist es das letztemal, Zattai!" Rahab wies zur schlafenden Stadt hinauf: „Morgen sind wir dort, und du bist Sieger!" — „Ja, ich werde Sieger sein." — Judi hielt den Atem an. „Eine Verschwörung!" dachte er. „Mein Gott!" Jäh ging dem Offizier auf, warum alle Sklaven ihre Werkzeuge mitgenommen hatten, Hämmer, Brecheisen! Und Bauernhaufen versammelten sich vor dem Omritor! „Du bist einer Verschwörung gegen das Reich auf der Spur. Du mußt...!"

„Es ist alles bereit!" sagte Zattai. „Juchal liegt mit den Bauern vor der Stadt. Sie greifen bei Sonnenaufgang an." — „Ich habe sie gesehen." — „Mesach ist auch bereit. Er hat dreihundert Mann gesammelt und bricht hervor, sobald Juchal angreift. Wenig später trete ich mit meinen Leuten an." — „Gott schütze dich!" — „Du bleibst im Palast des Feldhauptmanns! Dort kann dir nichts passieren!" — „Ja."

„Ich muß fort von hier! Ich muß hinauf in die Stadt und Alarm...!" Aber Judi blieb liegen. Er war der einzige, der von dem Aufstand wußte und die Stadt retten konnte. „Wenn ich jetzt gehe, wird Zattai Verdacht schöpfen und mich erschlagen. Dann ist Samaria verloren! Ich muß warten bis...!" — Endlich ging Zattai mit Rahab zur Strickleiter. Judi kroch bis zum Ausgang der ‚Scheol'. Dann eilte er zum Omritor hinauf.

Kain mußte geweckt werden. Mit einem Soldatenmantel über dem Nachthemd, die bloßen Füße in Pantoffeln, die struppigen Haare verwirrt, aber auch jetzt Johannesbrot kauend, trat er vor Judi. „Wenn du mir den Schlaf wegen einer Nichtigkeit gestört hast, Hauptmann, dann degradiere ich dich auf der Stelle zum Fußsoldaten!" — „Herr Feldhauptmann! Mit Sonnenaufgang werden die Sklaven der Ebene Jesreel und die der ‚Scheol' aufständisch! Zattai, Juchal und Mesach sind die Anführer! Die Bauern liegen schon vor der Stadt!" — „Woher weißt du das?" — „Ich habe heute nacht ein Gespräch zwischen Zattai und Rahab belauscht!" — „Rahab?" — „Ja, das ist dieselbe, die in Ihrem Hause dient!" Der Feldhauptmann sprang auf. „Meine Hosen!" Er kaute nicht mehr! „Alarmiere die Garnison!" — „Ist geschehen!" — „Meine Uniform! — Benachrichtige den König!" — „Ist geschehen!" — „Major!" sagte der Feldhauptmann betont, „Sie gehen zum Omritor, übernehmen das Wachregiment! — Komme sofort!"

Der Streitwagen des Feldhauptmanns rasselte zum Omritor hinaus. Kain besichtigte alle strategisch wichtigen Stellen der Stadt. Dann bestieg er mit dem Major Judi den Omriturm. Die beginnende Dämmerung hüllte das Land nach dem starken Regen in milchige Dunstschleier. Noch war nichts von dem dürren, wütenden Stier zu sehen, der heute gegen den fetten Stier von Samaria anrennen wollte.

Aber eine Stunde vor Sonnenaufgang wurde es im Lager der Bauern lebendig. Der Stier erhob sich. Die bewaffneten Bauern rotteten sich zusammen, legten Sturmleitern bereit und schleppten sogar einen Belagerungsturm heran. Der Feldhauptmann kaute. Dann sprach er: „Hast du mir nicht gesagt, daß es drei Anführer sind?" — „Es sind drei!" — „Wo sie nur stecken? — Dieser verdammte Nebel! Daß Omri die Stadt gerade auf diesen dampfenden Suppentopf bauen mußte! — Alle verfügbaren Männer auf die Mauern! Spähen!" — Pfeile klapperten in Köchern. Spieße glänzten matt. Mächtige Steine lagen als Wurfgeschosse auf den Mauern.

Es wurde heller. Die Bauern rückten lärmend näher an die Stadtmauer heran.

> „Schlagt Josef tot,
> der ist schuld an unsrer Not!
> Er — ein Stier.
> Seine Schlächter — wir!"

„Ihr müßt ihn an den Hörnern packen!" schrien die Soldaten. „Versucht doch, ihn zu packen!"

Wenige Sekunden später quoll ein wütender Volkshaufen durch das Tor, das die Wohnstadt von der Burg trennte. „Mesachs Haufen!" schrie Judi. Soldaten stellten sich ihm kämpfend entgegen. Sie fielen. Immer näher kam der Haufen dem Omritor. „Sie fallen uns in den Rücken!" Der Feldhauptmann bewahrte steinerne Ruhe. Er kaute. „Die Eingreifreserve muß her, Herr Feldhauptmann! Das Streitwagenregiment!" — „Warte!"

Da! Alarmrufe von der Nordmauer her. Kampfgeschrei. Fliehende Soldaten füllten die Königsstraße. „Zur Streitwagenkaserne!" schrie jetzt Kain Judi an. „Eile mit dem Regiment zum Palast Josefs und wirf den Feind zurück!"

Als Judi mit seiner Kampfgruppe in die Getreidegasse einbog, war schon die Hälfte der Männer Zattais über der Mauer. Die Sklaven warfen sich den Soldaten mit Hämmern und Brecheisen in den Händen entgegen. Judi zog sich bis zur Königsstraße zurück. — „Pfeilschützen nach vorn! — Gegenangriff!" — Der lustige Jussai war der erste, der unter einem Schwertstreich zusammenbrach. Gibor und Kalik kämpften wie Löwen an Zattais Seite. Sie begriffen den Ernst der Stunde. Soldaten auf den Dächern der Häuser rechts und links. Steinwürfe. Schon waren die Sklaven eingeschlossen. Auch Gibor fiel. Zattai schwang wütend seinen Hammer. „Faßt ihn lebendig!" schrie Judi. Das war das letzte, was der Rebell hörte. Ein Stein traf ihn.

Bleigraue Wolken am Himmel. Die Sonne zeigte sich nicht. Einhundertzehn Rebellen gefallen. Der Feldhauptmann meldete dem König: „Aufstand niedergeschlagen! Zattai, Mesach und Rahab liegen gefesselt im Kerker!"

Drei Wochen später fand der Prozeß gegen die Rebellen statt. Der Richter Iskai begann mit der Anklage: „Älteste! Bürger von Samaria! Wir sind alle Zeugen eines furchtbaren Geschehens gewesen. Männer dieses Landes haben es gewagt, ihre Hände gegen Seine Majestät, den König, und gegen diese Stadt zu erheben. Dich, Zattai, klage ich als den Organisator dieser verruchten Verschwörung an. Du, Mesach, bist einer seiner Spießgesellen gewesen, und du, Rahab, hast Spitzeldienste geleistet.

Aber", Iskai fuhr mit erhobener Stimme fort, „der eigentliche Urheber dieser Verschwörung ist nicht hier. Er hat sich dem gerechten Spruch dieses Gerichts durch die Flucht entzogen. Es ist niemand anders als der Hirte Amos aus Thekoa in Juda! Er hat sofort, nachdem er in unser Land kam, Verbindung mit den Sklaven im Steinbruch südlich von Samaria aufgenommen und sie zum Aufruhr aufgehetzt! Sein Hintermann ist der flüchtige Bauer Jonadab, den das Gericht in Abwesenheit mit dem Tod und der schändlichen Aufhängung seines Leichnams an diesem Turm bestraft hat. — Ich will aus den Predigten dieses Mannes nicht alle jene Worte zitieren, die gegen ehrenwerte Bürger unsrer Stadt gerichtet sind und sie des Unrechts und der Gewalttat an den Armen beschuldigen. Sie wirkten in den Herzen der Sklaven wie Öl, das man ins Feuer gießt. Der Gipfel dieser Hetzreden ist die, die er gegen den König selbst gerichtet hat. Hier heißt es: ‚Und gegen das Haus Jerobeam erhebe ich mich mit dem Schwert!' — Bürger, Älteste! So mußte es zu dieser furchtbaren Rebellion kommen. Der judäische Hirte ist der eigentlich Schuldige. Ich fordere seinen Tod — und den dieser drei Angeklagten!"

Die wichtigste Zeugenaussage machte der Kaufmann Josef. Er sprach: „Ich bestätige das, was der Richter Iskai gesagt hat. Amos hat zu Bethel in Anwesenheit des Oberpriesters Amazja und des Bankiers Amram offen zugegeben, daß er auch gegen den König gepredigt hat. Ich habe gleich beim ersten Auftreten dieses Querulanten seine Ausweisung vom König gefordert. Aber man hat nicht auf mich gehört, und so konnte es dazu kommen, daß die Stadt an den Rand des Abgrunds geriet."

Von den Angeklagten sprach nur Zattai: „Es ist wahr, daß Amos bei uns in der ‚Scheol' gewesen ist. Aber der Richter Iskai und der Kaufmann Benjamin lügen, wenn sie behaupten, er sei der eigentliche Urheber des Aufstandes gewesen!" — „Du wagst es, einen Richter und einen Ältesten als Lügner zu bezeichnen?" rief der Bankier Amram. Aber Zattai sprach weiter: „Ich sage die Wahrheit. Mesach ist mein Zeuge. Es ist nicht wahr, daß Amos uns und die Bauern zum Aufstand aufgewiegelt hat. Ich gebe zu, daß ich zuerst meinte, er sei unser Mann. Aber kaum hatte er gehört, was ich beabsichtigte, da trennte er sich von mir. Er sagte: ‚Gott wird Israel strafen. Nicht du, Zattai!'" Der Sklave senkte den Kopf und schwieg lange. Dann sagte er leise: „Und jetzt, da mein Vorhaben gescheitert ist, jetzt sehe ich ein, daß er recht gehabt hat." Laut rufend fuhr er fort: „Um dich zu stürzen, Samaria, da braucht es anderer Mittel als solche, die Sklaven haben. Aber der Tag wird kommen, an dem du fällst und alles Unrecht gesühnt wird, das du verübt hast. Mir und den Meinen wird ein Rächer erstehen!"

Nach kurzer Beratung wurde das Urteil verkündigt: „Amos! Du wirst in Abwesenheit zum Tod durch den Strick verurteilt und zur schändlichen Aufhängung deines Leichnams an der Südseite des Omriturms, weil du durch deine Reden die Sklaven zum Aufruhr aufgehetzt hast! — — Zattai! Du stirbst durch den Strick, und dein Leichnam wird am Omriturm schändlich aufgehängt, weil du den

Aufstand organisiert und geleitet hast! — — Mesach! Auch du sollst durch den Strick umkommen, und auch dein Leichnam soll schändlich aufgehängt werden, weil du eine führende Rolle beim Aufstand gespielt hast! — — Rahab! Du stirbst durch das Schwert, weil du deine Stellung im Hause Kains dazu mißbraucht hast, Spitzeldienste zu leisten!"

STURM

„Ich habe mein Festkleid angezogen!" sagte Judith zu ihrem Vater. Der Großkaufmann lächelte: „Es ist dasselbe, das du vor zwei Jahren in Bethel getragen hast. Weißt du's noch? — Wenn es nach diesem verrückten Hirten gegangen wäre, müßtest du schon lange in Trauerkleidern gehen!" — „Bitte, rede nicht weiter, Vater! Es ist jetzt ja erwiesen, daß er ein Lügenprophet ist. Heute kommt Jussa wieder!" — „Und Joab kommt, dein Verlobter!"
Ganz Samaria strömte zum Omritor, um die siegreichen Truppen zu empfangen. „Da sind sie!" Auf der Steige jenseits des Tales erschien die Spitze des Heeres. Marschtritt. Trompetengeschmetter. Trommelwirbel. Standarten. Staub. Da gab es für die Wartenden kein Halten mehr. „Joab! Du lebst! Wie bin ich so glücklich!" Judith eilte in stürmischem Lauf ihrem Verlobten entgegen. „Unser Sohn! Unser Sohn!" rief Michal und lief mit Josef zu Jussa. Der Älteste Simon wankte am Stock seinen beiden Söhnen entgegen. Umarmungen. Freudentränen. Küsse. Welch eine stürmische Begrüßung! Weg war alle Angst, die die Predigt des Amos verbreitet hatte. Leuchtende Sonne. Klarblauer Himmel.
Auch der König war tief bewegt. Er sagte: „Soldaten! Bürger! So wie die Heimkehr dieser Soldaten wurde noch nie die Heimkehr eines Heeres ersehnt. Wie mir berichtet wurde, hat bei eurem Auszug ein Judäer im Reichstempel zu Bethel geweissagt, daß neunzig Prozent von euch den Tod in der Schlacht finden würden. ‚Im Namen des Herrn' kündigte er das an. Trotz der furchtbaren Drohung seid ihr mutig in den Kampf gezogen und habt den Sieg an eure Fahnen geheftet. Jetzt, wo ihr siegreich vor uns steht, seid ihr nicht nur lebendige Zeugen eures Sieges, ihr seid auch das Zeugnis dafür, daß jener Mensch ein Lügenprophet gewesen ist! Er hat nichts zu tun mit jenem wahren Propheten

Jona, der mir am Anfang meiner Regierungszeit Sieg weissagte."
— „So ist es!" rief der Prophetenvater Zedekia. „Bei uns ist das
Wort des Herrn! Wir sind seine wahren Propheten!" — Spontan
stimmte das Volk das Heilslied an: „Wer gab uns die Dynastie ...?"

Held des Banketts, das im Königspalast stattfand, war der Hauptmann Sallum aus Beth-Sean. Darum lag er zwischen dem König
und dem Kronprinzen Sacharja an der Tafel. Jerobeam II. hielt
seinen Gästen die Weinschale entgegen und rief: „In dem tapferen
Sallum ehre ich das ganze Heer! Es lebe der Sieger von Mahanaim! Es lebe das siegreiche Heer Israels!" Der dunkle, schwere
Wein floß in Strömen. Der Feldhauptmann Kain trank dem Offizier zu. Dann sagte er: „Erzähle, Hauptmann!"
Sallum stand auf. Der Kronprinz blickte scheu an dem Recken
hinauf. „Meine Hundertschaft war dem Regiment des Obersten
Menahem unterstellt. Wir stießen ostwärts Mahanaim auf eine
starke Partisanengruppe. Sie stellte sich uns beim Hyänenhügel
zum Kampf. Trotz zweifacher Überlegenheit des Feindes befahl
mein Oberst den Angriff. Meine Hundertschaft bildete den rechten Flügel. Menahem war mit der Spitze und dem linken Flügel
des Regiments schon in heftige Kämpfe verwickelt. Da sah ich
beim Vorgehen auf einmal einen etwa zwei Meter tiefen und
einen Meter breiten Graben, der genau hinter die Front des
Feindes führte. Ich witterte die Chance, die sich uns hier bot.
Sofort sprang ich in die Schlucht und befahl meinen Soldaten,
mir zu folgen. So gelangten wir in den Rücken des Feindes.
Menahem von vorn, ich von hinten, so nahmen wir sie in die
Zange. Sie ließen ihre Waffen fallen und rannten davon. Wir
hinterher. Ich dachte an die Prophezeiung des Hirten aus Juda.
Aber er hat offenbar das Unheil der falschen Partei ausgerichtet!
Unsre Feinde hatten neunzigprozentige Kriegsverluste! Nicht
wir!"
Die schon angetrunkenen Männer antworteten mit widerlichem
Lachen. Der Richter Iskai erhob sich taumelnd mit der Weinschale
in der Hand: „Dieser judäische Hundskopf — Hundskopf — hat
sich — hat sich — in der Haustür geirrt! — — Hohn! Hohn auf den
‚Propheten' Amos! Ich verhöhne ihn!" Alle erhoben ihre Wein-
schalen: „Hohn dem judäischen Hirten! Hohn! Hohn! Hohn!"
— Schlürfen! Schmatzen!

Da rief der betrunkene Richter auf einmal: „Was ist denn — was — was ist denn — mit dem Licht? Licht! — — Es wird dunkel! Kommt — schon — die — Nacht?" — Die Männer verstummten. „Es wird ein Gewitter aufziehen, du Dummkopf!" schrie Josef. Der Großkaufmann wankte zum Fenster, sah hinaus — und prallte zurück. „Die Sonne! Die Sonne!" Bleierne Stille.

Auf der Burkahöhe hütete zur selben Zeit ein Knabe Schafe und Ziegen. Er lag unter einer Terebinthe. Vögel sangen im Gezweig. Der Knabe lauschte entzückt. — Doch — was war das? Im Geäst des Baumes wurde es still und stiller. Der Knabe richtete sich verwundert auf. Seine Schafe und Ziegen fraßen nicht mehr, drängten sich aber auf einen Haufen zusammen, als suchten sie beieinander Schutz. Ähnliches hatte der Knabe schon vor Unwettern bei seinen Tieren beobachtet. Ihm wurde beklommen zumute. Selbst der Wind hatte aufgehört, mit den Blättern zu spielen. Die Blumen schlossen ihre Kelche. Der Knabe schaute nach Samaria hinüber. „Das Licht! Das Licht!" stöhnte er. Er stand erregt auf. Am hellichten Tag wurde es dunkel!! Schwarze Schleier senkten sich über Stadt und Land. Der Knabe wurde totenbleich. Entsetzt schaute er zur Sonne hinauf. In das leuchtende Gestirn frißt sich etwas Schwarzes unaufhaltsam hinein! Da packt den Knaben panische Angst. Wortlos jagt er seine Herde den Berg hinunter und stürmt auf Samaria zu. — Die schwarzen Schleier werden immer dichter. Schon hat das fürchterliche Maul die Hälfte der Sonne gefressen — und noch hält es nicht ein. In unersättlicher Gier frißt es weiter und weiter! Den Knaben packt die Angst, seine Pulse jagen.

„Wein!" schrie der Feldhauptmann, um die Stimmung zu retten. Aber sie war dahin. Bleich und schlotternd vor Angst murmelte der Oberpriester vor sich hin:

„Die Sonne wird sich in Finsternis verkehren
und der Mond in Blut,
ehe der große und furchtbare Tag des Herrn kommt!"

Jeder wußte: Sonnenfinsternis — das ist ein Zeichen für den nahen Gerichtstag Gottes.

Cohen sprach:

> „Nahe ist der Tag des Herrn!
> Sonne und Mond haben sich verfinstert,
> und die Sterne haben ihren Schein verloren!"

Vielleicht wäre es nicht zur Panik gekommen, wenn der Richter Iskai sich mehr im Zaum gehalten hätte. Vor seiner vom Wein erhitzten Phantasie stand auf einmal Amos! Und er hörte die Worte des Propheten:

> „An jenem Tage wird es geschehen,
> spricht der Herr:
> Da lasse ich die Sonne untergehen am Mittag . . .!"

Aber er wollte die Bestätigung dafür haben, daß das Amos wirklich gesagt hatte. Einer der Sklaven brachte scheu einen Krug mit Wein. Iskai faßte ihn am Halse. Heiser schrie er ihn an: „Du kennst die Worte des Propheten Amos, nicht wahr?" — „Ich . . ." Der Sklave blickte sich furchtsam nach allen Seiten um. Die Augen aller Gäste waren auf diese Szene gerichtet. „Rede!" — „Ich . . .", sagte der Sklave in seiner Todesangst, „ich kenne sie." — „Und was hat also der Hirte über die Sonnenfinsternis gesagt?" — „Ich weiß nicht." — „Du weißt es — weißt es!" Der Sklave wand sich unter dem Griff des Richters. „Laß den Mann los!" rief der Bankier Amram. Aber der Richter gab nicht nach. „Du wirst es jetzt sagen, oder . . .!"
Am Firmament fraß sich das ungeheure Maul immer tiefer in die Sonne hinein. Der Sklave sprach:

> „An jenem Tage wird es geschehen,
> spricht der Herr:
> Da lasse ich die Sonne untergehen am Mittag
> und bringe Finsternis über die Erde am hellichten Tag . . ."

Er schwieg zitternd. Iskai aber schien wahnwitzig zu sein. „Du wirst weiterreden!" stöhnte er heiser. „Weiter! Weiter!"

> „Da verwandle ich eure Feste in Trauer
> und alle eure Lieder in Klagegesang.
> Da lege ich an alle Hüften das Trauergewand,

und ein jeglicher schert sich eine Glatze.
Ich schaffe Trauer wie um den einzigen Sohn
und ein Ende gleich einem Unglückstag!"

Alle Hörer packte die fürchterliche Erkenntnis, daß Amos mit seiner Prophezeiung recht gehabt hatte. Die Sonnenfinsternis war da! Sein Wort also nicht tot! — Mit bleichem Gesicht standen Offiziere, Beamte, Reiche und selbst der König da. Wie vom Teufel besessen schrie der Richter Iskai den Sklaven an: „Und warum kommt das?" — „Herr...!" winselte der Sklave. Amram sagte: „Laß genug sein, Iskai!" Der Richter wurde wütend: „Und warum kommt das? Warum? Soll ich dir den Mund öffnen?" — Leise und mit stockender Stimme sagte der Sklave:

„Der Herr hat geschworen, beim Stolz Jakobs:
Nie werde ich alle ihre Taten vergessen!
Soll darob nicht die Erde erbeben
und all ihre Bewohner trauern?
Soll sie nicht allenthalben sich heben wie der Nil,
sich senken wie der Strom Ägyptens?"

Der Großkaufmann wischte sich den kalten Schweiß von der Stirn. Dann rief er: „Schluß!" Er wandte sich an seinen Sohn Immer und an Amram: „Fort von hier!" Als die drei Männer samt ihren Frauen ohne Gruß davonstürzten, hielt es keiner der Gäste mehr im Saal aus. Jeder meinte, es müßte nun sogleich der Palast über ihm zusammenstürzen. Schnell und immer schneller eilte die Gesellschaft dem Ausgang des Palastes zu. Josef, Michal, Amram und Immer rannten der Menge mit fliegenden Mänteln voraus. Sie stürmten die Treppen hinunter und eilten, wie von Furien gehetzt, die Königsstraße hinauf. — Das schwarze Maul hatte die ganze Sonne gefressen. Fahle Dämmerung füllte die menschenleeren Gassen der Stadt.
Nach zwei Stunden war die Finsternis vorüber. Pflanzen und Tiere fanden wieder zu ihren Gewohnheiten zurück. Aber die Menschen blieben verängstigt in ihren Häusern. Dieses Wort des Amos hatte sich erfüllt! Wie wird es mit den anderen sein? Offenbar war er, dieser Amos, doch ein Prophet! Gnade uns Gott!

Als endlich die Nacht kam, hallte die Stadt von dem Geschrei des betrunkenen Richters Iskai wider. Er schrie vor dem Palast Josefs. Vor Amrams Haus ließ er seine Stimme erschallen. Ebenso tat er vor dem Königspalast. Er wiederholte mit trunkener Zunge immer wieder dieselben Worte:

> „Der Herr — — Herr — — hat geschworen — geschworen,
> beim Stolz — — Stolz Jakobs — Jakobs:
> Nie — nie — nie — werde ich — all ihre Taten — vergessen!"

Er schrie so lange, bis ihn die Torwache auf Befehl Kains festnahm und zur Ernüchterung in eine Zelle unter den Ahabsmagazinen warf.

Wenige Sekunden nach Sonnenaufgang. Der Großkaufmann wurde durch einen furchtbaren Stoß aus dem Schlaf gerissen, der von einem donnerähnlichen Gebrüll begleitet wurde. Zugleich hörte er von der Königsburg her das Geschrei geängstigter Menschen und das heisere Wiehern und Schlagen der Pferde. „Erdbeben!" schrie der Großkaufmann, sprang mit einem Satz aus dem Bett, rüttelte Michal wach, sprang hinaus in den Innenhof und riß seine Kinder aus dem Schlaf. Quer durch die Platten des Innenhofs — ein breiter Riß! Michal erschien halbbekleidet. Fahles Morgenlicht. „Erdbeben! Verlaßt sofort die Stadt!" Schon war die Luft von Staub und Sand erfüllt. Das konnte nur von zusammengestürzten Häusern herrühren. Michals Augen weiteten sich vor Entsetzen. Sie hielt beide Hände vor den Mund. Sofort konnte der zweite Stoß kommen. „Und du?" rief Michal. „Ich muß noch schnell in mein Zimmer! Geht! Sofort!"
Michal hastete mit ihren Kindern die Getreidegasse hinauf. Als sie in die Königsstraße einbogen, wurden sie von den Scharen der Flüchtenden mitgerissen. In der Wohnstadt hatte der erste Stoß noch keinen Schaden angerichtet. Aber in der Königsstadt! Die Streitwagenkaserne — ein brodelnder Hexenkessel! Pferde wieherten und schlugen. Die Westseite des Ahabspalastes — eingestürzt! Nur hinaus! Nur hinaus! — Nur weg von den todbringenden Mauern, ehe der zweite Stoß kommen würde! Totenfahles Morgenlicht.
Josef stürzte in sein Zimmer. Er beugte sich auf den Boden, hob eine Steinplatte, kniete nieder und holte aus einer Vertiefung

eine Kassette heraus: Der Schatz der Firma — 500 000 Silber-schekel! Als er ihn an sich zog und sich eben erheben wollte, traf der zweite Stoß die Stadt mit ungeheurer Gewalt. Heben und Senken des Bodens, als sei er zu Meereswellen geworden. Don-nerähnliches Krachen. Josef stürzte. Das Zentrum des Bebens schien genau unter seinem Palast zu liegen. Der Großkaufmann beugte sich über seinen Schatz. Der stolze Turm des Palastes wankte unter dem furchtbaren Anprall der Kräfte in der Tiefe wie eine Pappel im Sturm. Polternd stürzten Steine der Zinne herab. Und auf einmal neigte sich das ganze Bauwerk nach Osten. Wie Geschosse durchschlugen die mächtigen Steinblöcke des stür-zenden Turms die Palastdecke. Der Prunkbau verschwand in einer Wolke von Staub. Rieselnder Sand. Stille.

„Siehe, so mache ich den Erdboden unter euch schwanken,
wie der Wagen schwankt, der voller Garben ist.
Da hilft kein Fliehen dem Schnellen
und dem Starken versagt die Kraft!"

Der Bankier Amram wurde durch den ersten Stoß aus dem Schlaf gerissen. Verwirrt eilte er auf das Dach seines Hauses. Als er die Flüchtenden sah, packte ihn panische Angst. Nur notdürftig be-kleidet verließ er mit seiner Frau das Haus und eilte die Münz-gasse hinauf. Mitten auf der Gasse, gerade neben Josefs Getreide-gewölbe, wurde er von dem Todesstoß überrascht. Josefs hohe Mauer erschlug und begrub ihn samt seiner Frau.
Der Feldhauptmann Kain schlief in seinem Hause gegenüber der Streitwagenkaserne. Erst der zweite Stoß riß ihn aus dem Schlaf. Furcht packte auch ihn. Nackt — ohne zu kauen — rannte er die Königsstraße hinunter. Unmittelbar vor ihm fiel mit donnerähn-lichem Krachen die Südmauer des Tempels auf die Königsstraße und begrub Hunderte unter sich. Mit blutenden Füßen flüchtete Kain über die Trümmer hinweg. Selbst der Himmel schien ein-zustürzen.
Der Prophetenvater Zedekia wurde mit fünfzig seiner Schüler in der Tempelgasse von Steinen zerschmettert.
Die Hälfte der Einwohner Samarias konnte sich vor die Stadt retten. Voll Grauen erlebte sie den zweiten Stoß. Der Omriturm fiel nicht. Aber er bekam einen gewaltigen Riß. „Josefs Turm!" schrie plötzlich jemand. Die von bleierner Angst wie gelähmten

Menschen sahen, wie Josefs Turm in sich zusammenstürzte. „Josef!!" schrie Michal. Kein Josef erschien. Über der Stadt lagerte eine graubraune Staubwolke. Ein dritter Stoß erschütterte die Erde. Dann trat Stille ein. Kein Mensch wagte sich, aus Furcht vor weiteren Stößen, in die Stadt.

Endlich ermannten sich Immer und Jussa. „Wir müssen unsern Vater suchen!" Der Feldhauptmann sammelte Soldaten. Als Immer und Jussa die Stadt betraten, bot sich ihnen ein schrecklicher Anblick: Der Ahabspalast — fast völlig eingestürzt! Die Ahabsmagazine — bis auf die Grundmauern zerstört! Die Südseite der Tempelmauer — herausgebrochen! Priester- und Prophetenhäuser — zusammengefallen! Die Streitwagengarnison — ein mit Pferdeleichen übersätes Trümmerfeld! Überall auf den Straßen und Plätzen lagen die Leichen der Erschlagenen. — Die beiden Männer eilten weiter zur Wohnstadt. Sie lag fast völlig in Trümmern. Stumm hockten einige Überlebende auf geborstenen Mauern. Das Grauen der überstandenen Katastrophe stand auf ihren Gesichtern geschrieben. Als sie in die Getreidegasse einbogen, sahen sie einen Jungen mit blutverkrustetem Gesicht neben den Leichen seiner Eltern und seiner vier Geschwister. Immer wieder schlug er sich mit der Stirn auf den Erdboden und wimmerte verzweifelt: „Mein Gott! Was soll ich tun? Mein Gott! Was soll ich tun?" In einer Ruine auf der rechten Seite der Getreidegasse lag die Leiche einer Frau, ihr zur Seite ihre drei Kinder — tot — tot — tot! Ein barfüßiger Mann irrte stöhnend durch die Trümmer. Auf der Schulter trug er die Leiche seines kleinen Sohnes.

Die Auffahrt zum Palast Josefs war ein einziger Trümmerhaufen. Aber das Portal und die Räume an der Südseite waren merkwürdigerweise unversehrt geblieben. Totenstille herrschte. Sie wurde nur unterbrochen von dem angstvollen Atmen der beiden Brüder. „Vater!" Keine Antwort. Voll Grauen schauten die Brüder zu der Stelle, wo einst der Turm stand. „Hol du Hilfe!" sagte Immer zu Jussa. „Wir müssen die Quader beiseite schaffen!" Jussa eilte fort.

Inzwischen war die ganze Wohnstadt von Menschen überlaufen, die in den Trümmern nach ihren Angehörigen suchten. Umgeben von weinenden Frauen gruben Soldaten und andere Bergungsarbeiter immer wieder Leichen aus den verschütteten Trümmern. Auf Haustüren trugen sie die Toten zum Omritor. Stumm stocherten einige Überlebende in den Trümmern herum, um letzte

Habseligkeiten zu retten. — Jussa konnte von Kain fünf Soldaten erbetteln, die ihm bei der Suche nach seinem Vater helfen sollten.

Um die Mittagszeit war die Stadt von einer tausendstimmigen Totenklage erfüllt. Da alle Klagefrauen beschäftigt waren, ließ Michal aus Jelek und der ‚Scheol' Sklaven holen, die die Totenklage über den Großkaufmann Josef Ben Benjamin ausführen sollten. — Schon um die Mittagszeit lag durchdringender, süßlicher Leichengeruch über der zerstörten Stadt. Der Feldhauptmann Kain trieb seine Soldaten zu größter Eile an. Mit Tüchern vor dem Mund durchsuchten sie die Trümmer nach Toten. Inzwischen hatten Sklaven unterhalb der Südmauer der Wohnstadt breite Gräben ausgehoben. Dort hinein legte man in großer Eile die Toten der Armen und deckte sie zu, um die Gefahr einer Seuche zu bannen. Nur die Reichen durften ihre Toten mit den üblichen Zeremonien zu Grabe tragen. Der Großkaufmann konnte aber nicht in der Höhle östlich der Stadt begraben werden, in der seine Eltern die letzte Ruhe gefunden hatten. Der Höhleneingang war durch das Erdbeben verschüttet.

Am dritten Tag nach der Katastrophe traf aus Bethel ein Bericht des Oberpriesters Amazja ein. Er schrieb: „Mein König! Der Tempel zu Bethel ist nicht mehr! — Vor drei Tagen begannen die Priester mit Sonnenaufgang ihren heiligen Dienst gemäß alter Ordnung. Es waren etwa tausend Pilger aus der Umgebung im Heiligtum, Gnade erflehend wegen der Sonnenfinsternis, die sie am Tage zuvor in Angst und Schrecken versetzt hatte. Wenige Sekunden später traf das Schreckliche ein! Unter donnerähnlichem Gebrüll im Innern der Erde hob und senkte sich der Boden des Tempels. Krachend sprangen die festen Mauern auseinander. Dem ersten Ansturm hielt das Tempelhaus noch stand. Aber beim zweiten Stoß war es, als ob mit einem riesigen Hammer gegen seine Spitze geschlagen würde. Die Schwellen des Heiligtums erbebten. Das Portal fiel auf den Brandopferaltar und erschlug Hunderte verängstigter Pilger. Das Tempelhaus fiel in sich zusammen. Der Priester Asaph ist tot!"

Während der hastigen Aufräumungs- und Bergungsarbeiten in Samaria hatte man einen Mann völlig vergessen: Den Richter Iskai. Endlich dachte man an ihn. Fieberhaft wurde der Schutt der zusammengestürzten Ahabsmagazine weggeräumt. Die verklemmte Kerkertür wurde aufgebrochen. Die Zelle hatte alle Erschütterungen überstanden. Aber der, der mit grauem Haar und wirrem Blick heraustrat, war ein anderer, als der, den man in die Zelle hineingeführt hatte. Iskai stolperte benommen ans Tageslicht empor. Als er sah, wie ihm Hunderte von Augen folgten, lallte er: „Was schaut ihr mich so an? — Ich verrate euch ein Geheimnis! — Ein Geheimnis! — — Als die Erde bebte und die Stadt zusammenfiel, kam ein Mann zu mir. — Ein Mann! — Amos!! — ‚Ich will dir sagen, warum das alles geschieht, Iskai!' sagte er." Iskai erhob seine Stimme und rief:

„. . . weil sie den Unschuldigen um Geld verkaufen
und den Armen um ein paar Schuhe!
Sie treten in den Staub das Haupt der Geringen
und drängen die Elenden beiseite.
Sohn und Vater gehen zur Dirne,
meinen heiligen Namen zu entweihen . . .!"

Die Männer und Frauen, die um den Wahnsinnigen herumstanden, wurden vom Grauen geschüttelt.

SALLUM

Sklaven schwitzen und ächzen unter Steinblöcken. Hämmer pochen. Sägen kreischen. Mörtel klatscht. „Die Stadt muß schöner und prächtiger erstehen als zuvor!" hat der König gesagt. Immer baut Josefs Palast und den Turm wieder auf. Alle Herzen und Hände dienen dem großen Werk. Alle?
Wenige Tage nach der Katastrophe öffnet sich das Tor der Streitwagenkaserne und ein mit zwei Pferden bespannter leichter Wagen rollt heraus. Die geplagten Sklaven wischen sich den Schweiß von der Stirn und blicken den Lenker an. Straff aufgerichtet steht er auf dem zweirädrigen Gefährt. Zwischen dem gepflegten Bart und dem zurückgekämmten schwarzen Haupthaar zeigt sich ein blasses Gesicht. Lässig läßt der etwa vierzigjährige Mann die Zügel zwischen seinen weißen Händen gleiten. „Der Kronprinz!" sagen die Sklaven verwundert und verächtlich zugleich. Sacharja, der Kronprinz! Auf seinem Rücken hängt ein großer, prall mit

Pfeilen gefüllter Köcher. Der Bogen ist an der linken Wagenseite in Griffnähe befestigt. Drei kurze Wurfspieße stecken in Ringen an der linken Seite des Wagens. Hunde umkläffen Wagen und Reiter. Dumpf hallt das Rollen der Räder und das Klappern der Hufe im Gewölbe des Torbogens wider.

Der Feldhauptmann Kain leitete vom Omriturm aus den Wiederaufbau der zerstörten Mauerabschnitte. Kauend stand er da und gab Befehle. Fast hätte er mit dem Kauen innegehalten, als er den Kronprinzen mit seinem Gefolge dahersprengen sah. „Judi — — Judi! Sehe ich recht? Reitet der Kronprinz nicht zur Jagd?" — „Herr Feldhauptmann, der Kronprinz reitet zur Jagd!" Kain seufzte.

Als die Jagdgesellschaft zwei Stunden später den Weg nach Thebez hinaufsprengte, rief der Kronprinz: „Sallum!" Der Hauptmann trieb sein Pferd in die Nähe des Wagens. „Bist du auch ganz sicher, daß wir den Wildstier erlegen können?" Der Hauptmann lachte: „Euer Gnaden! Kahal und ich haben ihn eine ganze Woche lang beobachtet. Er kommt jeden Morgen kurz nach Sonnenaufgang an die Quelle Harod und schlägt sich dann ins Gebüsch. Wenn er seine Gewohnheiten nicht geändert hat, werden ihn Euer Gnaden sicher erlegen können!" — „Wenn er seine Gewohnheiten nicht geändert hat!" spottete der Kronprinz lachend. Dann fuhr er fort: „Du weißt, was für dich auf dem Spiel steht! — Erlege ich den Stier, so darfst du mit nach Jibleam. Erlege ich ihn nicht, so gehe ich allein!"

Über dem Gebirge Gilboa lag noch tiefe Nacht, als der Kronprinz mit Sallum und Kahal aufbrach. Der Prinz lenkte den Jagdwagen selbst. Seine Begleiter ritten neben ihm her. Nach einer knappen Stunde näherten sich die Jäger dem Einstandsgebiet des Wildes. Sacharja lenkte den Streitwagen zwischen niedriges Buschwerk. Wenige Meter neben ihm hielten Sallum und Kahal. Während der Jagd hatten sie die Aufgabe, das Ausbrechen des Wildstiers auf das Gebirge Gilboa im Süden oder auf die Höhen um Sunem im Norden zu verhindern. Das Tier mußte in der Talsenke bleiben, die sich zwischen den beiden Höhenzügen von Jesreel aus in östlicher Richtung bis nach Beth-Sean erstreckte. Nur hier war eine Jagd mit dem Wagen möglich. Angestrengt harrten die Männer auf den Anbruch der Dämmerung.

Endlich zeigte sich über den kahlen Höhen des Adschlun im Ostjordanland die Röte. Da! — In dem Gestrüpp, das sich links von
ihnen den Ain-Tabaun hinaufzog, krachten Zweige! Die Männer
wurden vom Jagdfieber gepackt. Ihre Augen suchten die Dunkelheit zu durchdringen. Die Pferde wurden unruhig und spitzten
die Ohren. Die Hunde zerrten an den Leinen. Plötzlich drängte
Sallum sein Pferd, so leise es nur ging, in die Nähe des königlichen Wagens. Dann hob er dem Prinzen die Hand mit drei
gespreizten Fingern entgegen. Atemlose Stille! Es wird immer
heller. Und jetzt trottete ein Wildstier auf die Quelle zu. Gleich
hinter ihm folgte eine Kuh mit einem Kalb an der Seite. Der
Wildstier näherte sich der Quelle mit gesenktem Kopf. Bleich
schimmerten die mächtigen, geschwungenen Hörner auf dem massigen, zottigen Schädel. Der Hals des Tieres ging in kühnem
Bogen in den gedrungenen Körper über.
Sallum sah, wie sich der Kronprinz die Zügel um den Leib
schlang, um den großen Bogen besser handhaben zu können.
Jetzt legte er einen Pfeil auf und spannte. Wie der königliche
Bogen, so spannten sich auch Sallums Muskeln. — „Los!" Der
heisere Ruf des Kronprinzen entweihte die Morgenstille. Wie
Pfeile flogen die Hunde mit wütendem Gekläff auf das Wild zu.
Die Pferde schnellten los, mit den galoppierenden Hufen die
feuchte Erde in die Luft werfend. Der Kronprinz hatte kaum ge-
rufen, da warf der Wildstier schon seinen Kopf in die Luft, wit-
terte, drehte sich auf der Hinterhand, um mit ausgestrecktem
Schwanz in rasender Flucht das Weite zu suchen. Das Weite?
Nein! Sallum sah es zuerst. Der mächtige Herr der Berge zeigte
sich auch in dieser Stunde größter Gefahr in seiner ganzen Ritter-
lichkeit. Er hielt sich vor dem in rasendem Galopp heranjagenden
Jagdwagen und deckte so die Flucht der Kuh und des Kalbes.
Eine aufgescheuchte Antilope jagte neben ihm her. Die beiden
Reiter waren schon auf der Höhe des davonpreschenden Wildes
und zwangen es, im Tal zu bleiben. Sacharja stand weit vorge-
beugt auf dem rumpelnden und stoßenden Wagen. Jetzt zielte er
zwischen den Köpfen der Pferde hindurch auf den schweißglän-
zenden Leib des Tieres.
Da hörte er auf einmal hinter sich unheimliches Krachen. Jäh-
lings wandte er sich zurück, spannte die Zügel und zwang die
Pferde zu plötzlichem Halt. Hastig wandte sich der Kronprinz.
Was er erblickte, ließ ihm das Blut stocken. Ein zweiter Wildstier

stand etwa fünf Meter hinter seinem Wagen und setzte mit wütend gesenktem Kopf eben zum Angriff an. Jetzt schnellte er auf den Wagen zu. Bleich vor Entsetzen peitschte Sacharja auf seine Pferde ein und jagte davon.

Als die beiden Reiter merkten, daß ihnen der Kronprinz nicht folgte, kehrten sie zu ihm zurück. Sallum erbleichte: Ein zweiter Wildstier! Zusammen mit Kahal zwang er auch dieses Tier zur Flucht nach Osten. Jetzt faßte der Kronprinz wieder Mut und jagte hinter dem Wildstier her. In rasender Fahrt ging es auf Beth-Sean zu. Schon drei Pfeile saßen im Fell des Königs der Berge. Jetzt stürzte er ein erstes Mal. Er raffte sich noch einmal auf und hetzte weiter. Nach etwa fünfhundert Metern brach er endgültig zusammen.

Sacharja gab Sallum die Hand und sagte: „Du gehst mit mir nach Jibleam!" — So kam Sallum — widerstrebend — mit nach Jibleam und lernte dort Ukkam, die Geliebte des Kronprinzen, kennen, eine Dirne.

Einige Jahre später kam der Major Judi abends um neun Uhr auf schweißnassem Pferd in Jibleam vor dem Dirnenhaus an: „Der König liegt im Sterben!" Sallum nahm dem Major die Meldung vor dem Haus ab. Judi lauschte mit ungläubigem Gesicht auf die leichtfertige Musik und das ungezügelte Lachen und Rufen, das aus dem Hause drang. Zum erstenmal schämte sich Sallum, im Dienst des Kronprinzen zu stehen. Er wandte sich um und ging ins Haus hinein.

Während der Kronprinz mit seiner Begleitung nach Samaria jagte, rang der König mit dem Tode. Ein Öllämpchen führte einen verzweifelten Kampf mit dem Nachtwind, der zu einem kleinen Fenster hereindrang. Der König lag regungslos. Seine Wangen waren tief eingesunken. Der schmale, schwarze Kinnbart und die Wangenhaare hoben sich scharf von der Blässe des Gesichts ab. Die geschlossenen Augen lagen tief in den Höhlen.

Zum letztenmal bestürmte den sterbenden König sein Gewissen. Ach, er hatte in den kriegerischen Jahren seiner Regierung mehr als hundertmal große und mächtige Stadtmauern, eigene und fremde, unter dem Donner der Rammböcke zusammenbrechen sehen. Er wußte, wie es im Herzen der Verteidiger aussah, wenn die stürmenden Feinde in der Bresche erschienen. Oft hatte er gemeint, er habe die Enge und Verzweiflung, die dann das Herz

umklammerte, mit dem kriegerischen Kleid ausgezogen. Doch jetzt auf dem Sterbebett — jetzt kehrte sie verstärkt zurück. Selbstgerechtigkeit umgab sein Herz bisher wie eine uneinnehmbare Mauer. Jetzt brach sie unter den Rammstößen seines Gewissens zusammen. Kalter Schweiß trat dem Sterbenden auf die Stirn. „Amos! — — Amos!" ächzte er. Eine alte Dienerin nahte sich dem König, hob aber nur verständnislos die Schultern. Dem König trat die Gestalt des Propheten vor die Augen. „Hätte ich doch auf ihn gehört! Jetzt ist es zu spät! Und es ist alles vergeblich!" — Das große Reich, das er mit dem Schweiß und dem Blut Unzähliger geschaffen hatte, war es jetzt mehr als ein Häufchen Spreu, das der Sturmwind in alle Winde zerstreute? Niemand war da, dem der Sterbende die erschütternde Bilanz seines Lebens mitteilen konnte. „Holt Amos! — — — Amos!"
Der Kronprinz trat zusammen mit dem Hauptmann Sallum in das Sterbezimmer. Die Wächterin trat unterwürfig an den Königssohn heran. „Der König ruft nach dem Propheten Amos, Herr!" Sacharja sah zuerst die Dienerin, dann Sallum verständnislos an. Dann schüttelte er den Kopf. Der Kronprinz trat zum Lager des Sterbenden. Tiefe Resignation lag auf dem Gesicht des Königs. Mit einem Blick voll abgründiger Verzweiflung schaute der sterbende Herrscher auf seinen Sohn und Nachfolger. Er hatte nichts für ihn zu hoffen. Nicht nur, daß Sacharja schlecht auf sein Amt vorbereitet war, viel fürchterlicher klang in den Ohren des Sterbenden das Wort des Amos:

„Gegen das Haus Jerobeam
erhebe ich mich mit dem Schwert!"

Er hing noch an diesem Wort, als ihn schon sein Geist verließ: „Mit — dem — Schwert! — — — Mit — — dem — — Schwert!" — Das Morgenrot stieg über den Bergen des Ostjordanlandes auf. Der König war tot.

Eine Stunde nach Sonnenaufgang traf der Major Judi in der ‚Scheol' ein. Er rief die Fronvögte zu sich. „Befehl des Kanzlers Benaja! Der vor sieben Tagen gebrochene Steinquader, den der König selbst zu seiner Grabplatte bestimmt hat, muß sofort in die Streitwagengarnison gebracht werden!"

Endlich war der Stein hochgehoben. Die Last ruhte auf den schweratmenden Sklaven. „Los!" Langsam und unsicheren Schritts setzten sich die 16 Träger in Bewegung. Unter der Last keuchend, hielten sie dem König auf ihre Weise eine Totenrede. „Uns schindet der König über seinen Tod hinaus!" — „Fluch dem König — schreib' ich auf diesen Stein — — dreimal Fluch!" — „Fluch, weil er Schuldlose in den Steinbruch schicken ließ!" — „Fluch!!" — „Fluch, weil er duldete, daß man die freien Bauern der Ebene Jesreel zu Sklaven gemacht hat!" — „Fluch!!" — „Fluch, weil er Zattai und seine Genossen tötete!" — „Fluch!!"

Der Kanzler Benaja trat an das Nordfenster des Königspalasts. Bleichen Gesichts schaute der sonst so selbstsichere Mann auf die Straße hinunter. Er kam gerade vom Totenbett des Königs. Zwar rechnete der Kanzler seit Tagen mit dem Tode seines Herrn. Dennoch hatte ihn die Todesnachricht zum Erzittern gebracht. Seit dem Amtsantritt Jerobeams II. hatte er ihm gedient. Zuerst als Offizier in den Kriegen gegen die Aramäer, dann als Kanzler. Der König faßte keinen Entschluß, den er nicht vorher mit Benaja beraten hätte. Was jetzt aber? Benaja mußte damit rechnen, daß Sacharja, der neue König, den Haß, den er bisher gegen seinen Vater hegte, jetzt auf ihn übertrug. Das Geringste, was er dem bisherigen Kanzler zufügen konnte, war, daß er ihn entließ. Doch Benaja mußte mit Schlimmerem rechnen.
Aber nicht nur sein eigenes zukünftiges Schicksal ließ Benaja erzittern. Er holte aus seinem Gewand ein kleines Tontäfelchen, kaum größer als seine Handfläche. Es zeigte in einem Relief Tiglatpileser III. von Assyrien, der vor einem Jahr den Thron bestiegen hatte. Die israelitischen Spione, von Benaja fürstlich bezahlt, sagten über den Charakter des Großkönigs, daß er voll hochfahrenden Stolzes und unbeschreiblicher Grausamkeit sei. Das Relief bestätigte beides. Der Kanzler hob es gegen das Morgenlicht. Diese majestätisch in die Ferne gerichteten Augen! Die energisch hochgewölbten Nasenflügel! Der herrisch geschlossene Mund! Aber es war nicht nur dieses Herrscherbildnis, was Benaja beunruhigte. Er besaß genaue Nachrichten darüber, daß Tiglatpileser III. seit seinem Amtsantritt bereits das Heer verdoppelt hatte und daß er vor allem die schnellen Truppen, Reiterei und Streitwagenwaffe, unablässig verstärkte. In den staatlichen Werkstätten wurde Tag und Nacht an neuen Modellen von Sturm-

böcken und anderen Belagerungsmaschinen gearbeitet. Dies und die Manöver um Ninive, die samt und sonders auf Vorwärtsstrategie ausgerichtet waren, deuteten unabweisbar darauf hin, daß der Großkönig im Süden seines Reiches offensiv werden wollte. Schon beobachtete man in Nordsyrien verdächtige Truppenkonzentrationen.

Benaja seufzte. „Und gerade jetzt mußte Jerobeam II. sterben, jetzt, wo nach fast vierzigjähriger politischer Windstille alle Anzeichen auf einen früher oder später losbrechenden Sturm hindeuteten! Gerade jetzt hätte das Reich seine feste Hand und seine Erfahrung gebraucht!" Dazu beunruhigten den Kanzler die Worte des Königs: „Benaja, es kann sein, daß sich die Worte des judäischen Hirten wortwörtlich erfüllen!"

Jetzt bogen die Sklaven mit dem Totenstein in die Königsstraße ein. Benaja beobachtete die von der Schwere der Last gekrümmten Leiber der Männer. Umso wuchtiger wirkte auf ihn der grauweiße Totenstein. Dieser für die Ewigkeit geschaffene Stein sollte auch noch in fernen Zeiten vom Ruhm des Königs Jerobeam II. zeugen. Und zwar mit den Worten, die sein Kanzler prägte. Benaja ging in sein Amtszimmer und schritt sinnend auf und ab.

Am dritten Tag wurde der König in feierlichem Zuge zu Grabe getragen. Als man bei den Königsgräbern an der Südseite der Stadtmauer angekommen war, trat der Kanzler vor und las den Text, der auf der Grabplatte stand:

„Jerobeam II., König von Israel!
Das von den Aramäern gedemütigte und zerstörte Reich
hast du zum Blühen gebracht.
Das Verlorene hast du zurückerobert,
die Feinde geschlagen
und das Reich mächtiger gemacht,
als es einst zu Davids Zeiten war.
Lo-dabar hast du genommen
und Karnaim.
Sieger in hundert Schlachten —
Kämpfer, König, Held!
Aber nicht nur das Schwert führtest du.
Unter dir blühte der Handel!

Unter deinem Zepter gedieh die Kunst!
Vor dir beugen wir uns voll Dank."

Als der Kanzler geendigt hatte, wurde der Sarg durch eine schmale Türe in den Hauptraum getragen. An dessen Südseite befanden sich drei Grabkammern. In der mittleren wurde der König beigesetzt und hierauf das Grab mit dem Totenstein verschlossen.

Der Oberst Sallum wollte sich schon zur Ruhe legen, als an seiner Tür geklopft wurde. Er warf sich einen Mantel über die Schultern und rief: „Wer ist da?" — „Freunde!" — Der Oberst stieß den schweren Riegel zurück und öffnete die Tür.

Vor ihm standen die Sklaven Eder und Jagur. Eder stammte wie Sallum aus Jokneam. Sie waren Jugendfreunde. Und diese Freundschaft war nicht zerbrochen, obwohl die Lebenswege der beiden Männer weit auseinandergelaufen waren. „Eder, du?" fragte der Oberst bestürzt. „Und in welchem Zustand?" — „Ja, ich", sagte Eder tonlos und zog die Tür hinter sich zu. „Das ist Jagur, mein Leidensgenosse." — „Was kann ich für euch tun?" — „Sallum, Freund, ich bitte dich im Namen aller Sklaven, ich bitte dich im Namen aller rechten Israeliten, hilf uns das Joch Sacharjas abschütteln. — Jerobeam II. lastete wie ein Totenstein auf uns. Aber Sacharja zerschmettert uns, wie drei Totensteine es tun. — Hilf uns, Oberst Sallum!"

Der Oberst wich zurück. Er zog seinen Mantel fester um sich. „Ja", sagte er dann dumpf, „das ist Sacharja. Ich verabscheue ihn. Darum habe ich ihn verlassen und dieses Streitwagenregiment übernommen." Dann schüttelte er sich. „Warum kommt ihr aber zu mir? Was ihr verlangt, ist mir unmöglich! Ich kann nicht Königsmörder sein wie Baesa, Simri, Omri und Jehu! Das kann ich nicht!"

Eder trat nahe an den Oberst heran: „Weißt du, daß seit heute dein Vater im Kerker liegt und mit dem Todesurteil rechnen muß?" — Sallum sprang auf: „Mein Vater?" — „Ja, dein Vater! Er gehörte zu der Abordnung, die heute den König darum bat, die Lasten der Sklaven zu verringern. Von den Stufen des Throns weg wurde er in den Kerker geschleppt! Dieser dreifache Totenstein wird deinen Vater als ersten zermalmen!"

Lange bedeckte der Oberst sein Gesicht mit beiden Händen. Dann stand er auf und legte seine Hand auf Eders Schulter: „Gut. Ihr könnt mit mir rechnen!"

Ein Reiter jagte auf der Straße Samaria — Jibleam durch die Frühlingsnacht. Er sah nicht den Mondschein, roch nicht den süßen Duft, der aus unzähligen Blütenkelchen strömte. Sein Gesicht unter dem schwarzen Haar war ernst. Eine erhebliche Strecke vor dem Tor der Stadt bog er von der Straße ab und führte sein Pferd am Zügel zum östlichen Seitentor. Es öffnete sich ihm sofort. Der Wächter grüßte sehr ehrerbietig. „Ist er da?" — „Er ist da!" — „Gut!"— „Er kam heute in der Frühe zu Beginn der dritten Nachtwache!" — „Warte hier auf den Hauptmann Akub und den Oberst Asna. Führe sie sofort zu mir!" — „Es soll geschehen!" Der Wächter verneigte sich.

Der Reiter verschwand in einer dunklen Hofeinfahrt und befand sich bald in dem unteren Raum eines unbeleuchteten Hauses, das durch eine schmale Straße von dem Dirnenhaus getrennt war. Der Oberst Sallum prüfte zuerst, ob die Tür, die auf die Straße hinausführte, nicht verschlossen war und sich ohne Geräusch öffnen ließ. Dann stellte er sich an das kleine Fenster, das den Blick auf den Eingang des Dirnenhauses freigab.

Wie so oft, war der König auch heute dort. Er war der Dirne Ukkam verfallen. Und nur deshalb konnte das Ungeheuerliche geschehen, das der Oberst Sallum im Schild führte. Seit seiner Krönung ging der König nicht mehr aus dem Haus, ohne von seinen Leibwächtern, den „Gileaditen", umgeben zu sein. Ein Attentat war ausgeschlossen. In Samaria flüsterte man: „Er tut das, weil er das Prophetenwort fürchtet:

> ,Gegen das Haus Jerobeam
> erhebe ich mich mit dem Schwert!'"

Nur nach Jibleam pflegte der König ohne Leibwächter zu gehen. Leise Schritte rissen Sallum aus seinen Gedanken: „Bist du es, Asna?" — „Ja, ich bin es, König Sallum!" — „Laß das, Asna, ich bitte dich! — — Geht alles nach unsrem Plan?" — „Ja. Megiddo ist schon auf dich vereidigt. Im Morgengrauen besetzt eine meiner Streitwagenabteilungen Jesreel und nimmt die Offiziere gefangen, die dir nicht huldigen! — Menahem steht auf unsrer Seite. Er hat mir sein Ehrenwort gegeben!" — „Ich danke dir! — In Samaria vertritt mich Oberst Kahal. Sobald er unser Feuerzeichen sieht, besetzt er die Burg und nimmt den Feldhauptmann Kain und den Kanzler Benaja gefangen. Alles weitere erledige ich, wenn ich gegen Mittag dort sein werde!" —

Jetzt kam der Hauptmann Akub. „Zur Stelle!" — „Ist alles für das Feuersignal vorbereitet?" Sallum ließ kein Auge vom Dirnenhaus. „Im hinteren Raum brennt bereits die Fackel, mit der wir das Zeichen auf den Bileamberg hinaufgeben werden."

Sallum gab keine Antwort mehr. „Hörst du etwas, Asna?" Schwere Tritte hallten vom Dirnenhaus herüber. „Sobald er das Haus verläßt und uns den Rücken zukehrt ...!" Alles weitere spielte sich in Sekundenschnelle ab. Der König verließ das Haus. Lautlos hetzten die Verschwörer dem König nach. Dreimal stachen sie auf ihn ein: „Das ist für meinen Vater! — Und das für die Sklaverei in der ‚Scheol'! — Und das für die Ebene Jesreel!" — — — Der König war tot!

Die Dirne Ukkam warf die Tür mit gellendem Angstschrei hinter sich zu. Der Hauptmann Akub eilte mit der Fackel auf das Dach des Hauses und schwang sie wie ein Besessener im Kreis. Sofort flammte auf dem eine halbe Stunde entfernten Bileamhügel ein Holzstoß auf. Sekunden später brannte zehn Kilometer südwestlich auf dem Dothanberg ein Feuerzeichen.

Währenddessen stand der Oberst Kahal fiebernd vor Aufregung auf dem Omriturm und spähte zur Burkahöhe hinüber. Jetzt! — Das Feuerzeichen! Ein Kommando Kahals sprengte die Türen der Burg, überwältigte die Wachen und nahm den Kanzler Benaja gefangen. Heisere Schreie kämpfender Männer. Gellendes Rufen flüchtender Frauen. Im ganzen Palast flammten die Lichter auf. Feldhauptmann Kain fiel nach heftigem Kampf. Eine andere Abteilung besetzte das Omritor. Schon nach einer halben Stunde kehrte wieder Ruhe in der Stadt ein. Kahal war Herr der Lage und wartete auf den König.

„400 000 Silberschekel! — 460 000! — 660 000! — 810 000! — 910 000! — 950 000! — — — — 120 000! 120 000!" murmelte der Großkaufmann Immer vor sich hin. Schwer fiel dann seine Hand auf das Hauptbuch der Firma, aus dem er diese Zahlen abgelesen hatte. „950 000! — — — — 120 000!" Es ging schon auf Mitternacht zu, und der Großkaufmann saß immer noch in seinem Büro. „120 000!" Er stand auf, ging durch den Innenhof, schritt die Auffahrt hinunter und schaute die Getreidegasse hinauf. „Sie kommen noch nicht!" Immer ging wieder zurück und setzte sich an den Schreibtisch. „120 000! 120 000!" Die gefalteten Hände vor der Stirn, so saß er da. Dann glitt der Zeigefinger seiner Linken die Zahlenkolonne entlang. —

„400 000! — Das war der Besitzstand der Firma, als ich sie übernahm. Damals war noch Jerobeam II. König. Gepriesen sei er!" Königsmacht und Königsschicksal spiegelten sich im Hauptbuch der Firma Immer Ben Josef wider. „Jerobeam II. war ein mächtiger König! — Sallum? — Pfui! Ein Armenkönig! Dieser Verrückte wollte nach den Grundsätzen des Amos regieren! Nach einem Monat war er tot!"

Der Finger des Großkaufmanns glitt weiter. „460 000! Besitzstand der Firma nach dreijähriger Regierungszeit Menahems, der Sallum ermordet hatte. Und nach sieben Jahren 660 000!" Immer blätterte in einer Mappe, die die wichtigsten Geschäftspapiere enthielt. — „Herr Großkaufmann! Sie haben gehört, daß der Assyrer Tiglatpileser III. in Nordsyrien eingefallen ist. Das ist nur der Anfang einer Großoffensive, deren Ziel die Unterwerfung aller Reiche des Westens, einschließlich Ägyptens, ist. Wir müssen uns wappnen! Wir brauchen notwendig eiserne Speerspitzen, eiserne Räder, eiserne Helme, eiserne Rüstungen! Ich nehme an, daß auch Sie zum Wohle des Reiches tätig sein wollen! — Gegeben im vierten Jahr des Königs Menahem." — Immer kaufte daraufhin in der Beka, nordöstlich des Sees Genezareth, eine Erzgrube und stieg groß in das Rüstungsgeschäft ein.

„810 000!" Menahem hatte die Absichten des assyrischen Großkönigs richtig eingeschätzt. Seine Truppen stießen unaufhaltsam weiter vor und eroberten Stadt und Staat Hamath am Orontes.

Vorausabteilungen überschritten mordend und brennend sogar die Nordgrenze Israels. Menahem entschloß sich, die drohende Gefahr durch eine Tributzahlung abzuwenden. 1000 Talente Silber mußte er dem raubgierigen assyrischen Bären in den Rachen werfen. Aber diese Summe wurde zu gleichen Teilen auf die 60 000 kriegsdienstpflichtigen Männer Israels umgelegt. Die Firma Immer Ben Josef spürte die Abgabe darum nicht.

„910 000!" Die assyrischen Armeen drangen immer weiter nach Süden vor. Wochenlang sah man sie auf der Straße Merom — Megiddo nach Süden auf Philistäa zumarschieren. Bei Nordwestwind hörte man in Samaria das dumpfe Rollen der Streitwagenabteilungen und das nervenzermürbende Knarren der Belagerungsmaschinen. Der Kapitalzuwachs der Firma beruhte auf Weizeneinkäufen des israelitischen Heeres und Angstkäufen der Bevölkerung. Man roch den Krieg. Gaza fiel. Der König Hanun floh nach Ägypten. Der wahnsinnige Iskai aber rezitierte im Tor zu Samaria:

„So spricht der Herr:
Wegen der drei Freveltaten von Gaza,
wegen der vier nehme ich es nicht zurück:
Weil sie ganze Dörfer weggeschleppt haben,
um sie an Edom auszuliefern.
Ich lasse Feuer los
wider die Mauern von Gaza, daß es seine Paläste verzehre.
Ich rotte aus die Bewohner aus Asdod
und den Zepterträger aus Askalon
und kehre meine Hände wider Ekron,
daß auch der letzte Philister umkommt,
spricht der Herr!"

Die Versammelten erinnerten sich noch gut an jenes Siegesfest vor zwanzig Jahren. Welch ein Jubel brach damals nach diesen Worten aus! Jeder wünschte, daß der Herr diese Tat schnellstens ausführe! Aber jetzt . . .? Eisiges Schweigen!

Immer war tief in seine Gedanken versunken. Plötzlich schreckte er zusammen. Schritte? Er stand auf und eilte zur Tür. Eine alte Frau trat ein, Michal, Immers Mutter. Von ihrer früheren Schönheit war ihr nicht mehr viel geblieben. Josefs Tod hatte sie

schwer getroffen. Und Jussa! Jussa . . .! Michal holte eine Lampe.
Dann verließ sie den Raum wieder still wie ein Schatten.
„950 000 Silberschekel! — — Jussa! Mein Bruder Jussa!" — Immer
blätterte im Aktenheft. Da war das inhaltsschwere Schreiben.
„. . . müssen wir Ihnen leider die traurige Mitteilung machen, daß
Ihr Bruder Jussa im Kampf mit judäischen Grenztruppen gefallen
ist. — Im Hauptquartier zu Bethel. Pekah, König von Israel." —
Pekah hatte Pekaja, den Sohn Menahems ermordet. Zusammen
mit Rezin, dem König von Damaskus, wollte er dem weiteren
Vordringen der Assyrer wehren. Als sich Ahas, der König von
Juda, weigerte, diesem Bund beizutreten, wollten sie ihn mit
Waffengewalt stürzen. Aber Ahas rief die Hilfe des assyrischen
Großkönigs gegen die Angreifer an. Als dieser mit seinen Heeren
gegen Damaskus zog, mußten Rezin und Pekah ihre Absichten
aufgeben. Auf diesem mißglückten Kriegszug mußte Jussa sein
Leben lassen.

„950 000 Silberschekel! 950 000! — — — 200 000! 200 000! —
750 000 Silberschekel Verlust!" — Ach, wären es nur diese 750 000
Silberschekel gewesen!! Immer blätterte in den Papieren. „Unsre
Division steht seit zwei Wochen in schweren Abwehrkämpfen
gegen die Assyrer in Galiläa. Unsre Verluste sind sehr groß.
Hundertschaften zählen noch zehn, Tausendschaften noch hundert
Mann! Leider müssen wir Ihnen die schmerzliche Nachricht über-
mitteln, daß auch Ihre beiden Söhne gefallen sind!"
Immer preßte die Hände vor das Gesicht. Noch hörte er, wie der
wahnsinnige Iskai auf der Straße sang:

„Ach höret doch,
ihr vom Haus Israel,
dieses mein Klagelied!
Gefallen ist
die Jungfrau Israel
und keiner hilft ihr auf.
Sie traf das Schwert.
Jetzt liegt sie blutend da
und niemand steht ihr bei.
Denn so spricht der Herr zum Hause Israel:
Die Stadt, die tausend Mann in den Kampf sendet,
behält hundert übrig.

Und die Stadt, die hundert Mann in den Kampf sendet,
behält zehn übrig."

Dieser Schlag erschütterte die Firma in ihren Grundfesten. Zwei
hoffnungsvolle Söhne verloren! Verloren die Erzgrube in der
Beka! Verloren alle Besitzungen in der Ebene Jesreel! Jelek da-
hin! Das Sommerhaus dahin! — Immer raufte sich verzweifelt
Haare und Bart. — Seine Schwester Judith war damals gerade in
Jelek. Mit knapper Not konnte sie entrinnen. — Immer stöhnte.
— — Aus Bethel trafen schreckliche Nachrichten ein: Das Heilig-
tum zerstört! Die Söhne und Töchter des Oberpriesters bei der
Eroberung der Stadt getötet! Amazjas Frau — schändlich entehrt!
Der Oberpriester selbst — gefangen und deportiert!
„120 000!" Damaskus ist gefallen!! Verloren die Niederlassungen
der Firma in dieser Stadt!

> „So spricht der Herr!
> Wegen der drei Freveltaten von Damaskus,
> wegen der vier nehme ich es nicht zurück:
> Weil sie Gilead mit eisernen Schlitten gedroschen haben.
> Ich lasse Feuer los gegen das Haus Hasaels,
> daß es Benhadads Paläste verzehre.
> Ich zerbreche den Riegel von Damaskus
> und rotte aus die Bewohner aus Bikath-Awen
> und den Zepterträger aus Beth-Eden
> und nach Kir in die Verbannung muß das Volk Arams,
> spricht der Herr!"

Jeder wußte, wie das Lied weiterging:

> „Wegen der drei Freveltaten Israels,
> wegen der vier . . ."

Rabba, die Hauptstadt der Ammoniter, fiel. Iskai sprach mit
matter Stimme:

> „So spricht der Herr:
> Wegen der drei Freveltaten der Ammoniter,
> wegen der vier nehme ich's nicht zurück:
> Weil sie die Schwangeren von Gilead töteten,

um ihr Gebiet mit Schrecken zu erweitern.
Ich lege Feuer an die Mauern von Rabba,
daß es seine Paläste verzehre,
beim Kriegslärm am Tage der Schlacht,
beim Wetter am Tage des Sturms.
Der König zieht mit den Verbannten dahin,
mitsamt seinen Fürsten,
spricht der Herr!"

Der Wahnsinnige wollte weiterreden:

„So spricht der Herr:
Wegen der drei Freveltaten Israels
wegen . . ."

„Schweig, Totenvogel!" schrie Immer.

Einen Monat später trafen Flüchtlinge aus Moab ein. „Die Assyrer
haben Moab genommen und die Königsgräber geplündert!!"

„So spricht der Herr:
Wegen der drei Freveltaten von Moab,
wegen der vier nehme ich es nicht zurück:
Weil sie die Gebeine des Königs von Edom
mit Kalk verbrannten.
Ich lasse Feuer los wider Moab,
daß es die Paläste von Kerijoth verzehre;
und Moab kommt um im Getümmel,
beim Kriegslärm, beim Schall der Sturmposaune.
Ich vertilge den Herrscher aus seiner Mitte,
und mit ihm töte ich all seine Fürsten,
spricht der Herr!"

Und das Ende vom Lied?

„So spricht der Herr:
Wegen der drei Freveltaten Israels,
wegen der vier nehme ich es nicht zurück:
Weil sie den Unschuldigen um Geld verkaufen
und den Armen wegen einem Paar Schuhe . . ."

Da klopfte es leise an die Außentür des Palastes. „Das ist er!" Immer eilte durch den Innenhof und öffnete. Der König trat ein. Er war nur von einem einzigen Offizier begleitet, dem Hauptmann Amer. Das blasse Gesicht des Herrschers war von einem dichten Bart umrahmt. Aus tiefen Höhlen blickten scheue Augen. „Sind wir ohne Zeugen, Immer?" — „Es kann uns niemand belauschen, mein König." — „Sind die ägyptischen Unterhändler schon da?" — „Noch nicht. Aber sie müssen jeden Augenblick kommen!"

Immer benutzte die Zwischenzeit, um den schwankenden König zu beeinflussen: „Versichern Sie sich der Hilfe der Ägypter!" sagte er beschwörend. „Was können wir ihnen für ihren Beistand gegen Assur bieten?" — „Unsre Bündnistreue! Tribut! — Nur nicht in der Höhe, wie wir ihn bisher den Assyrern zahlten. Das würde uns zugrunde richten." — „Wir treiben ein gewagtes Spiel, Immer. Was werden die Assyrer tun, wenn sie von unsren Geheimverhandlungen erfahren?" — „Sie mögen tun, was sie wollen, mein König! Ich bin überzeugt, daß es im eigenen Interesse der Ägypter liegt, uns in diesem Fall mit ihrer ganzen Macht beizustehen!"

Vom Innenhof her hallten Schritte. Zwei schlankgewachsene Offiziere betraten den Raum. Im Gegensatz zu den Israeliten waren die Ägypter bartlos. Sie sprachen beide aramäisch, so daß es keine Verständigungsschwierigkeiten gab. Ehrfürchtig begrüßten sie den König, sodann den Großkaufmann und den Hauptmann Amer. Dann übergab einer der Offiziere dem König eine längliche Lederhülse.

Hosea öffnete sie hastig. Er las halblaut. Jedermann im Zimmer konnte seine Worte verstehen: „Mein königlicher Bruder! — Wir haben Deine Unterhändler in Unserem Hauptquartier zu Kadesch empfangen. Du verstehst, daß in einer Zeit, in der Assur die ganze Welt frevelhaft mit Krieg überzieht, viele Völker Hilferufe an Uns richten. Wir können nicht jeder dieser Bitten entsprechen. Aber Deine Bitte, königlicher Bruder, konnten wir nicht abschlagen. Du bist das äußerste Bollwerk im Norden, das den Ansturm der verbrecherischen Armeen des assyrischen Großkönigs erdulden muß und dem schon schwere Wunden geschlagen sind. Darauf achtend, versichern Wir Dir, daß Wir Dir im Falle eines neuen Angriffs auf Dein jetziges Staatsgebiet mit allen Unsren

Kräften beistehen werden. Die beiden Obersten Anath und Karnak sind von Uns ermächtigt, mit Dir die genauen Bedingungen eines gegenseitigen Bündnisses Unserer beiden Staaten auszuhandeln. — Gegeben im Hauptquartier zu Kadesch, im sechsten Jahr Unsrer Regierung. Der Pharao."

Der König ließ das Papier sinken und blickte zuerst Immer, dann die beiden Unterhändler an: „Was fordert Ägypten?" Lächelnd erwiderte der Oberst Anath: „Ägypten fordert nicht! Es macht Ihrer Majestät ein Angebot." Der Offizier zeigte auf das Schreiben des Pharao. „Wie sieht es im einzelnen aus?" fragte der König. Der Oberst Karnak las von einem vorbereiteten Blatt ab, zu was sich Ägypten verpflichtete. — „Erstens: Wenn die Assyrer das jetzige Staatsgebiet Israels, das sich im wesentlichen auf die Provinz Samaria beschränkt, angreifen, so sieht Ägypten darin einen Angriff auf sich selbst und befindet sich darum automatisch im Kriegszustand mit Assur. — Zweitens: Sofort nach Eintreten des Falles X entsendet der Pharao zwei Kampfgruppen. Die Kampfgruppe A dient der Verstärkung der Festung Samaria. Sie unterstellt sich mit dem Betreten der Stadt dem jeweiligen Festungskommandanten. Kampfgruppe B wirft die assyrischen Eindringlinge auf ihre Ausgangsstellungen zurück. — Drittens: Darüber hinaus verspricht Ägypten einem bündnistreuen Israel feierlich, daß der Pharao nicht ruhen wird, bis das Staatsgebiet Israels in dem Umfang wiederhergestellt ist, den es einst zur Zeit Jerobeams II. gehabt hat!" — Der Offizier schwieg.

„Ich danke dem Pharao, daß er unsre Sache zur seinigen gemacht hat. Mir scheint nur die tatkräftige Hilfe Ägyptens im Ernstfalle etwas weit entfernt zu sein. Von Kadesch bis nach Samaria braucht man selbst bei Eilmärschen mindestens vier Tage. Der Assyrer aber kann von seinen jetzigen Stellungen aus in vier Stunden meine Hauptstadt einschließen!" Immer unterstützte den König: „Herr Oberst, bitte legen Sie eine Kampfgruppe sofort nach Samaria! Wir kommen für Verpflegung und Sold auf!" Karnak zog die Augenbrauen hoch: „Das ist gänzlich ausgeschlossen, mein Herr. Würden wir das tun, so befänden wir uns sofort im Krieg mit Assur. Außerdem würden wir vor der Weltöffentlichkeit als Kriegsverbrecher dastehen. Diesen Ruhm möchten wir gern Assur allein überlassen. Wir sind eine friedliche Nation!" Dann fuhr er fort: „Aber wir könnten die Kampfgruppe A nach Raphia vorziehen und sie auf Streitwagen nach Samaria werfen, sobald der Fall X eintritt. Sie könnte dann in dreißig Stunden vor der Stadt erscheinen. Was tut's, wenn die Stadt schon belagert ist? Dann fällt die Kampfgruppe dem Feind in den Rücken!" — Diese Auskunft beruhigte den König und den Großkaufmann einigermaßen.

„Welchen Tribut fordert Ägypten?" — „Ägypten ist eine reiche Nation, mein König, und legt seinen Bundesgenossen keinen Tribut auf. Sie, mein König, können selbst entscheiden, was Sie zur Erhaltung des Friedens beisteuern wollen." — Der König sah den Großkaufmann fragend an. Dieser sagte: „Ist Ägypten mit einer jährlichen Beisteuer von 200 000 Silberschekeln einverstanden?" — Das war genau die Hälfte dessen, was Israel bisher an Assur bezahlt hatte. Die beiden Offiziere notierten sich die Zahl und nickten. Dann sagte der Oberst Anath: „Das ist der Beitrag Israels zur Erhaltung des Friedens. Hinzu kommen die bei Bündnissen üblichen Verpflichtungen: Abstimmung der Politik mit dem Pharao. Keine Bündnisse mit dritten Staaten. Freier Durchmarsch unsrer Truppen durch israelitisches Staatsgebiet und deren freie Verpflegung aus Mitteln des Landes!"
Eine Stunde vor Sonnenaufgang unterschrieben der König und die Abgesandten des Pharaos den Vertrag.

Wenige Tage darauf, es war im neunten Jahr der Herrschaft Hoseas, erschien die Gesandtschaft des assyrischen Großkönigs wie seither in jedem Jahr, um den Tribut zu holen. Die feierliche Zeremonie der Tributübergabe wurde bisher im Thronsaal vollzogen. Die Abgesandten des Großkönigs stutzten, als ihnen der König mit großem Gefolge bereits im Innenhof entgegentrat. Außer dem Oberpriester Cohen war niemand mehr in seinem Gefolge, der noch unter Jerobeam II. gedient hatte.
Die Assyrer deuteten vor dem König eine Verbeugung an. „Im Namen des Großkönigs! Wir fordern den Tribut, den Ihr ihm als sein Untertan schuldig seid!" — Der König erwiderte kühl: „Erklärt eurem Herrn, daß wir nicht mehr willens sind, ihm Tribut zu zahlen!" Die assyrischen Offiziere blickten sich verwundert an. Hatten sie recht gehört? Dieser Zaunkönig wagte es, gegenüber den Abgesandten des Herrschers der Welt im trotzigen Tone zu reden!! — „Im Namen des Großkönigs! Wir fordern von Euch den Tribut, den Ihr ihm als Lehensmann schuldig seid!" — „Ich habe mein Land nicht als Lehen von eurem ‚Großkönig'. Wägt eure

Worte! Auch habe ich ihn nicht ins Land gerufen. — Wir zahlen keinen Tribut mehr!"

Der Wortführer der Assyrer geriet in Zorn: „Gebt den Tribut, sage ich Euch!" — Der König gab seinem Kanzler Nahas ein Zeichen. Der warf etwas Dunkles, Schwarzes, vor die Füße des wütenden Assyrers. Ein Hund! — Ein toter Hund!! — Beim Gott Assur! Das war noch nie dagewesen! — „Da habt ihr den Tribut! Nehmt ihn mit! Ich bitte euch! Gebt ihn dem Großkönig!" — — „Das wirst Du und Dein ganzes Volk bitter bereuen!!"

Die Nachricht von dem dramatischen Geschehen verbreitete sich mit Windeseile in der Stadt. Lähmende Angst. Sie mehrte sich, als die Soldaten der Streitwagengarnison und der Festungstruppe mit klirrenden Waffen durch die Straßen eilten und ihre Gefechtsplätze auf der Mauer einnahmen. Die Tore wurden geschlossen.

Immer traf auf der Königsstraße mit dem alten Oberpriester Cohen zusammen. „War dieser Bruch mit Assur nötig, Immer?" — „Dem König blieb keine andere Wahl. An diesen ständigen Tributzahlungen wären wir früher oder später zugrunde gegangen. Das sehe ich deutlich an meinen Bilanzen." — „Was werden die Assyrer jetzt tun?" — „Ich glaube kaum, daß sie uns angreifen werden. Ägypten steht auf unsrer Seite!" — „Ich habe davon gehört. — Gnade uns Gott, Immer!"

Vor dem Getreidegewölbe des Großkaufmanns drängten sich die Menschen. Der Handelsherr kannte dieses Bild nur zu gut. Angstkäufe! Zwei bärtige Alte redeten miteinander: „Jetzt haut der Assyrer los! Es geht uns, wie es den Philistern und Aramäern ging. Der Amos hat alles richtig vorausgesehen!"

Die Tage gingen vorüber. Nichts geschah. Die Angst legte sich. Spione kamen mit der Meldung zurück: „Keinerlei Unruhe, keinerlei Truppenbewegungen bei den Assyrern." Stadt und Land atmeten auf. Diejenigen, die dem König treu ergeben waren, rühmten seine Politik: „So muß man es machen! Man braucht nur fest zuzufassen, dann geben die Assyrer nach!"

Der König war mit einigen Offizieren auf Streitwagen unterwegs, um die Verteidigungsanlagen verschiedener Städte zu besichtigen. Die größte Sorge bereitete ihm Stadt und Festung Jibleam-Bileam. Sie war seit der Eroberung Galiläas und der Ebene Jesreel nördliche Grenzstadt und lag dem Lager der Assyrer am nächsten. Deshalb liefen aus dieser Stadt immer wieder Soldaten zu den Assyrern über, obwohl es noch zu keinem Kampf gekommen war. Der König wollte die Moral in diesem Eckpfeiler seines Verteidigungssystems durch einen Besuch stärken.

Der Kampfkommandant führte den hohen Besucher auf den Nordturm der Stadt. Die Augen des Königs wurden groß vor Schrecken, und er verstand auf einmal, warum gerade aus dieser Stadt so viele zum Feind überliefen. – Er sah das riesige Heerlager der Assyrer unter sich in der Ebene. Die Soldaten wimmelten im Lager durcheinander – zahlreicher als die Heuschreckenschwärme! Unzählige Rosse und Kamele. Das Wiehern der Pferde und das dumpfe Rollen der Streitwagen konnte man bis hierher hören.

Der Kampfkommandant schilderte erregt, welcher Anblick sich den Soldaten bei Nacht bot: Ein wahres Meer von Lagerfeuern breitete sich dann in der Ebene aus. – Der König erbleichte bei diesem Anblick. Diese ungeheure Masse wohlgeübter Soldaten! Dieser gewaltige Aufwand an Material! – Und was hatte er dem entgegenzusetzen? Der Angstschweiß brach ihm aus. – Und er hatte gewagt, diese Macht frevelhaft herauszufordern! –

Aber dann kam dem König der Wortlaut des Vertrags in den Sinn, den er wenige Wochen zuvor mit Ägypten geschlossen hatte. „Erstens: Wenn die Assyrer...! Zweitens: Sofort nach dem Eintreten des Falles X ...!"

Das nächste Ziel des Herrschers war Dothan. Als Hosea das Tor von Jibleam-Bileam durchfuhr, meldete ihm ein berittener Offizier der Festung: „Habe den Weg nach Dothan abgeritten. Er ist feindfrei. Eure Majestät können ihn ungehindert passieren!" –

Der König fuhr an der Spitze der Gruppe. Auf halbem Wege zwischen beiden Städten führte die Straße durch eine 500 Meter lange tiefe und enge Schlucht. Gerade war der Wagen des Königs in die Schlucht eingefahren. Da stürzten aus dem Heckengestrüpp beiderseits des Weges ungefähr fünfundzwanzig dunkelgekleidete Gestalten wie leibhaftige Teufel auf die Begleitung des Königs los. Ehe es sich die israelitischen Offiziere versahen, waren sie erschlagen oder lagen gefesselt am Boden. –

Erschreckt hielt der Lenker des königlichen Wagens an und blickte sich um. Dann schrie er schreckensbleich: „Lederjacken!" und schlug in hektischer Angst auf die Pferde ein. Fort sauste das Gespann, durch den Hohlweg hindurch, um dem König das Leben zu retten. Die Flucht schien zu glücken. Nur noch wenige Meter, dann war die gefährliche Schlucht durchfahren. Der König atmete auf.

Im selben Augenblick huschten schwarze Gestalten aus den Hecken beiderseits der Straße, sprangen die Pferde löwengleich an, hingen sich in die Zügel und brachten die sich aufbäumenden Tiere zum Stehen. Der König wurde von einem der schwarzen Teufel rücklings vom Wagen gerissen. Wenige Minuten später war er an Händen und Füßen gefesselt. Höhnisch blickte Oberst Uruk, Kommandeur der „Die Lederjacken" genannten assyrischen Elitedivision auf den Gefesselten.

An diesem Abend schien den Wachsoldaten auf den Mauern von Jibleam das Lager der Assyrer einem Hexenkessel zu gleichen. Ein Jubel, der die Erde erbeben machte, brandete zu den Furchtsamen hinauf.

An Händen und Füßen gefesselt, aber aufrecht, stand Hosea allein in dem Streitwagen, dessen Pferde von den „Lederjacken" am Zaume geführt wurden. Andere umgaben den Wagen mit einem dichten Kordon, sonst hätten die assyrischen Soldaten den gefangenen König in Stücke zerrissen. Totenblaß stand er auf dem Wagen und ließ Hohn und Spott über sich ergehen. Um seine Lippen zuckte es. Noch trug er um seine Stirn den goldenen Stirnreif der Könige von Israel. Oh, hätte er doch den Tod durch Mörderhand gefunden! Oder wäre er im Kampf gefallen! Beides schien Hosea ungleich leichter zu sein, als das, was er jetzt mitmachen mußte. Diese schmähliche Entehrung!!

Die „Lederjacken" kamen mit dem Gefangenen vor dem prunkvollen Zelt des Tartan an. Als der gefangene König das Zelt betrat, stand der Feldherr am anderen Ende von seinem Thron auf und schritt auf ihn zu. Ein leuchtend blaues Gewand hüllte den massigen Körper ein. Der lange, blonde Kinnbart war in viele kleine Zöpfchen geflochten. Eine golden leuchtende, nach oben zugespitzte Mütze bedeckte den Kopf. Einer der „Lederjacken" stieß Hosea in die Kniegelenke, daß er zu Boden sank. Der Tartan lächelte höhnisch. Er riß Hosea die Krone vom Haupt und zerstampfte sie auf dem Boden.

UNTERGANG

„Die Assyrer kommen! Die Assyrer . . .!" Alarmsignale vom Omriturm! Vom Ahabturm! Vom Josefsturm! — Tore fielen knallend zu. Riegel polterten. Waffen klirrten. Bleiche Gesichter. Angst. „Die Assyrer kommen!!"
Drei Tage nach der Gefangennahme des Königs Hosea stand die Heeresspitze der Assyrer auf der Steige südlich der Stadt. Fünf Tage lang mußten die Bürger Samarias sehen, wie das assyrische Hauptheer in das Tal um die Stadt herabströmte.

Abend des zweiten Tages. Ein Melder eilte vom Omriturm zum Ahabspalast, wo Feldhauptmann Usa, letztes Oberhaupt der Stadt, sein Hauptquartier eingerichtet hatte. „Meldung vom Kommandanten des Omriturms: Seit zwei Tagen strömen die assyrischen Fußsoldaten die Steige herab und überfluten das Tal vor uns. Es sind schätzungsweise 40 000 Mann!" — „Bewaffnung?" — „Bogen! Speere, Schwerter!"

Dritter Tag. „Der Kommandant des Ahabturms meldet: Wir haben bisher 200 Rammböcke und ebenso viele Sturmböcke gezählt! Die Sturmböcke sind mit Bogenschützen besetzt. Es ist noch nicht zu erkennen, wo sie Stellung beziehen wollen!"

Vierter Tag: „Meldung vom Kommandanten Südmauer-Mitte: Beobachte Aufmarsch von Belagerungsmaschinen in der Gegend der ‚Scheol'! Höhe zwölf bis fünfzehn Meter!"

Fünfter Tag. „Meldung vom Kampfkommandanten Jerobeamspalast: Unterhalb der Steige sammeln sich Schleudermaschinen in großer Zahl!"

Sechster Tag. Zwei Melder stürzen zugleich in Usas Quartier. „Meldung vom Kommandanten ‚Südmauer-Mitte': Assyrische Pioniere werfen einen zehn Meter hohen Wall auf, der im rechten Winkel auf die Mitte der Südmauer zuführt! Erbitte dringend Verstärkung!" — „Meldung vom Kommandanten der Nordmauer auf dem Josefsturm: Assyrische Pioniere werfen einen zehn Meter hohen Wall auf, der genau im rechten Winkel auf die Mitte der Nordmauer und damit auf den Josefsturm zuführt. Vermute, daß er Katapulte tragen und dem Sturmangriff dienen soll. Erbitte dringend Verstärkung!"

Immer stand auf dem Josefsturm. Das heisere Geschrei des wahnsinnigen Iskai drang bis zu ihm herauf:

„Sie verstehen nicht, das Rechte zu tun,
spricht der Herr.
Sie häufen Gewalttat auf und Unrecht in ihren Palästen.
Darum spricht der Herr also:
Der Feind wird rings dein Land durchziehen
und niedergerissen wird dir deine Schutzwehr
und geplündert werden deine Paläste.
Weil ihr den Geringen zertretet
und Abgaben vom Korn von ihm nehmt.
Wohl habt ihr Häuser aus Quadern erbaut,
doch ihr werdet nicht darin wohnen!
Wohl habt ihr köstliche Weinberge gepflanzt,
doch ihren Wein werdet ihr nicht trinken!"

„Das sind die Worte des Amos!" sagte ein Soldat unbedacht. Der Kaufmann sah den Sprecher so scharf an, daß dieser sofort verstummte. Dann knirschte er: „Dieser Wahnsinnige treibt es zu bunt. Mochte er in friedlichen Zeiten als unantastbar gelten. Jetzt ist er eine Gefahr für die Stadt. Er muß verschwinden!"

Siebter Tag. Morgengrauen. „Meldung vom Omriturm: Sichte auf den Höhen südwestlich der Stadt zwei assyrische Streitwagenabteilungen und vier Reiterregimenter!" — Usa atmete auf: „Die Assyrer rechnen mit dem Eingreifen unsrer Bundesgenossen!"

Mittag. „Meldung vom Kampfkommandanten ‚Südmauer-Mitte‘: Die Assyrer werfen entlang der ganzen Südmauer eine Erdböschung auf. Rechne mit Angriff."

Abend. Der Tartan rief alle höheren Offiziere in sein Kommandozelt. Neben dem Feldherrn stand der Stabschef Gilgam. „Meine Herren! Ich habe Sie bei mir versammelt, um mit Ihnen Kriegsrat zu halten.

Zuvor laßt hören, was mein Stabschef über die Lage zu sagen hat!" — „Der Aufmarsch der ersten assyrischen Armee gegen die Festung Samaria ist abgeschlossen. Die vom Tartan befohlenen Stellungen sind bezogen, die Wälle gegen die Mitte der Süd- und

Nordmauer weit vorgetrieben, die Böschung an der Südmauer aufgeworfen. Eine Sicherungsgruppe ist auf den Höhen südwestlich der Stadt in Stellung gegangen, da mit einem Eingreifen der Ägypter gerechnet werden muß."

„Das ist die Lage. Und Euer Rat?" Der Oberst Akkud sprach: „Allergnädigster Tartan: Ich möchte noch einmal vorbringen, was ich schon bei der ersten Inspektion dieser Festung gesagt habe." — „Sprich!" — „Weder Rabba, noch Damaskus, noch Kerijoth kommt Samaria gleich. Diese Stadt ist eine natürliche Festung und darum uneinnehmbar!" Der Oberst machte eine abwehrende Handbewegung gegen seine Kameraden: „Nein, ich bin nicht feig. Ihr wißt es. Aber an dieser Festung können wir uns die Zähne ausbeißen, wenn wir nicht mit Geduld zu Werke gehen! — Mein Rat ist: Lassen wir die Zeit für uns arbeiten! Erst aushungern! Dann stürmen!"

Der Stabschef sagte: „Das könnten wir wohl tun, Akkud, wenn die Ägypter nicht wären!" — „Wir schlagen ihr Hilfsheer mit der Hälfte unsrer Armee und lassen die andere Hälfte weiter die Stadt umklammern!" — Jetzt trat Uruk, Oberst der „Lederjacken-Division" vor: „Akkud hat recht! Wir können diese Festung nicht im Handstreich nehmen!" — Es meldete sich keiner der Offiziere mehr zu Wort.

Der Tartan sprach: „Ich danke den beiden Herren für ihren Rat. — Ich befehle: Morgen früh wird an der Südmauer ein Angriff auf das Omritor vorgetäuscht! Einzige Aufgabe: Wir müssen erreichen, daß die Belagerten das Tor öffnen und unsre Truppen verfolgen, die eine Flucht vortäuschen. Dann soll einer von Ihnen, meine Herren, sich in der Kleidung eines Israeliten in die Stadt einschmuggeln und Stärke und Stimmung der Besatzung auskundschaften. Auf den Ergebnissen dieser Erkundung will ich meine weiteren Entschlüsse aufbauen. — Wer meldet sich freiwillig? — Dieser Mann muß natürlich die Sprache des Feindes beherrschen!" — Uruk trat vor. „Ich danke Ihnen, Oberst! Wir erwarten Sie in der dritten Nacht zurück!"

Alarm! Alarm! — Aus dem Dunst im Tal lösten sich drei Sturmböcke und drei Rammböcke. Langsam fuhren sie den Hügel gegen das Omritor hinauf. Katapulte schleuderten Feuer und Steine in die Stadt. Der Feldhauptmann Usa und der Kanzler Nahas eilten auf die bedrohte Südmauer, um die Abwehrkämpfe zu leiten.

Im Schutze der Sturmböcke näherten sich assyrische Soldaten der Mauer. Sie wurden mit einem Hagel von Steinen und Pfeilen empfangen. „Der Rammbock brennt!" Das Ungetüm rollte rückwärts die Bohlenbahn hinunter und riß die gesamte Besatzung und die nachfolgenden Bogenschützen mit sich. Aber die beiden anderen Maschinen kamen bis an die Mauer heran. Und schon donnerte der Eisenstachel eines Rammbocks gegen das Mauerwerk. „Faßt ihn mit Ketten!" schrie der Feldhauptmann. Eine Kette wurde hinuntergelassen. Und als der Stachel des Rammbocks wieder gegen die Mauer fuhr, wurde die Kette hochgerissen. Der Stachel des Rammbocks blieb in ihr hängen. Die Israeliten jubelten! Wie ein gefangener Stier hing die Maschine an der Kette. Zehn, zwanzig, fünfzig der Verteidiger rissen den Rammbock an der Kette vorne hoch. Jetzt neigte er sich zur Seite und stürzte krachend um. Sich überschlagend rollte er den Hang hinunter. Neuer Kampfesmut beseelte die Verteidiger.

Usa gab einem Hauptmann der Schleuderer den Befehl zum Ausfall. Krachend flog das Omritor auf und eine Abteilung der Schleuderer stürmte heraus. Aber die Assyrer setzten sich mit größter Erbitterung zur Wehr. Das Handgemenge wurde so heftig, daß der Oberst unbemerkt in den Kleidern eines israelitischen Bauern die Fronten wechseln konnte.

Schon am ersten Tag konnte Uruk folgende Notizen machen: 3550 Bewohner, davon 1500 Flüchtlinge. 800 Mann Besatzung. — In den Magazinen lagern Vorräte für zwei Jahre. Rationen: Ein Zehntel Epha (3,61 Liter) Weizen für jeden Soldaten, ein Zwanzigstel für alle übrigen Bewohner. — Wasser: Omribrunnen, 60 Meter tief, unversiegbar!

Als Uruk von seinem Erkundungsgang zurückkam, mischte er sich unter die Menschen, die vor dem Getreidegewölbe Immers standen. Der Schmid Thubal höhnte: „Die Assyrer sind mit blutigen Köpfen abgezogen!" — Eder erwiderte: „Sie werden wiederkommen!" — „Wir dürfen mit der Hilfe der Ägypter rechnen!" — „Die werden gerade für uns die Kastanien aus dem Feuer holen!" — „Die Assyrer rechnen ja selbst mit einem Angriff der Ägypter! Schau doch hinüber auf die Höhen über der ‚Scheol'!" — „Sie werden vergeblich warten!" — „Mußt du immer schwarz sehen?" — „Ich sehe nicht schwarz! Ich bewahre mir nur einen klaren Kopf!" — „Klarer Kopf! Klarer Kopf! Willst du etwa klüger sein als unsre Propheten und Priester, diese Gottesmänner? Weißt du nicht, was der Prophetenvater Nabi sagt? Er hat den völligen Untergang Assurs geweissagt! Ich habe es selbst gehört. Der Tag des Herrn ist nahe!" — „Ich erinnere mich, daß ein anderer vor zwanzig Jahren den Untergang Samarias geweissagt hat. Und ein großer Teil seiner Weissagung ist schon in Erfüllung gegangen!" — „Daß du dir nur nicht dein Maul verbrennst! Du sprichst wie dieser wahnsinnige Alte, wie Iskai. Der Feldhauptmann hat ihn festnehmen lassen. Morgen findet der Prozeß gegen ihn statt!" — — „Die Wahrheit wird man doch noch sagen dürfen!" — „Die Wahrheit! — Miesmacher seid ihr! — Geht auf die Mauer und kämpft! Das wird besser sein!"

Am Nachmittag des anderen Tages drängte sich das Volk vor der breiten Treppe, die zum Ahabspalast hinaufführte. Der Kanzler Nahas führte den Prozeß. — „Es ist des Hochverrats angeklagt der ehemalige Richter Iskai. Er schwächt mit seinen Reden den Kampfgeist der Soldaten und die Widerstandskraft des Volkes. Ich bin für Haft während der Belagerung der Stadt! — Was sagen die stimmberechtigten Männer der Stadt?"

Als einziger meldete sich der Oberpriester Cohen zu Wort: „Bedenkt, daß Iskai wahnsinnig ist und daß solche Menschen bei uns seit alters den besonderen Schutz der Gottheit genießen!" Immer fuhr Cohen an: „Dies ist eine belagerte Stadt! Es geht um **Leben** oder Tod! Wenn wir diesen Mann frei herumlaufen und seine verworrenen Reden halten lassen, besteht die Gefahr, daß die Moral der Kämpfenden immer mehr nachlassen wird. Ich bin darum für die Strafe, die der Kanzler vorgeschlagen hat!"

Der Wahnsinnige schaute umher, als suche er jemand. Sein Blick blieb auf dem Oberpriester haften. Er stürzte auf ihn zu: „Hilf mir! Du hast ihn doch gekannt, den Amos! Ich muß seine Worte sagen! Ich muß!! Ich — kann — nicht — anders —! Hilf mir! Sie sind Wahrheit! — Wahrheit — Wahrheit!" Der Wahnsinnige schlug sich verzweifelt an die Brust.

„Wer stimmt meinem Urteil zu?" fragte Nahas ungerührt. Alle Hände erhoben sich, nur die des Oberpriesters nicht. Der Richter Iskai wurde in das Gefängnis unter den Ahabsmagazinen geworfen.

Kaum war Iskai abgeführt, als jemand aus der Menge schrie: „Kinder und Narren sagen die Wahrheit! Iskai hat recht! Samaria ist verloren!" Nahas erbleichte. „Ich habe folgenden Befehl des

Feldhauptmanns zu verkünden: Wer noch einmal öffentlich oder insgeheim den Namen des Hirten Amos und seine Reden erwähnt, wird erhängt! Befehl des Festungskommandanten!"

Der Tartan wurde bleich, als ihm Uruk nach drei Tagen Meldung machte. — „Vor dieser Stadt können wir zehn Jahre hocken wie eine Katze vor dem Mausloch!" Dann sagte er hastig: „Sage mir noch einmal, was dieser Amos gesagt haben soll!" Der Oberst wiederholte die Worte, die in der Stadt von dem judäischen Hirten umliefen. „Und wenn diese Worte durch uns erfüllt werden sollten, Uruk? Ist das nicht ein Fingerzeig für uns?" Der Feldherr lief aufgeregt in seinem Zelt auf und ab. „Rufe mir den Stabschef!"
Schon nach zwei Tagen brach die Hölle los. Zwischen dem Omritor und dem Ahabtor griffen die Assyrer mit 40 Rammböcken und 40 Sturmböcken an. Zwanzig Belagerungstürme knarrten gegen die Mauer. Mehr als hundert Katapulte waren in Stellung gegangen und schleuderten unablässig Steine und Feuer in die Stadt.
Die Israeliten kämpften wie die Löwen. Aber für jeden Rammbock, der umstürzte, für jeden Sturmbock, der verbrannte, für jeden Belagerungsturm, der umgeworfen wurde, standen zehn neue da. Und wiewohl sich die Leichen der gefallenen Assyrer am Fuß der Mauer häuften, drangen über ihre Körper hinweg immer weitere Kämpfer gegen die Mauer vor. Drei Tage tobte der blutige Kampf.
Schon sah der Feldhauptmann, daß die Widerstandskraft seiner Männer nachließ, da stellten die Assyrer den Angriff am Abend des dritten Tags plötzlich ein.

Am Tage nach dem Abwehrsieg berief der Feldhauptmann einen Kriegsrat ein, zu dem auch die angesehenen Männer der Stadt zugezogen wurden. Lärmend und lachend betraten die Offiziere den Kellerraum in der Südwestecke des Ahabspalastes.
Aber sie verstummten, als sie Usa sahen. Bleich und düster saß er am Kopfende des Tisches. — „Lest!" Der Feldhauptmann warf ein Stück Pergament auf den Tisch und ließ seinen Kopf schwer auf die Tischplatte sinken. Der Kanzler Nahas griff nach dem Schriftstück und las laut: „Der Pharao an den tapferen Feldhauptmann Usa! Wir haben von dem frevelhaften Friedensbruch der

Assyrer gehört, der zur Gefangennahme Unsres Bruders, des hochgeschätzten Königs Hosea, und der Belagerung Eurer heldenmütigen Stadt Samaria geführt hat. Wir wissen, daß Wir gemäß dem vereinbarten Bund zum sofortigen Eingreifen verpflichtet sind. Wir haben bereits beim assyrischen König gegen diesen frechen Bruch des Rechts protestiert und mit scharfen Worten den Rückzug seiner Truppen hinter die seitherigen Grenzen gefordert!" — Der Kanzler ließ das Blatt sinken.

„Weiter! Lies weiter!" — „Nichts mehr weiter!" sagte der Kanzler müde. „Wo bleiben denn die Kampfgruppen, die der Pharao versprochen hat? Wir haben doch den Fall X!" rief Immer erregt. „Versteht ihr die Diplomatensprache so schlecht?" fragte der Kanzler. „So läßt es der Pharao bei diesem Protest bewenden?" fragte ein jüngerer Offizier. „Er läßt es dabei bewenden!"

„Schande! Fluch über Ägypten!" Der Oberpriester Cohen stöhnte: „Keine Hilfe aus Ägypten! Wir sind verloren!" — „Was soll ich tun?" schrie der Feldhauptmann verzweifelt. „Was soll ich denn tun?"

Der Prophetenvater trat vor den verzweifelten Offizier: „Es heißt in unsren Überlieferungen, daß dem Sieg Gottes über seine Feinde große Bedrängnis seines erwählten Volkes vorangehen wird. Siehe, der Geist des Herrn sagt mir, daß diese Zeit der Not jetzt mit der Belagerung durch die Assyrer und dem schmählichen Bundesbruch der Ägypter über uns gekommen ist! Sie ist das sichere Zeichen für das Nahen des Tages des Herrn und seiner mächtigen Hilfe für sein Volk! Vor Sonnenaufgang ist es am dunkelsten! Laßt uns also ausharren und nicht verzagen in dieser Trübsal!"

Der Feldhauptmann: „Gebe Gott, daß du recht hast!" — Immer rief: „Sind wir nicht in den vergangenen Tagen dem Löwen entflohen? Wir werden gewiß auch dem Bären entgehen, der uns morgen begegnet! — Kommt darum in meinen Palast! Verscheucht eure Sorgen beim Wein!"

Sklaven hockten auf den Stufen, die zur Königsburg hinaufführten. Es war im zwölften Monat der Belagerung. Eder sagte: „Die Rationen wurden um die Hälfte verkürzt! Um die Hälfte! Schon die ganze reichte nicht zum Leben und nicht zum Sterben. Aber mit dieser halben reicht's zum Verrecken! — Bestimmt!" Jagur sagte bedächtig: „Und das, obwohl die Magazine reichlich gefüllt waren! — Man fragt sich, wer schuld daran ist, daß die Vorräte so schnell ausgegangen sind!" — „Wer ist schuld? Wer ist schuld?" höhnte Eder. „Die Reichen fressen und schlemmen, während wir auf Stroh und Holz herumnagen. Eine Katze ist für uns ein Leckerbissen!"

Ein Soldat sagte: „Recht hast du, Eder! Am schlimmsten treibt's der Großkaufmann Immer, Josefs Sohn! Aber, wenn du Grundbesitz hast, dann kannst du bei ihm Getreide kaufen!" — „Ich hab's gehört!" sprach Eder bitter. Dann stand er auf und rief in die Menge hinein: „Bürger von Samaria! Beim Großkaufmann Immer könnt ihr Getreide kaufen! Ein Zehntel Epha Weizen — für einen Acker! Ein Achtel — für einen Weinberg. Kauft! Kauft! Es ist gleich, wo dein Weinberg ist. Nur mußt du den Kauf schriftlich machen — mit Brief und Siegel. Immer denkt schon an die Zeit nach der Belagerung! Da gehört ihm die ganze Flur um Samaria — weit und breit!" — Die Worte Eders reizten den Haufen. „Der Schinder! Der Blutsauger! — Er macht Geschäfte mit unsrer Not! Sein Vater Josef war ein Waisenknabe gegenüber ihm! Diese Sache muß vors Gericht kommen! Der Kanzler soll richten!"

Der Kanzler trat heraus. „Was wollt ihr?" — „Wir klagen den Großkaufmann Immer an! Er macht Geschäfte mit unsrer Not und verkauft den gehorteten Weizen zu Wucherpreisen!" — „Ich weiß von diesen Geschäften!" — „So mußt du ihm das Handwerk legen!" — „Ich denke nicht daran! In diesem hohen Preis ist das Risiko einkalkuliert, das er als Kaufmann zu tragen hat. Weiß ein Mensch, ob auf euren Äckern jemals einer von euch oder der Großkaufmann ernten wird? Die Geschäfte des Großkaufmanns sind rechtens!" — „Schinderei ist's!" schrie Eder. „Amos hatte mit jedem seiner Worte recht. Nun kommt das Gericht über uns, das er ..." — „Wer wagt es, hier von diesem Menschen zu reden, trotz des Verbots, das der Feldhauptmann erlassen hat? Verkriecht sich dieser Hund?" — „Ich habe es gewagt, Herr! Jetzt kommt das ..." — „Halt deinen Mund! Werft diesen Saboteur in den Kerker! — Und ihr! — Auseinander mit euch! Oder ich lasse euch mit Spießen vom Platz jagen!"

„Der Omribrunnen ist versiegt!" Die Schreckensnachricht verbreitete sich wie ein Lauffeuer. Ungläubig drängte sich die Menge um das trockene Bassin und die Öffnung des Brunnens. „Das kann doch nicht möglich sein!" — „Ihr habt den Eimer an einer zu kurzen Kette hinabgelassen!" Aber wie oft und wie tief man den Eimer auch hinunterließ — jedesmal kam er leer wieder zurück. Und die sonst feuchte Innenwand des Brunnens war trocken.

Der Feldhauptmann Usa eilte mit dem Kanzler Nahas herbei. Beide waren sehr erregt. Die Probe mit dem Eimer wurde vor ihren Augen wiederholt. Aber das Gefäß kam leer zurück. Der Kanzler sah den Feldhauptmann ratlos an. Ein Soldat mußte sich an einer Kette bis auf den Grund des Brunnens hinunterlassen. Er verschwand in der Tiefe. Totenstille. Nur das Keuchen der Männer war zu hören, die die Kette hielten, an deren anderem Ende der Mann hing. Alles starrte auf den Brunnen. Sogar die Wächter auf den Mauern. Und auch bei den Assyrern war es totenstill. — Der Feldhauptmann griff sich plötzlich an die Stirn, stieß einen fürchterlichen Fluch aus, machte auf den Absätzen kehrt und eilte davon. Die Bürger der belagerten Stadt schauten ihm verwundert nach.

Jetzt wurde der Soldat wieder heraufgezogen. Die Nerven aller Menschen waren zum Zerreißen gespannt. Tausend und mehr Augenpaare waren auf ihn gerichtet, als er in der Brunnenöffnung sichtbar wurde. „Nun? Nun? Was ist?" — Der Soldat brach tränenüberströmt zusammen. „Es ist aus! Ach Gott, es — ist — aus! Die Assyrer haben uns das Wasser abgegraben!" — Jetzt hatte man die Erklärung für die rätselhaften Erdhaufen, die assyrische Pioniere seit Monaten im Nordwestteil des Tales aufwarfen.

„Die Propheten sind Lügner!" Jagur sagte das. „Immer füttert sie, damit sie Heil weissagen! Schaut diese Wänste nur an! Sie haben gut reden! Sie trinken Wein aus Immers Keller und brauchen nicht nach ein paar Tropfen stinkigem Zisternenwasser lechzen wie wir!"

Wie eine Epidemie breitete sich die Losung aus: „Überlaufen! — Wir sind verloren! Es kommt nicht der glorreiche Tag des Herrn! Der Tag des Sturmangriffs der Assyrer kommt!" — Im zweiundzwanzigsten Monat der Belagerung wagten es fünf Bürger der Stadt. „Gebt uns Zeichen, wenn ihr drüben seid! Geht es euch gut, so folgen wir euch zu Hunderten!" sagte Jagur zu ihnen.

Kaltes Entsetzen packte jedoch die ganze Stadt, als man im grauen Morgenlicht die fünf Überläufer auf dem großen Wall zwischen dem Omriturm und dem Ahabturm wiedersah . . ., gepfählt!!

Der Tartan will keine Überläufer. „Armeebefehl! Jeder Überläufer erleichtert die Versorgungslage in der Stadt. Jeder Überläufer verlängert die Belagerungszeit. Darum befehle ich, jeden Überläufer zu pfählen. Der Tartan."

Im vierundzwanzigsten Monat der Belagerung brach der Oberpriester Cohen bei der Darbietung des Brandopfers vor dem Altar zusammen. Man trug ihn in seine Wohnung in der Tempelgasse. „Es wird Altersschwäche sein! Er ist schon über neunzig!" — Eben ging mit furchtbarem Getöse ein Steinhagel auf die Königsburg nieder. Der Alte lag auf seinem Bett, horchte und schwieg. Als der Lärm vorüber war, bat er: „Das Wort Gottes, Eleasar, bitte!" — „Bitte, Vater, was möchtest du?" — Ein junger Priester sagte: „Vielleicht will er den Prophetenvater sprechen. ‚Wort Gottes!‘ Ich kann mir denken, daß er damit den Prophetenvater meint!"
Der Prophetenvater wurde gerufen. „Ich habe dir den Prophetenvater gerufen!" — „Das Wort Gottes, Eleasar!" — „Aber bei dem Prophetenvater ist doch das Wort Gottes!" — „Nein! Nein! Bei unsren Propheten ist das Wort Gottes nicht. Es war bei dem Propheten Amos! Doch wir hörten nicht auf ihn. Und jetzt gibt es für uns kein Wort der Gnade mehr. O meine Söhne!" Der Alte weinte. „Hunger habe ich nach einem Wort der Gnade vom Herrn! Und über euch wird dieser Hunger auch kommen in den schrecklichen Tagen, die euch bevorstehen — und über eure Frauen — und eure Kinder! — Ach, nur e i n Wort der Gnade vom Herrn! Doch ob wir auch liefen bis zum Meer oder bis in den Osten oder den Norden, ein Wort der Gnade des Herrn finden wir nicht." — Der Oberpriester starb.

Am Morgen nach Cohens Tod wurde der Sklave Jagur mit hohem Fieber auf der untersten Stufe der Treppe gefunden, die zum Königspalast hinaufführte. Sekunden später verschwanden die Menschen in panischer Angst von allen öffentlichen Plätzen. Wie ein störender Fleck lag Jagur auf den grauen Steinplatten. Pest in Samaria!

Septembermorgen. Der Großkaufmann erwachte vor Tagesanbruch. Fahles Morgenlicht drang vom Innenhof her in seine Bettnische. Welch furchtbares Getöse! Es erinnerte Immer an das Brüllen des Erdbebens, das einst den Turm des Palastes ein-

stürzen ließ. Er kleidete sich notdürftig an und eilte auf das Dach seines Palastes. Ein Feuerregen ging auf die Königsburg und die Südmauer nieder. Das Haus, das einst dem Feldhauptmann Kain gehört hatte, brannte lichterloh. Gepolter stürzender Steine. Entsetzliches Pfeifen erfüllte die Luft. Dröhnen. Knirschen. Schlagen. Rammböcke!! — Gleich dem Großkaufmann standen Hunderte auf den Dächern und schauten zur Südmauer hinüber. Das Herz krampfte sich ihnen bei diesem Anblick zusammen. Das war nicht einer der üblichen Schläge. Dieser Aufwand an Material deutete auf den letzten Großangriff hin. Der letzte Tag! Mein Gott! Immer eilte hinab. Im Innenhof trat ihm die alte Michal zitternd entgegen. „Ist's der letzte Tag, Immer?" — „Ich weiß es nicht, Mutter! Mache dich für alles bereit!" — Immer eilte in sein Büro. Er kniete auf den Boden, löste eine Platte aus dem Fußbodenbelag und holte aus dem Geheimfach das Barvermögen der Firma samt dem Schuldbuch. 950 000 Silberschekel! Gesamtbesitz der Firma! — Der Großkaufmann eilte mit der Kassette auf den Innenhof. Hier fand er seine ganze Familie mit blassen Gesichtern. Hanna stand da, Immers Frau, seine Schwester Judith und seine Tochter. „In den Keller!" Hanna sah ihn fragend an. „Wohin denn sonst? Wollt ihr von den Steinen erschlagen werden?"
Kaum hatte sich die Familie dort versammelt, als der Feldhauptmann in den Innenhof stürzte, in voller Rüstung, mit blankem Schwert. „Der Großangriff der Assyrer, Immer! Wir versuchen die Mauer bis zum Abend zu halten! Dann brechen wir hier in der Getreidegasse aus und retten uns in die Jordanniederung! — Die Assyrer haben ihre ganze Macht an der Südmauer eingesetzt. Das ist unser Glück! Stelle Leitern bereit!!"
Hundert Rammböcke stießen zugleich über Bohlenbahnen gegen die Südmauer. Zehn Belagerungstürme schwankten vollbesetzt mit Sturmtruppen auf Rollen knarrend an die Mauerkrone heran. Usa war überall, wo die Lage gefährlich wurde.

In der dritten Morgenstunde stürzte der Omriturm in sich zusammen. Seit Stunden wurde er von zehn Katapulten zugleich beschossen. Hunderte von Israeliten wurden mit ihm in die Tiefe gerissen und von Steinblöcken erschlagen. Lange Zeit stand eine dicke, gelbe Staubwolke dort, wo einst das Zeichen der Macht und Stärke Israels sich emporreckte. Die ausgehungerten Israeliten kämpften wie die Löwen. „Befehl des Feldhauptmanns: Haltet die Südmauer bis zum Abend! Dann breche ich mit euch in der Nacht über die Nordmauer aus und führe euch in die Jordanebene, wo ihr sicher seid!" Die Israeliten hielten aus.

Um die Mittagszeit stürzte der Ahabturm krachend zusammen. Der Feldhauptmann konnte sich gerade noch mit einem mächtigen Sprung auf die Mauer retten. Auch dieses Zeugnis einer großen Zeit war dahin!

Der Tag begann sich zu neigen. Der Palast Jerobeams II. brannte wie eine Fackel und erhellte die Nacht weithin. Auch die Herrlichkeit dieser Epoche brach in einem einzigen Feuersturm zusammen.

Die Hölle war los! Mit großer Bestürzung stellte Usa fest, daß der Druck der Assyrer nicht nachließ, obwohl schon die Nacht das Schlachtfeld bedeckte. Erst als die zweite Nachtwache anbrach, stellten die Angreifer das Feuer ein. An keiner Stelle war ihnen ein Einbruch gelungen. Aber die Herrlichkeit Israels war dahin! Die Israeliten hielten erschöpft auf den Mauern aus.

Die Absetzbewegungen beginnen um Mitternacht. Man hört keinen Laut. Die Schwerter sind mit Lumpen umwickelt. Kein Fuß tritt laut auf. Die Fliehenden sammeln sich in der Getreidegasse. Kurz vor vier Uhr ist die Getreidegasse voll mit zur Flucht bereiten Menschen. Viele haben sich mit großem Gepäck beladen. Usa geht fluchend durch den Menschenhaufen: „Werft das Zeug weg!" Immer war noch einmal durch alle Räume seines Palastes gegangen — er bestieg zum letztenmal den Turm. Jetzt steht er da und wartet auf Usas Befehl. Der Turm leuchtet wie ein Totenfinger herab. Sturmleitern werden an die Mauer gelegt, fünf nebeneinander. Usa steigt zuerst hinauf. Die Soldaten halten das nachdrängende Volk zurück. Eine Frau betet laut. Im fahlen Licht der Brände sieht man Usas Rüstung matt an der Mauer schimmern. Er steigt immer höher. Das Volk drängt nach. Der Feldhauptmann steht jetzt auf der Mauer. Dann steigt Immer hinauf, schwer unter der Last seiner Kassette ächzend.
Da prallt Usa plötzlich mit fürchterlichem Fluch zurück. „Zurück! Rettet euch!" Schon steht er in erbittertem Zweikampf mit dem Obersten Uruk. Mit jähem Entsetzen muß Usa erkennen, daß

der Norddamm in der Nacht bis an die Mauer herangeführt worden war und vollbesetzt ist mit Sturmtruppen der „Lederjacken-Division". Schon schießen die Katapulte. Rammböcke donnern gegen die Nordmauer. Immer mehr „Lederjacken" drängen heran. Usa flieht und springt in die Getreidegasse. Die Leitern stürzen um. Aus Verzweiflung wird Panik. Alles rennt zurück. Wer niederstürzt, wird gnadenlos zertrampelt.

Oberst Uruk steht mit blankem Schwert auf der Nordmauer, hinter ihm seine „Lederjacken". Er sieht im Morgenlicht die zerstörte Wohnstadt, die geborstenen Türme der Südmauer, den glostenden Jerobeamspalast und den mit Trümmern übersäten Tempel. Mit einem wütenden Schrei springt Uruk in die Gasse hinab. Seine Soldaten folgen.
Sie stürzen am Palast Josefs vorbei die Getreidegasse hinauf. Niemand stellt sich ihnen entgegen. Nach rechts in die Königsstraße! Das Getreidegewölbe Josefs brennt wie eine Fackel. Es riecht nach geröstetem Weizen, nach Rauch und Staub geborstener Mauern. Die Sturmtruppen werden von der Streitwagenkaserne her unter Feuer genommen. Usa und seine Leute kämpfen heldenmütig. Aber die Assyrer sind schon auf den Dächern rechts und links der Straße. Die Verteidiger müssen sich zurückziehen. Der Feldhauptmann zieht sich auf den Palast Ahabs zurück. Die assyrischen Katapulte haben das Feuer eingestellt, um nicht die eigenen Soldaten zu gefährden.
Uruk stürmt mit seinen Leuten die Tempelgasse aufwärts. „Brecht die Tempeltore auf!" Die Assyrer besteigen die Südmauer des Heiligtums und liegen jetzt dem Ahabspalast gegenüber. Ein Pfeilhagel pfeift ihnen aus den Fensterhöhlen des Palastes entgegen. Uruk kommt nicht weiter voran.
Inzwischen ist das Ahabtor aufgebrochen worden. Oberst Akkud führt seine Leute über die Streitwagenkaserne an die Ostseite des Palastgeländes heran, in dem sich der Rest der Israeliten sammelt.
Uruk schickt einen Melder zum Tartan: „Liege vor dem Ahabspalast und komme nicht weiter voran! Bitte um Katapulte zum direkten Beschuß! Außerdem drei Ramm- und Sturmböcke!" —
Die verlangten Geräte werden durch das Ahabtor eingefahren. Die Katapulte gehen im Tempelhof neben den Leichen getöteter Priester und Propheten und den Trümmern des Altars in Feuerstellung. „Ziel: Ahabspalast! Direkter Beschuß! Feuer!! — Und jetzt

die Sturmböcke heran!" Uruk steht im ersten! Die „Lederjacken"
dringen in den Palast ein! Aber der Widerstand ist so heftig, daß
sie sich zurückziehen müssen. „Feuer! — Pech und Schwefel!" Die
Katapulte speien Feuer auf den Prachtpalast Ahabs mit den herrlichen Elfenbeinschnitzereien. Feuer an verschiedenen Stellen!
Erst gegen Mittag ist es soweit. Der Feldhauptmann Usa kommt
mit angesengten Kleidern aus dem Keller des Palastes. Der verwundete Kanzler Nahas ergibt sich. Wie Mäuse kriechen weitere
Soldaten aus dem lichterloh brennenden Prunkhaus. Flucht ist
jetzt nicht mehr möglich. Die Mauern rings um die Stadt sind
dicht mit Assyrern besetzt.
Oberst Uruk läßt das Omritor von innen aufbrechen. Draußen
steht der Tartan in seiner Prunkuniform inmitten seiner Offiziere.
Der Oberst schreitet hinaus und meldet: „Samaria ist unser, Herr!
Dank der Hilfe der Götter, dank deiner weisen Heerführung
konnten die ‚Lederjacken-Division' und die Sturmtruppen des
Obersten Akkud die Stadt einnehmen. Der Feldhauptmann Usa,
der Kanzler Nahas und alle Einwohner sind samt dem Kriegs-
gerät in unsrer Hand!" — „Ich danke dir, Oberst. Aber du hast
bei deiner Meldung deinen Anteil an unsrem Sieg vergessen,
General!!"

Feierlich betrat der Tartan die eroberte Stadt. Die Straßen waren
von assyrischen Soldaten umsäumt, denen man die Spuren des
heftigen Kampfes noch ansah. Auf den Trümmern hockten ver-
zweifelte Israeliten.
Nachdem er die ganze Königsstraße durchschritten hatte, kehrte
der siegreiche Feldherr zum Omritor zurück. Pioniere hatten es
von den Spuren des Kampfes gereinigt. Dort, wo einst die Ältesten Israels gesessen haben, nimmt jetzt der Tartan Platz. Der
Feldhauptmann, der Kanzler und zwölf Älteste werden gefesselt
vor ihn geführt. Sie fallen vor dem Richter auf die Knie. „Im
Namen des Gottes Assur! Im Namen des Großkönigs! Usa, Nahas und Nabi! Über euch verhänge ich die Strafe der Blendung
und lebenslängliche Haft, weil ihr so verblendet gewesen seid,
euch zusammen mit eurem König gegen uns zu empören! — Schafft
sie hinweg!" — Die Ältesten verharrten immer noch kniend. „Ihr
aber, einst freie Bürger dieser Stadt! Euch verurteile ich zur Strafe
der Deportation samt euren Familien. Ihr werdet nach Assur gebracht, weil ihr diese Aufrührer unterstützt habt! — Alle bisher

Unfreien bleiben im Lande, sind aber fortan Sklaven des Großkönigs! — Alle widerrechtlich Gefangenen, die wir in den Ge-
fängnissen gefunden haben, sollen frei und ledig sein! — Die Stadt
samt all ihren Bürgern erkläre ich hiermit für drei Tage als recht-
los und zur Plünderung für meine tapferen Soldaten offen! —
Sodann wird sie dem Erdboden gleichgemacht, und niemand soll
ihrer mehr gedenken!"

„General Uruk! Sammle die Gefangenen und führe sie in die
‚Scheol‘ hinab!" befiehlt der Tartan am vierten Tag nach der
Einnahme der Stadt. 433 Männer, Frauen und Kinder werden im
Omritor zusammengetrieben. Der Großkaufmann Immer ist mit
seiner Familie unter ihnen. Kahlgeschorene Köpfe. Zerrissene Kleider. Ein Sack über der Schulter mit dem Wenigen, das die Er-
oberer nicht weggenommen haben. Ketten. „In die ‚Scheol‘ mit
euch! Marsch!"

Die Gefangenen sitzen auf Steinbrocken und schauen hinauf zur
Stadt. „Sie reißen den Tempel ein!" Pioniere rammen Brecheisen
in das heilige Gemäuer. Spitzhacken wettern. In der ‚Scheol‘
weinen Frauen.
„Die Stadtmauer wird zerstört!" Tagelang arbeiten die Assyrer.
Ein Trümmerfeld breitet sich aus, wo sich einst Samarias starke
Mauer erhob.
„Josefs Turm lassen sie stehen!" Immer schaut hinauf. Zwischen
den Trümmerhaufen erhebt sich nur noch der Turm. Der Turm!
Immer kann nicht hören, was Uruk befiehlt: „Brecht den Turm
unten an, wie ihr sonst einen Baum anhackt! Strebt das Loch
mit dürren Balken ab!" Die Pioniere arbeiten einen halben Tag.
„Legt Feuer an das Holz!" Alle Assyrer innerhalb und außerhalb
der zerstörten Stadt beobachten, was jetzt geschieht. Immer hat
sich in der ‚Scheol‘ erhoben und starrt hinauf. „Der Turm! Meines
Vaters Turm! Mein Turm!" Noch steht er da! Noch trotzt er
allem! Mächtig! Herrisch! — Da! Ein Zittern durchläuft das stolze
Bauwerk! Es neigt sich leicht nach Süden! Es dreht sich schrecklich knirschend um seine eigene Achse. Und dann stürzt der Turm
wie ein geschlagener Riese mit donnerndem Aufschlag auf die
Trümmer des Palastes. Splitter! Staub! Niederrieselnder Sand! —
Immer wirft die Hände vor sein Gesicht und bricht aufschluchzend zusammen.

Auf den Trümmern der Stadt kriecht ein Mensch umher. Er sucht etwas. Sein Gesicht ist leichenfahl. Haupthaare und Bart sind verwirrt. Die Augen leuchten irr. Es ist der wahnsinnige Richter Iskai. Der Tartan hat ihn aus dem Gefängnis befreit. Jetzt sitzt er auf dem Trümmerfeld des Palastes, der seinem Freund Josef gehörte. Singt der Irre? Die israelitischen Sklaven horchen. Die Assyrer werden still. Der Irre singt ein Totenlied:

> „Ach höret doch,
> ihr vom Haus Israel,
> dieses mein Klagelied!
> Gefallen ist
> die Jungfrau Israel
> und keiner hilft ihr auf.
> Sie traf das Schwert,
> jetzt liegt sie sterbend da
> und niemand steht ihr bei."

AMOS-BIBELSTELLEN

Nicht aufgeführte Stellen
hält der Verfasser für sekundär.

ERLÄUTERUNGEN
ZU KULTURHISTORISCHEN BESONDERHEITEN

Bundesbuch: Eine Sammlung von Rechtssprüchen, die in 2. Mose 20, 22—23, 33 enthalten ist. Sie ist ungefähr zur Zeit der Richter entstanden.

Dresch-   Er bestand aus dicken, vorn kufenartig hochgebo-
schlitten: genen Brettern, deren Unterseite mit Eisenspitzen oder Steinsplittern besetzt war. Das Gerät wurde über das auf dem Dreschplatz ausgebreitete Getreide gezogen.

Epha: Hohlmaß = 36,44 Liter.

Elfenbeinhaus: Mit Elfenbeinfriesen geschmücktes Haus: 1. Könige 22, 39.

Geldgewichte: Das Getreide wird im Maßbecher gemessen. Das Geld — es gibt noch keine Münzen — wird auf der Waage gewogen. Grundeinheit ist der Schekel. Er wiegt 11,24 Gramm.

Heuschrecken: Zug- und Wanderheuschrecken, die in großen Schwärmen auftreten, fressen alles Grüne und sogar die Rinde der Bäume. Sie können das Land an den Rand des Verderbens bringen.

Hängende   Terrassenförmige Gartenanlagen in Babylon, der
Gärten: Sage nach von Semiramis, einer assyrischen Sagenkönigin erbaut.

Hundskopf: Der Hund gilt als unreines, nicht zum Opfer taugliches Tier. Jemanden als „Hund" zu bezeichnen, ist eine große Beschimpfung.

Johannisbrot: 12 cm lange, hornförmige Schoten mit süßlichem Geschmack. Getrocknet können sie gegessen werden.

Kasematten: In Festungen Räume mit beschußsicherer Decke.

Kedesche: Im alten Orient war es Sitte, daß sich Frauen auf

Grund eines Gelübdes im Dienst einer Gottheit in deren Heiligtum Fremden preisgaben.

Kleider, Mode, Schmuck: Die auf S. 151 und 153 f beschriebene Frauenkleidung und der Schmuck sind nicht erfunden. Als Beweis möge Jesaja 3,16—24 dienen. Was über die dort enthaltenen Angaben hinausgeht, beruht auf kulturhistorischen Überlieferungen.

Massebe: Ein meist unbehauener, aufgerichteter Stein, der die Gottheit darstellt, oder in dem sie wohnend gedacht wird. In Israel als „Gedenkstein" gebräuchlich.

Maßbecher: Siehe Epha und Geldgewichte.

Neumond: Das Zu- und Abnehmen des Mondes diente allen Naturvölkern als Zeitmesser. In Israel wurde der Neumondtag festlich begangen: Psalm 81,4.

Scheol: Ort der Toten, eine Art Unterwelt, in der es aber keine Gemeinschaft der Toten untereinander gibt. Schattenhaftes Abbild des irdischen Daseins.

Stierbilder: Vom ersten König Israels, Jerobeam I. (926—907 v. Chr.) aufgestellt (1. Könige 12,25—33). Sie waren ursprünglich nicht als Bild der Gottheit, sondern als deren Thron gedacht.

Tamariske: Steppen- und Wüstengewächse in der Form von Sträuchern oder Bäumen. Feine, zergliederte Blätter.

Tartan: Feldmarschall (wörtl.: der Zweite, Stellvertreter, Heerführer).

Terebinthe: Neben der Eiche häufiger Waldbaum.

ERLÄUTERUNGEN ZU PERSONENNAMEN

Ahab:
König Israels von 871—852 v. Chr. (1. Könige 16, 29—22, 40). Seine außenpolitischen Maßnahmen — Bund mit Juda und Phönizien — sind durch die anwachsende assyrische Bedrohung bestimmt. Ahab tritt den Assyrern zusammen mit seinen Verbündeten in der Schlacht bei Karkar (854) entgegen. Innenpolitisch suchte er sowohl dem israelitischen als auch dem kanaanäischen Bevölkerungsteil gerecht zu werden. Dies und seine Heirat mit Isebel, der Tochter Ethbaals, des Königs von Phönizien, führte zur Duldung und Förderung des Baalskultes. Dennoch brach Ahab nicht ganz mit dem Gott Israels. Typischer Vertreter des Kompromisses zwischen Gott und Götze aus staatspolitischen Erwägungen.

Elia:
Wie sein Name „Jahwe ist Gott" sagt, ist er Eiferer für den Gehorsam gegen den Gott Israels und wird darum zum kompromißlosen Gegner der Baalsverehrung. Großer Gegenspieler Ahabs und Isebels. Die Tötung der Baalspropheten nimmt er gemäß altisraelitischem Recht vor: „Wer anderen Göttern opfert, der soll vom Leben zum Tod gebracht werden" (2. Mose 22, 19).

Elisa:
Nachfolger und Testamentsvollstrecker Elias (1. Könige 19, 19—21; 2. Könige 2 ff). Er muß von großer persönlicher Spannweite und Ausstrahlungskraft gewesen sein. Als politischer Führer hat er Zugang zum König (2. Könige 4, 13). Die Aramäer sehen in ihm ihren entscheidenden Gegner (6, 12). Daneben ist er der „Vater" von Prophetenscharen (2. Könige 2; 4, 38 ff). In ihren Kreisen gilt er als geisterfüllter Gottes- und Wundermann.

Haus Josefs (Rest Josefs):
Bezeichnung für Israel, da die beiden größten Stämme des Volkes, Ephraim und Manasse, auf Josef zurückgeführt werden.

Hosea:	Letzter König Israels von 731—723 v. Chr. (2. Könige 17). Während der Regierungszeit seines Vorgängers, des Königs Pekah (2. Könige 15, 27—31), war der assyrische Großkönig Tiglatpileser III. in Israel eingefallen und hatte die Nord- und Ostprovinzen weggenommen. Hosea tötete Pekah im Einverständnis mit den Assyrern und wurde an dessen Stelle König. Später fiel Hosea von Assur ab und verbündete sich mit Ägypten. Daraufhin zog Salmanassar V. gegen Samaria und eroberte es nach dreijähriger Belagerung (725—723 v. Chr.). Hosea ließ er schon vorher fangen und töten.
Jehu:	König Israels von 845—818 v. Chr. (2. Könige 9 ff). Ursprünglich Offizier, wurde er durch einen Jünger Elisas zum König gesalbt. Begründer einer Dynastie, die fast ein Jahrhundert währte und somit die längste war, die es in Israel gab. Er stützte sich auf den israelitischen Bevölkerungsteil und rottete als fanatischer Jahweverehrer das Haus Ahabs und den Baalskult aus. Zur Abwendung der assyrischen Gefahr zahlte er den Assyrern Tribut. Beginn der Aramäerkriege.
Jerobeam II.:	Sohn des Joas, König Israels von 787—747 v. Chr. (2. Könige 14, 23—29). Seine lange Regierungszeit stellt den letzten Höhepunkt der politischen Geschichte Israels dar. Dies war möglich, weil sein Vater Joas die Aramäergefahr abgewendet und die Selbständigkeit Israels wiedererlangt hatte. Jerobeam II. stellte in weiteren Kämpfen das Staatsgebiet Israels in seinem alten Umfange wieder her. Unter welchen inneren Spannungen sein Reich zu leiden hatte, zeigen die Reden des Amos.
Joahas:	Sohn Jehus, König Israels von 818—802 v. Chr. (2. Könige 13, 1—9). Seine ganze Regierungszeit ist durch schwere Kämpfe mit dem Aramäerkönig Hasael von Damaskus gekennzeichnet (13, 22). Dieser dringt bis nach Gath vor und nimmt Israel die Küstengebiete ab. Israel wird eine starke

Rüstungsbeschränkung auferlegt: Nur 50 Reiter, 10 Wagen und 10 000 Mann Fußvolk darf es behalten.

Joas: Sohn des Joahas, König Israels von 802—787 v. Chr. (2. Könige 13, 10 ff). Auch er war zunächst noch in Kämpfe mit den Aramäern verwickelt, konnte sie jedoch in drei Schlachten schlagen und die verlorenen Gebiete im Ostjordanland zurückgewinnen, weil Assur Damaskus angegriffen und sich unterworfen hatte. Er hinterließ seinem Sohn Jerobeam II. ein gefestigtes Reich.

Jona: Prophet aus Gath-Hepher im Bereich des Stammes Sebulon. Er verkündigte Jerobeam II. die Wiederherstellung Israels in den ursprünglichen Grenzen (2. Könige 14, 25).

Kassandra: Tochter des Königs Priamos von Troja; mit Seherkraft begabt; sie verkündete meist Unheil. „Kassandrarufe".

Menahem: Israelitischer König von 746—737 v. Chr. (2. Könige 15, 14. 16—23). Er kam nach der Ermordung Sallums, des letzten Glieds der Dynastie Jehu, auf den Thron. Wie andere syrische Kleinfürsten, suchte er die Assyrer durch Tributzahlungen zu beschwichtigen. So erlangte er für Israel eine letzte Gnadenfrist vor dem Untergang.

Micha: Kurzform von Michaja = „Wer ist wie Jahwe?", Sohn Jimlas, Prophet zur Zeit Ahabs, der diesem den Tod weissagt (1. Könige 22, 8—28).

Omri: König Israels von 878—871 v. Chr., Vater des Ahab (1. Könige 16, 15—28). Feldhauptmann Israels, vom Heer zum König erhoben. Er befestigte das vom Bürgerkrieg geschwächte Reich und gab ihm in Samaria seine dauernde Hauptstadt. Mit politischem Weitblick begabt, stellte er zu Phönizien enge Verbindungen her, um der drohenden assyrischen Gefahr zu begegnen. Dieser Bündnispolitik diente auch die Verheiratung seines Sohnes Ahab mit Isebel. Für die Assyrer war er lange Zeit der eigentliche Repräsentant Israels. Sie sprachen von Israel als dem „Land Omris".

Rehabeam: Sohn Salomos, König Judas von 927—910 v. Chr. (1. Könige 12; 14, 21—31). Durch seine Unnachgiebigkeit in der Frage der Fronlasten verschuldete er den Bruch des Großreichs Davids, seines Großvaters. Fortan sind Israel und Juda zwei rivalisierende Kleinstaaten.

Sacharja: Sohn Jerobeams II., letzter König der Dynastie Jehu, nach einer Regierungszeit von sechs Monaten von Sallum ermordet (2. Könige 15, 8—12).

Sallum: König Israels, nach einem Monat von Menahem ermordet (2. Könige 15, 13—16).

FUNDORTE WICHTIGER BIBELZITATE:

DREI KARTENSKIZZEN:

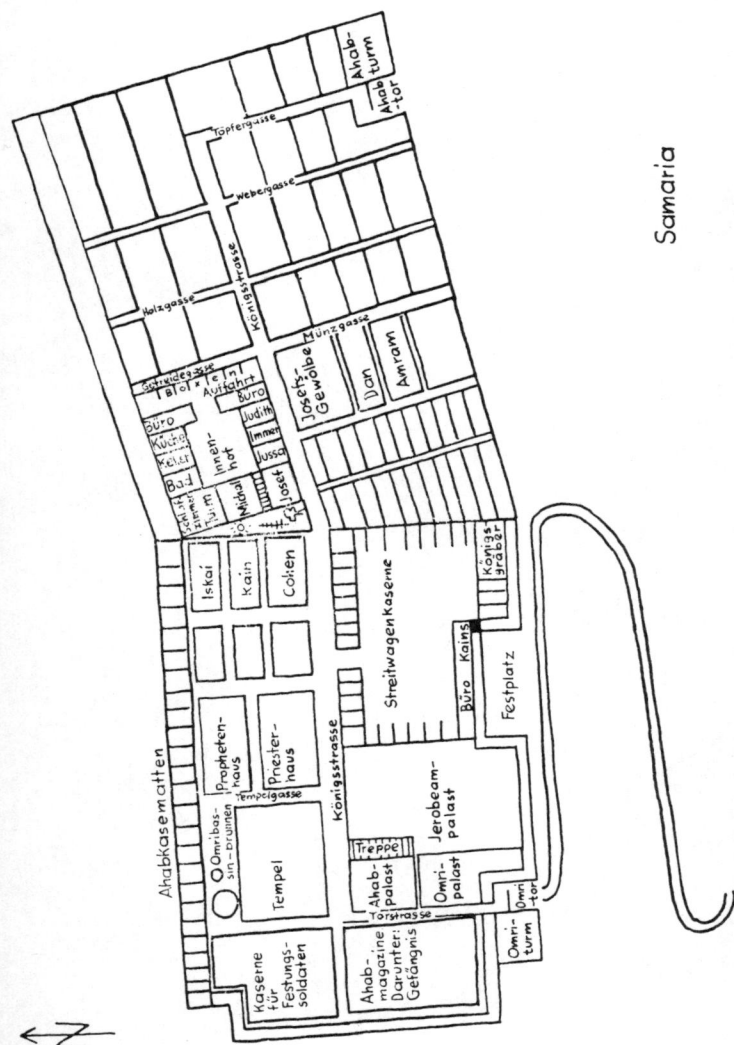

Samaria

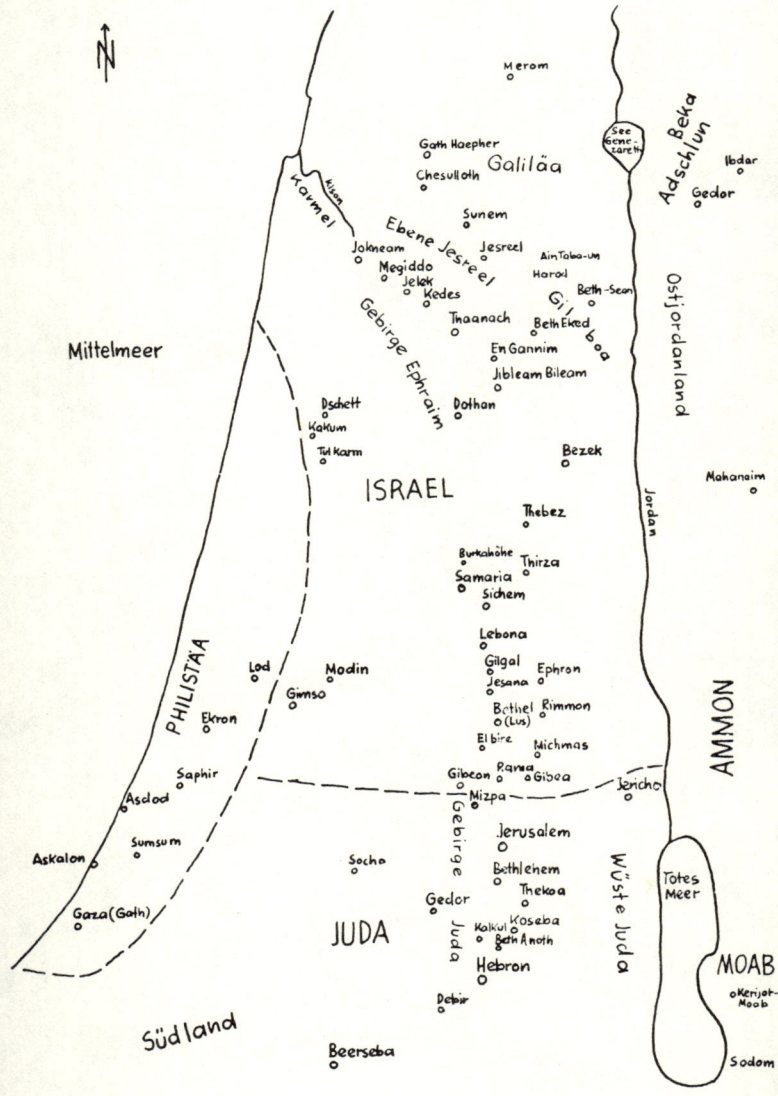

N

Merom

Gath Haepher
Chesulloth
Galiläa

See Gene-
zareth

Beka
Ibdar
Gedor
Adschlun

Karmel
Kison
Sunem

Ebene Jesreel
Jokneam   Jesreel   Ain Taba-um
Megiddo   Harod
Jelok   Beth-Sean
Kedes   Beth Eked
Thaanach   En Gannim
Jibleam Bileam
Dothan

Gebirge Ephraim

Mittelmeer

Dschett
Kakum
Tul Karm

ISRAEL
Bezek

Mahanaim

Thebez

Burkahöhe Thirza
Samaria
Sichem

Ostjordanland

Jordan

Lebona
Gilgal Ephron
Jesana
Bethel Rimmon
(Lus)
El bire Michmas

PHILISTÄA

Lod Modin
Gimso
Ekron

Rama
Gibeon Gibea
Saphir   Mizpa   Jericho

Asdod

Askalon Sumsum

Gebirge Juda
Jerusalem
Socho
Bethlehem
Thekoa
Gedor
Kalkul Koseba
Beth Anoth
Hebron

Wüste Juda

Totes
Meer

AMMON

Gaza (Gath)

JUDA
Debir

MOAB
Kerijot-
Moab

Südland

Beerseba

Sodom

347

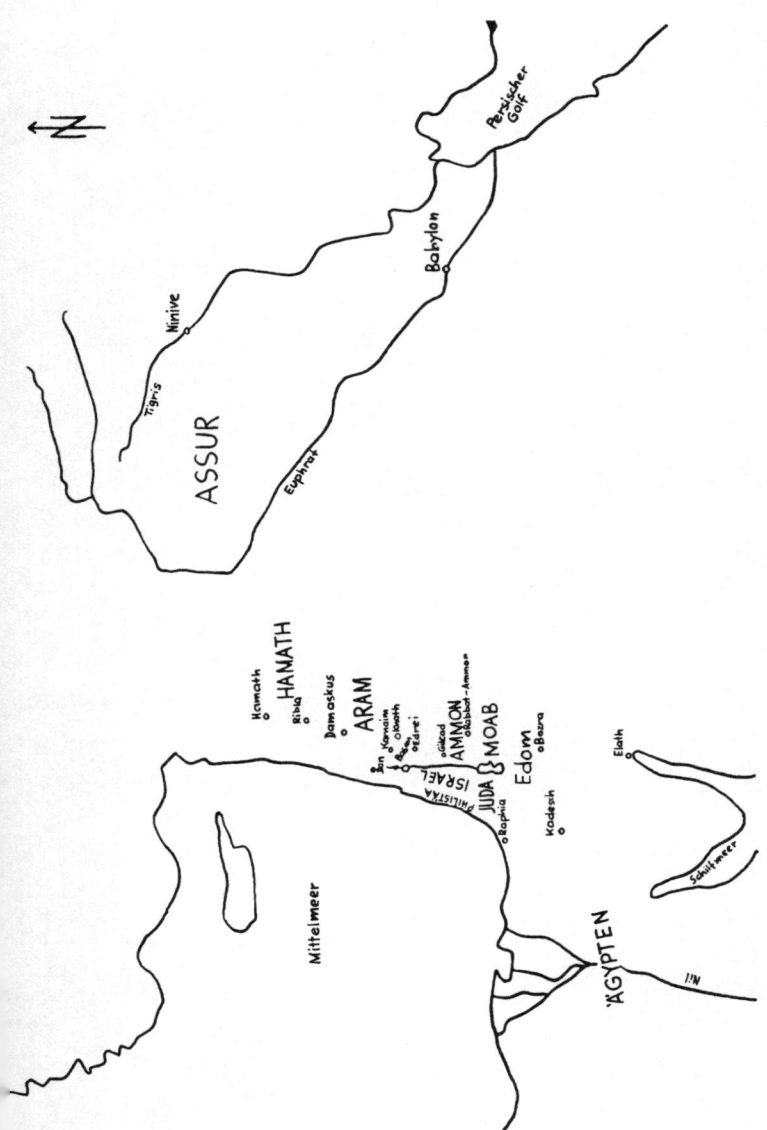

349

Vom selben Autor:

Hermann Koch

Flieg, Friedenstaube

Die Geschichte von Jesaja, dem Propheten,
der den Weg zum Frieden zeigte
Eine dramatische Erzählung

Eine große Sehnsucht nach Frieden erfüllt
heute die Herzen der Menschen in aller Welt.
Aber — was ist Friede? Wie wird Friede?
Auch zur Zeit Jesajas hatte die Friedenstaube
zunächst keinen Platz unter den Menschen.
In Juda trieb ein mächtiger Mann eigene
ehrgeizige Pläne voran — Herrschaftspläne,
Kriegspläne. Wirtschaftliche Veränderungen
führten zu großer sozialer Ungerechtigkeit.
Damals trat Jesaja auf. In der Stunde seiner
Berufung sah er den Gott, dessen Planziel der
Friede ist: Friede im Volk Gottes, Friede
zwischen den Völkern.
Die Botschaft Jesajas, diese großen Friedens-
propheten, wieder lebendig zu machen, war
die Absicht des Autors. Nach eingehenden
historischen und archäologischen Studien
schrieb er diese dramatische Erzählung. Sie
vermittelt ein farbiges Bild vom Leben und
Wirken Jesajas und jener unruhigen Zeit, in
die er als Künder des Friedens — und des
kommenden Davidssohn — gestellt war.

560 Seiten, kartoniert

VERLAG JUNGE GEMEINDE · STUTTGART